오뒷세이아

인문학 클래식

1

오뒷세이아

호메로스

김기영 옮김

민음사

일러두기

1   번역의 대본으로 삼은 원서는 M. L. West (ed.), *Homerus Odyssea*(Berlin/
Boston: Walter de Gruyter, 2017)다.

2   행수는 원서를 따라 표시했지만, 언어 구조상 차이가 날 수 있다.

3   〔 〕는 원서 편집자가 삭제해야 한다고 판정한 부분이다.

4   { }는 원서 편집자가 후대에 삽입되었다고 판정한 부분이다.

5   ( )는 번역자가 독자의 이해를 위해 삽입한 부분이다.

차례

오뒷세이아──7

1 α

한 사내에 대해 나에게 노래하소서, 무사 여신[1]이여. 웅변에 능한 자로
그는 많이도 떠돌았구나, 트로야의 신성한 도시를 정복하고 나서.
많은 사람의 도시들을 보았고 그들의 성향을 알았지만
바다에서, 제 마음속 두루 수많은 고통을 겪으며
자기 목숨을 구하고 전우들의 귀향을 얻으려 했거늘.   5
그렇게 애썼으나 전우들을 구하지는 못했구나,
그들 자신의 무도한 행위로 전우들이 파멸한 것이라
어리석은 자들, 천상의[2] 헬리오스의 소를 잡아서
포식하다니, 헬리오스가 그들의 귀향 날을 빼앗았구나.

1 시가(詩歌)의 여신.
2 휘페리온(Hyperiōn). 태양신 헬리오스의 별칭으로 '위에 있는 자'라는 뜻.

어느 대목이든, 제우스의 따님 여신이여, 우리에게도³ 노래하소서.　　10

　　살아남은 자는 모두 가파른 파멸을 피하고

전쟁과 바다에서 도망쳐 이미 집에 돌아와 있었다.

오직 그는, 귀향과 아내를 열망하는 오뒷세우스는

요정이며 여주인인 가장 고귀한 여신 칼륍소⁴가

우묵한 동굴에 붙잡고 제 신랑으로 삼고자 욕망했다.　　15

해들이 돌고 돌아 정말로 그해가 돌아오자

신들은 실을 잣듯이 그가 이타케⁵ 집으로 귀향하도록

정해놓았으나, 그곳에서 그리고 전우들 사이에서

고난에서 벗어나지 못했다. 그래서 모든 신들이 그를 동정했으나

오직 포세이돈은, 신을 닮은 오뒷세우스에게　　20

분노를 그치지 않았다, 그가 제 고향에 닿기 전에는.

지금 포세이돈은 멀리 아이티오페스족⁶을 방문하러 갔다.

이 종족은 인간들로부터 가장 먼 곳에 살며 둘로 나뉘어

일부는 해가 지는 곳에, 일부는 해가 뜨는 곳에 살고 있는데

포세이돈은 양들과 소들의 헤카톰베⁷를 받으러 갔던 것이다.　　25

그곳에서 포세이돈은 잘 차린 식탁에 앉아 만끽했으나

3　우리는 시인과 그 청중을 말한다.
4　아틀라스의 딸로 오귀기아섬에 살고 있다. '감추는 자'라는 뜻이다.
5　오뒷세우스의 고향. 오늘날 레우카스(Leukas)나 팔리키(Paliki)라고 추정된다.
6　극동에 살고 있다고 하는 부족. 어원은 '태운 얼굴을 가진'이다.
7　'백 마리 소의 제물'이라는 뜻이지만 '많은 동물의 제물'이라는 뜻이기도 하다.

다른 신들은 올륌포스,[8] 제우스의 궁전에 모여 있었다.

그들 가운데 신과 인간의 아버지[9]가 말문을 열었다.

잘생긴 아이기스토스[10]를 마음속 두루 떠올렸는데

그는, 아가멤논의 아들, 명성 자자한 오레스테스가 죽였다.   30

제우스가 아이기스토스를 기억하여 불멸자들 가운데 말했다.

　　"이건 아니지, 얼마나 인간들이 신들을 탓하고 있는가.

우리에게서 재앙이 비롯된다고 말하다니, 하나 인간들 스스로

무모한 짓으로, 정해진 몫 이상의 고통을 당하고 있지.

지금도 그렇게 정해진 몫 이상으로, 아이기스토스는   35

아가멤논이 귀향하자 그를 죽이고 그의 정처와 결혼하다니

가파른 파멸을 알면서도, 우리가 그에게 미리 말했거늘

뛰어난 정탐꾼, 아르고스[11] 살해자 헤르메스를 보내서

그를 죽이지도 그의 부인에게 구혼하지도 말라 했거늘.

'오레스테스가 아가멤논 위해 복수하게 되리라,   40

그가 어른이 되어 제 고향 땅을 그리워하게 되면.'

그렇게 헤르메스가 말했지만 아이기스토스를 설득하진 못했지,

그렇게 호의를 보였건만. 이미 그 작자는 모든 죗값을 치르고 말았다."

8　테살리아 북부에 위치한 가장 높은 산인데, 호메로스 작품에서 신들의 거처가 있는 천공과 같은 곳이다.

9　제우스.

10　튀에스테스의 아들이자 아가멤논의 사촌이며 클뤼타이메스트라의 정부(情夫)이다.

11　암소로 변한 이오(Io)를 감시한 괴물.

올빼미 눈의 여신 아테네가 대답했다.

"우리 아버지, 크로노스의 아드님[12]이며 최고의 통치자시여,   45
정말 그 작자는 받아 마땅한 파멸 속에 누워 있지요.
그런 짓 하는 자는 누구라도 파멸하길 바랍니다.
하나 내 가슴은 전략 뛰어난 오뒷세우스로 인해 찢어지니
저 불운한 사람은 오랫동안 가족들과 떨어져 바다의
배꼽이 있는 곳, 바다에 둘러싸인 섬에서 고통받고 있지요.   50
그곳은 나무 많은 섬이고 그 안에는 여신이 거주하는데
악의 품은 아틀라스[13]의 딸이고, 아틀라스는 모든 바다의
깊이를 알고 엄청 큰 기둥들을 몸소 떠받치고 있는데
이 기둥들이 땅과 하늘을 나누어 가르고 있답니다.
그의 딸이 저 불행한 사람, 한탄하는 사내를 붙잡아두고   55
밤낮 나긋나긋 유혹하는 말로 호리고 있으니
그가 이타케를 잊어버리게 말이죠. 하지만 오뒷세우스는
고향 땅에서 연기라도 피어오르는 걸 알아보길 바라며
죽음을 갈망합니다. 지금, 당신 마음은 아직도
움직이지 않나요, 올륌포스의 주인이시여? 오뒷세우스가   60
아르고스인들[14]의 배 옆, 드넓은 트로야에서 제물을 바치며

---

12   제우스.
13   이아페토스의 아들로 티탄(Titan)이다.
14   아카이아인들과 다나오스인들과 함께 그리스인을 일반적으로 지칭하는 말.

성의를 다하지 않았던가요? 왜 그토록 분노하시나요, 제우스시여?"

구름 모으는 제우스가 여신에게 대답하여 말했다.

"내 딸아, 어찌 그따위 말이 네 치아의 담장을 넘어왔느냐?

어찌 내가 신과 같은 오뒷세우스를 잊을 수가 있겠느냐?   65

그는 지력이 모든 인간을 능가하고, 월등한 제물을 신들에게,

드넓은 하늘에 거주하는 불사신들에게 바쳤으니까.

그러나 대지 떠받치는 포세이돈이 아직도 분노하고 있으니

퀴클롭스[15] 때문이고, 오뒷세우스가 그의 눈을 멀게 했는데

신을 닮은 폴뤼페모스 말이다, 그는 모든 퀴클롭스들 중   70

가장 힘이 세다고 하지. 폴뤼페모스는 요정 토오사가 낳았고

토오사는 지침 없는 바다를 다스리는 포르퀴스[16]의 딸로

속 빈 동굴에서 포세이돈과 살을 섞었던 게야.

그 후로는 대지 뒤흔드는 포세이돈이 오뒷세우스를

죽이려 하지 않고, 그를 고향 땅에서 멀리 떠돌게 한 게다.   75

자, 여기 우리 모두가 그의 귀향을 궁리해보자고,

그래서 그가 돌아갈 수 있도록. 포세이돈은 제 화를

풀 것이야. 혼자서 모든 불멸의 신들의 뜻을

거스르며 결코, 싸우려 들지는 못할 테니까."

올빼미 눈의 여신 아테네가 대답했다.   80

---

15   외눈박이의 식인 거인족.
16   폰토스(Pontos)와 가이아(Gaia)의 아들.

"우리 아버지, 크로노스의 아들, 통치자들 중 으뜸이시여,

이제는 재간 많은 오뒷세우스가 귀향하는 것이

정말로 행복한 신들의 마음에 든다면

아르고스 살해자며 안내자인 헤르메스를

오귀기아섬[17]으로 보냅시다. 그래서 가장 빠르게   85

곱게 머리 땋은 요정에게 확고한 결의를, 인내하는

오뒷세우스의 귀향을 전하여 그가 항해하게 말이죠.

저는 이타케로 들어가서 그의 아들을

더욱 자극하고 그의 마음에 용기를 심어주려고 해요,

그러면 그가 긴 머리 아카이아인들[18]을 집회로 불러내서   90

모든 구혼자들에게 공표할 겁니다. 그들은 항상 떼 지어

모인 양들과 뒤뚱거리는 뿔 굽은 소들을 도살하고 있지요.

그리고 그를, 스파르타와, 모래 많은 퓔로스[19]로 보내서

혹시 듣게 될지 모를, 제 아버지의 귀향을 알아보게 하면

그는 사람들 가운데 훌륭한 명성을 얻게 될 겁니다."   95

      그렇게 말하고 아테네가 발밑에 멋진 샌들, 불멸의

황금 샌들을 매어 신으니, 그게 여신을 바람의 입김에 실어

---

17   요정 칼륍소가 살고 있는 섬.

18   이타케인들을 말한다.

19   펠로폰네소스반도의 서남부에 위치한 도시인데, 이 도시의 통치자로는 넬레우스와
       네스토르가 유명하다.

축축한 바다와 끝없는 대지 위로 날라주었다.

또 여신은 단단하고 예리한 청동으로 날 선 창을,

크고 무겁고 강력한 창을 잡았는데, 그 창을 잡고는 막강한 100

아비 둔 여신은, 화나게 한 사내 영웅들의 대열을 부수곤 했다.

여신은 올림포스 산정에서 훌쩍 뛰어내려

이타케 지방, 오뒷세우스 집의 현관, 안뜰의

문턱에 들어섰고, 손에는 청동 창을 들고 있었는데

타포스[20]의 통치자 멘테스라는 이방인과 흡사했다. 105

그곳에서 나그네는 우쭐대는 구혼자들을 발견했다.

그들은 대문 앞에서 장기를 두며 흥겨워하고

손수 도살한 황소의 가죽을 깔고 앉아 있었다.

그들에게 전령들과 잽싼 시종들이 시중들었는데

전령들은 혼주(混酒) 항아리에 물과 포도주를 섞고 있었고 110

시종들은 구멍 숭숭한 해면으로 식탁을 훔쳐냈고

또 다른 자들은 고기를 수북하게 잘라놓았다.

　　여신을 처음 본 자는 신과 닮은 텔레마코스[21]였다.

그는 구혼자들 가운데 낙담하여 앉아서 훌륭한 아버지를

마음에 떠올려 상상하고 있었다. 아버지가 어디선가 115

와서는 집에서 이들 구혼자들을 흩어지게 하여

20　레우카스섬과 아카르나니아섬 사이에 위치한 섬을 말한다.
21　오뒷세우스와 페넬로페의 아들.

몸소 명예를 얻고 자기 재산을 관리하는 것을!

이런 생각 하며 구혼자들 가운데 앉아 있다가 아테네를 보자

곧장 앞대문 쪽으로 갔는데, 오랫동안 손님을 문 앞에

세워두는 것이 찜찜했던 것이다. 가까이 다가가서 　　　　　　　　　120

손님의 오른손을 잡고 청동 창을 받아 들며

그에게 말문을 열어 날개 돋친 말을 쏘았다.

　　"안녕하시오, 손님! 당신은 우리에게 환대받으실 겁니다.

식사를 맛보고 나서 당신의 용무가 무엇인지 알려주십시오."

　　　　그렇게 말하며 앞장서자 팔라스 아테네가 그 뒤를 따라갔다. 　　　125

그들이 천장 높은 홀 안에 들어서자

텔레마코스는 창을 옮겨서, 높은 기둥 가까이

번들번들한 창 꽂이에 세워놓았는데, 그곳에는

참고 견디는 오뒷세우스의 많은 창들이 꽂혀 있었다.

여신을 팔걸이의자로 안내하여 방석 깔고 앉혔는데 　　　　　　　130

정교하게 만든 멋진 의자였고 그 밑에는 발판이 있었다.

그 옆에 자신을 위해 텔레마코스는 상감 들어간 안락의자를

구혼자들로부터 떨어진 곳에 갖다놓았는데, 손님이

주제넘은 자들 가운데 소음에 거슬려 식욕 잃지 않게 하고

또 떠나 계신 아버님의 소식을 물어보려는 것이었다. 　　　　　135

그리고 하녀가 손 씻을 물을 아름다운

황금 주전자로 날라서는 은 대야 위에 부어주어

씻게 하고 그들 앞에는 광나는 식탁을 펼쳤다.

존경받는 여집사가 빵을 가져와 앞에 놓고

{많은 음식을 더하며 준비한 대로 아낌없이 베풀었다.}   140

고기 나누는 자는 온갖 종류 고기가 담긴 접시들을

들었다 내려놓고 접시들 옆에는 황금 잔을 놓았다.

전령이 그들에게 자주 다가와 포도주를 따라주곤 했다.

　　거만한 구혼자들이 왔다. 그들은

차례로 안락의자와 팔걸이의자에 앉았고   145

전령들은 그들 손에 물을 부었고

하녀들은 바구니에 빵을 쌓아 올렸으며

{어린 종들은 술을, 화환처럼 혼주 동이 둘레까지 채웠다.}

앞에 차려져 준비된 식사에 구혼자들은 양손을 뻗었다.

먹고 마시는 욕망을 벗어던지고 나자   150

그들은 마음속 관심이 다른 곳에 쏠렸으니

춤과 노래였는데, 이 둘은 잔치를 빛내는 장식[22]이다.

전령이 매우 멋진 수금(竪琴)을 페미오스[23]에게 쥐여주면

그는 구혼자들 속에서 억지로 노래하곤 했다. 소리꾼

페미오스는 멋진 노래 부르려고 현을 타며 전주를 시작했다.   155

한편 텔레마코스는 올빼미 눈의 아테네에게 말을 걸며

22　잔치의 적절한 부속물, 잔치의 기쁨.
23　오뒷세우스의 궁전 소속의 소리꾼. "소문을 퍼뜨리는 자"라는 뜻이다.

머리를 가까이 두어 다른 이가 듣지 못하게 했다.

"친애하는 손님, 내 말을 듣고 내게 분노하실지노…….
이들은 노래와 수금 같은 일에 관심을 갖지요,
아주 쉽게, 아무 보상도 없이 남의 생계를 먹어치우다니   160
한 사내의 소유인데도, 정말로 그의 백골은 빗물에 썩으며
뭍 위에 누워 있거나 소금 바다 너울 속에서 구르고 있겠지요.
그가 이타케에 귀향했다는 것을 알게 된다면
그들 모두는 황금과 의복으로 더 부유하기보다는
두 발이 더 빠르도록 해달라고 기도하겠죠.   165
하나 그는 사악한 운명을 만나 죽었으니 우리에겐
아무 위안조차 없답니다, 대지 위 인간들 중 누가
그의 귀향을 말하더라도. 그의 귀향 날은 사라졌으니까요.
자, 이 점을 내게 말해주시되 왜곡 없이 설명해주세요.
당신은 뉘시고 어디 출신이신지? 당신 도시는 어디고 부모님은요?   170
{어떤 배를 타고 오셨고 어떻게 선원들이 당신을
이타케로 이끌었나요? 그들은 어떤 종족이라고 자부하던가요?
당신이 걸어서 이곳에 도착했다고 생각하지 않으니까요.}
내가 잘 알 수 있도록, 이것도 사실대로 말해주세요,
처음 방문하신 건지, 아니면 아버지 손님이신가요?   175
많은 사내들이 우리 집에 오곤 했고 아버지도
여기저기 다니시며 방문하는 걸 좋아하셨지요."

텔레마코스에게 올빼미 눈의 여신 아테네가 대답했다.
"그러면 내가 그대에게 왜곡 없이 말하리다.
나는 멘테스, 지략 있는 앙키알로스의 아들이라 자부하고   180
노(櫓)를 사랑하는 타포스인들을 통치하고 있소.
지금은 이렇게 동료들과 함께 배 타고 뭍으로 왔는데
적포도줏빛 바다 건너 이방 언어 쓰는 자들에게로,
테메세²⁴로 청동을 찾아 항해 중이고, 번쩍이는 무쇠를
운반하고 있소. 그리고 내 배는 도시에서 떨어진 시골에,   185
숲 우거진 네이온산 아래 레이트론 포구에 정박해 있소.
우리는 서로 오래전, 부친 때부터 손님이었다고
자부하고 있으니, 가서 영웅 라에르테스 어르신에게
물어보시오. 그런데 사람들이 말하길, 그분은 더이상
도시로 오지 않고, 떨어진 시골에서 늙은 하녀와 함께   190
고생하고, 그 하녀가 그분께 음식과 음료를 주고
식사를 차려드린다더군, 그분이 포도원의 높은 언덕을
겨우겨우 올라가서 피로가 그의 사지를 붙들 때 말이오.
지금, 내가 왔소, 그대 부친이 귀향했다는 소문을 들었고
신들이 그의 귀향을 방해하고 있다는 걸 알았소.   195
고귀한 오뒷세우스가 대지 위에 아직 죽지 않고

---

24 이탈리아 브룻티움 지방의 도시 템프사(Tempsa)나 퀴프로스의 도시
       타맛소스(Tamassos)로 추정된다.

어딘가 살아서 드넓은 바다, 바다에 둘러싸인 섬에
붙잡혀 있는데, 아마도 그의 의사에 반해
사납고 난폭한 인간들이 그를 억류하고 있을 거요.
비록 나는 예언자도 아니고 새점도 잘 모르지만   200
내 그대에게 예언하고자 하오, 불사의 신들이
내 심중에 던져 넣고 또 내가 이루어진다 생각하는 대로.
그는 더이상 조국 땅에서 멀리 떨어져 있지 않을 거요.
무쇠 족쇄가 그를 붙잡아도 그리되진 않을 거요.
그는 어떻게든 귀향하려고 계획할 것이오, 수단이 많은 친구니까.   205
그러면 자, 내게 이 점에 대해 왜곡 없이 설명해주시오,
정말, 그대가 이렇게 장성한, 오뒷세우스의 아들이란 말인가?
소름 돋게도, 그대는 머리와 잘생긴 얼굴이 그와 꼭 닮았군,
그와는 그렇게 자주 서로 어울렸으니까 하는 말이오.
트로야로 배 타고 가기 전인데, 그곳에는 아르고스인들 중   210
가장 뛰어난 이들이 움푹한 배들을 타고 갔었소.
그 후로 나는 오뒷세우스를 보지 못했고 그도 날 보지 못했소.”
      총명한 텔레마코스가 여신에게 대답하여 말했다.
“그러면, 손님, 아주 솔직하게 말하겠습니다.
어머니는 내가 그분의 아들이라 말하지만 나는 모릅니다.   215
누구라도 스스로 자기 출생은 잘 알지 못하는 법이죠.
아아, 정말 내가 자신의 재산에 둘러싸여 노년을 맞는

그런 축복받는 분의 아들이라면 좋으련만!
지금은 필멸의 인간들 중 가장 불행한 자에게서
내가 태어났다고 하네요, 당신께서 내게 물어보시니." 220

　　그를 향해 올빼미 눈의 여신 아테네가 말했다.
"신들은 그대 가문의 이름이 미래에 사라지도록 정해놓지는
않았소, 이렇게 훌륭하게 그대를 페넬로페가 낳았으니까.
자, 내게 이걸 말하여 왜곡 없이 밝혀주시오. 무슨 잔치요?
우글대는 한 떼의 사내는 뭐요? 그대와는 무슨 상관이오? 225
주연(酒宴)이오, 아니면 결혼 피로연이오? 이건 추렴 잔치는 아닌 듯하니.
내가 보기에 저들은 주제넘게 무도한 짓 일삼으며
잔치를 벌이는 것 같소. 누구라도 이따위 온갖 수치스러운 짓을
보게 되면 분노할 거요, 지각 있는 자가 그들과 어울린다면."

　　여신을 마주하며 총명한 텔레마코스가 말했다. 230
"손님, 참으로 이걸 내게 물어보고 탐문하시다니
짐작건대, 한때 이 집은 부유하고 완벽했는데
그 사내가 집에 계셨던 동안에는 말이죠.
하나 지금은 신들이 재앙을 계획하며 다른 걸 원하여
모든 사람들 눈 밖에 그를 완전히 사라지게 했습니다. 235
그가 죽었다면 이토록 비통하진 않을 겁니다,
트로야인들의 영토에서 자기 전우들과 함께 제압되었거나
{가족의 품에서 죽었더라면, 전쟁의 실 감기를 마치고 나서.}

모든 아카이아인들이 그에게 무덤을 만들어주고
자기 아들을 위해서도 미래에 커다란 명성을 남기셨겠죠.   240
지금은 명성도 없이 폭풍의 새들이 그를 낚아챘답니다.
그는 눈에 띄지 않고 소식도 없이 사라져, 내게는
고통과 통곡만 남겨두었습니다. 그에 대해서만
내가 비탄하고 신음하는 건 아니고, 신들은 내게
또 다른 골치 아픈 걱정거리를 만들어놓았습니다.   245
둘리키온,[25] 사메,[26] 숲 무성한 자퀸토스섬[27] 들을 다스리는
모든 귀족들과, 바위투성이 이타케섬을 통치하는
모든 이가 내 어머니에게 구혼하며 내 재산을 탕진하고 있습니다.
그런데 어머니는 혐오스러운 결혼을 거절할 수도
그걸 끝낼 수도 없다니, 그들이 내 재산을 먹어치우고   250
탕진하고 있습니다. 아마 당장 나도 산산조각 낼 겁니다."

　　분개하며 팔라스 아테네 여신이 그를 향해 말했다.
"아이고, 정말 멀리 떠난 오뒷세우스의 빈자리가
무척 뼈저리구려, 그라면 파렴치한 구혼자들을 손볼 텐데.
지금 그가 돌아와 투구 쓰고 방패와 두 자루 창을   255
들고는 집의 바깥 대문에 서 있다면 좋으련만,

25　이타케 근처의 섬. 현재 레우카스섬.
26　이타케 근처의 섬. 현재 케팔로니아섬.
27　이타케 남쪽에 위치한 섬. 잔테섬이라고도 불림.

그렇게 강력했는데, 그가 우리 집에서 술 마시며
흥겨워하는 모습을 내가 처음 보았을 때 말이오. 그때 그는
에퓌라[28]에서, 메르메로스의 아들 일로스와 헤어져 돌아가던
길이었지. 오뒷세우스는 빠른 배를 타고 사람 잡는   260
독약을 찾으려고 그곳에 갔고, 그 독약을 청동 박힌
화살촉에 바르려 했지. 그러나 일로스는 오뒷세우스에게
독약을 주지 않았소, 영생하는 신들이 분노할까 두려웠으니까.
그러나 내 부친[29]이 그에게 주었으니, 이상하게 그를 존대한 것이네.
바로 그런 사내로 오뒷세우스가 구혼자들과 겨루길 바라네.   265
그러면 그들 모두 즉사하고 쓰디쓴 구혼을 맛보게 되리라.
이런 일은 신들의 무릎에 놓여 있는 법이지,
그가 귀향한 후 자기 집에서 그들을 벌할지
그리 못 할지 말이네. 그런데 집에서 구혼자들을 어떻게
몰아낼 수 있을지, 숙고해보라고 그대에게 권유하네.   270
자, 내 말을 들으며 주의를 기울여주게나.
내일, 아카이아의 영웅들을 집회장으로 소집하고 나서
이 말을 모두에게 선언하고 신들을 증인으로 삼게나.
구혼자들에겐 그들 자신의 영지로 흩어지라 명령하고
어머니는, 만약 그녀 마음이 결혼을 욕망한다면   275

---

28   테스프로티아의 셀레에이스 강변의 도시.
29   멘테스의 부친 앙키알로스.

강력한 그 아버지의 집으로 다시 돌아가게 하게나.

그 부모가 그녀에게 결혼식을 올려주고 두둑한 지참금도

준비할 것이니, 제 딸에게 주어야 마땅한 만큼 말이지.

그대에게는 야무진 조언을 하니 잘 따르길 바라네.

스무 명의 선원들과 함께 배 한 척, 가장 훌륭한 배를 갖추고   280

오래 떠나 있는 부친의 소식을 찾으러 가게나,

인간들 중 누가 그대에게 말해줄지, 아니면 제우스에게서

풍문을 듣게 될지도 모르니, 풍문이 소식을 전해주니까.

우선 필로스에 가서는 고귀한 네스토르[30]에게 물어보고

그곳에서 스파르타로, 금발의 메넬라오스 곁으로 가게나.   285

청동 입은 아카이아인들 중 메넬라오스가 마지막으로 귀향했으니.

그대가 만약 부친의 생존과 귀향 소식을 듣게 된다면

이리저리 시달려도 아직 1년은 버틸 수 있을 것이네.

그러나 이미 죽어서 더는 살아 있지 않다고 듣게 된다면

그대는 조국 땅에 돌아와 부친을 위해   290

봉분을 쌓고 묘비를 세우고, 합당한 장례식을 치러

망자를 공경한 이후에, 한 사내에게 모친을 보내드리게나.

그런데 이 여행을 시작해서 마무리하고 나서는

머리와 가슴으로 곰곰이 잘 생각해보게나,

---

30   넬레우스의 아들. 트로야 원정에 참전한 영웅들 중 가장 연장자임.

어떻게 하면 그대 궁전 안에 구혼자들을   295
암수(暗數)나 정수(正手)로 살해할 수 있을지. 이제는 결코
계속 어린이처럼 굴지 말게, 그럴 나이가 지났으니까.
들어보지 못했나? 고귀한 오레스테스가 사람들 가운데
어떤 명성을 거머쥐었는지, 그는 제 부친을 살해한 교활한
아이기스토스를 죽였다데, 그자가 저 유명한 아버지를 살해했으니.   300
그대, 친구여, 내가 보기에 그대는 외모 좋고 체격 크니, 용감히 굴게나,
그러면 후손들도 그대를 칭찬할 것이네.
지금, 나는 내 빠른 배와 동료들에게 내려가려 하네,
동료들이 날 기다리느라 많이 괴로울 테니까.
그대 자신은 일을 잘 돌보고 내 말을 유념하게나."   305
        여신을 향해 총명한 텔레마코스가 말했다.
"손님, 마치 아버지가 제 아들에게 하듯 호의로
이런 말씀 해주시는 게 분명하니 그 말씀 결코 잊지 않겠습니다.
자, 지금은 여기에 머무시지요, 서둘러
길을 떠나고 싶어도 목욕하며 기분 전환 하고 나서   310
선물을 받아 들고 흡족한 마음으로 배로 움직이시지요,
이 값지고 멋진, 저의 선물은 당신에게 귀중품이 될 텐데
친구 사이의 주인과 손님이 주고받는 선물이 그러한 것이죠."
        그에게 올빼미 눈의 여신 아테네가 대답했다.
"이제 더는 날 붙잡지 말게나, 길 떠나길 열망하니까.   315

그대 마음이 내게 주라 명령하는 선물은 그게 뭐든
아주 멋진 선물을 골라서 내 돌아가는 길에 집으로
가져가도록 주게나. 그 선물은 보답할 만한 것이겠지.”

    그렇게 말하고 올빼미 눈의 아테네가 떠나가버리니
마치 새처럼 굴뚝을 지나서 사라졌다. 여신은 텔레마코스의   320
마음속에 기력과 용기를 넣어주고 이전보다 훨씬 더
그가 제 부친을 상기하게 했다. 그런데 텔레마코스는
이를 잘 인지하고 몹시 놀랐다. 그가 신이라는 예감이 들었던 것이다.

    당장 텔레마코스는 신과 같은 인간으로 구혼자들을 향해 갔다.
한편 유명한 소리꾼이 노래하니 구혼자들은 조용히   325
앉아 듣고 있었다. 소리꾼은 아카이아인들의 귀향을 노래했는데
트로야에서부터 팔라스 아테네가 정해놓은 참담한 귀향이었다.
위층 방에서 신적 영감 받은 노래를 의식한 자는
바로 이카리오스의 딸, 신중한 페넬로페였다.
여주인은 궁전의 높은 계단을 내려왔는데   330
혼자가 아니고 두 하녀가 그녀를 뒤따르고 있었다.
이 가장 고귀한 여인이 구혼자들에게 도착하자
단단히 조립된 지붕을 떠받친 기둥 옆에 섰고
두 뺨에는 빛나는 면사포를 쓰고 있었다.
그녀의 좌우에는 근면한 시녀가 서 있었다.   335
페넬로페는 눈물 흘리며 신과 같은 소리꾼에게 말했다.

"페미오스여, 사람들 매혹하는 많은 걸 알고 있구나,

소리꾼들이 찬양하는 신과 인간의 행적들 말이다.

그러니 그들 곁에 앉아 그것들 중 하나를 노래하고 그들은 조용히

포도주를 마시게 하라. 하지만 이런 참담한 노래는 그만두게,　　　340

그 노래가 가슴속 내 마음을 계속 후벼 파서

도려내는구나, 잊지 못할 고통이 내 마음에 엄습하니까.

그런 머리, 남편의 머리를 항상 기억하며 욕망하고 있네.

그의 명성은 헬라스[31]와 아르고스 중심에 두루 퍼져 있으니까."

　　　총명한 텔레마코스가 그녀를 향해 말했다.　　　345

"어머니, 왜 성실한 소리꾼을 못마땅해하세요?

그는 마음껏 우릴 즐겁게 하려 하는데요. 소리꾼들은

아무 책임 없고, 있다면 제우스의 책임이겠죠, 바로 제우스는

바라시는 대로 곡물 먹는 인간에게 무엇이든 나눠주시니까요.

다나오스인의 불운을 노래하는 자에게 분노할 이유가 없답니다,　　　350

사람들은 그런 노래를 더 칭찬하는데, 그 노래가

듣는 자의 귓가에는 최신 곡으로 맴돌기 때문이죠.

어머니는 머리와 가슴으로 그 노래를 들으시고 견디세요.

오뒷세우스 혼자서 트로야에서 귀향 날을 잃은 게 아니고

다른 많은 용사들도 그곳에서 쓰러졌으니까요.　　　355

31 　그리스 전역의 일반적 명칭. 좁게는 아킬레우스가 통치하는 북부 테살리아 지방을 말한다.

자, 규방으로 가서서 자기 일이나 돌보시고
베틀이든 실패든, 하녀들에겐 부지런히 일하라고
명령하세요. 연설은 모든 남자에게 속한 일인데,
특히 나의 일입니다. 이 집의 권력은 나로부터 나오니까요."

페넬로페는 깜짝 놀라 자기 방으로 돌아갔다.   360
아들의 총명한 말을 마음에 새겼던 것이다.
집의 위층에 하녀들과 함께 올라가자마자
남편 오뒷세우스 떠올리며 울고 또 울었을 때
그녀의 눈꺼풀에 달콤한 잠을, 올빼미 눈의 아테네가 던져주었다.
한편 구혼자들은 그늘진 홀에서 떼거리로 소란을 피우다가   365
페넬로페의 침대에 눕겠다며 목청껏 기도하고 있었다.

총명한 텔레마코스가 그들에게 말문을 열었다.
"내 모친의 구혼자들, 포악무도한 자들이여.
자, 지금은 잔치나 즐기고 고성은 삼가라,
소리꾼의 노래를 듣는 게 기분 좋은 일이니까,   370
신의 음성 닮은 여기 이분과 같은 소리꾼 말이다.
내일 아침에는 회의장으로 몸을 움직여서
모두 그곳에 착석하여라. 너희에게 솔직하게 말할 것이다.
여기 홀을 떠나라고. 다른 잔치들이나 찾아보아라,
이 집 저 집 돌아가며 너희 소유 재산이나 먹어치우라고.   375
너희에게 이따위 일이, 아무 보상 없이 한 사내의

재산을 탕진하는 일이 더 낫고 더 바람직하다면,
맘껏 먹어치워라. 나는 영생하는 신들을 부를 것이다,
제우스께서 되갚아주는 일을 이뤄주시길 바라며.
너희는 집 안에서 죽더라도 보상받지 못할 것이다."   380

그렇게 말하자, 구혼자들은 모두 이로 입술을 깨물며
텔레마코스에게 놀랐으니, 그가 대담하게 말한 것이었다.
에우페이테스의 아들 안티노스[32]가 텔레마코스에게 대답했다.
"텔레마코스, 정말로 신들은 네가 허풍선이 되어
대담하게 연설하는 것을 직접 가르치신 것 같군.   385
하지만 너를, 바다에 둘러싸인 이타케의 군주로 제우스가
만들지 않으시길, 혈통에 따라 부친에게 물려받더라도."

그를 향해 다시 총명한 텔레마코스가 말했다.
"안티노스, 내가 하는 말에 매우 화가 날 테지만,
제우스가 허락하신다면, 나는 기꺼이 통치권을 받고 싶다.   390
혹시 그게 인간 세상에서 가장 나쁜 거라 여기는 것이냐?
군주가 되는 건 결코 나쁜 일이 아니지. 그런 사람의 집은
금방 부유해지고 그 자신도 존경받게 될 테니까.
아무튼 아카이아인들 중 귀족들이 있고 그들 다수가
바다에 둘러싸인 이타케에 사는데, 젊거나 늙은 자들이다.   395

32 에우뤼마코스와 함께 구혼자들의 대장.

그들 중 누군가 통치권을 갖겠지, 고귀한 오뒷세우스가 죽었으니까.

아무튼 나는 내 집과 하인들의 주인이 될 것이다.

이 하인들은 전리품으로 고귀한 오뒷세우스가 내게 남겨놓았지."

　　그를 향해 폴뤼보스의 아들 에우뤼마코스[33]가 말했다.

"텔레마코스, 그런 일은 분명 신들의 무릎에 놓여 있네,　　　　　　　400

아카이아인들 중 누가, 바다에 둘러싸인 이타케를 통치할지는.

하나 그대 스스로 재산을 소유하고 그대 집의 주인이 되길 바라네.

그대 뜻을 거슬러 그대 재산을 폭력으로 강탈하는 자가

이곳에 오지 않기를, 이타케에 아직도 사람이 거주하는 한.

자, 가장 용맹한 이여, 아까 그 손님에 대해 묻고 싶네,　　　　　　　405

그가 어디에서 왔고 어느 땅 출신이라고 자랑삼아 말하던가?

어디에 친척들이 있고 어디에 선조의 경작지가 있다던가?

귀향하는 그대 부친에게서 무슨 전갈을 가져왔던가?

아니면 자기 사업 목적으로 여기에 도착했다던가?

어찌나 벌떡 자리에서 일어나 사라지던지, 서로 통성명하게　　　　　410

기다리지도 않다니. 외모가 전혀 미천하지 않던데."

　　총명한 텔레마코스가 그를 향해 대답했다.

"에우뤼마코스, 분명 내 부친의 귀향은 오래전에 사라졌소.

그래서 혹시 그분이 오신다는 소식도 믿지 않고

33　안티노스와 함께 구혼자들의 대장.

신탁도 신경 쓰지 않소, 그런 신탁은 모친이 예언자를   415
궁전 안에 불러다놓고 물어보곤 하는 것이오.
그는 타포스 출신으로 내 아버지 때부터 손님이라오.
전략 뛰어난 앙키알로스의 아들 멘테스라 자랑스럽게 자신을
소개했는데, 노를 사랑하는 타포스인들을 통치하고 있다 했소."
      그렇게 말했지만 그는 내심 손님이 불멸의 여신임을 알았다.   420
한편 구혼자들은 춤과 욕망 가득한 노래에 빠져
흥겹게 놀다가 저녁이 오기를 기다리고 있었다.
흥겹게 노는 자들에게 이윽고 검은 저녁이 닥쳐왔다.
그때서야 몸을 누이러 각자 집으로 돌아갔다.
텔레마코스는 매우 멋진 안뜰의 전망 좋은 장소에   425
높은 방 하나를 만들어놓았는데
그곳 침상으로 가며 마음속으로 많은 걸 숙고했다.
그 옆엔 불타는 횃불 들고 충직한 에우뤼클레이아가 동행했는데
그녀는 페이세노르의 아들 옵스의 딸로 오래전
라에르테스가 자기 재산을 들여, 그녀가 아직   430
소녀일 때 사들이며 소 스무 마리 값을 치렀다.
그녀를, 궁전에서 존경하는 아내와 똑같이 존중했지만
침상에서 몸을 섞진 않아서 아내의 분노를 사지 않았다.
바로 그녀가 불타는 횃불 들고 동행했는데, 하녀들 중에서
어릴 적부터 텔레마코스를 기르며 가장 떠받들었다.   435

튼튼하게 지은 내실의 양문을 열고 들어가
텔레마코스는 침상에 앉고 보드라운 상의를 벗어서
빈틈없는 노파의 손에 그것을 쥐여주었다.
노파는 그 상의를 접어 반듯하게 만들어
그물 같은 침대 틀 옆, 못에 걸어두고는   440
침실에서 걸어 나와 은제 문고리로 문을 잡아당기고
가죽끈으로는 문 안쪽 빗장을 찔러 넣었다.
방 안에서 텔레마코스는 양털 담요를 감싸 덮고는 밤새도록
아테네가 보여준 여행을 속으로 곰곰이 생각하고 있었다.

2 β

일찍 태어나 장밋빛 손가락 펼치는 에오스가 나타나자
오뒷세우스의 아들은 침상에서 벌떡 일어나더니
옷을 입고 어깨 둘레엔 날카로운 칼을 걸치고
　　윤기 나는 발 아래엔 멋진 샌들을 매어 신고
보기에 마치 신과 같은 모습으로 방에서 걸어 나왔다.　　5
그리고 당장 맑은 목소리 가진 전령들에게는
긴 머리 아카이아인들을 아고라로 불러 모으라고 명령했다.
전령들이 소집하자 사람들이 아주 빠르게 모였다.
사람들이 빠짐없이 모였을 때, 텔레마코스가
집회장으로 걸어가고, 손에는 청동 창을 들었는데　　10
혼자가 아니라, 날쌘 개 두 마리가 그 뒤를 따르고 있었다.

신적인 기품을 그에게 아테네가 쏟아부으니

그가 다가오는 걸 보고는 모든 백성들이 놀랐다.

그가 부친의 자리에 앉자 원로들은 옆으로 비켜났다.

　　그러자 영웅 아이귑티오스가 그들에게 연설했는데　　　　　15

그는 고령으로 허리가 굽었으나 경험이 많은 자였다.

그에게 속한 아들도 신을 닮은 오뒷세우스와 함께

준마의 고장 일리오스[34]로 움푹한 배를 타고 갔는데

그가 바로 창잡이 안티포스였다. 사나운 퀴클롭스가

천장 둥근 동굴에서 그를 먹었으니 그의 마지막 식사였다.　　20

그에겐 다른 아들이 셋이나 있었는데, 그중 에우뤼노모스는

구혼자들과 어울렸고 나머지 둘은 항상 가족 농장을 돌보았다.

아이귑티오스는 안티포스를 잊지 못해 상심하며 탄식했다.

그래서 눈물을 흘리고 연설하며 그들에게 말했다.

　　"제발 내 말 좀 들어보시오, 이타케인들이여, 무슨 말 하는지.　　25

단 한 번도 우리에게 집회도 회의도 열린 적 없었소,

고귀한 오뒷세우스가 움푹한 배를 타고 떠난 후로는.

그런데 지금, 누가 이렇게 모이게 한 것이오? 젊은 사내들이나

먼저 태어난 자들 중 대체 누가 그럴 필요가 있는 거요?

군대가 귀환한다는 무슨 소식이라도 들은 게요?　　　　　　30

34　고대 트로야의 이름으로, 도시의 건설자인 일로스(Ilos)의 이름을 딴 것이다.

누가 먼저 듣고 우리에게 분명하게 말해줄 소식 말이오.
아니면, 무슨 다른 공사(公事)를 밝혀 말하려는 거요?
그자는 분명 복되고 쓸모 있는 자요. 바로 그가 마음속으로
열망하는 좋은 일을, 그게 뭐든 제우스께서 이뤄주소서."

　　　그렇게 말하자, 그의 상서로운 말에 오뒷세우스의 아들은　　　　35
기뻐하고 오래 앉아 있기보다는 연설하길 열망했다.
그래서 아고라 한가운데 섰다. 그의 손에 전령 페이세노르가
홀을 쥐여주었는데, 페이세노르는 영리한 계획을 아는 자였다.
텔레마코스는 우선 아이귑티오스에게 다가가 말을 걸었다.

　　　"어르신, 그 사내는 멀리 있지 않고, 당장 직접 알게 되실 터,　　40
바로 제가 백성을 소집했습니다. 저에게는 걱정거리가 생겼으니까요.
군대가 돌아온다는 소식은 들은 바 없습니다,
제가 처음 그 소식을 들었다면 분명하게 말할 수 있겠죠,
또 무슨 다른 공사를 밝히거나 말하려는 게 아니라
저 자신의 문제이고, 그게 불행하게도 제 집을 덮쳤는데　　　　　　45
두 가지 방식으로입니다. 저는 훌륭한 부친을 잃었는데, 그는
한때 여기 여러분의 왕으로 아버지처럼 친절했답니다.
그러나 지금은 훨씬 더 큰 불행이 덮쳤으니 당장 온 집을
산산조각 내고 제 모든 가산을 잡아먹을 겁니다.
제 모친은 원치 않는데도, 구혼자들,　　　　　　　　　　　　　　50
이곳 귀족의 아들들이 심하게 들이대고 있습니다.

또 구혼자들은 부친의 집에 가는 걸 꺼려합니다.

이카리오스[35]의 집 말인데, 그가 직접 딸에게 지참금을 주고

그가 원하고 그의 마음에 드는 자에게 딸을 줄 것입니다.

구혼자들은 우리 집 안에 날마다 찾아와   55

소들과 양들과 살진 염소들을 도살하고

잔치를 벌이고 거품 이는 포도주를 함부로 마셔대니,

많은 것들이 고갈되고 있지요. 오뒷세우스와 같은

사내가 관리하지 않으니 집의 피해를 막을 수 없는 겁니다.

나는 그걸 막아낼 능력이 전혀 없답니다. 나중에는   60

처량한 신세가 되어 막아낼 힘도 아는 바 없을 겁니다.

적어도 내게 그런 힘이 있다면 막아낼 수 있을 텐데,

더는 이 상황을 참을 수 없고 치욕스럽게도 나의 집은

망해버렸구나. 여러분, 스스로 분노하시고

주위에 사는 다른 이웃들 앞에서 염치를 좀 가지시오.   65

신들의 분노를 두려워하시오, 신들이 악행에

분노해 현 상황을 뒤집어버리지 않도록 하시오.

올륌포스의 제우스와, 사내들의 집회를

열거나 닫는 테미스[36] 여신에게 간청하나이다.

삼가시오, 이타케인들이여, 그리고 나 혼자 혹독한 고통에   70

---

35   페넬로페의 부친.

36   우라노스와 가이아의 딸로 법과 정의와 올바른 행실을 관장하는 여신.

닳아 사라지게 두시오. 내 훌륭한 부친이 악의를 품고
좋은 경갑(脛甲) 입은 아카이아인들에게 해코지라도 했다는 거요?
그랬다면 여러분은 내가 그 대가를 지불하게 하고, 악의를 품고
아카이아인들을 충동질해 해코지하시오. 그런데 여러분이
보물들과 가축들을 먹어치운다면 내게는 더 이득이 될 것이오.   75
여러분이 먹어치우면, 언젠가는 직접 보상하게 될 테니까.
우리가 온 도시에서 재물을 되돌려달라고 요구하며
말로 간청할 것이오, 모든 것이 반환될 때까지 말이오.
지금은 여러분이 내 마음에 고통을 가하니 견딜 수가 없소."

　　　그렇게 분노하며 말했고, 땅바닥에 홀을 내동댕이치며   80
눈물을 쏟아냈다. 동정이 모든 백성을 사로잡았다.
그때, 모든 사람이 침묵하고 어느 누구도
험한 말로 텔레마코스에게 대답하려 하지 않았다.
그러나 안티노스 혼자서 그에게 대답하여 말했다.

　　　"텔레마코스, 허풍선이, 혈기 넘치고 방자한 놈아,   85
무슨 말로 우릴 모욕하는 거냐? 험담하는 거냐.
그런데 너도 알듯이 아카이아인의 구혼자들은 결코
책임 없고, 누구보다 네 모친 탓이다, 누구보다 계략에 능하니까.
이미 3년이나 지났고 이제 곧 4년째가 되는구먼,
그녀가 아카이아인들의 가슴속 진심을 기만한 지도.   90
모두가 희망을 품게 하고 사내들 각자에게는

전갈을 보내 약속했으나 그녀 마음은 다른 걸 바라고 있었지.
심중에는 이와 같은 계략을 궁리하고 있었던 게야.
궁전 안에 긴 날실을 세워놓고는 짜기 시작했는데
섬세하고 아주 기다란 실이었지. 페넬로페가 우리에게 말했다.   95
'여러분들, 내 젊은 구혼자들이여, 고귀한 오뒷세우스가 죽어서
나와 결혼하고 싶어 안달이 나더라도 기다려주세요, 이 천을
짜는 걸 마칠 때까지는요. 실들이 헛되이 상해선 안 되겠죠.
바로 영웅 라에르테스를 위한 수의랍니다. 긴 재앙 던지는
죽음이란 사악한 운명이 시아버지를 사로잡을 때   100
많이 소유한 아버님이 덮개도 없이 누워 계신다면
어느 아카이아 여인네가 내게 분노할까 두렵거든요.'
그렇게 말하자, 우리의 사내다운 마음은 설득되었지.
그러고 나서 그녀는 낮에는 커다란 천을 짜곤 했으나
밤에는 횃불을 앞에 두고선 그걸 풀어버리곤 했지.   105
그렇게 3년 동안이나 속임수로 우리 눈길 피해
아카이아 사내들을 설득했다. 4년째가 되어 계절이 돌아오자
바로 그때, 한 하녀가 명백히 알고는 알렸으니
페넬로페가 빛나는 천을 푼다는 걸 우리가 알게 된 것이다.
그래서 그녀가 수의를 완성한 것이다, 원치 않고 강요당해서.   110
이것이 우리 구혼자들의 대답이고 선언이다. 너 스스로
명심하고, 그리고 모든 아카이아인들도 알아야 할 것이다.

네 모친을 친정으로 보내서 결혼을 독촉하여라.

누구든 그녀 아비가 권유하고 그녀 맘에 든 자와 말이야.

만약 그녀가 아직도 계속 아카이아 아들들의 마음을 흔들어대고   115

아테네 여신이 특별히 그녀에게 선사한 능력을 심중에 의식한다면,

다시 말해, 가장 멋진 작업을 하고 고귀한 마음을 품고

기지를 발휘하는 능력인데, 어떤 여인도 그러하다고 들은 적 없고

또 과거 살았던, 예쁜 머리 땋은 아카이아 여인들, 튀로[37]와

알크메네[38]와, 예쁜 화관 두른 뮈케네[39]가 그러하다 들은 적 없지.   120

그들 중 어느 누구도 계략으로는 페넬로페와 겨룰 수 없겠으나

페넬로페가 이번에 짜낸 계략은 부적절했던 게야.

우리는 너의 가산과 재산을 모두 먹어치울 작정이다.

그녀가 그따위 생각을 품고 있는 한, 그 생각이 뭐든 신들이

그녀 가슴속에 품게 했지만. 그녀 자신은 크나큰 명성을   125

이루려 하고 너는 많은 재산을 열망하고 있겠지.

하나 우리는 우리 영지나 다른 곳에는 가지 않을 것이다.

그녀가 아카이아인들 중 자신이 바라는 자와 혼인하기 전까지는.”

　　　총명한 텔레마코스가 대답하여 말했다.

37　　살모네우스의 딸이자 크레테우스의 아내.

38　　엘렉트뤼온과 뤼시디케의 딸이고 암피트뤼온의 아내인데, 제우스와 함께 헤라클레스를
　　낳았다.

39　　이나코스의 딸이자 아레스토르의 아내. 그녀의 이름에서 도시 뮈케네가 유래했다.

"안티노스, 모친이 원치 않는데 집에서 내보낼 순 없는 법,   130
날 낳아주시고 길러주셨으니까. 그런데 내 부친은 멀리 어느 땅에
살아 있거나 죽어 있겠지. 외조부에게 많은 돈을 지불하는 것은
손해나는 일, 만약 내가 자발적으로 모친을 친정에 보낸다면.
그러면 부친[40]에게 나는 나쁜 일을 겪게 되고, 또 다른 재앙을
어떤 신이 보낼 것이다. 집에서 쫓겨나면 모친은 가증스러운   135
복수의 여신들을 부를 테니까. 게다가 백성들도 내게 분노하겠지.
그래서 나는 그런 말 따위는 결코 하지 않을 것이다.
너희 마음에 구혼하는 짓이 꺼림칙하다면
여기 홀을 떠나라. 다른 잔치들이나 찾아보아라,
이 집 저 집 돌아가며 너희 소유 재산이나 먹어치우란 말이다.   140
너희에게 이따위 일이, 아무 보상 없이 한 사내의
재산을 탕진하는 일이 더 좋고 더 바람직하다면,
맘껏 찢어발기고 탕진해라. 나는 영생하는 신들을 부를 것이다,
제우스께서 되갚아주는 일을 이루어주시길 바라며.
너희는 집 안에서 죽더라도 보상받지 못할 것이다."   145

  텔레마코스가 말하자, 멀리 음성 미치는 제우스께서
산꼭대기에서 두 마리 독수리를 날려 보내셨다.
독수리 두 마리는 한동안 바람의 입김을 받아

---

40   페넬로페의 부친이나 오뒷세우스를 말한다.

서로 가까이 붙어 날개를 쫙 펼치고 날고 있었다.

목소리 웅성대는 아고라 중심에 도달하더니 150

그 위를 빙빙 돌면서 세차게 날갯짓하며

모든 이들의 머리를 노려보았다. 파멸의 징조였다!

독수리 두 마리는 발톱으로 제 뺨과 목 주위를 온통 찢어놓더니

집들과 도시를 지나 오른쪽으로 쏜살같이 날아갔다.

두 눈으로 새들을 본 사람들은 매우 놀라서 155

앞으로 벌어질 일을 속으로 곰곰이 생각했다.

그들에게 노인 영웅, 마스토르의 아들 할리테르세스가

말했다. 새의 전조를 알아보고는 운명이 정한 바를

말하니, 혼자서 동년배를 한참이나 능가한 것이다.

할리테르세스는 호의를 갖고 그들에게 연설하며 말했다. 160

　　"제발 내 말을 들으시오, 이타케인들이여, 무슨 말 하는지.

특히 구혼자들에게 경고하며 이런 말을 하는 것이오.

그들에게는 크나큰 재앙의 파도가 몰려오고 있으니까.

오뒷세우스는 제 가족과 친구로부터 오래 멀리 있지 않고

아마도 이미 가까이 있으며, 이 작자들 모두에게 살인과 죽음의 165

운명을 심어주고 있소. 멀리서 잘 보이는 이타케섬에 사는

다른 많은 이들에게도 오뒷세우스는 재앙이 될 것이오.

자, 어떻게 이자들을 제지할지 생각해봅시다. 아니, 그들 스스로

멈춰야 할 것이다. 당장 이것이 그들에게도 더 나은 일이니까.

내가 미숙하지 않고 잘 알고 있으니 예언하는 것이오. ¹⁷⁰

지금 모든 것이 실현되는 것을 보고 있소, 내가

오뒷세우스에게 예언했던 대로요, 아르고스인들이

꾀 많은 오뒷세우스와 함께 일리오스로 떠났을 때 말이오.

그분은 많은 고통을 겪으며 모든 전우들을 잃고 나서

20년째 되는 해에, 아무도 모르게 집에 돌아올 거라고 ¹⁷⁵

말했던 것이오. 지금 모든 일이 정말로 실현될 것이다.”

　　폴뤼보스의 아들 에우뤼마코스가 그에게 대답했다.

“노인네, 자 예언할 테면 집에나 가서 당신 아이들에게나

예언하시오, 앞으로 무슨 나쁜 일을 겪지 않도록 말이오.

이런 예언은 당신보단 내가 훨씬 더 잘할 수 있지. ¹⁸⁰

많은 새들이 태양 빛 아래 이리저리 날아다니지만

모든 새들이 전조를 보내는 것은 아니야. 오뒷세우스는

먼 곳에서 죽었소, 당신도 그자와 함께 죽었어야 했거늘,

그랬다면 그따위 예언을 한다고 연설하지도 않고

당신 집에 뭔가 선물을 주리라 기대하고 희망하여 ¹⁸⁵

성난 텔레마코스를 이렇게 부추기지도 않았을 텐데.

자, 내가 분명히 말하겠다, 그대로 이루어지게 되리라.

만일 그렇게 오랜 경험 많은 자가 떠벌리며 조언한답시고

젊은 사내를 더 자극하여 성질부리게 한다면

우선 그런 작자는 더 큰 곤경을 맞이하게 될 것이다. ¹⁹⁰

[그는 그럼에도 아무것도 못 하겠지, 여기 이 사람들 때문에.]
노인네, 당신에겐 우리가 벌금을 내릴 것이다,
그 벌금을 갚느라 속으로 괴로워하겠지. 힘겨운 고통이 생길 테니.
그리고 텔레마코스에겐 모두 앞에서 내 직접 한 수 가르치겠다.
모친에게는 친정아버지의 집으로 가라고 명령해라.   195
그러면 그녀의 친지들이 결혼식과 지참금을 준비할 것이다,
제 여식에게 합당한 만큼의 매우 많은 지참금을 말이지.
그 전까지는 아카이아 아들들이 고통스러운 구혼을
멈추지 않을 작정이니까. 우리는 누구도 두려워하지 않는다.
텔레마코스도 두렵지 않다, 비록 그가 수다스럽지만.   200
또 신의 소리 따위도 신경 쓰지 않는다. 노인네, 그 소리는
실현 가능하지 않고 또 당신은 더욱더 미움받게 될 거요.
또 우리가 무지막지하게 집안 재산을 먹어치워버리니
이전의 재산과는 결코 같지 않을 것이다, 페넬로페가 결혼 문제로
구혼자들을 지치게 하는 동안에는. 우리는 날마다 기다리며   205
그녀의 미덕을 두고 경쟁하며 다른 여인들은 쳐다보지도
않을 것이다, 비록 그 여인들이 뛰어나서 우리 각자와 결혼할 만해도."
    총명한 텔레마코스가 대답하여 말했다.
"에우뤼마코스와 다른 자들, 잘난 구혼자들이여.
이와 관련해 너희에게 이제 더는 간청도 발언도 하지 않을 것이다,   210
이미 신들과 모든 아카이아인들이 그것을 알고 있으니까.

자, 빠른 배와 스무 명의 선원들을 나에게 제공해라,

그들은 날 위해 왕복으로 여정을 마치게 해줄 것이다.

나는 스파르타와 모래 많은 필로스로 가려 하니

가서는 오래 부재한 아버지의 귀향에 대해 알아볼 것이다.   215

인간들 중 어떤 이가 내게 말해줄지, 아니면 인간들에게

소문 잘 전하는 제우스로부터 소식을 들을 수 있을까 하여.

만약 부친께서 살아서 귀향하신다는 소식이라면

나는 시달려도 1년 동안은 견딜 수 있을 것이다.

한데 돌아가셔서 더는 살아 계시지 않는다는 소식이라면   220

나는 내 조국 땅에 돌아와 부친을 위해서 봉분을

쌓아 올리고 부장품, 그분에게 합당한 매우 많은 부장품을

바치고 나서, 마침내 한 사내에게 모친을 보내줄 것이다."

　　그렇게 말하고 자리에 앉았다. 그들 사이에서

흠 없는 오뒷세우스의 친구였던 멘토르가 일어섰다.   225

오뒷세우스가 배 타고 떠날 때 멘토르에게 집 전체를 맡겨서

그가 라에르테스 노인의 의사를 받들며 가산을 잘 관리하도록 했다.

바로 이 멘토르가 호의를 보여주며 연설하여 말했다.

　　"자, 보시오, 이타케인들이여, 내가 하려는 말을 들으시오.

이제, 왕홀 가진 왕은 더이상 진심으로 온화해서도   230

자애로워서도 아니 되오. 비록 도리를 알더라도 그리 말고

언제나 가혹하며 사악한 짓 일삼기를 바라는 바요.

백성들을 통치했던 신과 같은 오뒷세우스를,

아버지처럼 자애로운 분을 대체 누가 기억한단 말인가.

한데 거만한 구혼자들이 속으로 사악한 계획을 짜면서   235

폭행을 일삼고 있더라도 나는 결코 비난하지 않겠소.

그들은 제 머리를 위태롭게 하며 포악을 떨고 오뒷세우스의

가산을 먹어치우고 또 그가 귀향하지 못할 거라 말하고 있으니까.

지금, 나는 나머지 백성들에게 분노하고 있소. 모든 백성들이

침묵하며 앉아 있다니, 머릿수가 많은데도 소수의 구혼자들을   240

제압하기는커녕 한마디 비난도 입 밖에 꺼내지 못하다니.”

　　에우에노르의 아들, 구혼자 레오크리토스가 대답하여 말했다.

“멘토르, 못돼먹은 자, 정신 나간 자여, 무슨 말을 지껄이느냐?

우리를 제압하라고 부추기다니. 사실 수적으로

열세인 자들이 잔치를 두고 싸우는 것은 힘겨운 일이지.   245

혹시 이타케 사람 오뒷세우스 자신이 돌아와서

이 집에서 잔치 벌이는 고귀한 구혼자들을

몰아내려고 마음속으로 열망한다고 해도, 그를

그리워한 그의 아내도 그의 귀향을 반기지 않을 거고

바로 이곳에서 그자는 수치스러운 죽음과 만나게 될 것이다,   250

{더 많은 자들과 싸우게 되니. 네 말은 가당치도 않다.}

그러니 자, 백성들은 각자 흩어져 본업에 충실해라,

멘토르와 할리테르세스가 텔레마코스의 여행을 챙겨주겠지,

이들은 아주 오래전부터 그 아비의 친구들이니까.

그런데 내 생각에, 텔레마코스는 여기 이타케에서 죽치며 255

소식을 듣게 되고, 그가 계획한 여행은 시작도 못 할 것이다.”

　　그렇게 말하며 집회를 해산시켜 이타케인들을 흩어지게 했다.

그래서 그들이 각자 제 집으로 뿔뿔이 가버렸으나

구혼자들은 신과 같은 오뒷세우스의 집으로 갔다.

한편 텔레마코스는 멀리 떨어진 바닷가로 가서는 260

잿빛 바닷물에 손을 씻고 아테네 여신에게 기도했다.

　　“제 말을 들어주소서, 어제 신으로 우리 집에 오셔서,

멀리 집 떠나 있는 아버지의 귀향에 대해 알아보도록

배 타고 안개 낀 바다 위로 가라고 제게 명령하셨지요,

이 모든 것을 아카이아인들이 좌절시키려 하는데 265

특히 구혼자들이 사악하고 오만하게 행동하며 그런답니다.”

　　그렇게 기도하며 말했다. 가까이에서 아테네가

다가왔는데, 체격과 음성이 멘토르와 흡사한

여신은 그에게 날개 돋친 말을 쏘았다.

　　“텔레마코스여, 앞으로 비겁하지도 멍청하지도 않을 것이다. 270

정말로 그대 안에 그대 부친의 강력한 힘이 심어져 있다면

부친과 마찬가지로 말과 일 모두를 성취할 것이고,

그러면 그대 여행은 헛되지 않고 성공하게 되리라.

한데 그대가 그와 페넬로페의 아들이 아니라면

그대 자신이 열망하는 일을 달성하지 못할 것이다.   275
소수의 아이들만이 부친과 닮아 있으니까.
대부분은 부친보다 못하고 소수만이 부친을 능가하지.
그러니 앞으로 비겁하지도 멍청하지도 않을 거고
오뒷세우스의 계획이 결코 그대를 저버리지 않았으니
이러한 일을 달성하리라는 희망이 있을 것이다.   280
지금은 계획과 의도 있는 구혼자들,
어리석은 자들은 놔두어라, 그들은 멍청하고 정의롭지
못하니까. 사망과 검은 죽음을 전혀 알지 못하다니
그들 가까이 와 있는데도, 한날한시에 모두 죽게 될 것이다.
텔레마코스, 그대 자신이 열망하는 여행이 곧 시작되리라.   285
그대의 아버지 때부터 나는 좋은 친구였으니
내 그대에게 빠른 배를 준비해주고 직접 뒤따를 것이다.
자, 그대는 집으로 가서 구혼자들과 어울려라,
여행의 준비물을 갖추고 이 모든 걸 용기에 보관하되
큰 단지 안에는 포도주를, 질긴 가죽 부대에는 인간의 골수   290
보릿가루를 넣어라. 나는 당장 마을을 다니며
자원하는 동료들을 모을 것이다. 많은 배들이,
새 배든 낡은 배든, 바다에 둘러싸인 이타케에 있으니
배들을 잘 살펴보고 나서 가장 좋은 배를 선택하고
재빨리 채비를 마치고 드넓은 바다로 출항시킬 것이다."   295

제우스의 따님 아테네가 그렇게 말했다.

텔레마코스는 주저하지 않았다, 여신의 소리를 들었으니.

마음이 슬픔에 짓눌린 채 집을 향해 걸어가서

궁전 안 홀에서는 거만한 구혼자들을 발견했는데

그들은 양가죽을 벗기고 뜰에선 살진 돼지를 그슬리고 있었다.　　　300

안티노스가 웃으며 텔레마코스 앞으로 다가와

그의 손을 꼭 붙잡고 이름을 부르며 말을 건넸다.

　"텔레마코스, 웅변가, 혈기 넘치고 방자한 이여,

가슴속에 무슨 음흉한 말과 일을 돌보지 말고

전에 그랬듯이 나와 함께 먹고 마시게나.　　　305

이런 모든 것은 아카이아인들이 마련해줄 걸세,

배와 선발된 노잡이들 말인데, 그대가 저 유명한 아버지의

소식 찾아서 가장 경건한 퓔로스에 빨리 도달할 수 있도록."

　총명한 텔레마코스가 대답하여 말했다.

"안티노스여, 주제넘은 너희와는 잠자코 식사하고　　　310

편안히 즐기는 일은 결코 없을 것이다.

전부터 많고 값진 내 재산을 잘라버리는 걸로

충분하지 않나, 구혼자들아? 내가 아직 어린이였지?

하나 이제는 장성했고 타인의 말을 듣고 이해하며

내면에선 기백이 생겨나 자라나고 있으니　　　315

너희에겐 잔혹한 죽음의 여신을 보낼 것이다,

내가 퓔로스로 가든 바로 여기 이 집에 있든 간에.
나는 갈 것이니, 내가 공표한 여행은 헛되지 않을 거다,
승객으로 말이지. 내 배와 내 노잡이가 마련되어 있지
않으니까. 지금 이런 사정이 너희에겐 더 이득으로 보이겠지.”   320
　　　그렇게 말했고 안티노스의 손에서 자기 손을
무심하게 빼냈다. 구혼자들은 집에서 식사 준비로 분주했다.
한편 일부 구혼자들이 말로 조롱하며 꾸짖기 시작했는데
특히 거만한 젊은이들 가운데 하나가 이렇게 말했다.
　　　“정말로 텔레마코스가 우리의 도살을 궁리하고 있다고.   325
모래 많은 퓔로스에서 어떤 조력자를 이끌고 올지도,
아니면 스파르타에서 그리할지, 그가 무섭게 서둘러 가버리다니,
아니면 비옥한 농토 에퓌라에 가길 원하여
그곳에서 목숨 앗아가는 약초를 가져올지도,
혼주 항아리에 독약을 타서 우리 모두를 죽이려고 말이야.”   330
　　　거만한 젊은이들 중 또 다른 자가 이렇게 말했다.
“누가 알까? 만약 그 자신이 움푹한 배를 타고 가서는
오뒷세우스처럼 떠돌다가 가족과 친구와 멀리 떨어져 죽게 될지.
그러면 그는 우리의 노고를 늘리게 될 것이다.
우리끼리 모든 재산을 나눠야 하는데, 그의 가옥은   335
그의 어머니와, 그녀와 결혼할 남자가 갖도록 줘야겠지.”
　　　그들이 말했다. 텔레마코스는 천장 높은 부친의 방으로

내려갔는데, 그 넓은 방에는 황금과 청동이 쌓여 있고
상자들에는 옷들이 들어 있고 향기 좋은 올리브유가 충분했다.
또 그 안에는 달콤하고 오래된 포도주 단지들이   340
놓여 있었는데, 그 안에는 섞지 않은 신적인 음료가 담겨 있었고
단지들이 차례로 벽을 따라 촘촘하게 줄을 지어 있었다,
많은 고통 겪은 오뒷세우스가 언젠가 귀향하길 고대하듯이.
그곳에는 닫을 수 있는 잘 짜 맞춘 문이 있었는데,
문짝이 두 개였다. 그 안에선 가사 관리인이 밤낮으로 지키고   345
재치와 기지를 발휘하여 만사를 보살폈으니
그는 바로 페이세노르의 아들 옵스의 딸 에우뤼클레이아였다.
텔레마코스가 그녀를 방으로 불러서 말했다.

　"유모, 자, 날 위해서 단지들 안에 포도주를 부어주게,
그대가 지키는 저것 다음으로 가장 맛 좋은 달콤한 포도주 말이네.   350
그대는 불운한 그분을 늘 생각하여, 어디선가 제우스의 후손
오뒷세우스가 사망과 죽음을 피하고 돌아오시길 희망하지.
열두 개 단지를 채우고 모두 덮개로 봉해주게나.
나에게는, 보릿가루를, 잘 꿰맨 가죽 부대 안에 부어주게나,
방앗간에서 빻은 보릿가루 곡물이 스무 말이 되도록.   355
그대 혼자서만 알고 이 모든 것을 한번에 준비하면
밤에 내가 손수 취할 것이네, 어머니가
위층에 올라가 잠자리를 돌보실 때 말이지.

나는 스파르타와, 모래 많은 퓔로스로 가려 하니까,
내 부친의 귀향을 알아보며 혹시 무슨 소식이라도 들을까 하여.”   360
　　그렇게 말하자, 그의 유모 에우뤼클레이아가
소리 지르며 탄식하고 날개 돋친 말을 쏘았다.
　　“대체 왜, 사랑하는 도련님, 심중에 그런 생각을
하셨나요? 어째서 먼 땅에 가려 하세요,
외동아들이고 유일한 상속자인데? 고향에서 멀리 떨어져   365
제우스의 후손 오뒷세우스가 미지의 고장에서 돌아가셨지요.
그자들은 도련님이 떠나자마자 사악한 짓을 꾸밀 겁니다,
계략으로 도련님을 죽이려 들고, 이 모든 걸 자기들끼리 나누겠죠.
제발, 도련님의 재산 위에 눌러앉아 계세요, 지침 없는
바다에서 몹쓸 일을 겪으며 떠도실 필요가 전혀 없다고요.”   370
　　총명한 텔레마코스가 대답하여 말했다.
“걱정 말게, 유모. 이 계획은 신의 도움이 없는 게 아니라네.
그런데 어머니에게는 말하지 않겠다고 맹세하게나,
열하루나 열이틀이 되기 전까지는, 혹은 어머니가
날 보고 싶어 내가 떠난 걸 알아내기 전까지는.   375
눈물을 흘려 고운 피부를 상하게 해선 아니 되네.”
　　그렇게 말하자 늙은 유모는 신들의 이름으로 엄숙히 맹세했다.
노파가 맹세를 시작하여 그 맹세를 마치자마자
당장 포도주를, 손잡이 두 개 달린 독에 채우고

잘 꿰맨 부대 안에는 보릿가루를 채워 넣었다. 380

한편 텔레마코스는 집에 가서 구혼자들과 어울리고 있었다.

　　그때, 올빼미 눈의 여신 아테네가 다른 걸 생각해냈다.

텔레마코스의 모습을 하고는 도시의 방방곡곡을

돌아다니며 각각의 사람 곁에 다가가서 말했는데

저녁때 빠른 배로 모이라고 명령했던 것이다. 385

여신이 또 프로니오스의 영광스러운 아들 노에몬에게

빠른 배를 부탁하자 노에몬은 기꺼이 그 부탁을 들어주었다.

　　해가 떨어지고 모든 길엔 어둠이 드리우고 있었다.

여신은 빠른 배를 바다로 끌어 내리고 그 안에는

갑판 훌륭한 배들이 나르게 될 모든 선구를 내려놓았다. 390

배를 포구 입구에 정박하자 훌륭한 동료들이

떼로 모여들었다. 여신이 그들 각각을 독려했다.

{그때, 올빼미 눈의 여신 아테네가 다른 걸 생각해냈다.}

여신은 신과 같은 오뒷세우스의 집으로 서둘러 갔다.

그곳에서 구혼자들에겐 달콤한 잠을 쏟아붓고 술 취한 395

자들을 혼란케 하며 그들 손에선 술잔이 떨어지게 했다.

그들은 더 앉아 있지 못하고 잠을 자러 도시를 두루

빠르게 움직였으니, 잠이 그들 눈꺼풀을 덮친 것이었다.

한편 올빼미 눈의 아테네는 텔레마코스에게 말하며

잘사는 궁전에서 자신에게 불러냈는데 400

여신의 몸집과 음성은 멘토르와 흡사했다.

　"텔레마코스여, 이미 좋은 경갑 입은 동료들이
노들 옆에 앉아 있고 그대의 출발을 기다리고 있네.
자, 가세, 더이상 여행이 지연되지 않도록 하게나."

　팔라스 아테네가 그렇게 말하고는 재빠르게   405
앞장섰다. 그는 여신의 발자국을 쫓아갔다.
[그렇게 그들이 배를 향해 내려가 바다에 도착하자]
바닷가에서 긴 머리 동료들을 발견했다.
그들 가운데서 텔레마코스의 강력한 힘[41]이 말했다.

　"친구들이여, 이곳으로 식량을 나릅시다. 이미 모든 것이   410
홀 안에 쌓인 채 놓여 있다오. 내 모친은 아무것도 알지 못하고
다른 하녀들도 마찬가지인데, 한 하녀만이 이 일을 알고 있소."

　그렇게 말하며 앞장서자 동료들이 뒤따랐다.
그래서 그들이 모든 것을 갑판 좋은 배 안에 옮겨
내려놓으니, 오뒷세우스의 귀한 아들이 명령한 대로였다.   415
텔레마코스가, 보라, 배 위로 올랐고, 아테네가 앞장서서
배의 고물에 자리를 잡고 앉자 여신 옆에
텔레마코스도 앉았다. 동료들은 고물 밧줄을 풀고는
그들 스스로 배에 올라가서 노 젓는 자리에 앉았다.

41　텔레마코스를 강력한 힘으로 표현한 환유법이다.

그들에게 올빼미 눈의 아테네가 순풍을 선사했는데   420
적포도줏빛 바다 위로 힘차고 우렁차게 부는 서풍이었다.
텔레마코스가 격려하며 동료들에게 선구를
잡으라고 명령했다. 그들은 격려하는 자의 말을 따랐다.
전나무 돛대를 들어 올려 들보 중앙의 구멍 안에
세우고 버팀 밧줄로는 돛대 아래를 묶고   425
하얀 돛을, 잘 꼬인 소가죽끈으로 잡아당겼다.
바람이 돛폭 중앙을 불어대니 배가 나아가며
이물 주위에선 자줏빛 파도의 쏴아 쏴아 소리가 엄청났다.
{배는 파도 헤치며 달리고 바닷길을 가로질렀다.}
이제는, 검고 빠른 배 위에 선구들을 묶고 나서   430
그들은 포도주로 넘치는 혼주 항아리를 세우고
불멸하고 영생하는 종족인 신들에게 제주를 바치는데
모든 신들 중, 특히 올빼미 눈의 제우스 따님에게 바쳤다.

　　밤새도록 달린 배는 바닷길을 헤치며 새벽을 갈랐다.

3 ɣ

헬리오스가 떠올라 매우 멋진 바다를 떠나서
청동의 하늘에 올라가니 곡물 선사하는 대지를 가로지르며
불멸의 신들과 필멸의 인간들을 비출 것이다.
한편 텔레마코스 일행은 넬레우스[42]의 잘 지은 도시 필로스에
도달했다. 필로스인들은 바닷가에서 검은 황소 제물을   5
대지 흔드는 검은 머리 신 포세이돈에게 바치고 있었다.
자리가 아홉인데 각 자리엔 500명이 앉아서
저마다 앞에 아홉 마리 황소들을 붙잡고 있었다.
그들이 내장을 맛보고 신에게 넓적다리 고기를 태우자

---

42 필로스의 왕. 포세이돈과 튀로의 아들.

선원들은 곧장 배를 끌어놓고 균형 잡힌 배의 돛을 10
묶어서 걷고, 배를 정박하고 나서 스스로 밖으로 나왔다.
텔레마코스가 배 밖으로 걸어 나오자 아테네가 앞장섰다.
그에게 먼저 올빼미 눈의 여신 아테네가 말했다.
　"텔레마코스여, 부끄러워할 필요 없다, 조금도.
바다까지 항해했고, 부친에 대한 소식을 알고자 하니까, 15
어느 대지가 그를 숨겼고 그가 어떤 운명과 만났는지 말이다.
이제는, 자, 말 길들이는 네스토르 앞으로 움직여라.
그가 가슴속에 어떤 조언을 숨겼는지 알아보자.
[진실을 말해달라고 바로 그에게 간청하여라.]
그는 거짓을 말하지 않을 거다. 양식 있는 분이니까." 20
　　총명한 텔레마코스가 여신에게 대답하여 말했다.
"멘토르여, 어떻게 가야 하나요? 어떻게 그분에게
인사하는 거죠? 예법에 맞게 말해본 경험이 전혀 없는걸요.
젊은이가 나이 든 분께 질문하는 건 당황스럽죠."
　　올빼미 눈의 여신 아테네가 그를 향해 말했다. 25
"텔레마코스여, 어떤 말은 그대가 직접 심중에서 찾아내고
또 어떤 말은 어떤 신이 조언해주실 거다. 신의 뜻을 거슬러
그대가 태어나서 양육된 건 아니라고 생각하니까."
　　그렇게 말하고 팔라스 아테네가 이끌며
서둘렀다. 텔레마코스는 여신의 발자국을 따라 걸었다. 30

그들이 퓔로스인들이 무리 지은 자리에 도달했는데,
그곳엔 네스토르가 아들들과 앉아 있었고 주위에는
동료들이 식사 준비로 고기를 굽고 다른 고기는 꼬치에 꿰었다.
이방인들을 보자 그들 모두 무리 지어 와서는
손을 잡으며 반기고 자리를 잡고 앉으라고 권했다.   35
우선 네스토르의 아들 페이시스트라토스가 다가와
두 사람의 손을 잡고 식사 자리에 앉혔으니
바다 모래사장 위, 부드러운 가죽 위였고
형제 트라쉬메데스와 자신의 아버지 곁이었다.
페이시스트라토스는 내장 부위를 주고 황금 잔에   40
포도주를 부었다. 인사를 건네며, 공포 부르는
방패 가진 제우스의 따님 팔라스 아테네에게 말했다.
　"이제, 이방인이여, 포세이돈 왕에게 기도하시오.
여기 와서 참석한 잔치가 바로 그 신을 위한 것이오.
제주를 바치고 기도하고 나면, 그게 관습이니,   45
당신 동료에게도 헌주하도록 달콤한 포도주 잔을
주시오, 그도 불멸의 신들에게 기도할 거라고
믿으니까요. 모든 인간은 신들을 필요로 하죠.
그는 당신보다는 젊지만, 나 자신과는 동년배랍니다.
그래서 우선 당신에게 황금 잔을 드립니다."   50
　그렇게 말하며 여신의 손에, 달콤한 포도주 담긴 잔을 건넸다.

이 똘똘하고 예절 바른 청년을 아테네가 기뻐했으니
여신에게 먼저 그가 황금 잔을 주었던 것이다.
곧장 아테네는 진심을 담아 주인 포세이돈에게 기도했다.

　"들어주소서, 대지 떠받치는 포세이돈이시여, 저희가　　　55
기도하오니, 이런 일 이루는 것을 거절하지 마소서.
우선 네스토르와 그 아들들에게 영광을 내려주시고
다음으로 아주 유명한 헤카톰베를 바치는
모든 퓔로스인들에게 복이 충만한 보답을 내려주소서.
텔레마코스와 나도, 여기 온 목적을 이루고 나서　　　60
검은 빠른 배를 타고 돌아가게 해주시길 비나이다."

　그렇게 여신이 기도하며 직접 모든 것을 이루고 있었다.
그리고 텔레마코스에게는 손잡이 두 개인 멋진 황금 잔을 주었다.
마찬가지로 오뒷세우스의 아들도 그렇게 똑같이 기도했다.
사람들은 살코기를 굽고 꼬치를 빼고 나서　　　65
몫을 나누고 저 유명한 만찬을 들면서 즐겼다.
사람들이 먹고 마시는 욕망을 벗어버리자
게레니아[43]의 기사[44] 네스토르가 그들에게 말문을 열었다.

　"이제는 손님들에게 직접 물어보고 알아내는 것이
더 좋겠소, 이들이 뉘신지, 식사를 즐겼으니 말이오.　　　70

43　멧세니아 지방의 도시로 멧세니아의 페라이와 접하고 있다.
44　"전차 타고 싸우는 용사"라는 말이다.

손님들이여, 누구시오? 어디서 축축한 길을 항해해 왔소?

무슨 사업 때문이오, 아니면 무모하게 떠도는 것이오?

바다 위로, 마치 해적 같은 인간처럼 목숨 내놓고

다른 백성에게 재앙을 안기려고 떠도는 것이오?"

    이에 총명한 텔레마코스가 그에게 대답하려고   75

용기를 냈다. 아테네가 직접 그의 마음에 용기를

불어넣었으니, 떠나 있는 부친에 대해 그가 소식을 묻고

[사람들 가운데 훌륭한 명성을 얻게 될 것이다.]

    "넬레우스의 아들 네스토르여, 아카이아인의 위대한 영광이시여,

우리가 어디서 왔는지 물으시니 제가 상세히 말하겠습니다.   80

우리는 네이온산 밑, 이타케섬에서 왔습니다.

공사가 아니라 사적인 용무라고 말하겠습니다.

제 부친의 널리 퍼진 소문을 쫓아왔는데, 고귀하고 인내하는

오뒷세우스의 소식을 들을까 해서요. 그는 한때 당신과 함께

싸우며 트로야인들의 도시를 파괴했다고 합니다.   85

트로야에서 싸웠던 다른 모든 영웅에 대한 소식은

들었는데, 그곳에서 슬프게도 각자 파멸해 죽었다고 하지요.

그의 죽음은 그마저도 크로노스의 아들[45]이 희미하게 했답니다.

누구도 그가 어디서 죽었는지 분명히 말할 수 없습니다,

---

45   제우스.

육지에서 적대하는 인간들에게 제압당했는지, 아니면   90
바다에서 암피트리테[46]의 물결 가운데서 그러했는지.
그리하여 당신의 무릎에 도착한 겁니다. 당신께서 부디
그의 불쌍한 죽음을 말해주시길 바라며, 혹시 당신께서
직접 목격하셨거나 다른 이로부터 그의 방랑에 대한 말을
들으셨는지요. 그는 어머니로부터 가장 불행하게 태어난 자입니다.   95
뭔가 저를 꺼리시거나, 동정하여 조심스레 말하지 마시고
목격하신 그대로 저에게 자세히 말해주십시오.
부탁드립니다. 언젠가 저의 부친 훌륭한 오뒷세우스가
트로야 지방, 아카이아인들이 고통을 겪은 곳에서
말로든 어떤 일로든 약속한 바를 이루셨다면.   100
지금은, 저를 위해 그것을 상기하여 틀림없이 말해주십시오.”
       게레니아의 기사 네스토르가 그에게 대답했다.
“오 친구여, 내가 고통을 떠올리게 하는군, 저 영토에서
우리 아카이아인들이 고통을 견뎠지, 비록 투혼을 누르진 못했지만.
아킬레우스가 이끄는 대로 전리품을 찾아서   105
배 타고 안개 자욱한 바다 위를 떠돌며 고생하거나
프리아모스 왕의 거대한 도시 주위에서 싸우며
겪은 일들 말이네. 그곳에선 가장 뛰어난 자들이 죽었다네.

46　바다의 여신.

그곳에는 호전적인 아이아스[47]가, 그곳에는 아킬레우스가 누워 있고
그곳에는 신에 버금가는 조언자 파트로클로스[48]가 누워 있다네,   110
그곳에는 내 아들, 아주 용맹하고 흠 없는 아이,
안틸로코스가……, 그는 누구보다 빠른 주자이며 용사였지.
게다가 다른 많은 불행을 겪었다네. 필멸의 인간들 중에서
도대체, 누가 저 모든 걸 말할 수 있겠는가?
그대가 5년이고 6년이고 머물며, 고귀한 아카이아인들이   115
그곳에서 겪은 불행을 탐문해도 이루 다 말할 수 없다네.
그 전에 싫증이 나서 조국 땅으로 돌아가겠지.
9년 동안이나 우리가 부지런히 온갖 속임수로 트로야에
재앙을 짜냈고 크로노스의 아들이 가까스로 이뤄주셨지.
그곳에선 어느 누구도 꾀로는 고귀한 오뒷세우스와   120
겨루길 원치 않았는데, 그가 월등하게 온갖 계략으로
모두를 능가했으니까, 그대의 부친 말일세. 정말로
그의 아들일까. 자네를 바라보고 있자니 놀람이 날 사로잡는군.
정말, 자네는 언행이 부친과 비슷하니까, 젊은 사내가
그렇게 합당한 말을 하리라고 누구도 생각 못 할 것이네.   125

---

47 텔라몬의 아들로 '큰 아이아스'라 불리며, 트로야 원정에서 살라미스인들의
지휘관이다.

48 메노이티오스의 아들로 아킬레우스의 친구인데, 트로야의 영웅 헥토르에게 죽임을
당했다.

그곳에서 언제나 나와 고귀한 오뒷세우스는

집회나 회의에서나 결코 다른 말을 한 적 없고

우리 두 사람은 묘수나 신중한 계획으로 한마음 되어

아르고스인들에게 조언하여 최선의 결과가 나오게 했다네.

프리아모스의 가파른 도시를 파괴하고 나서 130

{우리는 배 타고 떠났고, 신은 아카이아인들을 흩어지게 했다네.}

바로 그때, 제우스가 심중에 비참한 귀향을

아르고스인들에게 계획했는데, 우리 모두 전혀 현명하지도

올바르지도 못해서 많은 이가 비참한 운명을 맞이했지.

막강한 아버지의 딸, 올빼미 눈의 여신이 잔혹하게 분노했으니. 135

여신은 아가멤논과 메넬라오스 사이에 불화를 지폈다네.

그래서 두 영웅이 모든 아카이아인들을 집회장에 소집하자

일몰 즈음에 맹목적으로, 질서도 규율도 없이,

아카이아 아들들이 술에 취해 무거운 몸으로 도착했고

두 영웅은 백성들을 소집한 이유를 설명했다네. 140

그때, 메넬라오스는 모든 아카이아인들에게 명령하여

그들이 바다의 넓은 등 가르며 귀향할 생각을 하게 했지.

그 계획은 아가멤논의 마음에 전혀 들지 않았네. 그는

백성들을 붙잡아두고 신성한 헤카톰베를 바쳐서

아테네 여신의 무서운 분노를 달래고 싶어 했지만 145

어리석게도, 여신이 설득되지 않는다는 걸 몰랐다네.

영생하는 신들의 의도는 갑자기 바뀌지 않는 법.

그래서 두 사람이 일어나 서로 심한 말을 교환했지.

좋은 경갑 입은 아카이아인들이 엄청난 굉음과 함께

일어섰는데, 계획이 두 갈래가 되자 각자의 마음에 따른 것이네.   150

우리는 밤을 보내며 마음속으로 서로를 적대했으니

우리 위에 제우스가 재앙의 고통을 준비한 것이네.

새벽에, 일부는 신성한 소금 바다로 배를 끌었고

재물과 허리 졸라맨 여자들을 배에 실었다네.

백성의 절반은 스스로 자제하더니, 아트레우스의 아들,   155

백성들의 목자 아가멤논 곁에 머물렀고.

다른 절반은 배에 올라 배를 몰았네. 배들은 아주 잽싸게

항해했고, 신은, 바다 괴물 득실거리는 바다를 잔잔하게 했지.

테네도스[49]에 도착하여 신들에게 제물을 바치며 우리는

귀향을 열망했네. 그러나 제우스는 아직도 귀향을 계획하지 않고   160

무자비하게도, 또다시 양편으로 갈라 사악한 불화를 일으켰네.

일부는 양끝이 굽은 배를 되돌려서, 지략 있고

꾀가 다양한 오뒷세우스 왕을 중심으로

아트레우스의 아들 아가멤논에게 힘을 실어주었네.

그러나 나는 날 따르는 모든 배들과 함께 도망쳤으니   165

49　트로야 해변에서 5킬로미터 떨어져 있는 에게해의 섬.

어떤 신이 재앙을 계획하고 있음을 알아챈 것이지.

한편 튀데우스의 호전적인 아들[50]도 도망치며 전우들을 부추겼네.

뒤늦게, 금발의 메넬라오스도 움직여 우리를 쫓아서

레스보스섬[51]에서 우리와 마주치자 우리는 긴 항로를 숙고했네,

바위 많은 키오스섬[52]의 북쪽으로 항해하여   170

프쉬리에섬[53]에서 키오스섬을 왼편에 두고 항해할까,

아니면 키오스를 아래로 두며 바람 많은 미마스곶[54]을 지나갈까.

우리는 신이 전조를 보여주길 간청했네. 신은 우리에게

전조를 보여주며 에우보이아[55] 방향, 바다 정중앙을 가로질러 가라고

명령했는데, 우리가 즉시 곤경에서 벗어나도록 말이네.   175

낭랑한 소리 내는 바람이 불기 시작했지. 배들은 재빨리

물고기 많은 길을 가로질러 내달아 게라이스토스[56]의 뭍에

밤중에 도착했지. 거대한 바다 표면을 측량하고 나서

포세이돈 신 제단에 황소의 넓적다리를 올려놓았다네.

나흘이 되자, 튀데우스의 아들, 말 길들이는   180

디오메데스의 전우들은 균형 잡힌 배를 아르고스에

---

50   디오메데스.
51   소아시아 해변에서 10킬로미터 떨어져 있는 섬.
52   소아시아 해안 앞바다에 있는 큰 섬. 트로야에서 귀향할 때 중요한 항해 거점.
53   에게해의 작은 섬. 키오스섬에서 북서쪽으로 22킬로미터 떨어져 있다.
54   키오스섬의 맞은편에 있는 이오니아 해안가의 산맥으로 형성된 곳.
55   그리스 동부 해안을 마주한 거대한 섬.
56   에우보이아의 최남단에 위치한 갑(岬)이다.

정박해놓았지. 한편, 내가 퓔로스 향해 계속 항해하자 바람이
결코 그치지 않았네. 신이 먼저 바람을 불어주었으니까.
마침내 도착했네, 내 아들이여, 그런데 남은 자들 중
누가 살아남고 누가 죽었는지는 전혀 알지 못하네.   185
하나 궁전에 앉아 들었던 소식을 전해주겠네,
그대에게 숨기지 않는 것이 도리일 테니까.
창으로 유명한 뮈르미도네스족[57]이 잘 돌아왔다고 들었는데
그 종족은 기개 높은 아킬레우스의 영광스러운 아들[58]이 이끌었고
포이아스의 빛나는 아들 필록테테스도 잘 돌아왔다고 하네.   190
이도메네우스[59]는 전쟁에서 도망친 모든 전우들을
크레타[60]로 이끌었는데 바다가 그의 전우 한 명도 앗아가지 못했지.
아트레우스의 두 아들 소식은 들었겠지, 자네가 비록 멀리 살지만,
어떻게 도착했고, 어떻게 아이기스토스가 비참한 죽음을 꾀했는지.
하나 아이기스토스는 고통스럽게 죗값을 치르고 말았네.   195
사내가 죽고 나서 아들이라도 남아 있는 건 얼마나
다행인가, 그 아들이 부친의 살해자를 응징했지,
저 유명한 부친을 살해한 교활한 아이기스토스를 말이네.

57　테살리아 남부의 프티아 지역에 거주하는 종족.
58　네옵톨레모스.
59　크레타의 왕으로 트로야 원정에 참여함.
60　펠로폰네소스의 남부에서 떨어져 있는, 에게해의 큰 섬.

그대, 친구여, 내가 보기에 그대는 외모 좋고 체격 크니
용감히 굴게나, 그러면 후손들도 그대를 칭찬할 것이네." 200
총명한 텔레마코스가 대답하여 말했다.
"오, 넬레우스의 아들 네스토르여, 아카이아인들의 영광이시여,
정말로 오레스테스가 응징했고 그에게는 아카이아인들이
드넓은 명성을 주고 후손들에겐 노래 불러 전하겠지요.
저에게도 신들이 그렇게 커다란 힘을 주신다면 205
고통 주는 범죄를 일삼는 구혼자들을 응징할 텐데요.
그들은 내게 포악하게 굴며 무도한 짓 꾸미고 있으니까요.
하나 내게 신들은 그런 행운을 짜주시지는 않았습니다,
나와 내 부친을 위해서 말이죠. 그럼에도 지금은 견뎌야 합니다."
게레니아의 기사 네스토르가 대답했다. 210
"오 친구여, 그대가 했던 말을 내가 다시 떠올렸는데,
많은 구혼자들이 자네 모친으로 인해 궁전에서
그대의 의사에 반하며 악한 짓을 꾸미고 있다고 했지.
{내게 말해보게, 자진하여 굴복한 건가, 아니면
신의 소리를 듣고는 지역 백성들이 자넬 미워하는 건가?} 215
누가 알겠나? 언젠가 그가 돌아와 그자들의 폭행을 응징할지,
혼자서든, 아니면 모든 아카이아인들이 함께해서든 말일세.
올빼미 눈의 여신 아테네가 자네를 총애하길 원하시면 좋을 텐데,
당시 아카이아인들이 고통을 겪은 트로야의 영토에서

영광스러운 오뒷세우스를 특별히 아끼셨듯이.
그렇게 신들이 드러내놓고 인간을 총애하는 걸 본 적 없네,
팔라스 아테네가 눈에 띄게 그에게 도움 주셨듯이
여신이 그렇게 자네를 총애하길 원하시고 진정 염려하시면
저놈들 누구든 죽어서 결혼을 완전히 망각하게 될걸세.”

총명한 텔레마코스가 그에게 대답했다.   225
“어르신, 그 말이 실현될 거라고 생각한 적 없습니다.
너무 큰 걸 말하시니 놀람이 절 사로잡는군요. 제가 기대해도
그런 일은 일어나지 않을 거고 신들이 원하셔도 안 될 겁니다.”

그를 향해 올빼미 눈의 여신 아테네가 말했다.
“텔레마코스여, 무슨 말이 치아의 담장을 넘어왔느냐?   230
신은 원하면 멀리 있는 사내를 쉽게 구할 수 있거늘.
나라면 기꺼이 많은 고통을 겪고 나서 집에 돌아와
귀향 날을 보고 싶어 할 것이네, 일찍 돌아와서
집에서 살해되는 것보다는 말이지, 아가멤논이
아이기스토스와 제 아내의 간계에 살해된 것처럼.   235
하나 모두에게 찾아오는 죽음을, 신들이더라도
자신들이 총애하는 인간을 위해 막아줄 순 없는 법,
파괴적 운명, 오래 비탄하는 죽음이 사로잡는다면.”

총명한 텔레마코스가 여신에게 대답하여 말했다.
“멘토르여, 아무리 걱정돼도 더이상 말하지 마세요.   240

그의 귀향은 더이상 가능하지 않죠, 이미 불사자들이
그에게는 사망과 검은 죽음의 운명을 계획했으니까요.
지금은 화제를 바꿔서 네스토르께 물어보고 싶은데
그는 누구보다도 율법을 잘 아시고 지혜로운 분이시니까요.
정말로 이분은 인간들의 삼대를 통치하셨다고 합니다.   245
이분을 바라보고 있자니 내게는 불사자로 보입니다.
넬레우스의 아들 네스토르여, 진실을 말해주십시오.
아트레우스 아들, 널리 통치하는 아가멤논은 어떻게 죽었나요?
메넬라오스는 어디에 있나요? 교활한 아이기스토스는
그에게 어떤 죽음을 계획했나요? 자기보다 더 뛰어난 자를 죽이다니,   250
메넬라오스가 아카이아 땅 아르고스에 없고 어딘가 다른 곳으로,
인간들 사이에서 방랑하니, 그 작자가 대담해져 살해한 겁니까?"
　　게레니아의 기사 네스토르가 대답했다.
"그러면 내 아들 같은 이여, 내가 자네에게 모든 진실을 말하겠네.
어떤 일이 일어났을지, 자네 스스로 상상할 수 있겠지,   255
만약 아트레우스의 아들, 금발의 메넬라오스가 트로야에서
돌아와 궁전에 아이기스토스가 살아 있는 걸 보았다면.
사람들은 살해된 아이기스토스 위해 봉분을 쌓지도 않았고
개들과 새들이, 도시에서 멀리 떨어져 들판에 누워 있는
그자를 게걸스레 먹었고, 어느 아카이아 여인도 그를 위해   260
통곡하지 않았겠지. 그자가 너무 엄청난 짓을 저질렀으니까.

우리는 그곳에서 수많은 노역을 완수하며 앉아 있었네.
그러나 아이기스토스는 편안하게, 말 기르는 아르고스 구석에서
여러 차례 아가멤논 아내에게 말 건네며 유혹하려 시도했지.
고귀한 클뤼타이메스트라가 처음에는 부적절한 짓을   265
거절했으니, 그녀가 분별력을 갖고 있었던 게지.
그녀 곁에는 소리꾼이 있었는데, 그자에게는 아가멤논이
트로야로 떠나며 아내를 지켜달라고 여러 번 당부했다네.
하나 신들의 운명이 그녀를 결박하여 복종시키자
아이기스토스는 그 소리꾼을 무인도에 데려가서   270
새들의 먹잇감과 약탈물이 되도록 남겨두고 나서
서로가 서로를 원했으니 그녀를 자기 집에 데려갔네.
그는 신들의 신성한 제단에 많은 넓적다리뼈를 태우고
직물과 황금 등 많은 제물들을 걸어놓았지,
마음속으로 꿈꾼 적 없는 엄청난 짓을 저질렀으니까.   275
그동안 우리는 함께 트로야로부터 항해했는데
메넬라오스와 내가 서로 돈독한 사이였으니까.
하나 아테나이의 곶 신성한 수니온에 도달했을 때
그곳에서 포이보스[61] 아폴론이 메넬라오스의 조타수에게
다가가서 자신의 부드러운 화살로 그를 죽였는데,   280

---

61 아폴론을 수식하는 표현으로 '빛나는' 또는 '정결한'이란 뜻이다.

조타수는 달리는 배의 키를 두 손으로 잡고 있던
오네토르의 아들 프론티스였으며 폭풍이 불어닥칠 때
배의 키를 조종하는 일로는 가장 탁월한 자였지.
메넬라오스는 서둘러야 했지만 수니온에 머물렀는데
전우를 매장하고는 그의 장례를 치러줄 때까지 말이야.   285
다시 메넬라오스가 적포도줏빛 바다 위로 우묵한 배 타고
서둘러 말레이아곶[62]의 가파른 산에 도달했을 때
멀리 내다보는 제우스가 가증스러운 항해를
계획하며, 그 위에다 쐬쐬 하는 바람 입김을 불고
산 크기만 한 엄청난 파도를 부풀려 퍼부어서   290
그들을 둘로 잘라내더니, 일부는 크레타로 몰아갔는데
그곳엔 퀴도네스족[63]이 이아르다노스강[64] 주위에 살고 있었지.
바다 향해 가파르게 달리는 매끈한 바위 하나가 있는데
안개 자욱한 바다 한가운데 고르튀스[65] 땅의 가장자리라네.
그곳엔 남풍이 큰 파도를 왼쪽 곶, 파이스토스[66] 방향으로   295
몰고 가지만 작은 바위가 큰 파도를 막아내고 있지.
그곳으로 배 일부가 갔는데, 사내들이 가까스로 파멸을

---

62   펠로폰네소스반도의 최남단에 위치한 곳이다.
63   크레타섬의 원주민 종족.
64   크레타섬의 북서쪽 강.
65   크레타섬의 도시.
66   크레타섬의 도시.

피했으나 배들은 파도에 의해 암벽에 부딪혀
박살이 나고 말았지만, 이물 검은 배 다섯 척은
바람과 파도가 끌고 가더니 이집트로 몰아갔다네.　　　　300
그곳에서 메넬라오스는 많은 재산과 황금을 모으며
배를 타고 언어 다른 사람들 사이로 돌아다녔네.
그동안, 아이기스토스는 집에서 사악한 짓을 궁리하여
아가멤논을 살해했고, 백성들은 그자에게 굴복했다네.
그가 7년 동안이나 황금 많은 뮈케네를 다스렸고　　　　305
8년째가 되자, 그자의 재앙인 고귀한 오레스테스가
아테나이에서 돌아와서는 부친 살해범, 교활한
아이기스토스를 죽였다네, 저 유명한 아가멤논을 살해했으니까.
그자를 죽이고 나서는 가증스러운 어머니와 비겁한
아이기스토스의 장례 잔치를 아르고스인들에게 베풀었다네.　　　　310
바로 그날, 함성 우렁찬 메넬라오스가 많은 재물들,
배들이 화물로 날랐던 재물들과 함께 도착했다네.

　　자네도, 친구여, 집에서 멀리 떨어져 오래 떠돌지 말게나,
그대 집에 재산과 사내들을 남겨두었으니, 주제넘은 자들 말인데,
그들이 모든 재물을 나눠 갖고 다 먹어치우지 않도록　　　　315
또한 자네 여행이 헛수고가 되지 않도록 말이네.
그러나 메넬라오스에게 가보라고 내가 거듭 자네에게
권하네, 그가 최근에 낯선 곳 인간들로부터 귀향했으니까.

그곳에서 돌아올 수 있다고 아무도 마음속으로

기대할 수 없겠지, 폭풍에 의해 한번 항로를 벗어나 그렇게 320

광활한 바다로 내몰리게 되면. 그곳에선 새들이 1년이

걸려도 올 수 없다네, 바다가 거대하고 무시무시하니까.

자, 이제 자네의 배를 타고 동료들과 함께 가게나.

자네가 육로로 가려 하면 마차와 말들이 자네 위해

준비되어 있고 내 아들들도 그러하니, 그들이 금발 머리 325

메넬라오스가 사는, 고귀한 라케다이몬까지 호송해줄 것이네.

자네가 진실을 말해달라고 바로 그에게 간청하게나.

그는 거짓말하지 않을 것이네, 양식 있는 사람이니까.”

  그렇게 말했다. 해가 지고 어둠이 찾아왔다.

그들 가운데 올빼미 눈의 여신 아테네가 말했다. 330

  “어르신, 정말 모두 그렇게 조리 있게 말하셨습니다.

자, 소의 혀를 자르고 포도주를 섞으시지요,

포세이돈과 다른 불사의 신들에게 헌주하고 나서

우리는 잠잘 생각을 합시다. 그럴 시간이니까요.

이미 빛이 지하의 어둠 아래로 사라졌으니 신들의 잔치에는 335

오래 앉아 있지 말고 집으로 돌아가는 것이 합당합니다.”

  그렇게 제우스의 딸이 말하자 그들은 귀를 기울였다.

그들의 손에는 전령들이 물을 부었고

어린 종들은 술을, 화환처럼 혼주 동이 둘레까지 채웠고

헌주하도록 모든 술잔마다 술을 나눠주었다. 340

사람들은 제물의 혀를 불에 던지고 일어나서 제주를 부었다.

모두가 마음 흡족하게 먹고 마셨을 때

아테네와, 신의 모습으로 보이는 텔레마코스는

모두 움푹한 배로 막 돌아가려 했다.

네스토르가 그들을 붙잡으며 말했다. 345

  "제우스와 다른 불사의 신들께서는 막아주십시오.

손님들이 내 곁을 떠나 빠른 배로 움직이는 것을!

마치 여벌 옷도 전혀 없거나 몹시 궁색한 자의 곁을 떠나듯이,

그런 자의 집에는 당초 외투도 이불도 전혀 없고

본인은 물론 손님들도 푹신하게 잠잘 수가 없소. 350

그러나 나에겐 외투와 좋은 이불이 준비되어 있소.

정말, 나의 친구 오뒷세우스의 아들은

배의 갑판 위에 눕게 되진 않을 거요, 내가

살아 있는 동안에는. 그 후에는 아이들이 궁전에 남아서

내 집에 도착한 손님은 누구든 환대할 것이오." 355

  올빼미 눈의 여신 아테네가 그를 향해 말했다.

"정말 지당하신 말씀입니다, 존경하는 어르신, 텔레마코스가

당신 말에 복종하는 것이 합당한데, 그게 훨씬 더 좋습니다.

지금은 그가 당신 말씀을 따라서 당신의 궁전에서

취침하겠지만, 나는 검은 배를 향해 가서 360

동료들을 격려하고 일일이 지시할 겁니다.

그들 가운데 나 혼자만이 연장자임을 자부하고 있지요.

다른 이들은 좋아서 따라나선 젊은이들인데

모두가 담대한 텔레마코스와 동년배입니다.

나는 그곳, 움푹한 검은 배 옆에 눕고 싶습니다, 지금은요.   365

내일 새벽에는, 담대한 카우코네스족[67]에게 가려 합니다,

그 종족은 내게 변상해야 할 게 있는데 새로운 것도

적은 것도 아닙니다. 당신은 당신 집에 온 이 친구에게

마차를 내주시고 당신 아들과 함께 보내주십시오. 그에게

말들을 허락하십시오, 가장 빠르고 가장 힘센 놈으로 말입니다.”   370

　　　이렇게 말하고, 보라, 올빼미 눈의 아테네가 수염수리처럼

날아가 사라졌다. 그 광경을 본 모두가 놀람에 사로잡혔다.

노인장도 두 눈으로 직접 목격한 것이라 놀라서

텔레마코스의 손을 잡고 이름을 부르며 말을 건넸다.

　　　“여보게 친구, 자네는 겁쟁이나 무력한 자가 되지 않을 거네,   375

이리 젊은 자네를 정말로 신들이 호송자로 뒤따른다면.

올륌포스 궁전 차지한 신들 중 어떤 다른 신이 아니라

제우스의 따님이자 트리톤강[68] 출생의 영광스러운 여신

아테네가 아르고스인들 가운데 자네 훌륭한 부친의 명예도 높이셨지.

67　퓔로스 남서부 지방에 거주하는 종족.

68　보이오티아나 테살리아나 리뷔아에 있다고 하는 강.

자, 여주인이시여, 자비로우소서, 저에게 훌륭한 명성을 주소서,   380
저와 자식들과 위엄 있는 아내에게 말입니다.

당신에게, 저는 보답으로 이마 넓은 하룹 송아지를 바칩니다,
그 송아지는 길들이지 않아서 멍에로 이끈 적 없는 놈입니다.
이놈의 뿔을 금으로 감싸서 소인이 제물로 바치려 하나이다.”

       그렇게 말하며 기도하자 그의 기도를 팔라스 아테네가 들었다.   385
게레니아의 기사 네스토르가 앞장서서 아들들과
사위들과 함께 자신의 아름다운 궁전으로 갔다.
그들 모두가 네스토르 왕의 명망 높은 궁전에 도착하자
차례로 안락의자와 팔걸이의자에 앉았다.

도착한 그들 위해서 노인장은 달콤한 맛 포도주 담긴   390
혼주 항아리에 물을 탔는데, 이 포도주는 여집사가
11년 만에 덮개를 풀어 개봉한 것이었다. 포도주 담긴
혼주 항아리에 노인장이 그렇게 물을 탔고, 아이기스[69]
휘두르는 제우스 딸 아테네에게 헌주하며 여러 차례 기도했다.

그들이 헌주를 마치고 마음껏 마시고 나자   395
그들 각자는 몸을 누이러 제 집으로 갔고
그곳에 게레니아의 기사 네스토르가 텔레마코스,
신과 같은 오뒷세우스의 아들을 재웠는데,

---

69 ‘먹구름’이란 뜻의 방패.

소리 되울리는 주랑(柱廊) 아래, 상감 무늬 침상이었다. 그 옆에는
물푸레 창 잘 쓰는 페이시스트라토스, 용사들의 통솔자를   400
재웠는데, 그는 자식들 중 미혼이라 궁전 안에 살고 있었다.
네스토르 자신은 높다란 집의 구석에서 잠을 잤는데
그를 위해서는 안주인인 부인이 침상과 침대를 돌보았다.
    일찍 태어나 장밋빛 손가락 펼치는 에오스가 나타나자
게레니아의 기사 네스토르가 잠자리에서 몸을 일으켰고   405
밖으로 나가서 반들거리는 돌 위에 앉았는데
높다란 대문 앞에 있는 그 돌은 흰색이며
기름으로 광을 낸 것이었다. 그 위에는 이전에
신에 버금가는 조언자 넬레우스가 앉곤 했으나
그분은 이미 죽음에 굴복해 하데스로 내려갔고   410
지금은 그곳에 네스토르가 아카이아인들의 수호자로 앉아서
왕홀을 들고 있다. 그 주위에는 아들들이 모여 있다가
방에서 나오니, 에케프론과 스트라티오스와
페르세우스와 아레토스와, 신을 닮은 트라쉬메데스였다.
여섯 번째로 영웅 페이시스트라토스가 나오자   415
그들은 그를 데려가 신과 닮은 텔레마코스 옆에 앉혔다.
그들 가운데 게레니아의 기사 네스토르가 말문을 열었다.
    "어서 당장, 내 아들들아, 내 열망을 이루어다오,
가장 먼저 신들 중 아테네 여신을 달랠 수 있도록 하자,

여신이 내게 인간 모습으로 포세이돈의 풍성한 잔치에 오셨으니.　　420
자, 암송아지를 잡으러 들판으로 가거라, 즉시
오너라, 소들 감독하는 이가 몰고 오게 하여라.
한 사람은 대범한 텔레마코스의 검은 배로 가서
모든 전우들을 데려오되, 두 명은 남아 있게 하여라.
한 사람은 금 세공사 라에르케스를 이곳에 데려오너라,　　425
그는 소의 뿔을 금으로 둘러싸야 하니까.
나머지는 모두 이곳에 남아서 집 안 하녀에게
말하거라, 저 널리 유명한 집의 잔치를 준비하려 하니
주위에서 의자들, 땔감, 깨끗한 물을 가져오라고.”
　　　그렇게 말하자, 그들 모두 헐떡이며 움직였다.　　430
암송아지가 들판에서 왔고, 균형 잡힌 빠른 배에서는
대범한 텔레마코스의 전우들이 왔고, 세공사가
손에 청동 장비들, 기술 발휘 도구를 갖고 왔는데
모루와 망치와 잘 만든 집게의 도구는
금을 작업할 때 사용하는 것이었다. 그러자 제물을 받으려고　　435
아테네 여신이 왔다. 기사 노인 네스토르가
금을 주자, 그걸로 세공사는 소의 뿔을 솜씨 좋게
감쌌는데, 여신이 그 장식을 보고 기뻐하도록 작업했다.
스트라티오스와 고귀한 에케프론이 암송아지의 뿔을 잡아 끌고 왔다.
그들에게 아레토스가 꽃 장식 대야에 손 씻을 물을 담아　　440

내실에서 가져왔고, 다른 손으로는 보리 알갱이를
바구니에 담아 갖고 있었다. 전투에서 용맹한 트라쉬메데스가
손에 날카로운 도끼를 들고 소를 내려치려고 옆에 서 있었다.
한편 페르세우스는 피 받는 사발을 들고 있었다. 기사 노인
네스토르는 손을 씻고 보릿가루 뿌리며 제사를 시작했고   445
아테네에겐 여러 번 기도하고 제물의 머리털을 잘라 불 속에 던졌다.

　　사람들이 기도하고 보릿가루를 앞으로 던지고 나자
곧장 네스토르의 아들, 기개 넘치는 트라쉬메데스가
옆에 서 있다가 도끼로 내려쳤다. 도끼가 목 힘줄을 끊으며
송아지의 힘을 풀어버렸다. 여인들이 비명을 질렀는데   450
딸들과 며느리들과, 네스토르의 아내이며 클뤼메노스의
딸들 중 장녀인 존경받는 에우뤼디케가 소리를 질렀다.
사람들이 길 널찍한 대지로부터 제물을 들어 올려
잡고 있었다. 용사들의 통솔자 페이시스트라토스가 도살했다.
그로부터 검은 피가 흘러나와 목숨이 뼈를 떠나자   455
다시 제물을 해체하여 모든 넓적다리뼈를 알맞게
잘랐고, 비곗덩이로는 그 뼈들을 두 겹으로 싸고 나서
비계로 감싼 뼈들 위에는 제물 곳곳에서 잘라낸 고기를 올려놓았다.
노인장은 제물들을 장작 위에서 태우고 거품 이는 포도주를
부었다. 그 옆에서 청년들이 오지창(五枝槍)을 손에 들고 있었다.   460
넓적다리뼈가 다 타고 나서 그들이 내장을 맛보고 나자

나머지는 잘게 자르고 꼬챙이로 꿰고 나서
끝이 날카로운 꼬챙이를 손에 들고서 굽고 있었다.

그동안 텔레마코스를 예쁜 폴뤼카스테가 씻겨주었는데
그녀는 넬레우스의 아들 네스토르의 막내딸이었다. 465
그를 씻겨주고 올리브유를 풍성하게 발라주며
그의 몸에 멋진 겉옷과 속옷을 입혀주자
그는 욕조에서 불사신 같은 몸으로 걸어 나왔다.
백성의 목자 네스토르에게 가서 그 옆에 자리 잡았다.

바깥 부위 고기를 굽고 꼬치를 빼내자 사람들이 470
앉아서 식사했다. 성실한 하인들은 시중을 들다가
황금 술잔에 포도주를 부어주곤 했다.
그들이 먹고 마시는 욕망을 벗어버리자
그들 가운데 게레니아의 기사 네스토르가 말문을 열었다.

"자, 내 아들들아, 텔레마코스를 위해 갈기 멋진 말들을 475
끌고 가서, 그가 길을 갈 수 있도록 마차에 매도록 하여라."

그렇게 말하자, 아들들은 아버지의 말에 복종하여
재빨리 날쌘 말들을 마차 아래에 매었다.
마차에는 여집사가 빵과 포도주를 넣어주었고
제우스가 키운 왕들이나 먹는 구운 고기를 더했다. 480
텔레마코스는 매우 멋진 마차에 올랐다. 그 옆에는
네스토르의 아들, 용사들의 통솔자 페이시스트라토스가

마차에 올랐고 손으로는 고삐를 잡아서 채찍질하며

몰았으니 두 마리 말은 주저 없이 들판으로

내달으며 가파른 도시 퓔로스를 떠나갔다.   485

　　말들은 목 주위에 맨 고삐를 하루 종일 흔들고 있었다.

해가 떨어지고 모든 길에 어둠이 드리울 때, 두 청년은

페라이[70]에 있는 오르틸로코스의 아들 디오클레스의 집에

닿았는데, 디오클레스는 알페이오스[71]가 낳은 아들이었다.

그곳에서 그들이 밤을 보냈고 디오클레스가 선물도 주었다.   490

　　일찍 태어나 장밋빛 손가락 펼치는 에오스가 나타나자

두 청년은 말들에 멍에를 얹고 정교한 장식의 마차에 올랐다.

출입구와, 소리 되울리는 주랑을 빠져나와 말을 몰며

채찍질하자 두 마리 말은 주저 않고 날아갔다.

그들은 밀을 선사하는 들판에 도착했다. 그 후로는   495

여정을 마치려 노력했다. 그렇게 빠른 말들이 쾌속했다.

　　해가 떨어지고 모든 길에는 어둠이 드리우고 있었다.

70　멧세니아만 주위 일곱 도시들 중 하나.
71　펠로폰네소스의 서부 지방에 흐르는 하신(河神).

4 δ

텔레마코스 일행은 협곡 많고 산에 둘러싸인 라케다이몬에
도착하여 영광스러운 메넬라오스의 궁전으로 마차를 몰았다.
메넬라오스가 많은 친지들과 결혼 잔치 벌이는 걸 발견했는데
자기 집에서 아들과 어여쁜 딸의 결혼 만찬 중이었다.
메넬라오스는 딸을, 전열 부수는 아킬레우스의 아들[72]에게 보냈다.　　　5
트로야에서 처음으로 딸을 주기로 약속하고 고개 끄덕여
허락했으니, 신들이 이들의 혼사를 성사시키려 했다.
메넬라오스는 딸을, 말들과 마차들과 함께 뮈르미도네스족의
저 유명한 도시로 보냈는데, 그 도시는 네옵톨레모스가 통치했다.

72　　네옵톨레모스.

한편 아들의 신부로는, 스파르타 출신 알렉토르의 딸을 집에 들였는데   10
그 아들은 강력한 메가펜테스라 불리고 귀염둥이로 자랐으나
계집종의 자식이었다. 한편 아내 헬레네에겐 신들이 자식을
더는 주지 않았는데, 헬레네가 마지막으로 낳은 매력적인
헤르미오네는 황금 빛깔 아프로디테의 외모를 가졌다.

　　지붕 높은 대궐에서 식사하며 그들은,   15
영광스러운 메넬라오스의 친지와 이웃들은 여흥을 즐겼다.
그들 사이에선 신적인 소리꾼이 수금을 연주하며
노래했다. 두 곡예사는 손님들 사이에서 두루
가무를 시작하고 중앙에서 공중제비를 돌았다.
집 대문 앞에는 말들과 함께 두 사람,   20
영웅 텔레마코스와, 네스토르의 눈부신 아들이 서 있었다.
두 청년은 위엄 있는 에테오네우스가 나오다 보았는데
영광스러운 메넬라오스의 이 솜씨 좋은 시종은
백성의 목자에게 알리려고 걸음 재촉하여 집들을 지나서
메넬라오스 가까이 서더니 날개 돋친 말을 쏘았다.   25

　　"제우스가 키운 메넬라오스시여, 여기에 어떤 손님
두 사람이 있는데 위대한 제우스의 혈통으로 보입니다.
자, 말해주십시오, 그들의 날쌘 말의 멍에를 풀어줄까요,
아니면 그들을 다른 이에게 도착하게 보내서 환대받게 할까요?"

　　그러자 역정을 내며 금발의 메넬라오스가 말했다.   30

"보에토오스의 아들 에테오네우스여, 전에는 어리석지 않았건만
지금은 마치 아이처럼 어리석은 말을 지껄이고 있구나.
나와 너 우리 둘도 다른 이의 많은 환대를 받은 덕에
이곳에 도착했고, 제우스께서 다가올 고난을
막아주실 거라 희망했지. 자, 두 이방인의 말을 풀어주고   35
식탁에서 환대하도록 그들을 이곳으로 안내하여라."
    그렇게 말하자, 에테오네우스는 홀을 거쳐 지나가서
솜씨 좋은 다른 시종들에게 자신을 따르라고 명령했다.
시종들은 땀 흘리는 말들의 멍에를 풀어
말먹이 여물통 앞에 말들을 매어주고   40
곁에는 호밀을 던져주며 흰 보리를 섞어주고
마차는 광채 나는 내벽에 기대어놓았다. 시종들은
두 손님을 으리으리한 대궐 안에 안내했다. 두 청년은 구경하며
제우스가 키운 메넬라오스의 대궐 곳곳에 경탄했다.
해와 달이 내뿜는 듯한 광채가 영광스러운   45
메넬라오스의 지붕 높은 대궐 곳곳에 반사되었다.
두 청년은 두 눈의 호강을 맘껏 즐기고 나서는
정교하게 만든 욕조 안으로 들어가 목욕했다.
하녀들이 그들 몸을 씻겨주고 올리브유를 발라주고
그들 몸에는 양모의 속옷과 겉옷을 둘러주고   50
옥좌에 앉혔으니, 아트레우스의 아들 메넬라오스 옆이었다.

그러곤 하녀가 손 씻을 물을 아름다운 황금 주전자로
날라서는 은 대야 위에 물을 부어서
손을 씻게 했다. 그들 앞에는 광나는 식탁을 펼쳤다.
존경받는 여집사가 빵을 가져와 앞에 놓고   55
많은 음식들 더하며 준비한 대로 아낌없이 베풀었다.
[고기 나누는 자는 온갖 고기가 담긴 접시들을
들었다 내려놓고 접시들 옆에는 황금 잔을 놓았다.]
두 사람을 반기며 금발의 메넬라오스가 말했다.
    "어서 음식에 손 내밀어 맘껏 즐기시게나. 그대 두 사람이   60
식사를 들고 나서 그대들이 사람들 중에서 누구인지
물어볼 것이오. 그대들에게서 부모의 혈통이 사라지지 않고
사람들 중 그대들은, 제우스가 양육하고 왕홀 휘두르는
왕들의 혈통이니까, 그런 사람은 미천한 자들이 낳지 못하지."
    그렇게 말하고는 기름진 소 등심 구이를 집어서   65
두 청년 앞에 놓았는데, 메넬라오스가 명예의 상으로 받은 것이었다.
두 청년은 준비되어 앞에 차려진 음식에 양손을
뻗었고 먹고 마시는 욕망을 벗어버리자
텔레마코스는 페이시스트라토스에게 머리를
가까이 두며 말하여 다른 이가 듣지 못하게 했다.   70
    "보게나, 네스토르의 아들, 내 마음의 친구여,
잘 되울리는 궁전에서 두루 빛나는 청동의 섬광,

황금, 호박, 은, 상아의 섬광 말이네.

올륌포스 제우스의 궁전 내부가 이럴 것 같고 그 광채가

헤아릴 수 없네. 보고 있자니 경탄이 절로 나오는군." 75

　　그가 하는 말을 금발의 메넬라오스가 알아듣고는

두 청년에게 말을 걸며 날개 돋친 말을 쏘았다.

　　"여보게, 아들 같은 이들, 어떤 인간도 제우스와 겨루지

못할 것이네, 신의 궁전과 재산은 모두 불멸하니까.

근데 인간들 중에선 누가 나와 겨룰 수 있겠나? 없겠지, 80

재산으로는 말이야. 정말, 많이 겪고 많이 배로 떠돌다가

배로 실어 날랐고, 8년째 되는 해에 이곳에 왔으니

퀴프로스[73]와 페니키아[74]와 이집트인들을 거쳐 떠돌았다네.

아이티오페스족과 시돈[75]인들과 에렘보이족[76]에, 그리고

리뷔아[77]에도 도달했는데, 그곳 양들은 금방 뿔이 자라네. 85

1년이 찰 때까지 세 번이나 새끼를 낳기 때문이지.

그곳에서는 왕이나 목자에게 치즈와 고기가

전혀 부족하지 않고 달콤한 우유도 그러한데

양들은 짤 수 있는 젖을 1년 내내 제공하네.

73　터키 남동쪽 지중해에 위치한 섬.

74　시리아 해안 지방.

75　페니키아의 해양 도시.

76　아프리카의 대서양 서쪽 해변에 거주하는 종족이라 추정함.

77　아프리카를 일반적으로 지칭하는 말.

내가 저 지역들을 돌며 많은 재물을 모으고   90
떠도는 동안, 다른 이가 내 형님을 몰래 불시에
살해했는데, 저주할 아내의 흉계로 말이지.
이런 재산, 관리하고 있으나 그리 즐겁지가 않네.
이런 말을 그대 부친들에게서 들었을 텐데, 그 부친이
누구든지 간에, 내가 엄청난 고통을 겪었고 잘 지어진   95
궁전, 많은 값진 보물들이 가득한 궁전을 잃고 말았다고.
이 재산의 3분의 1만 갖고 내 집에서 살아가고
사내들이 무사하면 좋을 텐데, 말이 풀 뜯는 아르고스에서
멀리 떨어져 저 드넓은 트로야에서 죽은 자들 말이네.
그럼에도 이들 모두를 위해 슬퍼하며 통곡했지.   100
종종 우리의 대궐에 자리 잡고 앉아서는
나는 때때로 맘껏 울어보았지만, 때때로 그마저도
멈추고 말았다네. 차갑게 식은 울음에 물렸으니까.
이들 모두의 운명을 슬퍼했다네, 비록 괴로웠지만,
유독 한 사내의 운명을 가장 슬퍼했지, 그를 떠올릴 때마다   105
나는 잠도 음식도 멀리했다네, 아카이아인들 중 오뒷세우스처럼
스스로 떠안고 고생한 자는 없었으니까. 그 자신에게는
당연히 고난이겠지만, 나에겐 그에 대해 잊지 못할 고통이
늘 있다네, 그가 집 떠난 지 얼마나 오래되었나, 우리는
알지도 못하네, 그는 살았는지 죽었는지. 분명 그를 두고   110

울고 있겠지, 노인장 라에르테스와, 분별 있는 페넬로페와,
집에 갓난아이로 두고 떠났던 텔레마코스 말이네."

그렇게 말하자, 부친을 두고 울고 싶은 욕망이 솟구친
텔레마코스는 부친의 이름에 눈꺼풀에서 눈물을 흘렸지만
양손으로는 자줏빛 겉옷을 들어 올려서 두 눈을   115
감추었다. 이런 텔레마코스를 메넬라오스가 알아보았다.
그러고 나서 머리와 가슴으로 숙고했는데
그 자신이 직접 자기 부친에 대해 말하게 내버려둘까,
아니면 먼저 꼬치꼬치 캐물으며 그를 시험할까 말이다.

메넬라오스가 머리와 가슴으로 궁리하는 동안   120
아내 헬레네가, 지붕 높고 향기 나는 규방에서
나왔으니, 황금 실감개 가진 아르테미스와 같았다.
함께 나온 아드레스테는 그녀 위해 잘 짜인 의자를 놓고
알킵페는 보드라운 양모 깔개를 가져오고
퓔로는 은제 바구니를 가져왔는데, 그건 폴뤼보스의 아내   125
알칸드레가 주었고, 폴뤼보스는 이집트의
테베,[78] 집집마다 재물이 넘치는 도시에 살았다.
폴뤼보스는 메넬라오스에게 은제 욕조 두 개를 주었고
세발솥 두 개와 황금 열 탈란톤[79]을 더했다.

78   이집트, 나일 강변의 고대 도시.
79   금의 무게를 재는 단위.

헬레네에겐 따로 그의 아내가 눈부신 선물을 주었다.   130
그것은 금제 물렛가락 하나와, 아래에 바퀴가 달리고
위는 황금 테두리로 마감된 은제 바구니였다.
그 바구니를, 하녀 퓔로가 가져와 옆에 놓았는데
솜씨 좋게 뽑은 실로 가득 차 있었다. 그 위에는
자줏빛 양모가 감긴 물렛가락이 가로놓여 있었다.   135
헬레네는 아래에 발판이 있는 걸상에 앉았다.
당장 그녀는 남편에게 말하며 이렇게 낱낱이 캐물었다.
    "우리가 이미 알고 있나요? 제우스가 키운 메넬라오스여,
우리 집에 도착한 여기 이들이 어떤 사람들인지요.
숨길까요, 아니면 진실을 말할까요? 욕망이 내게 명령하네요.   140
누구든, 남자든 여자든, 이렇게 닮은 사람을 본 적이
없다고 확신해요. 바라보자니 놀람이 날 사로잡아요,
이 사람은 대범한 오뒷세우스의 아들로 보이는데
텔레마코스 말이에요, 그가 집에 두고 떠났던 갓난아이요.
개처럼 염치없는 나로 인해 당신들 아카이아인이   145
트로야 아래에 가서는 격렬한 전쟁을 일으켰지요."
    그녀에게 대답하여 금발의 메넬라오스가 말했다.
"나도 같은 생각이오. 부인, 당신이 추측한 대로요.
그의 두 발이 그러하고 그의 두 팔이 그러하며
두 눈의 시선도 머리도 그 위 머리털도 마찬가지라오.   150

방금 전, 내가 오뒷세우스를 떠올리고는
그가 내 문제로 노역과 고역을 치른 걸 이야기하자
이 손님이 눈썹 밑에 굵은 눈물을 떨구며
자줏빛 겉옷으로 두 눈 앞을 가리더군."
　　네스토르의 아들 페이시스트라토스가 마주 보며 말했다.　　155
"아트레우스의 아들, 제우스가 키운 메넬라오스, 백성의 통솔자시여,
여기 이 사람이, 당신이 말하시듯, 그분의 진짜 아들이랍니다.
그는 분별 있는 사람이라서, 이렇게 오자마자
무턱대고 당신 앞에서 그런 말을 꺼내는 걸
내심 꺼려했죠, 우리는 당신 말을 신의 말처럼 즐기니까요.　　160
그런데 게레니아의 기사 네스토르가 나를 보냈고,
나는 길잡이로 그를 따라왔습니다. 그가 당신 보기를 열망했죠,
말이든 일이든 당신이 뭔가 도와주시리라 기대했으니까요.
부친이 떠나 있으면 아들은 집에서 많은 고통거리에
싸여 있고 다른 이들은 그를 도와주지도 않습니다.　　165
꼭 그처럼 지금 텔레마코스도 그의 부친이 떠나 있기에
그의 집에 불어닥친 불행을 막아줄 사람이 없답니다."
　　그에게 대답하여 금발의 메넬라오스가 말했다.
"아니, 내 친구의 아들이 정말로 내 집에 왔단 말인가,
그 친구는 나로 인해 수많은 고초를 겪었는데.　　170
그가 돌아오면 잘 대접하리라 생각했지, 아카이아인들 중

누구보다도. 우리 둘에게는, 바다 위 빠른 배로 귀향하는 것을
멀리 천둥 치는, 올륌포스의 제우스께서 허락하시길 바랐지.
그 친구에게는 아르고스에 살 도시를 주고 집을 지어주려 했다네,
이타케에서 재산과 그의 자식과 모든 백성들을 함께   175
데려올 터이니, 도시 하나를 비워주려 했거늘,
나 자신이 통치하고 주변에 위치하는 도시들 중 말일세.
그러면 그곳에 살며 자주 교류할 수 있을 텐데. 그 무엇이라도
그리 못 하겠지, 서로 환대하고 서로 즐기는 우리를 갈라놓지
못할 것이네. 죽음의 검은 먹구름이 우릴 덮칠 때까지는.   180
그러나 신이 직접 그런 우정을 시기했던 것이야,
그 불쌍한 친구만 홀로 귀향하지 못하게 하다니."

　　그렇게 말하자, 모두에게 울음의 욕망을 불러일으켰다.
제우스의 딸, 아르고스의 헬레네가 울었고
텔레마코스도, 아트레우스의 아들 메넬라오스도 울었고   185
네스토르의 아들도 두 눈에는 눈물이 가득 고였다. 그는
심중에 그의 형제, 흠 없는 안틸로코스를 떠올렸는데
그는 눈부신 에오스의 빛나는 아들 멤논이 죽였구나.
그 형제 떠올리며 네스토르의 아들이 날개 돋친 말을 쏘았다.
　　"아트레우스의 아들이시여, 당신이 가장 현명하다고   190
노인장 네스토르가 말씀하셨는데, 우리가 우리 궁전에서
당신을 언급하고 당신에 대해 물어볼 때 말입니다.

지금 가능하시면, 제 부탁을 들어주십시오. 나로서는
저녁 식사 후엔 통곡을 즐기고 싶지 않습니다. 이윽고
새벽이 되어 다음 날이 밝겠죠. 물론 운명과 만나서   195
죽은 자를 위해 통곡하는 것은 부적절하지 않지만요.
비참한 인간에게 남아 있는 유일한 명예의 선물은
머리털을 자르고 뺨에서 눈물을 뿌리는 것이겠죠.
나의 형님도 죽었으니까요. 아르고스인들 중에서
결코 비겁한 자가 아닌데. 당신께서 잘 아실 겁니다. 나는   200
만난 적도 뵌 적도 없지만요. 그 누구보다도 안틸로코스 형이
출중했다고 하는데, 경주와 전투에서 민첩했다고 하더군요."

그에게 대답하여 금발의 메넬라오스가 말했다.
"여보게, 총명한 자가 말하고 행동할 만한 것을
자네가 말하는군, 더 나이 먹은 자도 그리 못 할 것이네.   205
훌륭한 부친으로부터 태어났으니 그런 현명한 말을 하는 게야.
그런 사람의 자식은 쉽게 알아볼 수 있다네, 그에겐
크로노스의 아들이 결혼과 출산 때 축복을 짜주시는데
지금도 네스토르에게 그렇게 주셨구나, 그래서
그런 사람은 날마다 자기 집에서 안락하게 나이를 먹고   210
자식들이 똑똑하고 용감한 창잡이가 되게 해주셨구나.
자, 이제는 비탄을 멈춥시다, 방금 전까지 울었으니
다시 저녁 식사를 생각합시다. 손에는 물을

붓도록 하라. 이야기는 내일 아침에도 할 수 있으니
텔레마코스와 내가 서로 대화를 이어갈 것이다."   215

그렇게 말하자, 그들 손에 아스팔리온이 물을 부어주니
그는 영광스러운 메넬라오스의 민첩한 시종이었다.
그들은 차려져 앞에 놓인 음식에 양손을 뻗었다.

그때 제우스의 딸 헬레네가 또 다른 걸 생각해냈다.
당장, 그들이 마시던 포도주에 약을 털어 넣었는데   220
그것은 고통과 분노 없애고 모든 불행 잊게 하는 약이었다.
그 약을, 혼주 동이에 섞인 약을 꿀꺽 삼킨 자는
하루 동안, 뺨에서 눈물을 뿌리지 않는데,
부모가 모두 죽더라도 그러지 않을 것이다.
심지어 눈앞에서 그의 형제나 소중한 아들이   225
청동 창에 살해되는 걸 목격하더라도 말이다.
그렇게 헬레네가 가지고 있던 유용한 약은
영약으로, 톤의 아내 폴뤼담나가 그녀에게 준 것이었다.
이집트에서는 곡물 선사하는 대지가 키우는 것이
대부분 약초인데, 많은 이익과 많은 해악이 섞여 있었다.   230
각자가 모두를 능가하는 실력 좋은 의사였는데
그들이 의신 파이에온[80]의 후손이었기 때문이다.

---

80 신들의 의사.

헬레네는 약을 털어 넣고는 술을 따르라고 지시하고
다시 말로 대답하여 남편을 보고 말했다.

"아트레우스의 아들, 제우스가 키운 메넬라오스여,   235
여기 이분들, 위대한 사내의 자식이여. 그런데 제우스 신은
이자에게 한 번, 저자에게 한 번 화와 복을 주시죠. 전능하시니까요.
지금은 궁전의 홀에 앉아서 식사하고 대화를 즐기도록 하세요.
이 기회에 꼭 들어맞는 말을 하려고 하니까요.
물론 나는 모든 걸 말할 수도 그 이름을 댈 수도 없지만   240
참고 견딘 오뒷세우스가 이룬 공훈이 얼마나 많은지,
강력한 사내가 어떻게 실행하고 감행했는지는 말할 수 있죠,
아카이아인들이 고통을 겪었던 트로야의 영토에서요.
오뒷세우스 자신은 치욕스러운 매질을 당하게 하여
제 몸을 망치고는 허름한 누더기를 어깨에 걸치고   245
마치 노예처럼 적들의 도시에 잠입했고, {길 드넓은 도시에,
스스로 위장하여 어떤 다른 사람처럼, 거지처럼
보이게 했는데, 아카이아인들의 배에선 절대 그런 사람 아니었죠.
이런 모습으로 트로야 도시에 잠입했고,} 트로야인들은
모두 무지했어요. 오직 나만이 위장한 그를 다시 알아보고   250
계속 질문했답니다. 그러나 그는 꾀를 부리며 회피했죠.
그러나 내가 그의 몸을 씻겨주고 기름을 발라주고
그의 몸에 겉옷을 입혀주고 강력한 맹세를 했지요,

오뒷세우스가 빠른 배들, 막사에 도착하기 전까지는
트로야인들 가운데 폭로하지 않겠다고요. 그러자 255
오뒷세우스는 아카이아인들의 모든 계획을 내게 털어놓았죠.
또 많은 트로야인들을 뾰족한 청동 창으로 죽이고 나서
아르고스인들에게 돌아가고 많은 정보도 가져갔지요.
그래서 많은 트로야 여인들이 낭랑하게 울었답니다. 그러나
내 마음은 기뻐했는데, 이미 마음이 귀향하려고 돌아섰으니 260
미망(迷妄)을 뉘우치고 한탄했죠. 미망은 아프로디테 여신이
주신 것이라, 여신이 고향 땅에서 그곳으로 날 이끌었을 때고요.
나는 내 딸을 떠났고, 내 신방과 내 신랑도 떠났지요,
지력과 외모가 결코 꿀리지 않는 신랑을 떠난 거랍니다."
    그녀에게 대답하여 금발의 메넬라오스가 말했다. 265
"정말로 그러하오, 부인, 이 모든 걸 조리 있게 말했소.
이미 많은 사내 영웅들의 계획과 정신을
알아보고 많은 땅을 두루 횡단해보았으나
아직도 나는 내 두 눈으로 그런 것을 본 적이 없소,
인내하는 오뒷세우스가 가진 담력 같은 것을. 270
어떻게 그 강력한 사내가 이런 일을 반들반들한 목마에서
실행하고 감행했던가. 그 목마 안에는 아르고스의
모든 장수들이 앉아서 살인과 죽음을 가하려 했소.
헬레네, 당신이 그곳에 왔지. 당신에게 명령한 자는 아마도

어떤 신인데, 그 신이 트로야인들에게 영광을 주려고 계획했지. 275

{당신이 왔을 때 잘생긴 데이포보스[81]가 따라왔고.}

세 번이나 당신은 속 빈 매복처, 목마 주위를 걷고

손으로 더듬으며 다나오스 장수들 하나하나 이름을 부르고

모든 아르고스 아내들의 목소리를 흉내 냈지.

나와 디오메데스와 고귀한 오뒷세우스는 280

중앙에 앉아서 당신이 내는 소리를 듣고 있었소.

우리 두 사람이 벌떡 일어나 밖으로 나가거나

안에서 당장 대답하려고 열망했지만,

우리가 원했지만 오뒷세우스가 우리를 제지하며 붙잡았지.

그러자 나머지 아카이아 아들들 모두 잠자코 있었지만 285

안티클로스 혼자서 당신에게 응답하길 원했소.

그러나 오뒷세우스가 억센 손으로 그의 입을

계속 틀어막아서 모든 아카이아인들을 구했다네.

팔라스 아테네가 당신을 데려가기 전까지 제지했던 거요."

　　　그를 마주 보며 총명한 텔레마코스가 다시 말했다. 290

"아트레우스의 아들, 메넬라오스, 제우스가 키운, 백성의 지도자시여,

더 괴롭습니다. 이 모든 것도 부친의 비참한 파멸을 막진 못했죠,

그의 심장 내부가 무쇠라 하더라도 피하지 못했을 겁니다.

81　프리아모스와 헤카베의 아들로, 파리스가 죽고 난 후 헬레네와 결혼했다.

자, 우리를 잠자리로 보내주십시오, 이제는 누워서
달콤한 잠을 마음껏 누리고 싶습니다.”   295

　　그렇게 말하자, 아르고스의 헬레네가 하녀에게 지시하여
주랑 밑에 침상을 갖다놓고, 위에는 멋진 천,
자줏빛 천을 펴고 위에는 담요를 깔고, 위에는
자기 몸을 덮을 양모 망토를 놓아두게 했다.
하녀들은 손에 횃불을 들고 궁전의 홀 밖으로 나가서   300
침상을 폈다. 그러고 나서 전령이 손님을 안내했다.
궁전 홀의 문 앞 공간에서 그들이 잠을 잤으니
[영웅 텔레마코스와 네스토르의 눈부신 아들이었다.]
한편 메넬라오스는 드높은 집의 구석에서 잤고
그 옆에는 가장 고귀한 여인, 긴 옷 입은 헬레네가 누웠다.   305

　　일찍 태어나 장밋빛 손가락 펼치는 에오스가 나타나자
함성 우렁찬 메넬라오스는 잠자리에서 일어나
겉옷을 입고 나서 어깨엔 예리한 칼을 메고
윤기 나는 발 아래엔 멋진 샌들을 매어 신었다.
방에서 걸어 나오니 마주 보기에 신과 같았고   310
텔레마코스 옆에 앉더니 이름을 부르며 말을 건넸다.
　　“대체 무슨 용무가, 영웅 텔레마코스여, 그대를 이끌었는가?
바다의 넓은 등짝을 지나서 신성한 라케다이몬으로 말이네.
공무인가, 사적 용무인가? 내게 솔직하게 말해주게나.”

총명한 텔레마코스가 대답하여 말했다.   315

"아트레우스의 아들 메넬라오스, 제우스가 키운, 백성의 지도자시여,

이곳에 왔습니다, 부친에 대한 소식을 말해주실까 하여.

제 가산이 먹혀버리고 부유한 농장이 사라졌지요.

악의 품은 인간들이 집에 우글거리는데, 그들은 항상

내 가축 떼와, 뒤뚱거리는 뿔 굽은 소들을 도살했는데,   320

내 어머니의 구혼자들로 포악무도한 자들이랍니다.

그리하여 당신의 무릎에 도착한 겁니다. 당신께서 부디

그분의 불쌍한 죽음을, 혹시 당신 두 눈으로 목격하셨거나

다른 이로부터 그의 방랑에 대해 들으셨는지 말해주시길 바라면서요.

그는 어머니로부터 가장 불행하게 태어난 셈이죠.   325

뭔가 저를 꺼리시거나, 동정하여 조심스레 말하지 마시고

목격한 그대로 저에게 자세히 말해주십시오.

부탁드립니다, 언젠가 저의 부친 훌륭한 오뒷세우스가

트로야 지방, 아카이아인들이 고통을 겪었던 곳에서

말로든 어떤 일로든 약속한 바를 이루셨다면.   330

지금은, 절 위해 그것을 상기하여 틀림없이 말해주십시오."

　　　몹시 분개하며 금발의 메넬라오스가 말했다.

"뭐라고, 정말 그자들이 강인한 사내의 침대에

눕기를 바라다니, 그들 자신은 겁쟁이면서.

마치 힘센 사자의 굴에, 암사슴이, 갓 태어나   335

아직 어미젖 빠는 새끼들을 잠재우고 나서
풀을 뜯으러 산기슭과 풀 무성한 골짜기를
살피고 있는데, 자기 잠자리에 사자가 돌아와서는
두 새끼 사슴에게 치욕의 운명을 가하듯이
그렇게 저들에게 오뒷세우스가 치욕의 운명을 가하리라.   340
아버지 제우스와 아테네와 아폴론이시여,
한 번은 오뒷세우스가 잘 건설된 레스보스에서 시합하려고
자리에서 일어나 필로멜레이데스[82]와 레슬링을 하다가
그자를 힘차게 내던지니, 아카이아인들 모두가 기뻐했을 때처럼
그런 사내로 오뒷세우스가 구혼자들과 겨루길 바라나이다.   345
그러면 그들 모두 즉사하고 쓰디쓴 구혼을 맛보게 되리라.
그대가 나에게 묻고 간청하니 나는 질문을 회피하지도
핵심에서 벗어나지도 기만하지도 않고
바다 노인 프로테우스가 내게 말해준 진실들 중에서
그 어느 것 하나 숨기지도 감추지도 않을 것이네.   350
　　이집트에서 여전히 신들은, 귀향 열망하는 나를 붙잡아
두었으니, 신들이 만족할 헤카톰베를 바치지 않았기 때문이네.
신들은 항상 지시한 바를 기억하게 하고 싶어 하시지.
어떤 섬 하나가 물결 굽이치는 바다 안,

82　레스보스의 왕.

이집트 땅 앞에 있는데, 그 섬은 파로스라 불리고 ⁣ 355
움푹한 배가 하루 종일 항해하여 닿을 수 있는 거리에
떨어져 있네, 쌩쌩 바람이 뒤에서 불어준다면 말일세.
그 안에는 정박하기 좋은 포구가 있고, 그곳에서 사람들이
검게 빛나는 물을 길어 올리고 평형한 배를 바다로 띄운다네.
그때 나를, 신들이 스무 날 동안 붙잡아두고, 바람도 ⁣ 360
바다 쪽으로 전혀 불어주지 않아서, 배들은
바다의 넓은 등짝 위로 바람의 호송을 받지 못했지.
모든 식량이 떨어지고 사내들의 기력도 사라졌을걸세,
만약 어느 신이 나를 동정하고 연민하지 않았다면,
강건한 바다 노인 프로테우스의 따님, 에이도테아 말일세. ⁣ 365
여신의 마음을 내가 아주 잘 움직였던 것이지.
내가 전우들과 떨어져 혼자 헤매고 있을 때 그녀와 만났다네.
전우들은 줄곧 섬 주위 헤매며 굽은 낚싯바늘로
물고기를 잡으려 했으니, 허기가 그들 복부를 물어뜯은 게야.
한데 여신이 내 곁에 서서는 목소리 내어 말하셨네. ⁣ 370
'어리석군, 나그네여, 정신 줄을 놓아버렸나,
아니면 고의로 느즈러져, 고통 겪으며 즐기고 있나?
정말, 그대가 섬 안에 갇혀 전혀 해결책을 찾아내지도
못하다니, 전우들의 사기가 소진되어가고 있는데도.'
　　그렇게 말하자, 나는 여신에게 대답하여 말했다네. ⁣ 375

'당신께 다 털어놓겠습니다, 당신이 어느 여신이든지.
내가 원해서 머무는 게 결코 아닌데요. 분명, 불사의 신들,
넓은 천공에 사시는 분들의 마음을 상하게 한 것이죠.
내게 말해주시지요, 신들은 모든 걸 알고 계시니
불사의 신들 중 어느 신이 내 여정을 묶어 맸는지,   380
또 귀향을, 어떻게 물고기 많은 바다를 건너갈 수 있을지.'
    그렇게 말하자, 고귀한 여신이 당장 대답했다.
'그럼, 내 그대에게, 나그네여, 에두르지 않고 말하겠네.
이곳에는 어떤 바다 노인이 돌아다니지, 예지 있고
불멸하는 존재로 이집트의 프로테우스인데, 그는   385
모든 바다의 깊이를 알고 포세이돈 신의 신하라네.
사람들이 말하길, 그분이 내 부친으로 날 낳았다고 하지.
그대가 잠복하다가 어떻게든 그를 붙잡으면,
그는 항로와 여정의 길이를 알려주고, 또 귀향을,
어떻게 물고기 많은 바다를 건너갈지 알려줄 것이네.   390
또 그대에게 말해줄 것이네, 제우스 후손이여, 그대가 원한다면
그대 궁전에서 어떤 좋은 일과 나쁜 일이 일어났는지,
그대가 집 떠나서 고난에 찬, 기나긴 여정을 다하는 동안에.'
    그렇게 말하자 내가 여신에게 대답하여 말했다네.
'지금 당신께서 직접 신성한 노인의 매복 장소를 알려주세요,   395
그분이 미리 보고 미리 알아서 날 피하지 못하도록 말이죠.

신이 필멸자에게 복종하기는 매우 어렵습니다.'

그렇게 말하자 고귀한 여신이 즉시 대답하더군.

{'그러면 내가 이렇게 딱 잘라 말해주겠네.}

태양이 중천에 두 발을 디디게 될 때   400

예지 있는 바다 노인이 바다에서 걸어 나오는데

서풍의 입김을 받고 검은 잔물결에 몸을 숨기고

그렇게 나와서는 우묵한 동굴 아래에서 잠을 잘걸세.

그 주위에선, 바다의 예쁜 딸이 낳은 물개들이

잿빛 바다에서 출몰하여 함께 잠을 잘 것인데   405

깊은 바다의 톡 쏘는 냄새를 내뿜을 것이네.

날이 새자마자, 내가 그대를 인도하여 차례로

눕힐 것이네. 그러면 그대는 전우 셋을 잘 선발하게,

갑판 튼튼한 배들에서 가장 뛰어난 자들로 말이지.

그 노인의 온갖 계책을 그대에게 알려주겠네.   410

그는 우선 물개들을 헤아리며 그들 주위를 도는데

모두 다섯 놈씩 헤아리며 확인하고 나서는

마치 양 떼의 목자처럼 그들 사이에 몸을 눕힐 거네.

그가 정말로 잠이 든 것을 알게 되거든

이제 완력과 기세만을 염두에 두고서   415

그가 급히 서둘러 피하려 용쓰더라도 붙잡아두게나.

그럼 모든 걸로 변신하며 피하려 애쓸 텐데, 땅 위를

움직이는 건 뭐든 되고, 물이나 신기한 불이 될 거야.

그러더라도, 굳게 붙잡고 더욱 꼭 잡고 있어야 하네.

그가 본래 모습으로 돌아와서 그대에게 물어볼 건데   420

잠자려 누울 때 보이던 것과 같은 모습이라면

그때는, 무력을 멈추고 그 노인을 풀어주며, 영웅이여,

물어보게나, 어느 신이 그대에게 분노하고 있는지,

그리고 귀향을, 어떻게 물고기 많은 바다를 건널 수 있을지.'

    그렇게 말하고 여신은 물결치는 바다 속에 들어갔네.   425

나는 모래 위에 세워져 있는 배들을 향해

걸어가고 있었지. 가는 도중 내 가슴속은 울렁거렸어.

내가 배를 향해 내려가 바다에 도착했을 때

우리는 식사를 준비했고, 생기 충만한 밤이 우릴 덮었다네.

바로 그때, 우리는 바닷가에서 눈을 붙였지.   430

일찍 태어나 장밋빛 손가락 펼치는 에오스가 나타나자

[길이 널찍한 바다의 기슭을 따라서]

나는 걸으며 신들에게 여러 번 간청했다네. 내가 이끈

전우들 세 명은 온갖 모험 때마다 내가 가장 믿는 자들이었지.

에이도테아는 바다의 드넓은 품속에 안기더니만   435

물개 가죽 네 개를 바다로부터 가져왔다네, 모두 새로

벗겨낸 가죽이었지. 그 속임수를 부친에게 써먹으려는 것이야.

여신은 바다 모래사장을 파서 잠자리를 만들어놓고는

앉아서 기다렸다네. 우리가 그녀 가까이에 다가갔지.

여신은 우리를 차례로 누이고 각자에게 가죽을 던져주었다네.　440

그곳 매복은 너무나 끔찍했어. 우리를 무섭게 괴롭힌 것은

바다에서 자란 물개들의 역겨운 냄새였지.

누가 대체 바다 괴물 옆에 누워 잠을 자려 할까?

그런데 여신이 직접 우릴 도와주며 큰 은혜를 베풀었다네.

암브로시아[83]를 가져와 각자의 콧구멍 밑에 놓아주니　445

그게 달콤한 향기를 내며 물개의 악취를 잡아주더군.

　　우리는 인내심 갖고 아침 내내 기다렸다네.

물개들이 바다에서 떼 지어 나와서는

바닷가에 차례차례 제 몸을 누이더군.

정오 무렵, 그 노인이 바다에서 나와서 물개들을 발견했는데　450

잘 큰 놈들이고, 모두 둘러보며 그 수를 헤아리더군.

그것들 가운데 그는 먼저 우릴 헤아렸고 마음속으로

속임수라고는 전혀 생각지 못했지. 그러고 나서 자신도 눕더군.

우리는 함성 지르며 튀어 나가서 노인 주위에

양손을 던져 감싸버렸다네. 그 노인은 변신술을 잊지 않고　455

정말로, 맨 처음에는 갈기 멋진 사자가 되고

이후엔 뱀, 표범, 커다란 멧돼지가 되고

83　본래 신들의 음식인데, 여기서는 향수로 보인다.

흐르는 물과 잎이 높이 달린 나무가 되었지.

한편 우리는 인내심 갖고 계속 붙잡고 있었네.

꾀에 능한 노인이 마침내 지쳐버리자 460

바로 그때, 내게 물으며 이렇게 말하더군.

'누가, 아트레우스의 아들이여, 어느 신이 이런 계략을 짜냈소?

매복해서 나를, 원치 않는 나를 잡도록 말이오. 대체 무슨 용건인가?'

   그렇게 말하자, 나는 대답하여 말했다네.

'알고 계시죠, 어르신, 왜 내 질문 피하며 그런 말 하시죠? 465

이리도 오래 섬 안에 붙잡혀 있고 해결책도

찾을 수 없으니, 이 내 안의 기력이 쇠하고 있어요.

내게 말해주시지요, 신들은 모든 걸 알고 계시니,

불사의 신들 중 어느 신이 내 여정을 묶어 맸는지,

또 귀향을, 어떻게 물고기 많은 바다를 건너갈 수 있을지.' 470

   그렇게 말하자 그는 당장 내게 대답하여 말했다네.

'자, 그러면, 그대는 제우스와 다른 신들에게 훌륭한

제물을 바치고 나서 승선해야 했거늘, 가장 빨리 포도줏빛

바다를 항해해 그대 고향에 도착하기 위해서 말일세.

가족들을 만나고 잘 지은 집과 그대 선조의 땅에 475

도달하는 것은 그대의 운명이 아니라네.

그대가 또다시 이집트에서, 제우스로부터 떨어지는

강물에 닿아서 신성한 헤카톰베를 바치기 전까지는,

드넓은 천공에 살고 있는 불멸의 신들에게 말일세. 그러면
마침내 신들은 길을, 그대가 소망하는 여정을 허락할 거네.'   480
        그렇게 말하자, 내 가슴이 찢어졌으니 그분은
내게 다시 안개 낀 바다로, 이집트를 향해
가라고, 길고도 험난한 길을 가라고 지시했던 게야.
그럼에도 나는 말로 대답하여 그분에게 말했지.
'어르신, 명령하신 대로 그렇게 이 일을 실행하겠습니다.   485
그런데 자, 내게 이를 말하시되 에두르지 말고 열거해주십시오,
모든 아카이아인들이 배들과 함께 무사하게 돌아왔는지,
네스토르와 내가 트로야에서 출발할 때 두고 온 자들인데,
아니면 자기 배 위에서나 가족이나 친구의 손에
뜻밖의 파멸로 죽어버렸는지, 전쟁의 실 감기를 마치고 나서요.'   490
        그렇게 말하자 프로테우스는 당장 대답하여 말했다네.
'아트레우스의 아들이여, 왜 내게 그런 걸 묻는 건가?
그대는 알 필요도 없고 내 의중을 알아낼 필요도 없네. 내 생각에,
오랫동안 눈물 마를 날이 없을 거네, 그대가 모두 잘 알게 된다면.
그들 중에서 많은 자들이 죽었지만 많은 자들이 살아남았지.   495
청동 입은 아카이아인들 중, 오직 두 장수만이
귀향하는 도중에 죽었다네, 그대도 전쟁터에 몸소 있었지만.
그런데 한 사내는 아직 어딘가 살아서, 드넓은 바다에 붙잡혀 있네.
작은 아이아스는, 긴 노 가진 배들과 함께 죽임을 당했지.

포세이돈이 먼저 아이아스를 귀라이,[84] 커다란 암초로   500
데려갔으니, 바다에서 그자를 구해냈던 것이네.

그가 죽음의 운명은 피했을 텐데, 비록 아테네에게 미움 받았으나,

무모한 말 삼가고 미망에 빠져 행동하지 않았더라면.

신의 뜻을 거스르고, 바다의 심연을 피했다고 큰소리 치다니.

그런데 그자의 호언장담을, 포세이돈이 듣고 말았던 거야.   505

당장 무지막지한 손으로 삼지창을 집어 들고는

귀라이 암초를 때려서 두 동강을 내고 말았다네.

한쪽은 그 자리에 남았지만, 다른 쪽이 잘려 나가 바다에 빠졌는데

그쪽에는 아이아스가 미망에 빠져 처음부터 앉아 있었지.

그자는 포세이돈이, 물결치고 다함없는 바다 너머로 치워버렸고   510

그곳에서 그자는 짠 물을 모두 들이켜 죽고 말았다네.

　　한편 그대의 형 아가멤논은 우묵한 배를 타고서

죽음을 피해 달아났지. 여주인 헤라가 그를 구했으니까.

{그런데 아가멤논이 말레아의 가파른 산에 막 다다를 즈음

돌풍이 일어나더니 그를 낚아채서 물고기 많은   515

바다로 데려가자 그는 무겁게 탄식했다네.}

그곳은 시골 끝자락인데, 그곳엔 오래전 튀에스테스가 살았지만

당시에는 튀에스테스의 아들 아이기스토스가 살고 있었지.

84　귀라이 암초는 미코노스(Mykonos) 근처 퀴클라데스군도 안이나 에우보이아의 남동쪽
　　갑인 카파레우스(Kaphareus) 옆에 위치한다.

{바로 그곳에서 무사한 귀향이 제 모습을 드러냈지, 신들이
풍향을 다시 바꿨으니 그들이 고향에 도착한 게야.} 520
아가멤논은 기뻐하며 고향 땅에 발을 내디디고
제 조국 땅을 붙잡고는 입을 맞추었네. 그 위에는 많은
뜨거운 눈물을 뿌렸지, 제 고향 땅을 보고는 반가웠으니까.
그런 아가멤논을 파수꾼이 망루에서 보았는데, 그자는
교활한 아이기스토스가 황금 두 탈란톤의 보상을 약속하며 525
꽂아놓은 자였네. 그래서 그는 1년 내내 망을 보았던 게지,
아가멤논이 몰래 지나가서 맹렬한 투혼을 불사르지 않도록.
파수꾼은 주인에게 알리려고 그의 궁전으로 걸음을 재촉했네.
당장 아이기스토스는 한 가지 계교를 꾸몄지.
지역에서 가장 용맹한 사내 스무 명을 선발하여 530
매복시켰고, 궁전의 다른 쪽에는 만찬을 준비하라 명령했네.
이어서 백성의 목자 아가멤논을 만찬에 초대하러 갔는데
마차를 타고 가면서 수치스러운 짓을 궁리하고 있었지.
파멸 모르는 아가멤논을 바닷가에서 모셔 와서
접대하고는 죽였네, 흔히 사람들이 구유 앞에서 소를 잡듯이. 535
아가멤논을 수행한 전우들은 한 명도 남지 않았고
아이기스토스의 부하들도 그러했으니, 모두가 궁전에서 도살되었지.'
　　　그렇게 말하자, 내 가슴이 찢어지는 듯하여
나는 모래 위에 앉아 울고 또 울었는데, 내 마음은

더이상 살고 싶지도 햇빛을 보고 싶지도 않았지.　　　　　　540
그래서 실컷 울며 뒹굴다가 이것도 질려버리자
예지 있는 바다 노인 프로테우스가 나에게 말했다네.
　'더이상, 메넬라오스여, 오랜 시간 그렇게 계속
울지 말게나, 그러면 아무것도 이룰 수 없을 테니까.
자, 어서 서둘러 그대의 고향 땅에 닿도록 시도하게나.　　545
아직 살아 있는 아이기스토스를 만나거나, 아니면 오레스테스가
먼저 그자를 죽여서 그자의 장례 잔치에 참석하게 되리라.'
　바다 노인이 그렇게 말했다네, 비록 슬펐지만
가슴 안 내 심장과 사내다운 기백이 다시 더워졌고
바다 노인에게 목소리 내어 날개 돋친 말을 쏘았네.　　　550
'이들 둘은 잘 알겠으니, 세 번째 사람의 이름을 말해주시지요,
그가 누구든, 살아서 드넓은 바다에 잡혀 있거나
{죽어 있겠죠. 비록 마음 무겁지만 듣고 싶습니다.}'
　그렇게 말하자 바다 노인은 대답하여 내게 말했다네.
'그는 오뒷세우스로 이타케 집에서 살았지.　　　　　　555
그가 어떤 섬에서 뜨거운 눈물 흘리는 걸 보았네,
요정 칼륍소의 궁전에선데, 그녀가 강제로 그를
붙잡고 있지. 그래서 그는 제 부친의 땅에 닿을 수 없는 게야.
그의 곁에는 노 갖춘 배들도 전우들도 없으니까,
그를 바다의 넓은 등 위로 보내줄 전우들 말이지.　　　560

제우스가 키운 메넬라오스여, 그대는 신이 정하지 않았네,

말 방목하는 아르고스에서 죽음의 운명과 만나도록 말이지,

그러나 불사의 신들이 그대를, 땅의 경계 엘뤼시온[85] 평원으로

보낼 것인데, 그곳은 금발의 라다만튀스[86]가 기다리는 곳,

사람들이 가장 안락한 삶을 누리는 곳이라네.   565

그곳은 눈발도 혹독한 겨울도 없고 비 내린 적 없으며

바다가 항상 상쾌하게 부는 서풍의 바람을

일으켜 보내주어 땀을 식혀주는 곳이지. 그대는

헬레네를 아내로 삼았으니 신들 눈에는 제우스의 사위라고.'

　　그렇게 말하며 프로테우스는 물결치는 바다 속에 들어갔다네.   570

나는 배들을 향해 신과 같은 전우들과 함께

걸어갔는데 가는 도중에 가슴속이 울렁거렸지.

배를 향해 내려가 바다에 도착했을 때, 우리는

저녁 식사를 준비했고 생기 충만한 밤이 찾아왔다네.

바로 그때, 우리는 바닷가에서 눈을 붙였지.   575

일찍 태어나 장밋빛 손가락 펼치는 에오스가 나타나자

우리는 맨 먼저 신성한 바다에 배들을 끌어내고

평형한 배 안에 돛과 돛대를 가져다놓았다네.

그러자 전우들이 배에 올라서는 노 젓는 자리에

85　영웅들을 위한 일종의 낙원.
86　제우스와 에우로파의 아들이고 미노스의 동생이다.

차례로 앉아 노를 저으며 잿빛 바다를 때렸지.   580
다시 제우스로부터 떨어지는 나일강에
배들을 정박하고는 흡족한 헤카톰베를 바쳤다네.
영생하는 신들의 분노를 잠재우고 나서 아가멤논의
무덤을 쌓아 올려 그의 명성이 꺼지지 않게 했지.
이런 일을 마치고 귀향을 서두르자 불사의 신들은   585
내게 순풍을 허락하여 날 고향으로 빨리 보내주셨네.

　　자, 이제는 내 궁전에 머물도록 하게나,
열하루나 열이틀이 될 때까지는. 그때, 내가
그대를 잘 보내주고, 눈부신 선물로, 말 세 필과
정교하게 만든 마차를 더할 것이네. 그러고 나서   590
아름다운 술잔을 줄 것인데, 그대가 평생 날 기억하며
불사의 신들에게 제주를 바치도록 말이네.”

　　그에게 총명한 텔레마코스가 대답했다.
“아트레우스 아드님이여, 나를 이곳에 오래 붙잡아두지 마세요.
나는 1년 동안 당신 곁에 앉아 있어도 잘 견딜 수 있답니다,   595
집과 부모에 대한 그리움도 나를 사로잡진 못하겠죠.
당신의 말씀과 얘기를 들노라면 엄청나게 즐거우니까요.
그런데 신성한 퓔로스에 남은 동료들이 이미 지쳐가고 있습니다.
당신께서 이곳에 나를 오래 붙잡아두시니 말이죠.
내게 주시는 선물은 모두 보물로 보관해두시죠.   600

말들은 이타케로 끌고 가지 않고, 여기 이곳 바로 당신에게
영광으로 남겨두겠습니다. 당신은 드넓은 평원을 통치하시니
이곳에는 토끼풀이 무성하고, 방동사니, 밀,
곡물, 널리 이삭이 패는 흰 보리가 자랍니다.
그러나 이타케에는 넓은 주로도 없고 초지도 전혀 없습니다.   605
염소가 풀 뜯는 그곳은 말 먹이는 초지보다 더 사랑스럽죠.
섬에서는 말 몰기가 적합하지 않고 아름다운 초지도 없답니다.
바다 향해 뻗은 모든 섬들 중에서 이타케섬이 유독 그러합니다."

　　　그렇게 말하자 목청 큰 메넬라오스는 미소를 띠고
손으로 그를 쓰다듬더니 이름 부르며 말을 건넸다.   610

　　　"그대는 훌륭한 혈통을 타고났구나, 내 아들, 그런 말 하다니,
그래서 나는 이 선물들을 바꾸어주겠네, 그건 쉬운 일이야.
내 집 안에 보물로 쌓여 있는 선물들 가운데
가장 아름답고 가장 값진 선물을 줄 것이야.
정교하게 만든 혼주 동이를 주겠네. 그것은 온통   615
은제로, 그 위 테두리는 황금으로 마감되어 있지.
헤파이스토스의 작품이라네. 그것을 시돈인들의 왕
영웅 파이디모스가 주었는데, 내가 귀향하다 그곳에 들르자
그가 날 손님으로 영접했을 때였지. 이것을 선물로 주고 싶네."

　　　두 사람은 서로 그렇게 대화하고 있었다.   620
손님들은 신과 같은 왕의 궁전 안으로 들어갔다.

사람들이 양과 염소를 몰아오고 흥 돋우는 포도주를 내왔다.

예쁜 머리띠 맨 아내들은 그들에게 빵을 보냈다.

　그렇게 사람들이 궁전에서 분주하게 식사를 준비했다.

한편 구혼자들은 오뒷세우스의 궁전 앞에서 625

원반과 투창을 던지며 마냥 즐거워했는데

잘 고른 마당에서고, 그들은 여전히 무례하기 짝이 없었다.

안티노스와 잘생긴 에우뤼마코스가 앉아 있었는데

둘은 구혼자들의 대장으로 완력과 수완이 가장 뛰어났다.

이들 가까이 프로니오스의 아들 노에몬이 다가가서 630

안티노스에게 질문을 던지며 말을 건넸다.

　"안티노스여, 우리가 심중에 뭔가 아는 거요, 모르는 거요,

언제 텔레마코스가 모래 많은 퓔로스에서 돌아오는지?

내 배를 끌고 가버렸거든. 나는 그 배가 필요하다네.

넓은 무도장 있는 엘리스[87]로 건너가야 하니까, 635

그곳엔 내 소유인 암말 열두 필과, 젖 떼지 않은 노새들,

길들지 않은 놈들이 있는데, 몇 마리 몰고 와서 길들이려고."

　그렇게 말하자, 구혼자들은 속으로 매우 놀랐는데,

텔레마코스가 넬레우스의 퓔로스에 가지 못하고, 들판 어딘가

양들이나 돼지치기 곁에 있을 거라 예상했기 때문이다. 640

87　펠로폰네소스반도의 북서 지역으로, 북동의 아카이아와 동쪽의 아르카디아와 남쪽의
　　멧세니아와 인접해 있다.

노에몬에게 다시 에우페이테스의 아들 안티노스가 말했다.

　　"말 돌리지 말고 내게 말해주게, 언제 그가 가버렸나? 그와는
어떤 청년들이 동행했는가? 이타케에서 데려갔나, 아니면
그 자신의 일꾼들이나 하인들인가? 그 정도는 감당할 수 있을 테니.
내게 이것도 사실대로 말해주게, 내가 잘 알아듣도록,　　　　　　645
당신이 원치 않는데, 그가 강제로 검은 배를 빼앗아 갔나,
아니면 말로 부탁해서 당신이 흔쾌히 내주었는가?"

　　프로니오스의 아들 노에몬이 그에게 대답했다.
"내 직접 쾌히 그에게 주었네, 다른 자라도 어쩔 도리 없겠지,
고귀한 사내가, 마음에 많은 근심을 담고서 요구할 때는.　　　　　650
배를 빌려주지 않는 것은 어려운 일이라네.
청년들은, 우리 다음으로 지역에서 가장 뛰어난 자들인데
그들이 그의 뒤를 따랐네. 그들의 통솔자가 승선하는 걸 내가 보았는데
멘토르거나, 모든 점에서 그와 꼭 닮은 신이었을 거요.
그런데 나는 이 점이 의아했소. 어제 새벽에 고귀한 멘토르를　　　655
이곳에서 보았기 때문이오. 그때, 그는 필로스 향한 배에 올랐는데."

　　노에몬이 그렇게 말하고는 부친의 집을 향해 가버렸다.
안티노스와 에우뤼마코스의 거만한 마음이 당황했다.
그래서 시합을 중지시키고 구혼자들 모두를 한곳에 앉혔다.
그들 가운데 에우페이테스의 아들 안티노스가 못마땅해하며　　　660
말했는데, 그의 심장은 분노로 가득 차 그 주위가 검게

물들었고 두 눈은 화염처럼 불타며 빛을 발하고 있었다.

　"이럴 수가, 주제넘게도 텔레마코스가 큰일을 해치웠군.
이 여행 말이야, 우리는 그런 일 하리라고 상상도 못 했거늘.
어린아이 주제에 다수인 우릴 거역하고 그렇게 가버리다니　　　　665
배를 끌어 내리고 지역에서 뛰어난 자들을 골랐다니
앞으로 그놈의 의지는 불행의 씨앗이 될 것이야. 그놈의 완력을
제우스께서 파괴하시길, 재앙이 우리에게 닥치기 전에.
자, 나에게 빠른 배와 스무 명의 전우들을 제공하여라,
귀향하는 바로 그놈을, 매복하여 경계할 것이다,　　　　670
이타케와, 바위 많은 사모스[88]의 해협 사이에서, 그자가
부친 탓에 여행을 쏘다니다가 비참한 최후를 맞이하도록."

　그렇게 말하자, 모든 구혼자들이 동의하며 촉구했다.
구혼자들은 당장 일어나서 오뒷세우스의 집으로 갔다.

　그리하여 페넬로페도 오랫동안 그 흉계를 모르지　　　　675
않았다, 구혼자들이 심중에 재앙을 쌓고 있었지만.
전령 메돈이 여주인에게 알렸는데, 그는 안마당 바깥에서
그들의 계획을 엿들었던 것이다, 그들이 안에서 흉계를 짰으니까.
메돈은 궁전을 지나 페넬로페에게 서둘러 갔다.
그가 문턱에 발을 디디자 페넬로페가 그에게 말을 걸었다.　　　　680

88　사메라고도 불리는데, 오늘날 케팔레니아(케팔로니아)섬이다.

"전령이여, 대체 무슨 일로 고귀한 구혼자가 널 보낸 것이냐?
신과 같은 오뒷세우스의 하녀들에게, 하던 일을 멈추고
그들 자신을 위해 식사를 준비하라고 말하려는 것이냐?
구혼하지도 말고 더이상 모이지도 않으며
지금 이곳에서 마지막으로 최후의 만찬을 하면 좋을 텐데,   685
그들이 허구한 날 모여서는 많은 가산을 거덜내고 있으니,
전략 뛰어난 텔레마코스의 소유 재산을 말이다. 너희는
과거, 어렸을 때 너희 아버지에게 전혀 듣지 못했느냐?
오뒷세우스가 너희 부모들 사이에서 어떤 사람이었는지,
또 고장에서 부적절한 행동도 그런 말을 한 적도   690
전혀 없다는 것을! 그것이 신과 같은 왕들의 방식이니라.
인간들 중 누구는 미워하고 누구는 좋아하겠지만.
그분은 그 누구에게도 결코 무도한 짓을 한 적 없었다.
그런데 너희 본심과 수치스러운 짓이 드러나는구나,
온갖 은혜를 받고도 아무 보답도 하지 않다니."   695
　　　다시 영리한 메돈이 페넬로페에게 말했다.
"정말로 그것이, 왕비님, 가장 커다란 재앙이 되기를.
하나 훨씬 엄청나고 참담한 또 다른 일을
구혼자들이 꾀하고 있답니다, 제우스께서 이루지 마시길.
그들이 예리한 청동으로 텔레마코스를 죽이려 안달입니다,   700
그가 집으로 돌아올 때 죽이려고요. 그는 부친의 소식을

찾아서 경건한 퓔로스와 신성한 라케다이몬에 갔습니다.”

　　그렇게 말하자, 페넬로페의 무릎과 심장이 풀어지니
한참, 아무 말도 나오지 않았다. 그녀의 두 눈은
눈물로 가득 찼고 그녀의 풍부한 음성은 막혀버렸다.　　　　　　705
실로 뒤늦게 가까스로 페넬로페가 대답하여 말했다.

　　“전령이여, 대체 무슨 일로 내 아이가 간 것이냐? 그가
빠르게 항해하는 배에 오를 필요가 전혀 없는데, 배는
사내에게 바다의 마차가 되어 드넓고 축축한 바다를 건너가지.
혹시 그 아이는 자기 이름조차 세상에 남기고 싶지 않은 걸까?”　　　710

　　영리한 메돈이 그녀에게 대답하여 말했다.
“알지 못합니다, 어떤 신이 그를 독려한 것인지, 또는 퓔로스에
가려는 욕망이 불쑥 생긴 것인지. 제 부친의 귀향에 대해서,
부친이 어떤 운명을 맞이했는지 알아보기 위해서요.”

　　그렇게 말하고 메돈은 오뒷세우스의 집을 지나 물러났다.　　　715
페넬로페에게 고뇌가 생명 잡아먹듯 쏟아지자 여전히
그녀는 방 안에 의자가 그렇게 많은데도 착석할 엄두가
나지 않아서 호화로운 규방의 문턱에 주저앉더니
애처롭게 울고 있었다. 주위 하녀들 모두가 울음을 터뜨리니
집의 젊은 하녀건 늙은 하녀건 모두 마찬가지였다.　　　　　　720
한참 울고 나서 페넬로페가 그들 가운데 말했다.

　　“들어봐라, 너희. 특별히 내게 올륌포스 신이 걱정거릴

주셨구나, 나와 함께 태어나 성장한 모든 여인들 중에서.
우선 내가 훌륭한 남편, 사자처럼 용맹한 사내를 잃었구나,
그이는 온갖 덕목이 다나오스인들 중 가장 뛰어나고   725
훌륭한 사내인데, 그 명성은 넓은 헬라스와 아르고스 중심까지
퍼져 있거늘. 이제는 돌풍이, 사랑하는 내 아들을 홀에서
나도 몰래 낚아채 가버렸구나, 그의 출발 사실조차 몰랐다니.
무정한 것들 같으니, 너희조차 각자가 침대에서 나를
깨울 생각도 하지 않았던 것이냐? 언제 그 아이가 검고   730
움푹한 배에 올랐는지, 속으로는 똑똑히 알고 있으면서.
아들이 그런 여행을 계획하는 걸 내가 알았더라면,
그는, 비록 여행을 열망하더라도 이곳에 머물렀거나
홀 안에서 내가 죽게 내버려두고 떠나버렸겠지.
그런데 누구든 돌리오스 노인을 신속히 불러오너라,   735
그 노인은 내가 이곳에 시집올 때 내 부친이 주셨고
지금은 나무 많은 내 정원 관리하는 하인이지. 그가 아주 빨리
라에르테스 곁에 가서 이 모든 사실을 전할 수 있도록,
그러면 시아버지께선 심중에 어떤 계략을 짜내시고는
백성들 앞에 나타나 통탄하시겠지, 그들 백성이 그 아이를,   740
신과 같은 오뒷세우스의 혈통을 끊으려고 광분하고 있다고.”
　　정 많은 유모 에우뤼클레이아가 페넬로페에게 말했다.
“존경하는 마님, 당신께서 잔인한 청동으로 날 죽이시든

궁전에 남겨두시든, 그 내막을 숨김없이 고하겠사옵니다.

저는 이 모든 걸 다 알고 있고, 도련님이 요구한 것 모두, 음식과　745

달콤한 술을 드렸답니다. 도련님이 저더러 엄숙하게 맹세하라 했지요,

마님께는 미리 말하지 말라고, 열이틀이 되기 전이나, 마님이

직접 그리워하시거나, 그의 여행에 대해 들으시기 전까지는,

우시다가 마님의 고운 피부가 상하지 않도록 말이죠.

자, 목욕하시고 몸에 깨끗한 옷을 입고서　750

2층 규방으로 시중드는 여자들과 올라가셔서

아이기스 가진 제우스의 딸 아테네에게 기도하십시오.

그러시면 여신이 죽음에서 도련님을 구해주실 겁니다.

이미 불행을 겪을 대로 겪은 어르신을 괴롭히진 마세요,

제 생각에 아르케이시오스[89] 아들의 핏줄은 지복의 신들에게　755

미움 받지 않고, 아마도 라에르테스의 후손은 여전히

살아남아 지붕 높은 집과 멀리 비옥한 들판을 소유할 겁니다."

　　그렇게 페넬로페의 비탄을 달래서 두 눈이 울지 않게 했다.

그녀는 목욕하고 나서 몸에 깨끗한 옷을 입고

시중드는 여인들과 함께 2층으로 올라가서　760

바구니 안에 보릿가루를 담고는 아테네에게 기도했다.

　　"들어주소서, 아이기스 가진 제우스의 따님, 지침 없는 여신이여,

89　라에르테스의 아버지며 오뒷세우스의 할아버지다.

꾀 많은 오뒷세우스가 궁전에서 소와 양의 살진

넓적다리뼈를 태워서 바친 적 있다면

지금은 저를 위해 그걸 기억하시어 제 아들을 구해주시고　　　　　765

사악하게 무도한 구혼자들을 막아주소서."

　　　그렇게 기도하며 울음을 터뜨렸다. 여신은 기도를 들었다.

한편 구혼자들은 그늘진 궁전의 홀에서 온갖 소란을 피웠고

무도한 젊은이들 중 하나가 이렇게 말했다.

　　　"정말로 우릴 위해 구혼자 많은 왕비가 결혼을　　　　　770

준비하고 있는가, 아들에게 죽음이 마련된 걸 알지도 못하고."

　　　그렇게 말하곤 했지만, 어떻게 실행될지는 알지 못했다.

그들 가운데 안티노스가 말을 걸며 이야기했다.

　　　"이상한 친굴세, 모두 주제넘은 말은

삼가게나, 누군가 집 안에다 일러바칠지 모르니까.　　　　　775

자, 일어나서 은밀하게 실행하자고

그 계획을 말이야, 우리 모두 내심 아주 흡족해하니."

　　　그렇게 말하며 날래고 용맹한 사내 스무 명을 뽑았다.

그들은 빠른 배 정박한 바닷가에 가려고 서둘렀다.

맨 먼저 배를 바다의 깊은 곳으로 끌어 내리고　　　　　780

검은 배 안에는 돛대를 세워놓고 돛을 싣고는

가죽끈으로 노들을 단단하게 끼워 넣었다.

[모두 일사불란하게 하고는 흰 돛을 펴서 올렸다.]

기개 넘치는 시종들은 그들에게 무기들을 가져왔다.

바닷가 근처 물 위에 배를 띄워 정박하자 그들은 배에서 내렸다.   785

그곳에서 저녁 식사를 하고 저녁이 올 때까지 대기했다.

　　한편 신중한 페넬로페는 2층 규방에 누워서

식사도 않고, 음식과 음료에 일절 손도 안 대고

흠 없는 아들이 죽음을 피할까, 아니면 주제넘은

구혼자들에게 제압당할까, 이리저리 헤아리고 있었다.   790

마치 사람들이 사자를 속이며 포위하고 있을 때

사자가 사람들 가운데서 망설이는 것처럼

그렇게 궁리하던 그녀에게 상쾌한 잠이 찾아왔다.

그녀가 몸을 눕히고 잠이 들자 모든 관절이 풀어졌다.

　　그때 다시 올빼미 눈의 아테네가 다른 일을 생각해냈다.   795

환영 하나를 만드니 그 형체가 여인과 똑같은데,

그 여인은 대범한 이카리오스의 딸, 이프티메로

페라이 집에 사는 에우멜로스[90]가 아내로 삼았다.

여신은 그 환영을, 신과 같은 오뒷세우스의 집으로 보내서

한동안 비탄하며 통곡하던 페넬로페가   800

통곡과 눈물 많은 비탄을 멈추게 했다.

환영은 빗장의 가죽끈 옆을 지나 규방 안에 들어가서

90　아드메토스와 알케스티스의 아들.

페넬로페의 머리맡에 서서는 그녀를 향해 말했다.

　　"자고 있나요, 페넬로페 언니? 마음이 괴로운가요?
거두어요, 안락하게 사는 신들이 언니를 울게 내버려두진　　　　805
않을 겁니다, 괴로워하는 것도요. 언니의 아들은 곧
집에 돌아올 테니까요, 신들 눈에 결코 범죄자가 아니잖아요."

　　그녀에게 대답하여 신중한 페넬로페가 말했는데,
페넬로페는 꿈의 대문 안에서 아주 달콤한 잠을 자고 있었다.

　　"대체 무슨 일로, 동생, 이곳에 온 거지? 전에는 좀처럼　　810
찾아오는 일 없더니, 아주 멀리 떨어진 집에 살고 있는데.
슬픔과 많은 고통을 멈추라고 나에게 간청하다니,
정말 많은 고통에 나는 머리와 가슴으로 괴로워하고 있어.
우선 훌륭한 남편, 사자처럼 용맹한 사내를 잃었잖아,
그이는 온갖 덕목이 다나오스인들 중 가장 뛰어나지,　　　　815
훌륭한 사내, 그 명성은 드넓은 헬라스와 아르고스 중심까지
퍼져 있는데, 지금은 내 사랑하는 아들이 우묵한 배를 타고 갔어,
어리석은 녀석 같으니, 고생도 연설도 잘 알지 못하면서.
실은 그 아이 때문에, 그이보다도, 내가 더 울고 있는 거야.
그 아이 때문에 몸을 떨고, 혹시 그가 찾은 지역이나　　　　820
바다에서 무슨 변고를 당하지 않을까 두렵다고.
많은 적들이 그 아이에게 흉계를 꾸미고 있고
살해하려 안달일 텐데, 그가 고향 땅에 도착하기 전까지는."

그녀에게 대답하여 희미한 환영이 말했다.

"힘내요, 마음속으로 너무 지나치게 두려워 마요. 825
훌륭한 호송자가 그와 함께 가고 있으니까요, 다른 사내들도
그런 호송자가 곁에 서주길 열망하는데, 그런 능력이 있는
팔라스 아테네예요. 여신은 언니의 눈물을 가엾게 여기세요.
그래서 여신께서 언니에게 이렇게 말하라고 날 보내신 거예요."

　　신중한 페넬로페가 그 환영을 향해 말했다. 830
"정말로 당신이 신이거나 신의 지시를 받고 왔다면
자, 내게 저 불운한 남편에 대해 말해주세요,
어디선가 아직도 살아서 햇빛을 보고 있나요,
아니면 이미 죽어서 하데스의 집에 있나요?"

　　희미한 환영이 그녀에게 대답하여 말했다. 835
"알다시피 그자에 관한 한 분명하게 말할 수 없네,
살았는지 죽었는지. 허튼소리 지껄이는 건 곤란하지."

　　그렇게 말하고는 문설주의 빗장 옆을 지나서
빠져나가 바람의 입김 속으로 사라졌다. 페넬로페는
잠에서 깨어 일어났다. 가슴이 훈훈해졌으니 840
밤의 암흑을 뚫고 그녀에게 달려온 꿈이 생생했다.

　　한편 구혼자들은 승선하여 축축한 길을 항해했고
텔레마코스를 불시에 죽이려고 심중에 계획하고 있었다.
바다 한가운데 바위투성이의 섬 하나가 있는데

그 작은 섬은 이타케와 바위 많은 사모스 사이에 있는
아스테리스[91]였다. 그 섬에는 배를 잘 숨기는 두 겹의 포구가 있었다.
그곳에서 구혼자들은 매복하며 텔레마코스를 기다리고 있었다.

---

91 티아키(Thiaki)와 레우카스(Leukas) 사이에 위치한 아르쿠디(Arkhoudi)인 것으로 보인다.

5 ε

에오스가 저 유명한 티토노스[92]의 잠자리에서
몸을 일으켜 불사자와 필멸자에게 빛을 비추었다.
신들이 회의장에 가서 앉았는데, 그들 가운데
천둥 치는 제우스의 권력이 가장 막강했다.
아테네는 오뒷세우스를 떠올리며 많이 염려한다고   5
신들에게 말했으니, 그가 요정의 집에 머무는 걸 걱정한 것이다.
　"아버지 제우스시여, 그리고 영생하는 지복의 신들이여,
왕홀 가진 왕은 이제 더이상 진정 온화하고
자애로워선 안 돼요. 정의로운 마음을 품지도 말고

92　새벽의 여신 에오스의 배우자. 라오메돈의 아들. 프리아모스의 큰형.

언제나 가혹하며 불의를 저지르길 바랍니다. ⒑

누가 얼마나 신과 같은 오뒷세우스를 기억하고 있나요,

그의 백성들 중 대체 누가요? 그는 아버지처럼 자애로웠거늘.

지금, 그는 엄청난 고통 속에 누워 있네요,

집 안에서 요정 칼륍소가 그를 강제로 잡아두고 있으니.

그는 조국 땅에 닿을 수 없습니다. ⒖

또한 그에겐 노 갖춘 배도 동료도 없지요,

그를, 바다의 넓은 등 위로 데려갈 동료 말입니다.

바로 지금, 구혼자들이 그의 귀한 아들을 죽이려 날뛰고 있어요,

그가 귀가하는 길에서고, 한편 그는 부친의 소식을 찾아

매우 경건한 퓔로스와 신성한 라케다이몬에 갔답니다." ⒛

　　　여신에게 대답하여, 구름 모으는 제우스가 말했다.

"내 딸아, 무슨 말이 네 치아의 담장을 넘어왔느냐?

네가 직접 이런 계획을 제안하지 않았더냐?

정말로 오뒷세우스가 도착해 구혼자들을 징벌할 거라 했지.

너는 재주 좋게 텔레마코스를 보냈지, 그럴 능력 되니까. ㉕

그는 아무 해도 입지 않고 제 조국 땅에 도착하고

구혼자들은 배 타고 되돌아 집으로 돌아가겠지."

　　　이어서 제우스는 제 아들 헤르메스를 마주 보며 말했다.

"헤르메스야, 다른 일에서도 너는 전령 역할을 하지.

머리 곱게 땋은 요정에게 가서 확실한 결정을, 인내하는 ㉚

오뒷세우스의 귀향을 말해주어라, 그가 신들이나
인간들의 호송 없이도 귀향하게 될 거라고.
그는 짜 맞춘 뗏목을 타고서 고통을 겪다가
스무 날째에, 파야케스족[93]의 땅, 비옥한 스케리아에
도달할 것인데, 그 종족은 신들과 가깝게 태어난 자들이지.   35
파야케스인들은 성심껏 그를 신처럼 존경하고
그를 배에 태워 자기 조국 땅에 보내주고
청동과 황금과 의복을 넉넉히 선물할 것이다.
{트로야에서 가져갔을 선물보다 더 많은 선물일 거다,
제 몫의 전리품을 챙겨 무사 귀향했더라면 말이다.}   40
그에게 정해진 운명이란 그렇게 가족을 보고
지붕 높다란 집과 조국 땅에 도달하는 것이니까.”

    그렇게 말하자 아르고스 살해자 헤르메스는 거역하지 않았다.
안내자 헤르메스가 당장 발밑에 멋진 샌들을 매어 신자
불멸의 황금 샌들은 바람 입김을 받아서, 그를   45
축축한 바다와 한없는 대지 위로 날라다주었다.
헤르메스는 지팡이를 들었고, 그것으로는 원하는 대로
인간의 두 눈을 호리고 잠자는 사람도 깨울 수 있다.
그 지팡이를 쥐고서 아르고스 살해자, 강력한 신이 날아갔다.

---

93   알키노스와 아레테의 백성.

신은 피에리아[94] 산맥을 오르더니 대기에서 바다로 날아들었다. 50
파도 위로 제 갈 길을 갔으니 무슨 바닷새와 같았는데
그 새는 지침 없는 바다의 무시무시한 가슴속에서
물고기 잡으며 소금물에 두꺼운 날개를 적시곤 한다.
그 새처럼 헤르메스는 많은 물결 위로 움직였다.
    정말 멀리 떨어진 섬에 도착하자 헤르메스는 55
보랏빛 바다로부터 나와서 뭍으로 걸어가
큰 동굴에 닿았는데, 그 안에는 곱게 머리 땋은
요정이 살고 있었다. 안에서 그녀를 만났다.
화로에서 불이 활활 타고 멀리까지 냄새가
섬에 두루 퍼졌는데, 잘 쪼개지는 삼나무와 향나무가 60
타고 있었다. 안에서 요정은 미성으로 노래하고
베틀 앞을 오락가락하며 황금 북으로 베 짜고 있었다.
동굴 주위엔 숲이 울창하게 자라 있으니
오리나무, 흑양, 냄새 좋은 삼나무 숲이었다.
그 속에는 긴 날개 가진 새들이 잠자리에 드는데 65
부엉이, 매, 바다에 볼일 있는,
혀가 긴 바다가마우지가 자고 있었다.
그곳, 우묵한 동굴 주위에는 싱싱한 포도나무가

94　테살리아의 올륌포스산의 북쪽 지역.

뻗어 있는데, 포도송이가 주렁주렁 달려 있었다.
나란히 자리한 네 개의 샘에선 맑은 물이 서로 가깝게   70
솟아나서는 제각기 다른 쪽으로 흘러가고 있었다.
그 주위, 보드라운 초지에는 제비꽃과 셀러리가
만발했다. 불사의 존재라도 이곳에 와서
바라보면 경탄하니 제 마음이 흡족하기 마련이다.
    그곳에 서서 아르고스 살해자 헤르메스가 경탄하고 있었다.   75
이 모든 걸 보면서 속으로 감동하고 나서
곧장 넓은 동굴 안으로 들어갔다. 그를 마주하자
가장 고귀한 여신 칼립소가 몰라보지 않으니
신들이 서로를 몰라보는 경우란 없는 법이다.
불사자라서 그러하다, 비록 신이 먼 곳 집에 거주해도.   80
동굴 안에서 헤르메스는 대범한 오뒷세우스를 만나지 못했다.
오뒷세우스는 바닷가에 앉아서 울었는데, 전과 똑같이
그곳에서 눈물과 탄식과 고통에 제 마음을 찢고 있었다.
{눈물 흘리며 지침 없는 바다를 바라보고 있었다.}
가장 고귀한 여신 칼립소가 헤르메스를, 눈부시고   85
반짝이는 자리에 앉히고 나서 캐물었다.

    "대체 무슨 일로 왔나요, 황금 지팡이 가진 헤르메스여,
위엄 있고 친근한 분이? 전에는 방문한 적 전혀 없었는데.
무슨 생각이든 말해주세요. 들어보라고 내 마음이 명하니까요,

내가 할 수 있고 전에 일어난 적 있는 일이라면요.   90
[자, 앞으로 따라오세요, 곁에서 내가 당신을 접대할게요.]"

그렇게 말하며 여신은 신들의 음식을 가득 차려
식탁을 앞에 내놓고 붉은 넥타르[95]를 섞었다.
길잡이이자 아르고스 살해자 헤르메스가 먹고 마셨다.
식사하며 음식으로 제 마음을 채우고 나자   95
헤르메스는 말로 대답하여 여신을 향해 말했다.

"방문한 남신에게 여신이 물어보는구려. 내 그대에게
말 돌리지 않고 그 내막을 말하겠소. 그대가 요구하니까.
제우스가 내게 이곳에 가라 명령했지만, 나는 내키지 않았소.
대체 누가 기꺼이 이렇게 짠물을, 다함없는 바다를   100
횡단하려 하겠소? 근처에는 인간들의 도시가 하나도 없으니까.
도시인들은 신들에게 제물과 엄선한 헤카톰베를 바치거늘.
아이기스 가진 제우스의 계획에서 어느 신이 내빼거나
그 계획을 좌절시키는 일은 어쨌든 불가능하오.
제우스가 이르시길, 알다시피 그대 곁에는 사내들 중   105
가장 비참한 자가 머무르고 있는데, 그는 프리아모스의 도시를
둘러싸 9년 동안 싸우고 10년째, 그 도시를 함락한 후
귀향하던 자들 중 하나요. 귀향길에 그들이 아테네에게 죄를 짓자

---

95 신들의 음료.

여신은 사악한 바람과 기나긴 파도를 일으켰소.

그때, 다른 모든 용감한 전우들이 죽었지만 110

그는 바람과 파도가 이곳에 날라다주었소.

이제는, 그대가 당장 그를 보내주라는 명령이오.

그의 운명은 가족과 멀리 떨어져 죽는 것이 아니고

아직 그에게 정해져 있는 몫은 가족들을 만나고

지붕 높다란 집과 자기 조국 땅에 도달하는 것이라오." 115

그렇게 말했다. 가장 고귀한 칼립소는 몸이 얼어붙더니

소리 내어 그를 향해 날개 돋친 말을 쏘았다.

"가혹하네요, 신들이여, 질투심이 유별나서

여신들이 사내들 곁에 누워 있는 걸 시기하다니. 공개적으로

여신이 누군가를, 사랑하는 남편으로 삼기라도 하면. 120

장밋빛 손가락 펼치는 에오스가 그렇게 오리온[96]을 취하자

안락하게 살아가는 신들이 계속 질투를 일삼다가

오르튀기에[97]에서, 황금 옥좌 앉은 정결한 아르테미스가

오리온에게 다가가 부드러운 화살로 죽였다고요.

또 곱게 머리 땋은 데메테르[98]가 제 욕망에 굴복해 125

성애와 동침으로 이아시온과 몸을 섞었는데,

---

96 전설적인 사냥꾼.

97 신화적인 섬으로 델로스섬과 동일시하기도 한다.

98 곡식의 여신, 제우스의 동생, 페르세포네의 어머니.

세 번 경작한 묵정밭에서죠. 그 사실을 오래 모르지 않은
제우스는 번쩍하는 번개를 뿌려 이아시온을 죽였다고요.
신들이여, 필멸자가 내 곁에 있다고 그렇게 지금 나를
질투하네요. 그 사내는 내가 구한 거라고요, 그가 용골에   130
혼자 매달려 있을 때, 제우스는 그의 빠른 배를 제지하더니
번쩍하는 번개로 포도줏빛 바다에서 부숴버렸지요.
그때, 다른 모든 쓸모 있는 전우들이 죽었으나
그 사내는 바람과 파도가 날라서 이곳으로 데려왔지요.
그 사내는 내가 환대하고 보살폈고, 날마다   135
죽지도 늙지도 않게 해주겠다고 약속하곤 했지요.
근데 아이기스 가진 제우스의 계획에서, 어느 신이
몰래 내빼거나 그의 계획을 결코 무산시킬 수 없으니
그에게 지침 없는 바다로 가라고 하지요, 제우스가
촉구하고 명령한 대로. 그러나 내가 그를 보내줄 순 없어요.   140
내게는 노 갖춘 배들도 선원들도 없으니까요,
그들이라면 바다의 넓은 등 위로 그를 보내주겠죠.
하지만 나는 기꺼이 조언할 것이니, 어떻게 그가
무사히 제 조국 땅에 도달할지는 숨기지 않을 겁니다."

　　　다시 길잡이 헤르메스가 칼립소에게 말했다.   145
"당장 그를 보내주어 제우스의 분노를 사지 마시오,
나중에 제우스가 진노하여 그대를 모질게 대하지 않도록."

그렇게 말하고는 강력한 헤르메스가 떠났다.
한편 여주인 요정은 대범한 오뒷세우스에게 갔는데
정말로 제우스의 통고를 귀담아들었던 것이다.   150
그가 바닷가에 앉아 있는 걸 보았다. 그의 두 눈은
결코 눈물이 마른 적 없고 귀향을 열망하느라
달콤한 생명이 줄어드니 더는 요정이 마음에 들지 않았다.
그러나 밤 동안, 우묵한 동굴 안에서 그는 원하지 않지만
의무감에, 욕망하는 그녀 곁에 잠들곤 했고   155
날이면 날마다 낮에는 바닷가 바위에 앉아서
[눈물과 탄식과 고통에 제 마음을 찢고 있었고]
눈물을 뿌리며 지침 없는 바다를 바라보곤 했다.
가장 고귀한 여신이 곁에 서더니 말을 걸었다.
　"불행한 사람, 여기서 더이상 나 때문에 슬퍼 말고   160
생명을 죽이지도 마요. 이제는 기꺼이 그대를 보내줄게요.
그럼 자, 키 큰 나무를 베고 청동 도구로 너른 뗏목을
짜 맞추고 그 위에다 높이 반 갑판을 만들면
그것이 안개 낀 바다 위로 데려다줄 거예요.
나는 빵과 물과 붉은 포도주를 넉넉하게   165
넣어줄게요, 그것이 배고픔을 막아줄 테고
옷도 둘러 입혀줄게요. 뒤에서는 순풍을 보내줄게요,
그러면 그대는 무사히 당신 조국 땅에 도착하겠죠,

신들도 원하길 바라요, 신들은 드넓은 창공에 살고
계획과 성과에서 모두 나보다 더 뛰어나지요."   170

그렇게 말했다. 많이 참는 고귀한 오뒷세우스는 몸이 얼어붙으며
그녀에게 말문을 열어 날개 돋친 말을 쏘았다.

"뭔가 다른 생각 있는 거죠, 여신이여, 호송은 결코 아닌데,
뗏목으로 바다의 거대한 심연, 무섭고 험난한 심연을
건너가라 지시하다니. 그곳은 균형 잡힌 배들도 빠르게   175
물살 가르며 건너갈 수 없지요, 제우스의 순풍이 도와줘도.
나는 그대 의사에 반해 뗏목에 오르진 않을 겁니다,
여신이여, 다른 사악한 재앙을 내게 꾀하지 않겠다고
그대가 직접 내 앞에서 엄숙하게 맹세하지 않는다면."

그렇게 말하자 가장 고귀한 여신 칼립소가 미소 짓더니   180
손으로 그를 쓰다듬고 이름을 부르며 말을 건넸다.

"장난꾸러기 같으니, 유용한 일을 잘도 안다니까,
그런 말 할 생각을 다 하다니 말이에요.
지금 이 대지와 저 위 드넓은 하늘과 낙하하는
스튁스[99] 강물이 증인이 되게 하소서, 스튁스는   185
지복의 신들에게 가장 강력하고 무시무시하지요.
어떤 사악한 재앙도 그대에겐 꾀하지 않을 겁니다.

99　하데스에 흐르는 강.

그게 아니라, 내가 의도하는 바 있으니 나 자신을 위해
어떤 계획을 세울지 숙고할 거예요, 그럴 필요 있다면.
내가 의도하는 바는 적절하고, 바로 내 가슴속   190
마음은 무쇠가 아니고 동정심을 느끼니까요."
  그렇게 말하고 가장 고귀한 여신이 앞장섰는데
매우 민첩했다. 그는 여신의 발자국을 쫓아갔다.
여신과 사내가 우묵한 동굴에 도착하자
사내는 팔걸이의자에 앉았는데 바로 헤르메스가 일어섰던   195
의자였고, 요정은 온갖 음식을 내놓았는데
먹고 마실 것이나 필멸의 인간이 먹는 종류였다.
여신 자신은 신과 같은 오뒷세우스를 마주 보며 앉았고
그녀 옆에는 하녀들이 넥타르와 암브로시아를 내놓았다.
앞에 차려져 준비된 식사에 여신과 사내가 손을 뻗었다.   200
그래서 그들이 음료와 식사를 즐기고 나자
가장 고귀한 여신 칼륍소가 말문을 열었다.
  "제우스 후손, 라에르테스의 아들, 술수 많은 오뒷세우스여!
정말 그렇게 집으로, 자기 조국 땅으로
지금 당장 떠나고 싶나요? 여하튼 안녕히 가세요.   205
그런데 적어도 그대가 제대로 알게 된다면
조국 땅에 닿기 전에 얼마나 많은 고난을 채울 운명인지
알게 된다면, 여기 나와 함께 머물며 이 집을 지키고

불사의 존재가 될 텐데, 비록 그대 아내를 보고 싶어
안달하고 날마다 항상 그녀를 그리워하더라도.   210
나는 적어도 그녀보다 몸매와 얼굴이 못하지 않다고
자신해요. 필멸의 여인이 불사의 여신과
몸매와 외모로 경쟁하는 것은 가당치도 않지만."
　　그녀에게 대답하여 꾀 많은 오뒷세우스가 말했다.
"여주인 여신이여, 그 일로 화내지 마세요. 나 자신도   215
모든 걸 잘 알고 있어요. 신중한 페넬로페가 그대보다
외모가 떨어지고, 마주 보면 신장도 모자라지요.
그녀는 죽을 운명이나 그대는 불멸하며 늙지도 않아요.
하지만 정말로 이렇게 날마다 집에 돌아가
귀향 날을 보기를 소망하고 열망한답니다.   220
어떤 신이 검붉은 포도줏빛 바다에 나를 난파시켜도
가슴속, 고통 견디는 용기를 갖고 참아낼 겁니다.
나는 이미 엄청 많은 일 겪고 많이 고생했는데
파도와 전쟁에서죠. 여기에 이 고초가 더해지라 하지요."
　　그렇게 말했다. 해가 떨어져 어둠이 덮치자   225
여신과 사내가 들어가서 우묵한 동굴 구석에서
서로 곁에 머무르며 맘껏 사랑을 즐겼다.
　　일찍 태어나 장밋빛 손가락 펼치는 에오스가 나타나자
당장 오뒷세우스는 외투와 상의를 입었고

요정 자신은 은빛 나는 커다란 외투, 섬세하고   230
우아한 외투를 걸쳤고, 허리에는 멋진
황금 허리띠를 두르고 머리 위에는 베일을 썼다.
그때, 여신은 대범한 오뒷세우스의 출항을 궁리하고 있었다.
그에게 커다란 도끼를 주었는데, 손에 맞는 도구로서
청동이고 양쪽에는 날이 서 있었다. 그 도끼 안에는   235
매우 멋진 올리브나무 손잡이가 잘 박혀 있었다.
그리고 나서 매끈한, 금속 자귀 한 자루를 주었다.
여신은 섬의 끝으로 가는 길을 안내했다. 그곳에는
키 큰 나무들, 오리나무, 흑양나무, 하늘에 뻗친 전나무가
자라고 있었는데 오래 말라 매우 건조하니 부력이 있었다.   240
키 큰 나무들이 자라는 곳을 보여주고 나서
여주인 요정 칼륍소가 집으로 가버렸으나
사내 영웅은 나무를 자르고 잘랐다. 작업이 빨리 진행되었다.
모두 스무 그루 나무를 베어 넘기고 청동으로 자르고
솜씨 좋게 깎아내고 자를 대서 똑바로 맞추었다.   245
그동안 가장 고귀한 여신 칼륍소가 나사송곳을 가져왔다.
그래서 그는 모든 구멍을 뚫고 이음 부분은 서로 맞추고
밧줄과 나무못을 사용하고 망치질하여 뗏목을 만들었다.
마치 목수 일 잘 아는 이가 널찍한 화물 배의
선체 둘레에 줄을 그어 표시하는 너비만큼   250

그렇게 널찍한 뗏목을 오뒷세우스가 만들었다.

반 갑판을 세우고 빽빽한 늑재(肋材)를 잘 맞추며

계속 일했다. 마침내 기다란 뱃전 널빤지로 마무리했다.

그 안에는 돛대를 세우고 그에 맞는 활대를 만들었다.

게다가 키를 만들어 배를 인도하게 했다.   255

엮은 버드나무 가지로는 뗏목을 둘러서

파도를 막게 했다. 바닥에는 덤불을 수북이 쌓았다.

그동안 가장 고귀한 여신 칼륍소가 천을 가져와서

돛을 만들게 했다. 사내는 솜씨 좋게 돛도 잘 만들었다.

그 안에 돛 조절 밧줄과 권양기와 아딧줄을 모두 한데 묶고   260

지렛대로는 뗏목을 신성한 바다에 끌어 내렸다.

　　나흘이 지났을 때 모든 것이 마무리되었다.

닷새째에 여신 칼륍소는 섬에서 그를 보냈는데

향내 나는 옷을 입혀주고 목욕을 시켜주고 나서였다.

또 뗏목 안에는 검은 포도주 든 가죽 부대를   265

넣어주었고, 물은 다른 큰 가죽 부대에, 길양식은

가죽 자루 안에 챙겨주었다. 조리된 고기도 넉넉히 넣어주었다.

또 따뜻하고, 해롭지 않은 바람도 보내주었다.

순풍에 기뻐하며 고귀한 오뒷세우스가 돛을 폈다.

　　오뒷세우스는 뗏목에 자리 잡고는 기술 좋게 키를   270

조종하고 있었다. 잠이 눈꺼풀에 쏟아지지 않았는데

그는 플레이아데스[100]와 늦게 지는 마차부 자리[101]와
수레라는 별칭의 큰곰자리를 바라보고 있었다.
큰곰자리는 제자리 돌며 오리온 쪽 좋은 조망을 갖고
혼자서만 바다의 욕조에 몸을 담그지 않는다.   275
이 별을 왼편에 두고 바다를 지나가라고
가장 고귀한 여신 칼립소가 그에게 일러주었다.

　　오뒷세우스는 이레 하고 열흘 동안 바다 지나 항해했고
열여드레째 되는 날, 파야케스 땅의 그늘진 산들이
제 모습을 드러내자 그에게 무척 가까워 보였다.   280
산들은 안개 낀 바다 한가운데 솟은 방패처럼 보였다.
대지 흔드는 통치자 포세이돈이 아이티오페스족의 땅에서 돌아오다
저 멀리 솔뤼모이족[102]의 산에서 그를 발견했다. 그가 바다 위를
항해하는 걸 보고 말았다. 신은 마음속 깊이 격노하더니
머리를 휘저으며 자기 마음을 향해 말했다.   285

　"이럴 수가, 정말 신들이 오뒷세우스에 대해 다른 계획을
선택하다니, 내가 아이티오페스족에게 가 있는 동안에.
파야케스족의 땅이 가까이 있으니, 그곳에서 그는
닥친 고난의 커다란 속박에서 벗어날 운명이다.

100　황소자리에 위치한 성단.
101　보오테스(Boōtēs).
102　소아시아 뤼키아 지역의 산 주위에 사는 종족.

아직은 그자가 재앙으로 배를 채우길 바라노라." 290

　　그렇게 말하며 구름을 모으고 손으로 삼지창을
잡고는 바다에 파도를 일게 했다. 온갖 바람의
모든 폭풍을 일으키고 구름으로 대지와 바다를
모두 덮어버렸다. 하늘에서는 밤이 덮쳐왔다.
동풍과 남풍이 함께 돌진하고 폭풍우 몰아치는 서풍과, 295
창공에서 태어난 북풍이 돌진했는데, 특히 북풍은 큰 파도를 굴렸다.
그때, 사지가 풀어지고 자기 기백이 흩어진
오뒷세우스는 동요하더니 담대한 마음을 향해 말했다.

　　"아, 가엾은 신세, 무슨 일이 결국 내게 닥칠까?
여신이 모든 진실을 드러냈을까 두렵구나, 300
여신은 내가 조국 땅에 도달하기 전, 바다에서
고통을 누릴 거라 말했는데. 지금 모두 실현되는구나,
얼마나 거대한 구름으로 제우스가 드넓은 하늘을 휘감고
바다를 휘젓고 있는가. 모든 바람의 폭풍이
불어오고 있구나. 지금은 분명 파멸을 피할 수 없구나. 305
세 배, 네 배, 다나오스인들이 행복하구나, 드넓은 트로야에서
아트레우스 아들에게 충성하다가 전사한 자들 말이다.
정말, 나도 그렇게 죽는 운명을 맞아야 했거늘
수많은 트로야인들이, 죽어가는 아킬레우스를
에워싸며 청동 촉 달린 창을 내게 뿌렸던 그날에. 그랬다면 310

나는 장례의 몫을 갖고, 아카이아인들이 내 명성을 전했겠지.
그러나 지금은 비참한 죽음에 사로잡힌 운명이로구나."

그렇게 말하자 큰 파도가 그에게 무섭게 돌진하더니
위에서 그를 덮쳤고 뗏목을 돌리며 크게 흔들어놓았다.
그는 뗏목에서 멀리 떨어지고 손에선 방향키를   315
놓쳐버렸다. 바람이 뒤섞여 생겨난 무시무시한
돌풍이 찾아와서 돛대의 중앙을 부숴버리자
돛과 활대가 저 멀리 바다에 빠지고 말았다.
파도로 인해 물 밑에 오래 붙잡혀 있으니 그는
큰 파도의 충격에 당장 물 위에 떠오를 수 없었다.   320
고귀한 칼립소가 그에게 준 옷이 무거웠으니까.
그는 한참 뒤 떠올라 입에서 짜디짠 소금물을
토해냈고 머리에서는 소금물이 마구 흘러내렸다.
그럼에도 그는 뗏목을 잊지 않고, 지쳤지만
그걸 찾으려고 파도 속에 뛰어들어 그걸 붙잡고는   325
가운데 올라앉으니 죽음의 종말은 피했다.
큰 파도가 들이치더니 뗏목을 이리저리 끌고 다녔다.
마치 늦여름 북풍이, 빽빽하게 서로 엉겨 붙어 있는
엉겅퀴 관모를 평원 위로 흩뿌릴 때처럼
바람이 바다 위로 뗏목을 이리저리 날랐다.   330
때때로 남풍은 뗏목을 북풍 쪽에 내동댕이쳤고

때때로 동풍이 서풍에게 뗏목을 넘겨주면 서풍이 몰아갔다.

　　카드모스[103]의 딸로 복사뼈 예쁜 이노 레우코테아[104]가

그를 보았는데, 그녀는 전에 말 잘하는 인간이었으나

지금은 소금 바다에서 신들로부터 명예의 몫을 받고 있다.　　　　335

그녀는, 떠돌며 고통받는 오뒷세우스를 동정하여

섬 새처럼 바다에서 물 위로 떠오르더니

많은 밧줄로 묶인 뗏목 위에 앉아서 그에게 말했다.

　　"불운한 사내, 대체 대지 흔드는 포세이돈이 왜 그토록

심하게 분노했나요? 그대에게 많은 불행을 심어주다니.　　　　340

비록 신이 열망해도 절대로 그대를 파멸시키긴 못해요.

자, 이렇게 해요, 내게는 그대가 이해력이 부족해 보이지 않아요.

이 옷들을 벗어 던지고, 뗏목이 바람에 떠다니게 버려두고

양손으로는 헤엄쳐 파야케스 땅에 도달하려 애쓰면

그곳에서 스스로를 구하게 될 운명이니까요.　　　　345

자, 내 머릿수건을, 불멸의 수건을 가슴 아래에

펼쳐서 둘러요, 고통과 죽음을 결코 두려워 말고.

양손으로 육지의 끄트머리라도 붙잡게 되면

다시 그걸 풀어서 육지에서 먼 포도줏빛 바다에

던지는데 그대의 머리를 돌리고 나서 하세요."　　　　350

103　아게노르의 아들로 테베를 건국한 영웅.
104　이노가 여신이 되고 난 후의 이름.

그렇게 말하고 여신은 머릿수건을 건네고서
다시 파도 일렁이는 바다 속으로 섬 새처럼
들어갔다. 검은 파도가 여신을 덮어버렸다.
많이 참는 고귀한 오뒷세우스는 숙고하기 시작하더니
역정을 내며 자신의 대범한 마음을 향해 말했다.　　　　　　　　355

　　　"아, 나는, 어떤 불사신이 내게 다시 속임수를 짜낼까봐
두렵구나, 나에게 뗏목을 버리고 떠나라고 말하면서.
그러나 아직은 그렇게 하지 않겠다, 내 직접 멀리서
그 땅을, 내 피신처라고 여신이 말했던 곳을 목격했으니까.
그럼, 이렇게 해야겠다, 내게는 이것이 최선이군.　　　　　　　360
목재들이 나무못으로 잘 결합되어 있는 동안은
여기에 머무르며 고통을 겪어도 참아내지만
물결이 내 뗏목을 파고들어 부숴버린다면
헤엄치는 거다, 더 나은 걸 기대할 수 없으니."

　　　신과 같은 오뒷세우스가 마음속 두루 생각을 굴리는 동안　　　365
대지 흔드는 포세이돈이 커다란 파도를 일으키자
공중에 걸린, 무섭고 난폭한 파도가 그를 덮쳤다.
마치 돌풍이, 쌓인 왕겨를, 그것도 마른 것을
뒤흔들어 이리저리 사방에 흩뜨리듯, 그렇게 파도가
뗏목의 긴 목재를 흩뜨렸다. 한편 오뒷세우스는　　　　　　　370
마치 경주마를 몰듯 목재 하나에 올라타더니

옷을 모두 벗었는데, 고귀한 칼립소가 준 옷이었다.

곧장 머릿수건을 가슴 아래 펼쳐 두르고

직접 양손 뻗어 머리 숙이고 바닷속에 뛰어들어

헤엄치려 애썼다. 대지 뒤흔드는 통치자[105]가   375

머리를 흔들더니 제 마음을 향해 말했다.

　　"그렇게 지금 많은 고초 겪으며 바다를 떠돌아라,

제우스가 양육한 인간들 사이에 섞일 때까지는.

그래도 네놈은 내가 가한 재앙을 얕보진 못할 게야."

　　그렇게 말하며 갈기 멋진 말들을 채찍질하여   380

아이가이[106]에 다다르니 그곳엔 그의 유명한 궁전이 있었다.

　　한편 제우스의 따님 아테네는 다른 걸 생각해냈다.

여신이 나머지 바람의 길들을 한데 묶고는

모든 바람에게 멈추라고 명령하여 잠재우고

빠른 북풍을 일으켜 앞으로 달려드는 파도를 부수면   385

제우스 후손 오뒷세우스는 죽음과 사망을 피하고 나서

마침내 노를 사랑하는 파야케스족과 섞이게 될 것이다.

　　이틀 밤과 이틀 낮 동안 세찬 물결에 오뒷세우스가

떠돌아다니니, 그의 마음은 수도 없이 파멸을 예견했다.

머리 곱게 땋은 에오스가 세 번째 날을 올려놓자   390

105　포세이돈.

106　포세이돈에게 봉헌된, 펠로폰네소스 북부의 아카이아 지역의 도시.

바로 그때, 바람이 멈추고 바람 한 점 없이
그윽해졌다. 그는 예리하게 전방을 주시하여
육지를 보았는데, 마침 큰 파도에 몸이 들린 것이었다.
마치 오래 시달리며 엄청난 고통을 겪으며
병상에 누워 있던 아버지의 생명이 아이들에게 반갑게도   395
되살아날 때처럼, 또 어떤 가증스러운 신이 공격했으나
다행하게도, 신들이 불행에서 아버지를 풀어줄 때처럼
그렇게 반갑게도 육지와 삼림이 오뒷세우스 앞에 나타났다.
그는 두 발로 육지를 디디길 열망하며 헤엄쳐 갔다.
　　고함쳐 들릴 정도의 거리가 되자 오뒷세우스는   400
바다의 솟은 바위에서 노호하는 소리를 들었는데
커다란 파도가 무시무시하게 으르렁거리며
메마른 육지에 부서지니 모든 것이 바다의 포말에 덮였다.
배들을 지켜주는 항구도 정박지도 없었고
튀어나온 곶들, 암벽과 암초만 보였다.   405
바로 그때, 무릎이 풀어지고 기백이 흩어진
오뒷세우스는 역정 내며 대범한 마음을 향해 말했다.
　　"아아, 정말로 기대하지도 않은 이 땅을 보도록
제우스가 허락하여 내가 이 심연을 가르고 도달했건만
잿빛 바다 어디에도 탈출구가 보이지 않는구나.   410
밖에는 뾰족한 암초들이 있고 주위에는 파도가

노호하며 울부짖고 매끄러운 바위가 치솟아 있고
근처에 깊은 바다가 있으니 양발로는 어떻게
서는 것도 재앙을 피하는 것도 못 하겠어. 어떻게든
내가 바깥으로 빠져나가다가, 큰 파도가 날 낚아채   415
돌 많은 바위에 내던질까 두렵구나, 그럼 내 노력은 헛수고다.
앞으로 더 해안을 따라 헤엄치며, 혹시 파도가 비스듬히
부서지는 곳이나 바다의 포구들을 발견할 요량인데
그러면 돌풍이 다시 날 낚아채 물고기 많은 바다 위로
데려가서 내가 크게 탄식하게 될까 두렵고   420
혹여 내게 어떤 신이 큰 바다 괴물들, 유명한
암피트리테가 양육하는 많은 괴물들을 보낼지도 모르지.
저 유명한, 대지 흔드는 신이 얼마나 날 미워하는지 잘 안다고.”
        그가 머리와 가슴으로 이런 생각을 굴리는 동안
큰 파도가 그를 삐죽삐죽한 해안으로 데려갔다.   425
그래서 살갗이 찢기고 뼈가 모두 부서졌을지도 모른다,
올빼미 눈의 여신 아테네가 그에게 조언하지 않았다면.
그는 서둘러 양손으로 바위를 붙잡았는데
큰 파도가 지나갈 때까지 신음하며 바위를 붙잡고 있었다.
그렇게 그가 일단 파도를 피했으나, 뒤로 물러난 파도는   430
다시 서둘러 그를 가격하며 저 멀리 바닷속에 던져버렸다.
마치 낙지가 은신처에서 끌려 나오게 되면

그 빨판에 조약돌이 다닥다닥 붙어 있을 때처럼
꼭 그처럼 두 손이 바위에 짓이겨지자 그의 대담한 두 손의
살갗이 찢겨 나갔다. 무지막지한 파도가 그를 덮친 것이었다.   435
그때, 불운한 오뒷세우스가 정해진 몫 넘어 죽었으리라,
올빼미 눈의 아테네가 그에게 경고하지 않았다면.
육지 향해 으르렁대는 파도에서 그가 떠올라 벗어나서
바깥쪽으로 헤엄치며 육지를 바라보았다. 혹시 파도가
비스듬히 부서지는 곳이나 바다의 포구를 발견할까 하여.   440
그가 헤엄쳐서, 요요히 흐르는 강 어귀에 도달하자
거기 한 장소가 가장 좋아 보였는데, 바위가 없어
매끈하고 바람을 막아주는 피신처가 있었다.
그 흐르는 강물을 반기며 그는 마음속 두루 기도했다.

  "들어주소서, 왕이시여, 당신이 누구시든. 매우 반가워   445
당신께 왔습니다, 바다에서 포세이돈의 위협을 피해서.
동정받아 마땅하지요, 불사의 신들로 인해
떠돌다가 도착한 인간이라면 누구든, 그렇게 지금 저도
많은 고생을 하고 나서 당신 강물과 당신 무릎에 왔습니다.
자, 가여워하소서, 왕이시여, 제가 간곡히 탄원하나이다."   450

      그렇게 말했다. 강은 당장 흐름을 멈추어 파도를 막고
그 앞 바다를 잔잔하게 만들어 그를 구해내서
하구로 데려갔다. 그는 양 무릎과 억센 두 팔을

구부렸다. 그의 기백이 바닷물에 제압당한 것이었다.
살갗이 온통 퉁퉁 부었고 많은 소금물이 코와 입에서 455
쏟아져 나왔다. 숨이 막혀 말이 나오지 않고
기력이 소진하여 누웠더니, 매서운 피로가 닥쳐왔다.
　그가 다시 숨을 들이쉬고 기력이 정신에 모여들자
바로 그때, 제 몸에서 여신의 머릿수건을 풀었다.
그것을 바다로 흘러가는 강물에 던져 넣고 460
다시 큰 파도가 그것을 흘려보내자 이노가
두 손으로 받았다. 그는 몸을 돌려 강물에서 나와서
골풀 바닥에 주저앉더니 곡식 선사하는 대지에 입을 맞추었다.
하지만 역정을 내더니 자신의 대범한 마음을 향해 말했다.
　"아아, 대체 나에게 무슨 일이? 결국 무슨 일이 일어날까? 465
강에서 밤새도록 걱정 가득 차서 망보게 되면
차디찬 서리와 축축한 이슬이 모두 함께, 기력이
떨어져 헐떡대는 나를 제압할까 두렵구나,
새벽엔 강바람이 차갑게 불어대기 마련인데.
언덕에 올라 짙게 그늘진 숲속에 들어가서 470
빽빽한 덤불 속에 잠들고 피로와 추위마저
날 놓아주어 떠나고 달콤한 잠이 내게 닥치면
짐승들의 전리품과 먹잇감이 될까 두렵구나."
　그렇게 숙고해보니 이렇게 하는 것이 이로워 보였다,

그래서 숲 안에 들어갔다. 물 가까이, 눈에 잘 띄는 장소에서   475
숲을 발견하자, 같은 장소에 자란 두 덤불 밑으로
기어 들어갔는데, 하나는 야생 올리브, 하나는 재배 올리브였다.
이것들은 습기 찬 바람의 힘도 불며 지나간 적 없고
[빛나는 태양도 햇살을 비춘 적 없으니]
비도 속속들이 들이치지 못했다. 그렇게 덤불은 빽빽하게   480
가지가 서로 뒤엉켜 자랐다. 바로 이 덤불 아래로 그가
기어 들어갔다. 당장 두 손으로 긁어모아 널찍한
잠자리를 쌓았다. 엄청 많은 낙엽들이 수북이 쌓여 있어
두세 사람이 제 몸을 보호할 수 있을 정도였는데
동절기의 추위가 제아무리 혹독하더라도 말이다.   485
이 잠자리를 보자, 많이 참는 고귀한 오뒷세우스가 기뻐하며
한가운데 누워서 제 몸 위에 낙엽 더미를 뿌려 덮었다.
근처 다른 이웃이 살지 않는 외진 시골에 어떤 이가
검은 잿더미 속에 불탄 장작개비를 숨겨두어
타지에서 구하지 않으려고 불씨를 보존할 때처럼   490
그렇게 오뒷세우스는 낙엽들로 제 몸을 감추었다. 그에게
아테네가 두 눈에 잠을 쏟아붓자 그가 고단한 피로에서
벗어나게 되었으니 그가 눈꺼풀을 덮고 나서였다.

6 ζ

많이 참는 고귀한 오뒷세우스가 그렇게 잠과 피곤에
제압되어 잠자고 있었다. 아테네 여신은
파야케스족의 지역과 도시로 갔는데
그들은 한때 거만한 인간들인 퀴클롭스들 근처,
무도장이 넓은 휘페레이아에 살다가   5
그들보다 더 힘센 퀴클롭스들에게 약탈당했다.
그곳에서 이주시키려고, 신의 모습 닮은 나우시토오스가
그들을 이끌어, 고되게 일하는 인간들과 동떨어진
스케리아에 정착시켰다. 도시 주위에는 성벽을 두르고
집들을 짓고 신전들을 세우고 농지를 나눠주었다.   10
이미 나우시토오스는 죽음에 정복되어 하데스로 내려갔으니

지금은 신들의 계획 아는 알키노스[107]가 통치하고 있었다.
올빼미 눈의 여신 아테네가 그의 궁전을 향해 가면서
대범한 오뒷세우스의 귀향을 계획하고 있었다.
잘 꾸민 규방 안으로 서둘러 들어가자, 방 안에는 한 소녀가   15
잠자고 있었고, 그 외모와 몸매가 불사의 여신과 흡사했는데
바로 대범한 알키노스의 딸 나우시카였다. 옆에는
우미(優美)의 여신들이 미모를 선물한 두 하녀가
문설주 양편에 누워 있었다. 빛나는 대문은 닫혀 있었다.
여신은 바람의 숨결처럼 소녀의 침대로 서둘러 가서   20
그녀의 머리맡에 서서는 그녀를 향해 말했는데,
여신은 배로 유명한 뒤마스의 딸로 보였고
그녀는 동갑이라 나우시카의 마음에 쏙 들었다.
그녀의 모습으로 올빼미 눈의 여신 아테네가 말했다.

　　"나우시카, 어떻게 어머니는 이렇게도 부주의한 딸을 낳았을까?   25
반짝이는 옷들이 손질도 안 된 채로 놓여 있다니
너에겐 결혼이 가까이 왔는데, 그때 너는 멋진 옷 입고
그런 옷을, 널 이끌 사람들에게도 드려야 해.
이런 일들로 사람들 위로 좋은 소문이 퍼지면
아버지와 여주인 어머니가 기뻐하실 거야.   30

107　파야케스족의 왕, 아레테의 남편, 나우시카의 아버지.

자, 날이 밝는 대로 빨래하러 가자.
나도 도우미로 함께 따라갈게, 네가 당장
준비할 수 있겠지, 앞으로는 더이상 처녀가 아닐 테니.
이미 너에게 이 지역, 훌륭한 파야케스인들이
구혼하고 있으니까, 그와 함께 너도 혈통을 갖게 될 거야. 35
자, 이른 아침에, 저 유명한 아버지에게 마차와 노새를
준비해달라고 요구하렴, 그 마차가 허리띠들과
겉옷들과 빛나는 깔개들을 실어다줄 거야.
너에게도 두 발로 걷는 것보다 훨씬 더 좋을 거야,
빨래터가 도시에서 멀리 떨어져 있으니까." 40

    그렇게 말하고 올빼미 눈의 아테네는 올륌포스로
떠나갔는데, 그곳에는 항상 견고한 신들의 거처가
있다고 한다. 그 거처는 바람에 요동 않고 비에 젖은 적 없고
눈도 오지 않고 청명한 하늘이 구름 한 점 없이
사방으로 펼쳐지니, 그 위로는 눈부신 광채가 퍼져 나간다. 45
그곳에서 지복의 신들이 날마다 즐겁게 누리고 있구나.
공주에게 그렇게 알리고 나서 올빼미 눈의 여신이 떠났다.
    당장, 옥좌에 앉은 새벽의 여신 에오스가 나타나서
옷맵시 좋은 나우시카를 깨우자, 그녀는 그 꿈에 매우 놀라
궁전을 지나 서둘러 가서 부모님, 아빠와 엄마에게 50
알리려고 했다. 안에 계신 부모님과 만났는데

어머니는 화롯가에 앉아서 하녀들과 함께 진한 자주 빛깔
실을 잣고 있었고, 아버지는 문밖으로 나서는 참이었다.
그는 유명한 족장들을 찾아 회의장으로 가는 중이었는데
그곳에선 존경받는 파야케스인들이 그를 부르고 있었다.   55
그녀는 아주 가까이 서서는 자기 아버지를 향해 말했다.
　"아빠, 저를 위해 사륜 수레를 내줄 수 있으세요?
높고 바퀴 잘 달린 것으로요, 멋진 옷들을
강에 가져가 빨려고 하는데, 옷들이 더러워 보여서요.
아버지 자신도 지도자들 사이에 앉아 계실 때   60
깨끗한 옷 입고 회의하시는 게 바람직하지요.
궁전 안에 있는 아버지의 다섯 아들 중에서
둘은 결혼했고, 한창 피어나는 셋은 결혼하지 않았죠.
그들은 항상 세탁된 의상을 입고는 무도장에 가고
싶어 하죠. 이런 모든 일이 제 마음에 걸린답니다."   65
　그렇게 말했다. 제 혼기가 꽉 찼다고 아버지에게 말하기는
부끄러웠다. 이 모든 걸 눈치챈 아버지가 대답했다.
　"노새들을 아끼지 않으마, 뭐 다른 것도 마찬가지란다.
가거라. 하녀들이 키 큰 사륜 수레를 준비할 건데,
바퀴가 좋고, 차양을 갖춘 수레로 말이다."   70
　그렇게 말하며 하녀들에게 명령하자 그들이 복종했다.
하녀들은 노새에 딸린, 잘 구르는 짐수레를 바깥에

준비하고 노새들을 끌어다가 사륜 수레 아래에 맸다.

소녀는 방에서 빛나는 옷을 나르고 있었다.

그리고 옷들을 빛나는 수레 위에 올려놓자　　　　　　　　　75

어머니가 광주리에 흡족할 만큼 음식을 넣어주었다,

구운 고기를 포함해 온갖 음식을 넣고 염소 가죽 자루엔

포도주를 부어주었다. 소녀는 수레 위에 올랐다.

게다가 어머니가 황금 용기 안에 올리브유를 넣어주니

소녀가 하녀들과 함께 기름을 바를 수 있을 것이다.　　　　　80

나우시카가 채찍을 잡고 빛나는 고삐를 쥐더니

채찍으로 수레를 몰자 노새들에게서 덜컹하는 소리가 났다.

노새들은 쉼 없이 다리 뻗어 의복과 그녀를 날랐는데,

그녀 혼자가 아니라 다른 하녀들도 함께 가고 있었다.

　　　그들이 매우 아름다운 강의 흐름에 도착하자　　　　　　85

그곳엔 정말로 넉넉한 빨래터가 있었고, 맑은 물이

많이 흘러넘쳐 아무리 더러운 옷이라도 세탁할 만했다.

그곳에 노새들을 수레로부터 풀어놓고

노새들을 소용돌이치는 강물 옆으로 끌고 가서는

꿀 향기 나는 풀을 갉아먹게 했다. 수레로부터는　　　　　　90

옷들을 손에 쥐고 검게 빛나는 물로 가져갔고

통 안에 넣고는 경쟁하며 빠르게 밟고 또 밟았다.

그들은 빨래하여 모든 때를 빼고 나서는

바닷가를 따라서 옷들을 차례로 펼쳐놓았는데, 그곳은

바다가 마른 뭍을 향해 달려서 조약돌을 씻곤 했다.　　　　　95

그들은 목욕을 마치고 몸에 올리브유를

흠뻑 바르고 강둑 옆에서 식사를 하고

빨래한 옷들이 햇빛에 건조되길 기다렸다.

소녀와 하녀들은 음식을 먹고 나서는

머릿수건을 풀어 헤치고 공놀이를 했다.　　　　　100

그들 가운데, 팔이 백옥 같은 나우시카가 노래를 시작했다.

마치 활 쏘는 아르테미스가, 솟아오른 테위게토스[108]나

에뤼만토스[109]산을 두루 돌아다니며 멧돼지들과

날랜 사슴들과 섞여서 즐거워하는 것 같았다.

또 여신이 시골 요정들, 아이기스 가진 제우스의 딸들과 함께　　　　　105

놀면서 즐거워하면 엄마 레토[110]의 마음이 흡족하다.

모든 요정들이 아름답지만, 그녀들 너머로

여신의 머리와 이마가 아주 쉽게 눈에 띄는 것처럼

그렇게 미혼의 처녀는 하녀들 가운데 눈부셨다.

　　　그들이 다시 집으로 돌아가려고 노새들에게　　　　　110

멍에를 메우고 멋진 옷들을 개키고 나자

108　스파르타에 위치한 산맥.

109　펠로폰네소스반도의 북서쪽에 위치한 산맥

110　아폴론과 아르테미스의 어머니.

그때, 올빼미 눈의 여신 아테네는 다른 일을 계획하여
오뒷세우스가 깨어나 눈 예쁜 소녀를 보게 되고
그녀가 그를 파야케스족의 도시로 데려갈 방법을 찾았다.
나우시카 공주가 하녀들 가운데 공을 던졌다.   115
하녀를 빗맞힌 공은 깊은 소용돌이에 빠지고 말았다.
오랫동안 소녀들이 소리를 질렀다. 이 소리에 고귀한 오뒷세우스가
깨어나 앉더니 머리와 가슴으로 이리저리 생각을 굴렸다.
　"아이고, 나는, 어떤 인간들의 땅에 도착한 것일까?
그들은 난폭할까, 야만스러울까, 정의롭지 못한 자들일까,   120
손님을 환대할까, 신을 경외하는 마음 가진 자들일까?
소녀들의 여자 목소리가 날 에워싸고 있는데
요정들의 음성일까, 요정들은 산들의 높은 꼭대기나
강들의 원천이나 무성한 초지들에 살고 있지.
지금 어딘가 인간의 목소리 가진 자들이 가까이 있겠지.   125
그럼 자, 내가 직접 알아보고 눈으로 확인해보자고."
　　그렇게 말하며 덤불 밑에서 불쑥 나타난 고귀한 오뒷세우스는
빽빽한 숲에서, 잎들 중 어린 가지를 억센 손으로 꺾어서
희멀건 살갗 주위, 사내의 치부를 가렸다.
마치 산속의 사자처럼 제 힘만 믿고 걷고 걸었는데   130
사자는 비에 흠뻑 젖고 바람에 두들겨 맞아도
두 눈에선 불길이 타올라 소들이나 양들이나

야생의 사슴들을 뒤쫓으니, 굶주린 배의 호령에

튼튼하게 지은 축사까지 가서는 양 떼를 덮친다.

그렇게 오뒷세우스는 머리 잘 땋은 소녀들과 섞이려 했다, 135

비록 알몸이긴 했지만. 매우 절실한 상황이니까.

그러나 짠물에 시달려 그 몰골이 무섭게 나타나자

소녀들이 각기 뿔뿔이 툭 튀어나온 제방으로 도망쳤으나

알키노스의 딸 나우시카만은 남아 있었다. 아테네 여신이

그녀 심중에 용기를 심어 사지에서 공포를 몰아냈던 것이다. 140

그녀는 마주 보며 버티고 서 있었다. 사내는 숙고를 거듭했다.

눈이 예쁜 소녀의 무릎을 잡고 애원할까, 아니면

단지 거리를 두고 부드러운 말로 애원할까,

자신에게 옷을 주고 도시를 보여주길 갈망하니까.

그렇게 숙고해보니 이렇게 하는 것이 유리해 보였다, 145

거리를 두고 부드러운 말로 애원하는 것 말이다.

무릎을 잡으면 소녀가 분노할까 두려웠기 때문이다.

그래서 당장 이익이 되는 부드러운 말을 던졌다.

　"당신께 탄원합니다, 여주인이여. 여신인가요, 인간인가요?

만약 어느 여신이라면, 드넓은 창공에 거주하는 신들 중 150

당신을, 아르테미스 여신, 외모와 신장과 몸매가

최고인, 위대한 제우스의 딸에 견주고 싶소.

그러나 대지 위에 사는 인간들 중 하나라면

당신으로 부친과 여주인 모친은 세 배나 축복받고
형제들도 세 배나 축복받았군요. 아마도 그들 마음은   155
당신이 자랑스러워 항상 기쁨에 넘쳐 훈훈할 것이요,
이런 고운 새싹이 무도장에 입장하는 걸 보게 된다면.
누구보다 참으로 가장 축복받은 자는, 월등한
구혼 선물로 당신을 자기 집으로 데려가는 신랑일 거요.
여자든 남자든 당신 같은 분을, 나는 전에 두 눈으로   160
본 적이 없습니다. 당신을 바라보니 놀람이 날 사로잡네요.
예전에 델로스에 아폴론의 제단 옆 대추야자에서 새로 돋아난
이처럼 고운 새싹을 눈여겨본 적 있었죠.
그곳까지 갔으니까요, 많은 백성이 그 길로 나를 따랐으나
그 여행길에서 나는 정말 비통한 슬픔을 겪게 되어 있었지요.   165
바로 그 광경을 보고는 속으로 오랫동안 놀랐으니
그런 나무가 땅에서 자라 나온 적이 없었답니다.
그렇게, 아씨, 당신에게 크게 경탄했소. 당신 무릎을 잡는 것은
심히 꺼리는 일이지요. 근데 너무 힘든 고충이 생겼답니다.
어제서야 스무 날 만에 포도줏빛 바다에서 벗어났소.   170
그동안 내내 파도와 날�쌘 돌풍이 나를 오귀기아섬에서
날라다주었소. 지금은 어떤 신이 이곳에 내동댕이쳤으니
아마도 이렇게 무슨 고통을 겪도록 말이지요. 고통이 멈출 거라
생각지는 않아요. 아직도 신들은 많은 고통을 안기려 합니다.

자, 여주인이여, 불쌍히 여겨주시오. 많은 고난을 겪고 나서   175
처음, 당신에게 도착했고 인간들 중 누구도 알지 못합니다,
여기 도시와 육지에 거주하는 인간들 중에서요.
내게 도시를 보여주시고 몸 덮을 넝마라도 주십시오,
혹시 이곳에 오면서 무슨 보자기라도 가지고 있으시면.
당신에게, 당신이 진정 열망하는 것은 뭐든 모두   180
신들이 주시기를, 남편과 가정을 주시고, 완벽한 화목을
베풀어주시길. 남편과 아내가 한마음 한뜻으로
가정을 보살피고 돌볼 때보다도 더 강력하고
훌륭한 것은 없으니까요. 적에겐 심한 고통이, 친근자에겐
기쁨이 되니, 이는 그들 자신이 가장 통감하는 바랍니다.”   185
　　팔이 백옥 같은 나우시카가 마주 보며 그에게 말했다.
“나그네여, 당신은 악한이나 생각 없는 자로 보이진 않네요.
올륌포스의 제우스가 직접 인간들에게 행복을 나눠주십니다,
잘난 자든 못난 자든 각자에게, 그분이 원하시는 대로요.
아마도 당신에겐 이런 운수를 주셨으니 참아야 해요.   190
지금은 당신이 우리의 도시와 대지에 도착했으니
의복이 부족하지 않을 거고 다른 것도 마찬가진데,
고생한 탄원자가 은인과 마주하면 부족해선 안 되겠죠.
도시를 보여주고 백성들의 이름도 말해줄게요.
파야케스족이 이 도시와 이 땅에 살고 있고   195

나는 대범한 알키노스의 딸이랍니다. 부친의
손에 파야케스족의 권력과 무력이 놓여 있죠."
　　그렇게 말하고 곱게 머리 땋은 하녀들에게 명령했다.
"날 위해 멈춰라, 하녀들아. 사내를 보고 어디로 도망치느냐?
혹시 이자가 적이라고 여기는 건 아니겠지?　　　　　　　　　　　200
그런 필멸의 인간은 살지도 않고 태어나지도 않을 거야,
전쟁의 죽음을 몰아오며 파야케스족의 땅에 도착하는
인간 말이다. 파야케스족은 불사자와 아주 친하니까.
우리는 멀리 떨어져 격랑의 바다 한가운데 살고 있고
가장 먼 곳이라 어떤 인간도 우리와는 섞이지 못하는 법.　　　　205
여기 이 어떤 불행한 인간은 떠돌다가 이곳에 왔으니
지금은 돌봐줘야 해. 제우스로부터 모든 거지와 나그네가
유래하니까. 이런 나그네는 하찮은 선물이라도 반기는 법.
자, 하녀들아, 나그네에게 음식과 음료를 주고
바람 막아주는 곳에서 강물로 목욕시켜주어라."　　　　　　　210
　　그렇게 말하자 하녀들은 멈춰 서서 서로서로 독려하고
대범한 알키노스의 딸 나우시카가 명령한 대로,
바람 막아주는 곳에 오뒷세우스를 앉혔다.
그 옆에는 겉옷과 속옷, 입을 옷을 내려놓고
황금 용기에 담긴 올리브유를 오뒷세우스에게　　　　　　　　215
주어서 그가 흐르는 강물로 목욕하게 했다.

바로 그때, 하녀들에게 고귀한 오뒷세우스가 말했다.

"하녀들이여, 저기로 물러나게, 나 스스로
소금물을 어깨에서 씻어 내리고 올리브유를
바를 것이네, 오랫동안 피부에 유분이 없었으니까.   220
나는 면전에서 목욕하지 않을 것이오. 머리 곱게 땋은
소녀들 가운데 알몸이 벗겨져 있으면 심히 부끄러우니."

그렇게 말했다. 하녀들이 물러나서 여주인에게 보고했다.
고귀한 오뒷세우스는 피부에서 소금을 강물로
씻어냈는데, 등과 넓은 어깨에 밴 소금을 닦고   225
머리에서는 지침 없는 바다의 때를 벗겨냈다.
그가 온몸을 씻고 기름을 바르고
미혼의 처녀가 그에게 준 의복을 두르고 나자
제우스의 머리에서 태어난 아테네는 그를
더 크고 강건하게 보이도록 했고 머리에는   230
모발이 무성하게 하니 마치 히아신스 꽃과 같았다.
마치 어떤 숙련된 장인이 은에 금을 입히면서
헤파이스토스와 팔라스 아테네에게서 전수받은
온갖 기술을 발휘해 멋진 작품을 만드는 것처럼
그렇게, 보라, 여신은 그의 머리와 어깨에 매력을 부었다.   235
오뒷세우스가 바닷가로 가 멀리 떨어져 앉았는데
준수하고 우아하여 눈부셨다. 소녀가 보고는 감탄했다.

바로 그때, 머리 곱게 땋은 하녀들에게 나우시카가 말했다.

"내 말 들어봐라, 팔이 백옥 같은 하녀들아, 할 말 있으니.
올륌포스의 모든 신들의 뜻에 따라서 이 사내가 240
신들에 버금가는 파야케스인들에게 도착했구나.
방금 전, 그는 볼품없는 인간으로 보였으나
지금은 드넓은 천공에 사는 신처럼 보이는구나.
이런 분이 이곳에 살면서 내 남편이라
불리게 된다면……. 바로 이 땅에 그가 머물고 싶어 하기를. 245
자, 하녀들아, 나그네에게 음식과 음료를 주어라."

그렇게 말했다. 하녀들은 그녀 말에 주의해 복종하고
오뒷세우스 앞에 음식과 음료를 갖다놓았다.
많이 참는 고귀한 오뒷세우스가 먹고 마셨는데
게걸스러웠다. 음식을 맛본 지가 오래되었으니까. 250
한편 팔이 백옥 같은 나우시카는 다른 것을 계획했다.
옷들을 개켜서 멋진 사륜 수레에 실은 후
발굽 단단한 노새들에게 멍에를 씌우고 자신은 수레에 오르며
오뒷세우스를 재촉하고 이름을 부르며 말을 건넸다.

"이제는 일어나서, 나그네여, 도시를 향해 갑시다, 그대를 255
전략 뛰어난 내 아버지의 집으로 보내주려 하니, 그곳에서
그대는 가장 고귀한 파야케스인들을 보게 될 거라 생각해요.
그런데 이렇게 해주세요, 그대는 이해력이 부족하지 않으니까.

우리가 들판과 인간의 경작지를 지나가는 동안
하녀들과 함께, 노새들과 사륜 수레 뒤를					260
재빨리 따르세요. 내가 길을 안내할 겁니다.
우리 도시에 들어서면 그 도시 주위 성벽이
높이 솟아 있고, 멋진 항구가 도시의 양편에 있는데
그 입구는 좁아요. 양쪽으로 굽은 배들이 길을 따라
끌어 올려져 있지요. 각자의 선착장이랍니다.					265
그리고 포세이돈의 멋진 신전 주위에는 집회장이 있는데
그곳에는 채석한 돌덩이들이 가지런히 박혀 있지요.
그곳에서 사람들이 검은 배의 선구,
밧줄과 돛천을 관리하고 노의 날을 세우지요.
파야케스족은 활과 화살, 그리고 화살집보다는					270
배들의 노와 돛대, 균형 잡힌 배들을 더 선호하고
그 배를 타고는 의기양양, 잿빛 바다를 가로지른답니다.
그런데 그들이 퍼뜨릴지 모르는, 망측한 소문은 피하고 싶어요,
이 고장에 주제넘은 자들이 뒤에서 험담하지 못하도록.
어느 아주 못돼먹은 자가 우리와 마주치면 이렇게 말하겠죠.					275
'이 남자, 나우시카를 뒤따르는 자, 키 크고 잘생긴
이방인은 누구지? 어디서 만났을까? 그녀 남편이 되겠지.
혹시 난파당한 사내를 구한 것일까, 먼 곳에 사는
이들 중에서, 이 근방에는 사람이 살지 않으니까.

또는 그녀가 수도 없이 기도했던 어떤 신이 천공에서   280
내려왔으니 날이면 날마다 그녀가 그를 독차지하겠는걸.

그녀 자신이 다가가 타지에서 남편을 구하는 걸

더 좋아한다니까. 정말, 이 고장 사내를 무시하다니,

많은 명문가 자제들이 그녀에게 구혼하는데도.'

그렇게 말할 거고 그 말이 내게는 비난의 화살이 되겠죠.   285

이런 짓 하는 여자에게는 나도 화가 난답니다.

살아 계신 부친과 모친을 비롯한 가족의 뜻을 거슬러

정식으로 결혼하기도 전에 외간 남자와 어울리는 여자 말이죠.

나그네여, 그대는 내 말을 알아듣고, 가능한 한 빨리

내 부친에게서 호송과 귀향을 얻도록 하세요.   290

가는 길에 아테네 여신의 눈부신 흑양나무 숲을

발견할 것인데, 그 안에는 샘물이 흐르고 주위엔 초지가 있어요.

또 그곳에는 내 부친의 영지와 울창한 정원이 있는데

도시에서 고함치면 다다를 만한 거리에 있지요.

그곳에 앉아 한동안 기다리세요, 우리가 도시를   295

향해 가서 부친의 궁전에 도착할 때까지 말이죠.

우리가 궁전에 도착했다는 생각이 들면

그때, 파야케스족의 도시로 가서는 내 부친,

대범한 알키노스의 궁전에 대해 물어보세요.

아주 쉽게 알아볼 수 있으니 말 못 하는 아이라도   300

안내할 수 있지요. 우리 백성의 집들 중, 비슷한 집은
단 한 채도 없어요, 영웅 알키노스의 집과 비슷한 집은.
그런데 그대가 궁전과 안뜰에 들어서게 되면
곧장 홀을 지나서 내 어머니에게 가세요,
어머니는 화롯가 불빛 가운데 앉아서   305
진한 자색 실을 잣고 있고, 보기에도 장관인데,
큰 기둥에 등을 기대고 있죠. 뒤에는 하녀들이 앉아 있어요.
그곳에는 내 아버님의 옥좌가 그 기둥 쪽에 기대서 있고
아버님은 그곳에 앉아 불사신처럼 포도주를 마신답니다.
그분 곁을 지나서 우리 어머니의 무릎에 두 손을   310
내미세요, 비록 그대가 아주 먼 곳에서 왔더라도
즐거이 귀향 날을 빠르게 만날 수 있도록 말이죠.
[아무튼 어머니가 속으로 호의를 품게 된다면
그대는 가족들을 만나고 지붕 높은 집과
그대 조국 땅에 닿을 희망이 있을 겁니다.]"   315
        그렇게 말하고 빛나는 채찍으로 노새들을 때렸다.
노새들은 빠르게 흐르는 강을 뒤로하고 떠났다.
노새들은 네 발로 잘 달리고 빠르게 잘 걸었다.
한편 나우시카는 솜씨 좋게 몰아서 하녀들과 오뒷세우스가
함께 걸어 따라오게 했다. 신중하게 채찍을 휘둘렀다.   320
        해가 지고, 그들이 유명한 숲, 아테네 여신의 성소에

도착했을 때 고귀한 오뒷세우스는 그곳에 앉았다.

그는 곧장 위대한 제우스의 따님에게 기도를 올렸다.

"들어주소서, 아이기스 가진 제우스 따님, 지침 없는 분이시여,

이제는 정말 제 말을 들어주시길, 당신은 제가 표류할 때, 325

대지 흔드는 저 유명한 신이 저를 갈겼을 때, 한 번도 듣지 않으셨죠.

이제는 제가 파야케스족에게 동정받고 환대받게 해주소서."

그렇게 말하며 기도했다. 그의 말을 팔라스 아테네 여신이 들었으나

아직은 그의 눈앞에 나타나지 못했다. 여신의 숙부 포세이돈이

두려웠던 것이다. 숙부는 신과 같은 오뒷세우스에게 심하게 330

분노하고 있었다, 그가 고향 땅에 도착하기 전까지는.

7 η

그곳에서 많이 참는 고귀한 오뒷세우스가 그렇게 기도했다.
한편 두 노새의 힘은 소녀를 도시로 태워 갔다.
나우시카가 제 아버지의 널리 이름난 궁전에 도착해서
대문 앞에 노새들을 세우니, 그녀 주위에 다가서서
불사의 존재 같은 오라비들은 사륜 수레에서   5
노새들을 풀어주고 안으로 의복을 들어 옮겼다.
나우시카는 침실 안에 들어갔다. 그녀 위해 불 피운 자는
아페이레 출신 노파, 규방의 하녀 에우뤼메두사였는데
그녀는 언젠가 평형한 배들이 아페이레에서 데려왔다.
알키노스는 그녀를 명예의 선물로 받았다, 그가 파야케스족의   10
통치자이니까. 게다가 그의 말은 백성들에겐 신의 음성 같았다.

이 노파가 궁전에서 팔이 백옥 같은 나우시카를 키웠다.

바로 그녀가 불을 피우고 안에서 식사를 준비하고 있었다.

그때, 오뒷세우스는 도시로 가려고 일어섰다. 그 주위에

아테네 여신은 호의로 짙은 안개를 흩뿌려서 15

담대한 파야케스인들 중 누군가 그와 마주쳐도

그를 야유하거나 그가 누군지 캐묻지 못하게 했다.

그가 사랑스러운 도시 안으로 막 들어가려 하자

바로 그때, 올빼미 눈의 여신 아테네와 마주쳤는데

여신은 앳된 소녀의 모습을 하고는 물동이를 들고 있었다. 20

그 앞에 여신이 멈춰 섰다. 고귀한 오뒷세우스가 물었다.

"아이야, 한 남자의 집으로 나를 안내해주겠니?

알키노스의 집 말인데, 그가 이곳 사람들을 통치하고 있다지.

나는 많이 고생한 나그네로 이곳에 도착했거든,

저 멀리 떨어진 땅에서 와서 이곳 사람들 누구도 알지 25

못한단다, 이 도시와 농장을 몫으로 가진 사람들 말이다."

올빼미 눈의 여신 아테네가 그에게 말했다.

"그럼, 제가, 아버지뻘 나그네여, 보여달라고 한 집을

보여드릴게요, 흠 없는 제 아버지 집 근처에 있으니까요.

자, 조용히 이쪽으로 오세요, 제가 길을 안내할게요, 30

사람들 누구도 쳐다보지도 묻지도 마세요.

이곳 사람들은 나그네 인간을 잘 견디지 못하고

타지에서 온 사람을 반갑게 맞으며 환대하지 않죠.
이곳 사람들은 날쌔고 재빠른 배에 긍지가 높고
깊은 심연을 항해하는데, 이는 대지 흔드는 신의 은혜랍니다.
그들의 배는 마치 날개나 생각처럼 날쌔답니다."
　　그렇게 말하며 팔라스 아테네가 재빠르게
길을 안내했다. 그는 여신의 발자국을 쫓아 걸었다.
그래서 배로 유명한 파야케스인들은 자신들 사이로
그가 도시를 통해 지나가는 걸 알지 못했다. 머리 곱게 땋은　　　40
존엄한 여신 아테네가 호의로 그에게 풍성한 안개를
쏟아부어서 파야케스인들이 알아보지 못하게 했던 것이다.
항구들과 균형 잡힌 배들을 보고 오뒷세우스는 놀랐고
영웅들 자신의 집회장과 긴 성벽에도 놀랐는데
그 높은 성벽은 말뚝들로 짜여 있으니 보기에 장관이었다.　　　45
한편 그들이 왕의 이름 드높은 궁전에 도착하자
올빼미 눈의 여신 아테네가 먼저 말문을 열었다.
　　"아버지뻘 나그네여, 이것이 정말로 궁전, 당신이
보여달라 요구한 궁전이죠. 제우스가 키운 왕들이
잔치를 베풀고 있는 것이 보이지요. 당신은 한 치의　　　50
두려움 없이 입장하세요. 모든 일에서 대담한 사내가
우세한 법이죠, 비록 어딘가 외지에서 왔다고 하더라도.
처음에 궁전 안에서 여주인을 만나게 될 것인데

그 이름은 아레테라고 불리고 알키노스 왕을
낳은 부모와 같은 부모로부터 태어났지요.   55
우선 나우시토오스는 대지 흔드는 포세이돈과
매우 아리따운 페리보이아가 낳았고
페리보이아는 대범한 에우뤼메돈의 막내딸인데
에우뤼메돈은 한때 기개 넘치는 기간테스족[111]을 통치했지요.
그러나 그 무도한 백성을 파괴하고 자신도 파멸했답니다.   60
페리보이아는 포세이돈과 살을 섞어 담대한 나우시토오스를
자식으로 낳았는데, 나우시토오스가 파야케스족을 다스렸지요.
바로 나우시토오스가 렉세노르와 알키노스를 낳았던 겁니다.
미혼인 렉세노르는, 은제 활 쏘는 아폴론이 죽였는데
그는 아들이 없었으나 궁전에 딸자식을 남겼으니   65
바로 아레테랍니다. 그녀를 알키노스가 아내로 삼아서
존중했는데, 대지 위 누구도 그렇게 존경받진 못하지요,
지금 남편들 아래 가정 꾸리는 여자들 중에서 말이에요.
그렇게 그녀는 성심껏 공경받았고 지금도 그러하니
자기 자식들과 알키노스와 백성들이 공경하고   70
백성들은 그녀를 여신처럼 바라보며 말을 건네
인사하지요, 그녀가 도시 위로 걸어갈 때마다요.

111 야만적인 거인족.

그녀는 지혜가 부족하지 않은데, 그것도 뛰어난 지혜라서
호의 갖는 이는 물론, 사내들의 분쟁도 해결해준답니다.
아무튼 그녀가 속으로 호의를 품게 된다면   75
그대가 가족들을 만나고 지붕 높은 집과
당신의 조국 땅에 도착할 희망이 있지요."

　　그렇게 말하고 올빼미 눈의 아테네는 지침 없는
바다 위로 사라지며 사랑스러운 스케리아를 떠나서
마라톤[112]과, 길 널찍한 아테나이에 도착하여   80
에렉테우스[113]의 잘 지은 집 안에 들어섰다. 한편 오뒷세우스는
알키노스의 유명한 집에 갔다. 그곳에 멈춰 서자, 아니,
집의 청동 문턱에 닿을 때까지, 속으로 많은 생각을 굴리고 있었다.
마치 햇빛이나 달빛 같은 광채가 대범한
알키노스의 지붕 높은 궁전에 두루 퍼져 있었다.   85
여기저기, 문턱에서 구석에 이르기까지 청동 벽이
둘러쳐져 있었는데, 그 주위에는 검푸른 띠 모양 장식이 있었다.
황금빛 대문들은 튼튼한 궁전을 가두고 있었다.
은제 문설주들이 청동 문턱 안에 세워져 있었고
그 위에는 은제 상인방과 금제 손잡이가 있었다.   90
양쪽으로는 금제 개들과 은제 개들이 있었는데

112　　앗티카 지방의 아테나이 근교. 에우보이아를 마주 보고 있는 지역.
113　　아테나이의 왕이자 영웅.

헤파이스토스가 안목 있는 솜씨로 만든 그 개들은
대범한 알키노스의 궁전을 지키고 있었다.
그 개들은 날마다 늙지도 않고 죽지도 않는다.
그 안에는, 성벽을 따라 여기저기 옥좌들이 문턱에서   95
구석까지 끊임없이 열 지어 섰는데, 옥좌들 위에는
잘 짜인 섬세한 깔개, 여인의 작품이 펼쳐져 있었다.
그곳에 파야케스족의 지도자들이 앉아서
먹고 마셨다. 그들은 넉넉하게 소유했으니까.
또 황금 소년상들이 잘 지은 제단들 위에   100
우뚝 서 있었고, 양손에는 불타는 횃불을 들고서
밤 동안, 궁전에서 두루 손님들을 비추었다.
궁전에서 일하는 쉰 명의 전쟁 포로 노예 하녀들 중
일부는 맷돌에 노란 열매를 빻고
일부는 옷감을 짜고 물레를 돌리며 앉아 있었는데   105
이들은 마치 키 큰 흑양나무의 이파리들 같았다.
촘촘히 짠 아마 직물에선 올리브유가 뚝뚝 떨어졌다.
파야케스 사내들이 그 어느 사내들보다 바다에서
빠른 배를 모는 기술이 뛰어나듯이, 그렇게 여인들은
베틀 일에 솜씨 좋으니, 누구보다 그들에게 아테네 여신이   110
유익한 재능을 선사하여 멋진 작품을 만들게 했다.
안뜰 바깥 대문들 근처에는 커다란 정원이 있었는데

나흘 정도 경작할 크기이고, 그 주위에는 울타리가 둘려 있었다.
그곳에는 키 큰 멋진 나무들이 무성하게 자라고 있었는데
배나무, 석류나무, 윤기 나는 열매 달린 사과나무,   115
달콤한 무화과나무, 그리고 만개한 올리브나무였다.
나무들은 열매가 궁한 적 없으니 겨울이고 여름이고
1년 내내 부족하지 않았다. 늘 서풍이 불어와서
어떤 것은 자라게 하고 어떤 것은 농익게 했다.
배 위에 배가, 사과 위에 사과가, 포도송이 위에   120
포도송이가, 무화과 위에 무화과가 농익어갔다.
열매들로 풍성한 정원에 나무들이 심어져 있었고
열매들 일부는 평평한 장소 안 양지바른 곳에 있어
햇빛에 건조되고, 일부는 사람들이 수확하고
일부는 밟아 즙을 냈다. 앞에는 덜 익은 포도송이들이   125
꽃을 피우려 하고 다른 송이들은 검은색을 띠었다.
가장 바깥쪽 포도나무 줄 옆에는, 가지런한 채소밭이 있었는데
온갖 종류가 심어져 있고 늘 싱싱하고 풍성했다.
안에는 두 개의 샘이 있었다. 하나는 정원 전체를 통해
갈라지고, 다른 하나는 맞은편에서 안뜰의 문턱 아래,   130
지붕 높은 집으로 흘러가니, 이곳에서 시민들이 물을 길었다.
　　알키노스 궁전의 이 모든 것은 신들의 눈부신 선물이었다.
많이 참는 고귀한 오뒷세우스가 놀라서 바라보고 있었다.

이 모든 것을 속으로 놀라서 바라보고 나서는
당장 문턱을 넘어 궁전 안으로 들어갔다.   135
안에서 파야케스족의 지도자와 통솔자를 발견했을 때
그들은 눈이 밝은 헤르메스에게 헌주하고 있었는데
그 신에게 올린 마지막 헌주로 휴식과 수면을 떠올렸던 것이다.
많이 참는 고귀한 오뒷세우스가 홀을 지나갔는데
아테네 여신이 그 주위에 뿌린 짙은 안개에 싸인 채로   140
아레테와 알키노스 왕에게 다가가려고 했다.
그래서 아레테의 무릎 주위에 오뒷세우스가 양손을
내밀자 그에게서 풍성한 안개가 쏟아지며 사라졌다.
그를 보자 그들은 집 안 두루 침묵을 지켰으니
그를 보고는 심히 놀란 것이었다. 오뒷세우스가 애원했다.   145
    "아레테여, 신과 같은 렉세노르의 따님이시여,
많은 고초를 겪고 당신의 남편과 당신의 무릎에, 그리고
이들 손님에게 이르렀습니다. 이분들에겐 신들이 행복을 주어
살아가게 하시길, 아이들은 각자가 집안 재산을
물려받기를, 백성이 선사한 명예의 선물도 그러하기를.   150
저에게는 조국 땅에 빨리 도착하게 호송을 서둘러주시길.
정말로 가족과 멀리 떨어져 이렇게 고통을 겪고 있답니다."

    그렇게 말하고 그는 불 옆 화롯가 재 속에 앉았고
모두는 꼼짝 않고 아무 말도 하지 않았다.

한참 후, 노영웅 에케네오스가 좌중에서 말하니

그는 파야케스인들 중 가장 연장자이고

오래된 지혜에 통달한 터라 말솜씨가 뛰어났다.

그는 호의를 보이며 그들 가운데 연설했다.

　"알키노스여, 아시다시피, 어울리지도 적절하지도 않소,

나그네가 땅바닥, 화롯가의 재 속에 앉아 있다니요.　160

사람들은 그대의 말씀을 기다리며 자제하고 있소.

그러면 자, 저 나그네를 일으켜 세워 은 못 박힌 의자에

앉히시고 전령들에게 명령하여 포도주에

물을 섞으라고 하시오, 번개 뿌리는 제우스에게도

우리가 헌주할 수 있도록, 신은 존경스러운 나그네를 수호하시니.　165

여집사는 준비한 음식으로 나그네에게 식사를 차리게 하시오."

　이 말을, 알키노스의 신성한 권위가[114] 듣자마자

전략 뛰어나고 꾀 다양한 오뒷세우스의 손을 잡고는

화롯가에서 일으켜 세워 빛나는 자리에 앉히고,

공손한 아들 라오다마스를 일으켜 세웠는데　170

그는 아버지 옆에 앉아 있고 가장 총애를 받았다.

그리고 하녀가 손 씻을 물을 아름다운 황금 주전자로

날라서는 은 대야 위에 부어주어 손을

114　알키노스 왕의 환유법.

씻게 했다. 그 앞에는 광나는 식탁을 폈다.

존경받는 여집사가 빵을 가져와 앞에 놓고   175

많은 음식을 더하며 준비한 대로 뭐든 아낌없이 베풀었다.

그래서 많이 참는 고귀한 오뒷세우스가 마시고 먹었다.

그러고 나서 알키노스의 권위가 전령을 향해 말했다.

　"폰토노오스여, 혼주 항아리에 술을 희석하여 홀에 두루

모든 이에게 나눠주어라, 번개 뿌리는 제우스께도   180

우리가 헌주하도록, 그분은 존경스러운 나그네를 수호하시니."

　그렇게 말했고, 폰토노오스는 꿀 향내 나는 포도주를 희석하고

잔에 술을 부어 모두에게 나눠주며 의식을 시작했다.

그래서 그들이 헌주하고 마음 흡족할 만큼 마시자

그들 모두 가운데 알키노스가 연설했다.   185

　"들으시오, 파야케스족의 지도자와 통솔자여,

가슴속 마음이 내게 명한 바를 말할 것이오.

이제는 잔치가 끝났으니 집에 가서 쉬도록 하시오.

아침에 더 많은 장로들을 부르고 나서

홀 안에서 이 나그네를 접대하고 신들에게는   190

훌륭한 제물을 바칠 것이오. 그러고 나서 호송에 대해

숙고해봅시다, 어떻게 이 나그네가 노고와 고생 없이

우리의 호송으로 자기 조국 땅에 즐겁고 빠르게

도달할지 말이오, 비록 그가 먼 곳에서 왔더라도.

가는 길에, 자기 고향 땅에 발을 들이기까지는   195
어떤 불행과 재앙을 겪지 않도록 말이오.
이후 고향에선, 어미 배에서 그가 태어나자 운명의 여신과
준엄한 여신들[115]이 자아낸 것은 뭐든 겪게 될 것이오.
그러나 불사신들 중 한 분이 천공에서 내려오셨다면
신들은 뭔가 다른 일을 궁리하고 계신 것이오.   200
전에도 항상 신들은 눈에 띄게 우리에게 나타나시니,
우리가 매우 유명한 헤카톰베를 바칠 때
바로 우리가 있는 곳, 우리 곁에 앉아서 식사하신다오.
그래서 우리가 길손으로 혼자 길을 가다 신들과 조우하면
신들은 결코 숨기지 않을 거요. 퀴클롭스족과 사나운 기간테스족과   205
마찬가지로 우리는 신들과 특별한 관계를 맺고 있으니까."
        그에게 대답하여 꾀 많은 오뒷세우스가 말했다.
"알키노스여, 뭔가 다른 일을 속으로 염려하시지요.
나는 아닙니다, 드넓은 천공에 거주하는 불사신과 닮지 않고
체격과 몸매도 그러하니 필멸의 인간과 닮았지요.   210
여러분이 인간들 중 가장 큰 슬픔을 짊어진 자를
누구든 알고 있다면 그자와 나의 고통이 똑같을 겁니다.
아니, 아직도 더 많은 불행을 내가 말할 수 있을 거요,

115　인간 운명의 실을 잣는 여신들인 클로테스(Klōthes)를 말한다.

정말 신들의 뜻에 따라 겪었던 모든 불행 말입니다.

그런데 내게 저녁 식사를 허락해주십시오, 내 고난이 뭐든, 215

이 가증스러운 배때기보다 더 뻔뻔한 놈은 없으니까요.

이놈은 자기를 잊지 말라 강요하며 명령하니,

매우 지쳐 심적 고통 겪더라도 아랑곳하질 않네요.

내가 이렇게 마음고생이 심해도 이놈은 항상

먹고 마시라고 요구하고, 내가 겪은 모든 것을 220

잊게 하며 자신만을 채워달라고 강요합니다.

여러분은 서둘러주십시오, 날이 제 모습을 드러내면

이 불운한 자가 고향 땅을 밟게 해주십시오,

내 비록 많은 걸 겪었지만, 목숨이 떠나도 괜찮습니다,

내 재산과 하인들과 지붕 높은 큰 집을 볼 수만 있다면요." 225

　　　그렇게 말했다. 그들 모두 맞장구치며 나그네를

보내주라고 요구했다, 그의 말이 합당했기 때문이다.

그래서 헌주하고 마음이 흡족하게 마시고 나자

각자 몸을 누이려 모두가 집을 향해 갔다.

홀 인에는 고귀한 오뒷세우스가 남았고 230

그 옆에는 아레테와, 신의 형상을 한 알키노스가

앉아 있었다. 한편 하녀들은 잔치 도구들을 치웠다.

　　그들 가운데, 팔이 백옥 같은 아레테가 말문을 열었다.

나그네가 입은 망토와 겉옷의 의복을 알아보았는데

그 훌륭한 의복은 자신이 하녀들과 함께 만든 것이었다. 235
그에게 말하며 날개 돋친 말을 쏘았다.

　"나그네여, 우선 내가 직접 그대에게 이것부터 묻고 싶소.
그대는 누구이고 어디서 왔소? 누가 이 의복을 주었소?
바다 위를 떠돌다가 이곳에 도착했다고 하지 않았소?"

　그녀에게 대답하여 꾀 많은 오뒷세우스가 말했다. 240
"고통스럽습니다, 왕비님, 고난을 처음부터 끝까지
이야기하는 것은요. 천상의 신들이 많은 고난을 가했으니까요.
당신이 질문하고 탐문하는 것, 바로 그것을 말하겠습니다.
오귀기아라는 어떤 섬이 저 멀리 바다에 놓여 있죠.
그곳에는 아틀라스의 딸, 교활한 칼륍소가 살고 있는데 245
머리 곱게 땋은 무시무시한 여신이죠. 신들과 필멸의
인간들 중 누구도 그녀와는 어울리지 않으니까요.
그런데 홀로 이 불운한 자를, 어떤 신이 그녀의 화롯가로
이끌었지요. 제우스가 내 빠른 배를 가로막더니 번개로
검붉은 포도줏빛 바다 가운데서 부숴버렸던 겁니다. 250
바다에서 다른 모든 유능한 전우들이 죽었지만
나는 양쪽 구부러진 배의 용골을 두 팔로 끌어안고
아흐레 동안이나 떠돌아 다녔답니다. 열흘째, 검은 밤에
오귀기아라는 섬으로 신들이 나를 보냈으니, 그곳에는 칼륍소가
{살고 있었는데, 머리 곱게 땋은 무서운 여신이 날 받아들여} 255

친절하게 환대하고 먹여주며, 영원히 죽지도 않고
날마다 늙지도 않게 해주겠다고 약속했지요.
그러나 가슴속 내 마음을 결코 설득하진 못했습니다.
그곳에서 나는 7년 동안 머무는 내내 항상 의복을
눈물로 적시곤 했는데, 그 불멸의 의복은 칼립소가 주었죠.   260
그런데 여덟 번째 해가 돌고 돌아서 마침내 찾아오자
정말로 그녀는 날 격려하며 귀향을 권고했는데,
제우스의 전언이 아니라면 그녀 마음이 바뀐 겁니다.
많은 끈으로 묶은 뗏목에 태워 보내주며 많은 걸,
빵과 단술을 넣어주고 불멸하는 의복을 입혀주고   265
바람을 보내주었는데, 해롭지 않고 따뜻한 바람이었죠.
이레 하고 열흘 동안이나 바다 건너 항해했고
열여드렛날, 그늘진 산들이 제 모습을 드러냈는데
바로 여러분의 땅이었고, 내 마음, 이 불운한 자의
마음이 기뻤습니다. 아직도 나는 많은 불행과 함께할   270
운명이었으니, 그 불행을 대지 흔드는 신이 가했는데
내게 적대적인 바람을 일으켜 길을 묶어버리고
바다를 자극했기에, 바다가 무시무시해졌죠. 내가 탄식해도
파도는 뗏목 위에 내가 머무르지 못하게 했습니다.
그리고 나서 폭풍이 뗏목을 사방으로 부숴버렸죠.   275
내가 헤엄쳐 이 바다의 심연을 가르자, 여러분의 육지로

바람과 짠물이 나를 몰고 왔던 겁니다.

그때, 내가 뭍 위로 나가려 하자 파도가 나를 강제로

거대한 바위와 고통 낳는 장소로 몰아갈 뻔했지요.

그러나 뒤로 물러나, 강에 닿을 때까지 다시 헤엄쳤더니   280

정말로 최적의 장소가 내게 나타났는데

바위 없이 반듯하고 바람을 막아주는 곳이었죠.

나는 쓰러져 원기를 모았고, 생기 충만한 밤이

찾아왔습니다. 나는 빗물로 넘치는 강에서 멀리

벗어나 덤불 속에서 잠이 들어 주위에는 나뭇잎을   285

쌓아 올렸죠. 신이 끝없는 잠을 쏟아부었답니다.

그곳, 나뭇잎들 안에서 비록 마음이 무거웠지만

밤새도록, 아침이 되고 한낮이 될 때까지 잤습니다.

해가 서쪽으로 가버리자 달콤한 잠이 날 풀어주었죠.

바닷가에서 당신 따님의 하녀들이 공놀이하는 걸   290

발견했는데, 따님은 그들 가운데 어느 여신 같았습니다.

따님에게 내가 간청했죠. 그녀는 좋은 생각이 없지 않으니

우연히 만난 젊은 여인이 그리 행동하리라고 당신은

상상하지 못할 겁니다. 젊은이는 항상 생각이 모자라니까요.

따님은 내게 넉넉하게 빵과 거품 이는 포도주를 주고   295

강에서 목욕하게 해주고 이 의복을 내게 주었습니다.

이 사실을, 진실을 말했습니다. 비록 고통스럽지만요.”

알키노스가 목소리 내며 그에게 대답했다.

"나그네여, 내 딸아이가 적절한 판단을 하지 못했구려,

당신을 하녀들과 함께 우리 궁전으로 인도하지 않다니,　　　　　300

처음으로 당신이 그 아이에게 간청한 것인데……."

　　그에게 대답하여 꾀 많은 오뒷세우스가 말했다.

"영웅이시여, 그 때문에 흠 없는 따님을 나무라지 마십시오.

그녀는 내게 하녀들과 함께 뒤따르라 명령했지만

나는 두렵고 부끄러워 그걸 원하지 않았던 겁니다,　　　　　305

혹시 당신이 그 광경을 보시게 되면 진노하실지 모르니.

땅 위 우리 인간 종족은 의혹을 품고 싶어 하니까요."

　　알키노스가 목소리 내며 그에게 대답했다.

"나그네여, 가슴속 내 마음은 이유 없이 화를 내는

성향이 아니라오, 만사에는 적절함이 더 좋으니까.　　　　　310

아버지 제우스와 아테네와 아폴론이시여,

바라건대 당신 같은 사내가 나와 같은 생각을 하여

내 딸을 아내로 삼고 이곳에 머물며 내 사위라

불리게 되기를. 그러면 내가 집과 재산을 줄 것이오,

원해서 머무른다면. 그러나 원치 않으면 파야케스인들 중　　　　315

누구도 붙잡지 않을 것이오. 제우스께서 그렇게 결정하지 마시길.

호송 날짜는 내가 정할 것이오, 당신이 잘 알도록,

내일로 말이오. 그때, 당신은 잠에 굴복하여 누워 있고,

파야케스인들은 잔잔한 바다 위를 항해하여

당신 조국과 집에 닿을 것이오, 당신 마음에 든다면.　　　　320

비록 그곳이 에우보이아보다 훨씬 더 멀리 떨어져 있어도,

바로 그 섬이 가장 멀리 떨어져 있다고 우리 백성들 중

그걸 본 자들이 말하던데, 가이아의 아들 티튀오스를 방문하는

금발의 라다만튀스를 그곳에 데려다주었을 때 말이오.

선원들이 그곳에 갔는데 피로하지 않았고, 바로 그날로　　　　325

여정을 마치고 집을 향해 다시 항해를 마무리했소.

당신도 진심으로 깨닫게 될 것이오. 내 배들이 얼마나 훌륭하고

우리 청년들이 노 저어 소금물 쳐 올리는 일에 얼마나 뛰어난지!”

　　　그렇게 말했다. 많이 참는 고귀한 오뒷세우스가

기뻐하며 기도하고, 이름을 부르며 말을 건넸다.　　　　330

　　　“아버지 제우스여, 알키노스의 말씀 모두 이뤄주시길

비나이다. 곡식 선사하는 대지 위로 그의 명성이 다함없이

계속되기를, 그리고 저는 조국 땅에 도달하길 비나이다.”

　　　그들이 서로에게 그렇게 말하고 있었다.

팔이 백옥 같은 아레테가 하녀들에게 명령하여　　　　335

주랑에 침상을 옮겨놓고 자줏빛 푹신한 담요를

안에 던져 넣고 침대에는 천을 깔고

위에서 덮을 수 있도록 양모 망토를 놓아주게 했다.

하녀들은 손에 횃불을 들고 홀 바깥으로 나갔다.

하녀들이 분주하게 촘촘한 잠자리를 깔아놓고   340
오뒷세우스 옆에 서더니 이렇게 재촉했다.
"쉬러 가게 일어나세요, 나그네, 잠자리가 마련되어 있답니다."
그렇게 말하자, 잠자는 것이 그에게 반가워 보였다.
    그렇게 그곳에서, 많이 참는 고귀한 오뒷세우스가 잠을 잤는데
요란하게 울리는 주랑 아래, 상감 무늬 침상에서였다.   345
알키노스는 지붕 높은 궁전의 구석에 몸을 누이고
그 옆에는 여주인 아내가 결혼 침대를 나누었다.

8 θ

일찍 태어나 장밋빛 손가락 펼치는 에오스가 나타나자
알키노스의 신성한 힘이 침대에서 몸을 일으켰고
제우스 후손이며 도시의 파괴자인 오뒷세우스도 일어났다.
알키노스의 신성한 힘이 파야케스족을 집회장으로
이끌었는데, 집회장은 배들 옆에 지어져 있었고   5
그곳에 모인 사람들은 광채 나는 돌들 위에 앉았다.
팔라스 아테네가 도시를 거쳐 찾아왔는데
그 모습이 현명한 알키노스의 전령으로 보였고
대범한 오뒷세우스를 위해 귀향을 꾀하며
각각의 사내 옆에 서더니 이렇게 말했다.   10
  "자, 이곳으로, 파야케스의 지도자와 통솔자여,

집회장에 모여서 나그네에 대해 알아봅시다,
그는 최근 현명한 알키노스의 궁전에 도착했는데
바다에서 떠돌았고 체격은 불사의 존재와 같다오."
　　　그렇게 말하며 각자의 열망과 욕망을 자극했다.　　　　15
사람들이 모여들어 빠르게 집회장이 가득 차고
좌석들이 채워졌다. 많은 이들이 전략 뛰어난
오뒷세우스를 보고서 놀랐다. 아테네 여신이
그의 머리와 어깨에 놀람 가득한 매력을 쏟아부어
그를 더 크고 건장하게 보이도록 만들었다.　　　　　　20
그가 모든 파야케스인들에게 존엄하고 존경받는
손님으로 환영받게 되니 많은 경기를 치르고
많은 파야케스인들이 그를 시험하게 되리라.
그들 모두가 운집하며 모여들자
알키노스가 연설하며 그들에게 말했다.　　　　　　　　25
　　　"들으시오, 파야케스족의 지도자와 통솔자여.
[가슴속 마음이 명하는 바를 말하리다.]
여기 이 나그네가 누군지는 모르나, 떠돌다 내 집에 왔는데
동쪽에 사는 인간들이나 서쪽에 사는 인간들로부터요.
그는 호송을 원하며 반드시 그렇게 해달라고 간청하고 있소.　30
우리는 전에도 그러했듯이 호송을 서두릅시다!
내 궁전에 도착한 누구도 이곳에서 슬퍼하며

호송 때문에 오래 머무르는 일은 있을 수 없소.

그러니 자, 검은 배를 신성한 바다로 끌어 내립시다,

첫 배로 말이고, 두 명의 청년에 쉰 명을 더하여   35

나라에서 지금까지 가장 뛰어난 자들로 선발합시다.

너희는 모두 노 젓는 자리에 노를 잘 묶고 나서

배에서 내려 우리 집에 와서는 서둘러 식사를

챙기도록 하여라. 내가 너희 모두에게 베풀 것이다.

이것이 청년들에게 명령하는 바요. 그런데 홀을 쥔   40

다른 족장들은 훌륭하게 지은 내 궁전으로

가시오. 우리 모두가 홀 안에서 나그네를 접대합시다.

누구도 거절하지 마시오. 또 신과 같은 소리꾼을 부르시오,

데모도코스[116] 말이오. 그에게는 신께서 특별히 즐겁게 하는

능력을 선사하셨는데, 그의 마음이 노래하라 고취하는 대로요.”   45

　　　그렇게 말하며 이끌자 홀을 쥔 자들이 함께

뒤따랐다. 한편 전령은 신과 같은 소리꾼을 데리러 갔다.

선발된 두 젊은이에다가 쉰 명의 젊은이들은

그가 명령한 대로 지침 없는 바다 기슭으로 갔다.

그들이 배와 바다를 향해 내려가자   50

검은 배를 바다 깊은 곳에 끌어 내리고

116　파야케스족의 눈먼 소리꾼.

검은 배 안에는 돛대를 놓고 돛을 싣고
모두 차례대로 노들을 가죽끈으로
제자리에 끼워 넣고 흰 돛을 펼쳤다.
그들이 바닷가 근처, 물에 배를 띄워 정박하고   55
현명한 알키노스의 큰 궁전으로 서둘러 가자
주랑들, 마당들, 방들은 사내들로 가득 찼다.
[모여든 많은 이들은 젊은이와 노인네였다.]
그들 앞에서 알키노스가 양 열두 마리를 제물로 바치고
엄니 하얀 돼지 여덟 마리와 뒤뚱거리는 소 두 마리를 바쳤다.   60
제물의 가죽이 벗겨지고 흡족한 잔치가 준비되었다.

　　　전령이 믿음직한 소리꾼을 모시고 다가왔는데
그는 무사 여신이 총애했으나 화와 복을 모두 주었다.
두 눈을 빼앗았으나 달콤한 노래를 준 것이었다.
그를 위해서 폰토노오스는 은 못 박힌 안락의자를   65
손님들 한가운데 놓되 긴 기둥 옆에 기대어놓았다.
소리꾼의 머리 위, 걸이 못에는 청아한 음색 내는 수금을
걸어놓았고, 전령은 소리꾼에게 어떻게 악기를 취할지
일러주었다. 그 옆에는 멋진 식탁을 세우고 바구니와
포도주 잔도 놓아서, 그가 원하면 언제든 마실 수 있게 했다.   70
사람들은 앞에 차려져 준비된 음식에 양손을 뻗었다.
그들이 먹고 마시는 욕망을 벗어버리자 무사 여신은

소리꾼을 북돋아 사내의 명성을 노래하게 했다,

그 명성이 드넓은 창공에 닿았던 노래들 가운데

오뒷세우스와, 펠레우스의 아들 아킬레우스의 다툼을,[117]   75

한때 두 영웅이 신들의 풍성한 잔치에서 어떻게 험한

말싸움을 시작했는지 노래했고, 또 가장 뛰어난 두 영웅이 싸우자

인간들의 왕 아가멤논이 내심 기뻐했노라고 노래했다.

이러한 다툼을 포이보스 아폴론이 이미 신성한 퓌토[118]에서

신탁으로 예언했기 때문이니라, 아가멤논이 신탁을 구하려고   80

돌 문턱을 넘어섰을 때. 그리고 트로야인들과 다나오스인들에게

재앙의 첫 물결이 굴러왔으니, 이는 위대한 제우스의 계획이니라.

　　저 유명한 소리꾼이 그 사건을 노래했다.

오뒷세우스는 힘센 양손으로 자줏빛 큰 망토를 움켜쥐고는

머리 아래로 잡아당겨 준수한 얼굴을 덮어버렸다.   85

파야케스인들 앞에서 눈썹 아래 눈물 떨구는 것이 부끄러웠다.

신과 같은 소리꾼이 노래를 멈출 때마다

오뒷세우스는 눈물을 닦으며 머리에서 망토를 벗겨내고

손잡이 두 개인 술잔을 들고는 신들에게 헌주하곤 했다.

한편 소리꾼이 다시 노래를 시작하니, 파야케스족의   90

고귀한 자들이 이야기에 매혹되어 노래하라 재촉했고

117　오뒷세우스를 아킬레우스에 버금가는 영웅으로 부각하려는 의도로 보인다.

118　파르낫소스산에 있는 아폴론 신의 성지. 델포이의 옛 이름.

그때, 오뒷세우스는 다시 머리를 덮고 나서 흐느꼈다.
다른 모든 이들을 피해 눈물을 흘리고 있었으나
홀로 알키노스만은 그걸 주목하여 관찰했으니
가까이 앉아서 손님의 무거운 탄식을 들었던 것이다.   95
당장 노를 사랑하는 파야케스인들 사이에서 말했다.
　　"들으시오, 파야케스의 지도자와 통솔자여.
이미 우리 마음은 똑같이 나눈 잔치에 물리고
풍성한 잔치의 배우자인 수금에도 물렸소.
이제는 밖으로 나가서 여러 가지 경기로 기량을   100
겨뤄봅시다, 나그네가 귀향하여, 얼마나 우리가
다른 이들보다 권투와 레슬링과 달리기와 멀리뛰기에
뛰어난지 친구와 가족에게 말할 수 있도록 말이오."
　　그렇게 말하며 이끌자 그들 모두가 함께 뒤따랐다.
한편 청아한 음색 내는 수금을 걸이 못에 걸어놓고
전령이 데모도코스의 손을 잡고 홀 바깥으로
데리고 나가 그 길로 그를 이끄니, 같은 길로
파야케스의 귀족들이 열의를 보이며 경기를 보러 갔다.
그들은 집회장에 서둘러 갔고 수없이 많은 무리가 함께
뒤따랐다. 많은 고귀한 청년들이 일어섰다.   110
아크로네오스, 오퀴알로스, 엘라트레우스,
나우테우스, 프륌네우스, 앙키알로스, 에레트메우스,

폰테우스, 프로레우스, 토온, 아나베시네오스,
암피알로스, 텍톤의 아들 폴뤼네오스의 아들이 등장했다.
에우뤼알로스는 인간 파괴자 아레스와 흡사했는데   115
그는 나우볼로스의 아들로 용모와 체격이 파야케스족에서
흠 없는 라오다마스 다음으로 가장 뛰어났다.
흠 없는 알키노스의 세 아들도 일어났으니
라오다마스와 할리오스와 신과 같은 클뤼토네오스였다.
그들은 우선 달리기 시합으로 자신들을 시험했다.   120
출발부터 팽팽한 경주에서 그들 모두 함께
들판에 먼지를 일으키며 재빠르게 날아갔다.
그들 중에선 흠 없는 클뤼토네오스가 가장 앞서 달려나가,
휴경지에서 한 쌍 노새가 가는 밭고랑 길이만큼
앞질러 관중들에게 닿았지만, 다른 자들은 뒤처져 있었다.   125
또 그들은 괴로운 레슬링으로 자신들을 시험했다.
이 경기에선 에우뤼알로스가 모든 고귀한 자들을 능가했다.
멀리뛰기는 암피알로스가 모든 이들 중 가장 앞섰고
원반던지기는 엘라트레우스가 모든 이들 중 최고였고
권투는 알키노스의 뛰어난 아들 라오다마스가 최고였다.   130
　　모든 이들이 경기로 마음이 흡족해지자
알키노스의 아들 라오다마스가 그들에게 말했다.
　　"자, 여기, 친구들이여, 저 나그네가 어떤 경기를

알고 배웠는지 그에게 물어봅시다. 그는 체격이
나쁘지 않은데, 넓적다리와 정강이와 양손과   135
단단한 목덜미가 힘세고, 원기가 결코
부족하지 않으나 수많은 고난에 부서지고 말았구나.
내 생각에, 사내의 기력을 흩뜨리는 것으로는
바다보다 더 나쁜 것은 없소, 그의 힘이 매우 세더라도."
　　다시 에우뤼알로스가 그에게 대답하여 말했다.   140
{"라오다마스여, 아주 적절한 말이었소.}
지금 직접 가서 그대의 의사를 말하고 도전하게나."
알키노스의 뛰어난 아들이 그 말을 듣자
중앙으로 가서 서더니 오뒷세우스를 향해 말했다.
　　"자, 아버지뻘 나그네여, 당신도 경기로 자신을 시험해보시오,   145
혹시 자신 있는 경기가 있다면. 당신은 경기를 잘하겠지.
사내대장부라면 그가 사는 동안, 발과 팔로 하는 것은
무엇이든 그것보다 더 큰 명성은 없으니까.
자, 자신을 시험해보시오, 마음에서 걱정을 떨쳐내시오.
당신에겐 더이상 출항이 머지않으니, 배는   150
끌어 내려져 있고 선원들도 이미 준비를 마쳤소."
　　그에게 대답하여 꾀 많은 오뒷세우스가 말했다.
"라오다마스여, 왜 날 조롱하며 그런 걸 요구하는 거요?
경기보다도 더 걱정과 근심이 내 마음속을 채우고 있다오,

과거에 나는 많은 고통을 겪고 많은 노고를 치렀으니까,   155
이제는 여러분의 집회장에서 귀향을 열망하며
앉아서 왕과 모든 백성에게 간청하고 있지 않소."
    다시 에우뤼알로스가 대답하며 면전에서 다투려 했다.
"아니지, 나그네여, 당신은 운동 경기에서 노련한 자로
보이지 않고, 인간 세상엔 그런 경기들이 많지만,   160
오히려 당신은 좌석 많은 배들과 함께 자주 다니고
장사치들과 선원들의 우두머리이고
화물에나 신경 쓰고 이익을 거머쥐려고
화물을 감시하는 부류에 속하지, 선수처럼 보이지는 않소."
    무섭게 노려보며 꾀 많은 오뒷세우스가 말했다.   165
"친구여, 덕담이 아니군. 자네는 무도한 자로 보이는군.
그렇게 신들은 모두에게 넘치는 복을 주지 않으니
몸집이나 지력이나 언변에서 그러하지.
어떤 이는 외모가 아주 보잘것없더라도
그의 언변에는 신이 매력의 화관을 씌워주니 사람들이   170
그를 바라보며 기뻐하고, 그가 동요 없이 듬직하게
연설하면 모인 사람들 중 단연 돋보이기에
그가 도시에 갈 때 사람들은 그를 신처럼 우러르게 되지.
반면에 어떤 이는 외모가 불사신과 닮아 있으나
그의 말에는 매력이 화관처럼 둘려 있지 않으니   175

자네도 그렇게 외모가 매우 돋보이나, 신들도 달리
어쩔 도리가 없구나, 머리는 텅 비어 있는 게야.
자네의 무례한 말이 내 가슴속 투혼을
일깨우고 말았어. 자네의 말처럼 나는 경기를
모르는 자가 아니고 최고에 속한다고   180
자부하고 있다네, 내 두 팔의 힘을 믿고 있으니까.
지금은 불운과 고통에 잡혀 있지, 많은 걸 건디며
사내들의 전쟁과 고통의 파도를 헤치며 지나왔으니.
비록 많은 고초 겪었으나, 경기로 나 자신을 시험해 보겠네,
자네 말이 내 마음을 물어뜯어 날 자극하고 말았으니.”   185

　　그렇게 말했고, 망토 걸친 채 벌떡 일어나 원반을 들었는데
그것은 크고 묵직한 것으로 파야케스인들이 서로 경쟁하며
던지곤 하는 것보다 훨씬 더 무거운 것이었다.
사내는 원반을 빙빙 돌리더니 강력한 손으로 던지자
그 돌덩이는 윙윙거리며 날아갔다. 긴 노 젓는   190
파야케스인들, 배들로 유명한 사내들은 원반의 회전에
몸을 땅에 웅크렸다. 그가 손으로 가볍게 날린 원반은
모두가 도달한 말뚝을 넘어갔다. 아테네 여신이 인간의 모습으로
착지점을 표시하고 이름을 부르며 말을 건넸다.
　　“나그네여, 장님이라도 그 표지를 더듬어   195
분간할 수 있겠네, 그것이 무리와 전혀 뒤섞이지 않고

한참 앞서 있으니까. 그대는 이 시합을 염려하지 말게.
누구도 이 표지에는 이르지도 넘기지도 못할 테니."

　　그렇게 말하자, 많이 참는 고귀한 오뒷세우스가 기뻐했다,
시합에서 호의적인 동료를 보게 되자 반가웠으니까.　　　　　　　200
그때 한결 가벼운 마음으로 파야케스인들에게 말했다.

　　"지금은 여기까지 따라잡아보거나, 젊은이들. 잠시 후
다른 원반을 그만큼 던지거나 훨씬 더 멀리 던질 것이네.
다른 이들 중 누구든 배짱과 기개가 명령하면
자, 나에게 도전하거나, 자네들이 날 무척 화나게 했으니,　　　　205
권투든 레슬링이든 경주든 뭐든 나는 개의치 않는데
여기 라오다마스는 제외하고 어떤 파야케스인이든지.
여기 이분은 나의 주인이니까. 누가 자신을 환대한 자와 겨루겠나?
그런 자는 정말로 어리석고 쓸모없는 인간일 거요,
외지의 시합에서 손님 환대한 주인에게 투혼을 불어넣는 자는,　　210
그 작자는 자기 자신의 모든 것을 잘라내버리고 말 거요.
다른 이들은 누구라도 거절하지도 경시하지도 않고
마주하여 알아보고 겨뤄보고 싶소이다. 어느 종목이든
나는 뒤지지 않소, 그렇게 많은 경기를 사내들이 하지만.
잘 닦인 금속 활을 다루는 방법도 잘 알고 있소.　　　　　　　215
적들의 무리 가운데 한 인간에게 활을 쏘아서
맨 먼저 맞혔소, 비록 수많은 전우들이

옆에 서서 적들에게 활을 쏜다고 하더라도.

오직 필록테테스만이 트로야의 도시에서

화살로 나를 능가했지, 아카이아인들이 화살을 쏠 때마다. 220

다른 이들보다는 내가 훨씬 더 뛰어나다고 자부하는 바요,

지금 대지 위에서 곡식 먹는 모든 인간들 중에서 말이오.

그러나 옛사람들과는 경쟁하고 싶은 마음이 없소,

헤라클레스와 오이칼리에의 에우뤼토스[119]와 말인데

그들은 활쏘기로 불사의 신들과 겨루곤 했으니까. 225

그래서 위대한 에우뤼토스가 급사했으니 집 안에서

노령에 도달하지 못한 것이오. 아폴론이 분노하여

죽였는데, 그가 활쏘기 시합으로 신에게 도전했으니까.

어떤 이가 화살을 쏘는 거리보다 더 멀리 나는 창을 던질 수 있소.

오직 달리기 경주에서만 어느 파야케스인이 나를 능가할까봐 230

두렵구려, 너무 부끄럽지만 나는 떼로 덮친 파도에

매질을 당했고 배에는 보급 물자가 충분하지

못했으니까. 그래서 내 사지가 풀려버린 것이오."

　　　그렇게 말했다. 그들 모두 침묵하며 잠잠해졌다.

알키노스만 유일하게 그에게 대답하여 말했다. 235

　　　"나그네여, 우리에게 그렇게 말해도 전혀 무례하지 않았소,

119　오이칼리에의 왕, 이피토스의 아버지.

하지만 그대는 자신의 탁월함을 드러내고 싶어 하는군요,
이 젊은 사내가 시합에서 그대에게 대적하며 다투려 해서
분노했으니까, 그런데 적절한 말을 할 줄 아는 자라면
누구든 그대의 탁월함을 비난하지 못할 것이오.   240
자, 이제는 내 말을 들으시오, 그러면 다른 영웅에게도
그대가 말할 수 있을 것이오, 그대가 자신의 궁전 안에서
그대의 아내와 아이들 곁에서 식사할 때
우리의 탁월함을 기억해내고는, 제우스께서 조상 대대로
우리에게도 꾸준하게 베푸신 탁월함이 무엇인지 말이오.   245
우리는 빼어난 권투 선수도 레슬링 선수도 아니지만
우리는 날쌔게 달리고, 항해술로 말하자면 최고이고
항상 우리가 좋아하는 것은 잔치, 수금, 춤과
옷 갈아입기와 뜨거운 목욕과 잠자리라오.
자, 파야케스족의 무용수들이 얼마나 뛰어난지   250
그 기량을 보여주어라, 이 나그네가 고향에 돌아가
자기 가족에게 말하리라, 얼마나 우리가 항해와
경주와 무용과 노래에서 뛰어난지를.
데모도코스를 위해 누가 당장 가서는 청아한 음색 내는
수금을 가져오너라, 우리 궁전 어딘가 놓여 있을 게다."   255
    신을 닮은 알키노스가 그렇게 말했다. 전령이 일어나
왕의 궁전에서 우묵한 수금을 가져오려고 갔다.

심판 아홉 명이 일어섰는데, 공사(公事)를 위해 뽑힌 자들로
그들은 경연장에서 제 맡은 일을 잘 돌보곤 했는데
무도장을 평평하게 하고 널찍한 장소로 멋지게 꾸몄다.　　　　　260
전령이 가까이 다가와 음색 청아한 수금을
데모도코스에게 주었다. 그러자 소리꾼이 중앙에 움직이고
주위에는 한창때인 청년들이 서 있었는데, 춤에 능숙하여
신성한 무도장을 발로 두드렸다. 한편 오뒷세우스는
발들이 반짝이는 걸 바라보며 속으로 매우 놀랐다.　　　　　265
　　수금 연주자[120]는 아레스와, 멋진 화관 쓴 아프로디테의
연애를 멋지게 노래하기 시작했다, 어떻게 헤파이스토스의
궁전에서 처음으로 몰래 서로 살을 섞었는지.
아레스는 여신에게 많은 선물을 주고 헤파이스토스 왕의
침대와 침상을 더럽혔다네. 당장 그에게 전령으로　　　　　270
헬리오스가 왔구나, 둘이 욕정으로 얽히는 걸 보았으니.
헤파이스토스는 마음 저미는 소식을 듣자마자
심중에 재앙을 쌓아 올리며 대장간으로 걸음을 재촉하고
모루 받침대에 큰 모루를 놓고 사슬을 두들겼는데
깨지지도 풀리지도 않는 사슬로, 연놈을 잡으려 했다네.　　　　　275
헤파이스토스가 아레스에게 분노하여 계략을 꾸미며

120　데모도코스.

애지중지하는 침상이 놓여 있는 침실로 걸음 재촉하고
침대의 다리 주위에는 사슬을 사방으로 둘러쳤다네.
많은 사슬들이 천장 위로부터 펼쳐져 있지만
가느다란 거미줄 같아 누구도 볼 수 없고 축복받은 신들도   280
볼 수 없으리라. 주위 그물이 교묘하게 제작되었으니.
헤파이스토스가 침대 주위에 모든 계략을 둘러치고
잘 건설한 도시 렘노스[121]로 가는 것으로 보였는데
그 도시는 모든 도시들 중 가장 사랑스러웠다네.
황금 고삐 쥔 아레스는 눈먼 파수꾼이 아니라서   285
기술로 유명한 신이 멀리 떠나는 걸 보자마자
유명한 헤파이스토스의 집을 향해 걸음을 재촉하며
예쁜 화관 쓴 퀴테레이아[122]와 나눌 사랑을 열망했다네.
한편 여신이 매우 강력한 아버지 제우스의 궁전에서
방금 전 돌아와 자리에 앉자, 아레스가 집 안에 들어오며   290
그녀의 손을 꼭 잡고 이름을 부르며 이렇게 말했다네.
    "여기로, 내 사랑, 침대로 가서 누워 즐겨요.
헤파이스토스가 더이상 집에 없으니 아마도 벌써
거친 음성 가진 신티에스족[123]을 찾아 렘노스로 떠났나보오."

121   에게해의 북동부에 위치한 섬.
122   아프로디테 여신의 별칭.
123   렘노스섬의 거주민.

그렇게 말했다. 여신도 동침의 사랑을 반겼다네.   295
둘이 침대 안에 들어가 잠자려고 했으나 주위에는
창의적인 헤파이스토스의 교묘한 결박들이 두루 퍼져 있어
조금이라도 사지를 움직일 수도 들어 올릴 수도 없자
바로 그때, 둘은 더이상 빠져나갈 수 없음을 알았다네.
그들 가까이 절름발이로 이름난 신이 다가갔으니   300
렘노스섬에 도착하기 전에 다시 돌아온 것이라.
헬리오스가 망을 보다가 말해준 것이라네.
[슬픔에 짓눌린 채 집을 향해 걸음을 재촉했으니,]
홀 안에 서자 사나운 분노가 그를 사로잡았구나.
섬뜩하게도, 고함을 지르며 모든 신들에게 외쳤다네.   305
    "아버지 제우스와 영생하고 축복받는 신들이여,
이곳으로 와서, 우습지만 역겨운 짓거리를 보시오,
내가 절름발이라고 제우스의 딸 아프로디테가
항상 무시하는데, 파괴 일삼는 아레스와 정을 통하다니.
그는 준수하고 다리가 성하지만 나는 절름발이로   310
태어났으니까. 그 누구의 책임도 아니고
모두 부모 탓이라오, 부모가 날 낳지 말았어야 했거늘.
보게 될 것이오. 두 남녀가 내 침대로 가서 애욕에
빠져 누워 있는 것을! 그걸 보고 있자니 너무나 괴롭소.
그들이 잠시라도 그렇게 누워 있는 걸 더는 바라지 않소,   315

둘이 매우 사랑하더라도. 당장 둘은 이곳 잠자리를
원하지 않겠지만, 계략의 결박이 둘을 붙잡고 있을 거요,
그녀의 부친이 모든 결혼 선물을 돌려주기 전까지는,
개의 얼굴을 한 딸 때문에 내가 그의 손에 건넨 선물들 말이오,
그의 딸은 아름답긴 하지만 욕정은 억제하지 못한다오.” 320
　　그렇게 말했고 신들이 청동 문턱의 집으로 모였다네.
대지 뒤흔드는 포세이돈이 왔고, 행운 주는
헤르메스가 왔고, 멀리 쏘는 왕 아폴론이 왔다네.
한편 여신들은 부끄러워 각자 집에 머물렀구나.
대문 안에, 복을 선사하는 신들이 서 있었다네. 325
지복의 신들에게서 웃음이 터져 나와 그 불길이 꺼지지 않으니
창의적인 헤파이스토스의 기술을 들여다본 것이라.
어떤 신이 옆에 있는 신을 보고는 이렇게 말하곤 했다네.
　　“나쁜 짓은 성공 못 하는 법. 느림보가 날쌘돌이를 잡았구먼,
이처럼 헤파이스토스가 느림보지만 아레스를 잡았거든, 330
아레스는 올륌포스에 사는 신들 중 가장 빠른데, 절름발이가
기술로 붙잡은 거야. 한데 아레스는 간통의 벌금을 물어야지.”
　　그렇게 신들은 그런 말을 서로 주고받고 있었다네.
헤르메스에게 제우스의 아들 아폴론 왕이 말했다네.
　　“헤르메스, 제우스의 아들, 경주자, 복을 주는 자여, 335
강력한 그물 안에 단단히 붙잡혀 있더라도

침대 안, 황금 빛깔 아프로디테 곁에서 자고 싶은가?"

경주자 헤르메스가 그에게 대답했다네.

"그런 일이 일어나기를, 멀리 쏘는 왕 아폴론이여.

세 배나 많은 사슬이 헤아릴 수 없이 휘감는다고 해도   340

너희 남신들과 모든 여신들이 그 현장을 보고 있더라도

나는 황금 빛깔 아프로디테 옆에 기꺼이 눕고 싶다고."

그렇게 말하자 불멸의 신들에게서 웃음이 터져 나왔다네.

포세이돈만은 웃음이 사로잡지 못했는데, 포세이돈은

손재주로 유명한 헤파이스토스에게 아레스를 풀어주라고   345

계속 요구하며 그에게 말소리 내어 날개 돋친 말을 쏘았다네.

"풀어주게나. 그대 요구대로 아레스가 불멸의 신들 앞에서

합당한 모든 걸 지불할 거라고 내가 보증하니까."

저 유명한 절름발이 신이 그를 향해 말했다네.

"대지를 품은 포세이돈이여, 내게 그런 걸 요구하지 마시오.   350

쓸모없지요, 미천한 자와 맺은 서약은 쓸모가 없다고요.

어찌 내가 불멸의 신들 앞에서 당신을 결박할 수 있겠소,

아레스가 채무와 결박을 피해 사라졌다고 해서?"

다시 대지 뒤흔드는 포세이돈이 그를 향해 말했다네.

"헤파이스토스여, 아레스가 채무를 피해 도망쳐   355

사라진다면, 내가 직접 그 빚을 지불할 것이네."

그에게 대답하여 저 유명한 절름발이 신이 말했다네.

"당신 말을 거역하는 건 가능하지도 합당하지도 않소."

　　그렇게 말하며 헤파이스토스의 힘이 결박을 풀었다네.

남신과 여신이 결박, 더욱 강력한 결박에서 풀려나자　　　　　　　　360

벌떡 일어서더니, 아레스는 트라케[124]로 달아났다네.

잘 웃는 아프로디테는 퀴프로스의 파포스로 갔으니

그곳엔 여신 위한 성지와 향기 풍성한 제단이 있다네.

그곳에서 우미의 여신들이 여신을 씻겨주고

영생하는 신들이 바르는 불멸의 기름을 발라주고　　　　　　　　　365

요염한 옷을 몸에 입혀주니, 정말 놀라운 광경이로구나.

　　이러한 노래를, 널리 유명한 소리꾼이 부르고 있었다.

한편 오뒷세우스는 이 노래를 듣고는 속으로 흥겨워했고

긴 노 젓는 파야케스족, 배들로 유명한 사내들도 흥에 겨웠다.

　　알키노스는 할리오스와 라오다마스에게 명령하여　　　　　　　370

둘만이 춤을 추게 했으니, 누구도 그들과는 경쟁하지 못했다.

그들은 양손에 아름다운 공, 자줏빛 공을 쥐었는데

그 공은 그들에게 솜씨 좋은 폴뤼보스가 만들어준 것이고

한 사람이 그늘진 구름을 향해 공을 자주 던지며

몸을 뒤로 젖히면, 한 사람은 땅에서 높이 도약해　　　　　　　　375

발이 바닥에 닿기도 전에 쉽게 공을 되받곤 했다.

124　그리스 북부 지역으로 에게해와 헬레스폰토스의 북쪽에 위치함.

두 사람이 공을 곧추 높이 던져 겨루고 나서
만물 양육하는 대지 위에서 춤을 추고 자주
공을 주고받았다. 경연장에 서 있던 청년들이 계속
박수했고, 바닥에선 부딪히는 소리가 크게 일었다.   380
그때 고귀한 오뒷세우스가 소리 내어 알키노스에게 말했다.

　　"통치자 알키노스여, 모든 백성들 중 영광된 이여,
무용수들이 최고라고 당신이 자랑하셨는데
그 말이 정말이군요. 바라보니 놀람이 날 사로잡네요."

　　그렇게 말했다. 알키노스의 신성한 힘이 기뻐하며   385
당장 노를 사랑하는 파야케스족 가운데 말했다.

　　"들어보시오, 파야케스족의 지도자와 통솔자여,
이 손님은 매우 양식 있는 사람이라 생각하오.
그럼, 자, 우리가 그에게 합당한 작별 선물을 줍시다.
이 나라는 두루 열두 명의 뛰어난 족장들이   390
통치자로 다스리고 나 자신은 열세 번째요.
각자, 세탁한 겉옷과 속옷 한 벌과
값진 황금 한 탈란톤을 가져오시오.
당장 모든 걸 한곳에 날라 옵시다, 나그네가 손에
그걸 들고는 속으로 기뻐하며 저녁 식사에 가도록 말이오.   395
그런데 에우뤼알로스는 사죄의 선물로 바로 이분과
화해하도록 하여라, 적절한 언사가 아니었으니까."

그렇게 말했다. 그들 모두 동의했고, 선물들을
날라 오라고 명령하며 각자 전령을 보냈다.
에우뤼알로스가 목소리 내며 그에게 대답했다.   400
　"통치자 알키노스여, 모든 백성들 중 이름 높으신 이여,
그럼 저는 저 손님과 화해하겠습니다, 당신이 요구하신 대로.
여기 이 순 청동 검을 그에게 선물하려 합니다,
그 자루가 은이고 갓 베어낸 상아로 만든 칼집이
에워싸니, 그에게는 매우 값진 선물이 될 겁니다."   405
　그렇게 말하며 오뒷세우스의 손에 은 못 박은 검을 건네주고
그를 향해 소리 내어 날개 돋친 말을 쏘았다.
　"잘 가시오, 아버지뻘 손님이여, 무슨 말, 무시무시한 말을
했다면, 당장 돌풍이 그 말을 낚아채버리길 바랍니다.
신들께서 당신에게, 아내를 만나고 조국에 닿는 것을   410
허락하시길, 오래 가족과 멀리 떨어져 고통받고 있으니."
　꾀 많은 오뒷세우스가 그에게 대답하여 말했다.
"그대도, 친구여, 잘 지내게나, 신들께서 축복을 내려주시길.
나중에라도 여기 이 검을 바라는 일이 없기를,
그대가 그런 말로 화해하며 내게 준 것이니까.   415
　그렇게 말하고 은 못 박은 검을 양어깨에 걸쳤다.
　해가 지고 있었다. 보물들이 오뒷세우스 앞에 놓여 있었는데
유명한 전령들이 알키노스의 궁전으로 나르고 날랐다.

그곳에서 흠 없는 알키노스의 여러 아들들이 받아서는
존경스러운 모친 앞에 펼쳐놓았다. 매우 멋진 선물들이었다.　　　　　420
알키노스의 신성한 힘이 나머지 동료들을 인도하자
그들은 뒤따라가서 등받이 높은 팔걸이의자에 앉았다.
바로 그때, 알키노스의 힘이 아레테에게 말했다.
　　"이곳으로, 부인, 돋보이는, 가장 멋진 궤짝을 가져오시오.
그대 자신이 잘 세탁한 겉옷과 내복을 넣어주시오.　　　　　425
청동 솥을 불로 가열하여 물을 데우도록 하고
그가 목욕 후 잘 정리된 모든 선물들을,
흠 없는 파야케스인들이 이곳에 가져온 것들을 보고는
소리꾼의 찬가를 들으며 잔치에 흥겨워할 것이오.
나도 그에게 이 매우 멋진 내 술잔을 줄 것이오,　　　　　430
황금 술잔 말인데, 그러면 그가 날마다 날 기억하고는
궁전의 홀 안에서 제우스와 신들에게 헌주할 것이오."
　　그렇게 말했다. 아레테는 하녀들에게 지시하여
가능한 한 빨리 불 위에 큰 세발솥을 세우게 했다.
하녀들은 타오르는 불에 목욕물 데울 세발솥을 세우고　　　　　435
그 안에는 물을 붓고 장작을 가져와 밑에는 불을 붙였다.
불꽃이 세발솥의 올챙이배를 에워싸자 물이 데워졌다.
그동안, 아레테가 나그네에게 가장 멋진 궤짝을
방에서 가져왔는데, 그 안에는 귀한 선물들,

의복과 황금을 넣었으니, 파야케스족의 선물이었다.　　　　　440
또 그 안에는 아레테가 손수 망토와 멋진 속옷을 넣었다.
그를 향해 소리 내어 날개 돋친 말을 쏘았다.

　　"이제 직접 덮개를 확인하고 빨리 그 위에 끈을
던지세요, 여행 중에 누가 훔쳐 가지 않도록, 그대가
검은 배를 타고 가다가 달콤한 잠에 빠지더라도."　　　445

　　많이 참는 고귀한 오뒷세우스가 그 말을 듣자마자
당장 덮개를 고정하고 재빨리 그 위에 현란한 끈을
던졌는데, 전에 여주인 키르케가 가르쳐준 것이었다.
그래서 곧장 여집사가 그에게 목욕을 권하자
그는 욕조 안에 들어갔다. 뜨거운 목욕물을 보자　　　450
마음속으로 무척 반가웠다. 머리 곱게 땋은 칼립소의
집을 떠난 이후로는 자주 돌봄 받은 적이 없었으니까.
여신의 집에선 마치 신처럼 안락한 생활을 누렸던 것이다.
하녀들이 그를 씻겨주고 올리브유를 발라주고
그에게 멋진 외투와 속옷을 입혀주자　　　　　　　455
그는 욕조에서 나와서 포도주 마시는 사내들 사이로
들어갔다. 한편 신들이 미모를 선사한 나우시카는
단단한 지붕을 떠받치는 기둥 옆에 서서는
두 눈으로 오뒷세우스를 바라보며 감탄하고
그를 향해 소리 내어 날개 돋친 말을 쏘았다.　　　460

"잘 가세요, 손님, 언젠가 조국 땅에 계시더라도
날 기억해주세요, 목숨 구해준 나에게 빚지고 있으니까요."
　　꾀 많은 오뒷세우스가 그녀에게 대답하여 말했다.
"나우시카여, 대범한 알키노스의 딸이여,
그렇게, 이제는 헤라의 천둥 울리는 남편 제우스께서　　　　　465
내가 집에 돌아가서 귀향 날을 보게 해주시기를.
그리하면 그곳에서도 신에게 하듯 그대 위해 기도하리다,
날마다요. 그대가 날 구했으니까요, 공주님."
　　그렇게 말했고, 알키노스 왕 옆 좌석에 앉았다.
사람들은 이미 음식을 나누고 포도주에 물을 타고 있었다.　　　470
한 전령이 믿음직한 소리꾼을 데리고 가까이 왔는데
백성들에게 존경받는 데모도코스였다. 그래서 그가
긴 기둥에 등을 기대게 하고 회식자들 가운데 앉혔다.
그때, 꾀 많은 오뒷세우스가 전령에게 말했다,
흰 엄니 돼지의 등심 한 점을 자르고 나선데, 그 주위에는　　　475
두꺼운 기름이 붙어 있는, 더 큰 덩어리가 남아 있었다.
　　"전령이여, 여기 이 고기를 가져다주게나, 데모도코스가
드시게 말이오. 비록 적적하지만 내가 그를 반기며 인사하는 거요.
땅 위 모든 인간들 사이에서 소리꾼들은
명예와 존경의 몫을 가지는데, 무사 여신들이 그들에게　　　　480
노래하는 법을 가르치고 소리꾼 종족을 총애하시니까."

그렇게 말했다. 전령이 고기를 가지고 가 영웅 데모도코스의
손에 쥐여주자 그가 받아 들고는 속으로 기뻐했다.
사람들은 준비되어 앞에 놓인 음식에 양손을 뻗었다.
먹고 마시는 욕망을 벗어버리고 나자   485
꾀 많은 오뒷세우스가 데모도코스를 향해 말했다.
　"데모도코스여, 참으로 인간들 중 그대를 특별히 찬양하오.
그대를 가르치신 분이 제우스 따님 무사 여신이든 아폴론이든.
그대는 아주 조리 있게 아카이아인들의 불행한 운명을 노래하니까.
그들이 치르고 겪은 일, 그들이 고생한 일 모두를,   490
마치 자신이 현장에 있거나 다른 이에게 직접 들은 것처럼.
자, 그 이야기는 지나가고 목마의 계략을 노래해주시오.
목마는 에페이오스가 아테네 여신의 도움으로 만든 것인데,
어느 날 고귀한 오뒷세우스가 목마 안에 트로야의
약탈자들을 가득 채워 성채에 올라갈 속임수를 계획했소.   495
나에게 그 사건을 조리 있게 들려주길 바랍니다.
신께서 흔쾌하게 그대에게 신성한 노래를 선사하셨다고
당장에 나는 모든 사람들에게 말할 것이오."
　그렇게 말하자 소리꾼은 신에게 영감받아 노래했는데
다음 대목으로 시작했다. 아르고스인들 일부는 갑판 튼튼한   500
배들에 올라 떠났구나, 막사에는 이미 불을 지르고 나서.
또 다른 일부는 유명한 오뒷세우스와 함께 목마 안에 숨어서

앉아 있으니, 목마가 트로야의 회의장에 있었다네.
트로야인들 스스로가 목마를 성채로 끌어 들였으니.
그렇게 목마가 서 있었고, 그 주위에 모여 앉아 그들이   505
분분하게 많은 말을 나누자 세 가지 계획이 마음에 들었다네.
속이 빈 목마를 무자비한 청동으로 부수거나
그것을 정상으로 끌어다가 바위에서 던지거나
신들을 달래는 큰 자랑거리로 놔두는 것인데,
이 마지막 계획이 실현되도록 정해져 있었구나.   510
도시가 멸망할 운명이로구나, 도시가 커다란 목마를
품게 될 때. 그곳에 아르고스의 최고 용사들이 앉아서
트로야인들에게 살인과 죽음을 가하려 했다네.
소리꾼이 계속 노래했다, 어떻게 아카이아의 아들들이
속 빈 매복처를 버리고 목마에서 튀어나와 도시를 파괴했는지.   515
어떻게 가파른 도시를 여기저기서 약탈했는지,
어떻게 오뒷세우스가 데이포보스의 집을 향해
마치 아레스처럼, 신과 같은 메넬라오스와 함께 갔는지.
그곳에서 정말로 가장 살벌한 전투를 감행하여
나중에는 담대한 아테네 여신 덕분에 승리했는지.   520
　이 사건을 저 유명한 소리꾼이 노래했다. 오뒷세우스는
애간장이 녹아내리고 눈물이 눈꺼풀 아래 두 뺨을 적셨다.
마치 한 여인이 사랑하는 남편 위에 쓰러져 통곡하듯이.

남편은 도시와 자식들이 맞이할 무자비한 날을
막으려다가 자기 도시와 백성들 앞에 쓰러져갔구나.   525
아내는 남편이 죽어가며 헐떡이는 걸 보고는
그 위에 몸을 던져 구슬프게 통곡하나, 정복자들은
뒤에서 그녀의 등짝과 어깨를 창으로 찌르니
그녀는 노예 생활로 들어가 노고와 고초를 겪게 될 터,
너무나 가련한 아픔에 그녀의 두 뺨이 시들었구나.   530
그 여인처럼 오뒷세우스는 눈썹 밑에 가련한 눈물을 떨구었다.
다른 모든 이가 눈치 못 채게 눈물을 흘렸지만
알키노스만은 이를 주목하여 알아보았으니
그 옆에 앉아 깊이 탄식하는 소리를 들은 것이었다.
곧장, 알키노스는 노를 사랑하는 파야케스족에게 말했다.   535
    "내 말을 들으시오, 파야케스족의 지도자와 통솔자여,
이제 데모도코스는 음색 청아한 수금을 그만두어라.
그 노래를 불러 모두를 기쁘게 하는 건 아니니까.
우리가 저녁 식사를 하고 신적인 소리꾼이 노래를 시작한 후,
여기 이 손님은 결코 비통한 울음을 멈추지 못하고 있소.   540
아마도 심한 고통이 그의 심장을 에워싼 것 같소.
그러니 자, 소리꾼은 그만두시오, 주인과 손님이
모두 함께 즐기도록, 그리하는 것이 훨씬 더 좋은 일이니까.
바로 존경스러운 손님 덕분에 이런 자리가 마련되었고

호송과 값진 선물들, 우리가 환대하며 준 것들이 있소.   545
나그네와 탄원자는 우리 형제와 다름없는데
지력이 뛰어나지 않은 자라 해도 그러하다오.
이제, 그대는 이익을 따지려고 숨기지 마시오,
내, 그대에게 묻는 말에 대답하는 편이 더 나을 거요.
이름을 말해주시오. 그곳에서 모친과 부친이 그대를 부르고   550
도시에 사는 이들과 주위 사람들이 부르는 이름을!
인간들 중 누구도 이름이 없지 않고
출생이 귀하든 천하든, 태어나면 부모가
모두에게 이름을 주지요, 아기를 낳았을 때 말이오.
나에게 그대의 땅과 지역과 도시를 말해주시오,   555
배들이 그곳을 과녁 삼아 그대를 보내줄 것이오.
파야케스인들에겐 키잡이가 필요 없고
다른 배들이 갖추고 있는 키들도 전혀 없소.
배들 스스로, 사람의 의도와 생각을 알고
모든 사람의 도시와 비옥한 들판들을 알아서   560
재빠르게 바다의 심연을, 안개와 구름에
싸인 채로 관통해버린다오. 그들에겐 결코
해 입을까 파괴될까 하는 두려움 따위는 없소.
그런데 나는 전에 부친 나우시토오스가 이런 말씀을
하시는 걸 들은 적이 있소, 포세이돈이 우리를 시기하고   565

있다는 말인데, 우리가 모두를 무사히 호송하기 때문이오.

언젠가 파야케스인들의 잘 지은 배가

호송 마치고 귀향할 때, 안개 낀 바다에서 신이 배를

부숴버리고 큰 산이 우리 도시를 둘러 감출 거라고 말하셨소.

그렇게 아버님이 말하신 거요. 그 일이 이루어지거나   570

이루어지지 않거나, 그것은 신의 마음이라오.

그러니 자, 말 돌리지 말고 내게 밝혀주시오,

그대는 어떻게 떠돌다가 인간들의 어느 땅에 도달했는지,

그리고 살기 쾌적한 도시들과 인간들에 대해서 말해주시오,

얼마나 많은 이들이 거칠고 혹독하고 불의한지,   575

그들이 잘 환대하는지, 그들이 신을 두려워하는지.

†아르고스인과 다나오스인과 †[125] 일리오스의 불행한 운명을 들었을 때,

왜 그대가 눈물 흘리며 속 깊이 애통한지도 말해주시오.

신들이 운명을 만들고 인간에게 파멸을 자아낸 것이라

후세 사람들에게는 노래의 주제가 될 것이오.   580

그대의 어떤 가족과 친척이 일리오스 앞에서 죽은 것이오?

용감한 자의 사위나 장인이오? 그들은

가장 가까운 이들인데, 자기 혈육과 종족 다음으로 말이오.

또는 혹시 어떤 친구요? 그대와 마음이 잘 통하는

---

125   † ... †은 필사본 텍스트가 훼손된 부분이다.

고귀한 친구 말이오. 그가 친구로서 현명한 자라면
그는 결코 형제보다 못한 자가 되지 않을 것이오."

꾀 많은 오뒷세우스가 그에게 대답하여 말했다.
"통치자 알키노스, 모든 백성들 중 가장 유명한 이여,
여기 이분과 같은 소리꾼에게 귀를 기울인다는 것은
정말로 좋은 일이지요. 그 목소리가 신들에 비할 사람이니.
모든 백성들에게 행복한 즐거움을 선사하는 것보다   5
더 커다란 기쁨을 주는 성취란 없다고 생각합니다.
이를테면 사람들이 집에 두루 접대받으며 줄지어
앉아서 소리꾼의 노래를 듣고, 옆에 식탁 위에는
빵과 고기가 그득하고, 술 따르는 이가 혼주 항아리에서
술을 퍼 날라서 술잔을 넘치게 하는 것 말입니다.   10
그것이, 내 생각에는, 가장 훌륭한 일 같소이다.

하나 당신 마음은 탄식 가득한 내 고통을 물어보라고
요구하다니, 아직도 내가 더 슬퍼하며 탄식하게 말이오.
아, 무엇을 처음에, 무엇을 마지막에 말해야 할까?
많은 고통을 하늘의 신들이 나에게 가했구나.   15
지금 우선 내 이름을 말하리다, 여러분이 알 수 있도록,
나는 저 무자비한 날로부터 도망쳤으니
여러분의 손님일 것이오, 비록 먼 곳 집에 살더라도.
나는 라에르테스의 아들 오뒷세우스요. 온갖 술수로
사람들 주목을 받아서 내 명성은 하늘에 닿았소.   20
멀리서 잘 보이는 이타케에 살고 있소. 그곳에는
잎들 무성하고 눈에 확 띄는 네리톤산이 있소.
주위에는 많은 섬들이 서로서로 붙어 있는데
둘리키온과 사메와, 숲 우거진 자퀸토스라 하오.
이타케 자신은 야트막하고 바다에서 가장 멀리 떨어져   25
어두운 서쪽을 향하지만 다른 섬들은 새벽과 태양을 향해 있소.
이타케는 바위 많은 섬이지만, 젊은이를 양육하기엔 좋소.
나로선 내 고향 땅보다 더 달콤한 곳을 알지 못하오.
칼륍소가 그곳, 텅 빈 동굴 안에 날 붙잡아두려 했소.
[가장 고귀한 여신이 남편으로 삼고자 욕망했고]   30
마찬가지로 아이아이에[126]섬의 간교한 여신 키르케도
나를 궁전 안에 붙잡아두고 남편으로 삼고자 욕망했소.

그러나 내 가슴속 열망을 결코 설득할 수는 없었소.

자기 조국 땅보다 더 달콤한 것은 없고 부모도

마찬가지니, 비록 어떤 이가 부모와 멀리 떨어져   35

이방의 땅 대궐 같은 집에서 살더라도 그렇지요.

자, 이제 고통에 찬 내 귀향을 이야기하겠소,

내가 트로야를 떠나자 제우스가 선사했던 귀향 말이오.

　일리오스에서 나는 바람에 실려 키코네스족의 이스마로스[127]에

도달했소. 그곳에서 나는 도시를 약탈하고 용사들을 무찔렀지.   40

도시에선 여자들과 많은 재물을 노획하여 나눠주니

누구나 동등한 몫을 받고 떠날 수 있었소.

그때 나는 우리가 날랜 발로 도망쳐야 한다고

명령했으나, 그 멍청한 바보들은 내 말을 들으려 하지 않았지.

그들은 술을 많이 퍼마시고 바닷가에선 많은 양을   45

잡았고 뒤뚱거리는 뿔 굽은 소들도 잡았소.

그사이, 키코네스족이 도망치더니 동족에게 외쳤는데

동족은 이웃에 살고 수가 더 많고 더 용맹하며

내륙에 사는데, 전차 타고 전사들과 싸울 줄 알고

필요하다면 보병으로 싸울 줄도 알았소.   50

그들은, 마치 봄에 잎과 꽃이 만개하듯이

126　키르케 여신의 섬.
127　트라케 지방에 속한 지역.

새벽에 들이닥쳤소. 그때 제우스가 가한 사악한 운명이
불운한 우리에게 다가와 우리는 많은 고통을 겪게 된 거요.
양측은 전열을 이루어, 날랜 배 옆에서 싸우며
{청동 끼운 창을 수도 없이 서로에게 던졌소.}   55
아침이 되어 신성한 하루가 지나가는 동안
우리는 그들을 물리치려고 버티고 있었지, 그들이 다수였지만.
소의 멍에가 풀리는 시간으로 해가 넘어가자
키코네스족은 아카이아인들을 제압하여 물리쳤소.
배마다 좋은 경갑 입은 전우들이 여섯 명이나   60
죽었다오. 다른 전우들은 간신히 죽음의 운명을 피했소.
    그곳에서 비통한 마음 안고 앞으로 항해했는데
비록 소중한 전우들 잃었으나 죽음에서 벗어난 걸 기뻐했소.
그런데 양끝 휜 배들이 나아가는 걸 잠시 내가 막았으니
불쌍한 전우들 각각의 이름을 세 번 부르기 전까진 말이오.   65
이들은 들판에서 키코네스족에게 척살되어 쓰러졌지.
배들에는, 구름 모으는 제우스가 무서운 폭풍과 함께
북풍을 보냈고, 구름이 대지와 바다 모두
덮어버렸소. 하늘에서는 밤이 내려와 덮쳤고.
그러자 배들이 기울어져 밀려났고 돛들은   70
바람의 힘에 세 갈래 네 갈래 찢겨 나갔소.
우리는 침몰할까 두려워 돛들을 배 안에 내려놓고는

열심히 노를 저으며 육지로 배를 몰았소.

그곳에서 두 밤과 두 낮 동안 계속 누워 있었으니

피로와 통증 탓에 기력이 소진되었던 것이오.   75

머리 곱게 땋은 에오스가 셋째 날을 올려놓자

우리는 돛대를 세우고 흰 돛을 끌어 올려 앉았고

곧장 바람이 배들을 몰아가자 키잡이가 조종했소.

그래서 무사히 조국 땅에 도착했을지도 모르지만

말레이아곶을 우회하자 나는 파도와 조류와   80

북풍에 밀려버려 퀴테라[128]에 표류하고 말았소.

　　　그곳에서 나는 아흐레 동안이나 사악한 바람에

물고기 많은 바다 위를 떠돌아다녔소. 열흘째 되는 날,

채식하는 로토파고이[129]족의 땅에 발을 내디뎠지.

그곳 땅에 올라가서 물을 길어 올리고   85

당장 빠른 배 옆에서 전우들과 식사를 했소.

한데 음료와 식사를 한껏 즐기고 나자

나는 전우들을 보내서 알아보게 했는데

이 땅에서 음식 먹는 자들은 누구인지 말이오,

{전우 두 명을 뽑았고 세 번째 전우는 전령으로 따라가게 했소.}   90

당장 가더니 그들은 로토파고이족과 섞여 어울렸지.

128　펠로폰네소스반도의 라케다이몬 해안에서 떨어져 있는 섬.

129　로토스 열매를 먹는 자들이라는 뜻.

로토파고이족은 우리 전우들에게 파멸을
꾀하지 않고 우리에게 로토스를 맛보라고 주었다오.
전우들 중 로토스의 달콤한 열매를 먹은 자는
더 이상 전갈을 보내지도 귀향하려 하지도 않으니   95
그곳에서 로토파고이족과 함께 로토스를
여물로 삼아 머물며 귀향을 잊고자 하는 거요.
남겠다며 울며 보채는 전우들을 나는 강제로 배들로
데려와 우묵한 배 안 갑판 아래 끌어다 결박했소.
한편 다른 충성스러운 전우들에게는   100
서둘러 빠른 배에 오르라고 명령하여
다시는 로토스를 먹고 귀향을 잊지 못하게 했소.
전우들은 곧장 승선하여 노 젓는 자리에 앉아
차례로 자리 잡고는 노 저으며 잿빛 바다를 때렸소.
　　　그곳에서 우리는 침통한 마음 안고 항해해 나아갔지.   105
그래서 율법 모르는, 주제넘은 퀴클롭스의 땅에
도착했는데, 이들은 불멸하는 신들에 의지하며
제 손으로 식물을 심지도 경작하지도 않고
씨 뿌리고 땅 갈지 않아도 모든 것, 밀과 보리,
포도나무가 자라나는데 포도나무는 상품의 포도로   110
담근 포도주를 선사하고, 제우스의 비가 자라게 하더군.
그들에겐 조언 구하는 회의장도 없고 법규도 없지만

높다란 산의 정상, 속 빈 동굴 속에 살며
각자 제 자식들과 아내들을, 그들만의 법규로
다스리니 서로에게는 신경을 쓰지 않았소.   115
　　포구 바깥에는 섬 하나가 나지막이 뻗어 있는데
그 섬은 퀴클롭스의 땅에서 멀지도 가깝지도 않고
숲이 우거져 있었소. 그 안에는 수많은 야생 염소들이
사는데, 사람들이 오가며 염소들을 쫓아내지 않고
또 그 섬에는 사냥꾼들도 발을 들여놓지 않는데   120
산머리들을 두루 다니며 숲에서 고생하는 자들 말이오.
그 섬은 가축 떼나 경작지로 덮여 있지 않으나
씨를 뿌리지도 경작하지도 않고 사람들도 없이
날마다 매매 우는 염소들만 살찌고 있는 거요.
퀴클롭스들 곁에는 뺨이 붉은 배들도 없고   125
배 만드는 사람들도 없는데, 목수들이라면
갑판 훌륭한 배를 만들 테고 그 배는 매번
사람들의 도시로 항해하게 해줄 텐데,
그렇게 자주 사람들이 배를 타고
바다 건너 서로서로 왕래하듯이 말이오.
목수들이 살기 좋은 섬으로 만들었을 거요. 그 섬은   130
결코 척박하지 않고 철마다 모든 걸 자라게 하니까.
또 그곳, 잿빛 소금물의 해안에는 축축하고 부드러운

초지가 있으니까. 포도나무가 시들지 않을 거요.
안에는 경작지가 평평하고 수확기엔 항상 풍작을
거둘 수 있을 거요, 땅 아래 자양분이 많으니까.   135
섬 안에는 정박 가능한 포구가 있어 고정 밧줄이 필요 없고
닻돌을 던지고 고물 밧줄을 잡아맬 필요 없이
배를 해안가에 대고 나서는, 선원들의 마음이 동하고
바람이 불어줄 때만을 기다리면 될 터였소.
한데 포구의 머리에는 맑은 샘물이 동굴 아래   140
흘렀고 그 주위에는 양버드나무가 자라고 있었다.
    그곳에 항해하다니, 어떤 신이 어두운 밤 동안
우리를 안내한 것인데, 볼 수 있는 건 아무것도 보이지 않았지.
배들 주위엔 짙은 안개가 걸려 있고 달도 하늘에서
나타나지 않으니 전부 구름에 붙잡혀 있었던 거요.   145
이런 상황에선 우리 중 누구도 그 섬을 본 적 없었고
큰 파도가 뭍을 향해 굴러가는 것도 볼 수 없었다오,
갑판 튼튼한 배들이 육지에 오르기 전까지는.
배들을 대고 나서 우리는 모든 돛을 내렸고
배에서 걸어 나와서 바닷가에 발을 내디뎠고   150
그곳에서 잠자며 고귀한 에오스를 기다렸소.
    일찍 태어나 장밋빛 손가락 펼치는 에오스가 나타나자
우리는 섬의 외관에 놀라워하며 그곳을 두루 돌아다녔소.

아이기스 가진 제우스의 딸 요정들은
전우들이 식사하도록 산속 염소들을 몰고 왔다오.　　　　　　155
곧장 우리는 배에서 굽은 활과, 꽂는 구멍 깊은
창을 들고 나와 세 무리를 지어 던지고
쏘았소. 당장 신께서 흡족한 사냥감을 주셨지.
나에겐 열두 척의 배가 뒤따르고 있으니, 배마다 염소
아홉 마리를 몫으로 나누었는데 나 혼자서는 열 마리를 골랐소.　　160
　　　그래서 해가 질 때까지 하루 종일 그곳에 앉아
고기와 달콤한 포도주를 무진장 즐겼다오.
배 안에는 붉은 포도주가 고갈되지 않고
남아 있었지. 키코네스족의 신성한 도시를 약탈하며
각자가 양 손잡이 동이에 많이도 퍼 담아 왔으니까.　　　　　165
가까이 살고 있는 퀴클롭스의 땅을 바라보자 그곳에서
피어나는 연기를 보았고 양과 염소의 소리를 들었소.
해가 떨어지고 어둠이 덮쳐오자
우리는 바닷가에서 잠이 들었소.
　　　일찍 태어나 장밋빛 손가락 펼치는 에오스가 나타나자　　　170
집회를 소집해서 나는 모든 전우들 가운데 말했소.
　　　'지금, 너희 나머지는 여기 남아라, 내 충성스러운 전우들이여,
나는 내 배를 타고 전우들과 함께 가서
이곳 사내들을 시험해보려 한다, 그들이 어떤 자들인지,

난폭하고 불의하며 야만스러운지, 아니면 손님을   175
환대하고 신을 경외하는 마음을 가졌는지 말이다.'
　　　그렇게 말하며 배에 올랐고, 전우들에게 명령하여
고물 밧줄을 풀어서 배 위에 올리게 했소.
전우들은 곧장 배 안에 들어가 노 젓는 자리에 앉고
순서대로 앉아서 노를 저으며 잿빛 바다를 때렸소.   180
그런데 우리가 바로 그 장소에 도착하자
그 바다 가까이 섬의 가장자리에서 월계수로 덮인
높다란 동굴이 보였소. 그곳에서 많은 작은 가축,
양들과 염소들이 밤을 보낸 거요. 그 주위,
조망 좋은 곳에는 높은 담장이 둘러쳐져 있었는데, 캐낸 돌과   185
키 큰 소나무와 높이 잎 달린 참나무로 만든 것이었소.
그곳에는 엄청 거대한 사내가 잠을 자니, 그자는
혼자 떨어져 작은 가축을 돌보곤 했소. 다른 이들과는
왕래 없이 따로 떨어져 있다니, 불의를 저지를 심보겠지.
엄청 거대한 놈, 놀람 그 자체라서 곡식 먹는 인간과   190
같지 않고 높은 산들 가운데 숲 우거진 봉우리와
같으니 그 밖의 자들로부터 저 홀로 불거진 놈이라오.
　　　그때 충성스러운 전우들에게 명령하여
그곳 배 옆에 머무르며 배를 지키게 하고
나는 전우들 중 가장 뛰어난 열두 명을 뽑아서 갔소.   195

검고 달콤한 포도주 든 염소 가죽 자루를
가져갔는데, 마론이 내게 준 것이고 마론은
에우안테스 아들로 이스마로스를 지키는 아폴론의 사제라오.
우리는 마론을 처자식과 함께 품 안에 두고
공경했소. 또 그가 포이보스 아폴론의 나무 많은 숲에   200
살았으니까. 마론은 내게 빛나는 선물을 건넸소.
내게 일곱 탈란톤의 잘 세공된 황금을 주었고
내게 순은으로 만든 혼주 항아리 하나를 주었고
손잡이 두 개 달린 열두 개 항아리 전부에 포도주,
섞지 않은 달콤한 신기한 음료를 채워주었지.   205
집안 하녀들과 시종들 중 누구도 그걸 알지 못했고
다만 그 자신과 자기 아내와 여집사만이 알았다오.
그 달콤하고 불그레한 포도주를 마시려고
한 잔을 스무 배 정도의 물로 가득 채워 부으면
혼주 항아리에선 달콤한 향이 올라왔는데   210
신비한 향내였지. 그걸 피하는 것은 내키지 않는 일.
큰 가죽 자루에 포도주를 채우고 가죽 부대에는
식량을 챙겼소. 당장 기개 있는 내 용기가 예감했으니까,
한 사내가 엄청난 힘, 사나운 힘을 둘러쓰고
다가올 것을, 정의도 법도도 모르는 자가.   215
　재빨게, 우리는 동굴 안에 도착했고, 안에서 그자를 발견하지

못했으니, 그자는 초원에서 가축들을 먹이고 있었던 거요.
우리는 동굴 안에 들어가서 하나하나 꼼꼼히 살펴보았소.
바구니들엔 치즈가 가득 차 있고 우리 안에는 새끼 양과
새끼 염소가 북적댔지. 그것들 제각기 따로 나뉘어 갇혔는데   220
제각기 따로따로 맏배, 중배, 늦배로 구분되었소.
용기란 용기는 모두 유장(乳漿)으로 흘러넘쳤고 들통이건
대접이건 손으로 빚은 용기들엔 그가 젖을 짜놓았지.
그때 전우들이 말로 애원하고 내게 사정하길
먼저 치즈를 갖고 돌아가고 다음으로는 우리에서   225
잽싸게 새끼 염소와 새끼 양을 빠른 배로 몰아가
소금 바다 위를 항해하자고 말했다오.
내가 그들 말을 듣지 않다니, 그랬다면 훨씬 이로웠을 텐데.
혹시나 내게 환대의 선물을 줄까, 내가 그자를 직접 보려 한 거요.
마침내 나타난 그 작자는 전우들의 친절한 주인이 될 턱이 없었소.   230
      우리는 우선 그곳에서 불을 피워 제물을 바치고
직접 치즈를 취해 먹고 안에 앉아서 그자가 가축 떼를
몰며 도착할 때까지 기다렸소. 그자는 엄청난 양의
마른 장작을 저녁 식사 때 쓰려고 가져왔는데
장작 단을 동굴 안에 던져 넣자 요란한 굉음이 진동했지.   235
우리는 무서워 동굴의 맨 안쪽 구석으로 도망쳤소.
그자는 넓은 동굴 안에 살진 작은 가축들과, 젖을 짠 가축들

모두 몰아넣고 숫양이든 숫염소든 모든 수컷들은
문 앞에, 깊은 안뜰의 바깥에 남겨두더군.
그자는 커다란, 아니 거대한 돌을 높이 들어 올리더니   240
대문 앞에 내려놓았소. 그 돌덩이는, 네 바퀴 달린 스물두 대의
쓸모 있는 수레로도 땅에서 들어 올릴 수 없을 거요.
그렇게 엄청 크고 각진 바위를 문 앞에 내려놓은 것이오.
이제는 자리에 앉더니 양과 음매 우는 염소의 젖을 짰는데
아주 적당히 짰고, 어미들 각자 아래에 새끼를 갖다놓았소.   245
당장 흰 젖의 절반을 응고시키고 응고된 걸
한데 모아서는 고리버들 바구니 안에 넣어두고
나머지 절반은 용기 안에 넣어두었는데
그걸 마셔버리고 또 식사 때 쓰려는 것이겠지.
　　그자가 제 일을 서두르며 힘들게 모든 일을 마치고 나자   250
그때 불을 피우고 우리를 바라보며 물었소.
　　'손님들, 뉘신가? 어디서 젖은 길을 항해해 왔는가?
무슨 사업 때문인가, 아니면 헛되이 바다 위를
떠도는 건가, 마치 해적인 양? 목숨 내놓고
다른 백성에게 재앙을 안겨주려고 말이야.'   255
　　그렇게 말하자 우리는 심장이 갈라졌으니
그자의 둔중한 음성과 거대한 몸집이 무서웠던 거요.
나는 이렇게 대답하여 그를 향해 말했소.

'우리는 아카이아인들로 트로야에서 왔고 온갖 바람에
길을 잃고 헤매다가 거대한 바다의 심연을 넘어서   260
비록 귀향을 서둘렀지만, 다른 길, 다른 여정을 거쳐
왔소이다. 그런 계획을 제우스가 세우셨나봅니다.
우린 아트레우스의 아들 아가멤논의 백성이라고 자부하고
그의 명성이야말로 하늘 아래 정말로 가장 크다 할 것이오.
그렇게 큰 도시를 파괴하고 많은 백성들을 무찔렀으니까.   265
우리는 이곳에 도착하여 그대 무릎 잡으며 보호를 요청하며
다가선 거라오, 혹시 그대가 무슨 환대를 베풀지, 아니면 그 밖에
선물을 줄지 기대하며, 주객 사이의 관습으로 말이오.
자, 강력한 이여, 신들을 두려워하시오, 알다시피 우린 탄원자들이라오,
제우스께선 탄원자와 나그네를 위해 응징하시고   270
환대의 수호자로서 존엄한 나그네들과 함께하신다오.'
    그렇게 말하자 그자는 곧장 내게 잔인하게 대답했소.
'나그네, 네놈은 어리석거나, 멀리서 이곳에 왔겠구나?
나더러 신들을 두려워하거나 조심하라고 훈계하다니.
퀴클롭스는 아이기스 가진 제우스를 전혀 개의치 않거든,   275
축복받은 신들도 마찬가지야, 우리가 훨씬 더 강력하다고.
나는 제우스의 미움을 피하려고 네놈과 네 동료들을
아껴두진 않을 거다, 내 욕망이 명령하지 않는 한.
내게 말해봐라, 여기 올 때 잘 만든 배는 어디에 정박했는지,

어디 동떨어진 바닷가냐, 여기 어디 근처냐? 내 알아야겠다.' 280
　그렇게 시험하며 말했다. 경험 많은 내가
그걸 모를 리 없으니 그를 속이며 대답했소.
　'내 배는 대지 흔드는 포세이돈이 산산이 부숴버렸다오,
배를, 갑으로 몰아가더니 그대 땅의 가장자리 바위에
내동댕이쳤으니, 바다에서 바람이 배를 나른 것이오. 285
나는 이들과 함께 갑작스러운 파멸에서 도망친 거라오.'
　그렇게 말하자, 그자는 무자비하게, 아무 대꾸도 않고
벌떡 일어나 전우들에게 무지막지한 손을 뻗치더니
두 전우를, 마치 강아지처럼 한데 움켜쥐고는 땅바닥에
내리쳤으니, 뇌수가 땅바닥에 흘러내려 대지를 적셨소. 290
그자는 그들 사지를 마디마디 잘라내어 저녁을 준비했지.
산에서 자란 사자처럼 잡아먹되 내장이고 살점이고
골수 가득 찬 뼈들도 남김없이 해치우더군.
이런 잔혹한 짓을 목격한 우리는 울부짖으며 제우스에게
두 손을 치켜들었으니, 대책 없는 상황에 겁먹은 것이었소. 295
　한편 퀴클롭스가 인육을 포식하고
맑은 젖을 마셔 거대한 배를 가득 채우고 나서는
동굴 안, 양들 가운데 사지를 뻗고 누워버렸소.
나는 대범한 마음속으로 숙고하기 시작했지.
가까이 다가가, 넓적다리에서 예리한 검을 뽑아서 300

횡격막이 간을 감싼 가슴을 손으로 더듬어

그곳을 찔러버릴까. 하지만 재고해보니 그건 아니었소.

그러면 그곳에서 우리도 가파른 파멸에 죽게 될 것이오.

높다란 대문에서 그자가 괴어놓은 엄청 거대한 돌,

그 바위를 우리 손으로는 치울 수 없을 테니까.   305

　　　그때, 한숨 쉬며 우리는 고귀한 새벽의 여신을 기다렸지.

일찍 태어나 장밋빛 손가락 펼치는 에오스가 나타나자

그놈은 새로 불을 피우고 저 유명한 가축의 젖을

모두 적당히 짜고는 어미들 아래 새끼를 갖다놓더군.

제 일을 서두르며 힘들게 모든 일을 마치고 나자   310

다시 두 전우를 한데 움켜쥐고는 아침 식사를 준비했소.

식사를 마치자 동굴에서 살진 가축을 내보내며

문 앞, 엄청 큰 돌덩이를 쉽게 들어 치우고 나서

화살통 뚜껑을 닫듯 다시 그곳에 갖다놓았소.

퀴클롭스는 연신 휘파람 불며 살진 가축을   315

산 위로 몰았지. 나는 뒤에 남아 심중에 파멸을 쌓으며

어떻게 내가 복수하면 아테네가 공적을 주실까 기대했소.

그러자 내 마음을 통과해 가장 훌륭한 계책이 나타났다.

퀴클롭스의 우리 옆에는 큰 말뚝, 밝은 녹색의 올리브나무가

놓여 있었지. 그게 마르면 갖고 다니려고 잘라놓은 것인데   320

그걸 보자 우리는 노가 스무 개나 되는, 검은 배의

돛대와 비교했는데, 바다의 깊은 심연을
가로지르는 화물배의 돛대 말이오. 눈대중해보니
길이도 두께도 모두 꼭 그만큼이었다.
그 말뚝에 다가가서 나는 한 길 정도 잘라내어 325
전우들에게 건네주며 뾰족하게 깎으라고 명령했소.
전우들이 그걸 매끄럽게 만들고 내가 다가가서
그 끝을 뾰족하게 다듬고 그걸 집어 활활 타는 불에 달구었소.
또 그 말뚝을 똥 더미 아래에 숨겨 잘 보관했는데
똥 더미는 동굴에 두루 높이 쌓여 있었지. 330
전우들에게는 제비를 뽑으라고 명령했소.
누가 나와 함께 그 말뚝을 들어 올려 감히 그자의 외눈에
넣어 문지를지 정하려고, 그자가 달콤한 잠에 빠지면 말이오.
한데 내가 뽑고 싶었던 전우들이 제비로 뽑혔는데
모두 네 명이었고, 나도 다섯 번째로 그들에 포함시켰소. 335
　　　저녁이 되자 그자는 털 복스러운 가축을 몰며 돌아왔고
곧장, 넓은 동굴 안에 살진 가축을 모두 다 몰아넣고
깊은 안뜰에는 아무도 남겨두지 않았으니
뭔가 예감한 것일까, 또는 어떤 신이 그리 명령한 것일까?
그러고 나서 거대한 돌을 높이 들어 올려 문 앞에 내려놓고 340
자리 잡고 앉아서는 양과, 매매 우는 염소 젖을 짰고
적당하게 짜고는 어미들 아래에 각자의 새끼를 갖다놓았소.

제 일을 서두르며 힘들게 모든 일을 마치고 나자
그자는 정말로 또다시 전우 둘을 움켜쥐고 저녁 식사를 준비했소.

　　그때, 나는 퀴클롭스에게 다가가 그자를 향해 말했는데　　　　　345
검은 포도주 담긴 나무 잔을 손에 든 채였소.

　　'퀴클롭스여, 자, 여기 이 포도주를 맛보시오, 인육을 드셨으니
우리 배가 그곳에 어떤 음료를 숨겼는지 아실 거요.
당신에게 헌주로 가져왔으니, 날 불쌍히 여겨
고향에 보내주실까 하여. 당신이 미쳐 날뛰니 더는 못 참겠소.　　350
무자비한 이여, 많은 이들 중 누가 나중에라도
당신을 찾아올까요? 도리에 맞게 행동하지 않다니.'

　　그자는 그걸 받아 마셨고, 달콤한 음료를
마시더니 몹시 기뻐하며 내게 한 잔 더 달라고 하더군.

　　'호의로 내게 한 번 더 주게나, 지금 당장 네 이름을　　　　　355
말해라, 네게 선물을 주마, 그러면 너는 기뻐하겠지.
비옥한 흙덩이가 퀴클롭스에게도 굵은 포도로 만든
포도주를 선사하는데, 제우스의 비가 포도송이를 자라게 하지.
그런데 이거야말로 신의 음료와 음식에서 추출한 것 같구먼.'

　　나는 다시 그에게 불빛 나는 포도주를 건넸지.　　　　　　　360
세 번이나 가져다주자 그자는, 어리석게도 세 번 모두 들이켰소.
포도주가 퀴클롭스의 정신을 둘러싸 어둡게 하자
바로 그때, 나는 그자에게 달콤한 말을 건넸소.

'퀴클롭스여, 내 유명한 이름을 묻는 거요? 내 그대에게
알려주겠소, 그러니 그대는 약속대로 내게 선물을 주시오.   365
'아무도'가 내 이름이오, 나를 '아무도'라고
어머니, 아버지, 모든 동료들이 부르지요.'
　　그자는 다시 내게 무자비하게 대답했소.
"'아무도'는 내가 너희 전우들 중 맨 마지막에 먹어주마,
다른 친구들은 그 전에고. 이것이 너에게 주는 환대의 선물이다.'   370
　　이렇게 말했고, 그는 뒤로 꺾이더니 벌렁 나자빠지고
굵은 몸뚱이를 옆으로 기울여 누웠으니, 모두 제압하는 잠이
그를 사로잡은 거였소. 그 목구멍에선 포도주와
인육 덩이가 분출되었지. 포도주에 버거운 몸이 토한 것이오.
그때 나는 잿더미에 바로 그 말뚝을 꽂아두고   375
뜨겁게 달궈지게 했소. 말로는 모든 전우들의 용기를
북돋우며 누구라도 겁을 먹고 내빼지 않게 했지.
이제는 올리브나무 말뚝이 아직은 푸르스름하나
불 속에서 불타기 시작하더니 맹렬하게 작열하자
나는 다가가서 불에서 꺼냈고 그 주위에는 전우들이   380
서 있었소. 우리에게 큰 담력을 불어넣은 자는 어떤 신이었다.
전우들이 올리브나무 말뚝을 쥐고는 끝이 뾰족한 말뚝을
그자의 외눈에다 찔러 넣었소. 나는 위에서 말뚝에 기대어 버티며
돌렸는데, 마치 어떤 이가 송곳으로 배의 늑재에 구멍을 뚫을 때

아래에서는 그의 동료들이 양편에서 가죽끈을 붙잡고 송곳을   385
돌려대면, 송곳이 집요하게 계속 파고 들어가는 것처럼,
그렇게 우리가 불에 달군 뾰족한 말뚝을 잡고는 그자의 눈에
넣어 돌리고 돌리자, 뜨거운 말뚝 주위로 피가 넘쳐흘렀고,
그의 눈썹과 눈꺼풀 주위 모든 걸 불의 연기가 태웠고
안구가 타면서 안구의 뿌리도 타며 탁탁 소리를 냈다.   390
마치 대장장이가 큰 도끼나 자귀를 담금질하려고
엄청 쉿쉿 소리 나는 놈을 찬물에 담글 때처럼.
철의 강도는 이런 담금질에 달려 있으니까.
그의 외눈은 올리브나무 말뚝 주위로 쉿쉿 소리를 냈다.
소름 돋게도, 그자가 큰 비명을 질러대자 주위 바위가 되울렸고   395
우리는 너무 무서워 도망쳤소. 그자는 말뚝을,
엄청난 피로 범벅이 된 말뚝을 잡더니 외눈에서 뽑아냈소.
곧장 그 말뚝을 손으로 힘껏 내던지고 이성을 잃고는
퀴클롭스들을 큰 소리로 불렀는데, 그들은 바람 잘 부는
산마루들 사이 주위 동굴들에 살고 있었소.   400
그 고함 소리를 듣자 그들은 서로 사방으로 서성대며
동굴 주위에 서서는 무엇이 그를 괴롭히는지 물어보았다.
    '무슨 일로, 폴뤼페모스여, 그렇게 큰 고함을 질러대느냐?
그것도 생기 충만한 밤에 질러대다니 잠을 못 자겠네.
인간들 중 누가 네가 원치 않는데 네 가축을 몰고 가냐?   405

아니면, 누가 힘이나 꾀로 너를 죽이려 하냐?'

　　동굴에서 강력한 폴뤼페모스가 그들에게 말했소.

'친구들, 힘이 아니라 꾀로 날 죽이려 드는 놈은 '아무도'라고.'

　　친구들은 날개 돋친 말을 쏘았소.

'아니, 아무도 혼자인 널 폭행하지 않는다는 말이지. 　　　　410

그건 위대한 제우스가 보낸 질병이니 피할 수 없겠네.

네가 직접 아버지 포세이돈 왕에게 기도나 해라.'

　　그렇게 말하고 가버리자 내 마음이 웃었는데

내 이름과 완벽한 꾀로 그놈을 속여 넘겼으니까.

　　퀴클롭스는 신음하며 따끔한 통증에 아파하고 　　　　415

양손으로 주위를 더듬어 동굴 입구에서 돌을

치우고는 자신은 문간에 앉아서 양손을 뻗었는데

혹시 누가 양들과 함께 문 쪽에 나오면 잡을까 해서였지.

아마도 마음속으로 내가 멍청하다고 믿었나보오.

나는 무엇이 최선일까 숙고하며 전우들과 　　　　420

나 자신을 위해 죽음에서 벗어날 길을

찾으려 했소. 온갖 계교와 암수를 짜냈다오,

커다란 재앙이 닥쳐서 목숨이 걸린 문제였으니까.

그러자 마음을 관통해 최선의 계획이 나타났소.

그곳엔 잘 자란, 복슬복슬한 숫양들이 있었는데 　　　　425

멋지고 몸집도 큰 놈들로 검은 자줏빛 털을 가졌지.

이놈들을 나는 조용히 한 번에 세 마리씩 데려다가
잘 엮은 버드나무 가지로 한데 묶었는데, 그 가지 위에선
법도 모르는 괴수 퀴클롭스가 잠자곤 했소. 가운데 숫양이
한 명을 나르고 나머지 두 숫양은 양편에서 전우를 가려주었지.   430
숫양 세 마리가 한 조가 되어 한 명을 날랐소. 한편
나 자신은 그곳 모든 양들 중 가장 훌륭한 양,
그 녀석의 등을 한 손으로 움켜잡고는 털 수북한
배 아래에 몸을 웅크려 누웠고, 양손으로는
신성한 털에 매달려 끈기 있게 계속 붙잡고 있었소.   435
　　　그렇게 한숨 쉬며 우리는 고귀한 새벽의 여신을 기다렸지.
일찍 태어나 장밋빛 손가락 펼치는 에오스가 나타나자
수컷 가축들이 초지를 향해 튀어 나갔지만
젖을 짜지 않은 암컷들은 젖통이 가득 차서 터질 듯하여
우리 안에서 매매 울고 있었소. 한편 심한 통증에 시달리는   440
그들 주인님은 곧게 서 있는 모든 양들의 등을
더듬었으나 그 어리석은 놈은 알아채지 못했소.
털 수북한 양들 아래에 전우들이 매달려 있다는 걸!
가축들 중 맨 마지막으로 한 숫양이 문 쪽으로 갔는데, 녀석은
수북한 털에다, 치밀하게 계획한 나로 인해 몸이 무거웠지.   445
그 녀석을 만지며 강력한 폴뤼페모스가 말했소.
　　　'사랑스런 숫양아, 왜 너는 그렇게 양들 중 마지막으로

내게 달려왔느냐? 전에는 양 떼 뒤에 결코 뒤처지지 않고
성큼성큼 걸어가며 맨 먼저 풀의 보드라운 꽃을
뜯어 먹고는 가장 먼저 강물의 흐름에 도착하고　　　　　　450
저녁이 되면 가장 먼저 우리에 돌아오려 애쓰곤 했거늘.
이번엔 가장 늦었네. 분명 너는 주인이 눈을 잃어
안타까운 게지? 그 비겁한 사내가 내 눈을 멀게 했으니
불쌍한 전우들과 함께, 포도주로 내 정신을 제압하더니.
그 '아무도' 놈 말이지, 그놈이 재앙을 피해 안전한 건 아닐 거야.　　455
정말 네가 나와 한마음이고 말을 건넬 수 있어
어디로 그자가 내 분노를 피해 달아났는지 일러준다면
그러면 그자를 땅바닥에 내쳐서 그의 골수가 동굴 사방에
튀긴다면 내 마음은 불행에서 벗어나 가벼워지련만,
그 불행은 아무 쓸모 없는 '아무도'가 내게 선물한 것이니.'　　460
　　　그렇게 말하며 제 품에서 그 숫양을 문 쪽으로 보냈소.
동굴과 안뜰로부터 얼마간 움직여 벗어나자 나는
먼저 숫양 밑에서 내 몸을 풀고 전우들도 풀어주었소.
우리는 서둘러 양들을 몰았는데, 다리 잘 뻗고 윤기 나는
녀석들을, 배에 닿을 때까지 주변을 둘러보며 몰았지.　　　　465
우리는 전우들의 환영을 받았소, 죽음에서 도망쳤으니까.
그러나 희생된 자들을 두고는 전우들이 울며 탄식했소.
그러자 나는 머리 젖혀 울지 못하게 눈짓하고

재빨리 털이 고운, 많은 가축들을 배 안에

몰아넣고 소금물 바다 위로 항해하라고 명령했소.   470

그래서 전우들은 곧장 배에 올라 노 젓는 자리에 앉고

차례로 자리에 앉아서 노 저으며 잿빛 바닷물을 때렸지.

　　고함 질러 들릴 정도로 멀리 떨어지자

나는 조롱하는 말로 퀴클롭스를 불렀소.

　　'퀴클롭스여, 네놈이 우묵한 동굴에서 우세한 폭력으로   475

잡아먹으려 한 자들은 무력한 자의 전우들이 아니라고.

그렇게 네 악행의 결과가 네놈에게 닥치게 되어 있었지,

무자비한 놈, 자기 집에서 손님을 잡아먹는 걸 전혀

꺼리지 않다니, 그래서 제우스와 신들이 네놈을 엄벌하셨다.'

　　퀴클롭스는 마음속 깊이 더욱 화가 치밀어 올라   480

큰 산의 봉우리를 잡아 뜯어서 뿌렸고

그것이 이물 검은 배 바로 앞에 내리꽂혔으나

{키의 꼭대기 부분에 닿기에는 모자랐지.}

바위가 떨어지자 바다는 치솟아 오르고

역류하는 파도가 배를 다시 뭍으로 데려가니   485

바다에서 터진 홍수가 배를 몰아서 육지에 닿게 한 거요.

나는 손으로 매우 기다란 창을 잡고는 그곳에서

한쪽으로 배를 밀쳐냈고, 동료들을 격려하며 명령하고

[재앙에서 벗어나 도망치게 노를 저으라는 것인데]

고개를 끄덕였소. 전우들은 앞으로 쓰러지며 노를 저었소.   490

　소금 바다 위를 건너가며 이전보다 두 배 정도 멀리 떨어지자
나는 퀴클롭스를 향해 말하려 했소. 주위 전우들은
각자 서로 조심스러운 말로 달래며 날 만류하려 했지.

　'무모한 자여, 왜 사나운 사내의 심기를 자극하는 거요?
그자가 방금 바다에 돌덩이를 던져 또다시 배를   495
뭍으로 몰아가다니, 정말 여기에서 죽겠구나 생각했소.
누가 소리 내거나 말하는 걸 그자가 듣는다면
모나고 각진 돌을 뿌려서 우리 머리와 배의 들보를
모두 박살 낼 거요. 그자는 그만큼 멀리 던지니까.'

　전우들이 그렇게 말했으나 내 담대한 기백을 꺾지 못했고   500
그 말을 되받아 나는 들끓는 분노로 그를 향해 말했소.

　'퀴클롭스여, 필멸의 인간들 중 누가
네 외눈을 치욕스럽게 멀게 했냐고 물어보거든
도시의 파괴자 오뒷세우스가 멀게 했다고 말하거라,
그는 라에르테스의 아들로 이타케섬에 살고 있다.'   505

　내가 그렇게 말하자 그자는 울부짖으며 내게 대답했다.
'아이고, 오래전 예언이 정말 내게 이루어졌구나!
이곳에는 큰 체구의 유능한 예언자 한 분이 계셨는데
그는 에우뤼모스의 아들 텔레모스로 예언술이 최고였고
고령인데도 퀴클롭스들에게 예언하며   510

미래에 이 모든 일이 다 이루어진다고 하셨지.

오뒷세우스의 손에 내가 시력을 잃게 될 거라고!

크고 잘나고 힘으로 무장한 어떤 사내가

이곳에 오겠거니 하고 늘 기대했건만.

지금은 작고 힘없고 쓸모없는 자가 내 외눈을   515

멀게 했구나, 포도주로 날 제압하고 나서는.

자, 이리 오너라, 오뒷세우스, 너에게 환대의 선물을 주마,

저 유명한, 대지 흔드는 신에게 네놈의 호송을 부탁하려 한다.

나는 그분의 아들이고 그분이 내 부친이라고 자부하니까.

그분이 원하시면 직접 치료해주실 것인데, 지복의 신들과   520

필멸의 인간들 중 누구도 그리하진 못할 거다.'

　　그렇게 말하자 나는 그에게 대답하여 말했소.

'정말로 목숨과 생명을 빼앗아 네놈을

하데스의 집에 보낼 수 있다면 좋으련만,

그럼 눈을 치료하지 못하겠지, 대지 흔드는 신이라도.'   525

　　그러자 거인은 포세이돈 왕에게 기도하며

별들 무수한 하늘을 향해 손을 뻗었다.

　　'들어주소서, 대지 흔드는, 머리 검푸른 포세이돈이시여,

정말로 내가 당신 아들이고 당신이 내 부친임을 자부하시면,

도시의 파괴자 오뒷세우스가 절대 귀향하지 못하게 하소서,   530

[이타케에 거주하는, 라에르테스의 아들 말입니다.]

그런데 가족들 만나고 잘 지은 집과

제 조국 땅에 도달하는 것이 그의 운명이라면

뒤늦게 비참하게 가기를, 모든 전우들을 잃고 나서,

또 남의 배를 타고서, 그리고 집에선 재앙을 만나게 되기를.'   535

　　그렇게 기도하니 머리 검푸른 신[130]이 그의 기도를 들었다.

한데 그자는 또다시 훨씬 더 큰 돌을 들어 올려

빙빙 돌리더니 뿌렸는데, 측량 불가한 힘이 실린

돌덩이가 이물 검은 배의 고물 가까이 내리

꽂혔으나, 키잡이 노의 끝에 닿기에는 모자랐소.   540

바위가 떨어지자 바다가 치솟아 올랐소. 파도가

배를 앞으로 몰아가니 배가 뭍에 닿을 정도였다.

　　우리가 그 섬에 돌아갔을 때, 그곳에는

갑판 튼튼한 다른 배들이 함께 정박해 있었고

전우들이 한탄하며 앉아서 우릴 기다리고 있었는데   545

그때, 우리는 그곳에 가서 모래 위에 배를 끌어 올리고

[바닷가에서 스스로 배에서 걸어 나왔소.]

우묵한 배에서 퀴클롭스의 가축을 끌고 와서

나눠주었으니, 누구라도 똑같은 몫을 받은 것이오.

좋은 경갑 입은 전우들은 가축을 나누며   550

130　포세이돈.

특별히 나에겐 그 숫양을 뽑아서 주었소. 그놈은 내가
바닷가에서, 만물 다스리는 검은 구름의 제우스에게
바치고 넓적다리를 태웠소. 그러나 신께선 제물에
유념 않고 갑판 튼튼한 모든 배들과 내 충성하는
전우들을 말살하려고 궁리하고 계셨구나.   555
　　우리는 해 질 때까지 그렇게 하루 종일 앉아서
무진장 고기를 먹어치우고 달콤한 포도주를 마셔댔소.
해가 떨어지고 어둠이 내리덮이자
우리는 파도 부서지는 바닷가에서 잠을 잤소.
일찍 태어나 장밋빛 손가락 펼치는 에오스가 나타나자   560
나는 전우들을 재촉하며 스스로 알아서
승선하여 고물 밧줄을 풀라고 명령했소.
곧장 그들은 배 안에 들어가 노 젓는 자리에 앉았고
순서대로 앉아서 노를 저으며 잿빛 바다를 때렸다.
　　그곳에서 우리는 비통한 마음 안고 계속 항해했는데   565
비록 소중한 전우들 잃었으나 죽음에서 벗어난 걸 기뻐했소.

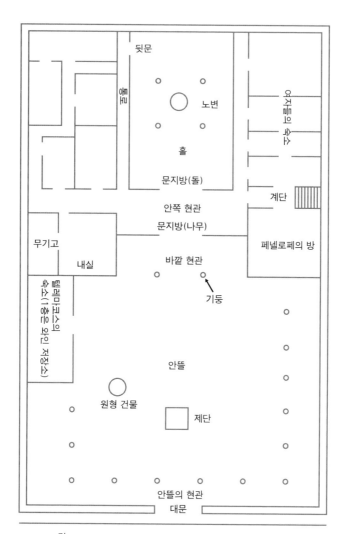

오뒷세우스의 궁전

트로야(일리오스)

테메세

시칠리아

퀴프로스

크레타섬

파포스

시돈 페니키아

파로스섬

200 km

200 m

리뷔아

이집트

테베 쪽

동지중해 지도

피에리아
올륌포스산 ▲

도도나
오이칼리에 ㅡ 페네이오스강
테스프로티아
옷사산 ▲
테살리아
에니페우스강
펠리온산 ▲
에퓌라
페라이
이올코스
필라케
프티아

헬라스

둘리키온
(레우카스섬)
에우보이아

아이톨리아

사메/사모스
(케팔로니아섬)
파르낫소스산 ▲
델포이
오르코메노스
파노페우스
아소포스강
테베
보이오티아

엘리스
아이가이
마라톤
에뤼만토스산 ▲
휘페레시에
코린토스
아테나이
게라이스토스
퀼레네산 ▲
뮈케네
자퀸토스
아르고스
수니온
페아이
(카타콜로)
알페이오스강
칼키스

펠로폰네소스반도

메세네
필로스
스파르타
라케다이몬
페라이
테위게토스산 ▲

100 km
말레이아곶
100 m
퀴테라

그리스 본토 지도

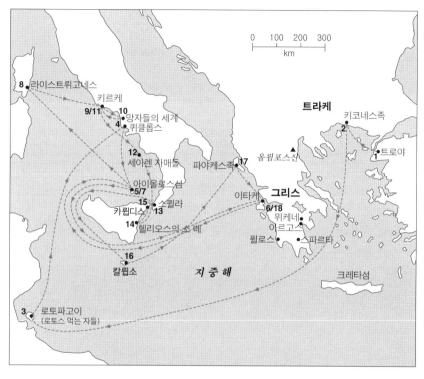

오뒷세우스의 여정

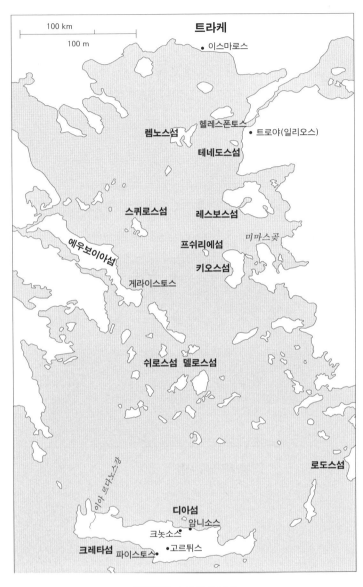

에게해와 소아시아 지도

장 베베르, 「오뒷세우스와 나우시카」(1888년)

아르놀트 뵈클린, 「오뒷세우스와 칼뉩소」(1882년)

요하임 폰 산드라르트, 「오뒷세우스와 나우시카」(1630년경)

요한 하이스, 「아프로디테와 아레스의 불륜 현장과 올륌포스 신들의 모임」(1679년)

루이 드 불로뉴, 「아이올로스에게 바람을 간청하는 헤라」(1727년)

알렉상드르 샤를 기유모, 「헤파이토스에게 불륜 현장을 들킨 아레스와 아프로디테」(1827년)

라이스트뤼고네스족의 공격(고대 로마시대 벽화)

콘스탄틴 한센, 「폴뤼페모스 동굴에서 오뒷세우스」(1835년)

퀴클롭스를 장님으로 만들고(위) 거인 양의 배에 붙어 도망치는(아래) 오뒷세우스

존 윌리엄 워터하우스, 「질투에 빠진 키르케」(1892년)

존 윌리엄 워터하우스, 「오뒷세우스에게 술을 마시라고 권하는 키르케」(1891년)

오뒷세우스의 부하들을 돼지로 만든 키르케

키르케와 오뒷세우스

10 к

우리는 아이올로스[131]의 섬에 닿았소. 그곳에는
힙포테스의 아들이고 불멸의 신들과 친한 아이올로스가
떠다니는 섬에 살고 있었다. 그 섬을 성벽이 둘러쌌는데
청동이라 부술 수 없고 암벽이 미끈하게 솟아 있었다.
그에겐 열두 명의 자녀가 궁전 안에서 태어났는데   5
여섯은 딸이었고 여섯은 장성한 아들이었소.
아이올로스는 아들들에게, 아내로 삼으라고 딸들을 주었지.
자식들은 항상 제 아버지와 꼼꼼한 어머니 곁에서
식사했으니 그들 곁엔 수만 가지 음식들이 차려져 있고

131 바람들의 신.

낮에는 홀이 요리 연기로 가득 차 있고 안뜰 주위에선   10
음악 소리가 되울렸지. 밤엔 상감 무늬의 침상과 그 깔개 위,
존경받는 제 부인들 곁에서 그들이 잠을 잤소.
그들의 도시와 아름다운 집에 우리가 도착한 것이오.
한 달 내내, 아이올로스는 나를 환대하며 일리오스와
아르고스의 배들과 아카이아인의 귀향에 대해 캐물었고   15
나는 주인에게 모든 것을 조리 있게 이야기했소.
　　내가 출항을 부탁하며 보내주길 요구하자
주인은 거절하지 않고 호송을 준비해주었소.
내게는 구릅 소 가죽을 벗겨 만든 자루를 주었는데
그 안에는 주인이 이리저리 부는 바람들을 묶어놓았소.   20
그를, 바람의 관리자로 크로노스의 아들이 만드셨으니
그가 원하는 대로 바람을 재우거나 깨울 수 있게 한 것이오.
빛나는 은제 끈으로 그는 움푹한 배 안에 자루를
묶어서 조금이라도 바람이 새어 나가지 않게 했소.
내게 불어서 보내준 서풍의 입김이 배들과 우리를   25
날라주었소. 그러나 서풍이 작업을 마치는 것은 우리 운명이
아니었구나. 우리가 제 어리석음으로 귀향을 망쳤으니.
　　아흐레 동안, 우리는 밤낮으로 항해했고
열흘째 되는 날, 조국 땅이 자기 모습을 드러내자
횃불 지키는 자들을 가까이 볼 수 있었소.   30

그때, 나는 피곤하니 달콤한 잠이 덮쳐왔으나
돛을 당기는 줄은 내가 늘 쥐고 있었고, 조국 땅에
더 빨리 도착하려고 다른 전우에게 넘겨주지 않았소.
전우들은 서로서로 수군거리며 내가 집으로
금은보화가 담긴 자루를 가져간다고 생각했소,   35
힙포테스의 아들 대범한 아이올로스가 준 선물을 말이오.
누군가 가까이 한 전우에게 이렇게 말하곤 했지.
    '이건 아니야, 그는 어느 도시와 대지에 도착하든
그곳 모든 이들에게 환대받고 명예를 누리지.
그는 트로야에서 전리품들 중 훌륭한 보물을   40
많이도 가져가지만, 우리는 같은 여정을
마쳤으나 빈손으로 집으로 돌아가잖아.
지금, 이것들은, 우정을 위해 호의를 보이고자
아이올로스가 준 것이고. 자, 과연 뭔지 빨리 보자고,
자루 안에 무슨 금은보화가 얼마나 들어 있는지.'   45
    그렇게 말했다. 전우들의 나쁜 조언이 우세했던 거요.
가죽 자루를 풀어버리자 모든 바람이 밖으로 터져 나오더니
이제는 울고 있는 자들을, 당장 폭풍이 잡아채서는 바다로,
조국 땅에서 멀리 떨어진 바다로 내쳤고, 한편 나는
잠에서 깨어나, 흠 없는 마음속으로 이리저리 궁리했소,   50
배에서 몸을 던져 바다에서 죽어버릴까, 아니면

원치 않지만 참아내고 아직 산 자들과 함께 있을까.
나는 참고 머무르며 배 안에서 얼굴을 가리고는
누웠소. 배들은 사악한 폭풍에 다시 아이올로스섬으로
떠밀려났고, 전우들은 크게 탄식했소.   55
그곳에서 우리는 뭍에 내려 물을 길어 올렸고
곧장 전우들은 빠른 배 옆에서 식사를 했지.
우리가 음료와 식사를 취하자
그때, 나는 전령과 전우를 데리고
아이올로스의 저 유명한 궁전으로 갔소. 그분이   60
자기 부인과 자식들 곁에서 식사하고 있는 걸 보았소.
우리는 궁전 안에 들어가 문턱 위 문설주 옆에
자리 잡고 앉았지. 그들은 마음속 두루 깜짝 놀라 물었소.
　‘어쩐 일로 왔소, 오뒷세우스여? 어떤 사악한 신이 덮친 거요?
성의를 다해 당신을 보내드렸거늘, 당신이 조국과 고향에   65
도착하도록, 아마도 당신 마음이 이끄는 곳으로 말이오.’
　이 말에 나는 슬퍼하며 그들 가운데 목소리를 냈소.
‘날 해친 거요, 못난 전우들과, 게다가 잠이, 무자비한
잠이 그랬던 거요. 친구들, 바로잡아주시오. 여러분은 능력 있으시니.’
　그렇게 말했고 공손한 말을 건네며 다가갔소.   70
그들은 침묵을 지키더니 아버지 아이올로스가 이런 말을 내뱉었소.
　‘사라져라, 당장 이 섬에서, 산 자들 중 가장 욕된 자여,

나에게는 그런 자를 돌봐주고 호송해줄 관습은 없다,

그런 인간을, 지복의 신들에게 미움받는 자를 말이다.

꺼져버리라고, 불멸자들에게 미움받아 이곳에 도착한 것들.'   75

   그렇게 말하며, 무겁게 탄식하는 나를 집에서 내쫓았소.

그곳에서 우리는 비통한 마음 안고 계속해서 항해했지.

고통스레 노를 젓느라 사내들의 기력이 소진되었소,

우리 자신의 어리석음 탓에, 호송이 더이상 가능하지 않았으니.

   그럼에도 엿새 동안 우리는 밤낮으로 항해하여   80

이레째 날, 라모스[132]의 가파른 성채, 라이스트뤼고네스족[133]의

도시 텔레퓔로스에 도착했는데, 그곳은 목자가 가축을 몰며

목자를 부르면 가축 내모는 목자가 화답하는 곳이오.

그곳에선 밤잠 없는 자가 이중 품삯을 벌 수 있으니

한 번은 소 떼를 돌보고, 한 번은 연백색 양 떼를 지키는 일이오.   85

밤의 경로와 낮의 경로가 서로 이웃하고 있으니까.

우리가 유명한 포구 안에 들어가자 그 포구 주위엔

가파른 바위가 양쪽에서 쉼 없이 뻗어 있고

돌출한 갑들이 서로서로 마주 보며

포구의 입구에 솟아 있어 그 입구가 좁았는데   90

그곳에서는 모두가 양 끝 굽은 배들을 갖고 있었소.

---

132   라이스트뤼고네스족의 왕. '대식가'라는 뜻.

133   텔레퓔로스에 거주하는 식인 거인들.

배들은 속이 빈 포구 안에 촘촘하게
묶여 있었지. 그 안에는 물결이 크든 작든 결코
일렁이지 않았고, 주위 바다는 거울처럼 빛나며 잔잔했지.
나는 혼자서 포구의 바깥, 포구의 맨 끝에   95
검은 배를 정박하고 바위에 밧줄을 묶었소.
그리고 울퉁불퉁한 망루에 올라 그곳에 섰다오.
그곳엔 소가 풀을 뜯지도 인간이 살지도 않고
날아오르는 연기만이 내 눈에 띄었다.
　　그때, 나는 전우들을 보내서 알아 오게 했는데   100
{땅 위 곡식 먹는 자들이 어떤 사람들인지 말이오.}
두 사람을 뽑았고 세 번째로는 전령을 동행하게 했소.
전우들이 배에서 나와 평평한 길을 걸었는데, 그 길로는
수레들이 높은 산에서 도시로 나무를 나르곤 했지.
전우들이 도시 앞에서 물 긷던 젊은 여인을 만났는데   105
그녀는 라이스트뤼고네스족 안티파테스[134]의 막강한 딸이었소.
그녀는 맑게 흐르는 샘 아르타키에로 내려가던
참이었다오. 그곳에서 사람들이 도시로 물을 나르곤 했소.
전우들이 그녀에게 다가가서 말을 걸며, 누가
이곳의 왕이고 그가 어떤 이들을 통치하는지 물었소.   110

134　라이스트뤼고네스족의 왕으로 라모스라 불리기도 함.

그녀는 즉시 부친의 지붕 높은 궁전을 가리켰소.

그들이 이름난 궁전에 들어가자, 왕의 아내를 발견했는데

그녀의 덩치가 산봉우리만 해 큰 충격을 받았소.

그녀는 당장 제 남편, 저 유명한 안티파테스를 회의장에서

불러냈고, 안티파테스는 전우들에게 비통한 파멸을 꾀했소.   115

당장 전우들 중 한 명을 잡아채더니 식사를 준비한 것이오.

다른 두 명은 쏜살같이 도망쳐서 배들에 닿았소.

안티파테스는 도시를 관통하는 고함을 질렀소. 그 소리를

듣고는 라이스트뤼고네스족이 이러저리 돌아다녔는데

족히 만 명은 되었고, 인간이 아니라 거인 같았소.   120

거인들이 암벽 위에서 뱃짐 하나만 한 돌덩이를

던지자 당장 함선들 위에선 불길한 소음이 일었으니

사람들이 죽어가고 배들이 부서져 나갔던 것이오.

거인들은 전우들을 생선처럼 꿰더니 잔혹한 식사에 가져갔소.

아주 깊은 포구 안에서 전우들을 포식하는 동안   125

나는 넓적다리에서 날카로운 검을 뽑아서

코발트 빛 이물의 밧줄을 잘라버렸소.

즉시 내 전우들을 재촉하며, 몸을 던져 노를 잡고

저으라고 명령하여 재앙에서 벗어나게 했지.

모두 죽음이 두려워 노를 휘저으며 바닷물을 들어 올렸소.   130

다행스럽게도, 돌출한 암벽에서 벗어나 바다로 도망친 배는

내 배였으나, 다른 모든 배들은 그곳에서 파괴되고 말았구나.

　그곳에서 우리는 비통한 마음 안고 항해해나갔는데
사랑하는 전우들을 잃었지만 죽음에서 벗어난 걸 기뻐했소.
우리는 아이아이에섬에 도착했소. 그곳엔 머리 곱게 땋은,　　　　　　135
인간 음성 가진 무시무시한 여신 키르케가 살았는데
그녀는 파멸 꾀하는 아이에테스의 누이였다.
남매는, 인간에게 빛 비추는 헬리오스와 어머니 페르세 사이에서
태어났는데, 페르세는 오케아노스가 낳은 딸이었다.
그곳 바닷가에서 우리는 배로 조용히, 안전한 정박 허락하는　　　　140
포구 안에 도착했으니, 어떤 신이 이끌어준 것이오.
우리는 그곳에 하선하여 두 낮과 두 밤 동안,
피로와 고통에 싸여 기력이 소진되고 있었소.
머리 곱게 땋은 에오스가 셋째 날을 마치자
나는 창과 예리한 칼을 집어 들고 재빨리 배에서　　　　　　　　145
나와서 조망 가능한 곳으로 올라갔는데, 혹시나
인간의 노동을 보거나 인간의 음성이라도 들을까 하여
{나는 올라가서 바위투성이 망루 위에 섰소.}
길 넓은 땅에서 올라오는 연기가 보였는데
무성한 덤불과 수풀을 통해 키르케의 홀에서 피어올랐다.　　　　　150
그리하여 나는 머리와 가슴으로 숙고하기 시작했소,
번쩍이는 연기를 보았으니 가서 알아봐야겠는데,

내 생각에 이렇게 하는 것이 더 이익으로 보였소.
우선 바닷가에 빠른 배로 가서는 전우들에게
식사를 제공하고 정찰하도록 보내는 것 말이오.   155
몸을 움직여 양 끝이 휜 배에 가까이 다가가자
어떤 신이 혼자 있는 나를 불쌍히 여겼는지
뿔 솟은 큰 사슴 한 마리를, 바로 내가 가는 길에
보냈소. 숲의 초지에서 사슴 한 마리가 강가에서
물을 마시려 한 거요. 태양 빛이 사슴을 괴롭혔으니까.   160
사슴이 강에서 벗어나자 나는 사슴의 등 한가운데
척추를 맞혔고 청동 창이 그곳을 꿰뚫어버리자
사슴이 우짖으며 먼지에 쓰러져 생명을 토해냈소.
나는 사슴에 발을 대고는 상처에서 청동 창을
뽑아냈고, 땅바닥에 사슴을 뉘어 그대로   165
내버려두었소. 나는 덤불과 잔가지를 잡아 뜯고
한 길 정도 되게 양쪽에서 새끼를 잘 꼬아 엮고
신묘하고 거대한 짐승의 다리를 한데 묶어
내 목에 놈을 매달아 날랐고 내 몸은 창에 기대며
검은 배로 갔는데, 한 손으로 어깨에 메고는   170
나를 수 없었다오, 놈은 아주 큰 짐승이었으니까.
나는 배 앞에 사슴을 던져놓고는 전우들 각자에게
다가가서 부드러운 말로 그들을 격려했다.

'전우들이여, 슬프고 슬프나 아직은 하데스의 집에
내려갈 때가 아니지, 운명의 날이 찾아오기 전까지는.
그러니 자, 빠른 배 안에 고기와 음료가 있으니
먹을 거나 생각하고 굶주림에 시달리지 말게나.'

　　그렇게 말했다. 전우들은 곧장 내 말에 복종하여
지침 없는 바다 옆에서, 씌워놓은 망토를 벗기고
사슴을 발견하자 매우 놀랐지. 아주 큰 짐승이었으니.
전우들은 사슴을 직접 목격하며 즐거워했고
손을 씻고 나서 훌륭한 식사를 준비했소.

　　우리는 해 질 때까지 그렇게 종일 앉아서
무진장 고기를 먹어 치우고 달콤한 포도주를 마셔댔지.
해가 떨어지고 어둠이 내리덮이자
우리는 파도 부서지는 바닷가에서 잠을 잤소.
일찍 태어나 장밋빛 손가락 펼치는 에오스가 나타나자
나는 회의를 소집하고 모든 전우들 가운데 말했다.

　　{'고생 많은 전우들이여, 내 말을 들어보게나.}
전우들이여, 우리는 어디에 어둠이 있는지 모르고, 또 어디에
아침이 있는지, 또 어디서 인간 비추는 헬리오스가 땅 아래로
내려가는지, 또 어디서 다시 떠오르는지도 모르네. 무슨 대책이
가능한지 빨리 숙고해보세, 아무 대책도 없을까 걱정이지만.
바위투성이 망루에 올라가서 섬 하나를 보았는데, 이 섬은

175

180

185

190

끝없는 바다가 마치 화관처럼 둘러싸고 있다네. 195

섬 자체는 낮게 자리잡고 있는데, 그 중심에서 연기가

무성한 덤불과 수풀 사이로 피어나는 걸 두 눈으로 보았네.'

　　　그렇게 말했다. 전우들은 억장이 무너지는 듯했으니

라이스트뤼고네스족 안티파테스의 몹쓸 짓과

인육 먹는, 담대한 퀴클롭스의 폭력을 떠올린 것이오. 200

그들은 새되게 울며 굵은 눈물을 뿌렸소.

그러나 운다고 해도 아무런 도움이 되지 않았지.

나는 좋은 경갑 입은 전우를 모두 헤아리고

둘로 나누어 양편의 지휘관을 정했소. 한쪽은 내가

이끌었고, 한쪽은 신과 닮은 에우륄로코스가 이끌었지. 205

그들은 즉시 청동 투구 안에 제비를 넣고 흔들었소.

대범한 에우륄로코스의 제비가 튀어나왔지.

그는 서둘러 갔는데, 스물두 명의 전우들과 함께

울면서 갔소, 뒤에 남아 통곡하는 우리를 남겨두고서.

　　　계곡에서 전우들은 잘 지은 키르케의 집을 발견했는데 210

잘 다듬은 돌로 지은 그 집은 높은 곳에 위치했소.

집 주위엔 산 늑대들과 사자들이 있었는데, 이 짐승들에게

키르케가 사악한 약초를 주어 마법을 걸었던 거요.

이놈들은 사내들에게 달려들지는 않고 일어서더니

긴 꼬리를 흔들어대며 주위에서 알랑거렸소. 주인이 215

잔치에서 돌아오면 개들이 주위에 모여들어 꼬리 흔들며
아양을 떨듯이, 주인이 개의 성질을 달래주는 걸 가져오니,
꼭 그렇게 그들 주위에서 억센 발톱 가진 늑대들과 사자들이
꼬리 쳤으나, 이들 무시무시한 괴수들을 보자 그들은 겁이 났소.
전우들은, 머리 곱게 땋은 여신의 집 문간에 서자   220
안에서 키르케가 미성으로 노래하는 걸 들었는데
그녀가 불멸의 거대한 베틀 주위를 오가며 짜고 있는
천은 여신의 섬세하고 우아하며 광채 나는 작품이었소.
그들에게 사내들의 통솔자 폴리테스가 말했소.
그는 전우들 중 가장 세심하고 믿음직한 친구였지.   225
　'전우들이여, 안에서 누군가 커다란 베틀 주위를 오가며
아름다운 노래를 불러 노래가 바닥 전체에 울려 퍼지고 있네,
여신이나 여인이겠지. 자, 빨리 불러보세.'
　그렇게 말하자, 전우들은 소리 내서 그녀를 불렀소.
당장 그녀가 나와서 광채 나는 대문을 열고 전우들을   230
불러들였지. 어리석게도, 그들 모두 따라 들어갔다오.
에우륄로코스는 뒤에 남았으니, 어떤 흉계를 예감한 것이오.
그녀는 안내하며 들어가더니, 안락의자와 팔걸이의자에
그들을 앉히고 그들 위해서 프람네산 포도주에 치즈, 보릿가루,
노란 꿀을 섞어 휘저었다오. 그러나 음식에다 섞은 것은   235
재앙 가득한 약이라 조국 땅을 모조리 잊게 할 것이오.

그녀가 준 약을 전우들이 모두 들이켜자 그녀는
회초리로 그들을 때리며 우리 안에 몰아넣었소.
그들은 돼지의 머리, 음성, 털, 체구를 가졌으나
그들의 정신만은 이전과 똑같았지.   240
그렇게 울면서 전우들이 갇혔고, 키르케는 그들에게
상수리, 도토리, 층층나무 열매를 먹으라고 던져주니
땅바닥에 뒹구는 돼지가 늘 먹는 것들이었다.
   에우륄로코스가 검고 빠른 배로 다시 돌아와서
전우들의 소식과 그들의 난데없는 운명을 알리려 했지.   245
그는 말하고 싶었지만 한마디도 할 수 없었으니
크나큰 고통에 마음이 두들겨 맞은 터요. 두 눈에
눈물이 가득 고인 에우륄로코스는 통곡할 일을
예감했소. 모두가 놀라서 캐묻기 시작하자
비로소 그는 다른 전우들의 불행을 이야기했다.   250
   '빛나는 오뒷세우스여, 당신의 명령대로 우리가 갔습니다.
덤불을 지나 올라가서 계곡에 잘 지은 키르케의 집을 발견했고
[잘 다듬은 돌로 지은 그 집은 높은 곳에 위치했지요.]
그곳에서 누군가 큰 베틀 앞을 오가며 낭랑하게 노래를 부르더군요,
여신인지 여인인지 모르지만. 그래서 전우들이 목소리 높여   255
부르자 그녀가 나오더니 광채 나는 대문을 열고 그들을
불러들였지요. 어리석게도, 그들 모두 따라 들어갔습니다.

나는 뒤에 남았는데, 어떤 흉계를 의심했기 때문이죠.
그들 모두 사라지고 누구도 제 모습을 드러내지
않더이다. 내가 오래 앉아서 높은 곳에서 망보았건만.'   260
    그렇게 말하자 나는 은 못 박힌, 커다란 청동 검을
어깨에 둘러메고 활과 화살집도 둘러멨고
그에게 같은 길을 다시 안내하라고 명령했소.
그러자 그는 두 손으로 내 무릎 잡으며 애원하고
[크게 한탄하며 내게 날개 돋친 말을 쏘았소.]   265
    '난 원치 않으니 데려가지 말고, 제우스 후손이여, 여기 놔두시오.
당신 자신도 못 돌아오고 당신 전우들 중 어느 누구도
데려오지 못한다는 걸 아니까. 그러하니 여기 이자들과 함께
빨리 도망칩시다. 그러면 아직은 사악한 날을 피할 수 있을 거요.'
    그렇게 말하자 나는 그에게 대답하여 말했소.   270
'에우륄로코스여, 그대는 여기 이 장소에,
속 빈 검은 배 옆에 머무르며 먹고 마시게나.
나는 갈 것이네, 나는 더 힘센 의무에 붙잡혀 있으니까.'
    그렇게 말하며 배와 바다에서 멀어져 올라갔소.
그런데 신성한 계곡 위로 올라가서는   275
마법의 약초를 잘 아는 키르케의 큰 집에 막 도착할 즈음
황금 지팡이 가진 헤르메스가 내게 다가왔는데
나는 집을 향해 가던 중이었고, 신은 청년의 모습으로

이제 갓 수염이 나기 시작하니 젊음의 기쁨을 누리는 나이였소.
헤르메스가 내 손을 잡더니 이름을 부르며 말을 건넸다.   280
  '대체 어디로, 불운한 자여, 혼자서 산마루를 지나고 있나요,
이 지역을 알지도 못하면서? 당신 전우들은 여기
키르케의 집에 갇혀 돼지들처럼 단단한 우리 안에 있지요.
그들을 풀어주려 이곳에 오는 건가요? 내 생각에, 당신은
귀향 못 하고 전우들이 있는 곳에 당신도 머물게 될 거요.   285
자, 당신을, 곤경에서 벗어나게 구해드리지요.
여기 이 좋은 약초를 갖고 키르케의 집에 가세요,
이것이 당신 머리에서 사악한 날을 막아줄 겁니다.
당신께 키르케의 치명적인 술수를 모두 알려드리지요.
그녀는 죽을 만들며 음식에 약을 탈 겁니다.   290
그러나 당신에겐 마법을 걸 수 없지요. 당신께 드릴
영약이 그걸 허락지 않으니 낱낱이 말해줄게요.
키르케가 아주 기다란 회초리로 당신을 때리려 하면
바로 그때, 넓적다리에서 예리한 검을 빼 들고
죽이길 열망하듯이, 키르케에게 덤벼드세요.   295
그녀는 겁이 나서 침대에 가자고 당신을 유혹할 겁니다.
그러면 잠자리를 거절하세요. 여신이 전우들을
풀어주고 당신을 돌본다면 잠자리를 같이 하는데
지복의 신들을 두고 큰 맹세를 하라고 요구하세요,

당신에게 다른 사악한 재앙을 꾸미지 않는다고, 또한   300
당신이 알몸이 돼도 용기와 남성을 박탈하지 않는다고.'
　　그러고 나서 아르고스 살해자(헤르메스)는 땅에서
약초를 뽑아 건네주며 그 자란 모양을 보여주었는데
그것은 뿌리가 검고 꽃은 우유 빛깔이었소.
신들은 '몰뤼'라고 부르는데, 필멸의 인간이   305
그걸 캐내는 건 어렵지만 신들은 모든 것이 가능합니다.
　　헤르메스는 거대한 올륌포스를 향해
숲 우거진 섬 위로 가버렸소. 나는 키르케의 집에
갔고, 가면서 내 심장이 심하게 요동쳤다오.
머리 곱게 땋은 여신의 문에 들어섰고   310
그곳에 서서 소리치자 여신이 내 목소리를 들었소.
곧장 여신이 나와서 광채 나는 대문을 열고
안으로 불러들였는데, 나는 속으로 걱정하며 뒤따랐지.
여신은 날 안으로 데려가 은 못 박힌 걸상에 앉혔는데
{공들여 만든 멋진 의자였고 그 밑에는 발판이 있었다.}   315
여신은 황금 잔에 내가 마실 죽을 만들면서
속으로는 흉계를 꾸미며 그 안에 마법의 약초를 넣었소.
여신이 줘서, 내가 다 마셨지만 마법에 걸리지 않았는데
여신은 회초리로 때리면서 이름을 부르며 말을 건넸다.
　　'이제는 돼지우리로 가서, 전우들과 함께 누워라.'   320

그렇게 말하자, 나는 넓적다리에서 예리한 검을 뽑아
죽이길 열망하는 듯이, 키르케에게 달려들었지.
키르케는 크게 비명 지르며 주저앉더니 내 무릎을
잡고는 울면서 내게 날개 돋친 말을 잽싸게 쏘았다.
　'인간들 중 누구요? 당신 도시는 어디고 부모들은?　　　325
놀람이 날 사로잡네요, 이 약을 마시고도 마법에 걸리지 않다니.
그런 자는 없었는데, 어느 사내도 이 약을 견뎌낸 적 없거늘,
그걸 마셔버려 일단 치아의 담장을 넘어가면 말이죠.
당신 가슴속 정신은 마법에 걸리지 않나봐요.
정말, 당신은 웅변에 능한 오뒷세우스가 틀림없죠, 황금 단장 가진　　　330
아르고스 살해자 헤르메스가 매번 내게 일러주곤 했는데,
트로야에서 빠른 검은 배를 타고 그가 이곳에 올 거라고요.
자, 칼을 칼집에 넣으세요, 그러면 이제
우리 둘은 침대에 올라가요, 성애와 애정으로
서로가 섞여서 서로를 신뢰하도록 말이죠.'　　　335
　　그렇게 말하자 나는 그녀에게 대답하여 말했소.
'키르케여, 어째서 당신을 친절하게 대하길 바라는 거요?
당신은 집 안 홀에서 내 전우들을 모두 돼지로 만들고
나는 여기 붙잡아두고 흉계를 꾸미며 침실로 가서
당신 침대에 오르라고 내게 요구하고 있다니,　　　340
내가 알몸이면 용기와 남성을 박탈하려는 속셈이지.

난 당신의 침상에 오르지 않겠소, 여신이여,

내 앞에서 엄숙한 맹세를 하지 않는다면,

또 다른 사악한 재앙을 나에게 꾀하지 않겠다고 말이오.'

    그렇게 말하자 키르케는 당장 내 요구대로 맹세했소.   345

그녀가 맹세하여 그 맹세를 마치고 나자

나는 키르케의 너무나 아름다운 침대에 올랐다오.

그동안 시녀들이 홀 안에서 분주했는데

그들은 모두 네 명으로 집 안의 일꾼이었소.

그들은 샘이나 숲이나, 신성한 강들에서   350

태어났는데, 강들은 바다로 흘러 들어간다오.

한 시녀가 푹신한 깔개, 자줏빛 천을 안락의자 위에

던져 깔고 그 밑에는 아마 천을 던져 깔았소.

둘째 시녀는 안락의자 앞에 은제 식탁을 펼치고

그 위에는 황금 바구니를 올려놓았소.   355

셋째 시녀는 은제 혼주 항아리에 꿀 같은 마음의

달콤한 포도주를 물에 타서 황금 잔들에 나누었소.

넷째 시녀는 물을 나르고 큰 세발솥 아래

센 불을 지폈소. 물은 쉽사리 데워졌고.

빛나는 청동 가마솥에 물이 끓자 키르케는   360

욕조 안에 나를 앉히고 큰 세발솥 물로 씻겨주고

상쾌한 찬물을 섞어 머리와 어깨에 부어주어

사지에서, 기력 잡아먹는 피로를 몰아냈소.

씻겨주고 나자, 그녀는 올리브유를 미끈하게

발라주고 나에게 멋진 외투와 상의를 입혀주고   365

안으로 데려가서는 은 못 박힌 안락의자에 앉혔는데

공들여 만든 아름다운 의자였고 그 밑에는 발판이 있었다.

[하녀가 손 씻을 물을 아름다운 황금

주전자로 날라서는 은대야 위에 부어주어

손을 씻게 하고는 앞에는 광나는 식탁을 폈소.   370

그리고 존경받는 여집사가 빵을 가져와 앞에 놓고

많은 음식을 더하며 준비한 대로 아낌없이 베풀었소.]

키르케가 식사를 권했으나, 마음속에 식욕이 없으니

나는 앉아서 딴생각하다가 심중에 불길한 일을 떠올렸소.

키르케는 내가 앉아서 음식에 손도 대지 않고   375

끔찍한 고통에 사로잡힌 걸 알아보고는

곁에 다가와 날개 돋친 말을 내게 쏘았다.

　　'왜 그렇게, 오뒷세우스여, 벙어리처럼 앉아서

마음을 갉아먹고 음식과 음료에는 손도 대지 않나요?

혹시 무슨 다른 흉계를 염려하나요? 두려워할   380

필요 없어요. 내가 이미 강력한 맹세를 했잖아요.'

　　그렇게 말하자 나는 그녀에게 대답하여 말했소.

'키르케여, 정신이 제대로 박힌 자라면

어느 누가 감히 음식과 음료를 맛보려 하겠소?
전우들의 석방을 두 눈으로 보기도 전인데.   385
그대가 진정, 먹고 마시라고 권할 요량이면
내가 충성스러운 전우들을 볼 수 있게 풀어주시오.'
　　그렇게 말하자, 키르케는 회초리를 손에 쥐고
홀에서 걸어 나가 돼지우리의 문을 열어
살진 구릅 수퇘지 모습의 전우들을 내몰았다.   390
그러고 나서 그들이 맞은편에 서 있자 그녀는
그들 사이를 지나며 약초를 각자에게 발라주었소.
그들의 사지에선 털이 떨어져 나갔는데, 여주인
키르케가 먹인 독초가 자라게 한 털이었소.
전우들은 다시 사내들로 변했는데, 전보다 더 젊어 보이고   395
눈으로 보기에도 더 멋지고 더 커 보였소.
전우들이 날 알아보고는 각자가 내 손을 꼭 잡더군.
모두가 울고 싶은 욕망에 사로잡혀 집 주위에는
온통 엄청난 굉음이 울렸소. 여신마저 그들을 동정했지.
내 가까이 서더니 가장 고귀한 여신이 내게 말했다.   400
　　'제우스의 후손, 라에르테스의 아들, 술수 많은 오뒷세우스여,
이제는 빠른 배와 바닷가로 가세요.
우선 배를 육지로 끌어 올리고 재물들과
모든 장비들은 동굴 안에 옮겨놓으세요.

그리고 직접 믿음직한 전우들을 데리고 돌아오세요.'
    그렇게 말했다. 그녀의 말에 사내다운 마음이 설득되어
나는 빠른 배와 바닷가에 서둘러 갔소.
빠른 배 안에서 믿음직한 전우들을 발견했는데
그들은 불쌍하게 울면서 굵은 눈물을 흘리고 있었다.
마치 시골 농장에서 떼 지은 암소들이 여물을 배불리
먹고 나서 축사에 돌아오면, 송아지들이 모두 함께
암소들 주위를 맴돌며 깡충깡충 뛰는 것처럼. 우리에
더는 가두지 못한 송아지들이 끊임없이 음매음매 울며
어미 주위를 뛰어다닐 때처럼. 그렇게 전우들이 날 보자마자
눈물 흘리며 포옹하려 했지. 전우들은 마음속으로
조국 땅, 바위투성이 이타케 도시에 도착한 것처럼
생각했던 거요. 그들이 태어나서 성장한 곳에 말이오.
전우들은 울면서 나에게 날개 돋친 말을 쏘았다.
    '당신이 돌아오시다니, 제우스가 키운 자여,
우리는 조국 땅 이타케에 도착한 것처럼 기쁩니다.
그런데 자, 다른 전우들의 파멸을 상세하게 말해주시오.'
    그렇게 말하자 나는 고운 말로 그들에게 말했소.
'배는 최우선으로 뭍으로 끌어 올리고
재물들과 모든 장비들은 동굴 안에 옮겨놓게.
자네들 모두 직접 서둘러 날 따라오게나,

키르케의 신성한 집에서 전우들이 먹고 마시는 걸
볼 수 있을 테니. 1년 내내 풍족한 곳이니까.'
　　그렇게 말했다. 곧장 그들은 내 말에 복종했으나
에우륄로코스만이 혼자서 모든 전우들을 만류하며
[그들을 향해 날개 돋친 말을 쏘았다.]　　　　　　　　430
　　'불쌍한 자들, 어디 간단 말이오? 왜 재앙을 바라는 거요?
키르케의 집에 내려가다니, 그녀가 우리 모두를
돼지나 늑대나 사자로 만들어 그녀의 커다란
집을 지키게 할 것이오, 그것도 강제로.
우리 전우들이 동굴 입구 안뜰에 도착하자 퀴클롭스가　　435
우릴 감금한 것처럼, 너무 담대한 오뒷세우스가 동행했으니까.
그의 무도함 탓에 전우들이 죽고 만 것이지.'
　　그렇게 말했다. 나는 마음속 두루 숙고했소,
두꺼운 넓적다리에서 장검을 뽑아서는
그걸로 그의 머리를 잘라내 바닥에 내칠까 하고,　　　　440
비록 그는 나와 가까운 친척이지만. 그러자 전우들이
여기저기서 다가와 말로 달래며 만류했다.
　　'제우스가 키운 자여, 그대가 명령하여
이 사람은 여기 배 옆에 머무르며 배를 지키게 하고
우리는 키르케의 신성한 집으로 이끌어주시오.'　　　　445
　　그렇게 말하며 그들은 배와 바닷가에서 뭍으로 올라갔소.

한편 에우륄로코스도 속 빈 배 옆에 남지 않고
뒤따라왔소. 내가 무섭게 화낼까 두려웠던지.

그동안 키르케는 집에서 나머지 전우들을
꼼꼼하게 목욕시키고 그들에게 올리브유를 발라주고   450
상의와 양모 외투를 입혀주었소.

우리는 홀에서 그들 모두가 잘 먹고 있는 걸 발견했소.

그들이 서로를 바라보며 얼굴을 알아보자
탄식하며 울었고, 울음소리가 집 주위에 울려 퍼졌소.

가장 고귀한 여신 키르케가 가까이 서서 나에게 말했다.   455

　　['제우스의 후손, 라에르테스의 아들, 꾀 많은 오뒷세우스여,]
이제는 더이상 격하게 통곡하지 마세요, 나 자신도 알고 있어요,
여러분이 물고기 많은 바다에서 얼마나 많은 고통을 겪었는지,
또 육지에선 적대적 인간들이 얼마나 많은 해를 가했는지.

자, 포도주를 마시고 음식을 드세요,   460
바위 많은 이타케의 조국 땅을 처음
떠날 때와 똑같이 가슴속 기력을
되찾을 때까지, 지금은 활력도 용기도 없이
항상 고단한 방랑을 떠올리니 그대들 마음이 한 번도
기쁜 적 없었지요, 실로 너무 많은 고통을 겪었으니까요.'   465

　　그렇게 말하자 우리의 사내다운 마음이 동의했소.
그곳에서 우리는 날마다 1년이 될 때까지 앉아서

무진장 고기로 배를 채우고 달콤한 포도주로 목을 적셨소.

　계절이 바뀌며 1년이 되었을 때

[달들이 스러지며 기나긴 날들이 끝났을 때]　　　　　　　　　　470

믿음직한 전우들이 날 불러내더니 말했다.

　'이상한 자여, 지금이라도 조국 땅을 생각하시오,

구원을 받아서 잘 지은 집과 조국 땅에 도달하는 것이

그대의 운명으로 정해져 있다면 말이오.'

　그렇게 말하자 기개 높은 내 마음이 동의했소.　　　　　　　　475

그때 그렇게, 해가 질 때까지 우리는 하루 종일

그곳에 앉아 무진장 고기와 달콤한 포도주를 맘껏 즐겼소.

해가 떨어지고 어둠이 내리덮이자

전우들은 그늘진 홀에서 두루 잠을 잤소.

한편 내가 키르케의 매우 멋진 침대에 올라　　　　　　　　　　480

그녀의 무릎을 잡고 간청하자 여신은 내 말을 들었소.

[나는 그녀에게 소리 내어 날개 돋친 말을 쏘았소.]

　'키르케여, 그대가 집으로 보내준다고

내게 약속한 바를 이뤄주시오. 내 마음이 열의에 차 있고

다른 전우들의 마음도 똑같아서, 그대가 어디 떨어져 있게 되면　　485

전우들이 내 주위에 모여들어 울면서 내 마음을 지치게 한다오.'

　그렇게 말하자 가장 고귀한 여신이 곧장 대답했소.

'제우스의 후손, 라에르테스의 아들, 꾀 많은 오뒷세우스여,

이제는 더이상 마지못해 내 집에 머무르지 마세요.

그런데 우선 첫 여행을 완수해야 합니다. 490

하데스와 무서운 페르세포네[135]의 집에 도달하여 테베의

눈먼 예언자 테이레시아스[136]의 혼령에게 물어봐야 합니다.

그의 정신은 산 자의 정신과 같이 온전하게 남아 있죠.

그가 죽고 나서 페르세포네가 그에게만 사고 능력을

허락했지요. 다른 혼령들은 그림자처럼 휙 날아가지만.' 495

    그렇게 말하자 내 마음은 산산조각 나는 듯하니

{나는 침상 위에 앉아 울었고, 살아서

더이상 햇빛을 보고 싶은 마음이 나질 않았소.

마음껏 울며 뒹굴다가 그것도 질려버리자}

그녀에게 소리 내어 날개 돋친 말을 쏘았소. 500

    '키르케여, 이런 여행에 누가 길잡이가 되려 하겠소?

하데스 집에는 누구도 검은 배 타고 도착한 적 없었소.'

    그렇게 말하자 가장 고귀한 여신이 대답했다.

['제우스 후손, 라에르테스의 아들, 꾀 많은 오뒷세우스여,]

배로 그대를 인도할 길잡이가 없어도 걱정하지 말고 505

돛대를 세우고 하얀 돛을 펴고 나서 앉아 있어요,

북풍의 입김이, 알다시피 그대를 날라다줄 거예요.

---

135 데메테르의 딸, 하데스의 아내, 망자들의 여왕.

136 테베의 영험한 예언자.

그대가 배를 타고 오케아노스를 지나서 다다르면
평평한 해안, 페르세포네의 원림, 키 큰 백양나무,
덜 익은 과실 떨구는 버드나무들이 있는 곳에,   510
소용돌이치는 오케아노스에 배를 정박하고
그대는 곰팡내 진한 하데스의 집으로 가세요.
그곳엔 아케론으로, 퓌리플레게톤강과 코퀴토스강이
흘러가는데, 코퀴토스는 스튁스강의 지류이고
바위 하나 있는 곳, 그곳에선 포효하는 두 강이 합류하죠.   515
영웅이여, 나의 지시대로 그곳에 가까이 다가가
사방으로 한 완척 정도 구덩이를 파내고
그 가장자리 주위에 모든 망자에게 제주를 바치는데
우선 꿀 우유, 다음으로 달콤한 포도주,
세 번째로 물을 부으세요. 그 위에는 하얀 보릿가루를 뿌리세요.   520
망자들의 힘없는 머리들에게 수차례 간청하며 맹세하세요,
이타케에 가면, 새끼 밴 적 없는 암소들 중 가장 좋은 놈을
그대의 홀에서 바치고 값비싼 제물을 장작더미에 올려놓고
따로 테이레시아스에게는 숫양을 바치겠다고 하세요,
아주 새까만 숫양인데, 그대 가축들 중 가장 돋보이는 놈으로요.   525
망자들의 이름난 종족에게 간청하며 서약하고
다 큰 양 한 마리와 검은 암양 한 마리를
에레보스[137] 쪽으로 돌려 바치고 자신은 강의 흐름으로

움직이며 그쪽을 바라보세요. 그러면 이곳에
죽은 망자의 많은 혼령들이 떼 지어 몰려올 거예요.   530
그리고 나면 당장 전우들을 재촉하여
잔인한 청동으로 양들을 도살하고 뻗어 있는 양들의 가죽을
벗겨내서 모두 다 태우고, 신들에게, 강력한 하데스와
무서운 페르세포네에게 기도하라고 명령하세요.
그대 자신은 넓적다리에서 예리한 칼을 빼 들고는   535
앉아서, 망자들의 힘없는 머리들이 피 가까이
다가오지 못하게 하세요, 테이레시아스에게 묻기 전까지는.
그러면, 백성들의 지도자여, 즉시 예언자가 와서는
그대에게 항로와 여행의 목표를 말해줄 거예요,
또 귀향도, 어떻게 물고기 많은 바다를 건널 수 있을지.'   540
    그렇게 말하자, 곧 황금 옥좌에 앉은 새벽의 여신이 나타났소.
요정은 내게 의복으로 외투와 윗옷을 입혀주었소.
그녀 자신은 큰 하얀 망토를 걸쳤는데
우아하고 얇게 비치는 망토였고, 허리 주위엔
멋진 황금 허리띠를 두르고 머리에는 베일을 썼소.   545
나는 집 안을 돌아다니며 전우들 각자 옆에
다가가서 부드러운 말로 일깨웠소.

137 하계, 하데스의 왕국.

'이제는 더이상 누워서 단잠에 취하지 말고
가세, 여주인 키르케가 내게 지시했으니까.'

그렇게 말하자 그들의 사내다운 마음이 복종했소.   550
이 여행에서도 나는 전우들을 무사히 이끌지 못했구나.
엘페노르는 가장 나이 어린 자로 전투에서
그리 용맹하지도 정신이 똑바로 박혀 있지도 않았는데,
그는 키르케의 신성한 궁전에서 전우들과 떨어져
시원한 곳을 찾더니 술에 너무 취해 누워 있었다.   555
전우들이 출발할 때 생겨난 소음과 굉음을 듣고선
그가 곧장 몸을 일으켰으나 긴 사다리를 타고
돌아 내려오는 걸 제 정신머리에서 까맣게 잊고는
지붕에서 곧장 추락했으니 척추에 붙은 목이
부러졌고 그 혼령은 하데스로 내려갔다.   560

전우들과 함께 길을 가다가 나는 그들에게 말했소.
'자네들은 조국 땅, 고향 집으로 간다고 생각하겠지만
우리에겐 다른 여정을 키르케가 정해놓았으니
하데스와 무서운 페르세포네의 집에 가서
테베의 테이레시아스 혼령에게 물어봐야만 하네.'   565

그렇게 말하자 그들은 억장이 무너져
자리에 주저앉아 통곡하며 머리털을 잡아 뜯었소.
그러나 아무리 울어봐야 전혀 도움이 되지 못했지.

[비통해하고 굵은 눈물방울을 떨구며]
우리가 빠른 배와 바닷가로 걸어가는 동안,   570
키르케가 우리보다 앞서 가서는 검은 배 옆에
숫양과 검은 암양을 묶어두었는데, 우리가 모르게
지나갔던 것이오. 신이 원치 않으면, 대체 누가
이러저리 움직이는 신을 두 눈으로 분간할 수 있겠소?

11 ᄉ

한편 우리는 배와 바다로 내려가서는
맨 먼저 신성한 바다에 배를 끌어 내려놓고
검은 배 안에는 돛과 돛대를 싣고
가축들을 붙잡아 태웠고, 우리 자신도 슬퍼하며
배에 오르고 굵은 눈물방울을 떨구었소.   5
우리에게, 이물 검은 배 뒤에 돛 가득 채우는
순풍, 이 쓸모 있는 전우를 보내준 이는 인간 음성 가진
무시무시한 여신으로 머리 곱게 땋은 키르케였소.
우리는 배의 도처에서 분주하게 삭구들을 정비하며
앉아 있었소. 바람과 키잡이가 배를 똑바로 몰았소.   10
하루 종일, 배가 바다를 갈랐고 돛은 펼쳐져 있었지.

해가 떨어지며 바닷길은 온통 어둠에 덮였고
배는 깊이 흐르는 오케아노스의 경계에 도달했다.
　　그곳엔 킴메리오이족의 지방과 도시가 있었는데
안개와 구름에 휩싸여 있었다. 빛나는 헬리오스가 　　　　　　　15
햇살을 뿌려도 그 종족을 내려다본 적 없었는데
심지어 별이 많은 하늘로 올라갈 때도, 또 하늘에서
대지로 다시 방향을 돌릴 때도 그러하니
암울한 밤이 가엾은 인간들 위로 펼쳐져 있었던 거요.
　　그곳에 도착하여 배를 끌어 올려놓고 양들을 　　　　　20
내몰았다. 우리 자신은 오케아노스의 흐름을 따라
키르케가 알려준 장소에 도착할 때까지 걸었소.
그곳에서 페리메데스와 에우륄로코스가 희생 제물을
단단히 붙잡았고, 나는 넓적다리에서 예리한 칼을 뽑아
사방으로 한 완척 정도 구덩이를 파고 　　　　　　　25
그 가장자리에는 모든 망자에게 제주를 바쳤는데
우선 꿀 우유를, 다음으로 달콤한 포도주를,
세 번째로는 물을 부어드렸지. 그 위에는 하얀 보릿가루를 뿌렸소.
망자들의 힘없는 머리를 향해 수차례 간청하며 맹세했소.
이타케에 돌아가면 새끼 밴 적 없는 암소들 중 가장 좋은 놈을 　30
홀에서 바치고 값비싼 제물을 장작더미에 올려놓고
테이레시아스에게는 따로 우리 가축들 중 가장 돋보이는

아주 새까만 숫양을 제물로 바치겠다고 말이오.

　　내가 주문과 기도로 망자의 종족에게 탄원하고

양들을 잡아 구덩이에다 먹을 따자　　　　　　　　　　　　35

검은 구름 같은 피가 흘러나왔다.

에레보스로부터 죽은 망자의 혼령들이 모여들었소.

젊은 처녀들과 젊은 총각들, 많이 견딘 노인들,

젊어서 마음속 슬픔을 견딘 신부들,

청동 촉 달린 창에 맞아 상처 입고 전사하여　　　　　　　　40

피 튀기는 무구를 입은 많은 사내들이었다.

많은 혼령들이 여기저기서 섬뜩한 소릴 질러대며

구덩이 주위에 돌아다니자 엷은 녹색 공포가 날 사로잡았다.

그리고 나는 전우들을 격려하며 명령했으니

무자비한 청동에 도살되어 바닥에 누워 있던　　　　　　　　45

양들의 가죽을 벗겨 태우고 신들에게, 강력한 하데스와

무서운 페르세포네에게 기도하라 했던 거요.

한편 나 자신은 넓적다리에서 예리한 칼을 뽑고

앉아서는 망자의 힘없는 머리들이 피에 접근하는 걸

막았는데, 테이레시아스에게 질문하기 전까지는 말이오.　　50

　　그 이전에 전우 엘페노르의 혼령이 다가왔소.

그는 아직도 길 넓은 대지 아래에 묻히지 못했구나.

키르케의 궁전에 우리가 그의 육체를 두고 와서

애도도 매장도 하지 못했으니, 다른 노고가 압박했던 거요.

그를 보자 나는 눈물이 나고 속으로 불쌍히 여기고   55

그에게 말을 건네며 날개 돋친 말을 쏘았소.

　　'엘페노르여, 어찌하여 침침한 어둠 아래까지 온 것인가?

내가 검은 배 타고 온 것보다 먼저 걸어서 온 것인가?'

　　그렇게 말하자 엘페노르는 통곡하며 이런 말로 대답했다.

{'제우스 후손, 라에르테스의 아들, 꾀 많은 오뒷세우스여,}   60

나를 해친 것은, 어떤 신의 악한 운명과, 많은 양의 포도주였습니다.

키르케의 홀에서 누워 자고는 긴 사다리 타고

돌아 내려오는 걸 제 정신머리로 까맣게 잊고는

지붕에서 곧장 추락했으니 척추에 붙은 목이

부러졌고 그 혼령은 하데스로 내려갔죠.   65

지금, 당신 무릎 잡고 집에 남겨둔 분들을 두고 애원합니다.

당신의 아내와, 어렸을 때 당신을 키워주신 아버지와,

궁전의 홀에 외아들로 남겨둔 텔레마코스의 이름으로요.

당신이 이곳 하데스의 집에서 벗어나서, 아이아이에섬에

잘 만든 배를 댈 거라는 걸 잘 알고 있습니다.   70

그때 그곳에서, 나의 주인이여, 날 기억해달라고 간청합니다.

애도도 매장도 않은 채 나를 버려두고 가며

떠나지 마십시오, 내가 신들의 분노를 깨우지 않도록.

내가 가진 무구와 함께 날 화장해주고 날 위해

무덤, 이 불운한 사내의 무덤을 회색 바닷가에   75
쌓아 올려주십시오, 그러면 후세 사람들이 알아볼 겁니다.
날 위해 이런 의식을 마치고 위에는 노를 꽂아주십시오,
내가 생전에 전우들과 함께 저었던 노 말입니다.'
   그렇게 말하자 나는 엘페노르에게 대답하여 말했소.
'불운한 자여, 그대 위해 그 일을 해줄 것이네.'   80
   그렇게 우리 둘이 구슬픈 대화를 나누며
앉아 있었는데, 나는 내 편에서 피 구덩이에 칼을 들었고
다른 편에선 전우의 환영이 많은 걸 이야기했던 거요.
   거기에 돌아가신 어머니의 혼령이 다가왔으니
기개 드높은 아우톨뤼코스의 딸 안티클레이아인데,   85
살아 계신 어머니를, 신성한 일리오스로 떠나며 남겨두었소.
어머니를 보자 눈물 흘리며 진정으로 불쌍히 여겼소.
너무너무 슬펐지만 어머니가 피 가까이에 오는 것은
허락하지 않았소, 테이레시아스에게 물어보기 전이니.
   그곳에 테베 사람 테이레시아스의 혼령이 왔는데   90
황금 홀을 들고서 날 알아보고는 말했다.
   ['제우스 후손, 라에르테스의 아들, 술수 많은 오뒷세우스여,]
불행한 이여, 대체 왜 태양 빛을 떠나 이곳에 왔는가?
시체들과 쾌락 없는 장소를 보기 위해선가?
피 구덩이에서 물러나고 예리한 칼을 치우게나,   95

내가 피를 들이켜고 그대에게 진실을 말할 것이네.'

　　그렇게 말하자, 나는 뒤로 물러나 은 못 박힌 칼을
칼집에 꽂아 넣었소. 흠 없는 예언자가
검은 피를 마시고 나자 나를 향해 말했다.

　　'꿀처럼 달콤한 귀향을 찾고 있구나, 영광스러운 오뒷세우스여.　　　100
그러나 쓰디�쓴 귀향이 되도록 신이 정해놓았지. 내 생각에,
그대는 대지 흔드는 신의 눈길을 피하지 못할 것이다. 그 신은
그대가 제 아들의 눈을 멀게 한 것에 진심으로 노여워하시니.
자신과 전우들의 욕망과 충동을 억제하게 된다면,
그렇게 고난을 겪지만 아직은 귀향할 수 있을 것이다.　　　105
처음에 그대가 잘 건조한 배를 타고
보랏빛 바다를 피해 트리나키아[138]섬에 접근할 때
풀 뜯는 소들과 살진 양들을 보게 될 것이다. 그 가축들은
만물 주시하고 만사 경청하는 헬리오스 신의 소유라네.
그것들을 해치지 않고 놔두고 귀향을 숙고한다면,　　　110
고초를 겪더라도, 마침내 이타케에 도달할 수 있으리라.
만약 가축들을 해친다면, 그때는 배와 전우들의 파멸을
예언하는 바이다. 그대 자신은 파멸을 피하더라도
뒤늦게, 비참하게, 모든 전우를 잃고 나서

138　태양신 헬리오스의 섬.

남의 배를 타고 귀향하리라. 집에선 재앙을 만나게 되니   115
주제넘은 사내들로, 그자들은 그대 살림을 모두 먹어치우고
여신에 버금가는 아내에게 구혼하며 선물을 줄 것이다.
그러나 그대가 귀향해서는 그자들의 폭행을 응징하게 되리라.
그대 궁전의 홀에서 구혼자들을, 암수(暗數)나
정수(正手)로 날 선 청동을 휘둘러 죽이고 나서는   120
다루기 쉬운 노 하나를 들고서 길을 떠나라,
바다를 모르고 소금 밴 음식을 먹지 않는
사내들에게 도달할 때까지 말이다.
그들은 자줏빛 뺨 가진 배들을 알지 못하고
배들의 날개, 다루기 좋은 노들도 알지 못하지.   125
또렷한 징표를 말하니, 그대 눈을 피하진 못하리라.
어떤 길손이 그대와 마주쳐, 그대가 빛나는 어깨에
왕겨 걸러내는 풍구를 메고 있다고 말하거든
바로 그때, 그 자리에 다루기 좋은 노를 꽂아 넣고
포세이돈 왕에게 훌륭한 제물을 바치되   130
숫양과 숫소와, 암돼지에 올라타는 수퇘지를
바치고 나서 집에 돌아가서는 헤카톰베를 바쳐라.
드넓은 창공에 거주하는 모든 불사의 신들에게
모두 차례차례로 말이다. 바다 먼 곳에서 죽음이
부드럽게 그대를 찾아와 윤택한 노령에 지친   135

그대를 죽이게 되리라. 그대 주위의 백성들은
축복받게 되리라. 이 거짓 없는 예언을 내가 말했노라.'
　　　그렇게 말하자, 나는 대답하여 그를 향해 말했소.
'테이레시아스여, 이런 운명은 신들이 손수 자아내신 듯하오.
자, 내게 이걸 말하여 정확하게 설명해주시오.　　　　　　　　　140
저기 돌아가신 내 어머니의 혼령을 보았소.
어머니는 말없이 피 가까이 앉아 계실 뿐
아들을 마주 보고도 말을 건네려 하지 않는구려.
말해주시오, 왕이시여. 어떻게 어머니가 여기 나를 알아보겠소?'
　　　그렇게 말하자, 그가 대답하여 나를 향해 말했다.　　　　　145
'그건 쉽다네, 내가 이렇게 말하여 심중에 넣어주겠네.
이미 죽은 시체들 중 뭐든 피 가까이 가는 걸
그대가 허락하면, 그는 거짓 없는 진실을 말할 것이나
다가서는 걸 그대가 꺼리면, 그는 뒤로 물러날 것이다.'
　　　그렇게 말하며 모든 예언을 말했던 혼령,　　　　　　　　150
테이레시아스 왕의 혼령은 하데스의 집으로 내려갔다.
나는 그 자리에 미동도 않고 서 있으며 어머니가
오셔서 검은 피를 마시게 했지. 즉시 어머니가
알아보자 울음 터뜨리며 내게 날개 돋친 말을 쏘았다.
　　　'내 아들아, 어떻게 살아서 어둑한 하계에 왔느냐?　　　155
산 자가 이런 걸 본다는 건 고통스러운 일인데.

그 사이엔 거대한 강과 무서운 개울이 있고
이들 중 특히 오케아노스를 걸어서 건넌다는 것은
결코 가능하지 않지, 잘 만든 배가 있다면 모를까.
이제야, 트로야를 떠나서 헤매다가 이곳에 도착한 게냐?   160
오랫동안 전우들과 함께 배를 타고? 아직 이타케에
가지도 못하고 홀 안에서 아내를 만나지도 못한 게냐?'
    그렇게 물으시자 나는 대답하여 어머니에게 말했소.
'나의 어머니, 테베 사람 테이레시아스의 혼령에게
물어보려고 하데스의 집에 내려와야 했습니다.   165
아카이아 땅 가까이엔 가보지도, 아직 내 고향 땅을
밟아보지도 못하고 항상 고통을 겪으며 떠돌아다녔지요,
트로야인들과 싸우기 위해 준마의 고장 일리오스로
고귀한 아가멤논을 처음 따라나선 이후로는요.
자, 내게 말씀해주세요, 말 돌리지 말고 설명해주세요.   170
어머니는 비정한 죽음의 어떤 운명에 제압되셨나요?
지병인가요? 아니면 화살 뿌리는 아르테미스 여신이
부드러운 화살로 당신을 덮쳐서 죽였나요?
아버지와, 남겨둔 아들에 대해서도 말씀해 주세요.
내 영광스러운 지위를 그들이 아직도 누리는지, 아니면 이미   175
어떤 이가 차지하고 내가 돌아오지 않는다고 하나요.
나와 혼인한 아내의 계획과 의도도 말씀해 주세요,

내 아이 곁에서 모든 걸 굳건하게 지키고 있는지,
아니면 가장 뛰어난 아카이아인과 이미 결혼했는지.'
　　그렇게 묻자 여주인 어머니가 곧장 대답하여 말했다.　　　　　180
'매우 감내하는 용기로 네 처는 너의 궁전에 머물러
있단다. 불행 가득한 낮이 뜨고 밤이 지나는 동안
그 애는 항상 눈물을 흘리고 있지.
아직은 네 훌륭한 지위를 차지한 자는 없고
편안히 텔레마코스가 제 영지를 관리하고 제 몫의 만찬을　　　　185
즐기고 있는데, 그런 몫은 응당 입법자가 갖는 것이지.
모두가 그를 초대하니까. 네 아빠는 그곳 시골에
머무르며 도시에는 내려가지 않는단다. 침상이나
외투나 반짝이는 담요가 침구 구실 하지 않으니
그는 겨울에 집 안에서 노예들이나 잠자는 곳,　　　　　　　190
불 옆 먼지 속에서 잠자고 몸에는 남루한 옷을
걸치고 있구나. 여름이 오고 곡식 영그는
수확기에, 포도원 언덕 도처에 떨어진
나뭇잎들의 침대가 땅바닥에 놓여 있지.
그곳에 근심스레 누워서 마음속에 병이 깊어가니　　　　　　195
네 귀향을 고대해서고, 또 힘겨운 노령이 닥친 거란다.
그렇게 나도 죽어서 운명의 뒤를 쫓은 게야.
홀 안에서, 정찰 잘하는 활잡이(아르테미스)가

제 부드러운 화살로 날 맞혀 죽인 것도 아니고
어떤 질병이 내게 닥친 것도 아니란다, 특히   200
가증스럽게, 사지 말리며 생명 앗아가는 질병도 아니고
널 향한 그리움에, 영광스러운 오뒷세우스, 네 영리한 계획과
상냥한 마음을 그리워하다가 목숨을 잃었단다.'
    그렇게 말하니, 나는 속으로 궁리하다가
이미 죽은 내 어머니의 혼령을 포옹하고 싶어 했소.   205
세 번이나 달려가니, 애타는 심정이 내게 안으라고 명하지만
세 번이나 내 손에서 혼령은 마치 꿈이나 그림자처럼
날아가버렸다. 나는 자주 마음속 깊이 더욱 날 선
통증을 느끼고 어머니에게 말하며 날개 돋친 말을 쏘았다.
    '어머니, 저는 붙잡으려 열망하는데 왜 피하세요?   210
하데스의 집에서라도 서로에게 우리 팔을 던져 안고서는
싸늘한 통곡이라도 실컷 즐기려 하는데요.
아니면 위엄 있는 페르세포네가 내게 이 환영을
보낸 건가요? 내가 더욱 통곡하며 탄식하도록 말인가요.'
    그렇게 말하자 여주인 어머니가 곧장 대답했다.   215
'아이고, 내 아들, 가장 불운한 인간이여!
제우스의 딸, 페르세포네가 널 속이는 게 아니라,
필멸자가 죽으면 누구라도 따르는 법칙이란다.
더이상 힘줄은 살과 뼈를 하나로 묶지 못하고

작열하는 불의 강력한 힘이 그것들 모두를 제압하지,   220
목숨이 하얀 뼈를 떠나자마자. 그런데 꿈같은
혼령은 날아가며 여기저기 퍼덕거린단다.
너는 가장 빨리 빛을 열망하며 이 모든 걸 명심하여라,
그러면 나중에라도 네 처에게 말해줄 수 있을 게야.'
　　그렇게 우리는 말을 주고받고 있었소. 그때,   225
여인들이 왔는데, 위엄 있는 페르세포네가 보낸 자들로
영웅들의 부인이나 따님이었다.
그들이 거뭇한 피 주위에 떼 지어 모여들자
나는 어떻게 각자에게 물어볼까 숙고했지.
내 마음을 지나서 최선의 계획이 나타났다.   230
그 계획은 두꺼운 넓적다리에서 긴 날의 검을 뽑아서
모두 한꺼번에 검은 피를 마시게는 놔두지 않는 것.
그러자 한 명씩 차례로 다가와서 각자
제 가문을 밝혔다. 내가 모두에게 물어보았소.
　　처음으로 고귀한 혈통의 튀로를 보았는데   235
그녀는 흠 없는 살모네우스의 딸이고
아이올로스의 아들 크레테우스의 아내라 했소.
튀로는 신과 같은 에니페우스와 사랑에 빠졌는데,
에니페우스는 요요히 흐르는 강이었다오.
그녀는 에니페우스의 아름다운 물결을 자주 찾곤 했지.   240

에니페우스의 모습으로, 대지 흔들고 움직이는 신이
소용돌이치는 강어귀에서 튀로 곁에 누웠소.
그러자 자줏빛 너울이 마치 산처럼 일어나더니 위에서
아치 모양으로 휘감으며 신과 필멸의 여자를 감추었다지.
신은 여인의 허리띠를 풀더니 잠을 쏟아부었고,   245
사랑의 작업을 마치자 그녀의 손에
자기 손을 포개고 말을 건네며 이름을 불렀다.
　　'여인이여, 우리의 동침을 기뻐하게. 한 해가 돌고 나면
그대는 빛나는 아이들을 낳게 되리라, 불멸자의 침대는
불모가 아니니 그대는 애들을 잘 돌보고 키워주게나.   250
이제는 집으로 돌아가고 내 이름은 언급하지 말게.
그대에게 이르노니, 나는 대지 뒤흔드는 포세이돈이네.'
　　그렇게 말하고 신은 물결치는 바다 밑에 들어갔다.
한편 튀로는 펠리아스와 넬레우스를 잉태해 낳았는데
둘 다 모두 위대한 제우스의 강력한 하인이 되었지.   255
펠리아스는 꽤 너른 이올코스[139]에 살면서 많은 양 떼를
소유했고, 넬레우스는 모래 많은 퓔로스에 살았다오.
다른 아이들은 남편 크레테우스에게 여왕 튀로가 낳아주었으니
그 아이들은 아이손과 페레스와, 전차 모는 기사 아뮈타온이었다.

139　테살리아 지방의 도시. 펠리아스 왕의 영토. 이아손이 황금 양피를 찾으러 모험을
　　　떠난 곳.

튀로 다음으로, 아소포스의 딸 안티오페를 보았는데   260
그녀는 제우스의 두 팔을 베고 누웠다고 자랑하더니
두 아들, 암피온과 제토스를 낳았고
이 둘은 처음으로 일곱 대문 테베의 터를 닦고
성벽을 둘러쳤다오, 꽤 너른 테베에서는 성벽 없이
살 수 없었는데, 아무리 이 두 영웅이 막강해도 말이오.   265

안티오페 다음으로, 암피트뤼온의 아내 알크메네를 보았는데
그녀는 대담하고 사자처럼 용맹한 헤라클레스를 낳았으니
위대한 제우스의 품 안에서 살을 섞었던 것이오.
그리고 기개 높은 크레이온의 딸 메가라도 보았는데
불굴의 힘 가진 암피트뤼온의 아들[140]이 그녀를 가졌다.   270

오이디푸스의 모친, 아리따운 에피카스테[141]를 보았는데
그녀는 정신의 무지로 엄청난 짓을 저질렀으니
제 아들과 결혼했구나, 그 아들은 제 아비를 살해하고
결혼했구나. 곧장 신들은 인간들에게 그 사실을 공개했지.
그런데 오이디푸스는 사랑하는 테베에서 고통을 겪고   275
신들의 고약한 계획 견디며 카드모스인들을 통치했소.
한편 에피카스테는 강력한 문지기 하데스의 집에 갔는데
제 근심에 사로잡혀, 높은 대들보에 가파르게 매달린 올가미에

140   헤라클레스.
141   그리스 비극에서는 '이오카스테'라고 불린다.

목을 매었구나. 아들에겐 많은 고통을 남겼으니

모든 고통은 어미가 불러낸 복수의 여신들이 이루게 되리라.   280

　　매우 아리따운 클로리스[142]도 보았는데, 과거, 넬레우스가

그녀 미모에 반해 결혼하며 많은 구혼 선물을 장인에게 주었다.

클로리스는 이아소스의 아들 암피온의 막내딸이었고

암피온은 미뉘아이족의 오르코메노스를 힘으로 통치했소.

클로리스는 퓔로스의 왕비로 빛나는 아들들을 낳았는데   285

그들은 네스토르, 크로미오스, 긍지 높은 페리클뤼메노스였다.

그들 외에는 아리따운 딸 페로를 낳았는데, 경탄의 대상이라

지역의 거주자 모두가 그녀에게 구혼했소. 하지만 넬레우스는

딸을 주지 않았소, 퓔라케[143]에서 이마 넓고 뿔 굽은 소들을

몰고 오는 구혼자가 아니라면. 이 소들은 강력한 이피클로스의 소유로   290

다루기 힘들지만, 오로지 흠 없는 예언자 멜람푸스만이

소들을 몰아 오겠다고 약속했소.[144] 그러나 신이 주신 혹독한

운명이 멜람푸스를 단단히 묶었구나. 고통스럽게도, 시골의

소치기들이 그를 붙잡아 결박하고 말았소. 해가 돌고 돌아

달들과 낮들이 다 채워져 봄이 돌아왔을 때   295

멜람푸스가 모든 예언을 드러내자 이피클로스의 힘이

142　암피온의 딸이자 넬레우스의 아내, 그리고 네스토르와 페로의 어머니.

143　퓔라코스가 다스리는 아르카디아의 마을.

144　멜람푸스는 자기 동생 비아스의 신붓감으로 페로를 얻기 위해 그렇게 약속한 것이다.

멜람푸스를 풀어주었소. 그렇게 제우스의 계획이 이루어졌다.

튄다레오스의 아내 레다도 보았다. 그녀는
튄다레오스와 함께 강심장인 두 아들을 낳았는데
말 길들이는 카스토르와 주먹 잘 쓰는 폴뤼데우케스로,　　300
이 둘은 곡식 낳는 대지가 산 채로 품고 있었소.
그들은 비록 땅 아래 누워 있으나, 제우스가 준 명예를 갖고
번갈아 하루는 살고 하루는 죽어 있었소.
그들은 신들과 똑같은 명예의 몫을 받은 셈이라오.

다음으로, 알로에우스의 아내 이피메데이아를 보았는데　　305
그녀는 포세이돈과 살을 섞었다고 말하더니
두 아들, 신과 같은 오토스와 널리 이름난
에피알테스를 낳았지만, 둘은 단명하고 말았구나.
둘은 곡식 선사하는 대지가, 가장 훤칠하고 유명한
오리온 다음으로 가장 멋진 남자로 길러냈었지.　　310
둘은 아홉 살이 되자 몸 너비가 아홉
완척이나 되고 신장도 아홉 발이나 되었소.
둘은 불사신들조차 협박했으니, 올륌포스에
맹렬한 전쟁 소음을 일으키겠다고 위협한 것이오.
올륌포스산 위에는 옷사[145]산을 올리고 옷사산 위에는　　315

145　테살리아 지방의 산.

잎 흔들리는 펠리온[146]산을 올려서 창공에 오르려 했소.

둘이 성년의 나이에 도달했다면, 그 일을 이루었겠으나

머릿결 고운 레토가 낳은 아들 아폴론이 그들 둘 다

멸하였으니, 그들 관자놀이 아래 구레나룻이 나더니

턱이 잘 자란 털로 빽빽하게 덮이기도 전이었다.   320

또 파이드라,[147] 프로크리스,[148] 아리따운 아리아드네를 보았는데

파멸 꾀하는 미노스[149]의 딸 아리아드네는 한번은 테세우스[150]가

크레타로부터, 신성한 아테나이의 언덕[151]으로 데려가려 했으나

그녀와는 행복하지 못했으니, 그 이전에 바다에 둘러싸인 디아섬[152]에서

아르테미스가 디오뉘소스의 고발로 그녀를 죽였던 것이다.[153]   325

또 마이라,[154] 클뤼메네,[155] 가증스러운 에리퓔레[156]를 보았는데

에리퓔레는 값진 황금에 눈이 멀어 자기 남편을 배신했다.[157]

146 마그네시아 지방의 산.
147 크레타 왕 미노스의 딸, 아리아드네의 자매.
148 아테나이 왕 에렉테우스의 딸.
149 제우스와 에우로파의 아들로 크레타의 왕.
150 아이게우스의 아들, 아테나이의 왕.
151 아크로폴리스.
152 에게해의 섬으로 크레타섬의 북쪽 해안에서 떨어져 있다.
153 무슨 일로 디오뉘소스가 고발한 것인지는 알려져 있지 않다.
154 프로이토스와 안테이아의 딸.
155 퓔라코스의 아내, 이피클로스의 모친.
156 암피아라오스의 아내.
157 폴뤼네이케스의 목걸이 뇌물을 받은 에리퓔레는 남편 암피아라오스가 테베의 원정에
    참여하게 했다.

그런데 내가 본 영웅들의 딸과 아내에 대해 모든 걸
말할 수도 없고 그들 이름을 댈 수도 없구나.
그 전에 불멸의 밤이 다 지나가버릴 테니. 지금은   330
잠잘 시간이오, 빠른 배와 선원들에게 가거나
여기에서 말이오. 호송은 신들과 당신이 신경 쓸 일입니다."
        그렇게 말했다. 모두가 침묵으로 잠잠했으니
그늘진 홀에서 그의 이야기에 넋을 잃은 것이었다.
그들 가운데, 팔이 백옥 같은 아레테가 말문을 열었다.   335
        "파야케스족이여, 여기 이분의 외모와 풍채와
균형 잡힌 정신이 어떠하다고 생각하시오?
이 사람은 내 손님이지만, 여러분 각자는 명예의 몫을
갖고 있으니, 서둘러 보내지 말고 필요한 게 많은
이분에게 선물을 아끼지 마시오. 여러분의 홀에는   340
신들의 뜻으로 많은 재물이 쌓여 있으니까."
        늙은 영웅 에케네스가 그들에게 말문을 열었는데
[그는 파야케스인들 중 가장 나이가 많았다.]
"친구들이여, 과녁에서 벗어나지도 우리 생각과 다르지도 않게
사려 깊은 왕비가 말하셨소. 그러니 그 말에 복종하시오.   345
물론 말과 일은 모두 여기 알키노스 왕에게 달려 있소."
        알키노스가 그에게 대답하여 말했다.
"왕비의 말대로 될 것이오, 내가 살아 있고

노를 사랑하는 파야케스족을 통치하고 있다면.
손님께서는 참아주시오, 귀향을 열망하더라도 ₃₅₀
내일까진 머무르시오, 모든 선물을
다 챙겨줄 때까지는 말이오, 호송은 모든 사내들,
특히 내가 할 일이오, 이 나라의 권력이 내 손안에 있으니."
    꾀 많은 오뒷세우스가 그에게 대답하여 말했다.
"통치자 알키노스, 모든 백성들 중 가장 뛰어난 자여, ₃₅₅
만약 1년 동안 이곳에 머무르라 요구하시고
그 이후에 내 호송을 재촉하시고 빛나는 선물을 주신다면
그것조차도 받아들이겠소. 가득 찬 손으로 고향에
도달한다면 훨씬 더 큰 이익이 될 테니까요.
내가 이타케에 귀향한 걸 목격하는 모든 이가 ₃₆₀
나를 더 존경하고 더 환대하게 될 것입니다."
    알키노스가 그에게 대답하여 말했다.
"오뒷세우스여, 우리가 관찰했듯이 당신은
거짓말쟁이나 사기꾼이라 생각하지 않소,
그런 자들은 검은 대지가 양육하니 널리 퍼져 있고 ₃₆₅
그들은, 아무도 그 출처를 모르는 거짓을 엮어낸다오.
그러나 당신 말은 매력 있고 훌륭한 정신도 깃들어 있는데
그 이야기를, 모든 아르고스인들과 그대 자신의
비참한 고난을, 마치 소리꾼처럼 능숙하게 이야기했소.

자, 내게 이것을 말해주되, 에두르지 말고 이야기해 주시오,　　　　370
신을 닮은 몇몇 전우들을 본 적이 있는지, 일리오스에
당신과 함께 갔다가 그곳에서 운명을 맞이한 자들 말이오.
이 밤은 말할 수 없이 길고 아직은 홀에서
잠잘 시간이 아니라오. 내게 놀라운 일을 이야기해 주시오.
신성한 새벽이 올 때까지 참겠소, 날 위해 그대가　　　　375
홀 안에서 자기 고난을 이야기하는 걸 감내한다면.”

　　꾀 많은 오뒷세우스가 그에게 대답하여 말했다.
“통치자 알키노스, 모든 백성들 중 가장 뛰어난 자여,
많이 이야기할 시간이 있고 잠자야 할 시간도 있지요.
당신께서 아직 듣기를 열망하신다면, 당신에게　　　　380
이보다 더 동정할 이야기를 계속 아낌없이 해드리겠소,
이후에 죽어버린 내 전우들의 고난을,
그들은 트로야인의, 재앙 부르는 전투는 피했으나
귀향하자 사악한 여자의 독심 탓에 죽고 말았소.

　　그러고 나서 여인들의 혼령을, 정결한　　　　385
페르세포네가 여기저기로 흩어지게 하자
그때 한 혼령, 아트레우스 아들 아가멤논의 혼령이
슬퍼하며 다가와 주위 다른 혼령들이 모여드니
아이기스토스의 집에서 함께 운명을 맞이한 자들이었다.
당장 저이가 날 알아보았소, 두 눈으로 보았으니까.　　　　390

그는 낭랑하게 울면서 굵은 눈물을 뿌리고

포옹하길 열망하며 내게 양손을 뻗었으나

그에겐 더이상 활력도 활기도 없구나,

전에는 잘 휘는 사지에 있었던 생기가.

그를 보고 나는 울면서 속으로 동정하고 395

그를 향해 말하며 날개 돋친 말을 쏘았소.

  '가장 영광스러운 아트레우스의 아들, 인간의 왕 아가멤논이여,

오랜 비탄 낳는 죽음의 어떤 운명이 그대를 제압한 것이오?

배 안에서 그대를, 포세이돈이 가혹한 바람의

지독한 입김을 불어넣으며 제압한 것이오? 400

아니면 육지에서 적대자들이 그대를 해친 것이오?

그대가 소들이나 고운 양 떼를 강제로 몰려 하거나

도시나 여자들을 둘러싸고 전투할 때 말이오.'

  그렇게 말하자 아가멤논이 대답하여 말했다.

'제우스 후손 라에르테스의 아들, 꾀 많은 오뒷세우스여, 405

[가혹한 바람의 지독한 입김을 불어넣으며]

포세이돈이 배 안의 나를 제압하지도 않았고

적대자들이 육지에서 날 해치지도 않았으나

내게는 아이기스토스가 죽음의 운명을 마련해주니

저주스러운 아내와 공모해 날 죽였다오, 자기 집에 초대해서 410

식사 대접을 하고 나서는, 마치 여물통 앞 소를 잡듯이.

그렇게 나는, 가장 불쌍하게 죽었다네. 주위 다른 전우들도
잇따라 살해되었는데, 마치 흰 엄니의 돼지들처럼,
그것들은 재물 많고 권세 있는 자의 집에서 결혼 연회나
추렴 잔치나 호화스러운 잔치 때 잡는 돼지들이라오.   415
이미 그대는 일대일 대결이나 격렬한 전투에서
많은 사내들이 도살되는 것과 마주쳤겠지만
그런 광경을 보았다면, 진정으로 울먹였을 거요.
혼주 항아리와 한 상 가득한 식탁 주위에 우리가 홀 안에
누워 있었고, 바닥 전체에 홍건한 피에선 김이 나고 있었지.   420
가장 애처로운 목소리를 들었으니, 그건 프리아모스의 딸
캇산드라[158]의 목소리였는데, 그녀를 간교한 클뤼타이메스트라가
내 앞에서 살해한 것이었소. 나는 양손을 치켜 올리다가
바닥에 늘어뜨렸지, 가슴에 칼을 맞았으니. 개 얼굴을 한
계집[159]이 등을 돌려 가버리다니, 내가 하데스 집에 가는데도   425
자기 손으로 눈을 감겨주지도 입을 막아주지도 않았소.
이런 여자보다 더 무섭고 파렴치한 여자는 없을 거요,
[심중에 이러한 악행을 담아두고 있는 여자 말이오.]
이처럼 그녀는 수치스러운 짓을 꾀하며 혼인한
남편에게 죽음을 낳았던 것이오. 정말로, 적어도   430

---

158 트로야 왕 프리아모스의 딸, 아가멤논의 전리품.
159 클뤼타이메스트라.

아이들과 노예들의 환영을 받으며 귀향하리라
기대했거늘. 엄청난 악행 꾀하는 굳센 의지로 그녀는
자신에겐 물론이고 앞으로 태어날 여자에게도 치욕을
퍼부은 셈이라오, 개중에는 행실 바른 여자도 있겠지만.'

    그렇게 말하자 나는 대답하여 그를 향해 말했소.   435
'아니, 아트레우스의 후손을, 멀리 내다보는 제우스가
애초부터 여인의 간계라는 수단으로 정말로 끔찍이도
증오하셨구려. 헬레네 탓에 많은 용사들이 죽어 나갔는데
먼 곳에 있는 그대에게, 클뤼타이메스트라가 계략을 꾸미다니.'

    그렇게 말하자 아가멤논이 대답하여 날 향해 말했다.   440
'그러므로 이제는 아내라고 해도 무조건 정직하게 대하진 말게.
잘 아는 이야기라도 그녀에겐 전부 밝히지 말고
어떤 것은 말하고 어떤 것은 숨기도록 하게.
그러나 오뒷세우스, 그대는 아내에게 살해되진 않을 거요.
그녀는 양식 있고 속으로 선량한 계획을 품고 있으니   445
이카리오스의 딸, 신중한 페넬로페 말이오.
우리가 전쟁터로 향할 때 그녀를 젊은 신부로
남겨두고 떠났잖소. 그녀의 젖가슴엔 아이가 있었는데
그때는 말 못 하는 아이였으나 이제는 사내의 무리에 들겠지.
행복한 사내로다! 정말, 그의 부친이 귀향해서   450
그를 보게 되고, 관습대로 그는 아버지를 포옹하겠지.

한데 내 아내란 여자는, 내가 아들놈을 두 눈이 질리도록
보게 하지 않고, 먼저 나를, 바로 나를 죽이고 말았구나!
또 하나, 그대에게 말할 테니 그대 마음속에 새겨두게.
비밀스럽게, 눈에 띄지 않게 그대 조국 땅에 배를   455
정박하게, 여자들을 더이상 믿을 수 없으니까.
자, 내게 이걸 말하되 말 돌리지 말고 설명해 주게나,
어딘가 내 아들이 아직 살아 있다는 소문을 들었는지,
어딘가 오르코메노스나 모래 많은 퓔로스에,
어딘가 드넓은 스파르타에, 메넬라오스 곁에 머물고 있는지.   460
고귀한 오레스테스는 대지 위에 아직 살아 있으니까.'
     그렇게 말했다. 나는 대답하여 그를 향해 말했소.
'아트레우스 아들이여, 왜 그것을 묻는 거요? 난 아는 바가 없소,
그가 살았는지 죽었는지. 허튼소리는 못난 짓이라오.'
     우리 두 사람은 그렇게 서글픈 이야기 나누며   465
슬퍼하고 굵은 눈물을 뚝뚝 흘리며 서 있었다.
누군가 이곳에 다가왔는데, 펠레우스의 아들 아킬레우스의 혼령,
파트로클로스의 혼령과 흠 없는 안틸로코스의 혼령,
아이아스의 혼령으로, 특히 아이아스는 다나오스인들 중
외모와 체격이 아킬레우스 다음으로 가장 뛰어난 자였소.   470
아이아코스 손자, 발 빠른 아킬레우스의 혼령이 날 알아보자
탄식하며 날개 돋친 말을 나를 향해 쏘았다.

                    •

'제우스 후손, 라에르테스의 아들, 꾀 많은 오뒷세우스여,
무모한 자여, 무슨 더 큰 일을 심중에 계획할 수 있을까?
어찌 감히 하데스에 내려왔단 말이오? 이곳은 시체들,   475
지력 없는 것들, 기진한 인간의 음영들이 사는 곳이거늘.'

    그렇게 말하자 나는 대답하여 그를 향해 말했소.
'오, 아킬레우스, 펠레우스의 아들, 가장 강력한 아카이아인이여,
테이레시아스에게 볼일이 있어 왔소. 바위투성이 이타케에
내가 도착할 수 있도록, 그분이 어떤 조언을 하실까 하여.   480
아직 아카이아 땅 근처에도 가지 못하고 아직 내 땅을
밟아보지도 못하고 늘 불행에 시달리고 있다오. 아킬레우스여,
과거에 그대보다 어느 인간도 행복하지 않았고 미래에도 그러하겠지.
전에 그대가 살아 있었을 때, 우리 아르고스인들에게
신처럼 존경받았는데, 지금은 이곳에 와서 망자들을 두루   485
통치하고 있구려. 그러니 죽었다고 전혀 슬퍼하지 말게, 아킬레우스여.'

    그렇게 말하자 아킬레우스가 대답하여 날 향해 말했다.
'아니, 내 죽음을 위로하지 말게, 영광스러운 오뒷세우스여.
땅 위에 살 수만 있다면 나는, 토지도 많은 재산도 없는
어떤 이 옆에서 날품팔이라도 하고 싶다네,   490
죽어 있는 모든 망자들을 통치하는 것보다는.
자, 내게 내 고귀한 아들에 대해 이야기해 주게,
용사로 앞장서서 전쟁에 따라갔는지, 그러지 않았는지.

그리고 흠 없는 펠레우스에 대해 뭔가 들은 게 있는지,

아직도 많은 뮈르미도네스족 가운데 명예를 누리고 계신지,   495

아니면 헬라스와 프티아[160] 전역에서 사람들이 그분을 무시하는지.

노령이 그분의 손발을 붙잡고 있을 테니까.

내가 태양 빛 아래로 돌아가서 그분을 도울 수 있다면,

드넓은 트로야에서 아르고스인들을 지키며

가장 뛰어난 용사를 무찔렀을 때처럼   500

그런 자로 아버지의 집에 돌아갈 수만 있다면!

부친을 폭력으로 퇴위시키고 명예를 앗아간 자들은

내 힘과 무시무시한 완력을 두려워하게 될 텐데…….'

　　그렇게 말하자 나는 대답하여 그를 향해 말했소.

'흠 없는 펠레우스에 대해선 들은 바가 없으나   505

그대의 아들 네옵톨레모스에 대해서는

그대가 내게 요구하니 모든 진실을 말하겠네.

내가 직접, 움푹하고 균형 잡힌 배로, 그를 스퀴로스[161]에서

좋은 경갑 입은 아카이아인들에게 데려갔으니까.

정말이지, 트로야 도시 둘러싸고 우리가 회의할 때   510

그대 아들은 항상 맨 먼저 발언했고 그의 연설은 적확했지.

신을 닮은 네스토르와 나만이 그보다 한 수 위였네.

160　테살리아의 도시, 아킬레우스의 고향.

161　에우보이아의 해안에서 떨어져 있는, 에게해 중앙에 위치한 섬.

또 트로야인들의 들판에서 아카이아인들이 싸울 때

그대 아들은 사내들이 무리 짓고 떼 지은 곳에 머물지 않고

앞으로 달려 나갔고, 완력과 용기가 누구에게도 꿀리지 않고   515

무시무시한 전투에서 많은 사내들을 무찔렀지.

아르고스인들을 위해 그가 죽인 용사들 모두를,

나는 말할 수도 그 이름을 댈 수도 없지만

텔레포스의 아들, 영웅 에우뤼퓔로스[162]를 청동으로

죽였다고 말하리다, 그 주위 케테이오이[163]족의 많은 전우들도   520

모두 살해되었지, 에우뤼퓔로스의 모친이 받은 뇌물 탓에.[164]

그대 아들은 사내들 중, 고귀한 멤논 다음으로 외모가 출중했네.

에페이오스가 제작한 목마 안에는 가장 뛰어난

아르고스인들이 들어갔고, {이 견고한 매복처를

열고 닫는 일이} 모두 나에게 맡겨졌고   525

다나오스인들의 통솔자와 지휘관은 눈물을

훔치고 각자 무릎을 덜덜 떨고 있었지.

그러나 그대 아들은 낯빛이 창백하거나 뺨에서

눈물 닦는 걸 내 이 두 눈으로 한 번도 본 적이 없고

오히려 목마에서 내보내달라고 내게 거듭   530

---

162 소아시아 북서 지역 뮈시아의 도시 테우트라니아의 왕 텔레포스의 아들.
163 이 종족의 이름은 힛타이트 왕국의 이름에서 유래한 것으로 보인다.
164 에우뤼퓔로스의 모친은 프리아모스의 뇌물을 받고 에우뤼퓔로스를 참전시켰다.

요구했으니, 그는 검의 자루와 청동 박힌 창을
잡고는 트로야인들에게 재앙을 꾀했던 것이네.
우리가 프리아모스의 가파른 도시를 파괴하자
그는 자기 몫의 전리품과 훌륭한 명예의 상을 갖고
배에 올랐네, 예리한 청동에 맞지도 않고 근접전에서   535
부상당하지도 않았지. 부상과 죽음은 전쟁터에서
흔한 일인데, 전쟁의 신 아레스가 맹목적으로 광분하니까.'
    그렇게 말하자, 발 빠른, 아이아코스 손자[165]의 혼령은
수선화 핀 초지 아래로 성큼성큼 걸어 나갔으니
자기 아들이 탁월하다는 내 말에 크게 기뻐했던 거요.   540
    이미 죽은 망자들의 다른 혼령들이 슬퍼하며
서 있었는데, 각자 자기 고민들을 들려주었다.
그러나 텔라몬의 아들 아이아스만이 홀로, 나의 승리에
분노해서 멀리 떨어져 서 있더군, 배 옆에서 아킬레우스의
무장을 두고 우리 둘이 그걸 갖겠다고 경쟁했을 때   545
내가 승리했던 거요. 여주인 테티스 여신이 내놓은 무장을 두고
트로야의 딸들과 팔라스 아테네가 내게 주기로 결정한 것이었소.
그런 상을 두고는 내가 승리하지 말았어야 했거늘!
아이아스 같은 인물을, 그런 이유로 대지가 뒤덮고 있다니,

---

165   아킬레우스.

아이아스는 외모도 출중하고 무공도 뛰어났으니   550
다나오스인들 중 흠 없는 펠레우스의 아들 다음이었지.
나는 부드럽게 아이아스에게 달래는 말을 건넸소.
　'아이아스, 흠 없는 텔라몬의 아들이여, 멈추지 않는구려…….
죽어서도 나에게 분노를 멈추지 않을 작정이오,
저 저주받은 무구 탓에? 신들이 우리의 재앙이 되게 했던 거요.   555
그대는 그렇게 강한 성탑이었는데 이렇게 죽어버리다니. 그대를 두고
아카이아인들은 펠레우스의 아들 아킬레우스의 머리와 똑같은
방식으로 그대의 죽음을 계속 애통해하고 있네. 어느 누구의
잘못이 아니라 제우스가, 창수인 다나오스인들의 군대를
극도로 증오하여, 그대에게 이런 운명을 내렸던 것이네.   560
자, 왕이여, 여기로 와서, 나의 말과 내 이야기를
들어보게. 그리하여 분노와, 완고한 마음을 다스리구려.'
　그렇게 말하자, 아이아스는 내게 아무 대답도 하지 않고
죽은 시체의 다른 혼령을 쫓아 하계로 가버렸다.
그때 분노했더라도 그가 내게, 내가 그에게   565
말할 수 있었거늘. 그러나 내 가슴속 마음은
다른 망자들의 혼령을 만나보는 걸 더 원하고 있었소.
　그곳에서 정말로 제우스의 빛나는 아들 미노스를 보았는데
그는 황금 저울을 들고 망자들에게 판결을 내리며
앉아 있었고, 망자들은 넓은 대문의 하데스 집에,   570

314

그 왕 주위에 둘러앉았거나 서서는 판결에 대해 묻고 있었다.

다음으로, 거대한 오리온을 보았는데

그는 짐승들 모두를, 수선화 피는 초지에 몰아서는

직접 한적한 산속에서 잡았는데, 손에는

파괴할 수 없는 순 청동 말뚝을 쥐고 있었다.   575

다음으로, 명성 드높은 가이아의 아들 티튀오스가 바닥에

누워 있는 걸 보았소. 그는 아홉 펠레트론[166] 면적의 바닥에 누웠는데

두 마리 독수리가 양옆에 앉아 그의 간을 쪼아 먹으며

복막 안까지 파고들어도, 손으로 그걸 막아낼 수 없었소.

그가, 멋진 무도장이 있는 파노페우스[167]를 지나 퓌토에   580

가고 있던 제우스의 유명한 애인 레토를 끌고 가려 했다니.

다음으로, 탄탈로스가 혹독한 고통 겪는 걸 보았는데

그자는 연못 안에 서 있었소. 연못 물이 그의 턱까지

차올랐지. 목이 말랐으나 물을 잡아 마실 수는 없었다.

매번 노인네가 마시길 열망하며 몸을 구부릴 때마다   585

매번 물이 스며들어 사라졌고, 두 발 밑에는

검은 땅이 나타나곤 했으니, 어떤 신이 말라버리게 했던 거요.

잎 무성한 키 큰 나무들의 머리 위에는 과일이 매달려 있었는데

배나무, 석류나무, 윤기 나는 열매 달린 사과나무,

166　0.9헥타르 정도의 면적임.
167　오르코메노스와 케피소스강 사이에 위치한, 포키스 지역의 마을.

[달콤한 무화과나무, 만개한 올리브나무였소.]   590
노인네가 과일들을 잡으려 손을 뻗자마자 바람이
과일들을 훅 불어 그늘진 구름 속에 사라지게 했다.
　　다음으로, 시쉬포스[168]가 엄청난 고통을 겪는 걸 목격했는데
그는 양손으로 거대한 바위를 들어 올리고 있었다.
그는 손과 발로 몸을 지탱하며 바위를 언덕 위로   595
밀어 올렸던 거요. 언덕 정상에서 바위를 넘기려는 찰나에
어떤 힘이 항상 바위를 원래 장소에 되돌리곤 했소.
저 뻔뻔한 바위가 다시 바닥으로 굴러가고 말았구나.
그가 다시 전력 다해 바위를 밀어 올리자, 사지에선
땀방울이 흘러내리고 머리 위에선 먼지구름이 일어났다.   600
　　다음으로, 헤라클레스의 힘을 보았는데
그의 환영이었다. 그 자신은 불멸의 신들 사이에서
행복에 겨워 즐거워하고 발목 예쁜 헤베를 아내로 삼았소.
[헤베는 위대한 제우스와, 황금 샌들 신은 헤라의 딸이라오.]
헤라클레스 주위에서 망자들은 새들처럼 울면서   605
놀라서 사방으로 날아가버렸다. 마치 검은 어둠처럼
헤라클레스는 집 없는 활을 집어 들어 시위에 화살을 얹고는
무섭게 주위를 둘러보다가 당장 쏘려는 태세였지.

168　아이올로스의 아들, 코린토스의 왕. 모든 인간들 중 가장 영리한 자.

어깨 위에는 소름 돋는 황금 띠를 걸쳤고
그 띠에는 놀라운 형상들이 수 놓여 있었는데   610
곰들, 야생 돼지들, 희번덕거리는 사자들,
회전(會戰), 전투와 살육, 사내들의 도살이었다.
저 황금 띠를 제 기술로 만든 자는 이미 그걸
만들어냈으니, 또다시 다른 걸 만들지 못하기를.
두 눈으로 보자마자 당장 영웅은 날 알아보고는   615
내 처지를 안타까워하며 날개 돋친 말을 쏘았다.

　　'제우스 후손, 라에르테스의 아들, 꾀 많은 오뒷세우스여,
아, 불쌍한 자여, 그대는 무슨 사악한 운명을 끌고 다니는 거요?
그런 운명은 내가 햇빛 아래서 짊어졌던 것이거늘.
나는 크로노스의 아들 제우스의 아들이지만   620
측량 불가한 고통을 겪었지. 나보다 한참 못난 인간[169]에게
복종했는데, 그자는 내게 힘든 고역을 치르라 명령했소.
또 한번은 이곳으로 나를 보내서 개를 끌고 오게 하더군.
이것보다 훨씬 더 힘든 일은 생각하지 못했으니까.
그 개[170]를 나는 하데스에서 끌어 올려 이끌었소.   625
헤르메스와 올빼미 눈의 아테네가 날 도와주셨지.'

　　그렇게 말하고 헤라클레스의 환영은 하데스의 집으로 갔다.

169　헤라클레스가 열두 가지 과업을 수행하도록 명령한 에우뤼스테우스를 말함.
170　하데스의 문을 지키는 개 케르베로스.

나는 그곳에 꿋꿋하게 머무르며, 사망한 다른 영웅들 중
누군가 아직도 나타날 수 있는지 알아보려 했소.
내가 정말 원했던 옛 사내들을 아직 더 볼 수 있었을 텐데,   630
이를테면 신들의 영광된 자식 테세우스와 페이리토오스[171]를.
그러나 그 전에 수없는 망자의 종족이 귀를 찢을 듯한 소리를
지르며 모여들었소. 창백한 공포가 날 사로잡았는데
하데스로부터, 무시무시한 괴물 고르고[172]의 머리를
위엄 있는 페르세포네가 보낼까봐 두려웠던 것이다.   635
　　그리고 나서 당장 배로 가서 전우들에게
승선하여 고물 밧줄을 풀라고 명령하자
당장, 그들은 배 안에 들어가 노 젓는 자리에 앉았소.
그 배는, 오케아노스강을 따라 큰 물결이 데려갔는데
처음엔 노 젓기가, 다음엔 부드러운 순풍이 그리하였다.   640

171　라피타이족의 왕, 제우스와 디아의 아들.
172　자신을 바라보는 인간을 돌로 바꾸는 괴물.

12 μ

오케아노스강의 흐름을 떠난 배는
넓은 길의 바다 물결에 이르러
아이아이에섬에 다다랐으니, 그곳엔 일찍 태어난
에오스의 거처와 무도장이 있고 해가 뜨는 곳인데
그곳에 도착해서 우리는 배를 모래톱에 끌어 올리고   5
{배에서 걸어 나와 바닷가에 발을 내디뎠다.}
그곳에서 잠이 들며 고귀한 새벽의 여신을 기다렸소.
　　일찍 태어나 장밋빛 손가락 펼치는 에오스가 나타나자
나는 전우들을 키르케의 집에 보내서
죽은 엘페노르의 시체를 가져오게 했소.   10
우리는 서둘러 장작을 패고 나서, 곶에서 가장 멀리

뻗어 나간 곳에, 슬퍼하며 매장하고 굵은 눈물을 뿌렸지.
망자와 망자의 무장이 모두 타버리고 나자
위에는 무덤을 쌓고 무덤 위에는 석주를 끌어다 세우고
무덤 꼭대기에는 다루기 쉬운 노를 꽂아 넣었다.   15

　우리는 세세하게 일을 챙겼소. 키르케는
하데스에서 돌아온 우리를 잊지 않고 옷을
차려입고 잽싸게 왔소. 그녀와 함께 하녀들이
빵과 많은 고기와 반짝이는 적포도주를 날라 왔소.
우리 가운데 나서며 가장 고귀한 여신이 말했다.   20

　'무모한 자들, 살아서 하데스의 집에 내려가다니,
두 번 죽은 셈이네요, 다른 인간들은 한 번만 죽거늘.
자, 여기서 하루 종일 음식을 먹고
포도주를 마시고 동이 트는 대로
출항하세요, 내가 길을 보여주고 죄다 일러주면,   25
여러분은 고통을 주는, 어떤 사악한 계획으로
육지와 바다에서 고난 겪으며 고통받지 않을 겁니다.'

　그렇게 말하자 우리의 사내다운 마음이 복종했소.
해가 질 때까지 그렇게 하루 종일 앉아서
무진장 고기를 먹고 달콤한 술을 마셨지.   30
이제 해가 지고 어둠이 내리덮이자
전우들이 배의 고물 밧줄 옆에 자려고 누웠는데

키르케가 내 손을 잡더니 내 전우들로부터 멀찍이
떼어 앉히고는 내 옆에 앉아서 속속들이 캐묻자
나는 그녀에게 조리 있게 모두 말했소.   35
그때, 여주인 키르케가 나를 향해 이렇게 말했다.
    '이 모든 일이 그렇게 끝났군요. 내가 무슨 말 하는지
잘 들으세요. 그 말은 신도 직접 상기시킬 겁니다.
우선 세이렌 자매[173]에게 도달할 텐데, 그들은 자신에게
다가오는 자는 누구든지 모두 호려버린답니다.   40
누구든 무지한 채 접근하여 세이렌 자매의 음성을
듣게 되면 그는 집에 돌아가지 못하니, 아내와 말 못 하는
아이들이 그의 곁에 설 수도 반갑게 맞이할 수도 없겠죠.
세이렌 자매가 초지에 앉아서 또랑또랑한 노래 부르며
호릴 것인데, 그 자매 주위엔 사내들의 시체 더미가   45
쌓여 있고 뼈에 붙은 살갗은 부패하여 쪼글쪼글하지요.
그 옆을 지나가야 하니 꿀처럼 달콤한 밀랍을 짓이겨
전우들의 귀에 채워 넣고 다른 이는 누구도 듣지
못하게 하세요. 하지만 당신 자신은 원하면 들으세요,
그대는 빠른 배에, 돛 고정하는 구멍 안에 자신을 곧추세워   50
손발을 묶게 하여, 돛대 밧줄에 결박되어 있어야 해요,

---

173   바다의 마법사들. 매혹적인 노래로 선원들을 파멸시킨다.

그러면 즐거이 세이렌 자매의 노래를 듣게 될 거예요.

그대가 전우들에게 풀어달라고 요구하거나 명령하면

그들이 더 많은 밧줄로 그대를 꽁꽁 묶게 하세요.

그런데 전우들이 배를 몰아 세이렌 자매 옆을 55

지나고 나면, 두 항로 중 어느 것이 그대의 항로가 될지는

내가 그대에게 더 상세하게 알려주지 않으니, 스스로

곰곰이 숙고해 선택하세요. 두 방향을 말해 줄게요.

한쪽에는 튀어나온 바위들이 있는데, 그것들 향해서는

검은 눈의 암피트리테가 큰 파도 굴리며 으르렁거리죠. 60

바위들은 축복받은 신들이 '방랑자들'[174]이라 부르지요.

그곳엔 날짐승이 무사히 지나갈 수 없는데, 아버지 제우스에게

암브로시아를 나르는, 겁 많은 비둘기조차도 마찬가지니

매끄러운 바위들이 항상 날짐승을 잡는답니다.

그러면 아버지 제우스가 또 다른 새를 보내서 숫자를 채우죠. 65

그곳으로는 어떤 배가 가든 무사하게 지나간 배가 없고

배들의 판자와 사내들의 시신 모두 바다의 파도와

파괴적인 불의 폭풍[175]에 이리저리 떠다니고 있답니다.

바다 항해하는 배 한 척만이 그곳을 지나갔으니, 모두의

관심사인 아르고호만이 아이에테스로부터 항해할 때 그랬죠. 70

---

174 또는 '돌진하는 자들'.

175 화산 활동인 것으로 보인다.

그 배도 파도가 커다란 바위에 곧장 메어쳤을 텐데
헤라 여신이 이아손을 총애하여 통과하게 해주셨던 거죠.
　두 번째 항로엔 바위 두 개가 있는데, 하나는 예리한 봉우리가
드넓은 하늘을 찌르고 검은 구름에 에워싸여 있지요.
구름이 걷히는 적 없으니 여름이나 수확의 계절에도　　　　　　　75
청명한 하늘이 결코 봉우리를 차지한 적 없고
어느 필멸의 인간도 그 위로 올라가거나 그곳에 발을
들일 수 없으니, 그가 스무 개의 손과 발이 있더라도 불가능하죠.
그 바위는 둘레가 반들반들한 물체처럼 미끄러우니까요.
바위 중앙에 위치한 어둠침침한 동굴은 어둠을 향해,　　　　　　80
에레보스를 향해 있는데, 바로 그곳으로 그대는 우묵한 배를
조종하여 지나가게 될 거예요, 영광스러운 오뒷세우스여.
우묵한 배에서 어느 기운 센 사내가 화살을 쏘더라도
움푹 팬 동굴에는 도달하지 못할 겁니다.
그 동굴에는 무섭게 짖는 스퀼라가 살고 있어요.　　　　　　　85
정말, 그녀 목소리는 갓 태어난 강아지의 것과 같지만
그녀 자신은 사악한 괴물이지요. 누구도 그녀를 보고
반기지 않을 것이고 그녀와 만난 신도 그러할 겁니다.
정말, 그녀의 발은 모두 열두 개나 매달려 있고
매우 기다란 목이 여섯 개나 있는데, 목마다　　　　　　　　　90
소름 끼치는 대가리가 달려 있고 그것엔 이빨들이 세 줄로

빽빽하게 나 있으니, 검은 죽음으로 가득 차 있는 거죠.
우묵한 동굴 안 중앙까지 몸을 뻗쳐 숨어 있다가
무시무시한 구렁에서 대가리를 밖으로 쳐들고는
바위 주위를 샅샅이 살피며 그곳에서 물개나 돌고래를   95
잡아 올려요. 더 큰 괴물을 잡을 때도 마찬가지죠.
이 수천 가지 괴물들은 포효하는 암피트리테가 기른답니다.
그곳은 배를 타고 무사히 지나갈 수 있다고
선원 누구도 큰소리치지 못하지요. 각각의 대가리로
사람을 이물 검은 배에서 낚아채버리니까요.   100
    오뒷세우스여, 또 다른 바위는 훨씬 더 낮다는 걸 알아볼 텐데
두 바위는 서로 가까이 있어요. 화살을 쏘아 닿을 만한 거리죠.
그 바위 안에는 입들이 무성한, 커다란 무화과나무가 있는데,
그 나무 밑에는 엄청난 카륍디스가 검은 물을 꿀꺽 삼키고 있어요.
카륍디스는 하루 세 번 게워내고 세 번 삼키는데   105
무시무시하죠. 그게 삼킬 때 그대가 그곳에 있지 않길 바라요.
대지 흔드는 신조차도 당신을 재앙에서 구해주지 못할 거예요.
그러하니 스퀼라의 바위에 아주 가까이 배를 붙여 몰면서
재빨리 통과해 벗어나세요. 한 번에 모두보다는
여섯 전우만 잃고 추모하는 편이 훨씬 더 나으니까요.'   110
    그렇게 말했고, 나는 겁에 질려 그녀에게 말했소.
'자, 여신이여, 이것을 내게 틀림없이 말해주시오,

치명적인 카륍디스를 어떻게 피해 달아나고
스퀼라가 내 전우를 해칠 때 어떻게 그걸 막아낼 수 있는지.'

　　그렇게 말하자 가장 고귀한 여신이 대답했다.　　　　　　115

'고집 센 자여, 또다시 전쟁 작업과 노고에 마음 쓰고
불사의 신들에게 복종하지 않을 작정인가요?
스퀼라는 죽지 않는 불사의 해악이라 무섭고
끔찍하며 사나우니 그와는 싸울 수가 없어요.
막을 방도가 전혀 없다고요. 그로부터 도망치는 게 최선이죠.　　120
그대가 무장을 갖추고 바위 옆에 머무르다가는
또다시 그대를 공격하며 그토록 많은 대가리로
달려들어 그만큼의 전우들을 배에서 앗아갈까 두렵네요.
그러하니 온 힘을 다해 노를 저어 통과하고 스퀼라의 어머니
크라타이이스를 부르세요, 그녀가 인간의 재앙 스퀼라를 낳았죠.　　125
그녀 이름이 스퀼라의 두 번째 공격은 막아줄 겁니다.

　　그러고 나서, 트리나키에섬에 당도할 겁니다. 그곳에는
헬리오스의 많은 암소들과 살진 염소들이 풀을 뜯고
소 떼가 일곱이고 예쁜 양 떼도 그만큼인데,
각각 쉰 마리씩이죠. 그것들은 새끼가 없고　　　　　　130
결코 죽는 일도 없답니다. 그것들의 목동이 여신들인데
이 여신들은 머리 곱게 땋은 요정 파에투사와 람페티에로
고귀한 네아이라가 천상의 헬리오스에게 낳아주었죠.

두 요정을, 여주인 어머니가 낳아 기르고 나서는

트리나키에섬에 이주시켜 멀리서 살게 하여 135

아버지의 양 떼와 뿔 굽은 소들을 지키게 했답니다.

그것들을 해치지 않고 그대로 놔두고 귀향을 유념한다면

비록 변고를 당하더라도 이타케에 도달하겠죠.

그러나 그것들 하나라도 해친다면 그때는 파멸이라고 예언해요,

[배와 전우들에게요. 그대 자신은 파멸을 피하더라도 140

뒤늦게, 비참하게, 모든 전우를 잃고 나서 귀향하게 되겠죠.']

　　　그렇게 말했고, 황금 옥좌에 앉은 새벽의 여신이 나타나자

가장 고귀한 여신 키르케는 섬으로 올라가버렸다.

한편 나는 당장 배로 가서 전우들에게,

승선하여 고물 밧줄을 풀라고 명령했소. 145

그들은 당장 배 안에 들어가 노 젓는 자리에 앉고

[차례로 앉아 노를 저으며 잿빛 바다를 때렸다.]

우리에게 이물 검은 배 뒤에서 돛 부풀리는

순풍을, 좋은 동반자로 보내준 자는 무서운 음성

가진 여신으로 머리 곱게 땋은 키르케였소. 150

당장 개별 장비들을 정리하고 배 위에 우리가

앉아 있었소. 배는 바람과 조타수에 의해 조종되었지.

그때 나는 비통한 심정으로 주위 전우들에게 말했다.

　　　'전우들이여, 가장 고귀한 여신 키르케가 내게

말해준 예언은 한두 사람이 알아야 하는 게 아니다.   155
그러면 자, 내 말하겠다. 이걸 알고 나서 우리가 죽거나
죽음의 여신으로부터 도망쳐 죽음을 피할 것이다.
우선 천상의 목소리 세이렌 자매의 음성을 피하고
꽃 만발한 풀밭을 멀리하라고 여신이 명령했다.
나만이 그들 자매의 음성을 들으라고 지시했으니   160
아프게 하는 밧줄로 나를 묶고는 그 자리에 꼼짝 못 하게
돛 고정 구멍에 날 곧추세우고 돛대 밧줄로 결박해라.
내가 풀어달라고 너희에게 애원하거나 명령해도
너희는 더욱더 세게 결박하여 압박하여라.'
    나는 전우들에게 그렇게 설명하여 분명히 했소.   165
그동안 잘 만든 우리 배는 호의적인 바람에 이끌려서
재빠르게 세이렌 자매의 섬에 도착했다.
그리고 나서 당장 바람이 그치고 바람 없는 평정이
찾아왔으니, 어떤 신이 파도를 잠재웠던 것이오.
전우들은 일어나서 배의 돛을 내리고   170
속 빈 배 안에 돛을 던져 넣고 노 옆으로 앉더니
잘 닦아 광나는 소나무 노를 저으며 하얀 포말을 일으켰다.
그런데 나는 예리한 청동으로 크고 둥근 밀랍 덩어리를
잘게 자르고 힘센 양손으로 그걸 뭉갰소.
당장 밀랍이 연해졌는데, 내 손의 큰 힘과 천상의   175

헬리오스 왕의 빛이 그리되게 했던 거요.
차례로 모든 전우의 귀에다 내가 밀랍을 발라 넣었소.
한편 전우들은 배 안에 내 손과 발을 묶고는
돛 고정 구멍에 날 곧추세우고 돛대 밧줄로 결박했다.
그들 자신은 앉아서 노를 저으며 잿빛 소금 바다를 때렸소.   180
우리가 소리쳐 부를 거리만큼 떨어져 잽싸게
도망쳤으나, 배가 나타나 빨리 다가오는 걸 놓치지 않은
세이렌 자매는 연주하듯 낭랑한 노래를 불렀다.
    '자, 이리 오세요, 명성 자자한 오뒷세우스, 아카이아인의
큰 영광이여, 배를 세우세요, 당신이 우리 목소릴 듣게요.   185
아직 누구도 검은 배로 노 저어 이곳을 지나간 적 없어라,
우리 입에서, 꿀처럼 달콤한 음색의 목소리를 듣기 전에는.
이 노래를 들은 자는 한껏 즐기고 더 많은 지혜 갖고 귀향한다고요.
아르고스인과 트로야인이 신들 뜻에 따라 드넓은 트로야에서
얼마나 고생했는지, 그 모든 시련을 우리가 알고 있고   190
다산(多産)의 대지 위에 일어난 일은 뭐든 모두 알고 있지요.'
    그렇게 말하며 요요한 목소리를 냈소. 내 마음은
더 듣고 싶어서, 전우들에게 포박을 풀라고 거듭 명령하고
눈짓하며 머릴 내밀었지만, 전우들은 앞으로 쓰러지며 노를 저었다.
곧장 페리메데스와 에우륄로코스가 일어서더니   195
더 많은 밧줄로 나를 묶고는 더욱더 압박했소.

정말로 세이렌 자매를 지나가고 더이상

세이렌 자매의 음성도 노래도 들리지 않게 되자

내게 충성하는 전우들은, 그들 귀에다 내가 발라준

밀랍을 떼어내고 나를 밧줄에서 풀어주었다.　　　　　　　　　200

　　우리가 그 섬을 떠나자마자 연기와

큰 파도를 바라보고 울부짖는 바닷소리를 들었소.

그래서 전우들이 공포에 사로잡히고 그들 손에서 노들이

날아가버리자, 모든 노들이 물에서 철썩 소리 냈고 그곳에

배가 멈추었지, 전우들이 손으로 뾰족한 노를 젓지 못했으니.　　　205

배 안을 돌아다니며 나는 한 사람씩 전우들

곁에 가까이 다가가서 부드러운 말로 격려했소.

　　'전우들이여, 여태 우리가 재앙을 알지 못한 건 결코 아니네.

참으로 이 재앙은, 퀴클롭스가 강력한 힘을 사용해

우리를 텅 빈 동굴 속에 가두었을 때보다 더 크지 않네,　　　　210

그곳에서도 우리는 내 용기로, 내 계획과 기지로

도망쳤으니, 언젠가는 이런 일을 추억하리라 믿고 있다.

이제는 자, 내가 말하는 대로 모두 복종하게나.

너희는 노 젓는 자리에 앉아 바다의 깊은 파도를

노로 때려라, 우리가 이런 파멸을 피해 달아나는 걸　　　　　215

제우스께서 허락하시길 바라고 있다네.

키잡이여, 그대에겐 이런 명령을 내리겠으니,

명심하라, 그대가 우묵한 배의 키를 조종하고 있으니.

여기 이 연기와 파도에서는 배를 멀리하고

바위를 향해 배를 조종하라, 자신도 모르게   220

진로를 벗어나 그곳에서 우리를 곤경에 빠뜨리지 말게.'

　　내가 말했고 곧장 그들은 내 말에 복종했다.

하지만 어쩔 도리 없는 화근, 스퀼라에 대해서는

언급하지 않았는데, 전우들이 두려워 노 저으려 않고

배 안에 그들 자신의 몸을 숨기지 않도록 말이오.   225

그때, 나는 키르케의 뼈아픈 지시 사항을,

그녀가 절대로 무장하지 말라 했던 명령을 잊었소.

나는 훌륭한 무장을 갖추고 손에는

긴 창 두 자루를 쥐고는 배 이물의 갑판으로

걸어갔소, 그곳 바위에서 스퀼라가 먼저 나타나   230

내 전우들에게 고통을 줄 거라고 예상했으니.

그러나 어디서도 스퀼라를 볼 수가 없었소,

안개 낀 바위 쪽을 살피느라 눈이 피로했으니.

우리는 탄식하며 해협으로 항해해 갔소.

이쪽엔 스퀼라가 도사리고 다른 쪽엔 어마어마한   235

카륍디스가 바다 소금물을 무섭게 흡입하고 있었다.

물을 토할 때는 마치 센 불 위 가마솥처럼

소용돌이치고 완전히 들끓어 오르자

물거품이 양쪽 바위 꼭대기를 덮치고 말았다.

바다의 소금물을 다시 삼킬 때는

카륍디스가 휘감아 돌더니, 바닥이 드러나고

주위 바위가 무시무시하게 울부짖고 아래에는 시커먼

모래땅이 나타났다. 창백한 공포가 전우들을 사로잡았지.

파멸을 두려워하며 우리는 카륍디스를 바라보고 있었소.

그사이, 스퀼라가 우묵한 배에서 여섯 전우를

잡아챘는데, 그들은 힘과 팔이 가장 센 자들이었지.

빠른 배와 전우들을 눈으로 좇았더니

그들의 발과 손이 이미 허공에 떠 있는 걸

발견했고, 그들이 비통한 마음에 절규하며

내 이름을 불렀지만, 그것이 마지막이었소.

마치 낚시꾼이 돌출한 바위에서, 고깃조각을 미끼로

작은 물고기들을 잡으려고 긴 낚싯대를 던지고

낚싯줄 보호하는 소뿔을 바닷속에 넣고 나서

헐떡이는 물고기를 물 밖으로 끌어당길 때처럼

꼭 그렇게 스퀼라가 헐떡이는 전우들을 바위로 끌어 올렸다.

그곳 동굴 입구에서 울부짖는 전우들을 먹어치웠고

전우들은 무시무시한 죽음 속에서 나에게 양손을 뻗었지.

바닷길 찾아내며 겪었던 모든 일들 중에서

가장 처참한 광경을 이 두 눈으로 목격한 것이오.

240

245

250

255

우리가 바위들, 무시무시한 카립디스, 스퀼라를   260
피하고 나자 당장 헬리오스의 흠 없는 섬에
도착했소. 그곳에는 이마 넓은 멋진 소들과 많은 살진
양들이 있었는데, 모두 천상의 헬리오스의 소유였다.
그때, 나는 아직 검은 배 타고 바다에 있었는데
우리 안에 몰아넣은 소들의 음매 소리와 양들의   265
매애 소리를 듣게 되자, 내 마음속에 경고가 떠올랐소.
눈먼 예언자 테베인 테이레시아스와 아이아이에섬의
키르케가 경고했던 것인데, 특히 여신은 내게 수차례 조언하며
인간의 기쁨인 헬리오스의 섬을 피하라고 했지.
그때, 나는 마음 아프지만 전우들 사이에서 말했다.   270
　　'내 말을 들어보라, 비록 불행을 겪었지만,
너희에게 예언을 전하려 하니, 그것은 테이레시아스와
아이아이에섬의 키르케의 예언인데, 두 분이 여러 번 조언하길,
인간의 기쁨인 헬리오스의 섬을 피하라고 했네.
그곳에는 가장 살벌한 재앙이 우리를 기다리고 있으니까.   275
그 섬을 지나쳐서 검은 배를 몰아가자.'
　　그렇게 말하자, 그들 가슴속 마음이 갈라지며 쪼개졌소.
당장 에우륄로코스가 나에게 혐오스러운 말을 퍼부었다.
　　'무모한 자, 오뒷세우스여, 힘이 넘쳐나 사지가
피곤하지 않다니. 정말, 그대는 모두 무쇠로 만들어졌나보오,   280

전우들은 노고와 졸음에 닳고 닳았는데도
육지에 발 내딛는 걸 허락하지 않다니, 이곳 바다에
둘러싸인 섬에서 맛있는 저녁 식사를 다시 만들 수 있거늘
곧 닥쳐올 밤 내내 헤매며 다니라고 말하다니
섬에서 벗어나, 그것도 안개 낀 바다 한가운데서 길을 잃게 될 거요.   285
밤으로부터 가혹한 바람들, 배를 해치는 바람들이 불어올 거요.
대체 누가 어디로 급작스러운 파멸을 피할 수 있을까?
어디선가 갑자기 바람의 돌풍이 닥쳐온다면,
남풍이나 거세게 몰아치는 서풍이나, 그 바람들은
우리 주인인 신들의 뜻마저 거슬러 배를 조각내버릴 거요.   290
그러니 정말로 이제는 검은 밤에 복종하고
빠른 배 곁에 머물며 저녁 식사나 준비합시다.
그러면 아침에 승선하여 드넓은 바다로 항해를 시작할 거요.'
    그렇게 에우뤼로코스가 말하자 이에 전우들이 찬동했다.
나는 어떤 신이 재앙을 꾀하고 있다고 거듭 확신했소.   295
나는 입을 열어 그를 향해 날개 돋친 말을 쏘았다.
    '에우뤼로코스여, 내가 혼자라고 날 압박하는구나.
그러면 자, 너희 모두 나에게 엄중하게 맹세하라.
어떤 소 떼나 양들의 큰 무리를 발견하더라도
너희 중 누구도 사악하고 무도한 짓으로   300
소나 양을 절대로 도살하지 않고 자제하며

불멸의 키르케가 주었던 식량을 먹겠다고.'

　　그렇게 말하자, 전우들은 곧장 내 명대로
하겠다고 맹세했다. 그들이 맹세하고 맹세를 마치자
우리는 잘 지은 배를, 움푹한 항구 안　　　　　　　　　305
달콤한 물 근처에 세웠고, 전우들이 배에서 내려
솜씨 좋게 저녁 식사를 만들었소.
그래서 먹고 마시는 욕망을 벗어버리고 나자
사랑하는 전우들, 우묵한 배에서 스퀼라가
낚아채 삼켜버린 전우들을 떠올리며 울고 또 울었소.　　　310
이렇게 울고 있는데 우리에게 상쾌한 잠이 찾아왔다.

　　아직 밤이 3분의 1 정도 남고 별들이 저편 하늘로 가버리자
구름 모으는 제우스가 무서운 폭풍과 함께
미친 듯이 부는 바람을 일으키더니 구름으로
대지와 바다를 덮어버렸고, 하늘에서는 밤이 내려와 덮쳤다.　　315
일찍 태어나 장밋빛 손가락 펼치는 에오스가 나타나자
우리는 배를 바닷가로 끌어 올려 동굴 안에 밀어 넣었소.
그곳에는 요정들의 멋진 무도장과 집회장이 있었지.
나는 회의를 소집하고 이렇게 말했다.

　　'오, 전우들이여, 빠른 배 안에 음식과 음료가 있으니　　　320
무슨 변고 당하지 않게 이 섬의 소들과는 멀리 떨어져 있게.
소들과 살진 양들은 무시무시한 신 헬리오스에게

속하니까, 그 신은 모든 걸 지켜보고 들으신다네.'

그렇게 말하자 그들의 사내다운 마음이 복종했다.
한 달 내내 남풍이 멈춤 없이 불었고, 이후 다른 바람이   325
일어나지 않았는데, 동풍과 남풍을 제외하고는 말이오.
전우들은 곡식과 붉은 포도주를 먹고 마시는 동안에는
소들을 멀리했지, 자기 목숨을 보존하길 열망했으니까.
그러나 정말로 모든 식량이 바닥나자
전우들은 피치 못해 돌아다니며 사냥감을 찾았는데   330
새며 물고기며 제 손에 닿는 건 무엇이나
{굽은 낚싯바늘로 잡으려 했지, 허기가 복부를 물어뜯었으니.]
바로 그때, 나는 섬을 걸어 올라가서 신들에게
기도했는데, 어떤 신이 귀향 방법을 알려줄까 희망해서요.
그러나 정말 섬을 두루 지나며 전우들로부터 멀어지자   335
손을 씻고 나서, 바람 막을 수 있는 장소에서
모든 신들, 올륌포스에 거주하는 신들에게 기도했소.
그러자 신들이 내 눈꺼풀 위에 달콤한 잠을 쏟아부었지.
한편 에우뤼로코스는 전우들에게 무도한 계획을 늘어놓았다.

'내 말 좀 들어보게, 곤경에 처한 전우들이여.   340
모든 죽는 방법은 불쌍한 인간들에게 가증스러우나
굶어 죽는 운명을 맞는 거야말로 가장 비참할 거요.
그러니 자, 헬리오스의 소들 중 가장 좋은 놈을 몰아 가서 불사의 신들, 드넓은 천공을 차지한 분들에게 바치자.
우리가 조국 땅 이타케에 도착하게 되면   345
그 즉시 천상의 헬리오스에게 호화로운 사원을
세워드리고 안에는 많은 멋진 장식품을 바칠 것이오.
그런데 헬리오스가 뿔 곧은 소들로 인해 진노하여
배를 파괴하려 하고 이에 신들이 동조하더라도
당장 파도 향해 입 벌려 목숨을 잃고 싶은 심정이라고,   350
텅 빈 섬에 앉아서 서서히 굶어 죽는 것보다는.'
     에우륄로코스가 그렇게 말하자 다른 전우들이 찬동했다.
당장 그들은 가까이 헬리오스의 소들 중 가장 좋은 놈들을
몰고 왔는데, 이물 검은 배에서 멀지 않은 곳에서
뒤틀린 뿔에다 이마 넓은 멋진 소들이 풀을 뜯고 있었지.   355
이 소들 주위에 전우들이 둘러서더니 신들에게 기도했는데
키 크고 잎 많은 참나무의 여린 잎을 잡아 뜯고 나서였소.
갑판 좋은 배 위에 하얀 보리가 있을 턱이 없었으니까.
전우들은 기도하고 도살하고 가죽을 벗기고
넓적다리뼈를 발라내어 두 겹으로 만들고 나서   360
탄 제물의 기름으로 그것을 덮고는 그 위에는
날고기 조각을 올리고 불타는 제물 위에는
술을 붓지 못하니 물을 뿌리고 모든 내장을 구웠소.
넓적다리뼈가 다 타버리고 전우들이 내장을 맛보고

나머지는 잘게 썰어 꼬챙이로 꿰어놓았다.   365

　바로 그때, 달콤한 잠이 내 눈꺼풀에서 달아났고
나는 빠른 배와 바닷가를 향해 서둘러 갔소.
몸을 움직여 양 끝 흰 배에 가까이 다가가자
기름의 달콤한 숨결이 날 에워싸더이다.
나는 탄식하며 불멸의 신들에게 소리쳤지.   370

　'제우스 아버지, 그리고 영생하고 축복받은 신들이여,
저를 파멸로 이끌려고 잔인한 잠을 보내셨나요.
전우들이 남아서 엄청난 짓을 궁리했습니다.'

　잽싸게, 긴 옷 걸친 람프티에가 전령으로 천상의
헬리오스에게 가서는 우리가 그의 소들을 잡았다고 알렸소.   375
당장 헬리오스가 분노하며 불사의 신들에게 고했다.

　'제우스 아버지, 그리고 축복받고 영생하는 신들이여,
라에르테스의 아들 오뒷세우스의 전우들을 벌해주시오.
그자들이 무엄하게도 내 소들을 도살했는데, 소들은
나의 기쁨이었소, 별들 가득한 하늘로 올라가거나   380
다시 하늘에서 대지로 발걸음을 돌릴 때마다요.
만약 저자들이 소들에 대한 합당한 대가를 치르지 않으면
나는 하데스의 집에 내려가 망자들이나 비출 것이오.'

　구름 모으는 제우스가 헬리오스에게 대답하며 말했다.
'헬리오스여, 제발 그대는 불사의 신들과 필멸의 인간들 사이,   385

곡물 선사하는 대지 위에 빛을 비추어주게나.

내 당장 그들의 빠른 배에다 번쩍이는 번개를 뿌려서

검은 포도줏빛 바다 한가운데서 산산이 부숴버릴 것이네.'

　　　이 말은 내가 직접, 머리 곱게 땋은 칼립소에게 들은 것이라오,

그녀 자신이 경주자 헤르메스에게서 들었다고 말해 주었으니.　　　390

　　　그러고 나서 나는 배와 바닷가를 향해 내려가서

이놈 저놈에게 다가가서 꾸짖었으나, 어떤 방도도

우리는 찾지 못했지, 이미 소들이 도살되었으니.

그들과 나에게 당장 신들은 면전에 전조를 드러냈다.

벗긴 가죽들이 기어 다니고 꼬챙이로 꿴 고기들이, 구운 것이든　　　395

날것이든 매애 하고 우는데, 흡사 소들이 우는 소리 같았다.

　　　그러고 나서 엿새 동안 내 충성스러운 전우들은

헬리오스의 소들 중 가장 좋은 놈들을 몰고 와서 잔치를 벌였지.

이레째 되는 날을, 크로노스의 아들 제우스가 올려놓자

바람이 돌풍으로 몰아치는 것을 멈추었고　　　400

우리는 당장 승선하여 드넓은 바다에 배를 띄웠소,

돛대를 세우고 하얀 돛을 위로 끌어당기고 나서요.

　　　우리가 정말 그 섬을 떠나 어느 다른 육지가

나타나지 않고 하늘과 바다만 보였을 때

크로노스의 아들 제우스가 검푸른 구름을　　　405

우묵한 배 위에 펼치자 그 아래 바다가 거뭇거뭇해졌다.

배는 오랫동안 달리지 못했다, 당장 새된 소리 내며
찾아온 서풍이 엄청난 돌풍과 함께 돌진했으니.
돛대의 앞, 양쪽 밧줄을 바람의 돌풍이 끊어놓자
돛대가 뒤로 쓰러지고 모든 선구들이 배 바닥 물에 410
떨어졌다. 돛대가, 보라, 배의 선미루에 있던
키잡이의 머리를 때리더니 골격 모두를
산산이 부숴버렸고, 키잡이가 마치 잠수부인 양
고물에서 추락하자 그의 늠름한 혼이 뼈를 떠났다.
게다가 제우스가 천둥 치며 배에 번개를 던져 넣었다. 415
배는 제우스의 번개에 맞아 전체가 빙빙 돌고
배 안은 유황으로 가득 차고 배에서는 전우들이 추락했다.
그들은 흡사 검은머리물떼새들처럼 검은 배 주위로
파도에 실려 다녔으니, 신이 귀향 날을 빼앗았구나.
나는 배에서, 파도에 배의 측면이 해체될 때까지 420
우왕좌왕하고 있었소. 벗겨진 용골이 파도에 떠다녔지.
파도에 두들겨 맞은 돛대가 용골 쪽으로 기울어지니
돛대 위에선 소가죽 재질의 뒷버팀줄이 떨어지고 말았다.
그것으로 나는 용골과 돛대를 한데 묶어버리고는
그 위에 앉았고, 깨뜨려 부수는 바람에 떠돌고 있었다. 425
　　이후 서풍은 돌풍이 되어 몰아치는 걸 멈추었으나
잽싸게 남풍이 오더니, 내 마음에 심한 고통을 가했으니 재앙의 카륍디스를 또다시 지나가게 된 것이었소.

나는 밤새도록 실려 다니다가 해가 떠오르자

스퀼라의 바위와 무시무시한 카륍디스에 떠내려갔소.　　　　430

카륍디스는 바다의 소금물을 무섭게 삼키고 있더군.

나는 키 큰 무화과나무를 향해 높이 도약해

거기에 박쥐처럼 매달려 붙잡았으나, 어디로든

굳게 발을 디디거나 위로 올라갈 수는 없었소.

뿌리들은 멀리 아래에 있었고, 허공에 매달려 있는　　　　435

가지들, 크고 긴 가지들은 카륍디스에 그늘을 드리웠다.

그럼에도 계속 붙잡고 있었지, 돛대와 용골이

다시 토해질 때까지. 내가 애타게 찾던 돛대와 용골이

늦게 떠올랐다. 마치 집요한 고소인 주장을 경청한 판관이

판결하고 나서, 식사 시간이 되어 법정에서 일어나듯이.　　　　440

{카륍디스로부터 선재(船材)들이 제 모습을 드러냈던 거요.}

나는 위에서 아래로 손과 발 모두 던져서

한가운데, 키 큰 선재 옆에 풍덩 하고 빠졌소.

그래서 선재들 위에 앉아 내 손이 노인 듯이 저어댔지.

신과 인간의 아버지[176]는 내가 스퀼라와 만나는 걸 더는　　　　445

허락지 않았는데, 그러지 않았다면 가파른 파멸을 맞았을 거요.

176　　제우스.

그곳에서 아흐레 동안 옮겨 다녔는데, 열흘째 밤에
신들이 나를 오귀기에섬으로 데려갔고, 그곳에 살고 있던
머리 곱게 땋은 칼륍소, 인간의 음성으로 말하는 무시무시한 여신이
나를 환대하고 잘 보살펴주었소. 왜 이런 이야기를 하는 거지?　450
당신과 당신의 뛰어난 아내의 궁전에서 이미 어제,
칼륍소에 대해서는 이야기했소. 이미 이야기한 걸
또다시 자세히 이야기하는 건 몹시 따분한 일입니다."

13 v

그렇게 말하자, 청중 모두가 침묵으로 잠잠해졌으니
그늘진 홀에서 두루 이야기의 마법에 넋을 잃은 것이었다.
알키노스가 소리 내어 그에게 대답했다.

"아, 오뒷세우스여, 청동 문턱의 내 집, 지붕 높은 집에
도착했으니 그대가 더는 목적지에서 밀려나지 않고 집으로   5
다시 돌아가야 한다고 생각하오, 비록 많은 고통을 겪었지만.
여러분 각자에게 명령하여 말하고자 합니다,
여러분은 항상 내 궁전에서 원로들의 빛나는
포도주를 마시고 소리꾼의 노래를 듣곤 합니다.
옷들이 손님을 위해 윤기 나는 상자 안에   10
놓여 있고 잘 세공된 금과 다른 모든 선물들도

그러한데, 파야케스의 위원들이 가져온 것들이오.
그러면 자, 우리 각자 커다란 세발솥과 가마솥을
그에게 줍시다. 우리가 백성들에게서 다시 거둬들여
별충할 것이오, 자기 재산만으로는 호의를 베풀 수 없으니.″   15
     그렇게 알키노스가 말하자 그의 말에 모두가 기뻐했다.
모두가 누워 쉬려고 각자 집을 향해 갔다.
일찍 태어나 장밋빛 손가락 펼치는 에오스가 나타나자
선원들은 배로 서둘러 가며 무용 뽐내는 청동을 날랐다.
이 선물들은 알키노스의 신성한 힘이 잘 정리했는데   20
몸소 배 안을 두루 다니며 노 젓는 자리 아래에 두게 했다,
선원들이 배 몰고 노 젓는 일에 열중할 때 방해받지 않도록.
한편 일행은 알키노스의 집으로 움직여 식사를 나누었다.
알키노스의 신성한 힘이 소 한 마리를 제물로 바친 신은
먹구름의 신, 만인 통치하는 신, 크로노스의 아들 제우스였다.   25
그들은 넓적다리뼈를 태우고 즐거이, 명성 자자한 잔치를
벌였다. 그들 사이에서는 백성의 존경 받는 자, 신과 같은
데모도코스가 노래하기 시작했다. 하지만 오뒷세우스는
여러 번, 빛나는 해를 향해 머리를 돌리며 해가   30
지기만 바라고 있었다. 그토록 귀향을 열망한 것이다.
한 농부가 저녁 식사를 열망하는 것처럼, 온종일 포도줏빛
얼굴의 두 마리 소가 짜 맞춘 쟁기를 끌며 묵정밭을 갈았을 때,

반갑게도, 태양 빛이 떨어져 식사 준비로 분주할 시간,
농부는 걸어가고 있으나 무릎이 잘 펴지지 않았다.
그렇게 태양 빛이 떨어지자 오뒷세우스가 기뻐했다.   35
당장 그는 노를 사랑하는 파야케스족에게, 누구보다도
알키노스에게 자신의 처지를 알리며 이렇게 말했다.

　"통치자 알키노스, 모든 백성들 중 영광된 자여,
헌주 후에 안전하게 나를 호송하시고 여러분도 안녕하시길.
내 마음이 바라던 바는 이미 이루어졌습니다,   40
호송과 값진 선물들 말인데, 이 선물들이 내 축복이 되도록
올륌포스 신들에게 기도하나이다. 귀향하면 집에서
흠 없는 아내와, 무탈하고 건강한 가족을 모두 만나게 되길.
여러분은 이곳에 살아가며 결혼한 아내와 자식들을
행복하게 해주시기를. 신들께서 온갖 행복을 허락하시고   45
어떤 불행도 결코 집 안에 들이지 않기를 바라나이다."

　그렇게 말하자 그들 모두가 호응하며 이 나그네를
호송할 것을 요구했다. 오뒷세우스가 합당하게 말했으니.
그때, 전령을 향해 알키노스의 힘이 말했다.

　"폰토노오스여, 혼주 용기에 물을 타서 홀에 두루   50
모두에게 술을 따라주어라. 아버지 제우스에게
기도하고 나서 저 나그네를 제 조국 땅으로 호송할 것이다."

　그렇게 말하자, 폰토노오스가 달콤한 마음의 포도주를 섞고

모두에게 다가가 나눠주었다. 그들은 축복받은
신들, 드넓은 하늘에 거주하는 신들에게 헌주했는데   55
제자리에서 일어난 후였다. 고귀한 오뒷세우스가
일어나서 아레테의 손에, 손잡이 두 개인 잔을 쥐여주고
그녀에게 소리 내어 날개 돋친 말을 쏘았다.
　　"왕비시여, 평생 동안 안녕하시길, 인간들 사이
떠돌고 있는 노령과 죽음이 찾아올 때까지.   60
나는 고향에 돌아갑니다. 당신은 여기 이 집에서 자녀들과
백성들과 알키노스 왕과 함께 행복하시길 비나이다."
　　그렇게 말하고 신과 같은 오뒷세우스가 문턱을 넘어갔고
알키노스의 힘은 전령 한 명을 딸려 보내서
그 전령이 빠른 배와 바닷가로 나그네를 인도하게 했다.   65
한편 아레테는 여자 하녀들을 함께 보냈는데
한 명에겐 세탁된 외투와 속옷 한 벌씩을 들라고
한 명에겐 잘 짜인 상자를 나르라고 명령했다.
하녀 한 명은 빵과 붉은 포도주를 날랐다.
그들이 배와 바닷가를 향해 내려가자   70
고귀한 호송자들이 그것들을 받아서 우묵한 배 안에
내려놓았는데, 온갖 종류의 음식과 음료였다.
이어서 오뒷세우스를 위해 담요와 아마포를
우묵한 배 고물의 갑판 위에 깔아서 그가 숙면을

취하게 했다. 오뒷세우스 자신도 승선하여 조용히   75
자리에 누웠다. 선원들 각자는 노 젓는 자리에
차례로 앉고 바위 구멍에 묶인 버팀 밧줄을 풀었다.
   파야케스족이 뒤로 기대서 노를 저으며 소금물을 때리자
오뒷세우스의 눈꺼풀에는 달콤한 잠이 쏟아졌는데,
잠은 깊고 가장 달콤하니 죽음과 가장 흡사했다.   80
마치 들판에서 네 필의 수컷 말들
모두가 채찍에 맞아 자극되더니
도약하여 잽싸게 경로를 완주하는 것처럼
그렇게 배의 이물이 부양했고 뒤에서는 파도,
노호하는 바다의 자줏빛 파도가 부글부글 끓었으나   85
배는 쉼 없이 안전하게 달려가고 있었다. 새들 가운데
가장 빠른 매조차도 함께 보조를 맞추지 못하리라.
그렇게 가볍게 달리고 바다의 파도를 가르며
신들 못지않은 계획을 가진 사내를 나르고 있었다.
그는 과거, 마음속 두루 매우 많은 고통을 겪으면서   90
사내들의 전쟁과 고통의 파도를 헤치며 지나왔으나
지금은 겪은 일들 모두 잊고 미동 없이 잠자고 있었다.
   가장 밝은 별이, 일찍 태어난 에오스가 펼치는
빛을 알려주며 대지 위에 나타났을 때
바닷물 가르는 배는 섬에 다가가고 있었다.   95

이타케라는 나라에는 바다 노인 포르퀴스의

만(灣)이 하나 있다. 안에는 두 개의 곶이

깎아지르며 튀어나와 만 쪽으로 웅크리고 앉아서

사납게 부는 바람이 일으킨 큰 파도를 밖에서

막아준다. 안에는 갑판 튼튼한 배들이   100

정박 가능한 거리에 닿으면 밧줄 없이도 머물 수 있다.

한편 만의 머리에는 긴 이파리의 올리브나무가 있고

그 옆에 동굴은 바다 안개로 축축하나 쾌적하니

샘과 강의 요정들이 찾는 신성한 곳이다.

동굴 안에는 혼주 용기들과, 손잡이 두 개 달린   105

돌 항아리들이 있다. 그곳에는 벌들이 집을 짓는다.

또 돌로 된 커다란 베틀이 놓여 있어 그곳에서는

요정들이 자줏빛 옷감을 짜는데, 놀라운 광경이다.

동굴 안에는 늘 물이 흐르고 있다. 두 개의 문이 있는데

북풍을 향한 문은 인간들이 내려갈 수 있으나   110

남풍을 향한 문은 신들에게 속한 것이라, 그곳은

인간들이 들어갈 수 없으니 불사자의 경로다.

파야케스족은 이미 알고 있던 터라 그곳에 배를 몰았다.

한편 배는 뭍에 닿자 빠르게 배의 절반이 뭍에

얹히게 되었으니, 선원들의 두 손이 배를 재촉했던 것이다.   115

선원들은 갑판 튼튼한 배에서 뭍에 내리고

우선 아마포와 빛나는 담요를 덮고 있는

잠에 제압된 사내 오뒷세우스를

들어 올려서 모래 위에 내려놓았다. 또 바깥에

재물들을 들어냈는데, 고귀한 파야케스족이   120

담대한 아테네의 뜻에 따라 귀향자에게 준 선물이었다.

길 바깥, 올리브나무 밑동 옆에 함께 모아두어

오뒷세우스가 깨어나기 전에, 어느 행인이

이곳에 와서 약탈하지 못하도록 했다.

선원들은 다시 집을 향해 갔다. 한편 대지 흔드는 신[177]은   125

신과 같은 오뒷세우스에게 가했던 위협을

잊지 않고 제우스의 계획을 따져 물었다.

　　"아버지 제우스여, 더이상 나는 불멸의 신들에게

존경받지 못할 것이오, 인간들이 날 전혀 존경하지 않는다면,

파야케스족 말이오, 그 종족이 내 핏줄에서 나왔는데도.   130

나는 오뒷세우스가 많은 고난 겪고 귀향할 거라고

말한 적 있소. 그의 귀향 날을 빼앗으려 하진 않았지,

그대가 귀향을 약속하며 고개를 끄덕였으니까.

그들은 잠자는 그를 빠른 배로 바다 위로 이끌어

이타케 땅에 내려놓고 그에게 무수한 선물을 주었소,   135

177　포세이돈.

넉넉하게, 청동이며 황금이며 직조한 옷인데
트로야에서도 오뒷세우스가 그 많은 걸 취하진 못했을 거요,
그가 전리품의 몫을 받고 무사히 돌아왔다 하더라도."
　　구름 모으는 제우스가 대답하여 그를 향해 말했다.
"아니오, 대지 흔들고 멀리 힘 떨치는 이여. 무슨 말이오?　　　　140
그대를 신들이 결코 경시하지 않소. 가장 연장자이고
뛰어난 신을 모욕하며 공격하는 것은 위중한 일이잖소.
어느 인간이라도 자기 완력과 권력에 취해서 그대를
전혀 공경하지 않는다면, 나중에 그대가 처벌할 수 있소.
그대가 바라고 그대 마음이 내키는 대로 하시오."　　　　　145
　　대지 뒤흔드는 포세이돈이 제우스에게 말했다.
"나는 당장 할 수 있소, 검은 구름의 신이여, 그대가 말한 대로,
하나 항상 그대의 분노를 경외하고 회피했던 것이오.
지금은 파야케스족의 빼어나게 아름다운 배,
호송 후 귀환하는 배를, 안개 낀 바다에서 부숴버리고　　　　150
이제는 그들이 자제하여 인간들 호송을 그만두도록
그들의 도시를, 높은 산으로 감싸버리고 싶소이다."
　　구름 모으는 제우스가 그에게 대답하여 말했다.
"여보시오, 내 생각에는 이렇게 하는 게 상책인 것 같소,
도시에서 모든 백성이 달려오는 배를 바라볼 때　　　　　　155
그 배를, 육지 근처에서 빠른 배 모양의 돌로

만들어 버리시오, 그러면 모든 인간들이 놀라서 바라보겠지.
그러나 그들 도시는 큰 산으로 에워싸지 마시오."

　이 말을 듣고 나자, 대지 흔드는 포세이돈은
서둘러 파야케스족이 살고 있는 스케리아에 갔다.　　　　　　　　160
포세이돈은 그곳에서 기다렸다. 바다 가르는 배가 쉽게
속력 내며 가까이 다가오고 있었다. 배 가까이, 대지 흔드는
신이 다가가 손을 내려쳐 배를 돌로 만들어, 배가
해저에 뿌리를 내리게 했다. 신은 이미 떠나고 없었다.
사람들이 서로에게 날개 돋친 말을 쏘았는데　　　　　　　　　165
배들로 유명한, 긴 노 젓는 파야케스족이었고
누군가 가까이 있는 이를 바라보며 이렇게 말했다.

　"아이고, 정말 누가 빠른 배, 귀향하는 배를
바닷속에 묶었단 말인가? 방금 전 배 전체가 보였거늘."

　누군가 그렇게 말했지만 그들은 어찌 된 영문인지 몰랐다.　　　170
알키노스가, 그들 가운데 말문을 열어 연설했다.

　"세상에, 정말, 옛 신탁이 내 부친에게서 내게로 이루어졌구나,
그분이 말하시길, 포세이돈 신이 우릴 못마땅해하시니
우리가 모든 이를 안전하게 호송하기 때문이라고 했다.
언젠가 파야케스족의 아주 멋진 배가 호송에서　　　　　　　　175
돌아올 때, 신께서 그 배를, 안개 낀 바다에서 부숴버리고
우리 도시를 큰 산으로 에워쌀 거라고 말하셨다.

그리 어르신이 말하셨지. 지금 모든 게 이루어졌구나!
그러면 자, 내 말대로, 우리 모두 따르도록 합시다.
인간의 호송을 중지합시다, 누가 우리 도시에   180
도착하더라도, 포세이돈에게는 황소 열두 마리를
바치도록 합시다, 신께서 우릴 불쌍히 여기시어
우리 도시를, 키 큰 산으로 에워싸지 않으시길 바라며.”
　　　그렇게 말하자, 파야케스족은 두려워서 황소들을
준비했다. 그들은 포세이돈 왕에게 기도했는데   185
파야케스족의 지도자들과 통솔자들이 제단 주위에
서 있었다. 한편 고귀한 오뒷세우스는 조국 땅에서
잠을 자다가 깨어났다. 그 땅을 알아보지 못했으니
너무 오래 떠나 있어서였다. 그 주위에는 여신이 안개를
부었는데, 제우스의 따님 팔라스 아테네였고, 여신은   190
그가 알지 못하게 하고 나서 상세히 말하려고 했다.
{구혼자들이 모든 범죄에 대가를 지불하기 전까지는
그의 아내나 백성들이나 친구들이 그를 알아보지 못하도록.}
그래서 오뒷세우스 왕에겐 모든 것이 다르게 보였으니
쉼 없이 이어지는 길들, 정박 용이한 포구들,   195
가파른 바위들, 잎이 무성한 나무들이 그러했다.
그래서 그는 벌떡 일어나 조국 땅을 살펴보았다.
그러고도 신음 소리 내며 두 넓적다리를

손바닥으로 때리고 울부짖으며 이렇게 말했다.

"아이고, 나는 또 어떤 종족의 땅에 도착한 것일까?   200
그들은 난폭할까, 야만스러울까, 정의롭지 못한 자들일까,
손님을 환대할까, 신을 경외하는 마음을 가진 자들일까?
어디로 이 많은 재물들을 날라야 하나? 어디로 나 자신은
떠돌아다녀야 하나? 재물들은 그곳, 파야케스족에게
남겨뒀어야 했거늘. 그러면 내가 어느 다른 막강한 왕에게   205
갈 수 있었을 텐데, 날 환대하고 집에 가게 보내줄 왕 말이지.
지금은 그래서 어디에 갖다놓아야 할지 모르겠어, 이곳에
남겨둘 수도 없는데, 어쨌든 타인의 약탈물이 될까 두렵구나.
이럴 수가, 그들은 사려 깊지도 정의롭지도 않았던 거야,
파야케스족의 지도자들과 통솔자들 말인데, 그자들이   210
나를 다른 땅에 데려다놓았구나. 내게는, 눈에 잘 띄는
이타케에 데려다준다 해놓고선 그 약속을 어긴 것이야.
탄원자의 신 제우스이시여, 그들을 벌하여주소서, 신께선
모든 인간을 굽어보시고 죄짓는 자는 누구든 벌하시니까.
그러면 자, 정말 재물들을 헤아리고 살펴봐야겠다,   215
저들이 우묵한 배에 뭔가 싣고 가지는 않았는지."

그렇게 말하며 매우 멋진 세발솥들과 냄비들과
황금 덩어리와 직조된 아름다운 옷을 헤아렸다.
빠진 물건은 없었다. 조국 땅을 두고 한탄하며

파도 휘몰아치는 바닷가에 무거운 발걸음을 옮기면서   220
슬피 울고 또 울었다. 근처에서 아테네 여신이 다가왔는데
여신은 체격이 젊은 사내로 양치기 목동의 모습이고
왕의 자식들이 그러하듯 곱게 자란 티가 나고
어깨에는 잘 지은 두 겹 외투를 걸치고 있었다.
윤기 나는 발에는 샌들을 신고 손에는 창을 들고 있었다.   225
목동을 보자 오뒷세우스가 기뻐하며 맞은편에
다가가더니 여신에게 소리 내어 날개 돋친 말을 쏘았다.

　"오, 친구여, 내가 그대를 이 장소에서 처음 만났구려,
안녕하시오, 내게는 나쁜 의도로 맞서지 마시고
이 보물을 지켜주고 날 구해주시오. 그대에게 나는   230
마치 신에게 하듯 기도하며 그대의 무릎에 도착한 것이오.
내게 진실을 말해주시오, 내가 잘 알 수 있도록.
여기는 어느 땅 어느 지역이고 어떤 인간들이 살고 있소?
섬들 중 눈에 잘 띄는 어떤 섬이오? 또는 비옥한 땅의
어떤 곳이 바다에 기울어져 누워 있는 것이오?"   235

　올빼미 눈의 여신 아테네가 그를 향해 말했다.
"당신은 어리석거나, 나그네여, 먼 곳에서 오셨군요?
정말 이 땅에 대해 캐묻다니. 결코 이름도 없는
곳이 아니오. 이 섬을 매우 많은 이들이 알고 있습니다,
새벽과 태양을 향해 사는 사람들은 물론   240

안개 낀 서쪽을 향해 사는 사람들까지도.

정말, 이 섬은 바위투성이라 말을 달릴 수 없고

그리 궁핍하지 않으나 넓은 땅은 아닙니다.

섬 안에는 곡식이 무수히 많이 나고 또 포도주가

그러하죠. 늘 비가 내리고 풍성한 이슬이 맺힙니다.   245

염소 먹이기 좋고 소 먹이기도 좋아요, 그리고 온갖 종류의

나무가 있고 그 안에는 항상 물이 솟는 샘이 있습니다.

그래서, 나그네여, 이타케라는 이름이 트로야까지 닿은 거죠,

트로야가 아카이아 땅에서 멀리 떨어져 있다 해도."

  그렇게 말하자, 많이 참는 고귀한 오뒷세우스가 기뻐하며   250

자기 조국 땅을 반겼으니, 그에게 팔라스 아테네,

아이기스 가진 제우스의 따님이 말한 대로였다.

여신에게 그는 소리 내어 날개 돋친 말을 쏘았지만

진실을 말하지 않고 내뱉을 말을 주워 담고는,

늘 그러하듯 마음속에 이익 많은 계획을 세우고 있었다.   255

  "이타케에 대해서는 들은 적 있죠, 바다 너머 멀리 있는

드넓은 크레타에서도. 지금, 나는 많은 재물을

가져왔소. 이 정도 많은 재물을 아이들에게 남겨두고

도망쳤는데, 이도메네우스의 아들을 죽였던 거요,

그자는 발 빠른 오르실로코스라 불리고, 넓은 크레타에서   260

곡식 먹는 사내들을 경주에서 빠른 발로 이겼는데

내게서는 트로야의 모든 전리품을 강탈하려 했소,

그 전리품으로 인해 나는 마음속으로 고통 겪으며

사내들의 전쟁과 고통의 파도를 통과했던 것인데

트로야에서 그의 부친 이도메네우스에게 호의 갖고 265

시종으로 복무 않고 다른 전우들을 지휘했기 때문이오.

오르실로코스가 들판에서 돌아올 때, 한 전우와 함께

길옆에 매복한 나는 청동 촉 박힌 창으로 그를 찔렀소.

칠흑 같은 밤이 하늘을 붙잡고 있어 어느 인간도

우리를 알아보지 못했으니 그의 목숨을 몰래 약탈했던 거요. 270

정말로 예리한 청동으로 그를 도살하고 나서

곧장 나는 배를 향해 움직여 고귀한 페니키아인들에게

간청하며 그들에게 충분한 전리품을 주었소.

나를 배에 태워 퓔로스에 내려달라고 그들에게 요구했소,

또는 에페이오이족이 통치하는 신성한 엘리스에 내려달라고. 275

그런데 바람의 힘에, 페니키아인들은 의도와는 달리

그곳에서 밀려났지만 나를 속이려 한 건 아니었소.

그래서 항로에서 벗어나 밤중에 우리가 이곳에 도착했소.

서둘러 포구 향해 노를 저었소. 우리에겐 저녁 식사

생각이 없었소, 비록 저녁 식사 시간이었지만. 280

일단 배에서 내리자마자 우리 모두는 누웠소.

달콤한 잠이 피곤한 나를 덮치자 그들은

우묵한 배에서 내 재물을 들어내더니 바닥에
내려놓았고, 그곳에서 나 자신도 모래 위에 누워 있었소.
그들은 승선하더니 거주하기 편한 시돈을 향해   285
떠났소. 그렇게 남게 되니 나는 비통한 심정이라오."

    그렇게 말했다. 올빼미 눈의 여신 아테네가 미소 지으며
손으로 그를 쓰다듬었다. 외모가 여인처럼 보였는데
{몸집 크고 아름다우며 눈부신 작업 아는 여인처럼.}
여신은 그를 향해 소리 내어 날개 돋친 말을 쏘았다.   290

    "교활하고 영리해야 하겠지, 모든 꾀에서 그대를
능가하려면, 비록 신이 그대와 만난다 하더라도.
무모한 자여, 다양한 꾀에 물리지 않는 이여,
고향까지 와서도 기만과 교설을 그만두려 하지 않다니?
그것들은 뼛속까지 그대와 친숙한 것이긴 하지.   295
그러면 자, 이런 이야기는 그만두게, 우리 둘 다 이득에
밝은데, 그대는 계획과 언변이 모든 인간들 중
가장 뛰어나고, 나는 모든 신들 가운데
계책과 득실로 이름이 높으니까. 그런데 그대가 나,
제우스의 딸 팔라스 아테네를 알아보지 못하다니   300
나는 항상 그대의 모든 노고와 함께하며 지켜보고
그대가 모든 파야케스족의 마음에 들게 했거늘.
지금은 내가 이곳에 당도하여 그대와 함께 계책을 짜고

재물들을 숨기려 하네. 그것들은 고귀한 파야케스족이
내 계획과 생각에 따라 귀향하는 그대에게 선물한 것이지.   305
잘 지은 집에서 그대가 어떤 운명을 견디고 어떤 고초를
참아야 하는지 말해주려고 하니, 억지로라도 참아야 하네.
사내들과 여인들 중 누구에게도 발설해선 아니 되는데
그대가 떠돌다가 돌아왔다는 사실 말이네. 침묵하며
많은 고통을 참게나, 사내들의 폭행마저도 인내해야 하네."   310
　꾀 많은 오뒷세우스가 여신에게 대답하여 말했다.
"여신이여, 인간이 당신을 만나 알아보기는 어렵지요,
아주 영리한 자라도요. 어떤 모습으로도 변신하시니.
과거, 당신이 호의를 베푸셨음을 내가 잘 알고 있습니다,
우리 아카이아의 아들이 트로야에서 싸우고 있던 동안에.   315
그러나 우리가 프리아모스의 가파른 도시를 정복하고 나서
배에 오르자 어떤 신이 아카이아인들을 흩어지게 한 후로는
당신을 본 적 없었고, 제우스의 따님이여, 당신께서
내 고통을 막으려고 내 배에 오르셨다는 걸 알지 못했지요.
나는 내면에 항상 조각난 마음을 안고   320
떠돌아다녔지요, 신들이 재앙에서 나를 풀어줄 때까지.
이전에 파야케스족의 풍요한 나라에서는
당신이 몸소 말로 용기를 북돋고 도시 안으로 인도하셨죠.
지금은 당신 부친의 이름으로 간청하나이다. 눈에 잘 띄는

이타케에 도착했다곤 믿지 못하겠으니까요. 어느 다른 땅 위를   325
돌아다니고 있는 겁니다. 당신께서 내 정신을 현혹하려고
이런 말을 하며 조롱하신다고 생각하니까요.
내게 말해 주세요, 정말로 내가 내 조국 땅에 도착했는지."
　올빼미 눈의 여신 아테네가 그에게 대답했다.
"항상 그러한 생각을 가슴속에 품고 있구나.   330
그러하니 내가 그대를 불행한 상태에 내버려둘 수 없네.
또 그대는 품위 있고 재치 있고 양식 있는 사내이니까.
다른 사람이라면 떠돌다가 돌아와서 기뻐하며
궁전 안에서 아이들과 아내를 보려고 서둘렀겠지.
그러나 그대는 아직 보는 것도 듣는 것도 내키지 않네,   335
아직 그대 아내를 시험해 보기 전이라서, 그녀가
전과 똑같이 궁전 안에 있는지, 또 그녀가 눈물을 흘리며
늘 불행한 밤들과 낮들이 사라지고 있는지 말이네.
나는 한 번도 의심해 본 적 없네, 마음속으로 그대가
모든 전우를 잃고 나서 귀향한다고 알고 있으니.   340
그런데 부친의 형제 포세이돈과는 싸우고 싶지 않았지,
그분은 심중에 원한을 품고 있었으니
그대가 자기 아들의 외눈을 멀게 하여 분노했던 거네.
자, 이타케의 거주지를 보여주지, 그대가 납득하도록,
여기 이곳은 바다 노인 포르퀴스의 항구이고   345

항구의 머리에 있는 저것은 긴 이파리의 올리브나무라네.
[그 옆에 동굴은 바다 안개로 축축하나 쾌적하니
샘과 강의 요정들이 찾는 신성한 곳이지.]
이곳은 지붕 있는 넓은 동굴인데, 여기에서 그대가
요정들에게 흡족한 헤카톰베를 여러 번 바치곤 했지.   350
그리고 이곳은 수풀 덮인 산 네리톤이라네."

　　그렇게 말하며 여신이 안개를 흩뜨리자, 고향 땅이
드러났다. 많이 참는 고귀한 오뒷세우스가 기뻐하며
고향 땅이 반가워, 곡식을 선사하는 대지에 입을 맞추었다.
당장 양손을 치켜들고 요정들에게 기도를 올렸다.   355

　　"샘과 강의 요정들, 제우스의 딸들이여, 여러분을 보리라
상상조차 못 했습니다. 지금은 친근한 감사 기도로
인사드립니다. 선물도 바치겠나이다, 전에도 그랬듯이,
전리품 몰아가는, 제우스의 따님께서 호의를 품고
내가 살게 하고 내 소중한 아들을 키우는 걸 허락하시길."   360

　　그를 향해 올빼미 눈의 여신 아테네가 말했다.
"힘내거라, 심중에 그런 걸 염려하지 마라.
그러면 자, 신성한 동굴의 구석에 재물들을
지금 당장 갖다놓고 그것들을 안전하게 보관하자.
어떻게 최선의 결과를 얻을지 우리 함께 궁리해보자고."   365

　　그렇게 말하며 여신은 안개 낀 동굴 안에 들어가서

동굴에서 가장 구석진 곳을 찾았다. 오뒷세우스는
그 가까이에 모든 것을 날랐으니, 황금과 닮지 않은 청동과
잘 지은 옷들로, 파야케스족이 그에게 선물한 것들이었다.
이것들을 잘 내려놓고 입구에는 팔라스 아테네,   370
아이기스 가진 제우스의 따님이 돌 하나를 갖다놓았다.
여신과 영웅은 신성한 올리브나무 밑동 옆에 앉아서
주제넘은 구혼자들에게 파멸 안겨줄 계획을 세우고 있었다.
올빼미 눈의 여신 아테네가 먼저 말문을 열었다.

　　"제우스의 후손, 라에르테스의 아들, 술수 많은 오뒷세우스여,   375
뻔뻔한 구혼자들을 어떻게 손볼 수 있을지 생각해보게,
저들은 3년 동안이나 궁전에서 두루 좌우하고 있고
신을 닮은 아내에게는 구혼하며 선물을 주고 있지.
아내는 항상 그대의 귀향에, 마음속 두루 슬퍼하는데
모든 구혼자에게 희망을 주고 각자에게 전갈을 보내서   380
약속했으나, 전혀 다른 걸 의도하고 있다네."

　　여신에게 대답하여 꾀 많은 오뒷세우스가 말했다.
"아뿔싸, 정말이지 아트레우스의 아들 아가멤논처럼
궁전에서 불행한 운명을 겪으며 죽게 될 겁니다,
여신이여, 당신께서 내게 조리 있게 말하지 않으셨다면.   385
그럼 자, 내가 그들을 벌할 수 있도록 계략을 짜주십시오.
직접 제 곁에 서주시되, 많은 용기 담은 힘을 넣어주십시오,

우리가 트로야의 빛나는 머리띠를 풀어버릴 때처럼.

그렇게 열의 갖고 옆에 서주시길, 올빼미 눈의 여신이여,

그러면 300명의 사내들과도 나는 싸울 수 있습니다,　　　　　　390

당신 도움으로, 여주인 여신이여, 호의로 도와주신다면."

　　그러자 올빼미 눈의 아테네가 그에게 대답했다.

"틀림없이, 나는 그대 곁에 있고 내 시야에서 놓치지 않겠네,

우리가 이 일에 힘을 쏟는다면. 그래서 어떤 자는

혈액과 골수를, 끝없는 바닥에 튀게 할 거라 믿고 있네,　　　　395

그대의 재산을 먹어치우는 구혼자 사내들 중에서.

그러면 자, 그대를 모든 인간들이 몰라보게 하지.

유연한 사지 안에 촉촉한 살갗을 말려버리고

머리에선 금발을 없애고 몸 주위엔 누더기를

입히겠어, 그런 모습에 사람들이 몸서리치겠지,　　　　　　400

전에는 아주 초롱초롱했던 두 눈도 흐리게 하겠네,

그대가 모든 구혼자들에게 초라하게 보이도록,

또 그대 아내와 아들에게도, 궁전 안에 남겨둔 이들 말이야.

그대 자신은 우선 돼지치기에게 가게,

그는 돼지치기에 불과하지만 충성스러우며　　　　　　　　405

네 아들과 현명한 페넬로페를 섬기고 있으니까.

그자가 돼지들 옆에 앉아 있는 걸 보게 될 거야.

돼지들은 코락스 바위 옆, 아레투사 샘물로 길러지며

도토리를 풍족하게 먹고 검게 빛나는 물을 마시는데
이 모두가 돼지기름을 두껍게 해주는 것이지.   410
그곳에 머물며 곁에 앉아 모든 것을 캐묻도록 하게.
그대의 소중한 아들 텔레마코스를 부르기 위해
내가 미인의 고향 스파르타에 가 있는 동안에, 오뒷세우스여,
아들은 무도장 넓은 라케다이몬, 메넬라오스를 찾아갔으니,
그대의 소식을 찾아서, 아직 어딘가 살아 있는지 알아보려고.”   415
　　여신에게 대답하여 꾀 많은 오뒷세우스가 말했다.
“대체 뭣 때문에 그에게 말하지 않으셨나요? 모두 아시면서.
정말로, 그 아이도 지침 없는 바다 위를 떠돌며 고통을
겪는 동안, 타인들이 재산을 먹어치우게 하신 건가요?”
　　올빼미 눈의 여신 아테네가 그에게 대답했다.   420
“그 아이는 마음속에 너무 담아두지 말게.
내가 직접 그를 안내한 것이니, 그가 그곳에 가서
훌륭한 명성을 얻도록 말이지. 그는 어떤 수고도 않고
편안히 메넬라오스의 궁전에 앉아 있고 부족한 것이 없다네.
그러나 청년들이 검은 배를 타고는 매복하고 있으며   425
고향에 도착하기 전, 그대 아들을 죽이려고 벼르고 있지만
그렇게는 되지 않을 것이다, 그 전에 대지가 구혼자 사내들 중
누구라도 덮어버릴 테니, 그대 살림을 먹어치우는 자들 중 말이네.”
　　그렇게 말하며 아테네가 단장으로 그를 건드렸다.

여신은 그의 유연한 사지 안에 촉촉한 살갗을 말리고   430
머리에선 금발을 없애고 모든 사지들 주위엔
연로한 노인의 피부가 덮이게 만들어버리고
전에는 아주 초롱초롱했던 두 눈을 흐리게 만들었다.
몸에는 더러운 누더기와 웃옷을 입혔는데
웃옷은 찢어져 탁했으니, 더러운 연기에 그을려 있었다.   435
그리고 날랜 사슴의 큰 가죽, 털 없는 가죽을 입혔다.
그에게 단장과 지저분한 보따리를 주었는데
촘촘하게 찢어진 보따리 속의 노끈이 어깨끈 구실을 했다.
    여신과 영웅은 그렇게 논의하고 헤어졌다. 여신은
신성한 라케다이몬을 향해 오뒷세우스의 아들 찾아 떠나갔다.   440

14 ξ

포구에서 나온 오뒷세우스는 험한 길 걷고 산정을 거쳐
숲이 무성한 곳에 올라갔으니, 그곳에는 아테네가 그에게
알려준 고귀한 돼지치기가 살고 있었고, 그는 가솔들 중에
고귀한 오뒷세우스가 소유한 재산을 가장 잘 돌보았다.
돼지치기가 문간 앞에 앉아 있는 걸 발견했는데, 그곳에   5
어디서든 잘 보이는 곳에는 담장이 높이 지어져 있었고
이 튼튼하고 커다란 담장이 안뜰을 에워싸고 있었다.
이 담장은, 주인이 떠나 있는 동안 돼지치기가 주인 돼지들 위해
직접 지은 것으로, 여주인과 노인 라에르테스의 도움 없이
직접 끌어온 돌들과 야생 배나무로 울타리를 둘러쳤다.   10
안뜰 주위에는 많은 말뚝을 촘촘하게 붙여서 박았는데,

그 말뚝은 참나무의 심재(心材)를 다듬어서 만들었다.

안뜰 안쪽에는 돼지우리 열두 개가 서로 가깝게 지어졌는데

그 우리들은 돼지들의 잠자리였다. 각 우리 안에는

바닥에서 잠자는 쉰 마리 돼지들이 갇혔는데   15

새끼 낳는 암컷들이었다. 바깥에서 잠자는 수컷들은

그 수가 훨씬 적었다. 거만한 구혼자들이

먹어치워 그 수를 줄였기 때문인데, 항상 돼지치기는

잘 자란 수퇘지들 중 가장 좋은 놈들을 보냈다.

이것들은 모두 300 하고도 예순 마리였다.   20

옆에는 야수들 닮은 개 네 마리가 잠잤는데

촌부들의 지도자 돼지치기가 기른 개들이었다.

그 자신은 시원한 색깔의 소가죽을 잘라내고 나서

제 발에 샌들을 맞추어 신었다. 다른 목동들,

끌어모은 돼지들과 함께 각자 이리저리 떠난 목동들은   25

모두 세 명이었다. 네 번째 목동은, 강요당한 돼지치기가

주제넘은 구혼자들에게 돼지를 몰아가도록 파견 보냈으니

그들이 제물을 바치고 고기에 대한 식탐을 채우도록 말이다.

　　갑자기, 짖기 좋아하는 개들이 오뒷세우스를 보자

날카롭게 짖어대며 달려들었다. 오뒷세우스는   30

영리하게 앉았으나 손에선 지팡이를 떨어뜨렸다.

자기 소유 농장에서 수치스러운 고통을 당할 뻔했으나

돼지치기가 손에서 가죽을 떨어뜨리며
빠른 발로 직진하여 현관을 지나서 내달렸다.
돼지치기가 소리쳐 꾸짖으며 계속 돌을 던져   35
개들을 사방으로 흩어지게 하더니 주인에게 말했다.
　"노인장, 하마터면 개들이 순식간에, 당신에게 심한 상처를
낼 뻔했소. 그랬다면 당신은 내게 비난을 퍼부었겠지요.
이미 그 밖에도 신들이 고통과 한숨을 주셨거늘.
나는 신을 닮은 주인님 때문에 한탄하고 슬퍼하며   40
앉아 있고, 다른 이들을 위해 돼지들, 아니 살찐 수퇘지를
식용으로 키우고 있소. 그런데 그분은 아마 먹을 걸 갈망하며
다른 언어권 사람들의 지방과 나라를 두루 떠도시겠지요,
만약 어딘가 살아서 태양 빛을 보고 계신다면.
그러면 자, 따라오시오, 오두막 안으로 갑시다, 노인장,   45
당신도 빵과 포도주를 흡족하게 가득 채우고 나서
어디 출신이고 얼마나 많은 고통을 견뎠는지 말할 수 있겠죠."
　고귀한 돼지치기가 그렇게 말하면서 손님을 이끌고 오두막
안으로 데리고 가 앉히더니, 자른 가지들을 바닥에 뿌리고
그 위에 털 거친 야생 염소 가죽을 깔았다.   50
텁수룩한 큰 가죽이었고, 거기 그가 누워 잠자곤 했다. 그가 이렇게
맞이하니 오뒷세우스는 기뻐했고 이름을 부르며 말을 건넸다.
　"제우스께서 허락해주시길, 다른 불사의 신들께서도, 주인장,

그대가 원하는 건 무엇이든, 나를 호의로 맞이했으니까."

　　돼지치기 에우마이오스가 그에게 대답하여 말했다.　　　　　　55

"나그네여, 그건 도리가 아니오, 설령 당신보다 못한 자가

왔더라도, 나그네를 무시하다니. 제우스로부터 모든 거지와

나그네가 오는 법. 우리가 주는 것이 비록 약소해도

그들에겐 반가운 것이 되지요. 이것이 늘 조심하는 하인들의

처신인데, 젊은 사람이 주인으로 다스릴 때 말이지요.　　　　　60

정말로, 신들이 그분의 귀향을 묶어버렸소,

그분은 나를 정성 들여 대우하고 재산을 주었는데,

마치 인자한 주인이 제 하인에게 주는 것처럼,

가옥과 토지와, 많이 구혼받는 여자를 주었으니,

하인은 주인 위해 많이 애쓰고 신께선 그 일을 번성케 합니다.　　65

그렇게 내가 돌보는 이 일은 번창하게 될 거요. 주인님은

나를 많이 이롭게 하셨을 텐데, 만약 이곳에서 늙으셨다면.

그러나 그분은 돌아가셨구나. 헬레네의 종족이 절멸했더라면,

그녀의 종족이 많은 사내들의 무릎을 풀어버렸으니까.

그분도 아가멤논의 명예 때문에, 망아지 많은　　　　　　　　70

트로야에 가셨다오, 트로야인들과 전쟁하려고 말이오."

　　그렇게 말하며 허리띠로 망토를 졸라매고

우리로 서둘러 갔는데, 그곳엔 새끼 돼지들 무리가 갇혀 있었다.

그곳에서 두 마리 잡아서는 모두 도살하고 나서

그슬리고 잘게 썰어 꼬챙이 주위에 잘 붙게 꿰었다.   75
그것들을 구워서 오뒷세우스 앞에 모두 내놓았는데
고기가 꼬챙이와 함께 뜨거웠다. 그 위에는 흰 보릿가루를 뿌렸다.
혼주 용기 안에는 꿀처럼 달콤한 포도주를 물과 섞고
자신은 맞은편에 앉아서 권하며 그를 향해 말했다.
    "이제 드시오, 나그네여, 하인들이 즐기는 음식,   80
새끼 돼지 고기요. 살진 돼지들은 구혼자들이 먹어치우지요,
그자들은 신들의 시선 따위 두려워 않고 양심도 없다오,
축복받은 신들은 무모한 행동을 증오하시고
인간들의 정의와 도리를 존중하시지만.
악의 품고 무례한 인간들도 타지에 발을 들이면   85
제우스가 그들에게도 전리품을 주시니 그들이
배에 가득 싣고 귀향하려 재촉하지만, 신들의
눈총에 대한 극심한 공포가 그들 마음에도 닥친다오.
그런데 저들이 신들의 어떤 음성을 듣고 그분의 비참한
죽음을 알고 있다 하는데, 그들은 관습에 따라   90
구혼하려 하지도 않고 자기 재산으로 돌아가지도 않고
편안히 재물들을 과도하게 먹어치우니 아끼는 법은 없소.
제우스로부터 밤들과 낮들이 생겨나는 동안,
희생 제물 두 마리는커녕 한 마리도 바치는 적이 없소.
또 포도주를 과도하게 퍼내서 모조리 들이컨답니다.   95

그분의 가산은 헤아릴 수 없으니까, 인간 영웅들 중
누구도 그만큼 갖고 있지 않고, 검은 본토나
여기 이타케에서도 그러하오. 스무 명의 가산도
그만큼 많지는 않소. 내 당신에게 열거해보리다.
본토에는 소 떼가 스물이오. 양 떼도 그만큼이고   100
돼지들 무리도 그만큼이고, 꼭 그만큼 흩어진 양 떼는
그 자신의, 또는 외지의 목동들이 먹이지요.
그곳에는 흩어진 열하나의 모든 양 떼가 섬의
변방에서 풀 뜯고 있는데, 성실한 사내들이 지키고 있소.
그들 각자가 구혼자들에게 매일 양 한 마리를 끌고 가고   105
잘 자란 염소들 중 가장 좋은 놈 한 마리도 끌고 간다오.
한편 나는 여기 돼지들을 지키며 돌보고 있는데,
그자들에게는, 돼지들 중 가장 좋은 놈을 골라서 보낸다오.”
    그렇게 말하자, 오뒷세우스는 게걸스레 고기 먹고 포도주를
벌컥벌컥 들이켰으나 말없이 구혼자들에게 재앙을 심고 있었다.   110
그가 식사하여 음식으로 기분을 맞추고 나자
마시던 나무 잔을 채워 돼지치기에게 주었는데, 포도주 가득
채운 잔이었다. 잔을 받은 돼지치기가 속으로 기뻐하자
오뒷세우스는 그에게 소리 내어 날개 돋친 말을 쏘았다.
    “여보시오, 자기 재산으로 그대를 산 자는 누구요?   115
그대가 말하듯이 그렇게 매우 부유하고 강력한 자가 누구요?

그분이 아가멤논의 명예로 인해 죽었다고 그대가 말했소.
내게 말해주시오, 내가 어디선가 그런 사람을 알지도 모르니까.
아마 제우스와 다른 불멸의 신들이 아실 거요, 내가
그분을 보고서 소식 전할 수 있을지. 나는 많이 유랑했으니까." 120
　　그러자 촌부들의 지도자 돼지치기가 그에게 대답했다.
"노인장, 어떤 이가 떠돌아다닌 후 이곳에 와서
그분 소식을 전하더라도 그분 아내와 아들을 설득하진
못할 거요. 단지 대접에 목마른 떠돌이는
거짓을 말하지 진실은 말하고 싶어 하지 않소. 125
떠돌다가 이타케 지방에 도착한 자는 누구나
내 여주인에게 가서는 거짓 이야기를 지어낸다오.
여주인은 그런 자를 잘 맞이해 환대하고 세세히
캐묻고는 통곡하고 그녀의 눈꺼풀에선 눈물이 떨어지니,
그것은 여자의 방식인데, 남편이 타지에서 죽은 경우라오. 130
당장 당신도, 노인장이여, 거짓말을 지어낼 거요,
누가 당신에게 입을 외투와 윗옷을 준다고 하면.
이미 개들과 날쌘 새들이 그분의 뼈에서
살갗을 잡아 뜯을 참이라, 혼백은 떠나고 없을 거요.
아니면 바다 안 물고기들이 그분을 먹어치워 135
그의 뼈는 육지 위 많은 모래에 덮여 누워 있을 거요.
그분이 그렇게 그곳에서 죽었으니, 앞으로 슬픔과 고뇌가 모든 가족과 친구에게, 특히 나에게 닥쳐올 거요.

그렇게 인자한 주인은, 내가 어디 가든 만나지 못할 테니

다시 부모의 집에 돌아간다고 하더라도,   140

내가 처음 태어나고 부모가 날 길러준 곳에 말이오.

부모를 두고도 이토록 슬퍼하진 않을 거요,

고향 땅에서 내 두 눈으로 뵙기를 열망하지만.

이처럼 떠나 계신 오뒷세우스를 그리워한다오.

나는, 나그네여, 여기 계시지 않은 그분 이름을 부르는 게   145

꺼려진다오. 남달리 날 배려하시고 진심으로 총애하셨으니까.

그럼, 그분을, 비록 먼 곳에 계시지만 형님이라 부르겠소.”

　　다시 많이 참는 고귀한 오뒷세우스가 그에게 말했다.

“여보시오, 그대가 들으려 하지 않고 그분이 돌아오리라고

말하지 않는 데다, 그대 마음이 늘 불신하지만   150

나는 그렇게 말하지 않고, 맹세코 오뒷세우스가

돌아올 거라고 확신하오. 이게 좋은 소식이라면

당장 보상해 주시오, 그분이 돌아와 집에 도착할 때.

[내게는 좋은 옷으로 외투와 윗옷을 입혀주시오,]

그 전에는 비록 많이 궁해도 절대로 받지 않겠소.   155

그런 자는 하데스의 대문처럼 내가 미워하게 될 것이니,

궁핍에 굴복해 거짓 따위를 늘어놓는 자 말이오.

지금, 우선 제우스의 이름과 환대의 식탁에 맹세하겠소.

{또 내가 도착한, 흠 없는 오뒷세우스의 화롯가에도 맹세하겠소.}
정말, 이 모든 일은 내가 말한 대로 이루어질 것이오.   160
오뒷세우스가 한 달 이내에 이곳에 오게 되리라.

달이 이울고 달이 차면서 집으로
그가 돌아와서 응징할 것이다, 이곳에서
그분 아내와 영광스러운 아들을 모욕한 자는 누구든."

　　　돼지치기 에우마이오스가 그에게 대답하여 말했다.   165
"노인장, 그런 좋은 소식을, 나는 보상하지도 않겠고
오뒷세우스가 나중에 집에 돌아올 리도 없을 거요. 그러니
편안히 마시고 다른 일들이나 떠올립시다, 내게 그런 일을
상기시키지 마시오. 정말, 내 가슴속 마음이 괴로우니까,
누군가 자상한 주인님을 떠올리게 할 때마다요.   170
그런데 맹세는, 정말이지 관둡시다, 그럼에도 오뒷세우스가
돌아오시길 바라오, 적어도 내가, 그리고 페넬로페와
노인장 라에르테스와, 신의 모습을 한 텔레마코스가 바라고 있듯이.
지금, 나는 그 아들을 잊지 못해 눈물 흘리고 있으니, 오뒷세우스가
낳으신 텔레마코스 말이오. 신들은 그가 묘목처럼 잘 자라게 하셨고   175
그리고 사내들 사이에서는, 자기 아버지와 비교해
열등하지 않고 체격과 외모가 놀랍다고 생각했소.
그런데 어느 불사신이 그의 균형 잡힌 마음을 기울였고
어느 인간도 그리했소. 그는 아버지의 소식을 쫓아

신성한 퓔로스에 갔다오. 잘난 구혼자들이   180
그의 귀향길에 매복하고 있다니, 신을 닮은 아르케이시오스
종족을 이름도 없게 이타케에서 지우려고 말이오.
그 이야기는 그만둡시다. 텔레마코스는 잡히거나
달아날 테고, 제우스께선 그에게 구원의 손을 내미실 거요.
자, 그대, 노인장, 그대 자신의 고난에 대해 들려주시오.   185
내가 잘 알 수 있도록 그것을 참되게 내게 말해주시오.
그대는 누구고 어디서 왔소? 그대 도시는 어디고 그대 부모는 누구요?
어떤 배를 타고 도착했소? 어떻게 선원들이 그대를
이타케로 이끌었소? 그들은 어떤 사람이라 자부하고 있소?
그대가 이곳에 걸어왔다곤 상상조차 할 수 없으니까."   190
　　이에 대답하여 꾀 많은 오뒷세우스가 그를 향해 말했다.
"그럼, 그것을 왜곡 없이 그대에게 이야기하겠소.
지금은 우리에게 음식과 달콤한 술이 있기를.
우리는 오두막 안에 있는 동안, 조용히
잔치를 벌이지만, 다른 이들은 일하러 가고.   195
그러면 쉽게 1년 내내 내 가슴속 슬픔을
이야기해도 그 이야기를 끝내지 못할 거요,
신들의 뜻에 따라 내가 겪었던 모든 고난을 말이오.
　　나는 드넓은 크레타 출신이라 자부하고
부유한 시내의 아들이오. 다른 아들들도   200

여럿 궁전에서 성장했는데, 그들은 아내로부터
적법하게 태어난 자들이지요. 나는 팔려 간 어머니,
첩이 낳았지만, 아버지 카스토르가 적자들과 똑같이
나를 대접했으니, 나는 그의 혈통이라고 자부하는 바요.
당시 그분은 지역에서 크레타인들에게 신처럼 존경받았으니   205
번영과 재력과 영광스러운 아들들 덕분이었소.
그러나 죽음의 여신들이 그분을 하데스의 집으로
데려가버렸지. 그의, 기개 넘치는 자식들은
재산을 나누려고 제비를 던졌고 내게는
아주 작은 몫을 주고 집 한 채를 나눠주었다오.   210
내가 땅 부자의 딸을 아내로 삼았으니
그건 내 탁월함 덕분이었는데, 내가 쓸모없지도 않고
전쟁에서 도망치지도 않았으니까. 그러나 지금은 모두 지나간 일.
그럼에도 나는 나무 밑동만 눈여겨봐도 나무 전체를 알아본다고
생각한 거요. 나는 엄청 많은 불행에 휘둘렸구나.   215
정말로 아레스와 아테네가 내게 담력을, 전열을
부수는 힘을 주셨는데, 내가 매복을 위해
뛰어난 용사들을 뽑아 적들에게 재앙을 심으려 하자
기개 높은 마음은 내 죽음을 예고하지 않으니
나는 맨 먼저 뛰어나가 적대적인 인간들을   220
창으로 제압했는데, 그들은 걸음이 나보다 느렸지.

전쟁에선 그랬지만, 밭일 따위는 마음에 들지 않고
뛰어난 자식을 양육하는 가정도 마찬가지였으니
나는 항상 노 갖춘 배들을 좋아했고 전쟁과
잘 만든 창과 화살도 좋아했는데, 무서운 것들이라   225
인간들을 움츠리게 하죠. 그것들이 가장 마음에
들었으니 무릇 신이 내 마음에 심어주셨던 게요.
사람들은 저마다 서로 다른 일에 기뻐하는 법.
　　트로야 땅에 아카이아인들이 발을 디디기 전에도
나는 아홉 번이나 용사들과 빨리 나르는 배들을 지휘하여   230
이방인에 대항해 이끌었으니, 모든 전리품이 몫으로 떨어졌소.
그것들 중 마음에 드는 걸 골랐고 나중에
많은 재물을 몫으로 받았소. 당장 가산이 늘어나자
나는 크레타인에게 위엄 있고 존경받는 자가 되었소.
그러나 멀리 보는 제우스가 저 가증스러운 원정,   235
많은 용사들의 무릎을 풀어버린 원정을 계획하자
백성들은 나와 명망 높은 이도메네우스에게
일리오스로 배들을 이끌라고 명령했소. 그걸 거절할
어떤 방법도 없었는데, 백성의 말은 무거운 법이니까.
그곳에서 우리 아카이아인들은 9년 동안이나 싸웠고   240
10년째, 프리아모스의 도시를 함락하고 나서 떠났소,
{귀향하는 배를 탔지만 어떤 신이 아카이아인들을 흩어지게 했지.}

그러나 조언자 제우스는 불쌍한 나에겐 재앙을 계획하셨구나.

나는 고작 한 달 머무르며 자식들과 결혼한 아내와

재산에서 즐거움을 누렸다오. 그리고 나서   245

욕망이 나에게 이집트로 항해하라고 명령했지,

신을 닮은 전우들과 함께 필요한 선구들을 잘 갖추고서 말이오.

아홉 척의 배를 의장(艤裝)하자 선원들이 빠르게 모여들었소.

엿새 동안이나 내게 충성하는 전우들이

잔치를 벌였는데, 나는 많은 희생 제물을 제공하여   250

신들에게 바치고 사람들이 맘껏 잔치를 즐기게 했지.

이레째 날, 승선하여 드넓은 크레타에서

세차게 부는 멋진 북풍 덕분에 항해해 갔소.

그것도 아주 쉽게 마치 강의 흐름 타고 가듯, 그래서

어느 배도 해를 입지 않았고, 우리는 무탈하고 안전하게   255

앉아 있었고 배들은 바람과 조타수가 똑바로 인도했소.

닷새 만에 우리는 멋지게 흐르는 나일강에 도착했지.

{나는 양 끝 휘어진 배들을 나일강에 정박시켰소.}

       그리고 나서 나는 충성하는 전우들에게 명령하여

그곳 배들 옆에 머무르며 배들을 지키게 하고   260

정찰병들을 재촉하여 망루에 오르게 했소.

한편 전우들은 무모함에 굴복하고 자기 힘에 취하여

당장 이집트 사내들의 매우 아름다운 들판을

약탈하고 그들 아내들과 말 못 하는 어린이들을
끌고 나와 죽였소. 당장 비명 소리가 도시에 닿았지.   265
사내들이 그 소리를 듣고는 날이 새자마자
찾아와, 온 들판은 보병과 기병과 번뜩이는 청동들로
가득 찼고, 번개 뿌리는 제우스가 내 전우들에게
무시무시한 패주를 던졌으니 어느 누구도 맞서며
버티지 못했던 거요. 주위 사방에 재앙이 도사리고 있었소.   270
그곳에서 적들은 많은 전우들을 예리한 청동으로 죽이고
다른 이들은 산 채로 끌고 올라가서 강제 노역을 시키려 했소.
그런데 내게는 제우스가 직접 내 마음속에
이런 생각을 심어주셨소. 그곳 이집트에서 죽는 운명을
맞이해야 했거늘, 아직도 나는 고통받고 있으니.   275
당장 나는 머리에서 튼튼한 투구를 벗고
어깨에선 방패를 벗고 손에선 창을 던져버렸소.
나는 왕의 말들을 마주 보며 뛰어가서
왕의 무릎을 잡고 입을 맞추었소. 왕은 날 동정하여 구해주고
마차에 날 태워 집으로 이끌었고 나는 눈물을 흘리고 있었지.   280
정말로 많은 이들이 내게 물푸레 창을 들고 돌진하여
죽이길 열망했소. 그들이 엄청나게 분노했던 거요.
그러나 왕은 그들을 저지하며 물리쳤는데, 환대자 제우스의
분노를 두려워했던 거요, 신께선 악행에 가장 분노하시니.

그곳에서 나는 7년 동안 머물렀고, 많은 재물을   285
이집트인들 사이에서 모았소. 그들 모두가 내게 선물을 주었지.

그런데 나에게 8년째, 해가 돌고 돌아 왔을 때
어떤 페니키아인이 왔는데, 책략 꾸미는 사기꾼으로
인간들에게 이미 많은 악행을 저지른 자였소.

그자는 제 교활한 술수로 설득하여 나를 이끌어   290
페니키아에 데려갔는데, 그곳에는 그의 집과 재물이 있다고 했지.
그곳, 그의 곁에서 나는 1년이 다 되도록 머물렀소.

다시 해가 돌고 돌아 달들과 날들이 다 채워져서
새로운 계절이 다가오자 페니키아인은
거짓 계획을 꾸미며 나를 리뷔아로 가는 배, 바다 가르는   295
배에 앉히고는 그를 도와서 화물을 나르게 했지만
그곳에서 날 팔아넘겨 무수한 몸값을 챙길 의도였지.

그자를 따라 배에 올랐는데, 불길했지만 어쩔 도리가 없었소.
배는 높이 부는 멋진 북풍을 받으며 크레타와
리뷔아 사이로 달려갔다. 그러나 제우스가 재앙을 계획하셨지.   300
정말, 우리가 크레타를 떠나자 대지들 중에서
어느 대지도 나타나지 않고 하늘과 바다만 보였는데
바로 그때, 크로노스의 아들이 검푸른 구름을
우묵한 배 위에 펼치자 배 아래 바다가 거뭇해졌다.
제우스는 천둥을 치더니 배 안에 번개를 던져 넣었소.   305

배는 제우스의 번개를 맞아 전체가 빙빙 돌았고
배 안은 유황 냄새로 가득 찼소. 모두가 배에서 몸을 던졌다오.
모든 선원들이 집게제비갈매기처럼 파도에 실려
검은 배 주위로 떠다녔으니, 신이 귀향 날을 빼앗았던 거요.
그런데 제우스는, 내가 고통받고 있었을 때   310
나에게는 이물 검푸른 배의 매우 긴 돛대를
내 손에 쥐여주시어 내가 직면한 재앙을 피하게 하셨지.
나는 그 돛대를 팔로 안고 해로운 바람에 떠다녔소.
   아흐레 동안이나 끌려다니다가 열흘째 날, 검은 밤에
테스프로티아족[178]의 땅으로 큰 파도가 나를 굴리고 굴렸다.   315
그곳에서 테스프로티아족의 왕, 영웅 페이돈이
대가 없이 날 구해주었소. 그의 귀한 아들이 와서는
냉기와 피로에 제압된 나를 집으로 이끌며 손을 잡아
일으켜 세웠소. 내가 그의 부친의 집에 도착하게 말이오.
또한 내 몸에는 외투와 윗옷을 입으라고 주었소.   320
   그곳에서 나는 오뒷세우스의 소식을 들었소. 왕이 말하길
고향 땅에 돌아가는 그를 환대하고 호의를 베풀었다 하고
나에게는, 오뒷세우스가 끌어모았던 온갖 재물,
금과 청동과, 많이 공들인 철물을 보여주었는데

---

178 그리스 북서부 지역 테스프로티아에 거주하는 종족.

상속자가 열 세대 후손까지도 먹여 살릴 정도라   325
그만큼의 보물이 왕의 궁전 안에 놓여 있었소.

또 왕이 말하길, 그가 도도나[179]에 갔다고 하는데, 제우스의
잎 높이 달린 참나무에서 신의 조언을 듣고자 함이니
오랫동안 떠나 있다가 이타케의 기름진 고장으로
어떻게 귀향할지, 대놓고 할지 비밀리에 할지 말이오.   330
왕은 집 안에서 헌주하며 바로 내 앞에서 맹세하길,
배가 끌어 내려져 있고 준비된 선원들이 있으니
선원들이 그를 자기 조국 땅에 보내줄 거라고 했소.
하지만 나를 먼저 보냈는데, 때마침 테스프로티아족의
배가, 밀이 풍부한 둘리키온[180]으로 떠났기 때문이오.   335
그때 페이돈 왕은 친절하게 아카스토스 왕[181]에게 나를
보내주라고 선원들에게 명령했으나 사악한 계획이
선원들 마음에 들었소. 내가 고난의 재앙에 빠지게 말이오.
바다 가르는 배가 육지에서 멀리 떠나 항해하자
당장 선원들은 나에게 노예의 날을 꾀하고 있었소.   340
그들은 내게서 외투와 윗옷, 의복을 벗겨내더니
내 몸에 다른 불결한 누더기와 윗옷을, 구멍투성이

---

179 그리스 북동부 테스프로티아 지역에 위치한 제우스 신탁의 성소.
180 이타케 근처의 섬.
181 둘리키온의 왕.

찢어진 옷을 입혔소, 그대가 두 눈으로 보고 있듯이.
저녁 무렵, 멀리서도 잘 보이는 이타케의 경작지에 도착했소.
그곳에서 선원들은 갑판 좋은 배 안에 나를   345
잘 꼰 밧줄로 꽁꽁 묶었고, 그들 자신은 배에서 내려
재빨리 바닷가에서 저녁 식사를 했소.
한편 날 위해 신들이 직접 그 결박을 쉽게
풀어주었지. 나는 머리에 누더기를 둘러 덮어쓰고
반들반들한 짐 싣는 널빤지에 내려 타고   350
가슴은 바다에 접하게 하여 헤엄치며 손과 팔로
노를 저으니 아주 빨리 물 밖으로 나와 저들과는 헤어졌소.
그곳 뭍에 올라서, 꽃 만발한 관목 숲이 보이자
웅크리고 누웠소. 한편 선원들은 크게 탄식하며
오락가락했지. 더 찾아보는 일이 더는   355
이롭지 않았던지 선원들은 다시 우묵한 배에
올랐고, 신들이 직접 손쉽게 나를 감추고 나서
농장으로 나를 이끌어 안내하셨던 거요, 수완 좋은
사내의 농장으로요. 아직은 삶의 몫이 내게 남아 있으니까.”
　　돼지치기 에우마이오스가 그에게 대답하여 말했다.   360
“아, 가장 불쌍한 나그네여, 정말로 내 마음을 움직였군요,
얼마나 많이 겪고 헤맸는지 이처럼 상세히 이야기하다니.
그런데 그 이야기는 조리에 맞지 않소, 오뒷세우스에 대해

이야기했으나 날 설득하지 못할 거요. 그대와 같은 자가
왜 헛되이 거짓말할 필요가 있소? 내 주인의 귀향은 내가   365
잘 알고 있소. 또한 그분이 모든 신에게 아주 심하게
미움받고 있다는 것도. 전쟁의 실 감기를 마친 신들이
트로야인들 사이나 전우들의 품 안에서 그분을 죽이진 않았소.
[그랬다면 모든 아카이아인들이 그분에게 무덤을 만들어주고
자기 아들을 위해서도 미래에 커다란 명성을 남기셨겠죠.]   370
그러나 지금은 폭풍의 새들이 명성 없이 그분을 낚아챘구나.
나는 유배된 듯이 멀리 떨어져 돼지들 곁에 살고 있소.
도시엔 가지 않겠소, 앞으로 신중한 페넬로페가
어디선가 소식이 도착했다고 하며 오라고 명하지 않으신다면.
그러면 사람들은 곁에 앉아 꼬치꼬치 캐물었는데   375
일부는 멀리 떠나 계신 주인님을 위해 슬퍼했고
일부는 그의 재산을, 값도 치르지 않고 먹어치우며 기뻐했소.
나에겐 탐문하고 질문하는 일이 더이상 즐겁지 않소,
정말 어떤 아이톨리아[182]인이 거짓말로 날 속인 후로는.
그자는 사람을 죽이고 땅 위를 두루 떠돌다가   380
내 농장에 왔고 나는 그자를 따뜻하게 포옹했소.
그자 말로는, 주인님이 크레타인들 사이, 이도메네우스 곁에서

182　그리스 중부 지역으로, 코린토스만의 북쪽에 위치하고 서쪽에는 아켈로오스강이 있다.

폭풍에 산산조각 난 배를 수리하는 걸 보았다고 했지.
또 주인님이 여름이나 늦여름에 많은 재물을 갖고
신을 닮은 전우들과 함께 돌아올 거라고 말했소.   385
그대도, 많이 고생한 노인장, 어떤 신이 그대를 내게 이끈 것이니
거짓말로 날 기쁘게 하지도 속이려 들지도 마시오.
그 때문에 내가 그대를 존중하고 환대하는 것이 아니라
환대자 제우스를 경외하고 그대를 동정하기에 그런 것이라오.”

꾀 많은 오뒷세우스가 그에게 대답하여 말했다.   390
“정말, 그대 가슴엔 무슨 심보가 들어차 못 믿는 거요?
나의 맹세에도, 그대가 믿게 하지도 설득하지도 못하다니.
그럼 자, 우리 약속합시다. 그러고 나서 이후에
올륌포스 신들이 우리 모두의 증인이 되실 거요.
만약 그대 주인이 여기 이 집에 돌아온다면   395
그대는 입을 옷으로 외투와 윗옷을 입혀주고
둘리키온에, 내 마음 흡족한 곳으로 날 보내주시오.
그러나 내가 말한 대로 만약 그대 주인이 오지 않는다면
하인들을 충동질하여 큰 바위에 날 내던지시오,
또 다른 거지가 속이는 짓을 꺼리도록 말이오.”   400

고귀한 돼지치기가 그에게 대답하여 말했다.
“나그네여, 내가 그대를 오두막에 이끌고
환대의 선물을 주고 나서 그대를 죽여서 소중한 생명을

앗아간다면, 과연 내가 당장이나 나중에
인간들에게 명성을 얻고 인정을 받게 되겠소?   405
그렇다면 크로노스의 아들 제우스께 기꺼이 간청하리다.
어쨌든 지금은 저녁 식사 시간이오. 곧 내 동료들이 집에
돌아오니 우리가 오두막에서 맛있는 저녁을 준비합시다.”
　　　그렇게 그들은 서로 이런 말을 주고받고 있었다.
돼지들이 다가오고 돼지치기 사내들이 왔다.   410
돼지들을 우리 안에 가두어 자게 하자
우리 안에 몰린 돼지들이 큰 소음을 일으켰다.
한편 고귀한 돼지치기가 제 동료들에게 소리쳤다.
　　　“돼지들 중 가장 좋은 놈으로 가져오게, 먼 곳에서
도착한 손님을 접대하려 하니, 우리 자신도 덕 좀 보자고.   415
우리야말로 흰 엄니 돼지들로 고생하며 오래 고통을 겪었으나
다른 자들이 우리 노고를, 보상도 없이 먹어치우지.”
　　　그렇게 말하고 무자비한 청동으로 장작을 쪼갰는데
다른 이들은 수퇘지 한 마리, 다섯 살 된 살진 놈을 몰아넣었다.
그러고 나서 그놈을 화롯가 옆에 세워놓았다. 돼지치기는   420
불사의 존재들을 잊지 않았다. 경건한 마음씨를 가졌으니까.
그는 첫 제물로 흰 엄니 돼지의 머리털을
불 속에 던져 넣고 모든 신들에게 기도했다,
재간 많은 오뒷세우스가 자기 집에 돌아오도록.

돼지치기가 일어나서 잘라놓은 참나무 토막으로 돼지를 425

가격하자 목숨이 떠났다. 다른 이들은 먹따고 털을 그슬렀다.

당장 돼지를 해체했다. 돼지치기는 신들을 위해

모든 사지에서 발라낸 살코기를, 두툼한 비계 위에

놓고는 보릿가루를 뿌리고 그것을 불 속에 던졌고

다른 이들은 그걸 잘게 썰고 꼬챙이에 꿰어 430

신중하게 굽고 나서 모든 꼬챙이를 빼서

고기 접시 위에 모두 올려놓았다. 돼지치기는

나눠주려고 일어섰다. 진정 적법한 걸 알고 있었으니까.

그리고 전체를 일곱 몫으로 나누어 배분했다.

한 몫은 요정과 마이아의 아들 헤르메스에게 435

바치며 기도했고 나머지는 각자에게 배분했다.

오뒷세우스에게는 흰 엄니 수퇘지의 긴 등심을 주며

경의를 표하니 주인의 마음이 매우 흡족했다.

그에게 소리 내어 꾀 많은 오뒷세우스가 말했다.

　　"에우마이오스여, 아버지 제우스 마음에 들기를, 440

내게도 그러하듯이, 이런 몰골인 나에게 최상의 경의를 표하다니."

　　돼지치기 에우마이오스가 그에게 대답하여 말했다.

"드시기나 하시오, 이상한 손님일세, 여기 준비한 것들이나

즐기시오. 신은 어떤 것은 주시나 어떤 것은 주시지 않는데

속으로 원하시는 것은 무엇이든 모든 것이 가능하죠." 445

그렇게 말하고, 영생하는 신들에게 식전에 남긴 제물을 바치고
헌주하고 나서는 반짝이는 포도주를, 도시의 파괴자 오뒷세우스의
손에 건넸다. 오뒷세우스는 자신의 몫 앞에 앉아 있었다.
그들에게 메사울리오스[183]가 빵을 나눠줬는데 그는
돼지치기 자신이 혼자서, 주인이 떠난 동안 얻었던 녀석인데   450
여주인과 라에르테스 노인의 도움도 받지 않고
타포스인들에게서 자기 재산으로 구매했던 녀석이다.
그들은 앞에 차려져 준비된 음식에 양손을 뻗었다.
그래서 먹고 마시는 욕망을 벗어버리자
메사울리오스가 빵을 치웠고, 그들은   455
빵과 고기를 배불리 먹고 나니 잠자리를 고대했다.

　　달빛 없는 고약한 밤이 찾아오자 제우스가
밤새도록 비를 뿌렸고 비를 동반하며 세찬 서풍이 계속 불었다.
그들 가운데 오뒷세우스가 말하며 돼지치기를 시험했는데
그가 외투를 벗어서 자신에게 가져다줄지, 아니면 동료들 중   460
누구에게 명령할지 보려는 것이었다. 그가 자신을 배려했으니까.

　　"지금 내 말을 들어주오, 에우마이오스와 모든 동료들이여,
으스대며 한마디 하겠소, 분별 앗아가는 술이란
놈이 명령하니까, 술은 머리에 든 게 많은 자도

183　에우마이오스의 하인.

386

노래하게 하고 배시시 웃게 하고 춤추게 하고　　　　　465
말 않는 게 더 나을 말도 하게 만드니 말이오.
하나 내가 일단 목청을 높였으니 숨기지 않겠소.
내 그렇게 젊고 내 완력이 변함없다면 좋으련만,
내가 매복을 준비하며 트로야 아래로 통솔했을 때처럼.
오뒷세우스와 아트레우스의 아들 메넬라오스가 지휘했고　　　　　470
두 영웅의 명령을 받아 나는 세 번째로 함께 지휘했지.
정말, 도시와 가파른 성벽에 도착하자
우리는 도시 주위에 무성한 관목 숲 아래
갈대밭과 늪지대를 따라 무구 아래 웅크리고서
누워 있었소. 북풍이 잦아드나, 혹독한 밤, 얼음처럼　　　　　475
차가운 밤이 찾아왔고 위에선 눈이 서리처럼 내렸는데
그것도 차디찬 눈이고 방패 주위엔 얼음이 자라고 있었소.
그때 다른 이들은 외투와 윗옷을 입고 있어
편안히 잠을 잤는데, 방패로 어깨를 덮고는 말이오.
그러나 나는 나서며 외투를 전우들에게 맡겨놓았으니　　　　　480
어리석게도, 추울 거라고는 생각하지도 못하고
달랑 방패와 빛나는 허리띠만 갖고 따라나섰던 거요.
밤이 3분의 1 정도 남고 별들이 넘어가 버리자
그때 나는 팔꿈치로 옆에 오뒷세우스를
툭 치면서 말했소. 즉시 그가 내 말에 귀 기울였지.　　　　　485

'제우스 후손 라에르테스의 아들, 술수 많은 오뒷세우스여,
더이상 산 자들과 함께하지 못하겠소, 추위가 나를
제압하는군. 외투가 없으니까. 어떤 신이 날 기만한 거요,
윗옷만 걸치게 하다니. 이제는 더이상 피할 길이 없소.'
그렇게 말하자 오뒷세우스는 심중에 이런 생각을 했소,   490
조언하고 전투할 때 그분이 늘 그러하듯이.
나직한 목소리로 소리 내며 나를 향해 말했소.
'지금은 조용히 하게, 어느 아카이아인이 듣지 못하게.'
아래팔에 머리를 받치고 오뒷세우스는 이런 말을 했다네.
'들으시오, 전우들이여! 잠잘 때 신통한 꿈이 날 찾아왔소.   495
배들로부터 너무 멀리 왔소. 그런데 누가 할 수 있겠나,
백성들의 목자 아가멤논에게 말을 전하는 임무요,
배들에서 더 많은 전우가 올 수 있게 그가 명할 수 있는지.'
그리 말하자 안드라이몬의 아들 토아스[184]가 일어섰으니
그것도 당장에, 자줏빛 외투를 벗어놓고는 배들을 향해   500
뛰어갔지. 나는 그자의 외투를 입고 기뻐하며 누워 있었네.
이윽고 황금 옥좌에 앉은 에오스가 나타났다오.
지금도 그렇게 젊고 완력이 변함없다면 좋으련만.
돼지치기들의 오두막 안에 누군가 외투를 주기를,

---

184 트로야에서 아카이아의 용사.

두 가지 방식, 즉 용맹한 사내에 대한 애정과 존경으로 말이오. 505
지금은 날 무시하는군, 내가 몸에 낡은 옷을 걸치고 있다고."

　　돼지치기 에우마이오스가 그에게 대답하여 말했다.

"노인장, 그 이야기, 그대가 말한 일화는 흠잡을 데 없군요,
전혀 조리에 어긋나지 않으니, 쓸데없는 말이 아니오.
그러하니 의복이 제공될 것이고 다른 것도 그러한데 510
많이 고생한 탄원자가 받아 마땅한 것들 말이지요,
지금 시간만이라도. 내일 아침엔 그대 자신의 누더기를 걸칠 것이오.
많은 외투와 갈아입을 윗옷이 여기에 있는 건 아니니까,
입을 옷은 오직 한 벌만이 각자에게 있다오.
[그런데 오뒷세우스의 소중한 아들이 오게 되면 515
그가 직접 입을 옷으로 외투와 윗옷을 줄 것이고
그대 심장이 뛰고 심기가 이끄는 대로 호송해줄 거요.]"

　　그렇게 말하고는 불 옆에 침상을 갖다놓더니
양들과 염소들의 가죽을 그 위에 던졌다. 그 자리에
오뒷세우스가 몸을 누였다. 돼지치기가 그 위에 외투를 던졌는데 520
크고 두툼한 외투였고, 갈아입으려고 옆에 둔 외투로
무슨 광포한 폭풍이 일어날 때 입기 위한 용도였다.

　　그곳에서 오뒷세우스가 그렇게 잠을 자고 그 옆에는
청년들이 자고 있었는데, 돼지치기는 그곳 휴식처가
마음에 들지 않았다, 돼지들과 떨어져 잠자고 있다니, 525

그래서 바깥에 나가려고 준비했다. 오뒷세우스는 기뻐 했다,
자신이 멀리 떠나 있는 동안 가산을 위해 노심초사하다니.
돼지치기는 우선 예리한 칼을 튼튼한 어깨에 두르고
몸에는 두꺼운 바람막이, 외투를 걸치고
가죽 덮개, 잘 자란 커다란 양의 가죽을 취하고 530
개와 인간을 물리치는 예리한 창을 집어 들었다.
그는 흰 엄니의 돼지들이 움푹 꺼진 바위 아래
잠자는 곳으로 몸을 누이러 갔는데, 북풍 막는 대피소였다.

15 о

한편 넓은 무도장 있는 라케다이몬에 팔라스 아테네가
갔으니, 담대한 오뒷세우스의 눈부신 아들이
귀향을 떠올려 떠나도록 재촉하려는 것이었다.
여신은 텔레마코스와, 네스토르의 빛나는 아들을 발견했는데
둘은 영광스러운 메넬라오스의 궁전, 홀의 대문 앞에 누워 있었고   5
네스토르의 아들은 부드러운 잠에 제압되어 있었으나
텔레마코스는 달콤한 잠에 사로잡히지 않고 심중에
부친에 대한 걱정과 불안으로, 생기 넘치는 밤 내내 깨어 있었다.
그의 옆에 서서, 올빼미 눈의 아테네가 그를 향해 말했다.
    "텔레마코스여, 집에서 멀리 떠도는 것은 더이상   10
좋지 않네, 그대의 집에 재산과 사내들을 남겨두다니,

그렇게 주제넘은 인간들인데. 그들이 모든 재산을 분배하고
모조리 먹어치우지 않을까 두려운데, 그리되면 여행은 헛수고지.
자, 당장 목청 좋은 메넬라오스에게 호송해달라고
재촉하게, 집에서 흠 없는 어머니와 만날 수 있도록 말이야.   15
이미 그녀의 아버지와 오라버니들이 에우뤼마코스와
결혼하라고 요구하고 있다네. 에우뤼마코스가 선물로
모든 구혼자들을 능가하는데, 여기에 선물 목록을 더 늘려놓았지.
그녀가 그대의 뜻을 거슬러 집에서 재산을 가져가지 않도록 조심하게.
그대는 여인의 가슴속 욕망이 어떠한지 알고 있겠지.   20
여인은 자신을 아내로 삼은 사내의 재산을 늘리길 원하고
이전에 낳은 자식들과, 결혼한 남편에 대해선
그가 죽고 나면, 기억하지도 물어보지도 않는다네.
자, 그러면 그대는 직접 가서는 자신의 재산을
하녀들 가운데 가장 믿음직한 자에게 맡기도록 하게,   25
신들이 그대에게 영광스러운 아내를 보여줄 때까지는.
또 다른 말을 할 것이니 그대는 명심하게나.
구혼자들 중 속셈 있는 통솔자들이 매복하고 있는데
이타케와 바위 많은 사모스 사이 해협에서고
고향 땅에 도착하기도 전에 그대를 죽이려고 하네.   30
{그렇게는 되지 않을 것이다. 그 전에 대지가 구혼자 사내들 중
누구라도 덮어버릴 테니, 그대 살림을 먹어치우는 자들 중 말이네.}

잘 만든 배를 섬들에서 멀리 떨어지게 하며
밤에도 항해하게나, 불사신들 중, 그대 지키고
구하는 신은 누구든 뒤에서 순풍을 보내줄 것이네.   35
그런데 이타케에서 가장 가까운 해안에 닿거든
배와 모든 동료들을 도시 안으로 보내고
그대 자신은 최우선으로 돼지치기에게 가게나.
그는 돼지치기이지만 충성하는 마음이 있으니까.
그곳에서 밤을 보내고, 그를 도시로 보내서   40
신중한 페넬로페에게 소식을 전하도록 하게나,
그대가 퓔로스에서 돌아왔고 또 무사하다고."
     그렇게 말하고 여신은 거대한 올륌포스를 향해 떠났다.
텔레마코스는 네스토르의 아들을 달콤한 잠에서
깨우려고 발로 툭 건드리며 그를 향해 말했다.   45
     "일어나게, 페이시스트라토스여. 통발굽 말들을
이끌어 마차 아래 묶어주게, 우리가 길을 가려 하니."
     다시 그를 마주 보며 페이시스트라토스가 말했다.
"텔레마코스여, 아무리 여정을 서둘러도 칠흑 같은
밤을 통해 달리는 건 가능하지 않네. 곧, 새벽이 될 것이네.   50
그러하니 기다리게, 그분이, 아트레우스의 아들, 창수로
유명한 영웅 메넬라오스가 선물을 가져와 마차 위에 놓고
부드러운 말로 말을 걸고 우리를 보내주기 전까지는.

손님은 매일매일 호의를 베푼 사람, 즉

손님을 환대한 주인을 기억하게 될 것이네."   55

　　그렇게 말했다. 당장 황금 옥좌에 앉은 에오스가 왔다.

그들 가까이 목청 좋은 메넬라오스가 왔으니

머릿결 고운 헬레네 곁, 잠자리에서 일어났던 것이다.

오뒷세우스의 귀한 아들은 그가 오는 걸 보자

서둘러 몸에 반짝반짝하는 윗옷을   60

입고는 큰 외투를 튼튼한 어깨에 걸쳤다.

젊은 영웅이 문을 지나가 옆에 서서는 말했다,

[신과 같은 오뒷세우스의 귀한 아들 텔레마코스 말이다.]

　　"아트레우스의 아들, 제우스의 후손 메넬라오스, 백성의 지도자여,

이제는 나를 내 고향 땅으로 보내주십시오.   65

이제 내 마음은 집을 향해 가기를 열망하고 있습니다."

목청 좋은 메넬라오스가 그에게 대답했다.

　　"텔레마코스여, 내가 그대를 이곳에 오래 붙잡진 못하겠지,

그대가 귀향을 열망하니까. 나는 손님 받는 주인은

누구에게나 화를 낼 것이네, 그가 지나치게 대접하거나   70

지나치게 인색하다면. 만사에는 적도(適度)가 우세한 법.

떠나길 원치 않는 손님을 재촉하는 것과

서두르는 손님을 제지하는 것은 똑같은 잘못이라네.

{현재 손님은 환대해야 하고 원하는 손님은 보내드려야지.}

그런데 기다려주게, 멋진 선물들을 가져와서   75
마차 위에 놓고 두 눈으로 볼 때까지는. 하녀들에게 말해서
안에 있는 음식으로 궁전 안에 식사를 준비하게 하겠네.
성찬을 마치고 끝없는 땅 위로 머나먼 길을 간다면
그것은 명예이고 영광이며 이득이 되리라,
그대가 헬라스와 아르고스 중심으로 발길을 돌리려 하면   80
나 자신이 동행하려고 멍에 아래 말들을 매고
사람들의 도시로 인도할 것이네. 어느 누구도
우리를 맨손으로 보내지 않고 적어도 선물 하나,
순도 높은 청동 세발솥들이나 대야들 중 하나,
또는 노새 두 마리나 황금 잔을 가져가라 하겠지."   85

　　　그와 마주 보며 총명한 텔레마코스가 말했다.
"아트레우스 아들, 제우스의 후손 메넬라오스, 백성의 지도자여,
이제는 우리 집으로 가고 싶습니다. 여기에 오며
내 소유 재산 지켜줄 파수 하나 남겨놓지 않았으니까요.
신을 닮은 부친을 찾다가 죽게 될까 걱정이고   90
또 내 궁전에서 귀중한 보물이 사라질까 걱정입니다."

　　　목청 좋은 메넬라오스가 이 말을 듣자
당장 자기 아내와 하녀들에게 명령하여
집 안에 풍족한 재료로 식사를 준비하게 했다.
그 가까이 보에토오스의 아들 에테오네우스가 잠자리에서   95

일어나서 왔는데, 그곳에서 멀지 않은 곳에 살고 있었다.
그에게는, 불 피워 고기 구우라고, 목청 좋은
메넬라오스가 명령했다. 그 명령을 그는 거역하지 않았다.
한편 그 자신은 좋은 향내 나는 창고로 내려갔으니
혼자가 아니고 그와 함께 헬레네와 메가펜테스도 움직였다. 100
모두가 정말로 보물이 놓인 곳에 도착하자
메넬라오스는 손잡이 두 개 달린 잔을 잡았고
아들 메가펜테우스에게 혼주 용기, 은으로 된 용기를
나르라고 지시했다. 헬레네는 옷상자들 옆에 서 있었는데
그 속의 온갖 현란한 의상은 그녀 자신이 노고로 지었다. 105
의상들 중 한 벌을, 가장 고귀한 헬레네가 들어 날랐는데
그것은 자수가 가장 아름답고 가장 크기 때문에
마치 별처럼 반짝거렸다. 가장 밑에 놓여 있는데도 그랬다.
메넬라오스 일행은 궁전을 지나 걸어가서
텔레마코스에게 도착했다. 금발의 메넬라오스가 말했다. 110
　　"텔레마코스여, 그대가 속으로 열망하는 귀향을
헤라의 천둥 치는 남편 제우스가 그렇게 이뤄주시길.
[내 집 안에 보물로 쌓여 있는 선물들 가운데
가장 아름답고 가장 값진 선물을 줄 것이야.
정교하게 만든 혼주 동이를 주겠네. 그것은 온통 115
은제로, 그 위 테두리는 황금으로 마감되어 있지.

헤파이스토스의 작품이라네. 그것을 시돈인들의 왕
영웅 파이디모스가 주었는데, 내가 귀향하다 그곳에 들르자
그가 날 손님으로 영접했을 때였지. 이것을 선물로 주고 싶네.]"

그렇게 말하며 영웅 메넬라오스는 텔레마코스의 손안에   120
손잡이 두 개인 잔을 쥐여주었다. 강력한 메가펜테스는
그 앞에 빛나는 혼주 용기를 가져와 놓았는데
그것은 은제 용기였다. 뺨이 예쁜 헬레네는 옆에 서서
양손에 의상을 들고는 이름을 부르며 말을 건넸다.

"그대 위해 나도 선물을, 귀한 아드님이여, 이걸 받으세요.   125
헬레네의 손재주에 대한 기억으로, 많은 사랑받는 결혼의 기회에
그대의 신부에게 가져다주세요. 그때까지는 궁전 안,
그대 어머니 곁에 보관해두세요. 그대가 기쁜 마음으로
잘 지은 집과 그대 조국 땅에 도달하길 바랍니다."

그렇게 말하며 손에 쥐여주니 텔레마코스가 기뻐하며 받았다.   130
그것들을, 영웅 페이시스트라토스가 고리버들 바구니 안에
넣어주자, 이 모든 것을 텔레마코스가 벅찬 가슴으로 바라보았다.
금발머리 메넬라오스가 두 청년을 집으로 이끌었고
두 청년은 안락의자와 팔걸이의자에 앉았다.
하녀가 아름다운 황금 주전자로 손 씻을 물을   135
날랐고 은 대야 위에 물을 부어주어 손을
씻게 했다. 두 청년 앞에는 광채 나는 식탁을 폈다.

그리고 존경받는 여집사가 빵을 가져와 앞에 놓았다.

[많은 음식 더하며 준비한 대로 뭐든 아낌없이 베풀었다.]

옆에선 에테오네우스가 고기를 썰고 몫을 나누었다. 140

영광스러운 메넬라오스의 아들은 포도주를 따라주었다.

그들은 준비되어 앞에 차려진 음식에 손을 뻗었다.

먹고 마시는 욕망을 벗어버리자

텔레마코스와, 네스트로의 영광스러운 아들은

말들에 멍에를 메우고 정교하게 제작된 마차에 올라서 145

소리 되울리는 주랑과 대문 바깥으로 마차를 몰았다.

그들 뒤를, 아트레우스의 아들 금발머리 메넬라오스가

뒤쫓고 마음에 흡족한 포도주 담긴 황금 잔을

오른손에 들고 있었는데, 두 사람이 헌주하고 나서 가게 했다.

메넬라오스가 말들 앞에 서서는 건배하며 말했다. 150

　　"잘 가게나, 두 젊은이여, 백성들의 목자 네스토르에게

내 인사 전해주게. 정말, 그분은 내게 아버지처럼 친절하셨지,

트로야에서 아카이아의 아들들이 전투하는 동안에."

　　그를 마주 보며 총명한 텔레마코스가 말했다.

"제우스가 키운 자여, 당신 말대로 그분에게도 155

그곳에 가면 이 모든 환대를 상세히 말하겠습니다.

또 이타케에 귀향하고 나서 집 안에서 오뒷세우스를

만난다면, 당신 곁에서 온갖 호의를 누리다 왔고

게다가 많은 값진 보물을 가져왔다고 말할 수 있기를."

    그렇게 말하자, 보라, 오른쪽에서 새 한 마리, 독수리가   160

날아와서 안마당에서 하얀 거위를 발톱으로 채 갔는데,

엄청 큰 집거위였다. 남자들과 여자들이

고함치며 뒤쫓아 갔다. 독수리가 그들 가까이 오더니

말들 앞에서 잽싸게 오른쪽으로 날아가버리니

그걸 보고 기뻐한 사람들 모두 가슴속 마음이 훈훈해졌다.   165

그들 가운데, 네스토르의 아들 페이시스트라토스가 말문을 열었다.

    "생각해보시지요, 제우스의 후손, 백성들의 지도자 메넬라오스여,

왜 이러한 전조를 신께서 우리와 바로 당신에게 드러내셨는지."

    그렇게 말하자, 아레스의 총애 받는 메넬라오스는

어떻게 생각하고 합당하게 해석할지 궁리하고 있었다.   170

그러나 물결치는 옷 입은 헬레네가 그보다 먼저 말했다.

    "내 말 들어보세요. 예언해보겠으니, 신들이 내 마음속에

던져 넣어주고 내가 실현되리라 생각한 대로 말이죠.

저 독수리가, 집에서 기르는 거위를 낚아챘는데

자기 종족과 자식이 있는 산에서 온 것처럼   175

그렇게 오뒷세우스는 많은 고난 겪고 많이 떠돌다가

집에 귀향해서 응징할 겁니다. 아니면 이미 집에서

모든 구혼자들에게 재앙의 씨앗을 뿌리고 있겠죠."

    그녀와 마주하며 총명한 텔레마코스가 말했다.

"그렇게 지금 헤라의 천둥 치는 남편 제우스가 이뤄주시길.   180
그러면 그곳에서도 당신을 여신처럼 공경하겠습니다."

   그렇게 말하고 나서, 텔레마코스가 말들에게 채찍을 가했다. 말들은
매우 빨리 도시를 지나 들판을 향해 서둘러 내달렸다.

   말들은 목 주위에 맨 고삐를 하루 종일 흔들었다.
해가 떨어지고 모든 길에는 어둠이 드리웠다.   185
두 청년은 페라이에, 오르티로코스의 아들 디오클레스의 집에
닿았는데, 디오클레스는 알페이오스가 낳은 아들이었다.
그곳에서 밤을 보냈고 디오클레스가 환대의 선물을 주었다.

   일찍 태어나 장밋빛 손가락 펼치는 에오스가 나타나자
그들은 말들에 멍에를 얹고 정교하게 장식된 마차에 올라서   190
출입구와 요란하게 울리는 주랑을 빠져나와 말을 몰았다.
{말을 몰며 채찍질하자 두 마리 말은 주저 않고 날아갔다.}
그러고 나서 곧 퓔로스의 가파른 도시에 당도했다.
바로 그때, 텔레마코스가 네스토르의 아들에게 말문을 열었다.

   "네스토르 아들이여, 어떻게 그대가 책임지고 내 부탁을   195
들어줄 수 있을까? 우리는 전부터 부친들 사이의 우정으로
서로 친구라고 자부하고, 또한 우리는 동갑이라오.
이번 여행으로 더욱 한마음이 될 거요. 배에서 날
멀리 이끌지 말고, 제우스의 후손이여, 이곳에서 놓아주게나,
네스토르께서, 내가 꺼리는데도 자기 집에 붙잡지 않으시도록.   200

비록 환대를 열망하지만 나는 서둘러 집으로 가야만 하네."

그렇게 말하자, 네스토르의 아들은 마음속으로
어떻게 합당하게 그 일을 시작해 마칠지 숙고하고 있었다.
그렇게 숙고하더니 이렇게 하는 것이 이익으로 보였다.
그는 말들을 빠른 배와 바닷가 쪽으로 돌리고   205
배의 고물에다가 훌륭한 선물들, 메넬라오스가
텔레마코스에게 주었던 옷과 황금을 실어주고는
텔레마코스를 재촉하며 날개 돋친 말을 쏘았다.

"지금 서둘러 승선하여 모든 동료들에게 명령하게,
내가 집에 도착하여 어르신에게 알리기 전에.   210
나는 머리와 가슴으로, 그분의 마음이 얼마나
활기찬지 잘 알고 있다네. 그대를 놓아주지 않고
직접 초대하려고 오실 거고 그대 없이는 돌아가지
않으실 거라 믿고 있네. 아무래도 그분은 분노하시겠지."

그렇게 말하고 털가죽 멋진 말들을 몰아서   215
퓔로스인들의 도시 안 궁전에 빠르게 도착했다.
한편 텔레마코스는 동료들을 재촉하며 명령했다.

"노와 삭구를 검은 배에 실어라, 전우들이여,
우리 자신도 배에 올라서 뱃길을 항해하자."

그렇게 말했다. 전우들은 그의 말에 귀 기울여   220
복종하고 당장 배에 올라 노 젓는 자리에 앉았다.

텔레마코스는 이렇게 수고하고 아테네 여신에게 기도하며
배의 고물 옆에서 제물을 바쳤다. 한 사내가 가까이 다가왔다,
그는 먼 곳에서 살인을 저지르고 아르고스에서 도망친
예언자였다. 그는 혈통이 멜람푸스의 후손인데   225
멜람푸스는 한때 양 떼의 고향 필로스에서
부유한 사람으로 대궐 같은 집에 살았다.
멜람푸스는 가장 유명한 인간, 담대한 넬레우스를
피해서 고향을 떠나 이방의 고장에 도착했다.
넬레우스가 그의 많은 재산을, 한 해가 지날 때까지   230
강탈했기 때문이다. 그동안, 멜람푸스는 필라코스의 집에서
고통스러운 결박에 묶여 엄청난 고통을 당하고 있었다.
바로 넬레우스의 딸과 심한 미망(迷妄) 때문인데, 그 미망은
무시무시한 복수의 여신이 그의 마음에 가한 것이었다.
마침내 멜람푸스는 죽음을 피해, 음매 우는 소들을 몰아   235
필라케에서 필로스로 돌아가서는,[185] 신과 같은 넬레우스가

---

185 멜람푸스의 동생이 필로스의 통치자 넬레우스의 딸 페로에게 구혼했다. 그런데
결혼의 조건으로 넬레우스는 테살리아의 이피클로스의 재산인 많은 소들을 가져올
것을 요구했다. 그래서 멜람푸스는 이 소들을 훔치려고 했으나 목동들에게 잡혀서
옥살이했다. 예언 능력이 있는 멜람푸스는 건물이 무너질 것을 예언했고 실제로
건물이 무너지자 필라코스가 그의 신통력에 놀라며 고마워했다. 그래서 그의 아들
이피클로스가 자식을 낳게 해주면 그가 원했던 소들을 주겠다고 약속했다. 그래서
멜람푸스는 이피클로스의 자식 문제를 해결해주었고, 그 대가로 받은 소들을 몰고
필로스로 돌아갔다.

저지른 수치스러운 짓을 벌했고, 넬레우스의 딸을 제수로 삼아
집으로 데려갔다. 그러고 나서 이방의 고장, 말 기르는
아르고스에 도착했다. 그곳에서 멜람푸스는 많은
아르고스인들을 통치하며 살아가는 몫을 받았다.   240
그곳에서 지금 아내와 결혼하여 지붕 높은 집을 세웠고
강력한 두 아들, 안티파테스와 만티오스를 낳았다.
안티파테스는 담대한 오이클레스를 낳았고
오이클레스는, 군대 지휘하는 암피아라오스[186]를 낳았고
암피아라오스는, 아이기스 가진 제우스와 아폴론의   245
총애와 사랑을 받았다. 그러나 노령의 문턱도 넘지 못하고
자기 부인이 챙긴 뇌물로 인해 테베에서 죽고 말았다.[187]
그의 두 아들로는 알크마이온과 암필로코스가 태어났다.
한편 만티오스는 폴뤼페이데스와 클레이토스를 낳았다.
황금 옥좌의 에오스는 클레이토스를 낚아챘는데   250
그의 외모에 반해서고, 그가 불사신들 사이에서 지내게 했다.
한편 기개 넘치는 폴뤼페이데스는 아폴론이 세상에서
가장 뛰어난 예언자로 삼았다, 암피아라오스가 죽었으니.

---

186 예언자, 오이클레스의 아들, 에리퓔레의 남편. 테베를 공격하는 일곱 장수 중 한 명.
187 암피아라오스의 아내 에리퓔레는 폴뤼네이케스의 뇌물을 받고는 남편이 테베 원정에
　　　 참전하게 설득한다. 결국 테베에서 남편은 전사한다.

부친 만티오스에게 분노한 폴뤼페이데스는 휘페레시에[188]로
진로를 돌려 그곳에서 살며 모든 인간에게 예언하게 되었다.   255
바로 폴뤼페이데스의 아들, 테오클뤼메노스가
텔레마코스 가까이 다가섰다. 텔레마코스가
검고 빠른 배 옆에서 헌주하고 기도할 때 그와 마주쳤고
그는 텔레마코스에게 소리 내어 날개 돋친 말을 쏘았다.

  "여보시오, 그대가 이 장소에서 제물을 바칠 때 마주쳤으니   260
불탄 제물과 어떤 신을 두고 간청하는 바요, 그리고 나서
바로 그대의 머리와 그대를 뒤따른 전우들을 걸고
내 이렇게 물어보니, 착오 없이 말하되 숨기지 마시오.
누구고 어디서 왔소? 그대 도시와 부모는 어디에 있소?"

  그와 마주하며 총명한 텔레마코스가 말했다.   265
"그래요, 나그네여, 왜곡 없이 말하리다.
나는 이타케 출신이고 내 부친은 오뒷세우스요,
전에 계셨다면. 지금은 치명적 죽음으로 이미 돌아가셨지요.
지금은 전우들을 데리고 검은 배를 타고 왔는데
오랫동안 떠나 있는 부친에 대한 소식을 찾아서라오."   270

  신의 모습 한 테오클뤼메노스가 그를 향해 말했다.
"그렇게 나도 고향에서 왔는데, 친족인 사람을

---

188 아가멤논 왕국의 도시.

죽이고 나서 말이오. 그의 많은 형제들과 친척들이
말 기르는 아르고스 땅의 백성을 두루 지배하고 있소.
그들이 낳게 될 사망과 검은 죽음을 피해서   275
도망 중인데, 사람들 사이를 유랑하는 운명이 된 거요.
그러니 나를 배에 태워주시오, 도망 중이라 그대에게 간청하는데
그들이 날 죽이지 못하도록, 그들이 날 추격하고 있다고 믿으니까요."
    그와 마주하며 다시 총명한 텔레마코스가 말했다.
"그리 원한다면 균형 잡힌 배에서 몰아내진 않겠소.   280
자, 따라오시오! 그곳에서 내 소유 재산으로 환대받을 것이오."
    그렇게 말하고 나그네의 청동 창을 받아서는
균형 잡힌 배의 갑판 위에 내려놓았다.
텔레마코스 자신은 바다 건너는 배 위에 올랐다.
배의 고물에 자리 잡고는 자기 옆에   285
테오클뤼메노스를 앉히자 동료들이 고물 밧줄을 풀었다.
텔레마코스가 동료들을 재촉하며 명령하여
선구들을 붙잡게 했다. 동료들이 황급하게 복종했다.
동료들은 전나무 돛대를, 속 빈 함 안에
들어 올려 세우고 앞당김 줄로 단단히 동여매고   290
잘 꼬인 소가죽 밧줄로는 흰 돛을 끌어 올렸다.
그들에게 반가운 바람을, 올빼미 눈의 아테네가 보내주니
바람이 대기를 통해 힘차게 불었고 배는

가능한 한 빨리 바다의 짠물을 내달려 여정을 마쳤다.

[배는 크루노이[189]와, 멋지게 흐르는 칼키스[190]강 옆을 지나갔다.]   295

　　해가 떨어지고 모든 길에는 어둠이 드리웠다.

제우스의 순풍을 맞은 배는 페라이를 향해 서둘러 나아가고

{에페이오이족이 통치하는 신성한 엘리스 옆을 지나갔다.}

텔레마코스는 다시 뾰족한 섬들 향해 배를 조종하며

죽음을 피하거나 죽음에 잡힐까, 이런저런 생각을 뒤집고 있었다.   300

　　한편 오두막에서 오뒷세우스와 고귀한 돼지치기가

식사 중이었고 그들 옆에는 다른 사람들이 식사하고 있었다.

그들이 먹고 마시는 욕망을 벗어던지자

그들 가운데 오뒷세우스가 말하며 돼지치기를 시험했다.

여전히 자신을 성의껏 대접하고 바로 이곳 오두막에 머무르라고   305

권할지, 아니면 도시에 가라고 고무할지 알아보려 했다.

　　"지금, 내 말 좀 들어보게, 에우마이오스와 동료들이여,

내일 아침에, 도시를 향해 떠나고 싶은데

구걸하기 위해서라네, 그대와 동료의 짐이 되지 않으려고.

그러니 내게 잘 조언해주고, 함께 유능한 길잡이, 나를 그곳으로   310

이끌 길잡이를 보내주게나. 도시에선 두루 어�쩔 도리 없이 혼자서

돌아다닐 건데, 혹시 누군가 내게 물 한 잔과 밀 빵을 건네줄까 하며.

189　펠로폰네소스의 서쪽 해안에 위치한 장소.

190　펠로폰네소스 서부 지역, 알페이오스강 근처에 흐르는 강.

그리고 신에 버금가는 오뒷세우스의 집에

가서는 신중한 페넬로페에게 소식을 전하고

주제넘은 구혼자들 사이에 섞일 것인데 315

그들은 많은 음식 있으니 내게 식사를 제공하겠지.

당장 그들 가운데, 그들이 원하는 게 뭐든 시중을 들 것이오.

그대에게 할말 있으니 그대는 명심하고 내 말을 듣게나.

이게 모두, 날쌘 주자 헤르메스 신 덕분이고

그분은 모든 인간사에 매력과 명성이 뒤따르게 하시니 320

시중드는 일로는 그 누구도 나와는 경쟁할 수 없을 거요.

숯불을 잘 쌓아 올리고 마른 장작을 쪼개고

고기를 썰어 굽고 포도주를 따르는 일인데

못난 놈이 잘난 분에게 시중드는 일 같은 것이지.”

　　　돼지치기 에우마이오스는 크게 역정을 내며 말했다. 325

“아이고, 나그네여, 무슨 그따위 생각을 심중에

품고 있는 거요? 그대는 거기서 죽고 싶어 환장했소?

그대가 구혼자들의 무리 속에 들어가길 바라면

그들의 비행과 폭행은 무쇠 하늘까지 닿을 것이오.

저들의 시종들은 그대와 같은 노인네가 아니라 330

젊은이들로 윗옷과 속옷을 잘 차려입고

머리에는 항상 윤기 흐르고 얼굴이 잘생겼으니

이들이 저들의 시중꾼이라오. 광채 나는 식탁들은

빵과 고기와 포도주로 가득 차서 무게가 나가지요.

자, 여기 머무르시오. 그대가 곁에 있어도 누가 괴롭히지 않고   335

나도, 내 곁에 있는 다른 동료들도 그리하지 않을 거요.

오뒷세우스의 귀한 아드님이 오시면

그분이 그대에게 윗옷과 속옷과 의복을 주시고

그대의 심장과 욕망이 명하는 곳으로 보내주실 거요."

　　그에게 많이 참는 고귀한 오뒷세우스가 말했다.   340

"그렇게, 에우마이오스여, 그대가 아버지 제우스 마음에 들기를,

내 마음에도 그러하듯이, 내가 방황과 고초에서 벗어나게 했으니.

사람들에게 방랑보다 더 비참하고 참혹한 것은 없는데

저주스러운 배때기 탓에 혹독한 불행을 견디는 거라오,

{누구든 방랑과 재앙과 고통과 마주치게 된다면.}   345

지금 그대가 날 붙잡으며 그분을 기다리라고 명령하니

자, 나에게, 신과 같은 오뒷세우스의 부모님,

오뒷세우스가 떠나며 노령의 문턱에 남겨둔 분들에 대해

말해주게나, 그분들이 혹시 태양의 빛살 아래 살고 계신지

아니면 이미 돌아가셔서 하데스의 집 안에 계신지."   350

　　다시 그를 향해 촌부들의 지도자 돼지치기가 말했다.

"그렇다면 나는, 나그네여, 그대에게 왜곡 없이 말하겠소.

라에르테스는 아직 살아 계시고, 자기의 궁전 안에서

목숨이 사지를 떠나기를 제우스에게 늘 기도하신다오.

그분은 떠나고 없는 아들로 인해 너무너무 슬퍼하시고   355
솜씨 좋은 아내로 인해 그러한데, 특히 아내의 죽음에
고통 속에 빠져서 때 이른 노령에 닿게 되신 거요.
마님은 영광스러운 아들로 인해 고통받아 돌아가셨소,
비참한 죽음이라오, 누구도 그렇게 죽지 않기를,
이곳에 살며 친분 있고 호의 베푼 사람은 누구든지.   360
마님이 몹시 슬퍼하셨지만 살아 계신 동안에는
마님의 소식을 기꺼이 질문하고 탐문하곤 했소.
마님은 직접 나와 함께, 물결치는 옷 입은 크티메네,
방정한 딸을 길렀는데, 그녀는 아이들 중 막내였소.
마님은 그녀와 나를 길렀고, 자기 딸 못지않게 날 잘 대해주셨지.   365
우리 둘 다 열망하던 청년기에 도달하자
크티메네를 사메로 시집보내서 많은 구혼 선물을 받으셨소.
한편 나는 윗옷과 속옷을 의복으로 마님이
잘 입혀주시고 발에는 샌들을 주시고 나서
시골로 보내셨으니 마님은 아주 잘 날 아껴주셨던 거요.   370
지금은 그런 보살핌이 없지만, 축복받은 신들께서
나의 일이 번성케 해주셨는데, 내가 관리하는 일 말이오.
그 산물을 내가 먹고 마시고 또 내 탄원자들에게 나눠주었소.
페넬로페 마님에 대해선 무슨 좋은 일을 들어본 적 없구나,
어떤 말이든 어떤 일이든, 재앙이 집에 닥쳤으니까,   375

주제넘은 사내들이라니! 하인들은 엄청 그리워하지요,

마님 앞에서 이야기하고 시시콜콜 뭔가 알아내는 일과,

또 먹고 마시고 나서 뭔가 남은 음식을 시골집에

가져가는 일 말이오. 그것이 하인의 마음을 훈훈하게 합디다.”

　　꾀 많은 오뒷세우스가 그에게 대답하여 말했다.　　　　　　　380

“이런, 돼지치기 에우마이오스여, 그대는 비록 어렸으나,

고향 땅과 부모님과 떨어져 얼마나 많이 방랑했던가.

그럼 자, 내게 이걸 말하며 왜곡 없이 설명해보게,

길 널찍한, 사람들의 도시가 파괴된 것인지,

아니면 아버지와 여주인 어머니가 살고 있던 곳에서　　　　　　385

양들이나 소들 옆에 그대가 홀로 남겨졌을 때

악독한 사내들이 배로 잡아가 라에르테스의 집에

팔아버린 것인지, 그분이 적당한 가격을 지불했으니까.”

　　촌부들의 지도자 돼지치기가 그를 향해 말했다.

“나그네여, 그대가 정말 이런 걸 질문하고 탐문하지만　　　　　　390

이제는 조용히 들으며 즐기시오, 앉아서 포도주를

드시오. 이 밤은 말할 수 없이 길어서, 잠자도 되고

이야기를 즐기려면 들을 수 있소. 하지만 그대는 그럴 필요 없소,

잘 시간이 되기 전에 몸을 누일 필요 말이오. 많은 잠도 고통이니까.

다른 사람은 누구든 심장과 욕망의 명령을 듣게 되면　　　　　　395

나가서 잠자도록 하게. 날이 밝자마자

아침 먹고 나서 주인에게 속한 돼지들을 뒤따르게.

우리 둘은 오두막 안에서 마시고 식사하며

서로의 슬픈 걱정거리를 서로 떠올리며

즐겨봅시다. 나중에는 고통마저도 즐기게 되리니 400

정말 많은 걸 겪고 많이 떠돌아다닌 자라면 말이오.

그대가 질문하고 탐문하는 것을 그대에게 말하리다.

쉬리에라 불리는 섬이 있는데, 아마도 들어보았는지,

오르튀기아섬 너머 위쪽, 태양이 회전하는 곳이고

인구가 그리 많지 않으나 좋은 섬으로 소의 목초지가 많고 405

양 떼도 기르기 좋고, 포도주 넘치고 밀이 풍부한 곳이오.

한 번도 기근이 그 지방에 찾아온 적 없었고

어떤 혐오스러운 질병이 불쌍한 인간을 덮친 적도 없었다오.

그런데 도시에서 인간 종족이 나이 먹어 늙어가자

아르테미스와 함께 은빛 활의 아폴론이 찾아와 410

다가오더니 부드러운 화살로 인간을 쏘아 죽였소.

그곳에는 두 도시가 있는데 모든 것이 둘로 나뉘어 있소.

이 두 도시는 나의 부친이 다스렸는데, 부친은

오르메노스의 아들로 크테시오스라 불리고 불사신과 같소.

그곳에 배로 유명한 페니키아인들, 닳고 닳은 인간들이 415

찾아왔는데, 무수히 많은 장신구들을 검은 배로 날랐소.

내 부친의 집에는 페니키아 여인이 한 명 있었는데

예쁘고 흰칠하며 멋진 수공예를 잘 아는 여자였소.

닳고 닳은 페니키아인들이 이 여자를 호렸던 거요.

그녀가 빨래할 때 누군가 처음 움푹한 배 옆에서   420

동침과 사랑으로 그녀와 살을 섞었으니 그것이 젖 물리는

여자의 마음을 호렸나보오, 그녀는 행실이 바른 여자였지만.

그자는 그녀에게, 그녀가 누구이고 어디에서 왔는지 물었소.

그녀는 당장 내 부친의 높다란 지붕을 가리켰다오.   425

'나는 청동 많은 시돈 출신이라고 자부해요,

나는 넘치게 부유한 아뤼바스의 딸이랍니다.

그러나 타포스 해적들이 날 납치했는데

내가 밭에서 집에 갈 때였고, 이곳에 데려와서 이분의 집에

팔아버렸지요. 그래서 그분이 적당한 값을 치렀답니다.'

그녀에게 한 사내가 말했는데, 그는 몰래 그녀와 동침한 자였소.   430

'지금, 그대 다시 우리와 함께 집으로 가겠소?

지붕 높은 부모의 집을 보고 부모를 만나기 위해.

두 분이 아직 살아 있고 부자라 불리니까.'

그를 향해 그녀가 말하며 이런 말로 응답했소.

'가능하죠. 선원들이여, 그대들이 나를 위해   435

날 무사히 집으로 데려다준다고 맹세한다면.'

그렇게 말했고 그들 모두 그녀가 요구한 대로 맹세했소.

그래서 그들이 맹세를 시작하여 마쳤을 때

다시 그들 가운데 그녀가 이런 말로 대답했소.

'지금, 조용히 하세요, 여러분 동료들 중 누구도   440
내게 말을 걸어선 안 돼요. 길가에서나 어느 우물가에서
나를 만나더라도. 그러지 않고 누군가 노인네에게
가서 일러바치면 노인네가 의심하고 고통스러운 결박으로
날 꽁꽁 묶고는 여러분에겐 파멸을 도모할 거예요.
그러니 자, 내 말을 명심하고 운송 화물을 서둘러 구매하세요.   445
그래서 정말, 배가 화물로 가득 차게 되면
집으로, 빠른 전갈을 내게 보내주세요.
황금도 가져올게요, 내 수중에 들어오는 건 뭐든.
그리고 다른 것도 뱃삯으로 내가 기꺼이 드릴게요.
궁전 안에선 지체 높은 사내아이를 키우고 있는데   450
정말로 총명한 아이이고, 아이는 함께 문밖으로 달려 나올 겁니다.
그 아이를 배로 데려가서 외국어 말하는 자들에게
어디든 팔아버리면, 구매자는 수천 배 몸값을 지불할 거예요.'
그렇게 말하고 나서 그녀는 아름다운 집을 향해 가버렸소.
페니키아인들은 1년 내내 여기 우리 곁에   455
머물며 우묵한 배 안에 많은 생필품을 사들였소.
우묵한 배가 화물로 채워져 항해를 준비하자
그때, 그들은 전령을 보내서 그 여인에게 알렸소.
매우 교활한 사내가 내 부친의 집에 왔는데

호박을 꿰어 만든 황금 목걸이를 차고 있었소.   460
그것을 궁전에서 하녀들과 여주인 어머니는
두 손으로 만지작거리며 두 눈으로 쳐다보고
가격을 흥정했고 사내는 침묵하며 고개를 끄덕였소.
고개를 끄덕이고 나서 그가 움푹한 배로 가버리자
그녀는 내 손을 잡고는 집에서 문 바깥으로 데려갔소.   465
대문 앞에선 잔치 벌이는 사내들의 술잔과 식탁을
내가 보았는데, 그 사내들이 부친의 시중을 들고 있었지.
사내들은 백성들의 집회와 광장에 갔고
그녀는 당장 술잔 세 개를, 옷 주름 아래 숨겨
가져갔소. 나는 어리석은 생각에 따라나섰다오.   470
해가 떨어지고 모든 길에는 어둠이 드리웠소.
우리는 유명한 포구로 가며 재빨리 몸을 움직였고
그곳에는 페니키아 사내들의 쾌속선이 있었소.
그들이 승선하며 우리 둘을 배에 태우고 나서
물 흐르는 길을 항해했고 그 위에는 제우스가 순풍을 보냈소.   475
엿새 동안, 우리는 밤낮으로 계속 항해했고
크로노스의 아들 제우스가 이레째 날을 더하자
화살 뿌리는 아르테미스가 그 여인을 쏘아 맞히니
그녀는 배의 짐칸에 마치 바닷새처럼 쿵 하고 떨어졌소.
선원들은 배 밖에 그녀를 던져서 물개와 물고기의 밥이   480

되게 했고, 나는 마음속 깊이 슬퍼하며 남아 있었소.
바람과 물결이 선원들을 이타케로 나르며 데려갔고
그곳에서 라에르테스가 자기 재산으로 나를 구매했소.
그렇게 여기 이 땅을 내가 두 눈으로 보게 된 겁니다."

제우스의 후손 오뒷세우스가 이런 말로 대답했다.   485
"에우마이오스여, 정말로 내 마음속 감정을 흔들어놓았군,
그대가 속으로 겪은 것들 하나하나 이렇게 말해주다니.
참으로 그대에겐 화와 복을 제우스가 주셨소,
그대는 많은 고난을 겪었지만 인자한 사내의 집에
도착했으니까, 그가 그대에게 먹을 것과 마실 것을 넉넉하게   490
허락해주니 그대는 풍족한 삶을 살고 있구려. 그런데 나는
많은 도시들 위를 떠돌다가 이곳에 왔소이다."

그들은 서로 그렇게 이야기를 나누고 있었고
잠이 들었는데, 오랜 시간이 아니라 잠시 동안이었다.
곧 멋진 옥좌에 앉은 에오스가 왔으니까. 한편 그들,   495
텔레마코스의 동료들은 육지 위에서 돛을 풀고
잽싸게 돛대를 내려놓고 포구 안에 노를 저어 배를 몰았다.
닻으로 삼은 돌을 바깥에 던지고 고물 밧줄을 동여맸다.
그러고 나서 파도 부서지는 바닷가에서 하선했고
식사를 준비하며 거품 이는 포도주에 물을 탔다.   500
그리하여 먹고 마시는 욕망을 벗어버리자

총명한 텔레마코스가 그들에게 말문을 열었다.

"너희는 지금 도시로 검은 배를 몰아가거라.
나는 시골의 목자들에게 갈 것인데, 내 농지를
보고 나서 저녁에는 도시로 돌아갈 것이다.
내일 아침, 너희에게 여행 품삯으로 고기와
달콤한 음료 포도주의 풍성한 잔치를 베풀 것이다."

신을 닮은 테오클뤼메노스가 그에게 말했다.
"친애하는 젊은이여, 나는 어디로 가야 하나? 누구 집에 도착하리?
바위 많은 이타케를 두루 통치하는 자들 중에서 말이오,
곧장 그대의 어머니와 그대의 집으로 가야 하겠소?"

총명한 텔레마코스가 그와 마주하며 말했다.
"다른 경우라면 나는 우리 집에 가라고 권할 것이오.
환대의 부족함이 전혀 없소. 그러나 그대에겐
사정이 더 열악할 거요, 내가 떠나 있을 거고 어머니도 그대를
보지 못할 거요. 어머니는 집 안에서 구혼자들에게 자주 모습을
드러내지 않고 그들과 떨어져 2층 방에서 베를 짜고 있으니까.
그런데 그대가 찾아갈 만한 사람을 알려주겠소,
에우뤼마코스 말인데, 현명한 폴뤼보스의 영광스러운 아들이오.
지금 그자를, 이타케인들이 마치 신처럼 우러러본다오.
그는 지위 높은 사내인데, 내 어머니와 결혼하여
오뒷세우스의 명예를 차지하길 가장 열망하고 있소.

505

510

515

520

그러나 올륌포스의 제우스, 대기 속에 사는 신은 잘 알고 있소,
결혼 전에 파멸의 날이 그자들에게 올지 말지를."

그렇게 말하자 우측에서 새 한 마리가 날아왔는데   525
아폴론의 날랜 전령인 매였다. 매는 발톱 사이로
비둘기 한 마리를 잡아 뜯으며 깃털을 대지 위에
뿌렸는데, 배와 텔레마코스 자신 사이의 공간이었다.
테오클뤼메노스는 텔레마코스를 부르며 동료들과 떼어놓고
자기 손으로 그의 손을 맞잡고 이름을 부르며 말을 건넸다.   530

"텔레마코스여, 신의 가호 없다면 우측에서 새가 나타나지 않았을 거요,
나는 정면에서 그것이 전조의 새라는 걸 알아봤으니까.
그리고 당신의 종족보다 더 왕다운 종족은 없소,
이타케 나라에서, 당신이 항상 더 많은 권력을 가질 것이오."

그와 마주 보며 총명한 텔레마코스가 말했다.   535
"그 말이, 나그네여, 그렇게 이루어지기를.
그러면 그대는 나로부터 환대와 많은 선물을 받게 될 것이오,
그래서 만나는 사람은 누구나 그대가 행복하다 여기겠지."

그렇게 말하고, 믿음직한 동료 페이라이오스에게 말했다.
"클뤼티오스의 아들 페이라이오스여, 그대는 다른 일에서도   540
나를 따라 퓔로스에 갔던 동료들 중 나를 가장 잘 따랐지.
지금은 나를 위해 이 나그네를 그대 집에 데려가서
내가 돌아올 때까지 정성껏 대접하며 존중해주게나."

이름난 창수 페이라이오스가 마주 보며 그에게 말했다.
"텔레마코스여, 그대가 그곳에 오래 머문다 하더라도   545
이분은 내가 돌볼 것이니, 접대가 부족하지 않을 겁니다."

그렇게 말하며 배에 올랐고, 다른 동료들에게는
배에 올라서 고물 밧줄을 풀라고 명령했다.
동료들은 곧장 승선하여 노 젓는 자리에 앉았다.
한편 텔레마코스는 두 발 아래 멋진 샌들을 매어 신고   550
배의 갑판에서 방어용 창을 집어 들었는데, 창 끝에는
예리한 청동이 박혀 있었다. 동료들이 고물 밧줄을 풀었다.

동료들은 배를 바다로 밀어내고 도시로 항해해 갔다,
신과 같은 오뒷세우스의 귀한 아들이 명령했으니.
텔레마코스는 발 빠르게 오두막에 도착할 때까지 걸었는데   555
그곳에는 많은 돼지들이 있었고, 그것들 곁에는 돼지치기가
빈틈없는 일꾼으로 주인에게 충성하며 잠자고 있었다.

16 π

오두막 안 두 사람, 오뒷세우스와 고귀한 돼지치기는
날이 밝자, 아침 식사를 준비하며 불을 피우고
무리 지은 돼지들과 함께 목자들을 내보냈다.
한편 항상 짖는 개들이 텔레마코스에게는 꼬리 치며
그가 다가오는데도 짖지 않았다. 고귀한 오뒷세우스는   5
개들이 꼬리 치는 걸 알아보고 귓가에는 발걸음 소리를 들었다.
당장 에우마이오스에게 날개 돋친 말을 쏘았다.
　"에우마이오스여, 정말 그대의 동료가 이곳에 오고 있소,
아니면 어느 지인인가보오, 개들이 짖지도 않고
꼬리 치는 걸 보니. 발소리가 똑똑히 들리는데……."   10
　아직 말을 마치지도 않았는데, 그의 귀한 아들이

대문 앞에 서 있었다. 돼지치기가 놀라서 벌떡 일어나
양손에서 용기들을 떨어뜨렸는데, 거품 이는 포도주에
물을 타느라 애쓰던 참이었다. 돼지치기는 주인과
마주하며 다가가서는 그의 머리와 멋진 두 눈과   15
양손에 입을 맞추고 굵은 눈물방울을 뿌렸다.
마치 아버지가 제 아들을 다정하게 반기는 것처럼,
아버지가 가장 사랑하는 외아들로 인해 마음고생 심했는데
그 아들이 10년 만에 먼 땅에서 돌아온 것처럼.
그렇게 고귀한 돼지치기가 신의 모습 한 텔레마코스를   20
포옹하며 여기저기 입 맞추니 마치 그가 소생한 것처럼
울음을 터뜨리며 그를 향해 날개 돋친 말을 쏘았다.
  "오셨군요, 달콤한 빛 텔레마코스여. 도련님을 다시 보게
되리라 생각지도 못했지요, 배 타고 필로스 향해 가셨을 때.
그럼 자, 안으로 드시죠, 도련님을 바라보는 즐거움을   25
맘껏 누리고 싶은데, 외지에서 돌아와 이곳에 계시니까요.
도련님은 도시에 살고 계시니 시골에도 목자들에게도
자주 오신 적 없습니다. 그렇게 속으로 즐거우셨나요?
구혼자들 사내의 해로운 무리를 쳐다보는 것 말입니다."
  총명한 텔레마코스가 마주하며 그에게 말했다.   30
"바라는 대로 될 걸세, 아범. 그대 때문에 이곳에 왔으니,
그대를 두 눈으로 보고 그대 이야기를 듣기 위해서지,

내 어머니는 아직 궁전에 머물러 있거나, 또는 이미 누군가,
사내들 중 다른 이와 결혼했겠지. 어딘가 오뒷세우스의 침상은
침구도 없이 더러운 거미줄로 뒤덮여 놓여 있겠지.”   35
　　촌부들의 지도자 돼지치기가 그를 향해 말했다.
“틀림없이 마님은 인내하시며 그대의 궁전에
남아 계십니다. 마님에게 늘 비통한 밤과 낮이
번갈아 사라지는 동안, 마님은 눈물을 흘리신답니다.”
　　그렇게 말하고 나서 주인의 청동 창을 받았다.   40
텔레마코스는 돌 문턱을 넘어 안으로 들어갔다.
그가 들어오자 오뒷세우스는 자리에서 물러나 양보했다.
맞은편에서 텔레마코스가 만류하며 소리 내어 말했다.
　　“앉으시게, 나그네여. 나는 우리 농장 안 다른 곳에
자리를 찾아볼 걸세. 자리를 만들어줄 사람이 여기 있으니.”   45
　　그렇게 말하자, 오뒷세우스가 도로 자리에 앉았다.
돼지치기가 텔레마코스를 위해 녹색 이파리를 뿌리고
그 위에 가죽을 깔자 오뒷세우스의 귀한 아들이 앉았다.
돼지치기가 그들에게 고기 접시들을 내놓았는데
어제 먹고 나서 남겨둔 구운 고기들이었다.   50
그리고 부지런히 빵을 바구니 안에 쌓아 올리고
나무 그릇에는 꿀처럼 달콤한 포도주에 물을 탔다.
돼지치기 자신은 신과 같은 오뒷세우스의 맞은편에 앉았다.

그들 모두 준비되어 차려진 음식에 양손을 뻗었다.
그들이 먹고 마시는 욕망을 벗어버리자   55
텔레마코스가 고귀한 돼지치기를 향해 말했다.
　"아범, 여기 이 나그네는 어디서 왔나? 어떻게 선원들이
이타케에 그를 데려왔나? 선원들은 어느 종족이라 자랑하는가?
나그네가 이곳에 걸어왔다곤 생각할 수 없으니까."
　돼지치기 에우마이오스가 대답하여 말했다.   60
"도련님, 그럼 제가 모든 진실을 말하겠습니다.
나그네는 드넓은 크레타 출신이라고 자부하고
인간의 많은 도시들을, 방랑하며 돌아다녔다고 합니다.
그에게는 어떤 신이 그런 운명의 실을 자아내셨던 거죠.
지금은 그가 테스프로티아족의 배에서 도망쳐   65
제 농장에 왔습니다. 제가 도련님의 손에 넘기겠습니다.
원대로 하시죠. 당신께 탄원하겠다 큰소리치니까요."
　그와 마주하며 총명한 텔레마코스가 말했다.
"에우마이오스여, 정말로 마음 아픈 말을 하는군.
어떻게 내가 이 나그네를 집에 받아줄 수 있을까?   70
나 자신은 젊은 데다, 한 사내를 보호할 정도로
완력을 자신하지도 못하네, 누군가 먼저 폭행하려 든다면.
내 모친의 가슴속 마음은 두 갈래로 궁리하고 있지,
여기 내 옆에서 머물며 집안일을 돌보고

남편의 침대와 백성의 여론을 존중할까, 또는 당장　　　　75
아카이아인들 중 가장 뛰어난 사내를 따라나설까,
궁전에서 구혼하며 가장 많은 선물을 주는 자 말이네.
이 나그네에게는, 그대의 집에 도착했으니
좋은 의복으로 외투와 윗옷을 입혀주게나,
양날 칼과, 양발을 위한 샌들을 내가 줄 것이고　　　　80
심장과 욕망이 그에게 명하는 곳으로 보내줄 것이네.
그대가 원하면 농장에 그를 붙잡아두고 돌보게나.
이곳에 의복을 보내주고 먹을 빵도 그리하겠네,
그가 그대와 동료들에게 짐이 되지 않도록.
그가 그곳 구혼자들과 섞이는 것은 내가　　　　85
허락하지 않겠어, 그들은 무도하게 폭행을 자행하니까.
그자들이 그를 조롱한다면, 그건 내게 무서운 고통이 되겠지.
제아무리 강력한 사내라 해도 혼자서 다수와
대적하는 것은 어려운 일일세, 그들이 훨씬 더 강하니까.”
　　　많이 참는 고귀한 오뒷세우스가 그에게 말했다.　　　　90
“친구여, 지금은 내가 말하는 것이 도리겠지요.
듣자 하니 정말로 내 가슴이 찢어지는 것 같습니다.
여러분이 말하듯 구혼자들이 무슨 무도한 짓을 꾸민단 말인지요,
궁전 안에서 당신과 같은 이의 뜻을 거슬러서 말이오.
내게 말해보시오. 자진하여 굴복한 거요, 아니면　　　　95

신의 소리를 듣고 지역 백성들이 당신을 미워하는 것이오?
또는 당신이 형제들을 책망하는 것이오? 어떤 이가 싸울 때
조력자로 의지하는 형제들 말인데, 큰 싸움이라도 일어나면요.
지금, 내 기분에 따라서 내가 당신처럼 젊다면
또는 흠 없는 오뒷세우스의 아들이라면, 또는 오뒷세우스 자신이   100
떠돌다가 귀향하면 좋을 텐데. 아직 희망의 불씨가 남아 있으니까.
당장 어떤 이방인이 내 머리를 잘라버리길,
만약 내가 라에르테스 아들의 궁전으로 가서
저들 구혼자들 모두에게 재앙이 되지 않는다면 말이오.
만약 그들이 무리 지어 나를, 혼자인 나를 제압하면   105
나는 궁전의 홀 안에서 살해되어 죽고 싶소이다,
이따위 수치스러운 짓을 늘 바라보기보다는.
그 인간들이 나그네들을 구타하고 하녀들을
아름다운 궁전에서 수치스럽게 이리저리 끌고 다니고
포도주를 퍼서 바닥내고 헛되이도 그렇게   110
무의미하게 끊임없이 빵을 먹어치우고 있다니.”

　　　그와 마주하며 총명한 텔레마코스가 말했다.
“그럼 내가 그대에게, 나그네여, 에두르지 않고 말하겠소.
모든 백성이 날 증오하지도 날 적대하지도 않고
내가 형제들을 책망하는 것도 아닌데, 전쟁 나면 조력자로   115
의지하는 형제들 말이오, 큰 싸움이라도 일어나게 된다면.

제우스께선 우리 혈통을 외아들로만 이어지게 하셨소.
아르케이시오스가 외아들로 라에르테스를 낳았고
라에르테스는 오뒷세우스 하나만 낳았소. 오뒷세우스는
나 하나 낳고는 궁전에 남겨두어 키우는 재미를 보지 못했지.   120
그리하여 지금, 매우 많은 적들이 집에 있게 된 거요.

둘리키온, 사메, 숲 무성한
자퀸토스섬들을 다스리는 모든 귀족과
바위투성이 이타케를 다스리는 모두가
내 어머니에게 구혼하며 내 가산을 탕진하고 있다오.   125
어머니는 혐오스러운 결혼을 거절하지도 못하고
그것을 끝낼 수도 없소. 한편 구혼자들은 내 집을 먹어치우며
탕진하고 있다니. 정말, 그들은 곧 나마저도 산산조각 낼 거요.
그런데 이 문제는 신들의 무릎 위에 놓여 있소.
아범, 어서 빨리 가서 현명한 페넬로페께,   130
내가 퓔로스에서 돌아와 무사하다고 말해주게나.
나는 이곳에 머무를 테니 아범은 모친에게만 알리고 나서
이곳에 돌아오게나. 다른 아카이아인들 중 누구도
알지 못하게 하고. 다수가 내게 악행을 꾸미고 있으니까."

　　　돼지치기 에우마이오스가 그에게 대답하여 말했다.   135
"제가 알아듣고 이해했죠. 잘 알고 있으니 그걸 요구하신 거죠.
자, 그럼 내게 이것도 왜곡 없이 설명해주십시오,

가는 길에 라에르테스께도 전령으로 갈까요.

저 불운한 분, 그동안 오뒷세우스로 인해 많이 괴로워하시며

들판 일을 살펴보시고 집 안에서 하녀들과 함께   140

마시고 드셨답니다, 가슴속 식욕이 명령할 때마다요.

그런데 지금, 도련님이 배 타고 퓔로스로 가버린 후로는

이전처럼 그렇게 먹지도 마시지도 않으신다 하고

들판 일을 살피지도 않으시고 한숨과 탄식으로 슬퍼하며

앉아 계신다고 하니, 뼈에 붙은 살이 얇아지고 있지요."   145

　　　그와 마주하며 총명한 텔레마코스가 말했다.

"설상가상이군, 그분은 놔두세, 마음 아프지만.

우리가 원하는 모든 것을 스스로 고를 수 있다면,

나는 최우선으로 내 부친의 귀향을 선택할 걸세.

아범은 소식을 전하고 돌아오고 들판 거쳐   150

어르신을 찾아 돌아다니지 말게나. 어머니께,

여집사를 당장 그분에게 보내시라 말하게나, 그것도

비밀스럽게. 그분에겐 어머니가 소식을 전할 것이네."

　　　그렇게 말하며 돼지치기를 재촉했다. 그는 샌들을 집어

양발에 신고 나서 도시로 떠났다. 돼지치기 에우마이오스가   155

오두막에서 떠나자 그것을 당장에 알아챈

아테네 여신이 가까이 왔다. 외모가 예쁘고 훤칠하며

수공예 같은 눈부신 일을 잘 아는 여인의 모습이었다.

오두막의 맞은편에 서서 오뒷세우스에게 제 모습을 드러냈으나
맞은편 텔레마코스는 여신을 보지도 알지도 못했다.　　　　　　160
모든 이에게 신들이 분명하게 나타나진 않으니까.
오뒷세우스와 개들은 보았는데, 개들은 짖지 않고
낑낑대며 무서워서 오두막을 지나 구석으로 피했다.
여신이 눈썹으로 신호를 보내자 이를 알아챈
오뒷세우스가 방에서 나왔고, 안뜰의 담장을 지나서　　　　　165
여신 앞에 섰다. 아테네 여신이 그에게 말했다.

　　"제우스의 후손 라에르테스의 아들, 술수 많은 오뒷세우스여,
이제는 그대 아들에게 숨기지 말고 말하게.
두 사람은 구혼자들에게 사망과 죽음을 계획하고
저 유명한 도시를 향해 갈 것이네. 나 자신도 더이상　　　　　170
그대들과 떨어지지 않고 싸우길 열망하고 있네."

　　그렇게 말하고 아테네가 황금 단장으로 그를 건드렸다.
우선, 그의 가슴에 깨끗한 속옷과 외투를
걸치게 하고 체격과 젊음을 키워주자
피부색이 다시 갈색이 되고 두 뺨이 팽팽해지고　　　　　175
턱 주위에 난 수염이 거뭇하고 짙어졌다.
여신은 이렇게 바꾸고 나서 돌아갔다. 오뒷세우스가
천막 안으로 갔다. 그를 보고는 그의 아들이 놀랐고
혹시 신이 아닐까 두려워서 두 눈을 돌리고는

그에게 소리 내어 날개 돋친 말을 쏘았다.   180

　　"다른 사람이네요. 나그네여, 내 눈엔 전보다 젊게 보입니다.
다른 옷을 입고 피부도 더이상 똑같지 않다니.
정말 당신은 넓은 창공에 거주하는 어떤 신이신가요.
그럼에도 자비로우시길, 우리는 당신께 만족할 제물들과
황금으로 제작된 선물을 바치겠으니 우리를 아껴주소서."   185

　　많이 참는 고귀한 오뒷세우스가 그에게 말했다.
"나는 어떤 신도 아닌데, 왜 날 불사의 신에 비하는가?
네 아버지다, 그 때문에 네가 한숨 쉬며
많은 고통을 겪고 사내들의 폭력을 감수하는 게지."

　　그렇게 말하고 아들에게 입을 맞추고 두 뺨에서   190
땅에 눈물 뿌렸으니, 그 전까지 늘 계속 참아온 눈물이었다.
그러나 텔레마코스는, 아직 그가 아버지란 걸 믿지 못해
당장 그에게 대답하여 그를 향해 말했다.

　　"당신은 내 아버지 오뒷세우스가 아니라, 어떤 신이
날 기만하는 거요, 내가 더욱 통곡하며 한탄하도록.   195
필멸의 인간 따위가 어떻게든 이런 일을 저 자신의
묘안으로는 실행할 수 없으니까요, 신 자신이 와서는
쉽게 바라는 대로 그를 젊거나 늙게 하는 경우가 아니라면.
방금 전 당신은 노인이었고 볼품없는 복장이었는데
지금은 신들처럼 보이다니, 드넓은 천공에 집 있는 신들처럼요."   200

그에게 대답하여 꾀 많은 오뒷세우스가 말했다.
"텔레마코스, 여기에 네 아버지가 있는 걸 보고는
지나치게 놀라며 의혹을 품는 것은 합당하지 않구나.
앞으로 이곳에는 다른 오뒷세우스가 오지 않을 거고
여기 바로 이런 모습의 내가 고난을 겪고 많이   205
방랑하고 나서 20년 만에 조국 땅에 돌아왔단다.
전리품 나르는 아테네 여신이 이루신 일이란다.
여신께서 원하시는 대로 날 이렇게 되도록 하셨단다.
그런 능력 있으시니 때로는 거지처럼 때로는
다시 젊은 사내로 몸에 좋은 옷 입은 자로 만드시지.   210
드넓은 창공에 거주하는 신들이 필멸의 인간을
멋지게 하거나 추하게 하는 것은 쉬운 일이란다."
　　그렇게 말하고는 자리에 앉았다. 텔레마코스는
고귀한 아버지를 포옹하며 몹시 슬퍼 눈물 흘렸다.
이들 부자에게서 울고 싶은 욕망이 솟구쳐 올랐다.   215
두 사람은 날카로운 소리로, 새들, 바다 독수리나
발톱 굽은 독수리보다 더 격렬하게 울고 있었는데,
농부들이 새끼들을, 깃털이 나기도 전에 채 갔을 때처럼.
그렇게 부자는 눈썹 밑에 애처로운 눈물을 뿌리고 있었다.
이렇게 통곡하다가 태양 빛이 사라질 뻔했으나   220
텔레마코스가 제 부친을 향해 갑자기 말문을 열었다.

"아버지, 선원들이 어떤 배로 지금 이곳 이타케에
데려왔나요? 그들은 어떤 종족이라고 자부하고 있나요?
아버지가 걸어서 이곳에 도착했다곤 상상할 수 없죠."

꾀 많은 고귀한 오뒷세우스가 그를 향해 말했다. 225

"그래, 아들아, 너에게 진실을 모두 말하마.
배로 유명한 파야케스족이 나를 데려왔는데, 물론
다른 사람들도, 그들에게 당도한 자는 누구나 호송하지.
내가 잠자는 동안 빠른 배로 바다 위로 날라서는
이타케 안에 내려놓았고, 내게는 빛나는 선물을, 230
청동이며 황금이며 직조한 옷을 넉넉하게 주었단다.
그것들은 신들의 조언대로 동굴 안에 놓여 있지.
지금은 아테네 여신의 조언으로 이곳에 왔으니
적들의 도살을 우리가 논의하기 위해서란다.
그럼 자, 구혼자들의 수를 헤아리며 내게 열거해보아라, 235
그자들이 몇 명이고 어떤 인간들인지 알 수 있도록.
그래서 흠 없는, 내 마음속 두루 궁리하고 나서
알려주마, 우리 둘이 그들과 맞설 수 있을지,
다른 이들 도움 없이 우리 둘이, 아니면 조력자를 찾아야 할지."

그를 마주 보며 총명한 텔레마코스가 말했다. 240

"아버지, 저는 아버지의 큰 명성에 대해 항상 들어왔어요,
손으로 창을 잘 다루시고 사려 깊은 계획을 세우신다고.

그러나 너무 큰 일을 말하시니 놀람이 절 사로잡네요.

단둘이서 다수의 힘센 자와 싸울 수는 없으니까요.

구혼자들이 정확히 열 명도 아니고 그 두 배도 아니며   245

훨씬 더 많지요. 당장 그들의 숫자를 알려드리지요.

둘리키온에서는 두 명 하고 쉰 명의 선발된

젊은 귀족들이 왔는데, 여섯 노예들이 시중듭니다.

사메로부터는 네 명 하고 스무 명의 사내들이 왔고

자퀸토스에서는 아카이아인들 중 스무 명의 사내들이 왔고   250

바로 이타케에서는 모두 열두 명의 귀족들이 왔고

그들과 함께 전령 메돈과, 신의 모습 한 소리꾼과

두 명의 시종이 있는데, 이 둘은 솜씨 좋게 고길 자르죠.

만약 집 안에서 이 모든 구혼자들과[191] 만나시면, 오셔서

그들의 폭행을 응징하시면 매우 끔찍하지 않을까 두렵네요.   255

그런데 아버지는 어떤 조력자를 찾아낼지

숙고하세요, 충심으로 우리를 지켜줄 조력자를요."

　　많이 참는 고귀한 오뒷세우스가 그를 향해 말했다.

"그럼 내가 말하마, 넌 내 말 잘 듣고 마음에 새겨두어

생각해보거라, 아테네 여신이 아버지 제우스와 함께   260

하시는 걸로 충분할지, 아니면 어떤 다른 조력자를 찾아낼 건지."

191　구혼자는 모두 108명이다.

그를 마주 보며 총명한 텔레마코스가 말했다.
"아버지가 말씀하신 두 분은 조력자로 훌륭하시고
구름 속 저 높은 곳에 앉아 계시죠.
다른 인간들은 물론 불사의 신들도 다스리시죠." 265
    많이 참는 고귀한 오뒷세우스가 그를 향해 말했다.
"그 두 분은 강력한 전쟁의 소음 주위에서 오래
멀리 떨어져 있지 않으시지, 우리의 홀 안에서
구혼자들과 우리의 투혼이 판가름 날 때 말이다.
그런데 너는 이제 해가 뜨자마자 집에 가서 270
주제넘은 구혼자들과 어울리도록 하여라.
그러면 나중에 돼지치기가 나를 도시로 이끌 것인데
나는 처량한 거지와 노인의 모습을 할 것이다.
그들이 집에서 날 능멸하더라도, 네 가슴속
마음을, 내가 고통을 겪더라도 잘 다스려라, 275
비록 그들이 집 안 두루 내 발을 끌고 다니거나
물건을 던지더라도. 너는 그걸 보더라도 참아야 한다.
그들에게 어리석은 짓을 그만두라고 요구하되,
부드러운 말을 건네거라. 하지만 그들은 결코 네 말을
따르지는 않을 거다. 정말로, 그들에겐 운명의 날이 임박했다. 280
다른 것도 말할 테니, 네 마음속에 품어두어라.
계획 많은 아테네 여신이 제안하실 때

내가 머리로 끄덕일 것이고 너는 그걸 알아보고는
홀 안에 놓인 아레스에 속한 무기들을 들어서
지붕 높은 방의 가장 구석진 곳에 옮겨놓아라,   285
{무기들 모두를. 그자들이 너에게 꼬치꼬치 캐묻거든.
구혼자들을 부드러운 말로 달래어라,
'연기 없는 곳에 옮겨놓는 거요, 오뒷세우스가
트로야에 가며 남겨둔 무기들이 더이상 그럴싸하지 않고
훼손되었는데, 불의 입김이 닿아서 그런 거요. 이보다   290
더 심각한 문제를, 제우스께서 내 마음속에 제기하셨지요.
어쨌든 여러분이 술에 취해서 서로에게 불화를 일으켜
서로를 상해하고 잔치와 구혼을 욕되게 할까 두려워요.
무쇠는 저절로 사내를 잡아당기는 힘이 있으니까요.'}
그런데 우리 둘을 위해선 칼 두 자루와 창 두 자루를   295
남겨두고 야생 소가죽 방패도 손으로 잡을 수 있게 하여라.
열심히 달려가면 우리가 잡을 수 있을 것이다. 그러고 나서
그자들은 팔라스 아테네와 조언자 제우스가 호릴 것이다.
다른 것도 덧붙이니, 너는 네 마음속에 새겨두어라.
네가 정말 내 자식이고 내 핏줄이라면, 그 누구도   300
오뒷세우스가 집 안에 있다는 사실을 모르게 하여라.
라에르테스도 이 사실을 알아선 안 되고, 돼지치기도
마찬가지고 하인들 중 누구도, 페넬로페 자신도 안 되고

오로지 너와 나만이 여인들의 의도를 알아보기로 하자.

그리고 앞으로 하인들도 시험할 것이다,　　　　　　　　　305

누가 우리를 진심으로 공경하고 두려워하는지,

누가 존중하지 않고 주인의 아들인 너를 경시하는지.”

　　　빛나는 아들이 그에게 대답하여 말했다.

“아버지, 확실히 아버지께서 나중에 제 용기를

알아보실 거라 생각합니다. 결코 무기력하지 않을 겁니다.　　　310

그런데 하인들 시험하는 일은 우리 두 사람 모두에게 이롭지

않으리라 판단합니다. 다시 잘 숙고해주세요, 부탁드려요.

오랫동안 그렇게 농장을 찾아다니며 하나하나 일꾼들을

시험하시면 아시겠지요. 한편 구혼자들은 홀에서 편안히

가산을 과도하게 먹어치우느라 아낄 줄 모른답니다.　　　315

지금은 여인들을 정탐하시라 부탁드리는데

일부는 아버님을 무시하고, 일부는 아무 죄가 없지요.

농장에서 우리가 하인들을 시험하는 걸

저는 원치 않으니, 그런 수고는 나중에 하시죠,

정말 아이기스 가진 제우스의 전조를 아신다면요.”　　　320

　　　그렇게 부자가 서로에게 말하고 있었다.

한편 잘 만든 배가 이타케를 향해 나아갔는데

그 배는 퓔로스에서 텔레마코스와 모든 동료들을 운송했다.

동료들이 매우 깊은 포구 안에 도착하여

검은 배를 육지 위로 끌어 올리자   325
{혈기 넘치는 시종들이 삭구들을 밖으로 운반하고}
아주 멋진 선물들을 클뤼티오스의 집으로 날랐다.
동료들은 오뒷세우스의 집에 전령을 보내서
신중한 페넬로페에게 소식을 전하게 했다.
텔레마코스가 시골에 있고 또 그가 도시로 배 타고   330
항해하도록 명령했다는 소식이니, 강인한 왕비가 내심
공포에 휩싸여 축축한 눈물을 떨구는 일은 없을 것이다.
두 사람, 전령과 고귀한 돼지치기가 똑같은 소식을 갖고
서로 마주쳤으니 마님에게 보고하려던 참이었다.
두 사람이, 신의 모습 한 왕의 집에 도착하자   335
전령이 하녀들 한가운데서 말했다.

　　"왕비님, 이미 귀한 아드님이 도착했습니다."
또한 페넬로페에게 돼지치기가 옆에 서서 말했으니
마님의 귀한 아들이 말하라고 명령한 대로였다.
돼지치기는 모든 명령을 다 전달하고 나자   340
돼지들에게 서둘러 가며 담장과 궁전을 떠났다.

　　구혼자들은 역정을 내고 속으로 기가 꺾여서
홀에서 나오더니 안뜰의 큰 담장 앞으로 나가서는
그곳 대문들 앞에 자리 잡고 앉았다.
폴뤼보스의 아들 에우뤼마코스가 그들에게 말문을 열었다.   345

"친구들이여, 텔레마코스가 주제넘게도 정말 엄청난
일을 해냈구려, 이 여행 말이오. 그가 실패할 거라 믿었건만.
그러면 자, 검은 배, 가장 좋은 배를 끌어 내립시다,
노 저을 선원들을 모읍시다, 선원들이, 당장
집으로 돌아오라고 그들에게 알릴 수 있을 거요."   350

    그가 아직 말을 끝내지 않았지만, 암피노모스가 자리에서
몸을 돌리다가 배 한 척을 보았는데, 깊은 포구 안에서
선원들이 돛을 내리고 손에는 노를 들고 있었다.
그래서 쾌활한 웃음을 터뜨리며 자기 동료들에게 말했다.
    "더이상 전갈을 재촉하지 맙시다. 그들이 이미 포구 안에   355
있으니까. 어느 신이 그 사실을 알려준 모양이구려, 아니면
그 배가 지나가는 걸 보고도 그들이 따라잡을 수 없었던 게지."

    그렇게 말하자, 구혼자들이 벌떡 일어나 바닷가로
걸어갔더니, 동지들은 잽싸게 검은 배를 육지 위로
끌어 올렸고, 혈기 넘치는 시종들은 무구들을 날랐다.   360
구혼자들은 한데 모여 집회장으로 갔는데, 젊은이든
노인네든 그 누구도 함께 착석하는 걸 허락하지 않았다.
그들 가운데 에우페이테스의 아들 안티노스가 말했다.
    "아뿔싸, 신들이 어떻게 그자를 재앙에서 구해주었는가!
온종일 파수꾼들이 바람 많은 언덕 꼭대기에 앉아 있었지,   365
항상 교대하면서 말이오. 해가 지자마자 우리는

언덕 정상에서 절대 잠들지 않고 바다 위에선
빠른 배로 항해하며 고귀한 에오스를 기다리며
매복하여 텔레마코스를 잡아 제거하려 했거늘.
그동안, 그자는 어떤 신이 집으로 데려다주었소.   370
그러면 이곳에서 텔레마코스에게 끔찍한 파멸을
궁리합시다, 그가 우릴 피해 달아나지 못하도록.
그가 살아 있는 한, 이 과업을 이루지 못할 거라 판단하니까.
텔레마코스는 계획하고 사고하는 능력이 뛰어나고
백성들은 우리에겐 더이상 호의적이지 않으니까.   375
그가 아카이아인들을 회의장에 소집하기 전에 서두릅시다.
그는 지체 없이 분노를 터뜨리며 모든 사람 가운데
일어나서는, 우리가 그에게 무자비한 죽음을 모의했으나
자길 죽이지 못했다고 발언할 거라고 예상하는 바요.
이런 악행을 들으면 사람들이 우릴 칭찬하지 않을 거요.   380
혹시 사람들이 우리에게 폭행을 가해 우리 땅에서
우리를 내쫓아버리고, 우리가 이방의 땅에 당도할까 두렵소.
그러니 선수 쳐서, 도시에서 멀리 떨어진 시골이나 노상에서
그를 잡아 제거합시다. 가산과 재물은 우리가 가집시다,
우리끼리 합당하게 나누고. 그런데 집은 그의 모친에게   385
가지라고 줍시다, 그리고 그녀와 결혼하는 자에게 말이오.
그러나 이 제안이 여러분 마음에 들지 않고, 그가

살아서 부친의 모든 유산을 소유하길 여러분이 바란다면,

여기에 모여서 마음껏 재산을 먹어치우지 말고

각자 자기 궁전에서 구혼 선물을 가져와서   390

그녀를 얻기 위해 구혼하도록 합시다. 그러면 그녀는

가장 많은 선물을 주고, 운명이 점지한 자와 결혼할 것이오.”

　　　그렇게 말하자 그들 모두 침묵하며 잠잠해졌다.

그들에게 암피노모스가 말하기 시작했는데

그는 아레토스의 아들 니소스 왕의 영광스러운 아들로   395

밀이 많고 풀이 무성한 둘리키온에서

구혼자들을 이끌고 왔는데, 누구보다 그의 말은

페넬로페의 마음에 들었다. 그의 마음이 선량했던 것이다.

암피노모스는 호의를 갖고 그들 가운데 연설했다.

　　　“친구들이여, 나로서는 텔레마코스를 죽이고   400

싶지 않소. 왕의 혈통을 끊어버리는 것은

무시무시한 일이니까. 우선, 신들의 뜻을 물어봅시다.

그걸 위대한 제우스의 신탁이 허락한다면

내가 직접 죽이고 다른 모두를 선동할 것이오.

그러나 신들이 그 일을 막는다면, 그만두라고 요구할 것이오.”   405

　　　그렇게 말하자, 그 말이 그들 마음에 들었다.

당장 구혼자들은 일어나서 오뒷세우스의 궁전 안에 들어갔고,

들어가서는 반들반들 광채 나는 팔걸이의자에 앉았다.

한편 신중한 페넬로페는 다른 것을 의도하며
포악무도한 구혼자들 앞에 자기 모습을 드러냈다.　　　　　　　　410
그녀가 궁전에서 자기 아들의 파멸에 대해 들었기 때문이다.
전령 메돈이 그들의 흉계를 엿듣고 그녀에게 알렸던 것이다.
그녀는 홀을 향해 시중드는 여인들과 걸음을 서둘렀다.
가장 고귀한 여인 페넬로페가 구혼자들 앞에 도착하여
단단히 조립된 지붕을 떠받친 기둥 옆에 섰을 때　　　　　　　　415
그녀는 두 뺨에 빛나는 면사포를 쓰고 있었고
안티노스를 꾸짖으며 이름을 부르고 말을 건넸다.
　　“안티노스여, 폭행 자행하고 흉계 꾸미는 자여, 사람들이
말하길 당신이 이타케에서 동년배들 가운데 숙고와 언변이
가장 뛰어나다지요. 그러나 당신은 그런 인물이 아니었어요.　　420
실성했나요? 왜 당신은 텔레마코스에게 사망과 죽음을
엮었단 말인가요? 제우스가 증언하시는 탄원자의 권리와 의무를
존중하지 못하나요? 서로에게 재앙을 짜는 것은 경건하지 못하죠.
당신 부친이 백성들을 두려워하여 도망쳐서 이곳에 왔다는
사실을 모르고 있나요? 사람들이 엄청나게 분노했었죠,　　　　425
당신 부친이 타포스 해적들을 따라다니며
우리와 동맹을 맺은 테스프로티아족을 괴롭혔으니까요.
사람들이 그의 소중한 심장을 뜯어내 죽이려 들고
그의 많은 재산을 마음 흡족하게 먹어 치우려 했건만.

그렇게 욕망했던 자들을 오뒷세우스가 제지하며 만류했지요.　　　430
그러나 지금, 그이의 가산을 보상 없이 먹어 치우고 그의 부인에게
들이대고 그의 아들마저 죽이려 들다니, 나를 너무나 괴롭히는군요.
그따위 짓을 멈추세요. 다른 이들에게도 중지할 것을 요구합니다.”

　　　그녀와 마주 보며 영리한 에우뤼마코스가 말했다.
“이카리오스의 따님, 신중한 페넬로페여,　　　435
진정하시오. 마음속에서 그런 일일랑 걱정하지 마시오.
그런 작자는 존재하지도 않고 태어나지도 않을 거요,
그대 아들 텔레마코스에게 폭력을 행사할 자 말이오,
내가 살아 있고 이 땅 위에서 두 눈 뜨고 있는 동안에는.
그런 자에겐 어떤 일이 일어날지는 이렇게 선언하는 바요.　　　440
그 작자의 거뭇한 피가 우리 창을 감아 흘러넘칠 것이오,
도시의 파괴자 오뒷세우스께서 나를
자신의 무릎 위에 앉히고는 구운 고기를
내 손안에 놓아주고 붉은 포도주를 주셨으니까.
그래서 나에게 텔레마코스는 모든 사람들 중 가장 소중한　　　445
존재이니 구혼자들에게 잡혀 죽을까 절대로 두려워 말라고
조언하는 바요. 그러나 신들로부터 닥친 운명은 피할 수가 없소.”

　　　그렇게 말하며 짐짓 그녀를 달랬지만, 그 자신은 재앙을 꾀한
장본인이었다. 페넬로페는 화려하게 꾸민 2층 방으로 올라가서는
사랑하는 남편 오뒷세우스를 두고 소리 내어 울었으나,　　　450

올빼미 눈의 아테네가 그녀의 눈꺼풀에 단잠을 던졌다.

저녁이 되자 고귀한 돼지치기가 오뒷세우스와 그의 아들에게
돌아왔다. 두 부자는 신경 써서 저녁 식사를 준비하고 있었는데
한 살짜리 돼지를 희생 제물로 바치고 나서였다.
아테네는 라에르테스의 아들 오뒷세우스 가까이 서서는　　　　　　　455
단장으로 툭 쳐서 그를 다시 노인네로 만들고
남루한 옷을 그의 몸에 입혔다. 돼지치기가 마주 보며
그를 알아보고는 사려 깊은 페넬로페에게 알리지 못하게
한 것이니, 그가 마음속에 비밀을 품지 않도록 말이다.
텔레마코스가 먼저 그를 향해 말문을 열었다.　　　　　　460

"돌아왔군, 고귀한 에우마이오스여, 도시에선 어떤 소문이 돌던가?
우쭐대는 구혼자들이 매복에서 돌아와 궁전 안에
있던가, 아니면 귀향하는 나를 기다리고 있던가?"

돼지치기 에우마이오스가 그에게 대답하여 말했다.
"그런 걸 꼬치꼬치 캐어 물어보는 건 관심 없었습니다,　　　　　465
시내를 두루 다니면서요. 마음이 내게 명령했지요,
즉시 소식을 전하고 집으로 돌아가라고.
동료들이 보낸 재빠른 전령이 나와 마주쳤는데
그 전령이 먼저 마님에게 소식을 전했습니다.
그리고 이것을 알고 있는데 두 눈으로 본 것이니까요.　　　　　470
이미 도시 위로, 헤르메스의 언덕[192]이 있는 곳에

움직여가면서, 빠른 배가 우리의 포구 안에
들어가는 걸 보았지요. 많은 사내들이 배 안에 있었고
방패들과 굽은 양날의 창으로 배가 무거워져 있더군요.
그들이 구혼자들이라고 생각했지만, 확실한 건 아닙니다." 475

그렇게 말하자, 텔레마코스의 신성한 힘이 미소 짓고
두 눈으로 아버지를 바라보며 돼지치기를 외면하려 했다.

사람들이 고된 일을 그만두고 식사를 준비하고
잔치를 벌였는데, 공평한 식사라서 마음이 부족하지 않았다.
그래서 그들이 먹고 마시는 욕망을 벗어버리자 480
잠자리를 떠올리고는 잠의 선물을 움켜쥐었다.

192   나그네들이 쌓아 올린 돌무더기를 말한다.

17ρ

일찍 태어나 장밋빛 손가락 펼치는 에오스가 나타나자
신과 같은 오뒷세우스의 소중한 아들
텔레마코스는 두 발 아래 멋진 샌들을 묶고
강력한 창, 손바닥에 꼭 들어맞는 창을 잡고
도시를 향해 서두르며 돼지치기를 향해 말했다.   5
  "아범, 나는 도시로 가네, 어머니를 뵈려고.
어머니가 혐오스러운 탄식과 눈물 많은 통곡을
멈추지 않으실 것을 알고 있으니까,
직접 나를 보시기 전까지는. 아범에겐 이런 당부 남기네.
이 불쌍한 나그네를 도시로 안내해주고, 그가 그곳에서   10
음식을 구걸할 수 있게 하게. 주고 싶은 이는 누구나 그에게

밀 빵과 물 한 잔을 주겠지. 나로선 모든 사람의 요구에
응할 수 없다네, 내 마음이 고통에 차 있으니까.
여기 이 나그네가 힘들어한다면, 그건 그 자신에게
더 큰 고통이 될 거야. 나는 솔직하게 말하고 싶네." 15

그에게 대답하며 꾀 많은 오뒷세우스가 말했다.
"오, 친구여, 나 자신도 이곳에 붙들려 있길 바라는 건 아니오.
거지로선 시골보다는 도시에서 두루 음식을 구걸하는 편이
더 낫소. 주고 싶은 자는 누구나 내게 줄 것이오.
또 더이상 농장에 머물러 있을 나이도 아니고 20
모든 면에서 명령하는 관리자에게 복종할 나이도 아니니까.
자, 가시구려. 나는 여기 이 친구, 그대가 명령한 자가 데려갈 거요,
내 몸이 화롯불에 덥혀지고 햇빛이 따뜻해지면.
이런, 내가 너무 초라한 옷을 걸치고 있군. 날 제압하는 놈이
새벽 서리일까 걱정이네. 도시가 멀리 있다고 하니까." 25

그렇게 말하자, 텔레마코스는 농장을 지나가며
빨리 걸었다. 심중에는 구혼자들의 재앙을 심고 있었다.
텔레마코스가, 살기 쾌적한 집에 도착하자
창을 가져다 기다란 기둥에 세워두고
자신은 안에 들어가며 돌 문턱을 넘었다. 30
그를 가장 먼저 본 유모 에우뤼클레이아는
정교한 팔걸이의자에 양모를 펴던 중이었는데

눈물을 터뜨리며 곧장 그에게 달려갔다. 그 주위로는
다른 하녀들, 인내하는 오뒷세우스의 하녀들이 모여들고
반기면서 그의 어깨와 머리에 입을 맞추었다.   35
한편 규방에서 걸어 나온 신중한 페넬로페는
아르테미스와 황금빛 아프로디테 여신처럼 보였는데
눈물을 터뜨리며 귀한 아들에게 양팔을 던지고
아들의 머리와 예쁜 두 눈에 입을 맞추고
흐느끼며 날개 돋친 말을 쏘았다.   40

　　"왔구나, 텔레마코스, 달콤한 빛으로. 앞으로 너를
보리라곤 생각하지 못했지, 네 아버지의 소식을 찾아
내 뜻 거슬러, 몰래 배 타고 퓔로스에 가버린 후로는.
자, 네가 대면하며 목격한 것을 소상히 말해보아라."

　　그녀와 마주 보며 총명한 텔레마코스가 말했다.   45
"어머니, 나를 위해 비탄하지도 마시고, 제발 제 가슴속
마음을 자극하지도 마세요, 가까스로 가파른 파멸을 피했으니까요.
그러하니 목욕재계하시고, 몸에는 정결한 의복을 입으시고
[시중드는 여인들과 함께 위층 규방으로 올라가시어]
모든 신들에게 완벽한 헤카톰베를 바치겠다고   50
서약하시고, 제우스가 보상해주시길 희망하세요.
한편 나는 회의장에 가서 한 나그네를 불러내려 하는데
그는 그곳에서 이곳으로 올 때 동행한 자랍니다.

그자를, 나는 신을 닮은 동료들과 함께 미리 보냈고
페이라이오스에게 명령하여, 그를 집에 데려가 성심껏   55
환대하고 공경하게 했지요, 내가 돌아올 때까지 말이죠."

그렇게 말하자, 그의 말은 날개 치며 사라지지 않았다.
페넬로페는 목욕재계하고 몸에는 정결한 의복을 입고
모든 신들에게 완벽한 헤카톰베를 바치겠다고
서약하고, 아마도 제우스가 보상해주시길 희망했다.   60

텔레마코스는 홀 바깥으로 걸어 나왔는데
{창을 쥐고 있었다. 날쌘 개 두 마리가 뒤쫓았다.}
신적인 광채를, 보라, 그에게 아테네가 부어주었다.
그렇게 다가오자 모든 백성들이 감탄을 금치 못했다.
그의 주위에 거만한 구혼자들이 몰려들더니   65
덕담했지만, 심중에는 몰래 그의 재앙을 쌓고 있었다.
텔레마코스는 구혼자들의 큰 무리를 피하고
멘토르와 안티포스와 할리테르세스가 앉아 있는 곳,
오래전부터 아버지의 친구였던 분들에게로
몸을 움직여 그곳에 앉았다. 친구분들이 꼬치꼬치 캐물었다.   70
그들에게 유명한 창수 페이라이오스가 다가왔는데
그는 도시를 거쳐 나그네[193]를 회의장으로 모셔 왔다.

---

193   예언자 테오클뤼메노스.

텔레마코스는 주저하지 않고 바로 그 나그네 옆에 섰다.
그러자 페이라이오스가 먼저 말문을 열었다.

"텔레마코스여, 당장 내 집에 하녀들을 재촉해 보내주시오,   75
메넬라오스가 그대에게 준 선물들을 보내드리려 하니까요."

그와 마주 보며 총명한 텔레마코스가 말했다.
"페이라이오스여, 이 일이 어찌 될지 나는 알지 못하네.
만약 나를, 기세등등한 구혼자들이 궁전 안에서
몰래 죽이고 나서 부친의 모든 걸 나누어준다면   80
누구보다도 그대가 그것들 갖고 이득 보길 바라네.
그러나 내가 구혼자들에게 사망과 죽음을 심어주면
그때서야 즐거워하며 기쁘게 집으로 선물들을 옮겨주게나."

그렇게 말하며 고생한 나그네를 집 안으로 이끌었다.
두 사람이, 살기 쾌적한 집에 도착하자   85
안락의자와 팔걸이의자에 겉옷을 벗어놓고
잘 닦아놓은 욕조 안에 들어가 몸을 씻었다.
하녀들이 그들을 씻겨주고 올리브유를 발라주고 나서
그들 몸 주위에 양모 겉옷과 내의를 던져주자
그들은 욕조에서 걸어 나와 안락의자에 앉았다.   90
그리고 손 씻는 물을, 하녀가 멋진 황금 주전자로
날라서는 은 대야 위에 부어주며 손을
씻게 했다. 그들 앞에는 광채 나는 식탁을 폈다.

그리고 존경받는 여집사가 빵을 가져와 앞에 놓고
많은 음식을 더하며 준비되는 대로 뭐든 아낌없이 베풀었다.   95
텔레마코스의 모친은 맞은편 홀의 기둥 옆 안락의자에
몸을 기대고 앉아서 섬세한 실을 잣고 있었다.
두 사람은 준비되어 차려진 식사에 양손을 뻗었다.
두 사람이 먹고 마시는 욕구를 벗어버리자
그들 가운데 신중한 페넬로페가 말문을 열었다.   100
　"텔레마코스야, 나는 위층 규방에 올라가서
침상에 누울 것이다. 그곳은 탄식 가득한 곳으로 지어졌고
항상 내 눈물로 얼룩져 있지, 오뒷세우스가 아트레우스의
두 아들과 함께 일리오스로 가버린 후로는. 그런데 너는,
기세등등한 구혼자들이 이 집 안에 오기 전인데도   105
뭔가 들었는데도 네 아빠의 귀향을 밝히려 하지 않는구나."
　그녀와 마주 보며 총명한 텔레마코스가 말했다.
"그러시면, 어머니, 진실을 낱낱이 말할게요.
우리는 필로스로, 백성들의 목자 네스토르에게 갔고
그분은 높다란 궁전 안에서 나를 맞이하여   110
성심껏 환대해주셨죠, 마치 아버지가 제 아들, 오랜 시간 흘러
외지에서 돌아온 아들에게 하듯이. 그렇게 그분이
나를 영광된 아들들과 함께 성심껏 돌봐주셨습니다.
그런데 그분은 인내하는 오뒷세우스에 대해선, 그가

살았는지 죽었는지, 지상 위 누구에게도 들은 적 없다고 하네요.　　115

그리고 나를, 아트레우스의 아들, 창수로 유명한 메넬라오스에게

말들과, 잘 조립된 마차에 태워 보내주셨습니다.

그곳에서 아르고스 여인 헬레네를 보았는데, 그녀로 인해

아르고스인들과 트로야인들이 많은 고통 겪은 것은 신들의 뜻이었지요.

그러고 나서 당장 함성 우렁찬 메넬라오스가 물었지요,　　120

내가 무엇을 열망하여 신성한 라케다이몬 땅에 도착했는지.

그래서 나는 그분에게 모든 진실을 낱낱이 말했죠.

그러자 내게 대답하여 그분이 이렇게 말했습니다.

'이런, 그자들이 정말로 강인한 사내의 침대에

눕기를 바라다니, 겁쟁이들 주제에 말이야.　　125

마치 힘센 사자 굴에다, 갓 태어나

아직 어미젖 빠는 새끼들을, 암사슴이 재우고 나서

풀 뜯으려고 산기슭과 풀 무성한 골짜기를

살피다가, 사자가 자기 잠자리에 찾아 들어가서는

사슴 새끼들에게 쓰라린 죽음의 몫을 나눠주듯이　　130

오뒷세우스가 그들에게 참혹한 죽음의 몫을 나눠주리라.

아버지 제우스와 아테네와 아폴론이시여,

한번은 오뒷세우스가 잘 건설된 레스보스에서 경쟁하려고

일어나서 필로멜레이데스와 레슬링 시합을 하다가

그자를 힘차게 내던지자 모든 아카이아인이 기뻐했을 때처럼　　135

바로 그런 사내로 구혼자들과 겨루길 바라네,

그러면 그들 모두 즉사하고 쓰디쓴 구혼을 맛보게 되리라.

그대가 내게 물어보며 간청하니, 나는 질문을 회피하며

핵심에서 벗어나지도 속이지도 않겠네,

바다 노인 프로테우스가 내게 말해준 진실들 가운데　　　　　　140

그 어떤 것도 나는 숨기지도 감추지도 않겠네.

그가 말하길, 어떤 섬에서 오뒷세우스가 더 심한 고통을 겪는 걸

직접 보았는데, 요정 칼륍소가 홀 안에서 그를

억류하고 있다고 하네. 그래서 그는 조국 땅에 도달할 수 없는 게지.

그에겐 노를 갖춘 배들과 선원들이 없으니까,　　　　　　145

바다의 드넓은 등 위로 그를 보내줄 선원들 말이네.'

그렇게 아트레우스 아들, 유명한 창수 메넬라오스가 말했습니다.

이런 임무를 마치고 내가 귀향한 것이고, 불멸의 존재들이

내게 순풍을 선사하며 빠르게 나를 조국 땅에 보내신 겁니다."

　　　그렇게 말하며 어머니의 가슴에 용기를 불어넣었다.　　　　150

그들 가운데, 신의 모습 한 테오클뤼메노스가 말했다.

　　　"라에르테스의 아들 오뒷세우스의 존경받는 부인이시여,

아드님이 분명히 알지 못하니 제 말에 주의해주세요.

돌려 말하지 않고 당신에게 숨기지 않고 예언하려 합니다.

우선, 지금 제우스의 이름으로 맹세하고, 환대의 식탁과,　　　　155

내가 도착한, 흠 없는 오뒷세우스의 화롯가에도 맹세합니다.

정말로 오뒷세우스가 이미 조국 땅에 있는데,

이런 흉악한 짓을 알고는 어딘가 앉아 있거나 서성대면서

모든 구혼자들에게 재앙의 뿌리를 심고 있습니다.

그러한 전조의 새를, 내가 갑판 좋은 배에 앉아서   160

알아보고는 그것을 텔레마코스에게도 알렸습니다."

　　다시 신중한 페넬로페가 그를 향해 말했다.

"나그네여, 바라건대 그 말이 이루어지기를.

그대는 당장 나로부터 환대와 많은 선물을 받게 될 것이다,

그래서 그대와 만난 자는 누구나 그대를 행복하다 여기리라."   165

　　그들이 서로 이런 말을 나누고 있었다.

한편 구혼자들은 오뒷세우스의 홀 앞에서,

잘 마감된 바닥에서 주사위 던지고 사냥 창을 던지며

놀고 있었는데, 이전과 똑같이 경거망동했다.

그런데 식사 시간이 되자 시골로부터 사방에서   170

전과 같이 목동들이 소 떼를 몰고 도착했다.

전령들 가운데 가장 구혼자들 마음에 들어서

함께 식사하곤 하는 메돈이 그들에게 말했다.

　　"젊은이들이여, 여러분 모두 경기하며 마음이 흐뭇하니

집 안으로 드시죠, 우리가 식사를 준비하려고 합니다.   175

제때 식사를 챙기는 것은 결코 나쁜 일이 아닙니다."

　　그렇게 말하자, 구혼자들이 그의 말에 복종해 일어났다.

살기 쾌적한 궁전에 구혼자들이 도착하자
겉옷을 벗어 안락의자와 팔걸이의자에 올려놓고
큰 양들과 살진 염소들을 도살하고   180
{통통한 돼지들과, 무리 지은 암소들을 도살하여}
식사를 준비했다. 한편 오뒷세우스와 고귀한 돼지치기가
시골에서 도시를 향해 가려고 출발했다.
두 사람 중 촌부들의 지도자 돼지치기가 말문을 열었다.
　　"나그네여, 그럼 그대는 오늘 중 도시를 향해 가고   185
싶어 하는군요, 주인님이 지시했듯이. 나는 그대가
이곳에서 농장지기로 남아 있길 바라지만.
그러나 나는 주인님을 공경하고 두려워하는데, 그가 나중에
날 꾸짖지 않을까 해서요. 주인들의 책망은 혹독한 법.
자, 그럼 이제 갑시다. 정말로 하루가 휙 지나서   190
당장 우리 향해 더 차가운 저녁이 찾아올 터이니."
　　그를 향해 대답하여 꾀 많은 오뒷세우스가 말했다.
"잘 알았고 이해했소, 그대가 바라는 것을 파악했으니.
자, 갑시다, 그러면 그대가 계속 길을 안내해주시오.
혹시 깎아놓은 몽둥이라도 있으면 내게 주구려,   195
몸을 지탱하는 데 쓰려 하오, 길이 매우 미끄럽다고 하니까."
　　그렇게 말했고 어깨에는 볼품없는 바랑을 둘렀는데
갈가리 찢어진 바랑 속 노끈이 어깨끈 구실을 했다.

에우마이오스는 마음에 드는 지팡이를 그에게 건넸다.

그들 두 사람이 가버리자 농장은 개들과 목동들이 뒤에 남아 지켰다. 200

돼지치기가 주인님을 도시로 데려가고 있었다.

주인님은 불쌍한 거지와 늙은이의 모습을 했는데

살가죽에 볼품없는 옷을 걸치고 단장에 의지했다.

　두 사람이 돌밭 길을 거쳐 도시 가까이

다가가 샘터에 도착했는데, 아름답게 흐르는 205

샘터라서, 그곳에서 시민들이 물을 길었고 이 샘터는

이타코스가 네리토스와 폴뤽토르와 함께 만들었다.[194]

그 주위엔 물을 먹는 백양나무의 숲이 사방으로

둘려 있고, 차디찬 물이 위에서 바위로부터

흘러내리고, 그 위에는 요정들의 제단이 세워져 있는데 210

그곳에는 모든 여행자들이 제물을 바치곤 했다.

그곳에서 두 사람은 돌리오스의 아들 멜란테우스[195]와 마주쳤는데

그는 모든 염소들 중 가장 좋은 놈들을 구혼자들의

식사거리로 몰고 있었다. 그 뒤를 두 명의 목자가 뒤따랐다.

두 사람을 보자 멜란테우스가 꾸짖으며 이름을 부르고 말을 건넸다. 215

그것은 끔찍하고 모욕적인 말이라서 오뒷세우스의 심장이 고동쳤다.

194　이타코스와 네리토스는 케팔레니아와 이타케 왕국을 세운 영웅들이다. 이타케라는
　　　지명은 이타코스의 이름에서 비롯되었다.

195　멜란티오스라고 불리기도 한다.

"지금 정말 아주 천한 놈이 천한 놈을 데려가고 있구나,
항상 신께선 비슷한 인간을 끼리끼리 이끄시니까.
네놈은 어디로 이 식충이를 데려가느냐? 불쌍한 돼지치기여,
골칫덩이 거지 놈, 남은 잔치 음식이나 핥아 먹는 놈을 말이다.   220
이 작자는 많은 문설주들 옆에 서서 어깨를 비벼대며
칼도 가마솥도 아니고 한 입만 달라고 구걸하겠지,
이자를 네가 내게 데려오면, 그는 농장지기가 되어
가축 우리를 청소하고 어린 염소들에게 잎사귀를 주고
유장을 마셔서 굵은 넓적다리를 만들 수 있을 텐데.   225
그러나 나쁜 짓을 배운 탓에 일하려 들지 않고
백성들 사이를 웅크리고 돌아다니며 구걸하여
채울 수 없는 제 배 속을 먹이길 원하겠지.
내가 선언하건대, 이 일은 실현될 것이다.
그자가 신과 같은 오뒷세우스의 집에 도착하자마자   230
사내들이 많은 발판들을 던져 저 대갈통과 갈비뼈를
마구 때릴 거다, 그가 홀 안에서 집중포화를 맞을 때."
      그렇게 말했고, 옆으로 지나가며, 어리석게도, 주인의
엉덩이를 발로 걷어찼으나 좁은 길에서 주인을 몰아내진 못했다.
꼼짝 않고 견디고 있던 오뒷세우스가 숙고했다,   235
뒤에 따라붙어 몽둥이로 놈의 목숨을 앗아버릴까,
아니면 허리를 잡아 들어 올려 놈의 머리를 바닥에 메칠까.

그러나 참아내며 속으로 자제했다. 한편 돼지치기가 그자를
째려보며 꾸짖고는 양손 들어 큰 소리로 기도했다.

　"샘의 요정들, 제우스의 따님들이여, 오뒷세우스가 과거에　　　　　240
여러분에게, 기름 덩어리로 감싸서, 새끼 양들이나 새끼 염소들의
넓적다리뼈들을 태워드린 적 있다면, 제 소원을 이루어주소서.
주인님이 오시기를, 어떤 신이 그분을 이끌어주시길 비나이다.
그래서 주인님이 모든 허세를 산산조각 내게 되리라.
지금 네놈이, 도시를 두루 다니며 오만방자하게 뽐내는　　　　　245
허세를 말이다. 너의 경솔한 졸개들이 가축을 도살하고 있으니까."

　염소치기 멜란테우스가 돼지치기를 향해 말했다.
"이런, 개새끼처럼 사기 치느라 그따위 소릴 지껄이지,
저 인간을, 내가 한번 갑판 좋은, 검은 배에 태워 이타케에서
멀리 데려갈 테다. 그러면 내게 많은 재물이 생기겠지.　　　　　250
은제 화살 가진 아폴론이 텔레마코스를 쏘아 맞히시길,
오늘, 궁전에서, 아니면 그가 구혼자들에게 제압되길,
먼 곳에서 오뒷세우스의 귀향 날이 사라졌으니까."

　그렇게 말하며 그곳에 조심조심 걸어가는 두 사람을 남겨두고
멜란테우스 자신은 바삐 걸어 재빨리 주인집에 도착했다.　　　　255
당장 안으로 들어가서는 구혼자들 사이, 에우뤼마코스의
맞은편에 앉았다. 에우뤼마코스의 총애를 받은 것이었다.
그에게는 시중드는 자들이 고기의 몫을 나눠주었고

존경받는 여집사는 빵을 가져와 먹으라고 앞에 놓았다.

한편 오뒷세우스와 고귀한 돼지치기가 궁전 가까이   260

다가와 서자, 그들 주위에서 우묵한 수금 소리가

울렸다. 페미오스가 노래를 부르기 시작한 것이다.

그때, 오뒷세우스가 돼지치기의 손을 잡고 말했다.

　"에우마이오스여, 여기는 정말 오뒷세우스의 멋진 궁전이군.

많은 집들 사이에서 보더라도 바로 알아볼 수 있소.   265

한 집이 다른 집에 이어지고 안뜰은 담장과 흉벽으로

마감되어 있고, 그 앞에는 잘 만든 대문이 달려 있는데

대문이 두 짝이고, 이 대문은 누구도 더 잘 만들지 못할 거요.

보아하니, 많은 사내들이 안에서 잔치를 벌이고 있군.

고기 굽는 냄새가 공기 중에 퍼져가고 수금 소리가   270

울리는데, 수금은 신들이 잔치의 벗이 되게 하신 것이지."

　돼지치기 에우마이오스는 그에게 대답하여 말했다.

"쉽게 알았구려, 그대는 이해력이 부족한 적 없으니까.

그러면 자, 이 일을 어떻게 해야 할지 생각해봅시다.

그대가 먼저 잘사는 집들 안에 들어가서   275

구혼자들과 섞일 테지만 나는 여기에 남아 있겠소,

그대가 원한다면, 여기 남아 계시오, 내 먼저 앞장서리다.

오래 기다리진 마시오, 누군가 밖에서 그대를 알아보고는

뭔가 던지거나 때리지 않도록. 이 점을 유념하라는 말이오."

많이 참는 고귀한 오뒷세우스가 그에게 대답했다.
"알았고 이해했소, 그대가 바라는 걸 파악했으니.
그러면 먼저 가시구려, 나는 이곳에 남아 있겠소.
구타나 돌팔매질을 당해본 경험 있으니까.
파도와 전쟁에서 많은 고초를 겪어서 불굴의
정신을 갖고 있으니까. 그까짓 것, 일어나라면 일어나라지. 285
배때기가 일단 욕망하면 어떻게도 숨길 순 없는 법,
이 망할 놈의 배가 인간들에게 많은 재앙을 낳는다니까.
이놈 때문에 노 젓는 자리 잘 갖춘 배들은 선구(船具)들을 갖추고
지침 없는 바다를 가로질러 적들에게 재앙을 안겨주는 거라오."
　두 사람은 서로 그런 말을 하고 있었다. 290
한편 개 한 마리가 누워서 머리 들고 귀를 쫑긋 세우니
인내하는 오뒷세우스의 개 아르고스였고, 이 개를
오뒷세우스가 손수 길렀지만 재미 보진 못했으니 그 전에
신성한 일리오스로 떠났던 것이다. 전에는 이 개를
청년들이 이끌어서 야생 염소와 사슴과 토끼를 사냥했다. 295
아르고스는, 주인이 떠난 동안 멸시를 당해서 그런지
똥 무더기 안에 누워 있었는데, 대문 앞에 노새들과
소들로 인해 수북이 쌓인 똥 무더기는, 하인들이
넓은 영지에 거름으로 주려고 치워버릴 때까지 있었다.
그곳에, 아르고스가 개 잡는 진드기를 뒤집어쓴 채 누워 있었다. 300

바로 그때, 그 개는 오뒷세우스가 근처에 있다는 걸
알아채고는 꼬리를 치고 두 귀를 내렸으나
자기 주인 가까이에 더이상 다가갈 수 없었다.
한편 오뒷세우스는 시선을 돌려 눈물을 닦아내며
에우마이오스에겐 쉽게 눈물을 숨기고는 물었다.   305

　"에우마이오스여, 놀라운 일일세, 이 개가 똥 더미에
누워 있다니. 개의 몸매가 멋지긴 한데 분명하게 알 수 없네,
이 개가 이런 생김새로 빠르게 달리는지,
아니면 단지 사내들의 식탁 개들이 그러하듯이
단지 광채 때문에 주인들이 기르는 것인지."   310

　돼지치기 에우마이오스는 그에게 대답하여 말했다.
"사실, 이 녀석은 먼 곳에서 죽은 자의 개라오.
이 개의 외모와 용맹이 그러하다면, 그러니까
오뒷세우스가 트로야 향해 가며 남겨둔 때와 같다면
당장 개의 속력과 용맹을 보고서 감탄할 것이오.   315
우거진 숲 깊은 곳에서 어떤 들짐승도 결코 도망치지 못할 거요,
일단 녀석이 추격하면. 냄새 맡으며 추적하는 데는 귀신이니까.
지금은 불행에 빠져 있고, 그의 주인은 조국 땅의
먼 곳에서 죽었고 무신경한 여주인도 개를 돌보지 않소.
하녀들이란, 주인이 더이상 관리하지 않으면   320
제 몫의 일을 하려고 들지 않는 법이라오.

멀리 보는 제우스가 한 사내에게서 탁월함의 절반을
빼앗아버릴 테니까, 노예의 날이 그에게 닥치게 되면."
　　그렇게 말하며 살기 쾌적한 집 안에 들어갔고
홀을 통과해서 유명한 구혼자들에게 걸어갔다.　　　　　　325
한편 검은 죽음의 운명이 아르고스를 잡았구나!
20년 만에, 아르고스가 주인 오뒷세우스를 반겼지만.
　　신과 같은 텔레마코스는 먼저 돼지치기가
집을 지나서 오는 걸 알아보고는 재빨리 그에게 고개를
끄덕여 신호하며 자신에게 부르자, 돼지치기는 주위를 살피더니　　330
의자를 집었는데, 그곳에는 고기 자르는 자가 많은 고기를
홀의 곳곳에서 식사하는 구혼자들에게 나눠주며 앉아 있었다.
돼지치기는 그 의자를 텔레마코스의 맞은편 식탁에 가져다놓고
자신도 그곳에 앉았다. 그에게는 전령이 고기의 몫을
집어서 그 앞에 놓았고 광주리에선 빵을 꺼내놓았다.　　　　　335
　　오뒷세우스가 그 뒤를 따라서 집 안에 들어섰는데
불쌍한 거지이며 노인 같았고, 걸음걸음 단장을
짚었다. 살가죽엔 더러운 의복을 걸치고 있었다.
거지는 대문 앞, 물푸레나무 문턱 위에 앉아서
사이프러스나무 단장에 몸을 의지했는데, 그것은 전에　　　　　340
목수가 능숙하게 다듬고 자로 곧게 만든 것이었다.
텔레마코스가 고개를 끄덕이고 돼지치기를 향해 말하며

빵 하나와 고깃덩이를, 매우 멋진 바구니에서 집었는데
양손을 뻗어서 최대한 잡을 수 있는 만큼이었다.

　　"이걸 여기 나그네에게 가져다주어라, 그리고 그가　　　　　345
모든 구혼자들에게 차례로 다가가서 구걸하게 해라.
염치 따위는 궁핍한 자에겐 쓸모없는 것이지."

　　그렇게 말하는 걸 듣자, 돼지치기가 나아가서
가까이 서서는 날개 돋친 말을 쏘았다.

　　"나그네여, 텔레마코스께서 이걸 주시고 명하시길,　　　　350
모든 구혼자들에게 차례로 다가가 구걸하라 하시네,
염치 따위는 구걸하는 자에게 쓸모없다 하시며."

　　꾀 많은 오뒷세우스가 그에게 대답하여 말했다.
"주인 제우스시여, 텔레마코스가 사람들 가운데 축복받으시길,
그리고 마음속으로 열망하시는 바, 모두 이뤄주시길 비나이다."　　355

　　그렇게 말했고, 양손으로 그걸 받고는
자기 두 발 바로 앞, 꼴사나운 가죽 주머니 위에 놓고
먹었는데, 그동안 홀 안에서는 소리꾼이 노래하고 있었다.
거지가 식사를 마치고 신과 같은 소리꾼이 노래를 멈추자
구혼자들이 홀 안에서 두루 소란을 피웠다. 아테네 여신은　　　360
가까이 다가가 라에르테스의 아들 오뒷세우스를
재촉하여, 구혼자들 틈에서 빵 조각을 구걸하며
그들 중 누가 온당하고 누가 무도한지 알아내게 했다.

하지만 여신은 누구도 재앙에서 구해주지 않을 것이다.

오뒷세우스는 서두르며 오른쪽 구혼자 각자에게 구걸하려고　　　　365

마치 평생 거지였던 것처럼 사방으로 손을 뻗었다.

그러자 그들은 적선했지만, 그의 정체가 궁금하여

그가 누구이고 어디에서 왔는지 서로서로 물었다.

그들 가운데 염소치기 멜란테우스가 말했다.

　"내 말 좀 들어주십쇼, 명성 자자한 왕비의 구혼자들이여,　　　　370

여기 이 나그네에 대해서요. 참말, 내가 이자를 본 적이 있다니까요.

정말로 이 작자는 돼지치기가 이곳으로 데려왔으나

그가 누구의 혈통이라고 자부하는지는 분명히 모릅니다요."

　그렇게 말하자, 안티노스가 돼지치기를 꾸짖으며 말했다.

"악명 높은 돼지치기야, 왜 네놈은 이자를 도시에 데려왔느냐?　　　　375

우리에겐 부랑자들이 넘쳐나지 않더냐? 또 다른 자들도,

골칫덩이 거지들과 잔치를 망치는 놈들 말이다.

인간들이 이곳에 떼 지어 네 주인의 가산을 먹어치운다고

불평하지 않았더냐? 그런데 네놈이 이 작자를 이곳에 불러들여?"

　돼지치기 에우마이오스는 대답하여 말했다.　　　　380

"안티노스여, 고귀한 혈통이지만 당신 말은 옳지 않습니다요.

누군들 다른 곳에 직접 가서 낯선 이를 불러오겠습니까?

공공 일꾼에 속하지도 않는 타인을 말입니다,

이를테면 예언자나 질병 고치는 의사나 목재 다루는 목수나

노래 불러 즐거움 주는 신적인 소리꾼이라면 모를까.   385
이들은 사람들 사이로, 끝없는 대지 위로 부름을 받지요.
아무도 거지를 부르지 않을 터, 그들 자신을 먹어치울 테니까요.
모든 구혼자들 중 당신은 항상 눈에 띄게
오뒷세우스의 하인들에게, 특히 내게 가혹하시군요.
하지만 신경 쓰지 않습니다, 사려 깊은 페넬로페와   390
신의 모습을 한 텔레마코스가 홀 안에 살아 계신다면요.”

　　　그를 바라보며 총명한 텔레마코스가 말했다.
“조용히 하게, 이 작자에겐 여러 말로 대답하지 말게나,
안티노스는 언제나 심한 말로 못되게
도발하는 버릇이 있어 사람들을 자극하니까.”   395

　　　그렇게 말하고 안티노스에게 날개 돋친 말을 쏘았다.
“안티노스여, 정말 아비가 아들에게 하듯 자상하게 내 걱정을
다 하는군, 저 나그네를 홀에서 내쫓으라고 명령하다니
{그것도 폭언하며, 이 일은 어떤 신이 결코 이루지 마시길.}
뭐라도 그에게 주시오. 난 인색하지 않소. 내가 그리 요구하는 거요.   400
이와 관련해 내 어머니도 두려워 말고 어느 다른 이도 그리 말게나,
{신과 같은 오뒷세우스의 궁전에 사는 하인들 중에서 말이오.}
한데 당신 가슴속에는 검약과 같은 생각 따위는 없겠지.
타인에게 주기보단 그대 자신이 많이 잡수시길 원하니까.”

　　　안티노스가 그에게 대답하여 말했다.   405

"허풍선이 텔레마코스, 혈기를 억제 못 하는군, 무슨 말이냐?
모든 구혼자가 그자에게 그만큼 적선한다면
그자는 석 달 동안이나 집에서 멀리 떨어져 지낼 것이다."
　　　그렇게 말했고, 발판을 찾더니 식탁 밑에 있던 발판을
꺼냈는데, 그 위엔 주연 즐길 때 광나는 발을 올려놓곤 했다.　　　410
다른 구혼자들은 빵과 고기를 적선하며 거지의 바랑을
가득 채워주었다. 오뒷세우스가 당장 다시 문턱에 가서
아카이아인들이 선사한 음식을 맛보려 했다. 그러다
안티노스 옆에 다가가 그에게 한마디 말을 던졌다.
　　　"적선하시구려, 친구여. 당신은 내게 아카이아인들 중 가장 못난　　　415
자가 아니라, 가장 뛰어난 자로 보입니다요, 왕에 비할 수 있습죠.
그 때문에 당신은 다른 자들보다도 더 많이 주셔야죠,
그러면 나는 끝없는 대지에서 두루 당신을 찬양할 거요.
나도 한때 인간들 중 부유한 집에서 행복한 사람으로
살았고, 때때로 이런 방랑자에게 적선하곤 했는데　　　420
그가 어떤 사람이고 뭐가 필요해 왔든지 막론하고요.
정말 수많은 하인들과 다른 많은 재산도 있었는데
그것들로 사람들이 잘 살아가고 부자라는 소리를 듣게 되죠.
그러나 제우스가 모든 걸 앗아갔다오, 아마도 그걸 원하셨으니.
신께서 날 재촉하여 많이 떠돌아다니는 해적들과 함께　　　425
이집트로 먼 길을 가게 하여 내가 파멸에 이르게 하셨다오.

나는 양 끝 휘어진 배들을 나일강에 정박시켰지.

그러고 나서 충성하는 전우들에게 명령하여

그곳 배들 옆에 머물러 배들을 지키게 하고

정찰병들에게는 망루에 가라고 재촉했소.   430

한편 전우들은 무모해지더니 제 힘에 취해서

당장 이집트 사내들의 매우 풍요로운 들판을

약탈하고 그들 아내들과 말 못 하는 아이들을 끌고 와서

죽여버렸소. 당장 비명 소리가 도시에 닿았지.

그 소리를 사람들이 듣고는, 날이 새자마자   435

왔는데 온 들판이 보병과 기병과, 번뜩이는

청동으로 가득 찼고 번개 뿌리는 제우스가

내 전우들에게 무서운 패주를 던져 넣어, 어느 누구도

맞서며 버티지 못했소. 주위 사방에 재앙이 도사렸던 거요.

이집트 사내들이 우리 중 많은 이를 예리한 청동으로 죽였고   440

다른 이들은 산 채로 끌고 가서 강제로 일하게 했다오.

그런데 나를, 어떤 손님에게 선사하여 퀴프로스로 보냈는데

그 손님은 이아소스의 아들 드메토르로 퀴프로스를 힘으로 통치했소.

그곳에서 나는 고통을 겪었고, 지금 이 집에 도착한 거라오.”

　　안티노스가 대답하여 소리 내어 말했다.   445

“어떤 신이 이런 골칫거리, 남은 음식이나 핥아 먹는 놈을 데려왔는가?

그렇게 가운데 서 있거라, 내 식탁에선 멀리 떨어지라고,

당장 쓰디쓴 이집트와 퀴프로스에 도달하지 않으려거든.

대체 어떤 거지 놈이 이리도 대담하고 염치가 없단 말인가.

차례로 모든 이 곁에 다가서다니. 그들은 별생각 없이   450

베풀고 있는데, 남의 것으로 적선하는 마당에 무슨 검약이 있고

무슨 후회가 있을까, 또 각자 이미 많이들 갖고 있으니."

　　그에게서 물러나며 꾀 많은 오뒷세우스가 말했다.

"아이고, 이런 잘생긴 외모이신데 분별력은 없으시네.

당신 곁에 다가온 자에게, 집에서는 소금 한 톨도 주지 않겠구먼.   455

당신이란 작자는 지금 남의 재산을 깔고 앉아 있는데도

빵 조각 하나 집어주지 않다니, 코앞에 많은 음식이 있는데도."

　　그렇게 말하자, 안티노스는 속으로 매우 분노하여

아래에서 위로 훑어보고는 날개 돋친 말을 쏘았다.

　　"지금 생각해 보니, 네놈은 홀을 지나서 더이상 근사하게   460

물러나진 못할 거다. 네놈이 비난의 말을 지껄이니까."

　　그렇게 말하며 발판을 집더니 그의 오른쪽 어깨를 맞혔는데

등짝 깊숙한 곳이었다. 그러나 오뒷세우스는 바위처럼

꿈쩍 않고 서 있었고, 발판이 그를 넘어뜨리지 못했으니

그는 말없이 고개 흔들며 심중에는 재앙을 쌓고 있었다.   465

그는 문턱에 돌아가서 앉았고, 가득 찬 바랑을

고이 내려놓고는 구혼자들 사이에서 말문을 열었다.

　　"내 말 좀 들어보시오, 명성 자자한 왕비의 구혼자들이여,

가슴속 마음이 내게 명하는 바를 말하려 합니다.

정말, 마음 주위에 어떤 고통도 슬픔도 없는 법이라오,   470

한 사내가 자기 재산을 두고 싸우다가 얻어맞을 때는,

이를테면 소들이나 하얀 양들을 두고 싸울 때 말이오.

그런데 이 불쌍한 배때기 탓에 안티노스가 날 때린 거요,

빌어먹을 배때기 탓에, 이놈이 인간에게 많은 재앙을 낳는 거요.

혹시 거지들의 신과 복수의 여신들이라도 있다면   475

결혼 전에 죽음의 종말이 안티노스를 덮치길 비나이다."

　　　에우페이테스의 아들 안티노스가 그를 향해 말했다.

"잠자코 앉아서 처먹기나 해, 떠돌이, 아님 다른 곳으로 꺼지라고,

네놈이 뱉은 말에 여기 청년들이 네놈의 발이나 손을 잡고

궁전에서 끌고 다니겠지, 결국 네놈의 껍데기가 벗겨질 게야."   480

　　　그렇게 말하자 나머지 구혼자들 모두가 심하게

화를 냈는데, 거만한 청년들 중 하나가 이렇게 말했다.

　　　"안티노스여, 불쌍한 부랑자를 공격하다니 옳지 않소.

저주받은 친구여, 만약 그자가 하늘에서 내려온

신이라면. 멀리서 온 신들은 나그네 모습을 하고   485

온갖 모습으로 위장해 도시들을 떠돌아다니며

인간들의 무도함과 좋은 품행을 굽어보신다오."

　　　그렇게 구혼자들이 말했으나 안티노스는 개의치 않았다.

한편 텔레마코스는 속으로 큰 고통을 키우고 있었다.

아버지가 얻어맞았으니. 눈꺼풀에서 눈물을 땅에 떨구지 않고   490
조용히 머리 흔들며 심중에 그들의 재앙을 쌓고 있었다.

　　신중한 페넬로페는 나그네가 홀에서 맞았다는
소리를 듣고는 하녀들 가운데 말문을 열었다.
"명궁 아폴론께서 바로 당신(안티노스)을 그렇게 맞히시길."

　　그녀를 향해 여집사 에우뤼노메가 말했다.   495
"우리가 저주한 대로 목표한 바가 이루어지길. 그들 중
누구도 살아서 멋진 옥좌에 앉은 에오스를 보지 못하겠죠."

　　신중한 페넬로페가 그녀를 향해 말했다.
"어멈, 모두가 밉다네, 재앙을 꾀하고 있으니.
특히 안티노스는 검은 죽음과 닮았구려.   500
어떤 불쌍한 나그네가 궁전을 돌아다니며
궁핍이 명령하니, 사람들에게 구걸하거늘.
그때, 다른 모든 이들이 채워주고 적선했건만
그자는 발판을 던져 나그네의 우측 어깨 아래를 맞혔다고."

　　페넬로페가 하녀들 사이에서 그렇게 말하며 규방에   505
앉아 있었다. 한편 고귀한 오뒷세우스는 식사하고 있었다.
페넬로페는 고귀한 돼지치기를 자신에게 불러 그에게 말했다.

　　"몸을 움직여 가게, 고귀한 에우마이오스, 그 나그네에게
오라고 말하게나, 내가 몸소 그를 반기고 물어볼 것 있네.
아마도 인내하는 오뒷세우스에 대해 들어 알고 있거나   510

두 눈으로 본 적 있는지! 많이 떠돈 사람으로 보이니까."

돼지치기 에우마이오스는 마님에게 대답하여 말했다.

"왕비님, 아카이아인들[196]이 침묵하면 얼마나 좋을까요.

나그네의 이야기가 마님의 마음을 매료하겠죠.

사흘 밤 동안 그와 지냈고 사흘 낮 동안 오두막에   515

붙잡아두었는데, 그가 배에서 도망쳐 내게 처음 왔으니까요,

그가 자기 불행을 이야기했으나 그 이야기를 마치지 못했죠.

마치 한 사내가 소리꾼을 바라볼 때처럼 그 소리꾼은

신들에게 배워서 인간들에게 매력적인 이야기를 노래하는데

소리꾼이 노래하면 계속 그 노래를 듣고 싶어 하는 것처럼   520

그렇게 그자가 농장 안에 앉아서 저를 매료했답니다.

그가 말하길, 아버지 때부터 오뒷세우스의 손님 친구이고

미노스의 후손이 사는 크레타에 살았다고 합니다.

그곳에서 지금, 고난을 겪고 앞으로 구르고 굴러서

이곳에 도착했다고 하고, 주인님의 소식을 들었다고 장담했는데   525

그분이 가까이, 테스프로티아족의 비옥한 고장에

살아 있고 또 많은 보물을 자기 집으로 가져올 거라고 합니다."

다시 신중한 페넬로페가 그를 향해 말했다.

"가서, 여기로 불러주게, 그자가 나를 마주 보고 말하도록.

---

196   구혼자들.

그런데 구혼자들은 홀의 대문 앞에 앉아서 즐기라고 하게,   530
또는 이곳 집 안에서, 그들의 기분이 흡족하니까.
그들 자신의 재산은 손대지 않고 집 안에 놓여 있는데
빵과 달콤한 포도주 말이고. 그것들은 하인들이 먹고 있지만
그들 자신은 우리 집에 날마다 찾아와
소들, 양들, 살진 염소들을 도살하여   535
잔치를 벌이고 거품 이는 포도주를 함부로 마셔대니
많은 것이 고갈되고 있지. 오뒷세우스 같은
사내가 관리하지 않으니 집의 피해를 막을 수 없네.
오뒷세우스가 와서 조국 땅에 도착하게 된다면
당장 아들과 함께 사내들의 폭행을 되갚아줄 것이야."   540

　　　그렇게 말했다. 이에 텔레마코스가 크게 재채기하자
집 주위가 섬뜩하게 울렸다. 페넬로페가 웃음을 터뜨리더니
당장 에우마이오스를 향해 날개 돋친 말을 쏘았다.

　　　"날 위해 가서 그 나그네를 내 앞에 불러주게나.
내가 한 말에, 내 아들이 재채기한 걸 듣지 못했나?   545
그래서 정말로 죽음이 구혼자들에게 찾아가기를.
{모두에게 그렇듯, 누구도 죽음과 사망을 피하지 못할 걸세.}
다른 것 하나 더 말할 테니 아범은 유념하게.
그자가 모든 걸 왜곡 없이 말한다는 걸 알게 되면
그에게는 입을 옷으로 외투와 상의를 입혀줄 것이다."   550

그렇게 말하자, 돼지치기가 갔다. 그 말을 듣고
가까이 다가가더니 날개 돋친 말을 쏘았다.

"연로한 친구여, 신중한 페넬로페께서 그대를 부르시네,
텔레마코스의 어머님 말이오. 남편 일로 뭔가 물어보라고
마음이 그분에게 명하고 있소, 많이 슬퍼하시지만.   555
그대가 왜곡 없이 말한다는 걸 그분이 알게 된다면
외투와 윗옷, 좋은 옷을 입혀주실 건데, 그거야말로
그대에게 꼭 필요한 거요. 또 이 지역에서 두루 빵을 구걸하며
배를 불릴 수 있을 거요. 적선 원하는 이는 누구나 줄 테니까."

많이 참는 고귀한 오뒷세우스가 그를 향해 말했다.   560
"에우마이오스여, 당장 나는 왜곡 없이 모든 걸 말하겠소,
이카리오스의 따님, 신중한 페넬로페에게 말이오.
그분에 대해선 잘 알고 있다오, 우리가 똑같은 고초를 겪었으니까.
그러나 가혹한 구혼자들의 무리 앞에선 위축된다오.
{그들의 폭행과 무도함이 무쇠 하늘까지 닿았으니까.}   565
방금 전에도 내가 집을 두루 다니며 아무 나쁜 짓도
하지 않았거늘, 저자가 날 때려서 아픔을 선사했지,
텔레마코스도 어떤 이도 전혀 막아주지 못했다오.
그러면 전해주시오, 지금 페넬로페께서 급하시더라도
해가 질 때까지는 홀 안에서 기다리시라고.   570
그때에야 남편분의 귀향 날에 대해 내게 물어보시고

불 옆에 나를 가까이 앉히시라고. 내 행색이 남루하니까.
그대는 잘 알고 있지요, 내가 처음 도움을 간청한 자이니까."
　　그렇게 말했고, 그 말을 듣고는 돼지치기가 갔다.
그가 문턱 위로 넘어서자 페넬로페가 그를 향해 말했다.　　　　　575
　　"왜 데려오지 않느냐, 에우마이오스? 떠돌이가 뭔가 알아챈 건가?
혹시 누군가 난폭한 자를 두려워하여, 아니면 헛되이도
집에서 부끄러워하나? 점잖은 떠돌이는 쓸모가 없는데."
　　돼지치기 에우마이오스는 마님에게 대답하여 말했다.
"그자가 조리 있게 말했지요, 다른 이도 그리 생각할 텐데,　　　　　580
너무 거만한 사내들의 무도함을 피하고 싶어 하는 겁니다.
해가 질 때까지 마님께서 기다려주실 것을 요청했습니다.
마님 자신에게도 훨씬 더 좋을 겁니다, 왕비님,
몸소 나그네를 향해 말하시고 귀 기울이신다면."
　　신중한 페넬로페가 그를 향해 말했다.　　　　　585
"어리석지 않군, 사정이 어떠할지 그 나그네가 고려하다니.
필멸의 인간들 가운데 이렇게 악의로 오만하며
무도한 짓을 꾀하는 사내들은 결코 없을 테니까."
　　페넬로페가 그렇게 말하자, 저 신과 같은 돼지치기는
그의 전갈을 전하고 나서 구혼자들의 무리 속으로 사라졌다.　　　　　590
당장 텔레마코스를 향해 날개 돋친 말을 쏘았는데
자기 머리를 가까이 두며 다른 이가 듣지 못하게 했다.

"오, 주인님, 저는 갑니다, 돼지들과 그곳 일을 돌보려고요.
당신과 나의 재산을 말이죠. 이곳 모든 일은 주인님께서 돌보세요.
무엇보다도 당신 자신을 지키시고 속으로 유념하셔서   595
무슨 일 겪지 않도록 하세요. 많은 이가 재앙을 꾀하고 있으니까요.
재앙이 우리에게 찾아오기 전에 제우스가 그들을 몰살하시길."

　　그와 마주 보며 다시 총명한 텔레마코스가 말했다.
"그렇게 될 것이네, 아범. 간식이나 들고 가게.
내일 올 때는 훌륭한 제물들을 몰고 오게나.   600
여기 모든 일은 나와 불사자들이 돌볼 것이네."

　　그렇게 말하자, 돼지치기는 다시 반들반들한 의자에
앉아서 음식과 음료로 식욕을 가득 채우고 나서
돼지들에게로 서둘러 갔는데, 홀과 경내를 떠날 때
그곳은 회식하는 자들로 넘쳐났다. 구혼자들은 춤추고 노래하며   605
마음껏 즐겼다. 이미 해 지는 시간이 다가오고 있었다.

18 σ

이곳에 유명한 거지가 하나 왔는데, 그는 이타케의
도시에 두루 구걸하곤 했고 탐욕에 찬 복부로
쉼 없이 먹고 마시는 것으로 눈에 띄었다. 근력도 없고
체력도 없으나 보기에는 체구가 꽤나 컸다.
아르나이오스라고 불렸는데, 존경스러운 어머니가   5
태어날 때 지어준 이름이었다. 청년들 모두가 이로스라 불렀으니[197]
누군가 명령하면 몸 움직여 전령인 양 소식을 전해주곤 했다.
그자가 와서는 오뒷세우스를 그의 집에서 쫓아내려고
그와 다투면서 날개 돋친 말을 쏘았다.

---

197 이로스라는 이름은 신들의 사자인 이리스 여신의 이름을 떠올리게 한다.

"꺼지라고, 노인네, 문간에서, 발을 잡아 끌어낼까.   10
안 보여? 정말 모두가 나에게 눈짓하고 있는 거?
끌어내라고 명령하고 있잖아? 물론 나는 꺼리지만.
자, 일어나라고, 당장 우리가 주먹다짐하지 않도록."
    그를 사납게 노려보며 꾀 많은 오뒷세우스가 말했다.
"이상한 친굴세, 내가 욕한 적도 해코지한 적도 없는데,   15
누가 많은 걸 날라다주더라도 시기하지 않았거늘.
여기 이 문턱은 우리 둘을 품어줄 거고 너도
다른 자의 것을 시기할 필요 없지. 너도 나처럼
떠돌이로 보이고, 부(富)라는 것은 신들이 선사하기 마련이니.
주먹질하며 너무 도발하지 마라, 내 화를 돋우지 마.   20
내 비록 노인이지만 네놈의 가슴과 입술을
피로 물들이지 않게. 내 인생이 편안해지겠지,
내일이 오면. 네놈은 두 번 다시 돌아오지 못할 거라
생각하는데, 라에르테스의 아들 오뒷세우스의 궁전에 말이다."
    그에게 화를 내며 띠돌이 이로스가 말했다.   25
"아이고, 이 식충이가 수다 떨며 연설하는 꼬락서니 좀 보게,
화덕 덥히는 할망구와 똑같구먼. 이자에게 재앙을 꾀하여
양손으로 두들겨 패서는 땅바닥에다 모든 이빨을
주둥이에서 토하게 하겠어, 곡식 망친 돼지에 하듯 말이야.
지금 허리띠를 졸라매라고, 여기 계신 모든 분들이 우리의 결투를   30

증인으로 구경하시지요. 네놈은 더 젊은 사내와 어찌 싸울 거냐?"

그렇게 두 거지는 썩 높은 대문 바로 앞, 반질반질한
문턱 위에서 서로 흥분하여 옥신각신하고 있었다.
둘이 그러는 걸, 안티노스의 강력한 힘이 알아보고는
맘껏 웃음을 터뜨리며 구혼자들 가운데 말했다.   35

"친구들이여, 전에는 이런 일이 일어난 적 없었는데,
이런 종류의 즐거움을 신께서 이 집 안에 선사하시다니.
저 나그네와 이로스가 서로 다투며 주먹으로
싸우겠다고 하니. 자, 빨리 그들을 부추겨봅시다."

그렇게 말하자, 그들 모두가 팔짝 뛰며 웃었고   40
누더기 걸친 두 거지 주위에 떼 지어 몰려들었다.
그들 사이에 에우페이테스의 아들 안티노스가 말했다.

"내 말 들으시오, 사내다운 구혼자들이여, 내 한마디 하겠소.
여기 염소 위장들이 불 위에 올려져 있는데, 우리가
저녁 식사를 위해 피와 기름으로 채워놓은 것이오.   45
둘 중에서 승리하여 우세한 자가 스스로 일어나
그것들 중 자신이 원하는 걸 취하게 합시다.
승리자는 항상 우리와 함께 식사할 것이고, 어떤 다른
거지가 구걸하려 섞이는 걸 허락하지도 맙시다."

그렇게 말하자, 그 말은 그들 마음에 쏙 들었다.   50
꾀 많은 오뒷세우스가 계략을 꾸미며 그들에게 말했다.

"친구들이여, 젊은 사내와 싸우는 건 도통 가능하지 않소,
나이 먹은 사내, 불행에 찌든 사내가 말이오. 그런데 배때기라는,
악행 일삼는 놈이 날 충동질하오, 나더러 때려서 제압하라고.
자, 지금 모두 내 앞에서 강력한 맹세를 하시지요,   55
누구도 이로스를 도와주려고 무거운 손으로 무도하게
날 때리지도 않고 그런 힘으로 날 제압하지도 않겠다고."

　　그렇게 말하자, 구혼자들 모두 그가 요구한 대로 맹세했다.
그들이 맹세를 시작하여 그 맹세를 마치고 나자
그들 가운데 다시 텔레마코스의 신성한 힘이 말했다.   60

　　"나그네여, 당신의 심장과 사내다운 기개가 충동한다면,
이자를 물리치게나, 아카이아인들 중 누구도 두려워 말고,
당신을 죽이려는 자는 다수와 싸우게 될 테니까.
내가 바로 이 집의 주인이라오, 게다가 두 왕자도 인정했소,
안티노스와 에우뤼마코스 말인데, 두 사람 모두 현명한 자요."   65

　　그렇게 말하자, 그들 모두 환호했다. 한편 오뒷세우스는
자신의 은밀한 부위 주위를 조여 매서 넓적나리를
멋지고 우람하게 나타냈고, 그의 드넓은 어깨와
가슴과 튼튼한 팔이 드러났다. 아테네 여신이 그 옆에
다가서서 백성의 목자(오뒷세우스)의 사지를 부풀렸다.   70
그러자 구혼자들 모두가 아주 크게 경탄했고
한 사람이 옆 사람에게 이렇게 말하고 있었다.

"이런, 이로스 아닌 이로스가 당장 불행을 자초하겠구먼,
저 노인네가 넝마에서 무슨 넓적다리를 보여주고 있는 겐가."

그들이 말했다. 슬프게도, 이로스의 용기가 몹시 흔들렸다.   75
시종들이 강제로 그의 허리띠를 졸라매고 그를 데려오자
그는 겁에 질려버렸다. 사지에 붙은 살이 벌벌 떨리고 있었다.
안티노스가 꾸짖고 이름을 부르며 말을 건넸다.

"허풍선이여, 넌 더이상 존재하지도 태어나지도 않으리라,
만약 정말 이자 앞에서 벌벌 떨고 엄청 두려워한다면,   80
그는 나이 먹은 사내로 자기에게 닥친 궁핍에 시달리고 있거늘.
그런데 내가 이렇게 선언하니 그 일은 반드시 이루어질 것이다.
이자가 널 이겨 너보다 힘센 자로 나타나면
검은 배에 너를 던져 넣어 육지로 보낼 것이다,
모든 필멸자의 학대자인 에케토스 왕에게로,   85
그 왕은 너의 코와 귀를 무자비한 청동으로 잘라내고
네 남근을 뽑아서 개들에게 날것으로 먹으라고 줄 것이다."

그렇게 말하자 더한 전율이 이로스의 사지 아래를 붙잡았고
사람들은 중앙으로 그를 끌어냈다. 둘은 양손을 들어 올렸다.
바로 그때, 많이 참는 오뒷세우스가 숙고했다,   90
이로스가 당장 쓰러지게 가격하여 그의 목숨을 앗아버릴지,
아니면 부드럽게 상대를 가격하여 땅 위에 눕힐지.
이런저런 생각을 하다가, 부드럽게 가격하여 아카이아인들이

자신을 알아보지 못하게 하는 것이 더 유리해 보였다.

둘이 주먹을 들었는데, 이로스가 먼저 그의 오른쪽 어깨를   95

가격했다. 이에 오뒷세우스는 그의 귀 밑 목을 가격해

목 안의 뼈를 부숴버렸다. 당장 이로스는 입에서 붉은 피를 토하며

매애 울며 먼지 속에 쓰러졌는데, 이를 악물고

발로는 땅바닥을 걷어찼다. 존경스러운 구혼자들은

양손을 쳐들고 웃어젖히느라 초주검이 되었다. 한편 오뒷세우스는   100

그의 발을 잡아, 문밖으로, 주랑 있는 문간의 안뜰에

도달할 때까지 끌어냈고, 그를 안뜰의 담장에

기대어 앉히고 그의 손에는 단장을 던져주고

그를 향해 소리 내어 날개 돋친 말을 쏘았다.

　　"지금부터 여기에 앉아 돼지와 견공이나 쫓아내라.   105

너는 거지와 나그네의 대장 노릇 하려 들지 말고

불쌍한 주제에, 더 큰 불행의 이익을 취하지 않으려면."

　　그렇게 말했고, 이로스의 양어깨에 구질구질한 바랑을 던졌는데

{촘촘하게 찢어진 바랑 속 노끈이 어깨끈 구실을 했다.}

오뒷세우스는 다시 문턱을 넘어가 자리에 앉았다. 구혼자들은   110

한껏 웃으며 안으로 들어가서 말을 건네며 그에게 인사했다.

어느 거만한 젊은 구혼자가 이렇게 말했다.   111a

　　"나그네여, 제우스와 불멸의 신들이 그대에게 허락하시길,

그대가 가장 바라고 그대 마음에 흡족한 것을,

여기 이 탐욕스러운 자가 백성들 사이에서 오락가락하는 걸
멈추게 했구려. 당장 우리는 이로스를 육지로 보낼 것이니,   115
모든 필멸자의 학대자 에케토스 왕에게 말이다."

　　그렇게 말하자, 그 말에 고귀한 오뒷세우스가 기뻐했다.
그 옆에 안티노스가 염소의 커다란 위를 놓았는데
그것은 피와 기름으로 가득 차 있었다. 암피노모스는
광주리에서 빵 두 덩어리를 집어 그 옆에 놓았고   120
금 술잔으로 건배하며 이렇게 말했다.

　　"안녕하시오, 아버지뻘 나그네, 앞으로 복 많이
받으시오. 그런데 지금도 그대는 많은 불행을 겪고 있구려."

　　꾀 많은 오뒷세우스가 대답하여 말했다.

"암피노모스여, 그대는 아주 총명해 보이는군요.   125
그런 아버지로부터 그대가 태어났으니, 내 명성을 들어보니,
둘리키온의 니소스가 쓸모 있고 부유한 사람이라던데
그로부터 태어났다더군요. 또 그대는 언변이 좋은 것 같고.
그래서 그대에게 말하는 것이니, 내 말을 듣고 유념하게나.
인간보다 더 허약한 것은 없다네, 대지가 양육하는 것들 중에서,   130
[대지 위에서 숨 쉬며 움직이는 모든 것들 중에서 말이지.]
우리 자신은 결코 앞으로 불행을 겪지 않을 거라 생각하지,
무릎이 잘 펴지고 신들께서 용맹을 주시는 동안에는.
그러나 지복의 신들이 쓰디쓴 일을 이루시면

우리는 마지못해 인내하며 견뎌낸다네.   135
땅 위에 사는 인간의 마음가짐은 항상 바뀌는 법이니
신과 인간의 아버지가 어떤 하루를 주시느냐에 달려 있지.
한때는 나도 인간들 가운데 날로 성공할 거라 했지만
완력과 권력에 빠져 많은 무도한 짓을 저질렀으니
나의 부친과 나의 형제들을 과신했던 탓이라네.   140
그러니 누구나 법도에 결코 어긋나지 않게 하고
신들이 주는 선물은 무엇이든 조용히 받길 바라네.
보아하니, 구혼자들이 무도한 짓 꾀하고 있는데,
한 사내의 재산을 잘라내고 그의 부인을 모욕하고 있으니
그 사내가 가족과 친지와 조국 땅에서 멀리 있지 않을 거라   145
확신하네. 아니, 그는 아주 가까이 있지. 신께서 안전하게
그대를 집에 데려가서 그 사내와는 마주치지 않기를,
{자기 조국 땅에 귀향한 사내와는 말이네.}
그 사내가 자기 지붕 아래에 도착하면 구혼자들과
유혈이 낭자하지 않고는 작별하지 않을 거라 믿고 있으니.”   150
        그렇게 말했고, 헌주하고 나서 꿀처럼 달콤한 포도주를 마시고
다시 백성의 통솔자 암피노모스의 손에 술잔을 넘겼다.
암피노모스는 무거운 마음으로 궁전을 지나며
머리를 숙였다. 심중에 불길한 예감이 든 것이었다.
그러나 그는 죽음을 피하진 못하리라. 그자도 아테네가   155

한데 묶었으니 텔레마코스의 손과 창의 폭력에 굴복하리라.
암피노모스는 일어섰던 좌석에 다시 돌아가 앉았다.

　올빼미 눈의 아테네가 자기 마음속에 심어준 생각대로
이카리오스의 딸, 신중한 페넬로페는 구혼자들 앞에
자기 모습을 나타내서 구혼자들의 욕망을　　　　　　　　　　160
더욱 크게 부풀리니, 남편과 아들에게서
이전보다 더 커다란 존경을 받게 될 것이다.
페넬로페가 뜬금없이 웃더니 이름을 부르며 말을 건넸다.

　"에우뤼노메, 전과 달리 내 용기가 구혼자들 앞에
나서라고 요구하고 있다네, 비록 그들이 밉더라도.　　　　　165
또 아들에게 한마디 하려 하네, 더 이익이 되는 말인즉,
모든 점에서 주제넘은 구혼자들과는 어울리지 말라고,
그자들은 좋은 말 지껄이나 뒤에선 흉계를 꾸미니까."

　여집사 에우뤼노메가 여주인을 향해 말했다.
"이카리오스의 따님이여, 정말 합당하게 말하셨어요.　　　　170
자, 가셔서 아드님에게 숨기지 마시고 한마디 하세요,
먼저 피부를 닦으시고 뺨에는 향유를 바르세요.
얼굴 주위에 그렇게 눈물이 얼룩진 채로는
가지 마세요, 분별없이 마냥 비탄하는 것은 무익하죠.
도련님은 이미 그만 한 나이가 되셨고, 마님은 열렬하게,　　175
그가 수염 난 걸 보게 해달라고 불멸의 신들께 기도하셨죠."

신중한 페넬로페가 에우뤼노메를 향해 말했다.

"에우뤼노메, 걱정되겠으나 내게는 조언하지 말게,

피부를 닦고 향유를 바르라고 말이지.

올륌포스에 거주하는 신들이 내게서 광채를   180

앗아갔다네, 그이가 움푹한 배를 타고 떠난 후로는.

내게 아우토노에와 힙포다메이아를 불러주게나,

홀 안에서 내 옆에 서 있도록 말이야.

혼자선 사내들 가운데 가고 싶지 않네. 부끄러우니까."

그렇게 말하자, 노파는 홀을 지나 바깥에 나가서   185

하녀들에게 분부를 전달하여 그들이 오게 재촉하려 했다.

올빼미 눈의 여신 아테네는 다른 것을 계획했다.

이카리오스의 딸에게 달콤한 잠을 쏟아붓자

그녀가 뒤로 누워, 바로 안락의자 안에서 잠이 들어

모든 관절이 풀렸다. 그동안 가장 고귀한 여신은 불멸의 선물을   190

페넬로페에게 선사하여, 아카이아인들이 그녀를 보고 놀라게 하리라.

그녀의 고운 얼굴을, 향 나는 화장 크림으로 청결하게 했는데,

그 화장 크림은 멋진 화관 쓴 퀴테레이아 아프로디테 여신이

우미의 여신들의 사랑스러운 윤무(輪舞)에 다가갈 때 바르는 것이다.

또 아테네 여신은 그녀를 보기에도 더 늘씬하고 풍만하게 하고   195

잘라낸 상아보다 더 백옥같이 보이게 했다.

그렇게 하고 나서 가장 고귀한 여신이 떠났다.

팔이 백옥 같은 하녀들은 홀 밖에 나와 소음을 내며
다가왔다. 달콤한 잠이 그녀를 놓아주자
그녀는 두 뺨을 양손으로 훔치며 이렇게 말했다.   200
　　"정말 무서운 고통이었지만, 부드러운 잠이 날 감싸주다니.
내게 그렇게 부드러운 죽음을, 정결한 아르테미스가 주시길,
지금 당장에, 마음속 두루 슬퍼하며 더이상
내 남편의 온갖 능력을 그리워하느라 내 생명이
소진하지 않도록, 그이는 아카이아인들 중 출중했지."   205
　　그렇게 말하며 화려한 2층 방에서 내려왔는데
혼자가 아니었다. 두 하녀가 그녀를 뒤따르고 있었다.
가장 고귀한 여인이 구혼자들에게 도착해서
단단히 조립된 지붕을 떠받친 기둥 옆에 섰는데
두 뺨에는 빛나는 면사포를 쓰고 있었다.   210
그녀의 좌우에는 근면한 시녀가 서 있었다.
당장 사내들의 무릎이 풀렸고, 그들 마음은 욕정에 미혹되어
모두가 그녀의 침상에 눕게 해달라고 연신 기도하고 있었다.
그녀는 자기 아들 텔레마코스를 향해 말문을 열었다.
　　"텔레마코스, 네 각오와 생각이 더이상 여물지 않는구나,   215
아직 어렸을 때도 머리 쓰며 영리하게 일을 처리했거늘.
이제는 덩치가 크고 다 성장했으니 누군가
너를 보고는 유복한 자의 후손이라고 말하겠지,

외간 남자가 네 신장과 외모를 보고는 말이다.
그런데 네 각오와 생각이 더는 합당하지 않구나!   220
정말로 대체 이런 일이 홀 안에서 일어나다니
손님이 그렇게 모욕당하게 네가 내버려두다니.
이제는 어찌 되려나, 손님이 우리 집 안에 앉아 있다가
이렇게 고통스레 끌려 다니다 무슨 일 겪는다면?
너는 사람들 가운데 모욕과 망신을 당하게 될 것이다.”   225

　　　총명한 텔레마코스가 모친을 향해 말했다.
“어머니, 그 일로 분노하셔도 비난할 마음 없어요.
저도 내심 생각이 있고 세세한 걸 알고 있답니다,
좋은 것과 나쁜 것을요, 전에는 비록 어렸지만.
그런데 모든 걸 영리하게 궁리하기는 어렵죠.   230
내 옆에 앉은 자들이 내 혼을 쏙 빼놓고 도처에서
사악한 짓을 꾸미니까요, 그들은 내 조력자가 아니랍니다.
나그네와 이로스의 결투는 아시다시피 구혼자의 뜻대로
되지는 않았는데, 나그네의 완력이 더 강했으니까요.
아버지 제우스, 아테네, 그리고 아폴론이시여,   235
그렇게 지금 구혼자들이 우리의 궁전 안에서
제압되어, 일부는 안뜰 안에서 일부는 궁전 안에서
머리를 흔들고 각자의 사지가 풀린다면 좋을 텐데.
지금 저 이로스처럼요. 그는 안뜰의 대문 옆에서

마치 술 취한 사람처럼 머리를 떨구어 휘젓고   240
두 발로 서지도 못하고 집으로 돌아갈 수도 없지요,
그 귀향이 어디로 향하든, 그의 무릎이 어긋나 풀렸으니까요."
　　그렇게 모자는 서로 그런 말을 하고 있었다.
그러고 나서 에우뤼마코스가 페넬로페에게 이런 말을 건넸다.
　　"이카리오스의 따님, 신중한 페넬로페여, 모든 아카이아인들이   245
이아소스 왕의 아르고스[198]에서 당신을 보게 된다면
보다 더 많은 구혼자들이 그대 궁전에서 아침부터
잔치를 벌일 겁니다. 여인들 중 그대가 최고니까,
외모와 신장은 물론 속으로 균형 잡힌 정신도 말이오."
　　신중한 페넬로페가 그에게 대답하여 말했다.   250
"에우뤼마코스여, 외모와 몸매라는 내 미덕은 불멸의 신들이
파괴했습니다, 아르고스인들이 일리오스 향한 배에
올랐을 때, 그들 중에는 내 남편 오뒷세우스가 있었지요.
{남편이 돌아와서는 내 생활을 돌봐준다면
내 명성은 더욱 크고 더 훌륭하겠지요. 그러나 지금은   255
괴롭네요. 이렇게 많은 재앙을, 어떤 신이 덮어씌우다니.}
정말로, 그이가 조국 땅을 떠나가버리며
내 오른손의 손목 부위를 잡고 말했습니다.

198　펠로폰네소스반도 전체를 지시한다. 이아소스는 이오의 아들로 전설적인 왕이다.

'부인, 좋은 경갑 입은 아카이아인들이

모두 무사히 트로야에서 잘 귀향하진 못할 거요.   260

사람들이 말하길, 트로야인들이 용사들이라 하고

창수이거나 활시위 당기는 자이거나

발 빠른 말의 전차에 탑승한 자인데, 그들은

공평한 전쟁의 크나큰 싸움을 가장 빠르게 가름한다오.

그러니 모르겠소, 신께서 내 자리로 돌려보내주실지, 아니면   265

그곳 트로야에서 잡혀 죽을지. 여기 모든 일은 당신이 관리해 주시오.

궁전 안에서 아버지와 어머니를 기억해주고

지금처럼, 아니 내가 멀리 떠나고 없으면 더더욱 그리해 주시오.

그런데 아들이 수염이 난 걸 보게 된다면

그때는 당신 마음에 드는 자와 결혼하여 집을 떠나시오.'   270

그이가 그렇게 말했지요. 그 일은 모두 지금 이루어질 겁니다.

밤이 찾아오겠죠, 가증스러운 결혼이 저주받은 나의 몫으로

떨어지겠죠. 이 여인에게서 제우스가 행운을 앗아갔으니까.

이런 끔찍한 고통이 심장과 간장을 덮친 겁니다,

이러한 행동은 과거 구혼자들의 관례가 아닙니다,   275

구혼자들이 훌륭한 여인과 부자의 딸에게

구혼하길 바라며 서로가 경쟁할 때 말이죠.

그들 스스로 소들과 살진 양들을 몰고 와서

신부의 친지들에게 잔치를 베풀고 빛나는 선물을 하지,

보상도 없이 다른 사람의 재산을 먹어치우지 않는다고요." 280

　　그렇게 말하자, 많이 참는 고귀한 오뒷세우스가 기뻐했는데
페넬로페는 속임수로 그들의 선물을 얻고자, 달콤한 말로
그들 마음을 홀리면서 속으로는 다른 걸 의도하고 있었다.

　　에우페이테스의 아들 안티노스가 그녀를 향해 말했다.
"이카리오스의 따님, 신중한 페넬로페여, 285
아카이아인들 중 누구든 이곳에 선물을 가져오면
받으시지요. 선물을 거절하는 것은 예의가 아니니까.
우리는 우리 소유 영지나 어느 다른 곳에 갈 일이 없소,
그대가, 그가 누구든 가장 뛰어난 아카이아인과 결혼하기 전에는."

　　안티노스가 그렇게 말했다. 그 말이 마음에 든 290
구혼자들은 각자 전령을 보내서 선물을 가져오게 했다.
안티노스에겐 전령이 크고 매우 멋진 의상을 가져왔는데
다채로운 의상이었다. 그 안에는 모두 열두 개
황금 브로치가 달렸는데, 만곡한 덮개 안에 박혀 있었다.
에우뤼마코스에겐 목걸이 하나를 가져왔는데, 화려하게 장식된 295
황금이었고 차례로 박힌 호박 알은 태양처럼 빛났다.
귀걸이는 시종 두 명이 에우뤼다마스에게 날랐는데
오디 모양 눈알이 세 개 달려 두루 빛나며 우아함을 퍼뜨렸다.
폴뤽토르의 아들 페이산드로스 왕의 집에서는
작은 목걸이를 시종이 내왔는데, 매우 멋진 선물이었다. 300

다른 아카이아인들도 저마다 멋진 선물을 가져왔다.

그러고 나서 가장 고귀한 여인은 위층 방에 올라갔고

그녀와 함께 하녀들이 매우 멋진 선물을 나르고 또 날랐다.

구혼자들은 춤과 욕망 가득 찬 노래에 빠져

흥얼거리고, 저녁이 올 때까지 기다리고 있었다.   305

이렇게 즐기는 동안 검은 저녁이 닥쳐왔다.

당장 구혼자들은 홀 안에 화로 세 개를 세워서 빛을

비추게 했다. 그 주위엔 두루 마른 장작을 얹었는데

청동으로 새로 쪼갠, 오래 말라 매우 건조한 것으로

사이사이에 불쏘시개를 섞어놓았다. 인내하는 오뒷세우스의   310

하녀들이 교대하며 불을 밝혔다. 그러자 하녀들에게

제우스 후손, 꾀 많은 오뒷세우스가 직접 말했다.

　"오래 부재중인 주인 오뒷세우스의 하녀들이여,

존경스러운 왕비님이 계신 안채로 가거라.

여주인 옆에서 물렛가락을 돌리고 홀 안에 앉아서   315

여주인을 즐겁게 해주거나 손으로 양모를 빗어라.

한편 나는 구혼자들 모두에게 빛을 비출 것이다.

그들이 옥좌에 앉은 새벽의 여신을 기다릴 작정이라도

결코 날 이기진 못할 게야. 나는 많이 인내하는 자니까."

　그렇게 말하자, 하녀들은 웃음 터뜨리며 서로 얼굴을 쳐다보았다.   320

양볼이 고운 멜란토가 그를 모욕하며 꾸짖었다.

멜란토는 돌리오스가 낳았는데, 페넬로페가 그녀를 돌보고
제 딸처럼 키우고 그녀 마음에 들게 장난감도 안겼다.
그러나 그녀의 심중엔 페넬로페의 고통 따위는 없었고
에우뤼마코스와 몸을 섞으며 욕정을 나누곤 했다.   325
바로 그녀가 욕설 담긴 말로 오뒷세우스를 꾸짖었다.
　　"처량한 떠돌이, 너는 정신 나간 놈이로구나,
대장장이의 집에 가서 잠잘 생각도 않고
또는 어디 마을 회관에서 자든지, 근데 여기서 지껄이다니.
{많은 사내들 앞에서 대담하게도, 심중에 두려움이   330
전혀 없다니. 포도주가 네 정신을 흐린 것이냐,
성질머리가 늘 그따위냐? 헛된 소리를 지껄이다니.}
혹은 제정신이 아닌 게지? 저놈의 거지 이로스를 무찔렀다고.
누군가 이로스보다 더 강력한 자가 당장 맞서지 않을까,
그자가 누구든 강인한 손으로 네 머리 양쪽을 때려서   335
많은 피로 더럽히고는 집에서 널 쫓아낼 거다."
　　그녀를 사납게 노려보며 꾀 많은 오뒷세우스가 말했다.
"개 같은 년, 무슨 말 지껄였는지 당장 텔레마코스에게 가서
일러바치겠다. 그분이 네 사지를 마디마디 잘라버릴 것이야."
　　그렇게 말하자 당황한 하녀들이 흩어졌다.   340
그들은 궁전을 두루 지나가다 제각기 공포에
무릎이 풀어졌다. 그 위협이 진심이라 믿은 것이었다.

한편 오뒷세우스는 불타는 화로 옆에 서서 불을 밝히며
구혼자 모두를 지켜보았다. 그의 마음은 제 가슴속에서
다른 일을 궁리하고 있었으니 그 일은 반드시 실현될 것이다.　　345
우쭐대는 구혼자들이 그의 마음 괴롭히며 모욕하더라도
아테네 여신은 간섭하지 않고 라에르테스의 아들
오뒷세우스의 간장에 더 깊은 통증이 스며들게 했다.
폴뤼보스의 아들 에우뤼마코스가 구혼자들에게 말하며
오뒷세우스를 조롱했다. 동료들 가운데 큰 웃음이 터져 나왔다.　　350
　　"내 말을 들으시오, 저 유명한 왕비의 구혼자들이여,
내 가슴속 의지가 명하는 바를 말하겠소.
신의 가호 없이 이 사내가 오뒷세우스의 집에 도착한 건 아니오,
내가 보기에 횃불의 불빛이 바로 그의 민둥머리에서
나오는 것 같소, 머리카락 하나 없네, 몇 오라기도 없다니."　　355
　　그렇게 말하고 도시의 파괴자 오뒷세우스에게 말했다.
"나그네여, 너는 내가 고용하면 들판 가장 구석진 곳에 가
날품팔이라도 하겠느냐? 품삯은 충분할 것인데
담장용 돌 모으고 키 큰 나무 심는 일이다.
그곳에서 나는 1년치 빵 값을 너에게 보장하고　　360
의복을 입혀주며 발에 맞는 샌들을 줄 수 있을 거다.
하지만 정말 못된 짓만 배워 알고 있으니, 그런 일을
원치 않고 백성들 사이를 돌아다니며 동냥질을

더 원하겠지, 만족 모르는 네놈의 배때길 채우려고 말이다."

그에게 대답하여 꾀 많은 오뒷세우스가 말했다. 365

"에우뤼마코스, 우리 둘이서 밭일로 시합하면 좋을 텐데,

낮이 길어지는 봄날에, 풀밭에서 말이오.

나는 잘 구부러진 낫을 들고 당신도 똑같은

낫을 들고, 아주 어둑해질 때까지 식사도 않고

우리가 밭일로 시합하는 것인데, 아직은 풀을 베야 하니. 370

또는 우리가 소들을 몬다면 좋을 텐데, 소들은 최고 품종으로

크고 황갈색인데, 나이 같고 같은 무게 끄는 두 소는

여물을 배불리 먹어서 힘이 쉽게 쇠하지 않는데

하루에 갈 수 있는 땅이고 흙덩이는 쟁기 아래 굴복하지.

그러면 내가 밭고랑을 쉼 없이 갈 수 있음을 알게 될 거요. 375

만약 오늘 어디선가 크로노스의 아들이 전쟁을 일으킨다면,

그리하여 내가 방패와 두 자루 창을 들고

관자놀이에 꼭 맞는 청동 투구를 쓴다면

내가 최전선의 용사들 중에 섞여 있는 걸 보게 될 거요,

그러면 내 복부를 조롱하며 그따위 말은 하지 못할 거요. 380

당신은 아주 오만하고 정말 잔인하구려.

아마도 자신이 강력하고 위대하다고 여기는 것 같은데

그것은 그대가 뛰어나지 못한 소수와 어울리기 때문이지.

만약 오뒷세우스가 와서 조국 땅에 도착하면

당장 여기 이 문들이 아주 넓다 하더라도 좁아지게   385
될 거요, 당신이 문간 지나 문밖으로 줄행랑칠 때 말이오."
    그렇게 말하자, 에우뤼마코스는 속으로 더욱 분노하고
그를 사납게 노려보며 날개 돋친 말을 쏘았다.
    "아, 불쌍한 놈, 정말로 네놈에게 재앙을 내리겠다,
많은 사내들 앞에서 대담하게 그따위 말 내뱉어, 심중에   390
두려움이 전혀 없다니. 포도주가 네 정신을 흐린 것이냐,
성질머리가 늘 그따위냐, 헛된 소리를 지껄이다니?
{혹은 제정신이 아닌 게지? 저놈의 거지 이로스를 무찔렀다고.}"
    그렇게 말하고 나서 발판을 잡아 쥐었다. 오뒷세우스는
에우뤼마코스가 무서워서 둘리키온 출신 암피노모스의   395
무릎 쪽에 가서 앉았다. 에우뤼마코스가 발판을 던져 한 시종의
오른손을 맞혔다. 포도주 단지가 땅바닥에 떨어져 쿵 소리 냈고
시종은 신음 소릴 내며 먼지 속에 나자빠졌다.
구혼자들은 그늘 드리운 홀에서 두루 소란을 피우고
어떤 이가 옆 사람을 보며 이렇게 말하곤 했다.   400
    "저 나그네는 떠돌다 타지에서 죽었어야 했어, 이곳에
오기 전에, 그랬다면 우리 사이에 이런 분란이 일어나진 않았겠지.
지금은 거지들을 두고 우리가 다투다니, 성대한 잔치의
유흥 같은 것이 전혀 없구먼, 못난 것들이 우세하다니까."
    그들 가운데 텔레마코스의 신성한 힘이 말했다.   405

"이상한 작자들, 단단히 미쳤구려, 더이상 마음껏 음식과 음료를
먹지도 마시지도 못하다니. 분명 어떤 신이 여러분을 부추기는 거요.
자, 잘 드셨으면 집에 가서 잠자리에 누우시오,
욕망이 그리하라고 명한다면. 나로선 손님을 내쫓진 않을 거요."
　　　그렇게 말하자, 그들 모두 이로 입술을 깨물며 410
텔레마코스의 말에 놀랐으니, 그가 대담하게 말했던 것이다.
그들 가운데 암피노모스가 입을 열어 연설했다,
[그는 아레토스의 아들 니소스의 영광스러운 아들이었다.]
　　　"친구들이여, 정말이지 누구도 합당한 말에 대해선
적대하는 말로 엉겨 붙으며 분노하지 않을 것이오. 415
결코 저 나그네를 학대하지 말고 하인들 중 누구도
학대하지 마시오. 신과 같은 오뒷세우스의 집안 하인들 말이오.
자, 술시중 드는 자는 술잔에 술을 따르도록 하여라,
우리가 헌주하고 나서 집을 향해 가서 자리에 눕게 말이다.
저 나그네는 오뒷세우스의 궁전에서 텔레마코스가 420
돌보게 합시다, 자기 집에 도착한 손님이니까."
　　　그렇게 말하자, 구혼자들 모두의 마음에 들었다.
그들을 위해 혼주 용기에 용맹한 물리오스가 물을 탔는데
그는 둘리키온 출신의 전령으로 암피노모스의 시종이었다.
그가 차례로 옆에 서서 모두에게 술을 나눠주었다. 구혼자들은 425
지복의 신들에게 헌주하고 나서 꿀처럼 달콤한 포도주를 들이켰다.

구혼자들은 헌주하고, 마음에 흡족하도록 한껏 마시고 나서
각자 자리에 누우려고 자기 집을 향해 서둘러 갔다.

19 τ

한편 홀 안에는 고귀한 오뒷세우스가 남아서
아테네의 도움으로 구혼자들을 살육하려고 궁리하고 있었다.
당장 텔레마코스를 향해 날개 돋친 말을 쏘았다.
　"텔레마코스, 전쟁의 무기를 안에 옮겨놓아라,
전부 다 말이다. 구혼자들은 부드러운 말로　　　　　　　　　5
피하거라, 없어진 걸 알고 너에게 캐묻거든.
'연기 없는 곳에 내가 치웠소, 그것들이 예전 같지 않고
과거 오뒷세우스가 트로야로 떠나며 남겨둔 때와 비교하면
불의 입김이 닿은 만큼이나 못 쓰게 되었으니까.
어떤 신이 내 마음속에 더 나은 생각을 심어주셨으니,　　　10
어쨌든 여러분이 술에 취해 서로에게 불화를 일으켜

서로에게 부상 입히고 잔치와 구혼을 욕되게 할까
두려운 거요. 무쇠는 저절로 사내들을 잡아당기는 힘이 있죠.'"
     그렇게 말하자, 텔레마코스는 아버지 말에 복종해
유모 에우뤼클레이아를 불러내서 말했다.   15
     "어멈, 자, 날 위해 여인들을 규방 안에 붙들어두게,
아버님의 무기들을 방 안에 옮겨놓을 때까지는.
아버님이 떠나 계신 동안 저 멋진 무기들은 집에서
돌보지 않아 연기가 그 광채를 앗아갔네. 내가 아직 어렸으니까.
지금, 그것들을 불의 입김이 닿지 않는 곳에 옮기려는 것이네."   20
     유모 에우뤼클레이아가 그에게 말했다.
"정말로 언젠가, 도련님이 영리한 생각으로
집안일을 염려하시고 모든 재산을 지켜주시리라 기대했죠.
그런데 자, 누가 뒤쫓으며 그대에게 빛을 날라줄까요?
빛을 비춰줄 하녀들이 오는 걸 허락하지 않으시다니요."   25
     그녀를 마주하며 총명한 텔레마코스가 말했다.
"여기 나그네지. 나는 태만한 자를 놔두지 않을 걸세,
내 곡식에 손대는 자는 누구든, 비록 그가 먼 곳에서 왔다 해도."
     그렇게 말하자, 그 말이 날개 치며 사라지지 않으니
유모는 잘 거주하는 홀의 대문을 잠갔다.   30
두 사람, 오뒷세우스와 빛나는 아들은 벌떡 일어나서
투구들, 배꼽 있는 방패들, 날카로운 창들을

안으로 날랐다. 그들 앞에선 팔라스 아테네가
황금 등불을 들고 매우 멋진 빛을 비추었다.
곧장 텔레마코스가 자기 부친에게 말했다.   35
　"아버지, 아니, 이런 놀라운 일을 두 눈 뜨고 보네요.
정말로 홀의 벽들, 아름다운 지붕 들보들,
전나무 서까래, 그리고 위로 뻗친 기둥들이
불이 활활 타오르듯 제 두 눈에 빛나고 있어요. 어떤 신이
실내에 계신가봐요, 신들은 드넓은 창공에 거주하는데."   40
　그에게 대답하여 꾀 많은 오뒷세우스가 말했다.
"조용히 하고 네 생각을 억제하고 질문하지 마라.
이는 올림포스에 거주하는 신들의 방식이란다.
이제 너는 잠을 자거라, 나는 이곳에 남겠다,
하녀들과 네 엄마를 아직 더 자극해 시험하려 한다.   45
그러면 그녀는 통곡하며 내게 꼬치꼬치 캐묻겠지."
　그렇게 말하자, 텔레마코스가 몸을 누이려고
홀을 지나 불타는 횃불의 안내를 받으며 방에 갔는데
그곳은 예전부터 달콤한 잠이 찾아오면 잠자던 곳이었다.
지금도 몸을 눕히고 고귀한 새벽의 여신을 기다렸다.   50
한편 고귀한 오뒷세우스는 홀 안에 남아서
아테네와 함께 구혼자들을 척살하려고 궁리하고 있었다.
　규방에서 신중한 페넬로페가 걸어 나오니

아르테미스나 황금의 아프로디테와 흡사했다.

하녀들이 불 옆에 놓은 팔걸이의자는 그녀가 앉았던 자리로   55
은과 상아를 상감한 의자였다. 그것은 전에 목수
이크말리오스가 만들었는데, 발판이 의자에 꼭 맞게
붙어 있었다. 의자 위에는 큰 양피가 덮여 있었다.
그 의자에 신중한 페넬로페가 앉았다.

팔이 백옥 같은 하녀들이 홀에서 나왔다.   60
하녀들은 많은 빵들과 식탁들을 치우고
기개 있는 사내들이 마셨던 술잔들도 치웠다.
화덕들에서는 불씨를 꺼내 바닥에 깔았고, 그 위에는
많은 장작들을 켜켜이 쌓아서, 빛이 나고 열이 나게 했다.

   또다시 멜란토가 오뒷세우스를 비난하기 시작했다.   65
"떠돌이, 지금도 여전히 지근덕대느냐? 밤새도록
집을 두루 맴돌며 여자들이나 훔쳐보려고.
자, 문밖으로 꺼져라, 불쌍한 놈, 네놈의 식사나 누리라고.
당장 횃불에 두 들거 맞아야 문밖으로 사라지려나."

   그녀를 사납게 노려보며 꾀 많은 오뒷세우스가 말했다.   70
"이상한 계집이네, 왜 그렇게 분노하며 내게 대들지?
아마도 내 꼴이 더럽고, 내 몸에 불결한 옷을 입고
지역에서 두루 동냥질이나 하니까? 궁핍의 압박에 그러는 건데.
거지들과 부랑자들은 다 사정이 그러하거늘.

나도 한때 사람들 가운데 부유한 집에서 행복하게   75
살았고 자주 이런 부랑자에게 적선하곤 했다,
그자가 어떤 자고 무엇이 필요해 왔든지 상관 않고.
하인들이 수없이 많았고 다른 많은 것도 있었다,
그런 사람들이 잘사는 부자라고 불리지.
그러나 크로노스의 아들 제우스가 약탈했구나, 그걸 원했으니.   · 80
그러하니 네년도 언젠가 모든 광채를 잃지 않겠느냐?
그 광택이 적어도 지금 하녀들 가운데 뛰어나다지만.
어쨌든 네 안주인이 분노하여 혼내지 않으실까?
또는 오뒷세우스가 오지 않을까, 아직 희망의 몫이 있으니까.
그분이 그렇게 죽어 더이상 귀향하지 못하더라도   85
이미 아폴론 덕분에 이렇게 훌륭한 아들
텔레마코스가 있으니 그가 모르게 궁전 안 어느 여인도
무도하게 굴지 못할 거다. 또 그가 어린 나이도 아니니까."

　　그렇게 말하자, 신중한 페넬로페가 그 말을 듣고는
하녀를 꾸짖고 이름을 부르며 말을 건넸다.   90

　　"이건 아니다. 건방진 년, 뻔뻔한 암캐, 네년이 나 모르게
엄청난 짓을 저질렀구나, 그 짓에 네 머리로 피를 닦을 거다.
바로 나한테서 들어 알고 있지 않았더냐?
내가 내 홀에서 그 나그네에게 남편에 대해
물어볼 작정이라는 걸 말이다, 내가 심히 괴로우니까."   95

그렇게 말하고 여집사 에우뤼노메에게 이렇게 말했다.
"에우뤼노메, 의자 하나와 그 위에 덮을 양피를 가져오너라,
저 나그네가 앉아서 말하고 그가 내 말을
들을 수 있도록. 그자에게 상세하게 물어보고 싶구나."

그렇게 말하자, 에우뤼노메는 잽싸게 반들반들한   100
의자를 가져와서 내려놓고 그 위에는 양피를 올려 덮었다.
그곳에 많이 참는 고귀한 오뒷세우스가 앉았다.
둘 가운데 신중한 페넬로페가 먼저 말문을 열었다.

"나그네여, 내가 먼저 직접 그대에게 이걸 묻겠소. 인간들 중
누구고 어디서 왔나요? 그대 도시는 어디고 부모는 어디에 있나요?   105

꾀 많은 오뒷세우스가 그녀에게 대답하여 말했다.
"마님, 끝없는 대지 위 인간들 중 어느 누구도 당신을
비난할 수 없겠죠. 마님의 명성이 드넓은 하늘까지 닿았으니,
어느 흠 없는 왕의 명성처럼 말입니다. 그 왕은 신을
두려워하고 많은 인간들 가운데 힘센 사내들을 다스리며   110
법률을 떠받들고, 검은 대지는 밀과 보리를
가져다주고 나무들은 열매로 몸이 무겁고
계속 양들이 태어나고 바다는 물고기를 선사하니 이게 모두
훌륭한 치세 덕분이고 그 아래 백성은 번영을 누리지요.
그러므로 지금, 집 안에서 다른 것은 내게 물어보시되,   115
내 혈통과 조국은 캐묻지 마십시오,

내가 그걸 상기하면 마님은 내 속을 고통으로
가득 채우시게 되니까요. 나는 매우 탄식 많은 자랍니다.
더욱이 탄식하고 통곡하며 타인의 집에 앉아 있을 수
없답니다, 늘 분별없이 슬퍼하는 것은 더 못난 짓이지요,   120
하녀들 중 누가 또는 마님이 직접 날 꾸짖을까 두렵습니다,
내가 술로 머리가 무거워져 눈물로 헤엄친다고 하며."

　　신중한 페넬로페가 그에게 대답하여 말했다.
"나그네여, 내 용모와 몸매의 탁월함은 불멸의 신들이
망쳤다오, 아르고스인들이 일리오스 향해 배에 오르고   125
그들과 함께 내 남편 오뒷세우스가 떠나갔을 때.
남편이 돌아와서는 내 생활을 돌봐준다면
내 명성은 더욱 크고 더 훌륭하겠지요. 그러나 지금은
괴롭네요. 이렇게 많은 재앙을 어떤 신이 내게 덮어씌우다니.
여러 섬들, 둘리키온과 사메와 숲 우거진 자퀸토스를   130
통치하는 귀족들과, 멀리서도 잘 보이는
이곳 이타케섬 주위에 사는 귀족들이
내 뜻을 거슬러 내게 구혼하며 가산을 들어먹고 있다오.
그래서 나그네는 물론 탄원자에게도 신경 쓰지 못하고
백성 위해 일하는 전령들에게도 마찬가진데   135
남편이 너무 그리워서 애간장이 다 녹아내린다오.
구혼자들은 결혼을 서두르지만 나는 속으로 계략을 짜내죠.

처음에 어떤 신이 내 마음속에 불어넣어서

내가 큰 베틀을 홀 안에 세우고 천을 짜게 했는데,

섬세하고 매우 큰 천이었소. 당장 내가 그들에게 말했다오.   140

'젊은이들, 내 구혼자들이여, 고귀한 오뒷세우스가 죽었으니

결혼이 급해도 기다려주세요. 내가 옷감 하나를

끝낼 때까지는. 헛되이 실을 망치고 싶지 않거든요.

영웅 라에르테스를 위한 수의인데, 긴 비탄 드리우는

죽음의 치명적인 운명이 아버님을 붙잡을 때까지는.   145

어느 아카이아 여인이 백성들 사이에서 날 비난하겠죠,

많은 재산 가진 아버님이 수의도 없이 누워 계신다면요.'

그렇게 말하자, 구혼자들의 우쭐대는 마음이 설득되었지요.

그때 날마다 나는 커다란 베틀에서 천을 짜고 또 짰으나

밤 동안, 옆에 횃불을 두고 그것을 풀곤 했죠.   150

그렇게 3년 동안 나는 몰래 구혼자들을 속였답니다.

네 번째 해가 찾아와서 계절이 바뀌고

{그동안, 달들이 스러지고 많은 날들이 회전을 마치자}

바로 그때, 하녀들, 걱정 없는 암캐들의 도움으로

구혼자들이 들이닥쳐 날 붙잡아 비난하며 소리쳤죠.   155

그래서 강요당하니 마지못해 수의를 완성했던 거죠.

이제는 결혼을 피할 수도 없고 어떤 다른 계략을

엮을 수도 없다오. 게다가 부모님이 결혼하라고 재촉하시고

상황을 파악한 아들은 그들이 살림을 먹어치우는 걸
못마땅해합니다. 또 아들은 집안을 잘 돌볼 수 있는   160
성인이 되었으니 제우스가 그에게 명예를 내려주신 거죠.
그런데 당신의 혈통과 출신을 내게도 말해주세요.
옛 전설이 말하듯 바위나 떡갈나무에서 태어나진 않았겠죠.”
    꾀 많은 오뒷세우스가 대답하여 말했다.
“오, 라에르테스의 아들 오뒷세우스의 위엄 있는 부인이시여,   165
계속 내 혈통을 캐물을 작정이신가요?
그럼 다 털어놓겠습니다, 내가 겪은 고통보다 더 많은
고통을 내게 가하시는 것이지만. 늘 일어나는 일이죠.
지금 나처럼 누군가 그렇게 오랫동안 제 조국을 떠나서
인간의 많은 도시들을 떠돌며 고통을 겪는 일 말이죠.   170
마님이 내게 묻고 질문하시니 말씀드리겠습니다.
크레타는 포도줏빛 바다 한가운데 있는 땅이고
아름답고 비옥한 곳으로 바다에 둘러싸여 있는데
그곳에는 수많은 사람들이 살고 아흔 개의 도시가 있습니다.
저마다 서로 다른 언어들이 뒤섞여 있지요. 그곳에는   175
아카이아인, 대범한 크레타 원주민, 퀴도네스족,
머리카락 흩날리는 도리아족, 고귀한 펠라스고이족이 있습니다.
도시들 가운데 크놋소스라는 대도시가 있는데, 그 도시를
다스린 미노스 왕은 9년마다 위대한 제우스와 상의하셨는데

그분이 바로 내 부친 담대한 데우칼리온의 부친이십니다. 180
데우칼리온은 나와 이도메네우스 왕을 낳았습니다.
이도메네우스는 부리처럼 굽은 배를 타고 일리오스로 떠났는데
아트레우스의 두 아들과 함께였지요. 나는 저 유명한 이름
아이톤이라 불리고 이도메네우스가 나보다 나이 많고 더 뛰어나죠.
그곳에서 나는 오뒷세우스를 만났고 환대의 선물을 주었습니다. 185
바람의 힘이 그를 크레타로 데려갔으니, 비록 그가
트로야 향해 서둘렀으나 말레이아곶에서 항로를 벗어났던 겁니다.
그리고 에일레이튀이아[199]의 동굴이 있고 정박이 어려운 포구
암니소스[200]에 배를 세웠으니, 가까스로 회오리바람을 벗어났던 겁니다.
오뒷세우스는 도시에 올라오자마자 이도메네우스를 찾았습니다. 190
이도메네우스가 그의 소중하고 존경받는 친구라고 했으니까요.
그런데 이미 열 번째나 열한 번째 아침이 밝았으니
이도메네우스가 부리처럼 굽은 배들과 함께 일리오스로 떠난 후였죠.
나는 오뒷세우스를 집으로 모셔 가서 잘 대접하고
성심껏 환대했습니다. 집안에 물자가 풍족했으니까요. 195
함께 그분을 따라온 다른 전우들에게는
백성들로부터 보리와 거품 이는 포도주를 모아서 주었고
제물을 바치라고 소들도 주었는데, 그들 마음이 흡족하게 말이죠.

---

199 출산의 여신.
200 크레타 북부 해안에 위치한 크놋소스의 항구도시.

그곳에서 고귀한 아카이아인들이 열이틀 동안 머물렀습니다.
북풍의 큰 바람이 그들을 가두어, 땅 위에선 몸을 세우는 것조차   200
허락하지 않았으니 그 바람은 어떤 혹독한 신이 일으켰던 거죠.
열사흘째 되던 날, 바람이 잦아들자 그들은 출항했습니다."

      그렇게 많은 거짓말 하며 참말과 똑같이 말하자
그 말 들은 페넬로페는 눈물 흘리며 얼굴을 흠뻑 적셨다.
마치 높이 달리는 산들에서 눈이 녹아내리듯이,   205
서풍이 눈을 뿌려놓고 나서 동풍이 눈을 녹이면
눈이 녹아서 부풀어 오른 강물이 흘러넘치듯이
페넬로페가 눈물을 뿌려 고운 뺨에 흘렸으니
바로 옆에 앉아 있는 남편을 두고 그녀가 통곡한 것이다.
한편 오뒷세우스는 울고 있는 아내를 속으로 동정했으나   210
그의 두 눈은, 마치 뿔이나 무쇠처럼 동요 없이
눈꺼풀 안에 서 있었다. 그는 속임수로 눈물을 숨겼다.
페넬로페가 많은 눈물의 통곡을 누리고 나서
다시 그에게 대답하여 이렇게 말했다.

      "이제는, 나그네여, 당신을 시험해볼 생각이오,   215
당신 말대로 정말로 당신이 그곳에서 신과 같은
전우들과 함께 궁전 안에서 내 남편을 접대했는지.
내게 말해보시오, 그이가 몸에 어떤 옷을 걸치고
그 자신은 어떤 모습이었는지, 또 그의 전우들에 대해서도."

꾀 많은 오뒷세우스가 그녀에게 대답하여 말했다.   220
"마님, 힘든 일입니다, 그토록 오래 떨어져 있던
사내에 대해 말한다는 것은요. 그곳을 떠나서 내 조국을
등진 이후로 20년의 세월이나 지나갔으니까요.
하지만 내 마음이 내게 그려주는 대로 말해보죠.
고귀한 오뒷세우스는 양모의 두 겹 외투를 입고 있었는데   225
그 외투는 자줏빛이고, 집이 두 개인 황금 브로치가
달려 있고 그 집 앞면에는 작품이 조각되어 있었지요.
개 한 마리가 두 앞발로 알록달록한 사슴을 잡고는
그 헐떡이는 놈을 사납게 노려보고 있으니, 모두가 놀랐고
둘 다 황금인데, 개는 어린 사슴의 목을 조르며 노려보고   230
사슴은 벗어나려 애쓰고 발짓하며 헐떡이고 있었죠.
그리고 피부를 감싼 겉옷, 번쩍이는 옷을 보았는데
그것은 마치 마른 양파의 껍질처럼 번쩍였습니다.
그렇게 보드랍고 태양처럼 빛났던 겁니다.
정말로 많은 여인들이 그를 보고는 경탄했답니다.   235
{다른 걸 말할 테니, 당신은 마음속에 잘 넣어두세요.}
오뒷세우스가 집에서도 그걸 몸에 걸쳤는지는 모릅니다,
또 어떤 전우가 빠른 배를 타고 갈 때 그에게 주었는지,
또 아마도 어떤 손님이 주었는지도요. 오뒷세우스는 많은 이들과
친분이 있었으나 소수의 아카이아인만이 그와 동등했습니다.   240

그분에게 나는 청동 검 한 자루와 두 겹의 외투,
자줏빛의 아름다운, 술 달린 외투를 드렸고
갑판이 튼튼한 배로 정중하게 그분을 배웅했습니다.
그리고 그분보다 나이가 조금 더 많은 전령이
뒤따랐습니다. 그가 어떤 사람인지 말하겠습니다.   245
그는 어깨가 둥그스름하고 피부가 검고 머리가 텁수룩했죠.
에우뤼바테스가 그의 이름입니다. 모든 전우들 중 특히 그를
오뒷세우스가 존중했는데, 자신의 생각과 잘 맞았던 겁니다.”

　　그렇게 말하자, 페넬로페는 더 큰 통곡의 욕망에 사로잡혔으니
오뒷세우스가 보여준 확실한 증표를 발견했던 것이다.   250
그래서 페넬로페가 많은 눈물의 통곡을 누리고 나자
그에게 대답하여 이렇게 말했다.

　　“나그네여, 전엔 동정받을 만했지만 이제는 나에게
그대는 내 궁전에서 친구가 되고 존경받게 될 것이오.
그 옷들은 내가 직접 드렸는데, 그대가 말했던 옷들을   255
창고에서 꺼내 개킨 후이고, 남편에게 장식이 되도록
빛나는 브로치는 내가 달아드렸죠. 그런데 그가 자기 조국 땅에
귀향해서는, 아니, 다시는 그를 맞이할 수 없겠죠.
사악한 운명과 함께 오뒷세우스가 우묵한 배를 타고
떠났는데, 거명조차 하기 싫은, 재앙의 일리오스를 보려 했으니까요.”   260

　　꾀 많은 오뒷세우스가 대답하여 말했다.

"존경하는 부인, 라에르테스의 아들 오뒷세우스의 부인이여,
이제는 남편을 슬퍼하느라 더이상 고운 피부를 망치지 마시고
마음 상하게 하지도 마세요. 그래도 비난할 생각 없지만요.
어떤 여자라도 남편을 잃으면 슬퍼하게 마련이죠,   265
그와 결혼하여 애정으로 살을 섞고 아이를 낳았으니까요.
그런 사내와 오뒷세우스는 다른데 그는 신과 같다고나 할까요.
자, 울음을 멈추시고 내 이야기에 귀 기울여주세요.
당신께 착오 없이 말하고 더구나 숨기지도 않을 겁니다.
나는 이미 오뒷세우스의 귀향에 대해 들었는데   270
가까이에, 테스프로티아족의 비옥한 나라에 살아 있다고 합니다.
그가 보물들을 가져올 건데, 많고 훌륭한 보물들로
그 나라에서 두루 얻은 것들이지요. 그러나 포도줏빛 바다에서
쓸모 있는 전우들과 우묵한 배들은 모두 잃었는데
트리나키아섬을 떠날 때였죠. 제우스와 헬리오스가 오뒷세우스에게   275
분노했으니까요. 헬리오스의 소들을 전우들이 도살했던 겁니다.
모든 전우들은 폭풍우 치는 바다에서 익사했습니다.
한편 오뒷세우스는 파도가 배의 용골에 태워 육지에 내던지니
그곳은 파야케스족의 땅이었는데, 그 종족은 신들과 흡사한 자들로
정말로 오뒷세우스를 진심으로 신과 같이 존경하고   280
그에게 많은 선물을 주었고, 그들이 직접 그를 집으로
무사히 보내주려 했습니다. 오랫동안 그가 그곳에

머무를 수도 있었으나 많은 땅 위로 가서는
재물을 모으는 것이 마음속에 더 이익으로 보였습니다.
이익에 대해선 얼마나 많은 것을, 모든 필멸자들 중에서   285
오뒷세우스가 잘 알고 있던가. 누구도 그와 겨루지 못하겠죠.
그렇게 테스프로티아족의 왕 페이돈이 내게 말했습니다.
페이돈이 집에서 헌주하고 내 앞에서 맹세하기를,
바닷가에 배를 끌어 내리고 선원들이 출항 준비를 마치면
선원들이 오뒷세우스를 조국 땅에 보내줄 거라고 했지요.   290
{하지만 나를 먼저 보냈는데, 때마침 테스프로티아족의
배가, 밀이 풍부한 둘리키온으로 떠났기 때문이죠.}
왕은 내게 재물을 보여주었는데, 모두 오뒷세우스가
모은 재물로 앞으로 십 대 후손까지도 먹여 살릴 정도랍니다.
그만큼 보물들이 왕의 홀 안에 많이 보관되어 있었지요.   295
또 오뒷세우스가 도도나에 갔다고 하는데, 이파리 높이 달린
참나무에서 제우스의 조언을 경청하기 위해서였죠.
어떻게 그가 자기 조국 땅에, 터놓고든 비밀리에든
귀향할 수 있을지 물었습니다. 이미 오래 떠나 있었으니까요.
그래서 그분은 그렇게 무사하고 돌아올 것이니,   300
이미 아주 가까이에 있고 친구와 가족과 조국에서 멀리
이제 오래 떨어져 있지는 않을 겁니다. 그럼에도 마님께 맹세합니다.
가장 드높고 위대한 신 제우스께서 증인이 되어주시고

내가 도착한, 흠 없는 오뒷세우스의 화로도 증인이 되어주소서.

정말 이 모든 일은 내가 말한 대로 이루어질 겁니다.　　　　　305

오늘 하루가 지나고 나면, 이 달이 비워지고 새 달이

들어차게 되니, 이곳에 오뒷세우스가 도착할 겁니다.”

　　신중한 페넬로페가 그를 향해 말했다.

“이러한 말이, 나그네여, 모두 이루어지면 좋을 텐데.

그러면 그대는 당장 나로부터 환대와 많은 선물을 받을 것이고　　310

그대와 만나는 사람은 누구나 그대를 행복하다 여길 것이오.

그러나 내가 마음속으로 예견하는 바대로 그렇게 되리라.

오뒷세우스는 귀향하지도 못하고 그대는 호송을

받지도 못할 것이오, 이 집에는 그렇게 해줄 주인이 없으니까,

오뒷세우스가 존경스러운 손님들을 호송하고　　　　　　　315

영접한 것과 같은 일인데, 전에 과연 그런 일이 있었다면.

자, 이분을, 하녀들아, 씻겨드리고 잠자리를 봐드려라,

침상과 깔개와 빛나는 담요를 챙겨드려라, 이분이

제 몸을 덥히고 황금 옥좌에 앉은 에오스를 맞이하도록.

이른 새벽에 목욕시켜주고 기름을 발라드려라,　　　　　　320

이분이 집의 홀 안, 텔레마코스 옆에 앉아서 식사를

즐기시도록. 저들 구혼자 중 누군가 생명에 위해를 가하며

이분을 괴롭힌다면 가해자는 더 괴로운 일을 당할 것이다.

또 그자의 구혼은 헛수고가 될 것이다, 비록 무섭게 분노하더라도.

나그네여, 나의 이해력과 사려 깊은 배려심이 여인들 가운데   325
가장 뛰어난지 아닌지, 그대가 어찌 알아볼 수 있을까,
만약 당신이 더러운 몸에 지저분한 옷을 입고 이 홀 안에서
식사한다면? 그런데 인간은 짧게 살다 가는 존재랍니다.
누군가 스스로 가혹하고 또 가혹한 생각을 일삼으면
그가 사는 동안 내내 고통을 받으라고   330
모두가 저주하고, 그가 죽고 나면 모두가 비방할 거요.
그러나 자신이 흠 없고 또 흠 없는 생각을 한다면
그의 명성을, 환대받은 친구들이 모두에게 두루 널리
퍼뜨리니 다수가 그를 고귀한 자라 부르게 될 겁니다.”

　　꾀 많은 오뒷세우스가 대답하여 말했다.   335
“라에르테스의 아들 오뒷세우스의 존경하는 부인이시여,
정말, 나는 외투와 빛나는 담요가 필요없습니다,
처음, 긴 노를 갖춘 배를 타고 가면서
크레타의 눈 덮인 산을 뒤로하고 떠난 후로는.
이전처럼, 잠 없는 밤들을 지새울 때처럼 누워 있고 싶어요.   340
누추한 잠자리에서 많은 밤들을 보냈으며
옥좌에 앉은, 고귀한 새벽의 여신을 기다렸습니다.
게다가 발을 씻는 것도 전혀 내 마음에 들지 않습니다.
집에서 일하는 뭇 여자들 가운데
어떤 여인도 내 발을 만지지 못할 것입니다,   345

세심한 마음씨의, 오래 산 어느 노파가 아니라면요.
노파는 정말 나만큼 속으로 많은 고통을 겪었겠죠.
그런 분이라면 내 발을 만지는 걸 꺼리지 않을 겁니다.”

　　신중한 페넬로페가 그에게 말했다.

“친애하는 나그네여. 멀리서 찾아와 친해진 손님들 중에서　　　　　350
이처럼 총명한 사내가 내 집에 도착한 적 없었는데
그대는 얼마나 잘 숙고하여 온갖 영리한 말을 쏟아내는가.
내게는 마음속에 꼼꼼한 계획 있는 노파가 있는데
그녀가 저 불운한 사람을 키우고 길렀고
시어머니가 처음 그를 낳았을 때 두 손으로 받았소.　　　　　355
비록 힘이 부치긴 하나, 그녀가 그대의 발을 씻길 것이오.
그러면 자, 신중한 에우뤼클레이아여, 일어나서
자네 주인과 동갑인 분의 발을 씻겨드리게. 오뒷세우스도
이제는 두 발이 이러하고 양손이 이러하겠지.
고난에 처하면 필멸의 인간은 쉬이 늙어버리니까.”　　　　　360

　　　그렇게 말하자, 노파는 양손으로 얼굴을 가리고
뜨거운 눈물을 쏟으며 비탄의 말을 토했다.

　　“아이고, 나는, 도련님, 당신에겐 아무 도움도 못 돼요.
제우스가 유독 당신을 미워하시네요, 당신은 신을 경외하시지만.
그 누구도, 천둥에 기뻐하는 제우스에게 그만큼　　　　　365
살진 넓적다리뼈, 골라 뽑은 헤카톰베를 태워 드린 적 없거늘,

당신이 그분에게 드렸던 만큼, 윤택한 노년에 이르고

빛나는 아들을 양육하게 해달라고 기도하셨지요.

그러나 지금은 당신의 귀향 날만을 빼앗아 갔군요.

아마 여인네들이 오뒷세우스 주인님도 조롱하고 있겠지요,   370

먼 곳 친구들 중 누군가의 이름난 궁전에 그분이 도착했을 때.

여기 이 모든 암캐들이 당신을 그렇게 업신여긴 터라

지금 저들이 가하는 많은 모욕과 망신을 피하려고

발 씻기를 허락하지 않는 것이죠. 그래서 꺼리지 않는 내게

이카리오스의 따님 신중한 페넬로페께서 명하셨네요.   375

그러하니 당신의 발을 씻겨드릴게요, 페넬로페 자신과

당신을 위해서, 걱정으로 내 속마음이 동요하고 있답니다.

자, 지금 내가 하는 말을 들으세요.

정말 많은 나그네들, 많이 고생한 자들이 이곳에 왔으나

이렇게 어떤 이가 주인님과 닮은 모습을 본 적이 없어요,   380

손님은 체격과 음성과 두 발이 주인님과 꼭 닮았네요."

    꾀 많은 오뒷세우스가 대답하여 말했다.

"어멈, 두 눈으로 우리 두 사람 모두 본 사람은

누구나 서로가 그렇게 꼭 닮았다고 말한다네,

바로 당신 자신도 그걸 알아보고 말하듯이."   385

    그렇게 말하자, 노파는 반짝이는 대야를 잡았다.

그의 발을 씻겨주었는데, 많은 양의 찬물을 붓고

그 위에 뜨거운 물을 더했다. 한편 오뒷세우스는
화덕에서 떨어져 앉아, 어둠 속으로 재빨리 고개를 돌렸다.
즉시 마음속으로 예감했는데, 노파가 발을 잡고   390
흉터를 알아보면 숨긴 일이 탄로 날까 염려했다.
노파가 다가와서 주인의 발을 씻기고 있었다. 당장
흉터를 알아보았다. 그것은 멧돼지가 흰 엄니로 공격해 생겼는데
과거 오뒷세우스가 파르낫소스[201]에 아우톨뤼코스와 그 아들들을
만나러 갔을 때 일이다. 아우톨뤼코스는 모친의 고귀한 부친으로   395
도둑질과 거짓 맹세로 사람들을 능가했다. 그 능력은 헤르메스 신이
직접 그에게 선사했던 것이다. 그가 새끼 양과 염소의 넓적다리뼈를
태워드려 신의 마음에 들었으니 신은 호의 갖고 그와 동행했던 것이다.
아우톨뤼코스는 이타케의 비옥한 지방에 가서
자기 딸의 새로 태어난 아기를 보았다.   400
그 아기를 자기 무릎에 올려놓은 에우뤼클레이아는
그분이 저녁 식사를 마치자 이름을 부르며 말을 건넸다.
　　"아우톨뤼코스시여, 직접 이름을 지어주세요, 따님을 위해서
아이에게 붙여줄 이름 말이에요, 당신에게 많은 사랑 받는 아이니까요."
　　아우톨뤼코스가 그녀에게 소리 내어 대답했다.   405
"내 사위와 딸아, 내가 말하는 이름을 붙여주어라.

---

201 코린토스만 북쪽, 델포이 위에 위치한 산.

514

나는 많은 이들에게 화가 나서 이곳에 도착했는데,

많은 것 양육하는 대지 위의 남자들과 여자들에게 말이다.

그런 이유로 오뒷세우스, 즉 '화가 난 자'[202]라고 이름 지어라.

그러면 그가 성년이 되어 파르낫소스, 자기 모친의 큰 집,   410

내 재산이 있는 곳에 오게 되면, 내가 재산 일부를

그에게 줄 것이고 그는 기뻐하며 떠나게 될 것이다."

　　그런 이유로 오뒷세우스가 멋진 선물을 받으러 왔다.

아우톨뤼코스와 아우톨뤼코스의 아들들이

그를 양손으로 반기고 부드러운 말을 건넸다.   415

그의 어머니의 어머니 암피테에는 그를 껴안고

그의 머리와 아름다운 두 눈에 입을 맞추었다.

아우톨뤼코스는 빛나는 아들들에게 명령하여

저녁 식사를 준비하게 했다. 재촉의 말 들은 아들들은

당장 소 한 마리, 다섯 수소를 끌고 왔다.   420

가죽 벗기는 일에 몰두하더니, 그 전체를 나누고

기술 좋게 잘게 썰고 꼬챙이에 꿰어놓고

조심조심 구워서 각자의 몫을 나누어주었다.

그렇게 해가 질 때까지 하루 종일 모두가 잔치를

벌였는데, 공평한 잔치로 마음에 부족함이 없었다.   425

202　오뒷세우스(Odysseus)라는 이름의 어원은 'odyssomai'(분노하다)이다.

해가 떨어지고 어둠이 덮여오자
모두가 잠을 청하고 잠의 선물을 받았다.
새벽에 태어나 장밋빛 손가락 펼치는 에오스가 나타나자
개들과 아우톨뤼코스의 아들들이 직접 사냥하려고
서둘러 갔다. 그들과 함께 고귀한 오뒷세우스가   430
동행했다. 숲으로 덮인 가파른 파르낫소스의 산을 향해
가서는 이윽고 바람 많은 계곡에 도착했다.
깊이 잔잔하게 흐르는 오케아노스에서
태양이 일어나서 대지에 빛을 던지기 시작하자
그들 사냥꾼은 우거진 골짜기 안에 도착했다.   435
그들 앞에는 발자국을 쫓으며 개들이 달리고 뒤에선
아우톨뤼코스의 아들들이 뒤따랐고, 고귀한 오뒷세우스는
개들 옆을 지나며 음영 드리우는 창을 휘둘렀다.
그곳 빽빽한 덤불에는 큰 멧돼지가 웅크리고 있었다.
그 덤불은 축축한 바람의 힘도 지나간 적 없었고   440
빛나는 태양도 햇실로 맞힌 적 없었고
비가 들이치며 관통한 적도 없었다. 그렇게 빽빽한
덤불이라 그 안에는 엄청난 낙엽 더미가 수북했다.
개들과 인간들의 발소리가 멧돼지를 에워쌌고
사냥꾼들이 몰아대며 공격했다. 멧돼지는 덤불에서 맞서며   445
목털을 빳빳이 하고 두 눈엔 화염을 번뜩이며

그들 가까이 버티고 섰다. 가장 먼저, 오뒷세우스가
강력한 손에 기다란 창을 높이 들고 돌진하며
찌르려고 애썼다. 그러나 그보다 먼저 멧돼지가
그의 무릎 위를 공격해 엄니로 살을 찢어놓았는데   450
옆으로 달려들어 그리했지만 그의 뼈를 건드리진 못했다.
한편 오뒷세우스가 놈의 오른 어깨를 맞혀 해를 입혔으니
번쩍이는 창끝이 곧장 정확하게 관통했던 것이다.
멧돼지는 비명 지르며 먼지 속에 쓰러졌고 목숨이 날아갔다.
그러자 아우톨뤼코스의 귀한 아들들이 멧돼지를 두고   455
작업했고, 신을 닮고 흠 없는 오뒷세우스의 상처도
능숙하게 동여매고 주문을 외어 거뭇한 피를
멈추게 했고, 곧장 그들 아버지의 집에 도착했다.
아우튈로코스와 그의 아들들이 오뒷세우스를
잘 치료하고 나서 빛나는 선물들을 가져오자   460
이에 오뒷세우스가 기뻐했고, 그들은 그를 빨리
그의 조국 이타케로 보내주었다. 그의 귀향에 기뻐하는
부친과 모친은 모든 일을 꼬치꼬치 캐물었는데
특히 그 흉터에 대해 묻자 오뒷세우스는 부모님께 잘 설명했다,
{그가 파르낫소스로 아우톨뤼코스의 아들들과 함께 사냥 갔을 때}   465
어떻게 멧돼지가 하얀 엄니로 그를 공격했는지 말이다.

    그 흉터를, 노파가 양손을 내려 주인의 발을 쥐었을 때

발견했던 것이다. 그러자 발을 놓쳐 발이 움직이자

장딴지가 대야 안에 떨어져 청동 소리가 요란하게 울렸다.

다시 대야가 다른 쪽으로 기울어졌다. 바닥에 물이 쏟아졌다. 470

기쁨과 고통이 노파의 마음을 사로잡으니, 그녀의 두 눈엔

눈물이 가득 고이고 힘찬 목소리도 새어 나오지 않았다.

오뒷세우스의 턱을 잡고는 그를 향해 말했다.

　　"정말 오뒷세우스군요, 내 아들. 그럼에도 나는 그 전에

알아보지 못했네요, 내 주인님을 제대로 만져보기 전까지는." 475

　　그렇게 말하고 페넬로페에게 시선을 돌려서

그녀의 남편이 여기 집 안에 있다는 걸 보여주고 싶어 했다.

페넬로페는 노파를 마주 볼 수도 알아챌 수도 없었다.

그녀의 생각을 아테네가 다른 곳으로 돌렸던 것이다.

오뒷세우스는 오른손으로 노파의 목을 찾아 잡고 480

왼손으로는 자기 쪽으로 노파를 잡아당기고 말문을 열었다.

　　"유모, 왜 날 해치려는 거요? 그대의 젖으로

날 양육했거늘. 지금, 많은 고통을 겪고 나서

20년 만에, 조국 땅에 돌아왔소이다.

그대가 진실을 발견했고 신이 진실을 그대 마음에 485

드러냈지만 침묵하게, 홀 안에 누가 알게 될까 두렵다네.

내가 말하는 바대로 모두 이루어지게 될 것이다.

만약 신이 내 손을 빌려 잘난 구혼자들을 무찌른다면

나의 홀에서 다른 여자들, 하녀들을 도살할 때

비록 그대가 유모라 하더라도 가만두지 않을 테니." 490

신중한 에우뤼클레이아가 그를 향해 말했다.

"내 아들, 뭔 그런 말이 치아의 담장을 넘어왔나요?

잘 아시리라. 내 정신력이 얼마나 확고해 굴복하지 않는지!

마치 단단한 돌이나 무쇠가 그러하듯 동요하지 않아요.

다른 것 하나 더 말해둘 테니 마음속에 넣어두세요. 495

신이 그대의 손을 빌려 잘난 구혼자들을 무찌른다면

나는 홀 안에서 여자들을 헤아릴 겁니다,

그대를 욕보인 여자들과 죄가 없는 여자들을 가려서요."

꾀 많은 오뒷세우스가 그녀에게 대답하며 말했다.

"유모, 왜 그걸 굳이 말하려 하나? 그럴 필요 없네. 500

나 자신이 잘 살펴보며 여자들 각각을 알아볼 것을.

그러하니 그런 말은 그만하고 그 문제는 신들에게 맡겨주게."

그렇게 말하자, 노파는 홀을 나와 걸어가서

발 씻을 물을 가지러 갔다. 먼젓번 물은 모두 쏟았으니까.

노파가 그를 씻겨주고 올리브유를 넉넉히 발라주었고 505

다시 오뒷세우스는 몸을 덥히려고 불 가까이에

의자를 끌어다놓고는 누더기로 흉터를 덮었다.

그들 가운데 신중한 페넬로페가 말문을 열었다.

"나그네여, 사소한 것 하나만 더 직접 묻고 싶네요.

정말, 달콤한 잠자리에 누울 시간이 곧 다가올 겁니다,   510

달콤한 잠은 누구라도, 걱정 많은 자라도 취하겠죠.

그러나 어떤 신이 내게는, 측량할 수 없는 슬픔을 주었네요.

낮 동안, 나는 울며 통곡에 빠져 있지만, 집 안에서

나의 일과 하녀들의 일을 바라보면 즐거워해요.

그러나 밤이 찾아와 모두가 잠자리를 차지하면   515

나는 침상에 누워 있으나, 근심이 날 세우며 떼 지어

복잡한 마음에 들이쳐서 비탄에 빠진 나를 애태우지요.

마치 판다레오스의 딸,[203] 녹음 우거진 숲의

나이팅게일이, 봄이 새로이 찾아오자 아름답게

노래하고 무성한 나뭇잎들 위에 앉아서   520

자주 음색을 바꾸며 울림 큰 노래를 토해내며

자기 아들 이튈로스를 애도하는 것처럼, 과거에 그 아이,

제토스 왕의 아들을, 무지로 인해 청동으로 죽였으니…….

내 마음은 두 갈래로 이리저리 헤매고 있습니다.

아들 곁에 머물며 모든 것을, 내 재산과 하녀들과   525

지붕 높은 대궐을 확고하게 지켜야 할지,

남편의 침대와 백성의 여론이 두려우니까.

아니면, 이제는 가장 뛰어난 아카이아인을 따라가야 할지,

203　제토스의 아내이며 이튈로스의 어머니 아이돈을 말한다. 아이돈은 실수로 아들 이튈로스를 죽이고 나서 나이팅게일로 변신했다.

홀 안에서 헤아릴 수 없는 결혼 선물을 주며 구혼하는 자 말이지요.

내 아들이 아직 어리고 생각이 모자랐을 때는   530

내가 결혼하여 남편 집을 떠나지 못했지만

지금은 아들이 정말 다 커서 성년에 도달했고

이 궁전에서 내가 떠나주길 바라고 있답니다,

구혼자들이 먹어치우는 가산 때문에 괴로워하니.

자, 이제 내 꿈을 듣고 해몽해 보세요.   535

내 집에 거위 스무 마리가 물에서 나와 밀을 먹자

나는 그것들 바라보며 기뻐하고 있었지요.

갑자기 산에서 부리 굽은 큰 독수리가 와서는

모든 거위의 목을 부러뜨려 죽였어요. 그러자 거위들이 홀 안에

무리 지어 쌓여 있었지만 독수리는 신성한 창공으로 날아올랐지요.   540

그래서 내가 꿈속에서 울면서 비명을 지르자

내 주위로, 머리 곱게 땋은 아카이아 여인들이 몰려들었고

나는 애처롭게 울었지요, 독수리가 내 거위들을 죽였으니까요.

그런데 다시 독수리가 돌아와 튀어나온 지붕 들보에

앉더니 날 제지하며 사람의 목소리로 말문을 열었어요.   545

'힘내시오, 널리 명성 자자한 이카리오스의 따님이시여.

꿈이 아니라 상서로운 징조이니, 반드시 이루어질 겁니다.

거위들은 구혼자들이고, 나는 전에 독수리 새였지만

지금은 다시 당신의 남편으로 온 것이니

모든 구혼자들에게 수치스러운 운명을 내릴 것이오.' 550
그렇게 말했고, 꿀처럼 달콤한 잠이 나를 떠났지요.
날카로운 시선을 주위에 던지자 나는 집 안에서 거위들이
여느 때처럼 모이통 옆에서 밀을 먹는 걸 보았답니다."
　꾀 많은 오뒷세우스가 대답하여 말했다.
"마님, 이 꿈은 어떤 식으로든 왜곡하여 해석할 수 555
없군요. 오뒷세우스가 직접 어떻게 꿈이 실현되는지
당신에게 보여주었으니까요. 구혼자들 모두에게
파멸이 닥치고 누구도 죽음과 사망을 피하지 못할 겁니다."
　다시 신중한 페넬로페가 그를 향해 말했다.
"나그네여, 정말로 꿈이란 대책 없고 분간하기도 560
어렵고, 인간들에게 모두 실현되는 것도 아니지요.
덧없는 꿈들의 대문은 두 종류랍니다.
하나는 뿔로, 다른 하나는 상아로 만들어져 있어요.
꿈들 중에서, 잘라낸 상아의 문을 통해 들어오는
꿈들은 실현되지 않을 말들을 니르며 속인답니다. 565
반면 매끈한 뿔의 문에서 나오는 꿈들은
정말로 실현됩니다, 어떤 인간이 볼 수 있다면요.
그러나 내 생각으론 그곳에서 불쾌한 꿈이 나온 것
같진 않아요. 그러면 나와 내 아이에겐 반가운 일이죠.
또 다른 것 하나 말할 테니 당신은 명심하세요. 570

이미 불운한 이름의 아침이 다가오고 있어요, 그것이
남편의 집에서 나를 멀어지게 하겠지요. 이제, 나는
시합을 위해 도끼들을 갖다놓을 건데, 그이가 홀 안에
선체(船體) 버팀목처럼 일렬로 모두 열두 개를 세워놓곤 했지요.
그이는 멀찍이 물러서서 화살로 모두 꿰뚫곤 했답니다.   575
이제 구혼자들에게 이러한 시합을 제안하려고 해요.
누구라도 가장 쉽게 손으로 활시위를 당기고
화살을 쏘아서 열두 개 도끼 모두를 관통한다면
그 사람을 내가 따라나서며 이 집을 떠날 겁니다,
내가 결혼한 집, 매우 아름답고 재물 넘치는 집을.   580
이 집을, 꿈속에서도 기억할 거라고 생각해요.”
　　꾀 많은 오뒷세우스가 대답하여 말했다.
“라에르테스의 아들 오뒷세우스의 존경스러운 부인이여,
이제는 집 안에서 그 시합을 더이상 미루지 마세요,
그러기 전에 꾀 많은 오뒷세우스가 이곳에 올 겁니다,   585
여기 이 매끄러운 활을 다뤄보려는 자들이
활시위를 당겨서 무쇠의 구멍을 관통하기 전에.”
　　다시 신중한 페넬로페가 그에게 말했다.
“나그네여, 당신이 홀 안, 내 곁에 앉아 날 즐겁게
해준다면, 잠이 내 눈꺼풀에 쏟아지지 않겠지요.   590
그러나 인간이 잠자지 않고 늘 깨어 있는 것은

불가능하죠. 각자의 일에 불사의 신들은

곡식 주는 대지 위 필멸의 인간에게 몫을 정하셨죠.

그러면 나는 위층 방에 올라가 몸을 누일 겁니다,

내 침상에 말이에요. 그 침상은 신음으로 가득 차 있고 595

항상 눈물로 얼룩져 있는데, 오뒷세우스가

입에 올리기도 싫은, 재앙의 일리오스를 보려고 떠난 후로는.

그곳에 누우렵니다. 당신은 이 집 안에 누우세요.

바닥에 뭔가 자릴 펴든지, 아니면 하녀들이 잠자릴 봐줄 겁니다.”

　　　그렇게 말하고 그녀가 불빛 깜박이는 위층 방으로 600

올라가니 혼자가 아니라 하녀들이 그녀를 뒤따랐다.

{시중드는 하녀들과 함께 위층 방에 올라가서}

남편 오뒷세우스를 두고 울고 또 울었으나 그녀 눈꺼풀에

달콤한 잠을, 올빼미 눈의 여신 아테네가 주셨다.

헨리 푸젤리, 「희생제에 나타난 테이레시아스의 혼령」(1780년대)

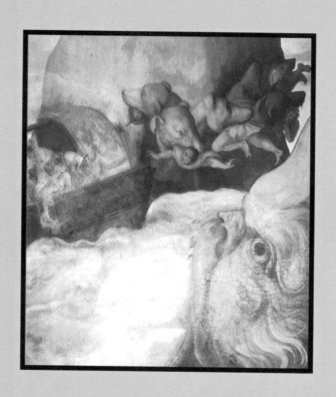

알레산드로 알로리, 「오뒷세우스의 부하 다섯 명을 잡아먹는 스퀼라」(1575년경)

괴물 스퀼라
(기원전 5세기)

오뒷세우스와 세이렌
(기원전 5세기)

오뒷세우스와 세이렌

존 윌리엄 워터하우스, 「오뒷세우스와 세이렌」(1891년)

프랜시스 챈틀리, 「페넬로페」(19세기)

에베르 하르트 폰 베르터, 「집에 돌아온 텔레마코스」(1840년)

요한 아우구스트 날, 「에우마이오스의 집에서 오뒷세우스를 알아보는 텔레마코스」(18세기)

요한 하인리히 티슈바인, 「오뒷세우스와 페넬로페」(1802년)

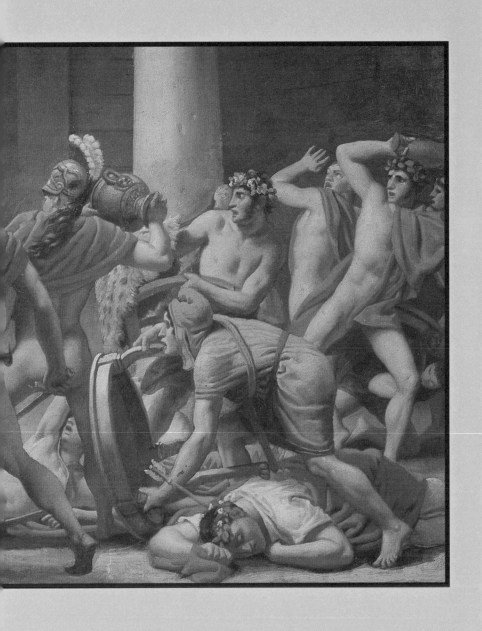

크리스토퍼 빌헬름 엑케르스베르크,
「구혼자들에게 화살을 겨누는 오뒷세우스」(1814년)

20 υ

고귀한 오뒷세우스는 현관에서 잠자리에 들었다.
밑에는 무두질 안 된 소가죽 한 장을 깔고 그 위에는 양 털가죽
여러 장을 폈는데, 그 양은 아카이아인들이 제물로 도살했던 것이다.
그가 자리에 눕자 에우뤼노메가 그에게 외투를 덮어주었다.
그곳에서 오뒷세우스는 속으로 구혼자들에게 파멸을 꾀하며   5
잠들지 않고 누워 있었다. 한편 홀에선 여인들이
걸어 나왔는데, 이들은 전에도 구혼자들과 살을 섞곤 했고
지금은 서로서로 웃음을 터뜨리며 즐거워했다.
오뒷세우스의 가슴속에서는 분노가 솟구쳤다.
그는 머리와 가슴으로 여러 번 숙고를 거듭했다,   10
그들 뒤에 달려들어 각자에게 죽음을 선사할까

아니면 아직은 주제넘은 구혼자들과 살을 섞도록 끝판이자
막판으로 내버려둘까. 그의 마음은 속에서 짖어대고 있었다.
마치 암캐가 연약한 새끼들 앞에서 일어서더니
낯선 인간 향해 짖으며 투혼에 불타 싸우려 하듯이 15
그렇게 그의 내면은 못된 짓거리에 격분하며 울부짖고 있었다.
하지만 가슴을 때리며 자기 마음을 이런 말로 꾸짖었다.

　"참아라, 내 마음이여. 전에는 더 개 같은 일도 참아냈지,
힘을 억제 못 하는 퀴클롭스가 너의 뛰어난 전우들을
먹어치우던 그날에도. 그러나 너는 굳세게 견뎌냈지, 20
동굴 안에서 몰살될 거라 믿었으나 계략으로 탈출할 때까지."

　그렇게 말하며 가슴속 자기 마음에게 말을 걸었다.
참고 견디는 그의 마음속은 단단히 정박해
남아 있었지만, 그 자신은 이리저리 뒤척였다.
마치 어떤 사내가 활활 타오르는 불 위에 25
피와 비계로 가득 찬 소시지를 이리저리 돌리며
그것이 아주 빨리 구워지길 열망하듯이
그렇게 그는 이리저리 몸을 굴리며 궁리하고 있었다,
정말 어떻게 염치없는 구혼자들을 무찌를까,
비록 혼자이나 다수를. 그 가까이에 아테네가 30
하늘에서 내려왔다. 어떤 여인의 모습이었다.
그의 머리 위에 서서는 그를 향해 말했다.

"도대체 왜 지금 깨어 있느냐, 가장 불운한 인간이여?
여기가 그대의 집이고 여기 집에는 그대의 아내와
아들이, 누구나 바라는 그런 아들이 있거늘."   35
　　꾀 많은 오뒷세우스가 대답하여 말했다.
"그렇습니다. 여신이여, 이 모든 걸 조리 있게 말하셨습니다.
그런데 마음속 깊이 내가 숙고하고 있는 것은
어떻게 염치없는 구혼자들을 무찌를까인데
나는 혼자이지만, 그들은 항상 안에 무리 지어 있으니까요.   40
게다가 마음속 깊이 숙고하고 있는 더 큰 일이 있습니다.
제우스와 당신의 도움으로 내가 그들을 죽이고 나서
어떻게 하면 복수를 피할 수 있을까요? 이 점을 살펴주십시오."
　　올빼미 눈의 여신 아테네가 그를 향해 말했다.
"무모한 자여, 많은 이가 열등한 전우를 믿기도 하거늘,   45
필멸의 인간이고 그렇게 많은 계획을 모르는 전우라 하더라도.
그러나 나는 여신이고 계속해서 온갖 노고 마다 않고
그대를 지켜주니 그대에게 숨김없이 말하겠다.
비록 땅에서 태어난 인간들 쉰 명의 무리가
우리 둘을 에워싸며 전투에서 죽기를 열망해도   50
그대는 그들의 소들과 살진 양들을 약탈해 몰고 가리라.
잠이 그대를 사로잡을 것이다, 밤새도록 깨어 지키는 일은
괴로운 일이니. 이제는 불면의 고통에서 벗어나게 되리라."

그렇게 말했고, 그의 눈꺼풀에 잠을 쏟아붓고 나서
가장 고귀한 여신은 올륌포스에 도착했다. 55

오뒷세우스를 붙잡아 그의 마음에서 걱정을 몰아낸 것은
사지를 푸는 잠이었다. 한편 그의 꼼꼼한 아내가 깨어났다.
그녀는 부드러운 침상에 주저앉아 울고 또 울었다.
자기 마음속을 두루 울음으로 가득 채우고 나서
가장 고귀한 여인은 우선 아르테미스 여신에게 기도했다. 60

"아르테미스여, 여주인이고 여신이고 제우스의 따님이신 분이여,
이제 나에게, 내 가슴에 화살을 뿌려 목숨을 앗아가시길,
지금 당장, 아니면 나중에라도 돌풍이 나를 낚아채
안개 낀 물길로 데려가서는 사라지게 하시길,
그리고 역류하는 오케아노스의 들목에다 나를 던지시길, 65
마치 폭풍이 판다레오스[204]의 딸들을 낚아챘을 때처럼.
그들의 부모를, 신들이 없애자 아이들은 궁전의 홀 안에
고아로 남겨졌으나 고귀한 아프로디테가 아이들을 거두어
치즈와 달콤한 꿀과 상쾌한 포도주를 먹이며 돌보셨죠.
헤라 여신은 아이들에게 모든 여인 능가하는 외모와 70
총기를 주셨고, 정결한 아르테미스는 신장(身長)을 베푸셨고
아테네는 명성 있는 작업을 수행하는 법을 가르치셨죠.

---

204 나이팅게일로 변신한 아이돈의 아버지.

훗날, 고귀한 아프로디테는 드높은 올림포스에 올라가서
소녀들의 무르익은 결혼을 성사시키려고 번개 사랑하는
제우스에게 간청하려 했지요. 제우스께서는 만사를,   75
필멸의 인간의 행운과 불행을 잘 아시니까요.
그러나 회오리바람의 새들은 소녀들을 낚아채서는
혐오스러운 복수의 여신들에게 데려가 시중들게 했지요.
그렇게 올림포스에 거주하는 신들이 나를 지우시거나
머리 곱게 땋은 아르테미스가 화살을 쏘아 맞히시길,   80
내가 남편의 모습을 품고는 혐오스러운 땅 아래 도착하도록,
그이보다 못난 사내의 생각을 즐겁게 하지 않으시길.
그런데 이런 불행은 참을 만합니다. 누군가 낮 동안에
눈물 흘려 마음이 갑갑해 슬프더라도, 밤에는
잠을 푹 잔다면. 잠은, 그게 좋든 나쁘든 만사를   85
잊게 해주니까요, 일단 잠이 눈꺼풀을 휘감아 싸면.
그런데 어떤 신이 내게는 악몽까지 보내시더이다.
오늘 밤엔 내 곁에 그이와 닮은 자가 누워 있었는데
군대와 함께 떠날 때의 모습이었죠. 내 마음은
기뻤으니 그게 꿈이 아니고 이미 현실이라 여겼던 거죠."   90

　　　그렇게 말하자, 당장 황금 옥좌에 앉은 새벽의 여신이 왔다.
페넬로페의 울음소리에 고귀한 오뒷세우스가 귀를 기울였다.
골똘한 생각에 잠기더니, 마음속으로 아내가 이미

자신을 알아보고는 자기 머리 옆에 서 있다고 상상했다.

그래서 그는 덮고 자던 외투와 양모를 집어

홀 안, 팔걸이의자에 내려놓고 대문 바깥에 소가죽을

깔고 나서 제우스에게 두 손을 들어 올려 기도했다.

　"아버지 제우스시여, 당신의 원대로 마른 곳과 습한 곳 너머에,

나를 너무 괴롭히고 나서야 내 땅에 이끄셨다면

집 안에 깨어 있는 자가 내게 좋은 징조를 말하게 하시고

또한 밖에서는 제우스의 전조가 나타나게 하소서."

　그렇게 기도하며 말했다. 그 기도를 들은 조언자

제우스가 저 높은 구름 위 휘황찬란한 올림포스에서

천둥을 울렸다. 그러자 고귀한 오뒷세우스가 기뻐했다.

집에서는 한 여자, 곡식 빻는 여자 노예가 근처에서

예언했는데, 그곳엔 백성의 목자를 위한 맷돌이 놓여 있었다.

이 맷돌에서 모두 열두 명의 여인들이 부지런히 일하며

사내의 골수가 될 밀가루와 보릿가루를 만들었다.

나머지 여자들은 밀을 다 갈고 나서 잠자고 있었으나

오직 한 여자만이 일을 끝내지 못했다, 몸이 가장 허약했으니까.

그녀가 맷돌을 붙잡고 말했는데, 주인에겐 전조가 되었다.

　"제우스 아버지, 신과 인간의 통치자시여,

별 가득한 하늘에서 엄청난 천둥을 치셨으나 어디에도

구름 한 점 없네요, 이런 징조를, 누군가에게 드러내시는군요.

95

100

105

110

지금 제가 하는 말을 불쌍한 저에게도 이루어주소서. 115
구혼자들이 끝이자 마지막으로 바로 오늘,
오뒷세우스의 홀에서 성찬을 들게 되기를,
내 마음이 병들고 내 무릎도 풀렸습니다, 곡물 가루를
만드느라 피곤해서요. 이제는 정말 최후의 만찬이 되기를.'

　　　그렇게 말했다. 이러한 예언과 제우스의 천둥에 모두 120
고귀한 오뒷세우스가 기뻐했다, 범죄자들을 벌하리라 믿었으니.

　　　한편 하녀들이 오뒷세우스의 멋진 집에
모여들어 화로 위에 지칠 줄 모르는 불을 붙였다.
신과 같은 인간 텔레마코스가 침상에서 몸을 일으켜
옷을 입었다. 어깨에는 예리한 칼을 메고 125
윤기 나는 발 아래에는 멋진 샌들을 매어 신고
단단한 창을 집어 들었는데, 날카로운 청동 촉이 예리했다.
문턱 위로 가 서서는 에우뤼클레이아를 향해 말했다.

　　　"어멈, 집 안에서 어떻게 나그네를 대접했는가?
식사와 잠자리를 말이오, 아니면 대접도 못 받고 누워 있는가? 130
꼼꼼하신 내 어머니도 그러실 때가 있지.
필멸자들 중 어떤 이는, 못난 자인데도 특별히 존중하시고
한편 더 나은 사람은 존중하지도 않고 보내버리시고."

　　　신중한 에우뤼클레이아가 그를 향해 말했다.
"지금, 마님을 탓하지 마세요, 도련님, 잘못이 없으시니까요. 135

나그네는 앉아서 자신이 원하는 만큼 포도주를 마셨고
빵은 더 원하지 않았지요. 마님이 물어보시니 그리 말했답니다.
그런데 나그네가 침상과 수면을 떠올리자
마님이 하녀들에게 잠자리를 깔아주라고 명하셨지만
그는 마치 몹시 가엾고 불행한 인간처럼   140
침상에서 담요를 덮고 자는 대신
무두질 안 된 소가죽과 양 털가죽을 덮고는 현관에서
잠을 잤습니다. 그래서 우리가 외투를 덮어주었죠."

　　그렇게 말하자, 텔레마코스는 홀 밖으로 걸어 나오며
손에는 창을 쥐고 있었다. 날쌘 개 두 마리가 뒤쫓았다.   145
그는 좋은 경갑 입은 아카이아인들의 회의장에 서둘러 갔다.
한때 페이세노르의 아들 옵스의 딸, 가장 고귀한 여인
에우뤼클레이아가 하녀들에게 명령했다.

　　"여봐라, 너희 일부는 서둘러 집 바닥을 쓸고
물을 뿌리고 잘 만든 의자에는 자줏빛 깔개를   150
던져라. 또 너희 일부는 해면으로 모든 식탁을
훔쳐라. 그리고 혼주 동이와 손잡이 두 개 달린
술잔은 부셔놓아라. 또 물을 찾아 샘으로
가서는 물동이를 나르며 서둘러 돌아오너라.
구혼자들이 홀에서 오랫동안 떠나 있지 않고   155
아주 일찍 올 터이다. 모두의 잔칫날²⁰⁵이니까."

그렇게 말하자, 하녀들은 그녀 말을 잘 듣고 복종했다.

스무 명은 검게 빛나는 물 흐르는 샘으로 갔고

나머지 하녀들은 그곳 집에서 능숙하게 일했다.

그곳에 씩씩한 일꾼들이 왔다. 그들은   160

능숙하게 제대로 장작을 팼고, 한편 여자들은

샘에서 돌아왔다. 그들 뒤에선 돼지치기가

살진 돼지 세 마리를 몰고 왔는데, 모든 돼지들 중 최고였다.

돼지들은 널찍한 안뜰에서 먹이 찾도록 남겨두고

돼지치기 자신은 정중하게 오뒷세우스에게 말했다.   165

　"나그네여, 아카이아인들이 그대를 좀 존중하던가요,

아니면 홀 안에서 예전처럼 그대를 무시하던가요?"

　꾀 많은 오뒷세우스가 대답하여 말했다.

"에우마이오스여, 신들께서 이런 모욕을 갚아주시기를,

저들은 오만방자하게도 부적절한 짓을 꾸미고 있으니   170

그것도 남의 집에서라니, 염치의 몫이란 전혀 없구려."

　그들이 그렇게 서로 대화를 나누고 있었다.

그들 가까이 염소치기 멜란테우스가 다가오며

모든 염소들 중 가장 빼어난 염소를 이끌었다,

{저녁 식사로 구혼자들에게 말이다. 두 목자가 뒤따랐다.}   175

205　아폴론 축제를 말한다.

염소들을, 몹시 요란하게 울리는 주랑 아래 매고 나더니
그 자신은 오뒷세우스에게 모욕적인 말을 퍼부었다.

　　"떠돌이, 지금도 여전히 집에서 사람들에게 구걸하며
귀찮게 구느냐? 대문 밖으로 썩 꺼지지 못할까?
우리 둘은 결코 갈라서지 못할 것 같구나,　　　　　　　　　　　180
내 매운 손맛을 보기 전에는. 네놈이 합당하게
구걸하지 않으니까. 아카이아인들의 다른 만찬들도 있건만."

　　그렇게 말하자, 꾀 많은 오뒷세우스는 아무 대답 않고
묵묵히 머리를 끄덕이며 마음속 깊이 재앙을 쌓고 있었다.

　　세 번째로, 촌부의 관리자 필로이티오스가　　　　　　　185
구혼자들에게 불임의 암소와 살진 염소들을 몰고 왔다.
그와 가축들을 날랐던 뱃사공들은 자신들에게
도착한 이는 누구나 태워 보내준다. 필로이티오스는
가축들을, 요란하게 울리는 주랑 아래 단단히 묶었고
자신은 돼지치기 옆에 다가가서 캐물었다.　　　　　　　190

　　"정말 누구인고? 돼지치기여, 우리 집에 새로이
도착한 여기 이 나그네는? 어떤 종족의 출신이라고
자랑하는고? 그의 종족과 그의 조국 땅은 어디에 있는고?
불운하지만 풍채는 위엄 있는 왕으로 보이는구먼.
그러나 신들이 불행의 실을 짜게 되면　　　　　　　　　195
왕들조차도 유랑하며 궁핍 속에 빠지게 되지."

그렇게 말하고 오뒷세우스에게 다가와서 오른손을
내밀며 인사하고 말문을 열어 날개 돋친 말을 쏟았다.
　"안녕하신가, 아버지뻘 나그네, 앞으로 당신에게
축복 있기를. 그러나 당신은 지금 많은 불행에 사로잡혀 있구먼.　　　200
아버지 제우스시여, 어느 신도 당신보다 더 잔인하지 않구먼요.
인간을 동정하질 않으시네, 당신 자신이 만드셨는데도,
사람을, 불행과 비참한 고통 속에 던져버리시다니.
내 당신 나그네를 바라보자, 땀이 나고 눈에선
눈물이 흐르네그려. 오뒷세우스 생각이 나선데, 내 생각에　　　205
그분도 이런 누더기 걸치고 인간들 사이를 떠도실 테지.
어딘가 그분이 아직도 살아서 햇빛을 보고 계신다면.
그러나 이미 죽어서 하데스의 집에 계신다면,
아이고, 흠 없는 오뒷세우스 덕분에, 그분이
내 아직 어릴 적, 케팔레니아[206] 지방의 소들에게 날 보냈지.　　　210
지금은 소들이 헤아릴 수 없을 정도라, 어느 인간도
이마 넓은 소의 종족을 이보다 더 많이 수확하진 못할 거다.
그러나 이방인들이 내게 명령하여 저희에게 몰아오라나,
그것들을 먹어치워버리다니. 게다가 홀 안의 아드님을
염려하지도 않고 신들의 시선 따위 겁내지도 않다니.　　　215

206　오뒷세우스의 통치 영역인 사메 섬.

오래 떠나 있는 주인의 재산을 갈라 나누길 열망하다니.
이러한 상황을, 내 가슴속 마음이 빙빙
돌리고 있구나. 주인님의 아들이 계신데도
소들을 끌고 다른 마을과 다른 마을 사람들에게
가다니, 배신 행위 아닌가? 그런데 더 화가 나는 것은   220
그곳에 머무르며 다른 자들 시중들며 고생하는 일이지.
정말, 나는 이미 오래전에 도망쳐, 어느 가장 강력한 왕에게
도착했을 거구면, 더이상 참을 수 없는 상황이라.
하나 나는 아직도 불운한 분을 생각하려오, 어디선가 오셔서
집 안에서 구혼자 사내들을 갈라 흩어지게 하시겠지."   225
　　　꾀 많은 오뒷세우스가 대답하여 말했다.
"소치기여, 그대는 겁쟁이나 생각 없는 자로 보이지 않고
마음속에 판단력이 있다는 걸 나 자신도 알겠소.
그러니 내가 말하고 그에 대해 큰 맹세를 하겠소.
신들 중에서 제우스와, 환대의 식탁과, 내가 도착한,   230
흠 없는 오뒷세우스의 화로가 증인이 되어주소서.
그대가 이곳에 있는 동안, 오뒷세우스가 돌아올 거요.
그대의 두 눈으로 보게 될 것이오, 그대가 바란다면,
이곳에서 주인 노릇 하는 구혼자들이 도살되는 것을!"
　　　다시 소치기가 오뒷세우스에게 말했다.   235
"나그네여, 이 일을 크로노스의 아드님이 이뤄주시길.

그러면 내가 어떤 힘을 갖고 내 손이 어떤 역할 할지 볼 터요."

마찬가지로 에우마이오스도 모든 신들에게

재간 많은 오뒷세우스가 자기 집으로 돌아오기를 기도했다.

그들이 서로 이런저런 이야기를 나누고 있었다.   240

한편 구혼자들은 텔레마코스의 사망과 죽음을

모의했고, 그들의 왼편으로 새 한 마리가 날아왔는데,

높이 나는 독수리로, 겁에 질린 비둘기를 잡고 있었다.

그들에게 암피노모스가 일장 연설하며 말했다.

"친구들이여, 우리의 계획, 텔레마코스의 살인은   245

뜻대로 되지 않을 것이오. 그 대신, 우리의 잔치나 생각합시다."

그렇게 말하자, 그 말이 그들 마음에 들었다.

신과 같은 오뒷세우스의 집 안으로 들어가서

구혼자들은 안락의자와 팔걸이의자에 외투를

내려놓고는 큰 양들과 살진 염소들을 도살하고   250

살진 돼지들과 무리 짓는 암소들을 도살했다.

내장을 구워 나누고 혼주 용기 안에 담긴

포도주에 물을 탔다. 돼지치기는 술잔을 나눠주었고

촌부들의 관리자 필로이티오스는 예쁜 광주리에 빵을 담아

그들에게 나눠주었고, 멜란테우스는 포도주를 따라주었다.   255

{그들은 앞에 차려진 음식에 양손을 뻗었다.}

한편 텔레마코스는 의도적으로, 잘 건축한

홀 안, 돌 문턱 옆에 볼품없는 걸상과 자그마한
식탁을 갖다놓고 나서 그곳에 오뒷세우스를 앉혔다.
그에게 구운 내장의 일부를 놓아주고 황금 술잔에는   260
포도주를 부어주고 나서 그를 향해 이렇게 말했다.

　"이곳 사람들 가운데 포도주 마시며 앉아 계시오.
모든 구혼자들의 능멸과 폭행은 내가 직접
막아줄 것이오, 여기 이 집은 백성들에게 속하지 않고
오뒷세우스의 집이고 그분이 나를 위해 소유한 것이라오.   265
너희, 구혼자들이여, 모욕과 폭행의 충동을
억제하도록 하라, 어떤 싸움질과 말다툼도 일어나지 않도록."

　그렇게 말하자, 구혼자들 모두가 이로 입술을 깨물며
텔레마코스에게 깜짝 놀랐으니, 그가 대담하게 말했던 것이다.
그들 가운데 에우페이테스의 아들 안티노스가 말문을 열었다.   270

　"텔레마코스의 말이 심하더라도 받아들입시다.
아카이아인들이여, 그가 심하게 위협하며 말했지만
제우스가 우리 계획을 반대하셨으니. 아니라면 우리가
홀 안에서 그를 제지했을 거요, 비록 그가 유창한 연사라도."

　그렇게 말했지만 텔레마코스는 신경 쓰지 않았다.   275

　한편 전령들은 도시에 신들의 신성한 헤카톰베를
가져왔다. 긴 머리의 아카이아인들은, 멀리 활 쏘는
아폴론에게 바친 그늘진 수풀 아래에 모여들었다.

구혼자들은 바깥 살점을 굽고 꼬챙이를 빼서
몫을 나누고 나서 호화로운 성찬을 들었다.   280
오뒷세우스 옆에도 수고하는 시종들이 한몫 떼어놓았는데
구혼자들이 챙긴 몫과 똑같았다. 그리하라고 명령한 자는
신과 같은 오뒷세우스의 귀한 아들 텔레마코스였다.
  아테네 여신은 우쭐대는 구혼자들이, 마음 해치는
치욕을 퍼붓게 내버려두어, 훨씬 더 깊은 고통이   285
라에르테스의 아들 오뒷세우스의 간장에 스며들게 했다.
구혼자들 중에는, 법도를 모르는 자가 있었는데
크테십포스라는 이름이고 사메에 있는 집에 살았다.
그는 알다시피 어마어마한 재산을 믿고는
오랫동안 멀리 떠난 오뒷세우스의 아내에게 구혼했고   290
이제는 주제넘은 구혼자들 사이에서 말했다.
  "내 말 들으시오, 기세등등한 구혼자들이여, 내 한마디 하겠소.
정말 저 나그네는 오래전부터 자기 몫을 갖고 있소, 당연하다는 듯,
똑같은 몫을 말이오. 텔레마코스의 손님을 함부로 대하는 건
좋은 일도 옳은 일도 아니오, 이 집에 온 어떤 손님이든지.   295
그럼 자, 나도 환대의 선물을 주리다, 그래서 그 자신도
명예의 선물을, 목욕 시켜주는 하녀든 어느 하녀에게든 줄 수 있게,
신과 같은 오뒷세우스의 집에서 일하는 하녀들 중에서."
  그렇게 말하며 그는 광주리에 놓인 소 발을

두꺼운 손으로 잡더니 던졌다. 오뒷세우스는 머리를 살짝   300
옆으로 돌려 그것을 피했으나 속으로는 분개하며
쓰디쓴 웃음을 지었다. 소 발은 잘 지은 벽을 때렸다.
그러자 텔레마코스가 크테십포스를 이런 말로 꾸짖었다.
　"크테십포스여, 이것이 네 목숨엔 이득이라고 생각해라.
저 나그네를 맞히지 못했고 그가 네놈의 소 발을 피했으니까.   305
아니었다면 내가 예리한 창으로 너의 중심을 맞혀서
네 부친은 결혼식 대신 장례식으로 분주하게 되었을 테니,
바로 이곳에서다. 그러니 누구도 집 안, 내 앞에서
무례한 행위를 삼가라. 이미 내가 주목하며 모든 것,
뛰어난 것과 모자란 것을 인지하고 있다, 과거엔 내 아직 어렸지만.   310
그러나 이것만은 지켜보며 감내할 것이다,
양들 도살하고 포도주 마시고 빵 먹어치우는 짓 말이다.
하나가 여럿을 제지하는 건 어려우니까.
자, 더이상, 적대하며 내게 나쁜 짓 하지 마라,
지금 바로 나를 청동으로 죽이길 열망한다면   315
바로 그걸 내가 바라는 바다. 이렇게 무례한 짓을 늘
바라보기보다는 내가 죽어버리는 게 훨씬 더 이득일 것이다.
나그네를 때리고 또 수치스럽게도 하녀들을
존귀한 집에서 두루 끌고 다니는 짓거리들 말이다."
　그렇게 말하자, 구혼자들 모두 침묵하며 아무 말이 없었다.   320

한참 뒤 좌중에서 다마스토르의 아들 아겔라오스가 말했다.

 "친구들이여, 바른말에는 그 누구도
다투는 말로 엉겨 붙으며 화내지 않을 것이오.
절대로 저 나그네를 학대하지 마시오, 그리고
신과 같은 오뒷세우스의 집에 있는 어떤 하인들도.　　　　　325
텔레마코스와 그의 어머니에게 내가 부드러운 말
한마디 하겠으니, 두 사람의 마음에 들기 바랍니다.
두 사람의 마음속에 재간 많은 오뒷세우스가
자기 집에 귀향할 거라고 희망을 품고 있는 동안,
아직도 그자를 기다리고 집 안의 구혼자들을　　　　　330
제지한다고 해도 여러분을 비난할 수 없소,
정말로 오뒷세우스가 집에 돌아온다면 그게 더 이득이니까.
그러나 지금 그가 귀향 못 한다는 것은 명백하오.
그러면 자, 그대 어머니 곁에 앉아 분명하게 말하게나,
누구든, 가장 뛰어나고 가장 많이 선물하는 자와 결혼하라고.　　　　　335
그대가 즐거이 부친의 모든 재산을 갖고 먹고 마시고
그녀는 다른 이의 집을 돌볼 수 있도록 하게나."

　　그와 마주 보며 다시 총명한 텔레마코스가 말했다.
"아겔라오스여, 제우스 신과 내 부친의 고난에 맹세하는 바요,
부친은 아마 이타케에서 먼 곳에서 돌아가셨거나 떠도실 거요.　　　　　340
나는 모친의 결혼을 미루지 않고 원하는 자와 결혼하라고

요구하고 있소. 게다가 헤아릴 수 없는 선물도 더하겠소.

내가 꺼려하는 바는, 모친이 원치 않는데도 홀에서 그녀를

강압적인 말로 쫓아내는 것이오. 그건 신께서 이루지 마시길."

그렇게 말하자, 팔라스 아테네는 구혼자들에게   345

그치지 않는 웃음을 불러일으켜 그들의 생각을 헤매게 했다.

그들은 갑자기 자기 입이 아닌 입을 실룩거리며 웃어젖히고

피가 뚝뚝 듣는 고기를 먹어댔다. 그들 두 눈알이 눈물로

가득 차서 그들은 울고 있다고 마음속으로 상상하고 있었다.

그들 가운데 신과 닮은 예언자 테오클뤼메노스가 말했다.   350

"아 불쌍한 자들, 대체 무슨 이런 불행을 자초하느냐?

너희 머리와 얼굴과 무릎 아래는 어둠에 휩싸여 있구나.

비명 소리가 불타기 시작하고 뺨은 눈물에 젖어 있고

핏물이 벽과 아름다운 들보에 흩뿌려져 있구나.

현관 앞과 안뜰에는 유령들이 떼 지어 넘쳐나서   355

에레보스의 어둠 아래로 서두르는구나. 태양이 하늘에서

완전히 사라지고 사악한 안개가 엄습해 퍼지고 있구나."

그렇게 말하자, 구혼자들 모두 그를 향해 한껏 웃어젖혔다.

폴뤼보스의 아들 에우뤼마코스가 그들에게 말문을 열었다.

"저 나그네가 정신이 나갔네, 타지에서 새로 도착하더니.   360

자, 그를 당장, 젊은이들이여, 집에서 문 바깥으로 호송하여

그가 집회장에 가게 하라, 여기 이곳이 밤과 같다고 하니까."

신과 닮은 테오클뤼메노스가 그를 향해 말했다.

"에우뤼마코스여, 수행원을 달라고 그대에게 요청한 적 없소.

나에게는 두 눈이 있고 두 귀가 있고 양발이 있고   365

가슴속엔 정신이 제자리에 있으니 전혀 부끄럽지 않소.

이것들의 도움으로 대문 바깥으로 가겠소, 재앙이 너희들에게

다가가는 걸 감지하니까. 그 재앙에선 도망치지도 피하지도 못하리라,

구혼자들 중 그 누구도. 너희들이 신과 같은 오뒷세우스의 집에서

두루 사람들을 함부로 해치고 무도한 짓을 계획하니까."   370

   그렇게 말하며 테오클뤼메노스가, 살기 쾌적한 집에서 나가서

페이라이오스에게 도착했는데, 그가 호의 갖고 그 예언자를 맞이했다.

그러나 구혼자들은 모두 서로의 얼굴을 보고

텔레마코스를 자극하려 애쓰며 그의 손님을 조롱했다.

어느 거만한 젊은 구혼자가 이렇게 말했다.   375

   "텔레마코스여, 그대보다 손님 운이 없는 사람은 없을 거요.

여기 이따위 종류의 구걸하는 부랑자를 다 모시다니,

빵과 포도주를 즐기려 들 뿐 어떤 일에 능력도

완력도 없으니, 대지의 무거운 짐만 될 뿐.

또 여기 또 다른 작자, 저따위 놈은 예언한답시고 일어서다니.   380

그대가 내 말을 듣는다면 그게 훨씬 더 이득이 될 거요.

이런 손님들은 노 많은 배에 던져 넣고 시칠리아인들에게로

보냅시다, 그러면 그곳에서 좋은 몸값을 쳐줄 거요."

구혼자들이 말했다. 텔레마코스는 그 말에 개의치 않고
조용히 부친 쪽을 쳐다보며 계속 기다렸는데, 언제 부친이 385
저 염치없는 구혼자들에게 손찌검하실지 말이다.

한편 맞은편에 이카리오스의 딸 신중한 페넬로페가
매우 멋진 안락의자를 갖다놓게 했다. 그녀는
홀 안에서 사내들 각자가 하는 말을 듣고 있었다.
구혼자들이 웃으면서 식사를 준비했고 390
식사는 즐겁고 만족했으니 이미 많이도 도살했구나.
그러나 앞으로 즐길 저녁 식사보다 더 불쾌한 것은 없으리라,
그런 식사를 여신과 강력한 사내가 당장 베풀어줄 것이니.
먼저 구혼자들이 부적절한 짓을 모의하고 있었으니 말이다.

21 φ

올빼미 눈의 여신 아테네가 이카리오스의 딸 신중한
페넬로페의 마음속에 심어주신 대로, 페넬로페는
오뒷세우스의 궁전 홀 안, 구혼자들 앞에
활과 잿빛 무쇠를 갖다놓았다. 이 시합은 살육의 시작이다.
페넬로페는 자기 집의 가파른 계단 위로 오르고 5
결의에 찬 손으로 잘 휘어진 열쇠, 아름다운 청동 열쇠를
쥐었는데, 그 열쇠 위엔 상아 손잡이가 달려 있었다.
그녀는 걸어서 하녀들과 함께 창고를 향해 갔는데
창고는 궁전의 가장 아래에 위치했다. 그곳엔 가장의 보물들,
청동과 황금과 많이 공들인 무쇠가 놓여 있었다. 10
또한 뒤로 구부러지는 활과, 화살 담은 통이

있었고, 그 안에는 탄식 가득한 화살들이 많았다.

이 활 선물은 라케다이몬에서 만난 한 친구가 주었는데

그 친구는 에우뤼토스의 아들 이피토스로 불사신과 닮았다.

이피토스와 오뒷세우스는 멧세네,[207] 전략 뛰어난　　　　　　　　15

오르틸로코스의 집에서 서로 마주쳤다. 그곳에

오뒷세우스는 전 백성이 갚아야 할 빚을 받으러 갔다.

이타케에서 멧세네인들이 노걸이 많은 배에 양들을 싣고

가면서 300마리 양을, 목자들과 함께 취했던 것이다.

그래서 오뒷세우스가 사절이 되어 먼 길을 떠났을 때　　　　　　20

그는 아직 소년이었으나 그의 부친과 장로들의 명을 받고 갔다.

한편 이피토스는 그의 열두 마리 암말들이 사라지자

그 말들을 찾아왔는데, 노역 견디는 노새들도 사라졌다.

그 말들이 이피토스에겐 죽음의 운명이 되고 말았다.

이피토스가 제우스의 아들 강인한 인간 헤라클레스,　　　　　　25

엄청난 일의 공범자에게 도착했을 때

자기 집에서 헤라클레스가 손님 이피토스를 죽였다.

무모하게도, 신들의 처벌도 두려워 않고 환대의 식탁도

주의하지 않았다. 이피토스를 죽인 헤라클레스는

홀 안에서 발굽 강한 말들을 독차지했다.　　　　　　　　　　30

207　펠로폰네소스 남서부 지역.

바로 이 말들을 찾아다니던 이피토스가 오뒷세우스와 만나자
그에게 활을 주었다. 그 활은 위대한 에우뤼토스가 메고 다니다
우뚝 솟은 집에서 죽었을 때 아들 이피토스에게 물려준 것이었다.
이피토스에게는 오뒷세우스가 예리한 검과 단단한 창을 주었으니
두 사람의 우정이 동맹 맺은 환대로 시작되었다. 그러나   35
식탁에서 두 사람은 서로 사귀지도 못했다.
오뒷세우스에게 활을 주었던 에우뤼토스의 아들,
불사신 닮은 이피토스를 헤라클레스가 죽였던 것이다.
신과 같은 오뒷세우스가 검은 배 타고 전쟁터에 갈 때마다
선택한 적 없던 그 활은 귀한 친구에 대한 기억으로 남아   40
그곳 홀 안에 보관되어 있었다, 자기 땅에선 자신이 메고 다녔지만.

　　가장 고귀한 여인 페넬로페가 창고에 도착해
참나무 문턱 위를 밟았는데, 그 문턱은 전에 목수가
솜씨 좋게 깎아내고 곧은자로 목재를 곧게 만들었고
그곳에다 문설주를 끼워 넣고 눈부신 문짝을 달았다.   45
당장 그녀는 빠르게 문고리에서 가죽끈을 풀었고
열쇠를 안에 넣고 잘 겨냥해서 문의 빗장을
뒤로 밀쳤다. 그러자 빗장은 마치 초원에서 풀 뜯는
황소처럼 신음했다. 멋진 문짝은 열쇠의 자극에
그토록 세게 덜커덕하며 그녀 앞에 날쌔게 날개를 펼쳤다.   50
페넬로페는 높은 마루 위에 갔다. 그곳에는 궤짝들이

놓여 있었는데, 그 안에는 향내 나는 의복이 들어 있었다.

그곳에서, 그녀는 까치발로 서서는 걸이에서 활을 내렸다,

빛을 발하며 봉해져 있던 활집과 함께 말이다.

그곳에 풀썩 주저앉더니 자기 무릎에 활집을 올려놓고   55

새된 소리로 울기 시작했으니 가장의 활을 꺼내 보았던 것이다.

　　페넬로페는 눈물 많은 통곡을 가득 채우고 나서

홀을 향해 고귀한 구혼자들에게 서둘러 가며

손에는, 뒤로 휘어지는 활과, 화살 담은 통을 들고 있었다.

그 안에는 탄식 가득한 화살이 많이 들어 있었다.   60

그녀 뒤를 따르며 시녀들이 함을 날랐고, 함 안에는

주인의 무기들, 무쇠와 청동이 가득 차 있었다.

가장 고귀한 여인 페넬로페가 구혼자들에게 도착하자

단단히 조립된 지붕을 떠받친 기둥 옆에 섰는데

{두 뺨에는 빛나는 면사포를 쓰고 있었고   65

그녀의 좌우에는 근면한 시녀가 서 있었다.}

페넬로페는 곧 구혼자들에게 말문을 열어 말했다.

　　"내 말을 들어주세요, 기세등등한 구혼자들이여,

이 집을 괴롭히며 끊임없이 먹고 마시고 있군요,

남편이 오랫동안 집을 떠나 있는 동안에.   70

여러분은 어떤 다른 핑계의 말도 할 수 없고

오로지 나를 집에 데려가 아내로 삼겠다고 말했지요.

그러면 시합에 참여하세요, 구혼자들이여, 앞에 상이 있으니까요.
신과 같은 오뒷세우스의 커다란 활을 내놓을 겁니다.
가장 쉽게 양손으로 활을 잡아당기고   75
열두 개의 도끼를 모두 화살로 관통하는 자라면
나는 그의 뒤를 따라 여기 이 집을 떠날 겁니다,
내가 결혼한 집이고 매우 아름답고 살림이 가득 찬 집이지만,
나는 항상, 이 집을 꿈속에서도 떠올릴 겁니다."

　　그렇게 말했고, 고귀한 돼지치기 에우마이오스에게   80
명령하여 그가 구혼자들 앞에 활과 잿빛 무쇠를 놓게 했다.
눈물을 쏟으며 에우마이오스는 그걸 받아서 내려놓았다.
소치기는 주인의 활을 보고는 눈물을 터뜨렸다.
　　안티노스는 이름을 부르고 말을 건네며 비난했다.
"멍청한 촌놈들아, 하루살이 같으니라고,   85
아, 불쌍한 놈들, 너희 둘은 무슨 눈물을 쏟아내
가슴속 여심을 흔들어놓느냐? 안 그래도, 가슴속
그녀 마음이 고통 속에 놓여 있거늘, 자기 남편을 잃었으니까.
너희는 앉아서 잠자코 식사나 해라, 아니면
문밖에 나가 통곡하든가, 활은 이곳에 남겨두어라,   90
구혼자들에게 해롭지 않은 시합을 위해서다.
여기 이 잘 닦인 활을 쉽게 당길 수는 없다고 생각한다.
여기 모든 이들 가운데 과거 오뒷세우스와 같은

사내는 여기에는 없으니까. 나 자신이 그를 보았으니
생생히 기억하고 있다, 그때는 내가 말 못 하는 아이였지.ʺ 95
　　그렇게 말하자, 가슴속 그의 용기는 활시위를
당기고 화살을 쏘아서 무쇠를 관통하리라 희망했다.
그럼에도 그는 맨 먼저 흠 없는 오뒷세우스의 손에서
발사된 화살을 맛보게 되리라. 홀 안에 앉아서
오뒷세우스를 멸시하고 모든 동료들을 선동했으니. 100
　　그들 가운데 텔레마코스의 강력한 힘이 말했다.
ʺ이럴 수가, 분명 제우스께서 내 정신이 나가게 하셨구나.
사랑하는 어머니가 그렇게 지혜로우신데도, 다른 사람을
따라서 이 집을 떠나겠다고 내게 말하시다니.
그런데도 나는 이곳에서 웃으며 생각 없이 기뻐하는구나. 105
자, 여기 이 시합에 참가하시오, 구혼자들이여. 눈앞에 상이 있소.
이와 같은 여인은 지금 아카이아인들의 땅에는 없소,
신성한 퓔로스에도 아르고스에도 뮈케네에도 그러하오.
[여기 이타케에도 검은 내륙에도 말이오,]
여러분 자신도 잘 알고 있소. 뭐 하러 내 모친을 칭찬하겠소? 110
그러하니 자, 여러 구실로 미루지 말고
활을 당기는 걸 더이상 거절 마시오, 우리 한번 봅시다.
그리고 나 자신도 저 활을 시험해볼 것이오.
혹시 내가 잡아당겨 화살을 쏘아 무쇠를 관통할지 모르지만

나는 괴로워할 필요 없소, 여주인 어머니가 다른 사내와 함께   115
이 집을 떠나시는 걸 보더라도. 나는 이곳에 남아서
부친의 훌륭한 무기를 들어 올릴 수 있을 테니.”

그렇게 말하고 벌떡 일어나 양어깨에서
선홍색 외투를 벗어놓고 날카로운 검도 내려놓았다.
우선 도끼들을 세웠는데, 이를 위해 하나의 기다란   120
고랑을 파고 먹줄을 쳐서 고랑을 가지런히 하고
땅 주위를 밟았다. 그걸 보고는 모두가 매우 놀랐다. 얼마나
고르게 그가 도끼들을 세우던지! 그 자신도 본 적 없었지만.
그래서 문턱 위에 올라서더니 활을 여러 번 시험했다.
세 번이나 잡아당기길 열망하며 활을 흔들었으나   125
세 번이나 힘에 부치니, 마음속으로 활시위를
잡아당겨 무쇠를 관통하길 희망했건만.
네 번째는, 활을 완력으로 당길 수도 있었지만
오뒷세우스가 머리를 흔들며 그의 열망을 제지했다.
나시 텔레마코스의 강력한 힘이 그들에게 말했다.   130
“아이고, 앞으로 나는 힘없고 쓸모없는 자로구나.
아니면 너무 어리거나 아직도 완력을 믿지 못하여
{사내를 막아낼 수 없겠다, 누가 먼저 폭행을 가해도.}
자, 일어나시오, 나보다 완력이 훨씬 더 센 자들이여,
이 활을 시험해보시오, 그리하여 시합을 끝냅시다.”   135

그렇게 말하며 제 손에서 활을 내려놓았다.
그는 매끈하고 잘 맞춘 문짝에 활을 기대어 놓고
날쌘 화살은 멋진 활 끝에 걸쳐 놓고
일어났던 좌석에 다시 자리 잡고 앉았다.
　한편 에우페이테스의 아들 안티노스가 말했다.　　　　　　　　140
"왼쪽에서 오른쪽으로 차례로 일어나게, 모든 동료들이여,
포도주를 따라주는 곳, 바로 그 자리부터 시작해서 말이지."
　그렇게 말하자, 그 말이 그들 마음에 들었다.
첫 번째로 오이놉스의 아들 레오데스가 일어섰는데
그는 그들 희생제의 사제이고 아름다운 혼주 용기 옆　　　　　　145
가장 구석진 곳에 항상 앉아 있었다. 그 혼자만이 구혼자들의
무도한 짓을 적대하며 그들 모두에게 분노하곤 했다.
가장 먼저 레오데스가 활과 날쌘 화살을 잡았다.
문턱 위에 올라가 서서는 활을 시험했으나 당기지 못했다.
활을 당기려 했지만, 고된 일로 닳은 적 없는 연약한　　　　　　150
두 손이 곧장 지쳐버린 것이다. 그가 구혼자들에게 말했다.
　"친구들이여, 분명 나는 당기지 못했소. 다른 이가
활을 잡으시오. 이 활은 많은 귀족들을, 그들의 용기와
목숨을 해치게 될 것이오. 정말로, 죽는 것이 살아서
상을 놓치는 것보다는 더 나은 일이오. 상 때문에　　　　　　　155
이곳에 우리가 늘 모여서 하루하루 기다리는 거라오.

지금은 누구나 속에 희망을 품고는 오뒷세우스의 아내
페넬로페와 결혼하기를 욕망하고 있소.
그 활을 시험해보고 자기 주제를 파악한 자는
성장(盛粧)한 아카이아 여인들 중 한 여인을 찾아내   160
결혼 선물을 준비하여 구혼하시오. 그런데 왕비는
가장 많은 선물을 주고, 운명이 점지한 사내와 결혼하시길.”
        그렇게 말하며 제 손에서 활을 바닥에 놓았다.
그는 매끈하고 잘 맞춘 문짝에 활을 기대어 놓고
날쌘 화살은 멋진 활 끝에 걸쳐 놓고   165
일어섰던 좌석에 다시 자리 잡고 앉았다.
        안티노스가 그의 이름을 부르며 비난했다.
“레오데스여, 뭔 말이 그대 치아의 담장을 넘어왔는가,
괴롭고 무시무시한 말이군, 듣자 하니 화가 치미네.
혹여라도 이 활이 많은 귀족들의 용기와 목숨을   170
앗아가게 되리라고 하다니, 그대가 활을 당길 수 없다고.
사실은 어주인인 그대 모친이 그대를 그런 사람으로,
활을 잡아당겨 화살을 쏘는 사내로 낳아주지 않은 게야.
그러나 다른 고귀한 구혼자들은 당장 활을 당길 것이다.”
        그렇게 말하고 염소치기 멜란테우스에게 명령했다.   175
“자, 홀 안에 불을 피워라, 멜란테우스여,
옆에 큰 의자를 갖다놓고 그 위에는 양피를 덮어라,

집 안에서 크고 둥근 비곗덩어리 하나를 가져오너라,
우리 청년들이 활에 기름을 발라 가열하고
활을 시험하여 시합을 마무리하도록 말이다." 180
　　그렇게 말하자, 당장 멜란테우스는 지치지 않는
불을 피웠고 옆에는 의자를 놓고 그 위에는
양피를 덮고 집 안에서 큰 비곗덩어리 하나를 내왔다.
청년들이 활에 비계를 발라서 가열하고는 수차례 시도했다.
그러나 활시위를 당기지 못하니, 힘이 턱없이 모자랐다. 185
　　안티노스와 신을 닮은 에우뤼마코스는 아직 시도하지 않았는데
둘은 구혼자의 우두머리이고 능력이 가장 뛰어났다.
집에서는 다른 두 사람이 동시에 걸어 나왔는데
소치기와, 신과 같은 오뒷세우스의 돼지치기였고
그 둘을 뒤따라 고귀한 오뒷세우스 자신이 집에서 나왔다. 190
지금 그들이 대문 앞과 안뜰 바깥에 당도하자
오뒷세우스는 소리 내어 부드러운 말투로 말했다.
　　"소치기와 그대, 돼지치기여, 한마디 할까,
아니면 나 스스로 숨겨야 할까? 용기가 말하라고 명하는군.
자네들은 어떻게 오뒷세우스를 도와줄 건가, 어디선가 그가 오면, 195
그것도 급작스럽게, 그리고 어떤 신이 그를 데려온다면?
구혼자들을 도울 텐가, 아니면 오뒷세우스를 도울 텐가?
심장과 용기가 자네들에게 무엇을 명하는지 말해보게."

소들의 우두머리 사내가 그를 향해 말했다.

"아버지 제우스여, 이 소원을 이뤄주시길 비나이다,   200

저 유명한 사내가 오시길, 그분을 어떤 신이 이끌어주시길.

당신은 보시겠죠. 내가 어떤 힘 갖고 양손이 어떤 역할 할지!"

에우마이오스도 마찬가지로, 재간 많은 오뒷세우스가

자기 집으로 귀환하게 해달라고 모든 신들에게 기도했다.

그들의 의향을 명확히 알아보게 되자   205

당장 오뒷세우스는 그들에게 대답하며 이렇게 말했다.

"내가 바로 집에 귀환한 오뒷세우스다, 많은 불행을

겪고 나서. 20년 만에, 조국 땅에 도착한 것이다.

하인들 중, 내 귀향 바라는 너희 둘에게 내가 왔노라.

내가 집에 돌아오길 바라고 기도하는 것을   210

어느 다른 하인에게선 들어본 적 없구나.

무슨 영문인지, 그 진실을 너희 둘에겐 낱낱이 일러주마.

내 손을 빌려 신께서 유명한 구혼자들을 무찌르신다면

너희 둘에게는 결혼할 여자를 이끌어 주고 재산도 줄 것이며

내 옆에 지어진 집도 줄 것이다. 그리고 이후에 너희는   215

텔레마코스의 동료이자 형제가 될 것이다.

그럼 자, 명백한 증거를, 또 다른 증거를 보여주마,

너희가 날 잘 알아보고 진정으로 믿을 수 있을 게다.

{그것은 흉터이고 그 흉터는 멧돼지가 흰 엄니로 공격해 생겼는데

내가 과거 아우톨뤼코스의 아들들과 함께 파르낫소스에 갔을 때다.}" 220

그렇게 말하고, 커다란 흉터를 덮은 누더기를 벗겨냈다.

두 사람이 들여다보고 각자 제대로 알아보더니

지략 뛰어난 오뒷세우스 주위에 양손을 뻗으며 울었고

북받쳐서 그의 머리와 어깨에 입을 맞추기 시작했다.

똑같이 오뒷세우스도 그들의 머리와 어깨에 입을 맞추었다. 225

그래서 울고 있는 자들 위로 태양 빛이 저물었으리라,

만약 오뒷세우스가 나서서 그들을 만류하지 않았다면.

"통곡과 울음을 그쳐라, 누군가 홀 밖으로 나와

우리를 보고 나서 안에다 알리지 않게 하여라.

차례차례 안으로 들어가라. 한꺼번에 모두 말고 230

내가 먼저, 너희는 내 뒤에. 이것이 공격 신호다.

다른 모든 자들, 즉 고귀한 구혼자들은

나에게 활과 화살을 주는 것을 허락하지 않을 텐데

그대, 고귀한 에우마이오스여, 집을 지나서

활을 날라 내 손에 쥐여다오. 그리고 하녀들에게 235

명령하여 촘촘하게 짜 맞춘, 홀의 대문을 잠그게 하여라.

만약 누가 우리의 그물 안에서 사내들의 신음 소리나

쿵쾅 소리를 듣더라도, 절대로 문밖으로 나오지 말고

그 자리에서 잠자코 자기 일이나 하게 하여라.

그리고 그대에게 명령하니, 고귀한 필로이티오스여, 240

안뜰 대문은 빗장을 질러 잠그고 재빨리 줄을 묶어라."

  그렇게 말했고, 잘사는 궁전 안에 들어갔고

들어가서는 자신이 일어섰던 바로 그 자리에 앉았다.

그런 다음 신과 같은 오뒷세우스의 두 하인이 들어갔다.

  에우뤼마코스는 마침내 손으로 활을 다루며   245

이리저리 불 속에 그걸 데우고 있었다. 그러나 활이

당겨지지 않자 그의 거만한 마음은 큰 한숨을 토해냈다.

에우뤼마코스는 역정을 내고 말을 건네며 이름을 불렀다.

  "아이고, 정말 모두는 물론 나 자신도 비통한 심정이오.

비록 마음 아프지만 결혼 탓에 이렇게 탄식하는 건 아니고.   250

다른 많은 아카이아 여인들이 있고 여기 바다에

둘러싸인 이타케와 다른 도시들에도 그러하오.

그런데 만약 우리가, 신을 닮은 오뒷세우스에 비해

이렇게나 힘이 많이 달려서, 활을 당기지 못한다면

그건 치욕이 될 것이오, 또 우리 후손이라도 알게 된다면."   255

  에우페이테스의 아들 안티노스가 말했다.

"에우뤼마코스, 그리되진 않을 거요. 그대도 잘 알고 있소.

지금, 오늘은 백성들 가운데 열린 아폴론 신의 축제요,

정결한 축제란 말이오. 누가 활을 잡아당긴단 말이오? 아니오,

조용히 앉아 있으시오. 그런데 적어도 우리가 도끼들 모두를   260

세워둔다면, ……누구도 그것들을 뽑아내리라 생각지 않소,

라에르테스의 아들 오뒷세우스의 집에 도착한 자는 누구라도.

그러니 자, 시중드는 자가 술잔에 술을 따르게 합시다,

헌주하고 나서 우리가 굽은 활을 내려놓게 말이오.

내일 아침에 염소치기 멜란테우스에게 명합시다.　　　　　　　265

염소들을, 모든 염소 떼에서 가장 좋은 놈들을 몰고 오라고

활로 유명한 아폴론에게 넓적다리뼈 바치고 나서

활을 시험해보고 시합을 마무리할 수 있을 것이오.”

　　　그렇게 말하자, 그 말이 구혼자들 마음에 들었다.

전령들이 구혼자들의 손에 물을 뿌리고　　　　　　　　　　270

어린 종들은 술을, 화환처럼 혼주 용기 둘레까지 채우고

모든 술잔에 술을 따르며 나누어주었다.

그래서 그들이 헌주하고 마음이 흡족하게 비우고 나자

그들 가운데 꾀 많은 오뒷세우스가 계략을 꾸미며 말했다.

　　　“내 말을 들어보시오, 명성 자자한 왕비의 구혼자들이여.　　275

[가슴속 욕망이 내게 명하는 바를 말하려 하오.]

누구보다 에우뤼마코스와 신을 닮은 안티노스께 간청합니다요,

그분이 조리 있게 말씀하시길, 지금 활 시합을

그만두고 신들에게 남겨두신다고 했소.

아침에 신이 직접 원하는 자에게 승리를 주실 거라고요.　　　　280

자, 나에게 매끄러운 활을 주시오, 여러분 가운데

두 손의 완력을 시험해보려는 거요, 내게 아직도

힘이, 과거 나긋나긋한 사지 안에 있던 힘이 있는지
또는 방랑하다가 보살핌을 받지 못해 힘을 잃었는지."

그렇게 말하자, 구혼자들 모두가 주제넘게 분개했으니   285
매우 매끄러운 활을 그가 잡아당길까 두려웠던 것이다.
안티노스가 꾸짖으며 말을 건네고 이름을 불렀다.

"아, 불쌍한 나그네, 정신머리 없기는, 아니, 없어도 전혀 없군.
네놈은 만족을 모르느냐? 기세등등한 우리와 함께
편안히 식사하고, 게다가 결코 식사를 빼앗기지 않고   290
우리 대화와 연설을 귀담아들을 수 있는데도.
어느 나그네도 어느 거지도 우리 말을 듣지 못하거늘.
꿀처럼 달콤한 포도주가 널 해쳤구나, 그것은 다른 이도
해치지, 크게 입 벌려 들이켜며 과음하는 자도 말이다.
포도주는, 명성 자자한 켄타우로스 에우뤼티온에게도   295
해를 입혔지, 그가 라피타이족[208]에게 갔을 때, 담대한
페이리토오스의 홀 안에서였지. 그자는 포도주에 정신이
혼미해 미치더니 페이리토오스의 집에서 악행을 저질렀다.
분노에 사로잡힌 라피타이족의 영웅들이 달려들어
그자를 현관 지나 대문 밖에 끌어냈고, 잔인한 청동으로   300
귀와 코를 잘라내버렸다. 제정신에 해를 입은

---

208   페이리토오스가 통치하는 테살리아 지역의 종족.

에우뤼티온은 광분하며 여기저기 계속 돌아다녔지.

그로부터 켄타우로스족과 인간들 사이의 불화가 생겨났다.

포도주에 취한 자가 처음으로 불행을 자초했던 것이다.

그렇게 네게도 큰 재앙을 내가 보여주마, 네가 이 활을   305

당긴다면. 그러면 너는 우리 백성 사이에서 그 누구의

적선도 받지 못할 것이다, 당장 네놈을 검은 배에 태워

{모든 인간들에게 치명적인 에케토스 왕에게로}

보낼 것이다, 그곳에서 너는 결코 살아남지 못할 거다.

자, 잠자코 마시기나 하지, 청년들 사이에서 다투지 말고.”   310

　　　신중한 페넬로페가 안티노스를 향해 말했다.

“안티노스여, 텔레마코스의 손님들을, 이 집에 도착한

손님이 누구든 학대하는 것은 좋지도 옳지도 않군요.

당신은 믿고 있나요? 오뒷세우스의 손님이

커다란 활을 자기 두 손의 완력을 믿고 잡아당기면   315

그가 나를 집으로 이끌고 자기 아내로 삼으리라고?

그 자신은 아마 진심으로 그걸 희망하지 않을 겁니다.

여러분 중 누구도 그 일로 마음을 괴롭히지 마세요,

여기서 회식하는 동안. 그건 아니죠, 정말로 가당치도 않으니.”

　　　다시 폴뤼보스의 아들 에우뤼마코스가 대답했다.   320

“이카리오스의 따님이여, 신중한 페넬로페여,

이자가 당신을 데려가리라 생각지 않소. 여하튼 가당치도 않으니까.

하지만 사내들과 여인들의 소문을 우리가 염려하는 것이오,
아카이아인들 중 어떤 못난 자가 이렇게 말할까봐.
'정말로 아주 못난 자들이 흠 없는 사내의 아내에게   325
구혼하고는, 매끄러운 활을 전혀 잡아당기지도 못하다니.
그러나 어떤 거지 사내가 떠돌다 잠시 들렀다가
쉽게 활을 잡아당겨 무쇠를 관통해 쏘았다는군.'
그렇게 말하면 이는 우리 같은 사람에겐 치욕이 될 것이오."
　　　신중한 페넬로페가 그를 향해 말했다.   330
"에우뤼마코스여, 백성들에게 좋은 평판을 얻는 것은
불가능합니다, 뛰어난 사내의 재산을 무시하고
먹어치우는 자들이라면. 그게 왜 치욕이 된다는 거죠?
여기 이 나그네는 몸집이 크고 단단하며
훌륭한 아버지의 아들로 혈통을 자랑하고 있소.   335
그러니 자, 그에게 매끄러운 활을 줘서 한번 알아봅시다.
내가 다음과 같이 선언하니, 그것은 반드시 이루어질 것이오.
만약 그가 활을 잡아당기고 그에게 아폴론이 명성을 주신다면
나는 좋은 옷으로 윗옷과 속옷을 그에게 입혀주고
날카로운 창, 개와 인간을 막아주는 창을 주고   340
양날 칼도 줄 겁니다. 또 발 아래 샌들을 주고
그의 심장과 용기가 명하는 곳으로 호송해줄 겁니다."
　　　그와 마주하며 총명한 텔레마코스가 말했다.

"어머님, 활과 관련해, 그걸 주든 말든, 아카이아인들 중
어느 누구도 나보다 더 큰 권한을 가진 자는 없습니다,   345
바위투성이 이타케를 다스리는 그렇게 많은 자들과,
말 기르는 엘리스 맞은편 섬들을 다스리는 많은 자들 중에서요.
누구도 내 뜻을 거슬러 날 막지 못할 겁니다, 만약 내가
한번 나그네에게 이 활을 건네고 그가 받기를 원한다면요.
자, 집 안에 드시어 어머니 일이나 돌보세요,   350
그게 베틀이든 가락이든, 그리고 하녀들에게는
맡은 일을 하라고 명령하세요. 활은 모든 사내의 일인데
특히 나의 소관입니다. 바로 나로부터 집안의 권력이 나오니까요."

　　그 말에 놀란 페넬로페는 방 안으로 들어가버렸다.
아들의 총명한 말을 마음에 새겼던 것이다.   355
그녀가 하녀들과 함께 위층에 올라가서
자기 남편 오뒷세우스를 두고 울음을 터뜨렸으나
그녀 눈꺼풀에는 올빼미 눈의 아테네가 달콤한 잠을 던질 것이다.

　　한편 신과 같은 돼지치기가 굽은 활을 들어 날랐다.
모든 구혼자들이 홀 안에서 소리치며 위협했는데   360
어느 거만한 젊은 구혼자가 이렇게 말했다.

　　"정말 어디로 굽은 활을 나르는 게냐? 처량한 돼지치기야,
미친놈아. 당장 네놈을, 날랜 개들이 돼지 앞에서 잡아먹을 거다,
인간들과 떨어져 홀로, 그것도 네놈이 기른 개들이다, 만약 아폴론이

우리에게 호의를 보이시고 다른 불멸의 신들도 그러시면." 365

　　그렇게 말했으니 돼지치기는 활을 들었다가 두려워서

제자리에 내려놓았다. 많은 이들이 홀 안에서 소리치며 위협했던 것이다.

그러나 다른 쪽에서는 텔레마코스가 위협하며 소리쳤다.

　　"아범, 당장 활을 들고 가게나, 누구의 말도 듣지 말게.

비록 내 나이 어리지만, 들판에서 내가 자넬 뒤쫓으며 370

큰 돌덩이를 던지지 않도록 말이다. 자네보다 완력이

더 세니까. 집에 두루 거주하는 모든 구혼자들보다

내 기운과 완력이 더 강하면 좋으련만. 구혼자들이

흉계를 꾸미는 우리 집에서 누구를 비참하게 해치울 수 있다면." 375

　　그렇게 말하자, 모든 구혼자들은 한껏 웃음을 터뜨리고

텔레마코스에게 심하게 화를 내지는 않았다.

돼지치기는 홀을 지나 활을 계속 날라서

지략 뛰어난 오뒷세우스에게 다가가 그의 손에 놓았다.

그리고 유모 에우뤼클레이아를 밖에 불러내 말했다. 380

　　"텔레마코스가 그대에게 명령했소, 신중한 에우뤼클레이아여,

촘촘하게 짜 맞춘, 홀의 대문을 잠그라고 말이오.

만약 누가 우리 그물 안에서 사내들의 신음 소리나

쿵쾅 소리를 듣더라도 절대로 문밖에 나오지 말고

그 자리에서 잠자코 자기 일이나 하게 하라고요." 385

　　그렇게 소리 내 말했다. 그 말이 날개 달고 사라지지 않으니

유모는 잘 거주하는 홀의 양 문을 잠갔다.

말없이 필로이티오스도 집에서 문밖으로

뛰어나가서 울타리 좋은 안뜰의 대문을 닫았다.

주랑 밑에는 양 끝 굽은 배의 밧줄이 놓여 있었는데   390

파피루스로 만든 그 밧줄로 문을 묶고 다시 안에 들어갔다.

그리고 자신이 일어섰던 의자에 앉아서 오뒷세우스를

바라보았다. 이미 오뒷세우스는 활을 다루고

사방으로 돌리며 이리저리 시험했는데, 주인이 없는 동안

벌레들이 활의 양끝을 갉아먹지 않았을까 염려했던 것이다.   395

어떤 이는 옆에 있는 다른 이를 보며 이렇게 말했다.

　　"정말로 저자는 잘 아는 어떤 전문가, 교활한 자인가보이.

아마도 이와 같은 멋진 활을 자기 집의 창고에 갖고 있는지,

아니면 이 작자가 그걸 하나 만들 욕망이 있는 건지, 어떻게

이리저리 손으로 활을 다루는지 보라고, 악행 일삼는 떠돌이가."   400

　　또한 거만한 젊은이들 중 하나가 다시 말했다.

"이 작자가 꼭 그만큼만 성공하기를,

한 번 활을 잡아당길 기회를 얻는 만큼만."

　　그렇게 구혼자들이 말했다. 한편 꾀 많은

오뒷세우스는 당장 커다란 활을 만져보고 요모조모   405

살펴보고 나서 마치 수금과 노래에 능한 사람이

쉽게, 줄감개 주위로 새로운 현을 잡아당겨

그 잘 꼬인 양의 장선(腸線)을 양쪽에 끼워 맞추듯이

그렇게 가볍게 커다란 활을 잡아당겼다.

오른손으로는 활시위를 퉁기며 시험해보았다.   410

손 아래 활시위가 아름답게 노래하니 제비 소리 같았다.

구혼자들이 큰 고통을 느꼈고, 그들 모두 안색이 창백해졌다.

제우스가 천둥소리 크게 울려 전조를 보여주자

이에 많이 참는 고귀한 오뒷세우스가 기뻐했다. 기대한 대로

비뚤어진 꾀를 쓰는 크로노스의 아들(제우스)이 전조를 보냈으니.   415

영웅은 날쌘 화살을 집어 들었는데, 그것은 그 옆 식탁 위

화살집 밖에 놓여 있었다. 다른 화살들이 속 빈 화살집에 있으니

아카이아인들은 그 화살의 맛을 보게 되리라.

그는 줌통에 화살을 잡아놓고 시위와 오늬를 잡아당겼는데

그곳에 앉아 있던 의자에서 똑바로 겨냥하고 나서   420

화살을 쏘았다. 무거운 청동 화살이 모든 도끼 자루의

맨 위 귓구멍을 빗나가지 않고 곧장 꿰뚫으며

문 쪽으로 지나깄다. 그는 텔레마코스에게 말했다.

　"텔레마코스, 홀 안에 앉은 나그네가 그대를 부끄럽게 하지

않았기를, 표적을 빗맞히지 않았고 활을 당기려고   425

오랫동안 애쓰지도 않았으니. 아직도 내 힘이 강건하네,

구혼자들이 날 무시하며 비난하던 것과는 다르게 말이야.

이제는 우리가 아카이아인들에게 저녁 식사 대접할 시간이다,

아직 날이 훤한 대낮이니, 이후에는 가무와 수금으로
흥을 돋우자꾸나. 잔치를 장식하는 것들이니.”   430

　　그렇게 말하며 눈썹을 움직여 신호했다. 한편 신과 같은
오뒷세우스의 귀한 아들 텔레마코스는 어깨에 예리한 칼을
두르고 손으로는 창을 꽉 잡았다. 오뒷세우스 가까이 팔걸이의자 옆에
다가섰는데, 아버지는 이미 눈부신 청동으로 무장하고 있었다.

22 χ

지금, 꾀 많은 오뒷세우스는 누더기를 벗어 던지고
화살 가득 찬 전동을 둘러메고 활을 들고는
큰 문턱 위로 뛰어올라 바로 발 앞에
빠른 화살들을 뿌렸고, 구혼자들 가운데 말했다.
  "이 해롭지 않은 시합은 이제 마무리되었다. 지금은   5
다른 과녁을, 어떤 사내도 아직 맞히지 못한 과녁을
내가 과연 맞혀서 아폴론이 내게 영광을 주실지 알게 되리라."
  그렇게 말하며, 안티노스를 향해 쓰디쓴 화살을 겨누었다.
마침 그자는 멋진 술잔, 손잡이 두 개 달린 황금 술잔을
들어 입에 맞출 참이라, 양손으로 술잔을 잡고는   10
포도주 한 모금 들이켜려 했다. 그는 심중에 급사(急死)를

겁내지 않았다. 잔치를 즐기며 누가 그런 생각을 하겠는가?
무리 중 대체 누가 제아무리 강력하더라도
안티노스에게 악한 사망과 검은 죽음을 낳으리오.
그러나 오뒷세우스가 그의 식도를 겨냥해 화살로 맞히니   15
화살촉이 곧장 보드라운 목을 뚫고 나왔다.
화살에 맞아서 그가 한쪽으로 기울더니 손에서는
술잔이 떨어졌다. 당장, 콧구멍에선 굵은 핏줄기가
뿜어져 나왔다. 즉시, 자기편에서 식탁을
밀쳐내며 발로 걷어차고 땅 위에 음식을 쏟아서   20
빵과 구운 고기를 더럽혔다. 집에서 두루 구혼자들이
소란을 일으켰고, 그 사내가 쓰러지는 걸 보자
구혼자들은 집에서 두루 동요하더니, 팔걸이의자에서
몸을 일으켰고, 사방에 잘 지은 벽들 보며 희번덕거렸다.
그러나 어디에도 방패는 없었고 강력한 창을 잡을 수 없었다.   25
구혼자들은 노기 어린 말 하며 오뒷세우스를 꾸짖었다.

　　"망할 놈의 나그네, 사내들에게 화살을 쏘다니, 네 손해지.
더는 시합에 참여하지 못할 거다. 이제는 완전히 가파른 파멸이야.
지금, 네놈이 이 사내를 죽였는데, 그는 이타케 청년들 중
가장 뛰어난 자다. 그러니 독수리가 널 먹어치울 거다."   30

　　각자 그렇게 말했으니, 나그네가 원치 않았지만
그를 잘못 쏘아 죽인 거라고 생각했다. 멍청이들이라

그들 모두, 파멸의 밧줄에 걸려 있음을 알아채지 못했다.
꾀 많은 오뒷세우스가 사납게 노려보며 말했다.

  "이 개놈들아, 아직도, 내가 트로야 지방에서
돌아와 집에 도착하지 못했다고 생각하겠지, 너희는
내 집을 거덜 내고 강제로, 하녀들과 잠을 자고
내가 살아 있는데도 내 아내에게 구혼하고
신들을, 드넓은 하늘에 거주하는 신들을 두려워 않고
후손들의 어떤 비방도 두려워하지 않다니.   40
지금, 너희 모두는 재앙의 올가미에 걸려 있다."

    그렇게 말하자, 그들 모두가 녹색 공포에 사로잡혔다.
[어디로 가파른 파멸을 피할지 몰라 각자 희번덕거렸다.]
에우뤼마코스가 혼자서 대답하여 말했다.

  "그대 말대로, 이타케 사람 오뒷세우스로   45
이곳에 왔다고 하면, 아카이아인들이 궁전 홀과 시골에서
많은 무도한 짓을 자행했다 말하는 것은 옳소.
그러니 보시오, 이 작자가 누워 있소, 모든 일의 원인
안티노스 말이오. 그가 이런 일이 일어나게 한 것이고
그는 그리 결혼을 욕망하거나 필요로 한 적 없고   50
다른 꿍꿍이가 있었으나 제우스가 이뤄주시지 않았는데,
바로 자신이, 잘 지은 이타케 지방에서 통치하고자
매복하여 오뒷세우스의 아들을 죽이려 한 것이오.

지금은, 그가 운명의 몫을 받고 죽었으니 그대는 백성들을
아껴주시오. 우리가 나중에 백성들에게 모아 거두어
배상할 테니, 홀에서 우리가 마셔버리고 먹어치운 것 말인데
각자가 스무 마리 소 값을 치러 배상하고
황금과 청동을 드릴 것이오, 그대의 마음이
훈훈해질 때까지. 그 전에는 그대 분노를 비난하지 않겠소."

그를 사납게 노려보며 꾀 많은 오뒷세우스가 말했다.
"에우뤼마코스, 네가 부친의 유산을 전부 내게 주더라도
지금, 네 수중에 있는 것에 다른 것을 더하더라도
내 두 손의 살육을 멈추지 못할 것이다,
구혼자들이 저지른 범죄를 처벌하기 전까지는.
지금, 너희가 마주한 것은 싸우느냐, 아니면
도망치느냐, 사망과 죽음을 피하려면.
하지만 그러는 자도 가파른 재앙을 피할 수 없을 것이다."

그렇게 말하자 구혼자들의 무릎과 심장이 풀어졌다.
또다시 에우뤼마코스가 그들에게 이렇게 말했다.
"친구들, 여기 이 사내가 손댈 수 없는 양손을
가만히 두지 않고 반들반들한 활과 화살통을 갖고서
잘려 나간 문턱에서 화살을 쏠 것이다. 우리 모두
다 죽여버릴 때까지. 그러하니 전의를 다지자,
칼을 빼어 들고 급살 낳는 화살을 식탁으로 막아라.

우리 모두 한데 뭉쳐 그에게 달려들자고,   75
그를 문턱과 입구에서 몰아내길 바라며.
도시를 두루 돌아보자, 가장 빨리 함성이 일어나게 하자.
그러면 이 작자는 드디어 마지막 화살을 쏘았겠지."
　　그렇게 소리치며 에우뤼마코스는 날카로운 칼,
양날이 선 청동 검을 뽑았고, 무시무시한 함성을 지르며   80
도약하여 그를 덮치려 했다. 당장 고귀한 오뒷세우스는
화살을 쏘아 보내 그의 젖꼭지 옆 가슴을 맞히니
간장에, 빠른 화살을 박아 넣었다. 그의 손에서는
검이 땅에 떨어졌고, 그가 비틀거리고 몸을 구부려
식탁 위에 쓰러지며 음식물과, 손잡이 두 개 달린 잔을   85
바닥에 쏟았다. 이마로는 땅바닥을 때리며
숨 끊어지는 고통을 느끼고 양발로는 팔걸이의자를
걷어차 흔들고 있었다. 먹구름이 두 눈에 쏟아졌다.
암피노모스는 영광스러운 오뒷세우스를 겨냥해
맞은편에서 달려들며 날카로운 칼을 뽑았으니   90
혹시 오뒷세우스가 대문에서 물러날까 해서였다.
그보다 먼저 텔레마코스가 뒤에서 청동 박힌 창을
암피노모스의 어깨뼈 사이로 던져 그의 가슴을 꿰뚫었다.
그는 쓰러지며 쿵 소리 냈고 얼굴 전체가 바닥을 때렸다.
텔레마코스가 잽싸게 물러났으니, 음영 드리우는 창을   95

그곳, 암피노모스 몸에 남겨두었던 것이다. 몹시 두려웠다,
아카이아인들 중 누가 달려들어 창을 뽑는 자신을
칼로 찌르거나, 허리 굽힌 자신을 타격할까봐 말이다.
그는 그곳에서 나왔고, 달려가서 빠르게 자기 부친에게
도달해 곁에 서서는 날개 돋친 말을 쏘았다.   100
　"아버지, 당장, 창 두 개와 방패를 가져오겠습니다,
관자놀이에 꼭 맞는 청동 투구도요. 제가 직접 가서는
제 몸에 두를 겁니다. 그리고 돼지치기와 소치기에게는
다른 무기를 줄 겁니다. 무장하는 편이 더 나으니까요."
　꾀 많은 오뒷세우스가 그에게 대답하여 말했다.   105
"뛰어가서 가져오너라, 내게 아직 화살이 남아 있는 동안.
그자들이 혼자 있는 나를 대문에서 몰아내지 못하게."
　그렇게 말하자, 텔레마코스는 자기 부친의 말에 복종하고
유명한 무구들이 놓여 있는 창고를 향해 서둘러 갔다.
그곳에서 방패 네 개를 끄집어내고 창 여덟 자루와   110
말총 덥수룩한 청동 투구 네 개를 끄집어냈다.
그것들을 갖고는 아주 빨리 자기 부친에게 돌아왔다.
그 자신이 가장 먼저 몸 주위에 청동을 입혔다.
마찬가지로 두 하인도 멋진 무구 안에 몸을 집어넣고
전략 뛰어난, 꾀 다양한 오뒷세우스의 양편에 섰다.   115
　한편 오뒷세우스 자신은 방어용 화살을 가지고서

그의 집 안 구혼자들 하나하나를 겨냥하여
쏘았다. 구혼자들이 포개지며 쓰러졌다.
궁수 오뒷세우스가 화살을 모두 쏘아버리자
활을, 잘 지은 홀의 문설주와 환히 빛나는 120
대문의 측벽을 향해 기대어 세워놓고
자신은 어깨에 네 겹의 가죽 방패를 붙이고
단단한 머리에는 말총 덮인 잘 만든 투구를 쓰니
깃 장식이 위에서 아래로 무섭게 끄덕였다.
그리고 청동 촉 달린, 강력한 창 두 자루를 잡았다. 125

잘 지은 벽에는 높이 위치한 샛문 하나가 있었고
기초 튼튼한 홀의 주춧돌 가까이, 개방된 통로로
길이 이어졌는데, 통로는 잘 맞춘 문짝들로 닫혀 있었다.
오뒷세우스는 고귀한 돼지치기에게, 그 통로 옆에 서서
그곳을 지키라고 명령했다. 유일한 공격 경로였으니까. 130
한편 아겔라오스가 구혼자들에게 말하며 그의 계획을 알렸다.

"친구들이여, 누가 샛문으로 올라가 백성들에게
알려서, 가장 빨리 함성이 일어나게 해야 하지 않겠나?
그러면 저자가 드디어 마지막 화살을 쏘아버리겠지."

염소치기 멜란테우스가 그를 향해 말했다. 135
"그건 가능하지 않소, 제우스의 후손 아겔라오스여. 안뜰로 가는
멋진 문은 너무 가깝고 통로의 입구는 아주 위험합니다.

한 사람이라도 모두 막을 수 있을 겁니다, 그자가 힘세다면.
그러니 자, 무장을 위해 제가 무구들을 날라오겠습니다,
창고 방에서요. 그곳이 아닌 다른 곳에 오뒷세우스와   140
영광스러운 아들이 무구를 놔두진 않았을 겁니다."

그렇게 말하며 염소치기 멜란테우스가 올라갔고
홀의 좁은 통로를 지나서 오뒷세우스의 창고 방에 갔다.
그곳에서 그는 방패 열두 개, 같은 수의 창,
수북한 말총 달린 같은 수의 청동 투구를 끄집어냈다.   145
서둘러 가더니 잽싸게 날라서 구혼자들에게 건넸다.
바로 그때, 오뒷세우스는 무릎이 풀리고 순간 심장이 멈추니
구혼자들이 무구를 몸에 두르고 손으로는 장창을
휘두르는 걸 본 것이다. 힘든 과제가 나타났구나.
당장 텔레마코스에게 날개 돋친 말을 쏘았다.   150

"텔레마코스, 어떤 여인이 홀 안에서 우리 둘에게
힘겨운 전쟁을 부추기고 있는가? 혹시 멜란테우스가?

총명한 텔레마코스가 그에게 대답하여 말했다.
"아버지, 저 자신이 그걸 놓쳤어요, 다른 누구도 아닌
바로 제가 잘못하여 창고 방의 잘 맞춘 문을   155
열어두었네요. 누군가 더 면밀히 정탐했던 겁니다.
자, 고귀한 에우마이오스여, 창고 방의 문을 닫고
여인들 중 누가 그런 짓을 했는지 지켜보게나,

또는 돌리오스의 아들 멜란테우스, 바로 그자인 것 같은데."

부자가 서로 그런 말을 하고 있었다. 160

다시 창고 방에 염소치기 멜란테우스가 가서
멋진 무구를 나르려 했는데, 그걸 알아본 고귀한
돼지치기는 당장, 옆에 서 있는 오뒷세우스에게 말했다.

"제우스의 후손, 라에르테스의 아들, 술수 많은 오뒷세우스여,
정말 저 가증스러운 인간이, 우리가 예상한 대로, 165
창고 방 안으로 가고 있네요. 에두르지 말고 내게 말해주세요,
내가 그보다 우세하다면 내가 그자를 죽일지
또는 여기 당신에게 끌고 올지, 그러면 그가 죗값을 치르겠지요,
그자가 주인집에서 꾸민 범죄에 대한 많은 죗값을."

꾀 많은 오뒷세우스가 대답하여 말했다. 170
"나와 텔레마코스, 우리가 저 잘난 구혼자들을
홀 안에 가둬둘 거다, 그들이 아주 세차게 몰려와도.
너희 둘은 그자의 손과 발을 등 뒤로 돌려 묶고 나서
창고 방 안에 던져 넣고 그의 등에는 판자를 붙이고
꼰 밧줄로는 그의 몸 전체를 묶고 나서 175
높다란 기둥에 끌어 올려 지붕보까지 닿게 해라,
그자가 숨을 쉬지만 오랫동안 혹독한 고통을 겪도록."

그렇게 말하자, 두 하인은 그의 말에 귀 기울여 복종하고
창고 방을 향해 서둘렀지만, 안에 있는 그자 눈에 띄진 않았다.

정말, 그자는 창고 방 구석구석 무구를 찾고 있었고,   180
그래서 두 사람은 양쪽 기둥 옆에 서서 기다렸다.
염소치기 멜란테우스가 문턱을 넘어오며
한 손엔 멋진 투구 들고 다른 손엔 아주 오래된
넓은 방패를 들고 있었는데, 먼지로 더러운 그 방패는
영웅 라에르테스가 소싯적 소유해 들고 다녔던 것으로   185
한쪽에 치워놓았는데 가죽끈의 이음매는 풀어져 있었다.
두 사람이 뛰쳐나가 그를 붙잡아 머리채 잡고는
안으로 끌어당겨, 괴로워하는 그자를 땅바닥에 내던졌고
그의 손과 발을 등 뒤로 비틀어 돌리고
고통스러운 결박으로 묶었으니, 주인이 명령한 대로였다,   190
[라에르테스의 아들, 많이 참는, 고귀한 오뒷세우스가.]
두 사람은 그의 몸 전체를, 꼰 밧줄로 묶고 나서
높다란 기둥에 끌어올려 지붕보까지 닿게 했다.
돼지치기 에우마이오스는 그를 조롱하며 말했다.

　　"멜란테우스, 이제부터는 정말로 밤을 지키게 될 거다,   195
푹신한 침대에 누워서, 네놈에게 잘 어울리는구나.
일찍 태어난, 황금 옥좌 앉은 여신이 오케아노스의
물결에서 일어나 너를 지나가진 못할 거다, 집에서
식사 준비 위해 네가 구혼자들에게 염소들 몰아가던 시간이지."

　　그렇게 멜란테우스가 남아서 파괴적 결박에 매달려 있었다.   200

두 사람은 무구 안에 몸을 넣고 광채 나는 문을 닫고는
지략 뛰어난, 꾀 다양한 오뒷세우스에게 갔다.
그곳에는 모두가 분노를 토하며 서 있었는데, 문턱 위엔
네 명이, 집 안에는 많은 잘난 사내들이 있었다.

　　그들 가까이 제우스의 따님 아테네가　　　　　　　　　　205
다가갔는데 체격과 음성이 멘토르와 흡사했다.
여신을 알아본 오뒷세우스는 기뻐하며 이렇게 말했다.

　　"멘토르, 파멸을 막아주시오, 소중한 전우를 기억하시오,
나는 그대에게 도움이 되곤 했으니. 그대는 나와 동년배라오."

　　그렇게 말했으나, 멘토르가 군대 고무하는 여신이라 짐작했다.　　210
구혼자들이 홀 안 다른 쪽에서 소리를 질러댔다.
맨 먼저 여신을, 다마스토르의 아들 아겔라오스가 꾸짖었다.

　　"멘토르, 오뒷세우스의 말에 기만당하지 마라,
구혼자들에 맞서 싸우며 도와달라는 그자의 말에.
우리 계획이 앞으로 실현될 거라고 생각하니까.　　　　　　　　215
우리가 이들, 아비지와 아들을 죽이게 되면
너도 이들과 함께 즉시 죽게 될 것이야. 네가 이 집에서
의도한 짓 때문에, 네 자신의 머리로 대가를 지불할 거다.
또 우리가 청동으로 너희 공격을 무력화하면
너의 재산들, 너의 집과 농장에 있는 재산을 모두　　　　　　　220
오뒷세우스의 재산과 뒤섞어버릴 것이다. 네 아들들이

홀 안에 거주하는 걸 허락하지 않고 또 딸들은 물론

귀한 아내도 이타케의 도시를 돌아다니지 못하게 할 거다.”

　　그렇게 말하자, 아테네 여신은 속으로 매우

분노하며 성난 말로 오뒷세우스를 꾸짖었다. 225

　　“오뒷세우스, 더이상 힘세지도 않고 방어력도 없구나,

고귀한 아버지의 딸, 팔이 백옥 같은 헬레네 주위에서

9년 동안이나 항상 쉼 없이 전쟁하고

섬뜩한 전쟁에서 많은 용사들을 무찔렀을 때처럼 말이다,

그대의 전략으로 프리아모스의 길 넓은 도시가 정복될 때까지. 230

지금, 바로 그대의 집과 재산에 도착했는데도

어떻게 구혼자들 앞에서 용감할까 의심하며 한탄하는 게냐?

자, 이곳으로, 친구여, 옆에 서서 내 무공을 보게나,

적대적인 사내들 가운데 알키모스의 아들 멘토르가

어떻게 그대 노고에 보답하는지 알게 될 것이다.” 235

　　그렇게 말했으나, 아직은 한편에 완전한 승리를

주려 하지 않고 오뒷세우스와 그의 영광스러운 아들의

주먹심과 방어력을 시험하고자 했다.

여신 자신은 연기 많은 홀의 지붕 위에 뛰어올라

그곳에 앉았는데 보기에 제비의 모습과 같았다. 240

　　한편 다마스토르의 아들 아겔라오스가 구혼자들의 전의를 북돋았고

에우뤼노모스와 암피메돈과 데몹톨레모스와 폴뤽토르의 아들

페이산드로스와 전략 뛰어난 폴뤼보스도 함께 북돋았다.

이들은 구혼자들 중 단연 용맹이 출중했는데

아직도 살아서 목숨 걸고 싸우고 있었다.　　　　　　　　　245

다른 이들은 이미 활과 촘촘한 화살들에 제압되었다.

아겔라오스가 모두에게 말하며 제안했다.

　　"전우들이여, 손댈 수 없는 손들을 내가 제압할 것이오.

멘토르가 공허한 희망을 말하고 떠났고

그들만이 유일하게 대문 앞에 남아 있구려.　　　　　　　250

이제는 그자에게 모두 함께 장창을 던지지 말고

자, 우선 여섯 명 모두 창을 던지면, 혹시 제우스가

오뒷세우스를 맞혀 영광을 얻게 해주실지 모르니까.

그자만 고꾸라진다면, 다른 자들은 걱정할 필요 없소."

　　그렇게 말하자, 그의 명령대로 그들 모두 열심히　　　255

창을 뿌렸다. 그러나 이 모든 것을 아테네가 무력하게 했다.

창들 중 일부는 잘 지은 홀의 문턱을 쳤고

일부는 촘촘히 짜인 대문을 쳤다.

다른 무거운 청동의 물푸레 창은 벽에 박혔다.

그들이 구혼자들의 창을 피했을 때　　　　　　　　　　260

많이 참는 고귀한 오뒷세우스가 그들에게 말문을 열었다.

　　"전우들이여, 이런 상황에서 내 조언하니, 너희는

구혼자들의 무리 안에 창을 던져라, 그자들은

이전의 악행에 더해서 우리를 도살하려 열망하니까."

그렇게 말하자, 그들 모두가 날카로운 창을,   265
마주 보고 겨냥하여 던졌다. 오뒷세우스가 데모프톨레모스를,

텔레마코스가 에우뤼아데스를, 돼지치기가 엘라토스를,

소를 돌보는 사내가 페이산드로스를 도살했다.

그들 모두 함께 광대한 땅바닥을 깨물었고

다른 구혼자들은 홀에서 구석으로 물러나고 말았다.   270

이들 넷은 돌진하더니 시체들에서 창들을 뽑았다.

다시 구혼자들이 열심히 긴 창을 던졌다.

이 많은 창들을 아테네가 무력하게 했다.

{그것들 중 일부는 잘 지은 홀의 문턱을 쳤고

일부는 촘촘히 짜인 대문을 쳤고   275

다른 무거운 청동의 물푸레 창은 벽에 박혔다.}

한편 암피메돈이 텔레마코스의 손목을 맞히자

스쳐 지나간 청동이 피부 살갗에 해를 입혔고

크테십포스가 던진 장창은 에우마이오스의 방패 너머

어깨를 스쳤는데, 위로 날다가 땅에 떨어졌다.   280

전략 뛰어난, 꾀 다양한 오뒷세우스와 그의 전우들은

구혼자들의 무리 안에 날카로운 창을 던져 넣었다.

그때, 에우뤼다마스는 도시의 파괴자 오뒷세우스가,

암피메돈은 텔레마코스가, 폴뤼보스는 돼지치기가

맞혔다. 그리고 소치기는 구혼자 크테십포스의   285
가슴을 맞히고는 의기양양하여 이렇게 말했다.
　"폴뤼테르세스의 아들, 조롱 일삼는 자여,
두 번 다시 어리석음에 굴복해 큰소리치지 말고
신들에게 유언이나 남겨라, 신들이 훨씬 더 강력하시니까.
이 창이 바로 소 발 선물에 대한 보답이다, 네놈이 집에서   290
두루 구걸하던, 신과 같은 오뒷세우스에게 선사한 것 말이다."
　뿔 굽은 소들을 돌보는 자가 그렇게 외쳤다. 한편 오뒷세우스는
일대일로 맞서며 다마스토르의 아들 아겔라오스를 장창으로 찔렀고
텔레마코스는 에우에노르의 아들 레오크리토스의 옆구리
한가운데를 창으로 찔러서 청동을 밀어 넣었다.   295
레오크리토스는 고꾸라지며 이마 전체를 바닥에 갈았다.
바로 그때, 높은 지붕에서 아테네 여신은, 사람 잡는
아이기스를 치켜들었다. 정신이 산란해진 구혼자들은
마치 암소 무리처럼 공포에 사로잡혀 홀 안의 사방으로 도망쳤다.
마치 해 길어지는 봄날에, 쏜살같이 달리는   300
쇠파리가 암소들을 공격하여 흔들어놓을 때처럼.
오뒷세우스와 그 전우들은 마치 발톱 굽고 부리 굽은
독수리들이 산에서 내려와 새들을 덮치는 것 같았다.
독수리에 벌벌 떠는 새들이 들판에서 그물 향해 돌진하자
사람들이 새들에게 달려들어 그것들 잡으니, 방어도   305

도망도 가능하지 않구나. 이런 사냥에 사람들이 기뻐한다.

그렇게 그들은 집을 두루 다니며 이리저리 구혼자들을 몰아가며

가격하고 또 가격했다. 그들이 머리를 맞았으니 수치스러운

신음이 터져 나왔다. 온 바다에선 피가 부글부글 끓어올랐다.

　　레오데스가 재빨리 가서 오뒷세우스의 무릎을 잡고　　　310

그에게 간청하며 그를 향해 날개 돋친 말을 쏘았다.

　　"탄원합니다요, 오뒷세우스여. 저를 존중하시고 불쌍히 여기시오.

저는 홀 안 여자들 중 누구에게 말을 건 적도

어떤 무도한 짓 한 적도 없다고 선언합니다요. 오히려 구혼자들을

만류하곤 했지요. 누군가 구혼자가 그런 짓을 하려 들면요.　　315

그러나 저들은 내 말 듣지도 않고 악행을 멀리하지도 않고

무도한 짓으로 수치스러운 운명을 맞닥뜨린 것이랍니다.

나는 그들 중 제의 담당 사제이고 아무 짓도 안 했는데

고꾸라지는 겐가. 좋은 일 해봐야 앞으로 보답이 없다니까."

　　그러자 무섭게 노려보며 꾀 많은 오뒷세우스가 말했다.　　320

"네가 진정 제물 바치는 사제라 자부하지만

틀림없이 자주 이렇게 기도했으렷다,

내 달콤한 귀향의 목적이 오랫동안 지연될 것이고

내 아내가 네놈의 뒤를 따르고 자식을 낳아줄 거라고.

그러하니 비통한 죽음을 피하지 못할 것이다."　　　325

　　그렇게 말하며 튼튼한 손으로 바닥에 놓인

검을 쥐었고, 그것은 아겔라오스가 도살되며
바닥에 떨군 검인데, 그의 목덜미를 꿰뚫어 잘라냈다.
그가 뭔가 말하려 했으나, 그의 머리는 먼지와 섞이고 말았다.

소리꾼 테르피스의 아들, 페미오스가 검은 죽음을   330
피했는데, 그는 구혼자들 사이에서 강제로 노래를 부르곤 했다.
양손에 낭랑한 수금을 들고는 뒷문 근처에
서 있었다. 그의 마음은 두 갈래로 숙고하고 있었다,
홀을 빠져나와 안뜰의 위대한 신 제우스의
잘 만든 제단 옆에 앉을까, 그곳에선 라에르테스와   335
오뒷세우스가 소들의 많은 넓적다리뼈를 태우곤 했지,
아니면 오뒷세우스에게 달려가 무릎 잡고 간청할까.
그렇게 생각하다가, 라에르테스의 아들
오뒷세우스의 무릎을 잡는 것이 더 이익으로 보였다.
정말로, 페미오스는 우묵한 수금을 바닥에,   340
혼주 항아리와 은 못 박힌 좌석 사이에 내려놓고는
자신이 직접 오뒷세우스에게 달려가 무릎을 잡고
간청하며 그를 향해 날개 돋친 말을 쏘았다.
"그대 무릎 잡고 탄원하니, 오뒷세우스여, 날 존중하고 가여워하시오.
나중에 그대에게 고통이 될 거요, 만약 나 같은 소리꾼을   345
살해한다면, 소리꾼은 신과 인간에게 노래를 부르니까요.
나는 스스로 터득했고 신께서 내 마음속에 온갖 종류의

노래를 심어주셨소. 내가 당신 앞에서 노래할 때
당신은 신처럼 보입니다요. 그러니 내 목을 따려 욕망하지 마시오.
그대의 소중한 아드님 텔레마코스도 이런 말 할 겁니다, 350
내 당신 집 안에서 만찬 후, 구혼자들에게 노래하려고
돌아다녔지만 기꺼이도 아니고 필요해서도 아니라
더 많이 갖고 더 힘센 자들이 날 강제했기 때문입니다.”

그렇게 말하자, 그 말을 텔레마코스의 신성한 힘이
듣고는 곧장, 옆에 있는 부친 오뒷세우스에게 말했다. 355

“잠시만요, 아버지, 아무 잘못 없는 이자를 청동으로
찌르지 마세요. 전령 메돈도 구해야 하는데 그는 집 안에서
내가 아이일 때부터 항상 날 돌보곤 했으니까요,
필로이토스나 돼지치기가 이미 그를 죽이지 않았다면요.
아니면 그는, 집 안 두루 분노하시는 아버지와 마주쳐 죽었겠죠.” 360

그렇게 말하자, 그 말을 들은 메돈은 영리한 자였다.
그는 좌석 밑에 웅크린 채 엎드려, 갓 벗겨낸 소가죽을
몸에 뒤집어쓰고 검은 죽음의 여신을 피하려 했다.
그는 곧장 좌석 아래서 몸을 일으켜 소가죽을 벗고
텔레마코스를 향해 뛰쳐나가 그의 무릎을 잡고 365
그에게 간청하며 날개 돋친 말을 쏘았다.

“오 친구여, 바로 접니다. 잠시만요, 아버님께 말해주시오,
승리의 순간에, 예리한 청동으로 날 죽이지 마시라고,

구혼자 사내들에 분노하시더라도. 그 작자들은 홀 안에서
당신 재산을 잘라먹고, 어리석게도 아무 보상도 하지 않았지요." 370
　　그에게 웃으며 꾀 많은 오뒷세우스가 말했다.
"걱정 마라, 내 아들이 이미 널 보호하여 구원했으니
어떻게 선행이 악행보다 훨씬 더 우세한지
너는 마음속으로 알고 있으니 다른 이에게도 말해주어라.
그러면 홀 바깥, 대문에 가서는 도살에서 멀리 떨어져 375
안뜰에 앉아 있어라, 너와, 많은 노래 아는 소리꾼도,
내가 집 안 두루 뭐든 할 일 하며 수고하는 동안에."
　　그렇게 말하자, 두 사람은 홀 바깥으로 나갔다.
그래서 둘은 위대한 제우스의 제단에 자기 몸을 앉히고
사방을 두리번거리며 불시의 죽음이 닥칠까 염려했다. 380
　　한편 자기 집에서 오뒷세우스는 사내들 중 누가 검은 죽음을
피하려고 아직도 살아서 숨어 있는지 자기 주위를 살폈다.
그러자 구혼자들 모두가 핏덩이와 흙먼지 안에
누워 있는 걸 보았는데 마치 물고기들 같았다.
어부들이 물고기들을, 잿빛 바다에서 우묵한 바닷가로 385
망 촘촘한 그물로 끌어올리면, 모래 위에 쏟아진
물고기들 모두는 짠물 파도를 열망하게 되지만
물고기의 목숨은 빛나는 태양이 앗아가버린다.
그렇게 구혼자들은 켜켜이 포개져 있었다.

바로 그때, 텔레마코스에게 꾀 많은 오뒷세우스가 말했다. 390

"텔레마코스, 유모 에우뤼클레이아를 내게 불러다오,
내 마음속에 있는 걸 그녀에게 말하려 한다."

그렇게 말하자, 텔레마코스는 자기 부친에게 복종하여
대문으로 움직이며 유모 에우뤼클레이아에게 말했다.

"이곳에서 몸을 일으키게나, 연세 많은 노파여, 395
그대는 홀에서 두루 시중드는 우리 여인들의 감독이지.
오시게나, 아버님이 뭔가 말하시려고 그대를 부르고 계시네."

그 말은 날개 달고 사라지지 않으니
노파는 잘살고 있는 홀의 대문을 열고
서둘러 나왔다. 텔레마코스가 그녀 앞에서 이끌었다. 400
노파는 도륙된 시체들 가운데 오뒷세우스를 발견했는데
그가 피와 피떡을 뒤집어쓰고 있으니, 마치 들판의
소를 먹어치우고 이곳에 도착한 사자 같구나.
가슴 전체와 두 뺨이, 보라, 피로 흥건해 있으니
무섭고 떨려서 그의 얼굴과 마주할 수 없었다. 405
그렇게 오뒷세우스는 두 발과 양손이 흥건했다.
노파가 시신들과 끝없는 유혈을 들여다보고
엄청난 위업을 목격했으니 승리의 환호를 외치려 했다.
오뒷세우스는 만류하며, 열의 가득 찬 노파를 제지했고
그녀에게 말문을 열어 날개 돋친 말을 쏘았다. 410

"어멈, 속으로만 기뻐하며 자제하게나, 환호하지 말고.
살해된 사내들을 두고 뽐내는 것은 불경한 법이네.
이자들은 무모한 짓 하더니 신들의 운명에 제압된 걸세.
구혼자들은 지상의 인간들 누구도 존중한 적이 없으니
못난 자건 잘난 자건 모두, 그들과 만난 자는 누구도,   415
그들은 무도한 짓거리로 수치스러운 운명을 만난 것이야.
그러면 자, 자네는 내게 집 안 여자들을 헤아려주게나,
나를 모욕한 자들과 죄가 없는 자들 말일세."

  그를 향해 유모 에우뤼클레이아가 말했다.
"도련님, 그럼 내가 그대에게 진실을 낱낱이 말해야지요,   420
홀 안에는 모두 쉰 명의 여자 하인들이 있지요,
우리가 이들에게 일을 가르쳐, 양모를 빗고
노예로 시중드는 일을 하도록 가르쳤지요.
그들 중, 열두 명 모두는 뻔뻔한 짓에 적극 관여하며
날 존중하지 않고 바로 페넬로페님께도 그리했답니다.   425
텔레마코스가 청년이 되었지만, 어머님은
그가 이 하녀들에게 명령하는 것도 허락하지 않으셨죠.
그러면 자, 저는 빛나는 위층 방에 올라가서 마님에게
알려야겠어요. 마님에겐 어떤 신이 잠을 보내셨지요."

  꾀 많은 오뒷세우스가 대답하여 말했다.   430
"아직 마님을 깨우지 말게. 그 하녀들에겐 이곳으로

오라고 하고, 바로 그들이 전에 수치스러운 짓을 꾸몄으니까."

그렇게 말하자, 노파는 홀에서 나와 길을 가서는
여인들에게 주인의 명령을 알려서 그들이 오도록 재촉했다.
한편 오뒷세우스는 텔레마코스와 소치기와 돼지치기를   435
자신에게 부르고 나서 날개 돋친 말을 쏘았다.

"이제 시작하라, 시체들을 날라라, 그리하라고
하녀들에게 명령하라. 그리고 나서 매우 멋진 팔걸이의자들과
식탁들을, 물과, 구멍 숭숭한 해면으로 닦으라고 하여라.
너희가 집 전체를 정리 정돈하는 걸 마치면   440
잘 지어진 홀에서 그 하녀들을 끌고 나와라,
{원형 건물과, 안뜰의 흠 없는 울타리 사이론데}
긴 날의 칼로 그들을 베어버려라, 그녀들 모두의
목숨을 앗아버려라, 모두가 성욕을 잊을 때까지,
욕정에 빠져 구혼자들 아래 몰래 살을 섞은 것들이니."   445

그렇게 말했다. 여자들 모두가 떼 지어 왔는데
무섭게 통곡하며 뜨거운 눈물을 뿌렸다.
그리하여 그들은 우선 죽은 시체들을 날라서
울타리 잘 쳐진 안뜰의 주랑 아래에 내려놓으니 시체들이
서로 겹겹이 쌓여 있었다. 오뒷세우스가 직접 재촉하며   450
명령했던 것이다. 명령받은 여인들이 나르고 또 날랐다.
그리고 나서 매우 멋진 팔걸이의자들과 식탁들을

물과, 구멍 많이 뚫린 해면으로 닦게 했다.

텔레마코스와 소치기와 돼지치기는

삽을 가지고 촘촘하게 지은 집의 바닥을   455

긁어냈다. 긁어낸 것은 하녀들이 날라다가 대문 앞에

쌓았다. 하녀들이 홀 전체를 정리하고 나자

그들을 잘 지어진 홀 바깥으로, 원형 건물과,

안뜰의 흠 없는 울타리 사이로 데리고 나와서

피할 길 없는 막다른 공간으로 몰아넣었다.   460

총명한 텔레마코스가 그의 하인들에게 말문을 열었다.

　“내가 그들의 목숨을 앗아가지만 정화된 죽음은

결코 아니다. 그들은 내 머리와 내 모친에게

치욕을 퍼붓고 구혼자들과 밤을 보냈으니까.”

　그렇게 말했고, 이물 검은 배의 닻줄을   465

거대한 기둥에 묶고 나서 원형 건물 주위에 두르고

높이 단단히 묶어 누구도 발이 바닥에 닿지 않게 했다.

마치 날개 뻗친 지빠귀니 비둘기들이

덤불 속에 설치된 올가미에 걸려들어

보금자리를 열망하나 혐오스러운 잠자리에 들게 되듯이   470

그렇게 하녀들이 차례로 머리를 들고 있었는데

목덜미엔 올가미가 걸려 있으니 가장 비참하게 죽게 되리라.

그들은 잠시, 숨을 헐떡거리며 버둥댔으나 오래가진 못했다.

텔레마코스와 하인들은 문간과 안뜰 통해 멜란테우스를
데리고 나왔다. 그의 코와 귀를 무자비한 청동으로 잘라내고   475
남근을 찢어내듯 뽑아버려, 날것으로 개들이 먹게 하고
분노가 치밀어, 그자의 양손과 양발을 절단해버렸다.
　　텔레마코스와 하인들은 손과 발을 씻고 난 후
집을 향해 오뒷세우스에게 갔다. 그 일은 완수되었다.
한편 오뒷세우스는 유모 에우뤼클레이아에게 말했다.   480
　　"유황을 가져오게, 어멈, 재앙의 치유인 불을 내게 가져오게,
내가 연기로 홀 안을 소독할 것이네. 그리고 페넬로페에겐
시중드는 여인들과 함께 이곳에 오라고 내 명을 전달하게.
집 안의 모든 하녀들도 오도록 재촉하고 말이야."
　　유모 에우뤼클레이아가 그를 향해 말했다.   485
"네, 도련님, 조리 있게 말씀하셨군요.
자, 당신에게 입을 상의와 외투를 가져올게요,
그렇게 넝마가, 넓은 양어깨를 감싼 채로 홀 안에
계시면 아니 돼요, 그 모습은 역정을 살 수 있으니까요."
　　꾀 많은 오뒷세우스가 그녀에게 대답하여 말했다.   490
"가장 우선, 내게는 홀 안에 불을 준비해주게."
　　그렇게 말하자, 신중한 에우뤼클레이아는
거역하지 않고 불과 유황을 날라왔다.
오뒷세우스는 홀과 집과 안뜰을 잘 소독했다.

한편 노파인 유모는 오뒷세우스의 멋진 집을 지나   495
걸어가서 하녀들에게 소식을 전해 그들이 오게 할 것이다.
하녀들이 숙소에서 나왔는데 양손에는 횃불을 들고 있었다.
그들은 오뒷세우스를 껴안고 주인에게 다정하게 인사하고
애정을 보이며 머리와 양어깨와 양손을 잡고서
입을 맞추었다. 주인은 진정으로 모두를 알아보고서   500
탄식과 울음이라는 달콤한 욕망에 사로잡혔다.

23 ψ

노파는 기뻐하며 위층에 올라가서 여주인에게
그녀의 귀한 남편이 집 안에 있음을 알리려 했다.
노파는 무릎이 경쾌하게 움직이나 발은 절면서 걸었다.
여주인의 머리맡에 서서는 그녀를 향해 말했다.
　"일어나세요, 내 따님 페넬로페여, 매일매일　　　　　5
소망하던 모습을 직접 두 눈으로 보셔야지요.
오셨습니다, 오뒷세우스가 집에 오셨다고요, 비록 늦었지만,
기세등등한 구혼자들을 처치했어요, 그자들이 그분의 집을
계속 괴롭히고 재산을 먹어치우며 아드님을 위협했잖아요."
　신중한 페넬로페가 그녀를 향해 말했다.　　　　　　10
"어멈, 신들이 자네를 미치게 했군, 신들은

정신이 나가게도 하고 정신이 들게도 하고

모자란 인간도 양식 있는 사람으로 만들 수 있으니까.

이번엔 바로 자네를 신들이 해쳤군. 전엔 정신이 온전했건만.

대체 왜 나를 조롱하지? 내 마음이 엄청 고통스러운데 15

이따위 어긋난 소리를 하려고 달콤한 잠에서 날 깨우다니?

잠이 내 눈꺼풀을 에워싸며 나를 결박했거늘.

이런 잠을 자본 적 없었네, 오뒷세우스가 불운의 일리오스,

그 이름도 떠올리기 싫은 일리오스를 보기 위해 떠난 후로는.

그럼 자, 이제 내려가 다시 홀에 돌아가보게나. 20

만약 내게 속한 여인들 중에서 누군가

이렇게 와서는 이런 소식 알리며 잠에서 깨웠다면

내 당장 무섭게 호통치며 다시 홀 안에 돌아가라고

보냈을 게야, 하지만 자네는 고령이라 이득을 보았네.”

　　유모 에우뤼클레이아가 그녀를 향해 말했다. 25

“절대 마님을 조롱하는 게 아니고, 내 따님이여, 정말로

오셨답니다, 오뒷세우스가 집에 오셨다고요, 제가 알려드린 대로,

그 나그네 말입니다, 그를 모두가 홀 안에서 모욕했는데요.

텔레마코스는 그분이 집 안에 있음을 이미 알았지만

신중한 마음에 아버님의 계획을 숨겼지 뭡니까, 30

거만한 사내들의 폭행을 응징하기 위해서였죠.”

　　그렇게 말하자, 페넬로페가 기뻐하며 침상에서

벌떡 일어나 노파를 얼싸안고 눈꺼풀에서 눈물 쏟아내고
그녀에게 말문을 열어 날개 돋친 말을 쏘았다.

　　"자, 어멈, 내게 틀림없이 말해주게나,　　　　　　　　　35
그대의 말대로, 만약 정말 그이가 집에 도착했다면
어떻게 염치없는 구혼자들에게 손을 댔는가,
혼자 몸으로, 그들은 항상 집 안에서 무리 지어 다니는데."

　　다시 유모 에우뤼클레이아가 그녀를 향해 말했다.
"저는 보지도 듣지도 못했어요, 죽는 자들의 신음 소리만　　40
들었으니까요. 우리는 잘 지은 방들의 구석에서
덜덜 떨며 앉아 있었는데, 잘 짜 맞춘 문짝에 갇혔던 거죠,
마침내 텔레마코스 도련님이 홀에서 저를
불러낼 때까지는요. 그의 부친이 그를 보내 절 불러냈지요.
그제야 저는 도살된 시체들 가운데 오뒷세우스가　　　　　45
서 계신 걸 발견했죠. 그 주위에는 구혼자들이 겹겹이 흙바닥에
널브러져 있었죠. 그 장면을 보셨다면 마음이 훈훈하셨을 텐데.
[주인님이 사자처럼 피와 피떡을 뒤집어쓴 장면 말입니다.]
지금은 모두가 안뜰의 대문 앞에 떼 지어 모여 있는데,
주인님은 매우 멋진 집을 유황으로 정화하며　　　　　　　50
큰 불을 피우셨죠. 마님을 모시고 오라고 절 보내셨답니다.
자, 절 따라오세요, 두 분께서 함께 각자의 마음을
환희의 길로 이끄시도록, 많은 고난을 겪으셨으니.

이제야 마침내 오랜 소망이 이렇게 완전히 이루어졌네요.
그분 자신이 살아서 화롯가에 돌아와서, 홀 안에서   55
마님과 아드님을 발견했지요. 그분에게 나쁜 짓 한
구혼자들, 그들 모두를 자기 집에서 응징하셨습니다."
　　신중한 페넬로페가 그녀를 향해 말했다.
"어멈, 아직은 크게 환호하며 기뻐하지 말게.
잘 알고 있네, 그이가 얼마나 홀 안에서 모두에게   60
환영받게 될지는, 특히 나와, 우리가 낳은 아들에게 말이야.
그러나 그대가 말한 이 이야기는 사실일 리가 없어,
어느 불사신이 지체 높은 구혼자들을 죽여버린 거야,
마음을 해치는 폭행과 악행에 분노하셨으니.
구혼자들은 땅 위 인간들 중 누구도 존중한 적 없었는데   65
그들에게 도착한 자가 악인이든 선인이든 상관없이.
그들이 무도한 짓 했으니 불행을 당한 것이지. 한편 오뒷세우스는
아카이아 땅의 먼 곳에서 귀향을 놓치고 자신은 죽고 말았네."
　　유모 에우뤼클레이아가 페넬로페에게 대답했다.
"내 따님이여, 어찌 그런 말이 치아의 담장을 넘어왔나요?   70
부군께서 지금 집 안 화롯가 옆에 계시는데도, 집에 결코
못 돌아온다고 생각하시다니요. 마님의 마음은 늘 의심이 많죠.
그럼, 자, 또 다른 명백한 증거 하나 말씀드릴게요,
흉터 말인데, 과거 멧돼지가 흰 엄니로 물어 생긴 흉터요.

그분 발을 씻겨주다 그걸 알아보고, 바로 마님에게 말하고   75
싶었지요. 그러나 주인님은 명민하시어 양손으로
내 입을 틀어막아 말하지 못하게 하신 거랍니다.
자, 저를 따라오세요. 제 목숨을 기꺼이 걸겠습니다,
마님을 속인다면, 비참하게 파멸하도록 절 죽이세요."

　　신중한 페넬로페가 대답하여 말했다.   80
"어멈, 영생하는 신들의 계획을 꿰뚫어 보는 건
어렵다네, 비록 그대가 지혜롭다 하더라도.
어쨌든 내 아들에게 가보세, 구혼자 사내들이
죽어 있는 것과 그들을 죽인 자를 보기 위해서라도."

　　그렇게 말하고 위층 방에서 내려갔다. 그녀 마음은   85
많은 생각을 굴리고 있었다, 거리 두고 남편에게 캐물어볼지,
아니면 옆에 서서 손과 머리를 잡으며 입 맞출지.
그녀는 안에 들어가며 돌로 된 문턱을 넘어서자
오뒷세우스의 맞은편, 불빛 가운데 앉았는데
다른 벽 쪽이었다. 한편 오뒷세우스는 긴 기둥에 기대어   90
땅바닥을 응시하고 있었다, 두 눈으로 보면서
뛰어난 아내가 그에게 무슨 말 할지 기다리며.
오래 말없이 앉아 있는 아내는 마음이 혼란스러웠다.
그녀는 얼굴을 마주하여 그를 쳐다보곤 했으나
몸에 더러운 옷 걸친 남편을 알아보지 못했다.   95

텔레마코스는 비난하는 투로 이름 부르며 말을 건넸다.

"어머니, 내 어머니가 아닌가요, 무정한 사람,
대체 왜 아버지를 멀리하세요? 그분 곁에 앉아서
질문하지도 탐문하지도 않으시나요?
{이렇게 모진 마음으로, 남편과 멀리 떨어져 있는   100
여인은 없을 겁니다. 남편이 많은 고난 겪고 나서
20년 만에 조국 땅에 돌아왔는데도.}
어머니 마음은 항상 돌보다도 더 단단하지요."

다시 신중한 페넬로페가 아들을 향해 말했다.
"내 아들아, 내 가슴속 마음이 당혹스러워   105
무슨 말을 할 수도, 무엇을 물어볼 수도
맞은편 얼굴을 바라볼 수도 없구나. 만약 정말로
그가 오뒷세우스이고 집에 도착했다면, 우리 두 사람은
훨씬 더 서로를 잘 알아볼 수 있을 게다. 우리에겐 증표가
있단다, 우리 둘만 알고 타인은 모르는 증표 말이다."   110

그렇게 말하자, 많이 참는 고귀한 오뒷세우스가 웃음 지으며
다시 텔레마코스에게 날개 돋친 말을 쏘았다.
"텔레마코스야, 엄마가 홀 안에서 나를 시험하게
놔두어라. 당장 더 좋은 걸 그녀가 알게 될 것이다.
지금은 내가 더럽고 몸에 남루한 옷을 걸치고 있어   115
그녀가 날 무시하고 아직도 내가 남편임을 인정하지 않는구나.

그러면 무엇이 가장 최선일지 우리가 생각해보자,
누군가 어느 지방에서 한 사람을 죽이고 나면
그에게 앞으로 복수할 사람이 많이 없어도
친지들과 조국 땅을 등지고 도망치게 되지.   120
그런데 우리는 도시의 동량들, 이타케의 청년들 중
가장 뛰어난 자들을 살해했다. 네가 고심할 문제다.”
　　그와 마주하며 총명한 텔레마코스가 말했다.
“아버지가 그 문제를 숙고해주세요. 아버지 계획이
가장 뛰어나다고 사람들이 말하니까요, 필멸의 인간 중   125
어느 누구도 그 점에서 아버지와 겨루지 못할 겁니다.”
[우리는 열의 갖고 함께 따르겠습니다, 도움이 부족하지
않을 겁니다, 적어도 힘이 아직 남아 있다면요.]
　　이에 답하여 꾀 많은 오뒷세우스가 말했다.
“그러면 내가 최선이라 생각하는 방안을 말해보마.   130
우선 너희는 목욕을 하고 몸에는 윗옷을 두르고
홀 안에서 깨끗한 의복을 입혀달라 하녀들에게 명령하여라.
그리고 신과 같은 소리꾼이 낭랑한 수금을 들고
노래하여 우리가 경쾌하게 춤추게 하여라.
그러면 누가 밖에서 듣고는 결혼식이라고 말하겠지,   135
길 위로 오르거나 주위에 사는 사람들이 말이다,
구혼자 사내들이 살해되었다는 소문이 먼저 도시에 두루

퍼져서는 안 된다, 우리가 거처 밖에 나가서 우리 소유의
나무 많은 농장에 도착하기 전에는. 그때, 올륌포스의 주인님이
우리에게 어떤 이익을 손에 쥐여주실지 숙고해보자.”   140
　　그렇게 말하자, 그들은 그의 말에 귀 기울이고 복종했다.
우선 그들은 목욕하고 몸에는 윗옷을 둘렀고
하녀들이 모든 준비를 마쳤다. 신과 같은 소리꾼은
우묵한 수금을 잡고는 그들 안에 달콤한 노래와
빼어난 무용에 대한 욕망을 불러일으켰다.   145
커다란 궁전은 그들의 발놀림으로 그 주위가 되울렸다,
사내들과, 예쁜 허리띠 맨 여인들이 즐거이 춤을 추자
어떤 이가 집 밖에서 그 소리 듣고는 이렇게 말했다.
　　“정말로 어떤 사내가 구혼자 많은 왕비와 결혼하는군.
못된 여자 같으니, 혼인한 제 남편의 커다란 궁전을,   150
그가 귀향할 때까지 지켜낼 용기도 없다니.”
　　그렇게 말했으나, 어떻게 일이 돌아가는진 몰랐다.
한편 집 안에서는 담대한 오뒷세우스를
여집사 에우뤼노메가 씻겨주고 올리브유 발라주고
그의 몸에는 망토와 상의를 입혀주었다.   155
머리에 수려함을 아테네가 한껏 쏟아부어
{그가 더 크고 강건하게 보이도록 했고 머리에는
모발이 무성하게 하니 마치 히아신스 꽃과 같았다.}

마치 어떤 숙련된 장인이 은에 금을 입힐 때처럼,
장인이 헤파이스토스와 팔라스 아테네에게서   160
온갖 종류의 기술을 전수받아 멋진 작품을 만드는 것처럼
그렇게, 보라, 여신은 그의 머리와 어깨에 매력을 부었다.
오뒷세우스가 욕조에서 마치 불사신처럼 걸어 나왔다.
그는 자신이 일어섰던 좌석에 다시 앉고는
자신의 아내를 마주 보며 이렇게 말했다.   165
　　"이상한 여인이여, 올륌포스에 거주하는 신들이
여인들 중 특히 그대에게 가장 혹독한 마음씨를 주셨구려.
이렇게 모진 마음으로, 남편과 멀리 떨어져 있는
여인은 없을 거요, 남편이 많은 고난 겪고 나서
20년 만에 조국 땅에 돌아왔는데도.   170
그럼, 자, 내게, 어멈, 침상을 펴주게나, 나 혼자서라도
눕게 말이다. 그녀 가슴에는 무쇠 마음이 심어져 있나보이."
　　신중한 페넬로페가 그에게 말했다.
"이상한 남자여, 나는 전혀 자만하지도 무시하지도
많이 놀라지도 않아요. 아주 잘 알고 있죠. 당신이   175
이타케에서, 노가 긴 배 타고 떠날 때 어떤 모습이었는지!
그럼, 자, 이분에게 잘 짜인 침상을 펴드리게나, 에우뤼클레이아,
잘 지은 침실 바깥에, 그분이 직접 만든 침상을 말이다.
그곳에 침상을 내다놓고 그 위에 침구를,

양털과 덮개와 번쩍이는 담요를 올려놓게나." 180

남편을 시험하며 그렇게 말했다. 오뒷세우스는
역정을 내며 정숙한 아내를 향해 말했다.

"부인, 그 말은 정말로 마음에 상처가 되는구려.
누가 내 침상을 다른 곳으로 옮기다니? 그리할 방법을
잘 아는 자라도 어려운 일이오. 신이 몸소 와서는 185
자기 의지로 쉽게 다른 장소로 옮겨놓는다면 모를까.
인간들 중 숨 쉬는 자는 어느 누구도, 젊은이라도,
쉽게 들어 올릴 수 없을 거요. 교묘하게 제작한 침상 안에는
독특한 증표가 있소. 그걸 만드느라 내가 얼마나 애썼던가.
올리브나무의 기다란 몸통이 영지 내에 있었는데 190
잘 자라서 울창했소. 기둥만큼이나 두꺼운 나무의
몸통 주위에 내가 빽빽한 돌들을 사용해
침실을 지어 완성했고, 그 위에 지붕을 잘 덮고는
꼭 맞게 연결되고 단단히 짜 맞춘 문들을 붙였소.
그러고 나서, 이파리 긴 올리브나무 가지를 잘라내고 195
밑동을 뿌리에서 위로 자르고 청동 도끼로 솜씨 좋게
매끈하게 잘 다듬고 먹줄을 쳐서 곧게 하여
침대 기둥을 만들었고, 송곳으로는 모든 곳에 구멍을 뚫었소.
밑동에서 시작해 침대를 완성할 때까지 꼼꼼하게 작업했는데
기술 좋게 금과 은과 상아로 장식하며 말이오. 이 침대 틀에는 200

자줏빛 반짝이는 소가죽끈을 십자로 엮어서 당겨놓았소.

이것이 그대에게 보여준 증거요. 그러나 나는 전혀 알지 못하오,

날 위해 아직도 침상이 굳건한지, 부인, 아니면 어떤 사내가

올리브나무의 밑부분을 잘라내서 다른 곳에 옮겼는지."

　　　그렇게 말했다. 당장, 그녀 무릎과 심장이 풀렸다.　　　205

남편이 틀림없이 제시한 증거를 그녀가 알아본 것이었다.

눈물 흘리며 곧장 달려가 오뒷세우스의 목 주위에

양손을 뻗고는 그의 머리에 입 맞추며 말했다.

　　　"오뒷세우스, 내게 화내지 마세요, 다른 일에서도

당신은 가장 현명하니까요. 신들이 곤경을 주셨으니　　　210

우리 두 사람을 시샘하셨지요. 우리가 서로 곁에 머물며

젊음을 누리고 노령의 문턱에 도달하는 것을!

이런 일로 내게 언짢아하지도 분노하지도 마세요,

처음 당신을 보고 즉시 이렇게 반기지 않았다고.

나로선 내 가슴속 마음이 항상 전율했지요,　　　215

어떤 인간이 날 속이려고 찾아오지 않을까,

많은 인간들이 사악한 이득을 도모하니까요.

제우스에게서 태어난 아르고스 여인 헬레네도

침대와 사랑 속에서 이방 남자와 살을 섞진 않았겠죠,

아카이아인의 호전적인 아들들이 그녀를 다시 집에,　　　220

그녀의 조국 땅에 데려간다는 걸 미리 알았더라면요.

사실은, 신이 그녀가 수치스러운 짓 하게 부추겼던 겁니다.
그 전까지 그녀는 미망(迷妄), 그 치명적 미망을
깨닫지 못했지요. 그 이후로 우리에게도 재앙이 닥쳐왔지요.
지금 당신이 우리 침대의 명백한 증거를 명쾌하게   225
설명했는데, 그것은 다른 어느 인간이 본 적 없고
오로지 당신과 나, 그리고 한 명의 하녀만이 알고 있지요.
그 하녀는, 시집올 때 부친이 딸려 보낸 악토리스이고
그녀는 우릴 위해 단단한 침실의 양문을 지켜주었죠.
정말 당신은 내 마음을, 아주 혹독한 내 마음도 설득했네요.”   230
　　　그렇게 말하며 울음의 욕망을 더욱 불러일으키니
오뒷세우스는 대견하고 충실한 아내를 붙잡고 울고 울었다.
마치 헤엄치는 자들에게 반갑게도 육지가 나타날 때처럼,
바다에서 포세이돈이 그들의 잘 지은 배를 산산조각 내면
그 배는 바람과 막강한 파도에 뭇매를 맞으니   235
몇몇만이 헤엄쳐 잿빛 바다를 피해 육지로
도망치는데, 그들 살갗엔 짠물이 많이 응고되었으나
재앙을 피해 반갑게 육지에 발을 내디딜 때처럼,
그렇게 그녀는, 보라, 남편을 바라보고 반가워서
양팔을 남편의 목덜미에서 떼어놓지 않았다.   240
울고 있는 부부에게 장밋빛 손가락 펼치는 에오스가 나타났으리라,
올빼미 눈의 여신 아테네가 다른 생각을 품지 않았다면.

여신은 밤을 억제하여 길어지게 하니, 황금 옥좌에 앉은
에오스를, 오케아노스 위에 붙잡아두어 새벽의 여신이
발 빠른 말에 마구를 얹지 못하게 했구나. 이 말들은 새벽의 여신을   245
태운 망아지들로, 인간에게 빛 나르는 람포스와 파에톤이다.
바로 그때, 꾀 많은 오뒷세우스가 자기 아내에게 말했다.
　"여보, 아직은 우리가 모든 시련의 끝에 도달한 게
아니니, 이후에도 측량할 수 없는 과업이 있을 거요,
그것은 많고 어려운 과업으로, 내가 반드시 이뤄야 하오.   250
그렇게 테이레시아스의 혼령이 내게 예언했는데
내가 하데스의 집 안으로 내려가서
전우들과 나 자신의 귀향을 모색하려 했을 때요.
자, 침상으로 갑시다, 부인, 이제는 잠자리에 누워서
달콤한 잠을 즐길 수 있도록 합시다.   255
　신중한 페넬로페가 그를 향해 말했다.
"잠자리는 그댈 위해 있을 거예요, 그대가
마음속으로 원할 때마다, 신들이 그대의 잘 지은 집과
조국 땅에 도착하게 해주셨으니까요.
신이 그대 마음속에 던져 그대가 떠올린 것이니   260
자, 그 시련에 대해 내게 말해주세요, 내 생각에
나중에 알 거라면 지금 당장 아는 것도 나쁘지 않아요."
　꾀 많은 오뒷세우스가 대답하여 말했다.

"이상한 여인이여, 왜 이걸 다시 말하라고 재촉하는 거요?

그럼에도 나는 숨기지 않고 말할 것이오.　　　　　　265

그대 마음이 기쁘지 않을 텐데. 나 자신도

기쁘지 않으니까, 예언자가 인간의 여러 도시들에

가라고 명령했는데, 양손에 잘 맞는 노를 들고서 말이오.

내가 바다 모르는 사내들에게 도착할 때까지,

더욱이 소금 섞인 음식을 먹지 않는 자들에게요.　　　　270

이들은 또한 자줏빛 뺨 가진 배들을 알지도 못하고

잘 맞는 노들, 배들의 날개인 노를 알지도 못한다오.

예언자가 내게 이런 명백한 증표를 말했는데, 이것도

숨기지 않겠소. 어떤 길손이 우연히 나와 만나자

빛나는 어깨에 내가 왕겨 걸러내는 풍구를 메고 있다고　　275

말하면, 바로 그때, 나는 대지에 노를 심고

훌륭한 제물을 포세이돈 주인님에게 바치되

양과 소 한 마리와 돼지들에게 올라타는 멧돼지를 바치고,

집에 돌아가서 신성한 헤카톰베를 불사의 신들에게,

드넓은 창공을 차지한 신들 모두에게 차례로　　　　　　280

바치라고 한 것이오. 그리고 바다 먼 곳에서 죽음이

바로 나에게 찾아와서, 부드러운 죽음이

기름진 노령에 닳고 닳은 나를 덮칠 것이고, 내 주위

백성들은 축복받게 될 것이오. 이 모든 것이 실현된다고 하오."

다시 신중한 페넬로페가 그를 향해 말했다.   285

"신들께서 그대 위해 더 나은 노령을 허락해주신다면
재앙에서 벗어나게 되리라는 희망이 있지요."

그렇게 부부가 서로 이런 대화를 나누고 있었다.

유모와 에우뤼노메는 부드러운 요와 이불로 잠자리를

준비했는데, 횃불은 빛을 발하고 있었다.   290

그들이 열심히 서둘러 단단한 침상을 덮고 나자

노파는 몸을 누이려 집으로 가버렸고

왕과 왕비가 침상에 갈 때 안방 시녀 에우뤼노메가

두 분을 안내하고 손에는 횃불을 들었다.

내실로 안내하고 나서는 물러났다. 한편 부부는   295

기뻐하며 오래된 침상이 놓인 장소에 이르렀다.

텔레마코스와 소치기와 돼지치기는

춤추던 발을 멈추었고 여자들도 춤을 멈추게 하고는

그들 자신은 그늘진 홀에서 자려고 누웠다.

한편 부부가 사랑 담긴 교제를 즐기고 나서   300

서로에게 이야기하며 이런 말들에 서로 즐거워했다,

가장 고귀한 그녀는 홀 안에서 얼마나 많은 걸 참으며

구혼자들의 가증스러운 무리를 바라보았는지 말했다,

그녀 때문에 그자들은 많은 소들과 살진 양들을

도살하고 단지에서 많은 포도주를 퍼냈던 것이다.   305

제우스 후손 오뒷세우스는 모든 걸 이야기했다. 얼마나 많은
걱정거리를 전우들에게 안겨주었고, 또 자신은 얼마나 많은
고통을 겪으며 고생했는지. 그 이야기를 그녀가 즐겼으니
그가 모두 말할 때까지 그녀의 눈꺼풀에 잠이 오지 않았다.
그는 계속 이야기했다, 어떻게 그가 처음 키코네스족을   310
제압하고 로토파고이족의 비옥한 경작지에 갔는지.
퀴클롭스가 저지른 모든 일들, 그리고 어떻게 용맹한 전우들에게 지은
죄의 대가를 치르게 했는지, 그자가 무자비하게 그들을 먹어치웠으니.
또 어떻게 아이올로스에게 도착했고 아이올로스가 호의로
그를 영접하여 안전한 호송을 마련했는지. 그러나 아직 그가   315
조국 땅에 도달할 운명이 아니라서 다시 돌풍이 그를 낚아채
깊이 신음하는 그를, 물고기 많은 바다 위로 날랐구나.
또 어떻게 라이스트뤼고네스족의 텔레퓔로스에 도착했는지,
그들이 어떻게 배들을 파괴하고 좋은 경갑 입은 전우들을 죽였는지.
[모두를 죽였으나, 어떻게 오뒷세우스 혼자 검은 배 타고 도망쳤는지.]   320
그리고 키르케의 속임수와 많은 꾀에 대해 소상하게 이야기했다.
테베 사람 테이레시아스의 혼백에게 묻기 위해
그가 노걸이 많은 배를 타고 하데스의 축축한 집에
갔을 때, 어떻게 많은 전우들과 어머니를, 낳아주시고
어렸을 때 키워주신 어머니를 보았는지 이야기했다.   325
또 어떻게 끝없이 노래하는 세이렌 자매들의 노래를 들었는지

그리고 어떻게 방랑하는 바위들과 무시무시한 카립디스와
사내들이 해 입지 않고는 피한 적 없는 스퀼라에 도달했는지.
또 어떻게 헬리오스의 소들을 전우들이 잡아먹었는지.
또 높은 곳에서 천둥 치는 제우스가 연기 나는 번개로   330
날랜 배를 맞혀서, 고귀한 전우들이 모두 괴멸되었으나
어떻게 그 혼자서 사악한 죽음을 피했는지. 또 어떻게
오귀기아섬과 요정 칼립소에게 도착했는지 이야기했다.
요정은 그의 남편이 되길 열망하여 속 빈 동굴 속에
그를 억류하고 그를 돌봐주며 영원히 죽지 않고   335
젊음을 유지하게 해주겠다고 여러 번 제안했으나
가슴속 그의 마음을 결코 설득하지 못했구나.
또 어떻게 많은 고난을 겪고 파야케스족에게 도착했는지.
그 종족이 진심으로 그를 신처럼 존경하고는
금과 청동과 충분한 의복을 주고 나서   340
배에 태워 그의 조국 땅으로 호송했다고 이야기했다.
그가 마지막 이야기를 마치자 달콤한 잠이
사지를 풀며 덮치니 마음에서 근심을 몰아냈다.

    올빼미 눈의 여신 아테네는 다른 걸 생각해냈다.
여신은 오뒷세우스가 마음에 흡족하게 아내와 동침하고   345
충분히 잠을 잤다고 짐작하자, 당장 오케아노스로부터
일찍 태어난, 황금 옥좌의 에오스를 일으켜

인간들에게 빛을 비추게 했다. 부드러운 잠자리에서
오뒷세우스가 일어나더니 아내에게 이렇게 제안했다.

　　"여보, 우리 둘 다 많은 시련에 물려버렸소,　　　　　　　　350
그대는 고난에 찬 내 귀향에 울고 또 울었고
나는 귀향을 열망했지만 제우스와 다른 신들이
조국 땅에서 멀리, 고통에 나를 꽁꽁 묶으셨다오.
그러나 지금, 우리가 열망했던 잠자리에 이르렀으니
나의 홀 안에 있는 재산들을 관리해 주시오.　　　　　　　　355
주제넘은 구혼자들이 잘라먹은 가축들은
상당수 내가 직접 빼앗아 회수할 거요. 아카이아인들은
가축을 넘겨주며 내 모든 축사들을 채워줄 것이오.
이제 나는 나무 무성한 시골에 가서 고귀한 아버님을
찾아뵈려고 하오, 나 때문에 무척 괴로우셨을 거요.　　　　360
그대에게, 여보, 비록 그대 영리하지만 이렇게 당부하오.
해가 뜨자마자 구혼자 사내들, 홀 안에서 내가
도살한 자들에 대한 소문이 돌게 될 것이오.
하녀들과 함께 윗방으로 올라가서는 그곳에
앉아 있고 내다보지도 말고 아무에게 묻지도 마시오."　　　365
　　그렇게 말하고는 양어깨에 멋진 무장을 걸쳤다.
텔레마코스와 소치기와 돼지치기를 깨워서
모두에게 전쟁 무구를 손에 잡으라고 명령했다.

그들은 거역하지 않고 청동으로 스스로 무장하고
대문을 열어 밖으로 나갔는데, 오뒷세우스가 앞장섰다. 370
이미 빛이 대지 위에 걸려 있었지만, 아테네 여신은
어둠으로 그들을 덮고는 잽싸게 도시 바깥으로 이끌었다.

24 ω

한편 퀼레네의[209] 헤르메스가 구혼자 사내들의
혼백을 불러냈다. 신은 손에 멋진 금 지팡이를
쥐었는데, 이 지팡이로는 원하는 사람의 눈에
마법을 걸거나 잠자는 사람을 깨우기도 한다.
지팡이로 혼백들을 깨우자 혼백들이 찍찍대며 뒤따랐다.   5
마치 박쥐들이 섬뜩한 동굴 구석에 서로 붙어
매달려 있다가 매달린 무리에서 한 마리가
떨어지자 나머지 모두가 찍찍대며 날아다닐 때처럼
그렇게 찍찍대며 함께 갔다. 이 혼백들을,

---

209   헤르메스의 별칭. 아르카디아 지방의 퀼레네산에서 출생했다.

치유자 헤르메스가 곰팡내 나는 길을 따라 이끌었다.
혼백들은 오케아노스의 물길과 레우카스의 바위[210]를
지나가고 헬리오스의 대문과 꿈들의 지방 옆을 지나갔다.
곧 수선화 만발한 초지에 당도하니 그곳은 혼백들,
삶의 노역에 지친 자들의 유령이 거주하는 곳이다.

　　혼백들은 펠레우스의 아들 아킬레우스의 혼백을
발견했고 파트로클로스와 흠 없는 안틸로코스와
아이아스의 혼백을 발견했다. 아이아스는 외모와 체격이
아카이아인들 중, 흠 없는 아킬레우스 다음으로 최고였다.
아킬레우스 주위로 혼백들이 몰려들고 있었을 때
아트레우스의 아들 아가멤논의 혼백이 슬퍼하며
가까이 다가왔다. 아가멤논을 둘러싼 혼백들은 그와 함께
아이기스토스의 궁전에서 죽음의 운명과 만났던 것이다.
먼저 아킬레우스의 혼백이 그를 향해 말했다.

　　"아트레우스의 아들이여, 특히 그대가 영웅 사내들 중,
번개 던지는 제우스에게 늘 총애받는 자라고 믿고 있소,
그 때문에 그대가 많은 강력한 자들을 다스렸는데
아카이아인들이 고통을 겪은 트로야인들의 나라에서요.
그대에게도 일찍이 치명적 죽음이 함께하게 되었구려,

210　하데스로 가는 길에 있는 흰 바위.

한번 태어난 자라면 누구도 죽음을 피하지 못하는 법.

그대는 트로야에서 통치하는 명예를 누리다가　　　　　　　　30

그곳에서 죽음과 사망을 맞이해야 했거늘, 그러면

그대 위해 아카이아인들 모두가 무덤을 쌓았을 거고

후일 그대는 아들을 위해 큰 명성을 남겼을 것이오.

그러나 지금은 가장 처량한 죽음이란 몫을 받았구려.”

　　　다시 아가멤논의 혼백이 그를 향해 말했다.　　　　　35

“행복한 이, 펠레우스의 아들, 신을 닮은 아킬레우스여,

그대는 아르고스에서 먼 트로야에서 죽었으나, 그대 옆에선

트로야인들과 아카이아인들의 가장 뛰어난 아들들이 죽어 나갔지,

그대를 두고 싸우느라 말이오. 한편 그대는 먼지 소용돌이 가운데

전차 모는 기술도 잊은 채 매우 장한 모습으로 누워 있었소.　　40

우리는 하루 종일 싸웠소. 결코 전투를 멈추지 않았을 거요,

만약 제우스께서 폭풍을 보내서 멈추지 않으셨다면.

우리가 전투에서 그대를 빼내서 선단으로 나르고

침상에 눕혀서 그대의 눈부신 살갗을 따뜻한 물과

연고로 깨끗하게 했소. 그대 곁에선 다나오스인들이　　　　45

뜨거운 눈물을 쏟아내고 머리카락도 잘라냈소.

어머니 여신이 그대의 사망 소식을 들으시고 바다에서

불사의 바다 요정들과 함께 오시니, 불가사의한 소리가

바다에 울려 퍼졌고 전율이 모든 아카이아인들을 붙잡았지.

그래서 그들이 벌떡 일어나 움푹한 배들로 향했을 텐데,   50
한 사내가, 오랜 경험과 지혜 깊은 자가 만류하지 않았다면,
이전부터 가장 뛰어난 조언자 네스토르가 말이오.
그는 호의를 품고 전우들 가운데 이렇게 연설했소.
'멈추시오, 아르고스인들이여, 도망치지 마시오, 아카이아 청년들이여.
아킬레우스의 어머니가 바다에서 불사의 바다 요정들과   55
함께 온 것이라오, 죽은 아들을 만나려는 것이오.'
그렇게 말하자 담대한 아카이아인들이 도주를 멈추었소.
그대 주위에는 바다 노인의 딸들이 서서는
애통하게 울며 그대에게 불멸의 옷을 입혀주었소.
아홉 무사 여신들은 모두 서로 화답하며 미성으로   60
만가(輓歌)를 불렀지. 그곳에선 모두가 눈물을 흘렸을 거요.
무사 여신의 낭랑한 노랫소리가 그렇게 애도를 불러일으켰소.
중단 없이 열이레 동안 밤낮으로 울고 또 울었으니
불멸의 신들과 필멸의 인간들이 그리했다오.
열여드레가 되는 날, 우리는 그대를 불에 넘겨주고   65
그대 주위에 살진 많은 양들과 뿔 굽은 많은 소들을 잡아 바쳤소.
그대는 신들의 의복과 많은 기름과 달콤한 꿀 속에서
불타고 있었지. 그리고 많은 아카이아 영웅들은
불타는 그대의 장작더미 주위로 무구를 갖추고
보병과 기병 모두 춤추며 빨리 행진했으니, 엄청난 굉음이 일었소.   70

헤파이스토스의 불꽃이 그대를 살라버리자
아킬레우스여, 이른 아침부터 우리는 섞지 않은 포도주와
연고에 적셨던 그대의 백골들을 추려냈소. 그대 어머님이
손잡이 달린 황금 항아리를 주셨지. 그것은 디오뉘소스의
선물이고 명성 자자한 헤파이스토스의 작품이라 했소.   75
영광스러운 아킬레우스여, 그 안에 백골들이 놓여 있었지,
메노이티오스의 아들, 죽은 파트로클로스의 백골들과 섞인 채로요.
그러나 안틸로코스와는 분리되었소. 그대가 모든 전우들 중
파트로클로스 다음으로 가장 존중했던 전우 말이오.
그 백골들 위에다 우리 창잡이 아르고스인의 신성한 군대가   80
흠 없는 큰 무덤을, 드넓은 헬레스폰토스[211]의
툭 불거진 갑에 쌓아 올렸으니, 그 무덤은
바다 저 멀리서도 지금 살고 있는 자들과
앞으로 태어날 자들 모두의 눈에 잘 보일 것이오.
그대 어머님은 신들에게 요구했던 매우 값진 상을   85
경기장 한가운데, 용기 출중한 영웅들 앞에 내놓으셨소.
왕이 죽고 나면 청년들이 가죽띠를 졸라매고
경쟁하러 나서는 경기들, 그리고 많은 용사들,
영웅들의 장례식 경기를 그대가 생전에 보았겠지만

---

211   트로야 근처, 지금의 다르다넬스해협을 말한다.

그 상들을 직접 보았다면 속으로 매우 놀랐을 거요.　　　　　90
은빛 발의 테티스 여신이 그대를 기리며 그렇게 매우 값진
상을 내놓으시다니 그대는 신들의 총애를 받은 거요.
그렇게 그대는 죽어서도 이름을 지우지 않고 영원히
모든 인간들에게 훌륭한 명성으로 남을 것이오, 아킬레우스여.
그런데 내가 전쟁에서 살아남았다 해도 무슨 즐거움이 있겠소?　　　95
내가 귀향하자 제우스 신이 치명적 파멸을 계획했으니
나는 아이기스토스와 가증스러운 아내의 손에 죽고 말았소."
　　두 혼백이 서로 그런 말을 나누고 있었다.
그들 가까이 전령의 신 헤르메스가 다가오며
오뒷세우스에게 제압된 구혼자들의 혼백을 이끌고 있었다.　　　100
그 혼백들을 본 두 혼백은 깜짝 놀라며 몸을 곧추 폈다.
아트레우스의 아들 아가멤논은 멜라네우스의 아들,
아주 유명한 암피메돈을 알아보았다.
그가 이타케의 집에서 자신을 환대했기 때문이다.
먼저 아가멤논의 혼백이 그를 향해 말했다.　　　105
　　"암피메돈이여, 무슨 일을 겪고 캄캄한 대지에 내려왔나,
같은 또래의 출중한 자네들 모두가? 도시 전역에서
가장 뛰어난 사내를 꼽는다 해도 달리 선택할 수 없을 텐데.
포세이돈이 배를 타고 가는 자네들을 제압했는가,
힘겨운 바람과 높이 솟은 파도를 일으켜서?　　　110

또는 아마도 자네들이 소들과 양들의 멋진 무리를
공격하여 잘라내자 적대하는 인간들이 해를 입혔는가?
아니면 도시와 여자들을 두고 전투하면선가?
그대의 친구라 자부하는 내가 물어보니 대답해주게.
내가 그대 집에 갔던 것을 기억하고 있지 않나?   115
신과 같은 메넬라오스와 함께 오뒷세우스를 독촉하여
갑판 튼튼한 배를 타고 일리오스로 함께 가자 했지.
그렇게 가까스로 도시의 파괴자 오뒷세우스를 설득하고서
우리는 한 달 내내 드넓은 바다를 횡단했었지."

　　암피메돈의 혼백이 그에게 말문을 열었다.   120
"[가장 영광스러운, 아트레우스의 아들, 인간의 왕 아가멤논이여,]
제우스의 후손이여, 그대가 말한 대로 모든 걸 기억하고 있소.
그대에게 내 모든 걸 왜곡 없이 잘 설명하리다.
우리 죽음의 불행한 결말, 그것이 어떻게 일어났는지!
우리는 오래 집 떠나 있던 오뒷세우스의 아내에게 구혼했다오.   125
그녀는 자신이 혐오한 결혼을 거부도 수락도 않더니
우리에게는 죽음이란 검은 파멸을 계획했소.
흉중에 다른 속임수를 이렇게 궁리했던 거요.
궁전 안에 긴 날실을 세워놓고는 짜기 시작했는데
정교하고 아주 기다란 실이었지. 곧장 페넬로페가 말했소.   130
'여러분들, 내 젊은 구혼자들이여, 고귀한 오뒷세우스가 죽어서

나와 결혼하고 싶어 안달하더라도 기다려주세요,
이 천 짜기가 끝날 때까지요, 실들이 헛되이 상하지 않도록.
영웅 라에르테스를 위한 수의랍니다, 긴 재앙을 던지는
죽음이란 사악한 운명이 시아버지를 사로잡을 때   135
많이 소유한 아버님이 덮개도 없이 누워 계신다면
어느 아카이아 여인네가 내게 분노할까 두렵거든요.'
그렇게 말하자, 우리의 사내다운 마음이 설득되었소.
그러고 나서 그녀는 낮에는 커다란 천을 짰지만
밤에는 횃불을 앞에 두고 그걸 풀어버렸던 거요.   140
그렇게 3년 동안이나, 계략으로 눈길을 피하며
아카이아인들을 기만했소. 4년째에 계절이 다시 돌아오고
{달들이 스러지고 수많은 날들이 지나가자}
바로 그때, 한 하녀가 명백히 알려줘서
페넬로페가 빛나는 천을 푼다는 사실을 발견했던 거요.   145
그래서 그녀는 원치 않지만 강요받아 그 천을 마무리했소.
결국 그녀가 커다란 직물을 완성하고 세탁하여
그 망토를 보여주었는데, 그건 마치 해나 달과 같았소.
바로 그때, 어디선가 어떤 사악한 신이 오뒷세우스를
시골구석에서 인도했으니, 돼지치기가 집 짓고 사는 곳에서요.   150
신과 같은 오뒷세우스의 소중한 아들도 모래 많은
퓔로스에서 검은 배를 타고 그곳에 도착했소.

두 사내는 구혼자들에게 불행한 죽음을 계획하고
저 유명한 도시 이타케에 도착했는데, 오뒷세우스가
나중에, 텔레마코스가 먼저 앞장섰던 것이오.   155
오뒷세우스는 돼지치기가 데려왔는데, 몸에는
더러운 옷을 입고 처량한 거지 노인의 모습으로
{단장에 의지하고 있었소. 정말 초라한 옷을 걸쳤지.}
우리 중 어느 누구도 그가 갑자기 나타났을 때
그의 존재를 알아보지 못했고 연장자들도 마찬가지였소.   160
우리는 그를 욕하며 꾸짖고 투척하며 모욕했소.
그동안 오뒷세우스는 홀 안에서 욕설을 듣고
투척을 당해도 인내심을 갖고 견뎌냈소.
그러나 정말, 아이기스 가진 제우스의 계획이
그를 일깨우자 그는 텔레마코스와 함께   165
매우 멋진 무구들을 창고에 옮겨다놓고 빗장을 질렀소.
매우 교활하게도, 자기 아내에게 명령하여
구혼자들 앞에 활과 회색빛 무쇠를 갖다놓게 하여
우리에게는 너무 끔찍한 시합과 도살이 시작된 거요.
우리 중 어느 누구도 강력한 활의 시위를   170
잡아당길 수 없었는데, 우리의 힘이 한참 달렸던 거요.
오뒷세우스의 양손에 커다란 활이 건네지려 하자
우리 모두는 말로 위협하며 그자에게 활을

주지 말라고 했소, 그자가 아무리 끈질기게 요구해도.

텔레마코스는 홀로 그자를 독려하며 활을 주라고 명령했소.   175

마침내 많이 참는 고귀한 오뒷세우스가 활을

손에 쥐더니 쉽게 활시위를 당겨 무쇠를 관통시켰소.

문턱 위에 가 서더니 날쌘 화살들을 퍼붓고

무섭게 주위를 살피더니 안티노스 왕자를 맞혔고

다른 이들도 겨냥하고는 탄식 가득한 발사체를   180

계속 날리자 모든 무리가 차례로 쓰러졌던 거요.

신들 중 누군가 그들의 조력자라는 사실이 드러났지.

그들은 궁전에서 두루, 격분에 이끌리더니 직접 이리저리

돌아다니며 구혼자들을 도살했소. 끔찍한 신음 소리가 났고

그들의 머리가 두들겨 맞자 전체 바닥이 피로 흘러넘쳤다오.   185

그렇게 우리가 죽었소, 아가멤논이여, 지금도 여전히

우리 육신은 매장 없이 오뒷세우스의 홀 안에 누워 있다오.

집에 있는 각자의 가족들이 아직도 모르고 있다니.

가족들이 상처에서 검은 핏덩이를 씻어내고 들것에

내려놓고는 소리 내 슬피 울 텐데. 이는 망자들의 명예니까.”   190

　　아가멤논의 혼백이 그에게 말문을 열었다.

“행복한 이, 라에르테스의 아들, 술수 많은 오뒷세우스여,

그대는 진정 부덕(婦德)이 훌륭한 아내를 얻었구나.

얼마나 훌륭한 정신이 흠 없는 페넬로페,

이카리오스의 따님에게 깃들어 있는가, 얼마나 그녀는   195
결혼한 남편 오뒷세우스를 그리워했던가. 부덕의 명성이
결코 사라지지 않으니, 불사자들은 현명한 페넬로페의
아름다운 노래가 이 땅의 인간들 사이에 퍼지게 하리라.
클뤼타이메스트라가 사악한 짓을 꾸민 것과는 다르게.
그녀는 결혼한 남편을 죽였으니, 혐오스러운 노래가   200
인간들 위로 떠돌며 그 고약한 평판이 부인들을,
행실 바른 여인들도 뒤쫓게 되리라."
　　두 혼백이 이런저런 말을 서로 나누며
대지의 아래, 하데스의 집에 서 있었다.
한편 오뒷세우스 일행은 도시에서 내려와 곧 라에르테스의   205
잘 경작된 아름다운 농원에 도착했다. 농원은
라에르테스 자신이 과거, 노고를 다해 소유하게 되었다.
거기에 그의 농장이 있었고, 주위에는 별채들이
이어졌는데, 그곳에서 그에게 속한 하인들이
먹고 앉고 잠잤고 주인의 마음에 드는 일을 하곤 했다.   210
하인들 중 시칠리아 출신 노파는 라에르테스 노인을
도시에서 멀리 떨어진 시골에서 정성껏 돌보았다.
오뒷세우스는 아들과 하인들에게 말했다.
　　"너희는 지금 잘 지은 집 안으로 들어가서
당장 가장 좋은 돼지를 식사거리로 잡아 오너라.   215

나는 우리 아버님을 시험해볼 참이다,

두 눈으로 보시고는 날 알아보시는지, 아니면

알아보지 못하시는지, 내가 오래 떨어져 있었으니."

　　그렇게 말하며 하인들에게 전쟁 무기를 건넸다.

하인들은 재빨리 집으로 움직였다. 오뒷세우스는　　　　　　220

부친을 찾아서 과실 풍성한 정원 가까이 다가갔다.

큰 농원에 내려가보니 돌리오스[212]도 보이지 않았고

그의 아이들도 하인들도 보이지 않았다. 그들은

농원의 울타리가 될 담장의 돌들을 모으러

가고 없었는데, 그들을 돌리오스가 데려갔던 것이다.　　　225

그는 잘 지은 농원에서 아버지가 홀로 나무 주위에서

땅을 파고 있는 걸 발견했다. 아버지는 지저분하고

꿰매 기운 초라한 윗옷을 걸치고 정강이에는

꿰매 기운 소가죽 각반을 동여매, 긁힘을 방지하고

가시 때문에 손에는 장갑을 꼈다. 또 머리에는　　　　　　230

염소 가죽 모자를 쓰고 있으니 고통이 두 배였다.

아버지가 노령에 시달리고 심중에 큰 고통을

겪고 있는 걸 알아보자, 많이 참는 고귀한 오뒷세우스는

키 큰 배나무 아래에 서서 눈물을 떨구었다.

212　　페넬로페의 나이 든 하인인데, 멜란테우스와 멜란토의 아버지 돌리오스와는 다른
　　　　사람이다.

그는 머리와 가슴으로 숙고하기 시작했다,   235

자기 아버지를 껴안고 입 맞추고 어떻게

돌아와 조국에 도착했는지 세세하게 이야기할까,

아니면 우선 철저하게 물어보며 세세하게 시험해볼까.

그렇게 숙고해보니, 우선 거짓된 말로

시험하는 것이 더 이득이 되는 일로 보였다.   240

이런 의도로 고귀한 오뒷세우스가 곧장 아버지에게 다가갔다.

한편 아버지는 머리 숙이고 심어진 식물 주위를 파고 있었고

영광스러운 아들은 아버지 옆에 가서 말문을 열었다.

　"노인장, 정원 가꾸는 일을 좀 아는데

정원의 상태가 최상이군요. 정원에서 자라는 것,   245

무화과나무든 포도나무든 올리브나무든 배나무든 채소밭이든

정원에서 두루 손길이 가지 않은 곳이 전혀 없군요.

그런데 내가 다른 걸 말하려 하니 노여워 마시지요.

당신 자신은 돌보지 않아서 비참한 노령에 붙잡혀

더럽고 남루하고 어울리지 않는 옷을 입고 계시군요.   250

당신이 게을러서 주인의 돌봄을 받지 못하는 건 아닌데,

당신을 바라보자니 당신에겐 노예다운 무엇인가가

외모와 체격에서 보이지 않네요. 당신은 왕과 흡사해 보이니까요.

즉, 목욕하고 식사하고 부드러운 침대에서

잠을 자는 사람 말입니다. 이는 또한 노인들의 특권이죠.   255

그러면 자, 내게 왜곡 없이 말해주시오.

인간들 중 누구의 하인이오? 누구의 정원을 가꾸고 있소?

내게 솔직하게 말해주시오, 내가 잘 알 수 있도록,

내가 도착한 여기가 정말로 이타케인가요?

방금 전 우연히 만난 이곳 사람이 그리 일러주긴 했소만. 260

그자는 이방인에게 전혀 친절하지 않아서, 내가

내 친구에 대해서 그 친구가 어디엔가 살아 있는지

아니면 이미 죽어서 하데스의 집에 있는지 물어보자,

자세하게 말하지도 내 말을 듣지도 않더이다.

내 분명히 말하니, 어르신은 내 말에 귀 기울여주시오. 265

내 조국 땅에서 한 번은 우리 집에 찾아온 사내를

환대한 적 있었는데, 아직까지 어떤 필멸자도, 외지의

친한 친구들 중, 내 집에 와서 그보다 더 환대받은 적 없었소.

그는 혈통이 이타케 출신이라 자랑했고 그의 아버지가

아르케이시오스의 아들 라에르테스라고 말했지요. 270

나는 그를 집으로 안내하여 잘 대접하며

상냥하게 환대했고, 집에는 많은 재산이 있으니

손님에게 어울리는 환대의 선물을 주었소.

그에게는, 잘 가공된 황금 일곱 탈란톤을 주었고

꽃 장식 있고 전체가 은제인 혼주 용기를 주었고 275

주름 없는 망토 열두 벌과 같은 수의 깔개와

같은 수의 멋진 의복을 주었고 또 같은 수의 내의도 추가했소.
게다가 흠 없고 일 잘하는 네 명의 아리따운
여인을 주었는데, 그들은 그가 직접 선택하고 싶어 했죠.”

그러자 아버지는 눈물 쏟으며 대답했다.   280
“나그네여, 그대가 물어본 이타케 땅에 도착했으나
이 땅은 무도하고 오만불손한 인간들이 차지하고 있다오.
그대가 그 많은 선물들을 주었으나 헛된 일이 되었구려.
만약 이타케에서 당신 친구가 살아 있다면
그대에게 선물로 잘 보답하고 훌륭한 접대와 더불어   285
그대를 호송했을 텐데. 누가 환대를 시작했든 그게 관습이니.
자, 내게 왜곡 없이 말해보시오.
정말 몇 년이나 된 거요? 그대가 저 불운한 손님
내 아들을, 과거 당신 손님이었다는 불운한 자를
환대한 때가. 그는 어딘가 가족과 조국에서 멀리 있거나,   290
어딘가 바다에서 물고기 밥이 되었거나, 육지에서
맹수와 새들의 먹이가 되었을 거요. 그 아이에겐 엄마도
아빠도 수의를 입혀주고 통곡하지 못했소, 우리가 낳았건만.
지참금 많은 아내 현명한 페넬로페도 마찬가진데
침대에서 제 남편을 두고 응당 하듯이 두 눈을 내리깔고   295
곡하지 못한 거요. 그것이 망자들의 명예인데도 말이오.
내게 거짓 없이 말해주시오, 내가 잘 알 수 있도록.

어디서 왔고 인간들 중 누구인지, 그대 도시는 어디고 부모는 누군지?
빠른 배는 정말 어디에 서 있는지? 바로 그 배가 그대와, 신을 닮은
전우들을 이곳에 이끌었소? 또는 무역상으로 다른 자의   300
배를 타고 온 거요? 선원들이 그대를 뭍에 내려놓고 갔소?"
    꾀 많은 오뒷세우스가 대답하여 말했다.
"그러면 정말 모든 것을 왜곡 없이 말하지요.
나는 알뤼바스에서 왔고 그곳 유명한 궁전에 살고 있는데
나는 아페이다스의 아들이고 아페이다스는 폴뤼페몬 왕의 아들입니다.   305
내 이름은 에페리토스요. 어떤 신이 시카니에[213]에서
날 표류하게 하여, 나는 원치 않건만 이곳에 오게 했지요.
내 소유의 배는 도시에서 먼 시골에 정박해 있지요.
그런데 오뒷세우스와 관련된 일은 5년이나 지났습니다.
그가 여기에서 불운한 자로 와서 내 조국 땅에   310
도착한 그 일 말입니다. 그가 출발할 때 오른편에 상서로운
새들이 보이자, 이들 새에 기뻐하며 내가 그를 호송했고
그도 기뻐하며 떠났지요. 내 마음속으로 나중에 우리 둘이
환대로 섞이고 서로 영광의 선물을 준다고 약속했답니다."
    그렇게 말했다. 슬픔의 검은 먹구름이 노인을 덮어버리자   315
그는 양손으로, 불에 그슬린 먼지를 움켜쥐더니

---

213 시칠리아섬의 서부 지역.

희끗희끗한 머리에 쏟아붓고는 무겁게 신음했다.

그런 아버지를 바라보고 있자니 아들은 마음이

격하게 요동치고 살 에는 아픔에 코끝이 찡했다.

아버지에게 뛰어올라 그를 껴안고 입 맞추며 말했다. 320

　　"그 사람이 바로 접니다, 아버지, 당신이 물어본 사람이요.

그 사람이 20년 만에 조국 땅에 도착했답니다.

그러니 울음과 눈물 가득한 통곡을 멈추세요,

제가 다 말씀드리지요. 분명 급히 서둘러야 하지만.

우리 집에서 구혼자들을 모조리 죽여서 325

마음 도려내는 치욕과 악행을 응징했습니다."

　　라에르테스가 소리 내어 대답하여 말했다.

"당신이 정말 내 아들 오뒷세우스로 이곳에 도착했다면

어떤 명백한 증거를 말해주시오, 내가 납득하게 말이오."

　　꾀 많은 오뒷세우스가 대답하여 말했다. 330

"우선 여기 이 흉터를 두 눈으로 보십시오,

파르낫소스에 갔을 때 멧돼지가 흰 엄니로 가격해 생긴

흉터를요. 부친과 여주인 모친이 외조부 아우톨뤼코스에게

저를 보내셨지요. 제가 선물을 받아 오게 하셨는데, 그 선물은

그분이 이곳에 왔을 때 저에게 약속하며 고개 끄덕여 승낙하셨던 거죠. 335

그러면, 자, 잘 가꾼 정원에 두루 있는 나무들을 제가 말할게요,

과거에 제 몫으로 주셨던 나무들인데, 제가 과원에서

어린이로 아버질 따르며 나무 하나하나를 달라고 요구했지요.
나무들 지나며 아버지가 나무 이름을 하나하나 말해주셨어요.
배나무 열세 그루, 사과나무 열 그루, 무화과나무 마흔 그루를 340
제게 주셨어요. 그리고 포도나무 쉰 줄도 제게 주신다고
약속하셨고, 그것들은 각기 다른 시기에 영글었는데
온갖 품종의 포도송이들이 매달려 있었습니다,
제우스의 계절들이 위에서 힘으로 내리누를 때마다 말이죠."

　　그렇게 말하자, 아버지가 그 증거를 알아보고는 345
무릎과 심장이 풀렸다, 확실한 증거를 확인했으니.
아버지는 자기 아들에게 양팔을 던졌다. 혼절한 아버지를
많이 참는 오뒷세우스가 자기 몸으로 잡아당겼다.
그리고 아버지가 다시 숨 쉬고 기력이 심장에
돌아오자, 다시 이렇게 아들에게 대답하며 말했다. 350
　　"아버지 제우스여, 구혼자들이 무도한 폭행에 죗값을 치렀다면,
여전히 저 높은 올륌포스에 신들이 계신다고 확신합니다.
지금은 내심 엄청나게 두렵습니다, 당장 모든
이타케인들이 이곳으로 쳐들어오고 케팔레니아 도시
여기저기에 서둘러 전갈을 보내게 될까 봐." 355
　　꾀 많은 오뒷세우스가 대답하여 말했다.
"힘내시고, 그런 문제는 마음속으로 염려 마세요.
자, 집으로 가시죠, 정원 가까이에 있는 집으로.

그곳에는 텔레마코스와 소치기와 돼지치기를
미리 보냈어요, 당장 저녁 식사를 준비하도록.”

　　부자는 그렇게 말하고 나서 아름다운 집을 향해
걸어갔다. 두 사람이 살기 쾌적한 집에 도착하자
텔레마코스와 소치기와 돼지치기를 발견했는데,
그들은 많은 고기를 자르고 거품 이는 포도주를 섞고 있었다.
그러는 동안 대담한 라에르테스를, 그의 집에서
시칠리아 출신 하녀가 씻겨주고 올리브유를 발라주고
그의 몸에는 멋진 망토를 입혀주었는데, 아테네 여신이
가까이 다가서서 백성의 목자 라에르테스의 사지를
크게 만들어 이전보다 더 크고 튼튼하게 보이게 했다.
그가 욕조에서 걸어 나오자 오뒷세우스가 보고서 놀랐는데
마치 면전에서 불멸하는 신들과 같은 모습을 본 것 같아
그에게 소리 내어 날개 돋친 말을 쏘았다.

　　“아버지, 정말로 영생하는 신들 중 누군가
아버지 외모와 체격을, 보기에 흠 없이 만드셨네요.”

　　그와 마주하며 현명한 라에르테스가 말했다.
“제우스 아버지와 아테네와 아폴론이시여,
내가 육지의 기슭에 위치한 잘 지어진 도시
네리코스[214]를 취하여 케팔레니아를 통치했을 때처럼
만약 그런 사람으로 내가 우리의 궁전에서

360

365

370

375

어제, 어깨에 무구를 걸치고 구혼자 사내들과   380
맞서서 싸웠더라면. 그러면 많은 그들 사내들의
무릎을 풀어버려 내 아들이 속으로 기뻐했을 겁니다."
　　부자가 서로 그렇게 이야기하고 있었다.
한편 다른 이들이 노동을 마치고 식사 준비를 끝내자
그들 모두가 차례로 안락의자에 착석했다.   385
식사에 손을 뻗었을 때 누군가 가까이 다가왔으니
노인 돌리오스였고 그 노인의 아이들도 함께 왔는데
아이들은 농장 일로 지쳤고, 먼저 온 그들 어머니
시칠리아 노파가 그들을 불렀는데, 그녀는 그들을 양육했고
노령에 잡힌 돌리오스를 자상하게 돌보곤 했다.   390
그들이 오뒷세우스를 보고는 진심으로 알아보자
홀 안에 놀란 채 서 있었다. 오뒷세우스는
부드러운 말을 건네며 이렇게 말했다.
　　"어르신, 식사를 위해 앉으시지요, 놀라지 마세요.
오랫동안 음식에 손을 대고 싶어 하며 홀 안에서   395
기다리고 있답니다, 늘 여러분을 고대하면서요."
　　그렇게 말하자, 돌리오스가 곧장 움직여 양손을 펼쳤다.
오뒷세우스가 그의 손목을 잡고 손에 입 맞추자

214　레우카스의 한 마을.

돌리오스는 말문을 열어 날개 돋친 말을 쏘았다.

"주인님, 귀향하시다니, 우리가 그토록 열망했지만   400
상상조차도 못 했거늘, 신들이 직접 당신을 데려오셨으니
크게 기뻐하시고 행복하시길, 신들이 당신에게 축복을 내리시길.
내가 잘 알 수 있도록 내게 진실을 말해주시오,
이미 신중한 페넬로페께선 당신이 이곳에 귀향했다는 걸
분명하게 알고 계신가요? 아니라면 서둘러 전갈을 보내시죠."   405

꾀 많은 오뒷세우스가 대답하여 말했다.

"어르신, 이미 잘 알고 있소. 왜 그런 일로 분주해야 하오?"

그렇게 말하자, 돌리오스는 다시 반들반들한 의자에 앉았다.
마찬가지로 돌리오스의 자식들도 저 유명한 오뒷세우스
주위에 앉아서 그에게 인사하고 그의 손을 붙잡고   410
아버지 돌리오스 옆에 차례로 앉았다.

그들 모두가 홀 안에서 식사하며 분주했다.
한편 전령 옷사[215]가 잽싸게 도시를 두루 사방으로
돌아다니며 구혼자들의 쓰디쓴 사망과 파멸을 알렸다.
사람들이 그 소식을 듣고는 서로 사방에서 신음하고   415
탄식하며 오뒷세우스의 집 앞에 와서 서성거렸고
궁전에서 시신들을 각자 날라다가 매장했고

---

215   옷사(ossa)는 희랍어로 소문이란 뜻인데, 여기에선 의인화되었다.

다른 도시들에서 온 구혼자들 시신은, 각각 집으로 나르도록
사람들이 선원들에게 넘겨서 빠른 배들에 싣게 했다.
사람들은 비통한 마음에 무리 지어 회의장으로 움직였다. 420
사람들이 모여들어 한 무리가 되자
에우페이테스가 벌떡 일어나 그들 가운데 말했다.
마음속 깊이, 아들 안티노스의 죽음으로 고통이 극심했는데
그의 아들은 고귀한 오뒷세우스에게 처음으로 사살되었다.
바로 그가 눈물 쏟으며 그들 가운데 연설했다. 425

　"친구들이여, 그자는 아카이아인들에게 실로 엄청난
일을 꾸몄소. 전에는 많은 용맹한 이들을 배로 데려가서는
움푹한 배들을 잃어버리고 백성들도 희생시켰소.
이제는 귀향해서 가장 뛰어난 케팔레니아인들을 도살했소.
자, 그자가 재빨리 도망쳐서 퓔로스에 도착하기 전에, 그리고 430
신성한 엘리스, 에페이오이족이 통치하는 곳에 도착하기 전에
갑시다. 아니면 우리는 앞으로 부끄러워 몸을 떨게 될 거요.
이는 치욕이고 후손들이 알게 되더라도 그러하오,
만약 아이들과 형제들의 살인자를 우리가 응징하지 않는다면
적어도 나로선 더 오래 산다는 것도 달갑지 않고 435
가능한 한 빨리 죽어서 망자들 가운데 있고 싶소이다.
자, 갑시다, 저자들이 먼저 바다를 건너지 못하도록."
　눈물 흘리며 말하자 모든 아카이아인들이 동정했다.

그들 가까이 메돈과 신과 같은 소리꾼이
잠에서 깨어난 후 오뒷세우스의 홀에서 다가왔다.   440
그들 한가운데 섰다. 놀람이 그들 모두를 사로잡았다.
그들에게 그리고 그들 사이에서 영리한 메돈이 말했다.
　　"지금 내 말을 들으시오, 이타케인들이여. 오뒷세우스가
불멸하는 신들을 거슬러 이런 일을 계획한 것이 아니오.
나 자신이 불멸의 신을 보았는데, 그 신은 오뒷세우스 옆에   445
서 계셨고 모든 점에서 멘토르와 비슷했소.
그 신은 불멸하는 신으로 때때로 오뒷세우스 앞에서
눈에 띄게 격려하시고 때때로 구혼자들을 몰아가며
홀 안에서 두루 무찌르셨소. 그래서 구혼자들이 무더기로 쓰러진 거요."
　　그렇게 말하자, 녹황색 공포가 모두의 하체를 붙잡았다.   450
그들에게 그리고 그들 사이에서 마스토르의 아들 노영웅
할리테르세스가 말했는데, 그만이 홀로 과거와 미래를 볼 수 있었다.
그는 호의를 품고 연설하며 그들에게 말했다.
　　"이제는 내 말 들으시오, 이타케인들이여, 내가 무슨 말 하는지.
친구들이여, 여러분이 비겁하여 이런 일이 일어난 거요.   455
내 말을 듣지 않았고, 백성의 목자 멘토르의 말도 듣지 않았소,
여러분 자식들의 어리석은 짓을 멈추게 하라 했거늘,
바로 그들이 무도한 사악함으로 엄청난 짓을 저질렀는데
뛰어난 사내의 재산을 잘라 조각내고 그의 아내를

모욕했던 것이오, 그가 앞으로 귀향하지 않는다고 믿고서. 460

이제 이 일은 이렇게 되길 바라니, 내 말을 들으시오.

가지 맙시다. 그 누구라도 재앙을 자초하지 않도록 합시다.”

그렇게 말을 마쳤다. 그런데 전쟁을 외치며 뛰어나간 자들은

절반보다 많았지만, 나머지는 그곳에 무리 지어 남아 있었다.

예언자의 조언이 마음에 들지 않고 에우페이테스에게 465

설득된 자들은 당장 무구를 향해 서둘러 내달렸다.

그들이 마침내 몸 주위에 번쩍이는 청동을 두르고

넓은 무도장 있는 도시 앞에 모두 함께 모여들었다.

어리석게도, 에우페이테스가 그들을 지휘했다.

그는 최소한 자식의 살해를 복수하리라 믿었다. 그러나 470

다시는 귀가하지 못하고 그곳에서 죽게 될 운명이었다.

한편 아테네는 크로노스의 아들 제우스를 향해 말했다.

“오, 우리 아버지, 크로노스의 아드님, 지고의 통치자여,

제가 묻는 말에 대답해주세요. 당신의 정신은 무엇을 숨기고

계시나요? 불행한 전투와 무서운 분쟁을 일으키실 건가요? 475

아니면 양 진영 사이에 화해의 다리를 놓으실 건가요?”

구름 모으는 제우스가 여신에게 대답하여 말했다.

“내 딸아, 그것을 왜 나에게 묻고 따지는 게냐?

바로 네가 이런 계획을 제안하지 않았더냐?

오뒷세우스가 귀향하여 구혼자들을 벌한다고 말이다. 480

네가 원하는 대로 하여라. 그런데 무엇이 최선인지는 알려주마.
고귀한 오뒷세우스가 정말로 구혼자들을 응징했으니
유족들과 확고한 맹약을 맺고 그가 새로이 왕이 되게 하라,
우리는 자식들과 형제들이 살육된 것을 망각하게 해주자.
그들이 예전처럼 서로 친하게 지내도록 해주고   485
그들의 풍요와 평화가 넉넉하게 해주어라."

　　그렇게 말하며 이미 앞서 열망하던 아테네를 재촉하자
여신은 올륌포스의 꼭대기에서 쏜살같이 내려갔다.

　　한편 라에르테스의 집에서 사람들이 꿀맛 같은 식사의 욕망을
벗어던지자 많이 참는 고귀한 오뒷세우스가 말문을 열었다.   490

　　"누가 밖에 나가, 구혼자 가족들이 가까이 와 있는지 살펴보아라."
그렇게 말하자, 그의 명령대로 돌리오스의 아들이 밖으로 움직였다.
문턱 위로 가 서서는, 그들 모두 가까이 와 있는 걸 보았다.
당장 그는 오뒷세우스에게 날개 돋친 말을 쏘았다.

　　"그자들이 정말 가까이 있습니다. 빨리 무장하시죠."   495
그렇게 말하자, 그들이 벌떡 일어나 무장을 입으니
오뒷세우스 주위에는 네 명이고, 돌리오스의 아들은 여섯이었다.
그들 가운데 라에르테스와 돌리오스도 무장을 입으니
머리가 백발이라, 마지못해 출전한 용사들이로구나.
그들이 몸 주위에 번쩍이는 청동을 입고 나서   500
대문을 열어젖혀 밖으로 나서자 오뒷세우스가 앞장섰다.

그들 가까이 제우스의 따님 아테네가 다가왔는데
여신의 체구와 음성은 멘토르와 꼭 닮아 있었다.
여신을 보자 많이 참는 고귀한 오뒷세우스가 반기고
당장 자기 아들 텔레마코스에게 소리 내어 말했다.   505

　"텔레마코스, 이미 이곳까지 왔으니, 사내들이
전투할 때 최고의 전사가 가려지는 것을 곧 보게 될 게다.
아버지의 혈통을 조금도 욕되게 하지 말거라, 우리는
오래전부터 온 대지에서 완력과 용기가 탁월했지."

　그를 마주 보며 총명한 텔레마코스가 말했다.   510
"원하시면 보게 되실 겁니다, 아버지, 말씀대로
이러한 용맹으로 결코 당신의 혈통을 욕보이지 않을 겁니다."

　그렇게 말하자, 라에르테스가 기뻐하며 말했다.
"자비로운 신들이여, 오늘은 내게 무슨 날입니까?
매우 기쁩니다. 아들과 손자가 용맹하게 싸우니 말이죠."   515

　그 옆에 서서 올빼미 눈의 아테네가 그에게 말했다.
"아르케이시오스의 아들이여, 내가 가장 아끼는 전우여,
올빼미 눈의 처녀와 아버지 제우스에게 기도하고
당장 음영 드리우는 창을 흔들다가 던지게나."

　팔라스 아테네는 그렇게 말하며 노인에게 큰 힘을 불어넣었다.   520
위대한 제우스의 따님에게 기도하고 나서
라에르테스가 당장 음영 드리우는 창을 휘둘러 뿌리자

창은, 청동 뺨의 투구를 지나서 에우페이테스를 맞혔다.

투구가 창을 막지 못하니, 청동 촉이 관통하며 제 길을 날았다.

그가 쓰러지며 둔탁한 소리를 냈고 위에선 무구가 딸랑거렸다. 525

오뒷세우스와 영광스러운 아들이 앞선 전사들을 덮치며

검과, 양쪽 굽은 창을 휘두르며 그들을 공격했다.

정말, 모두를 도살하여 귀가하지 못하게 했으리라,

만약 아이기스 가진 제우스의 따님 아테네가

크게 소리쳐서 모든 백성을 제지하지 않았더라면. 530

　"이타케인들이여, 끔찍한 전투를 멈추어라.

유혈 없이 가장 빠르게 갈라서도록 하여라."

　아테네가 말하자, 녹황색 공포가 그들을 사로잡아

그들은 겁에 질렸고 손에선 방패가 날더니

모두 땅에 떨어졌다, 여신이 고함쳤기 때문이다. 535

그들은 제 목숨을 부지하려고 도시로 몸을 돌렸다.

많이 참는 고귀한 오뒷세우스는 무시무시한 함성을 외치고

마치 비상하는 독수리처럼 몸을 구부렸다가 공격했다.

바로 그때, 제우스가 연기 자욱한 섬광을 뿌리자

오뒷세우스는 강력한 아버지의 딸, 올빼미 눈의 여신 앞에 쓰러졌다. 540

바로 그때, 올빼미 눈의 아테네가 오뒷세우스에게 말했다.

　"제우스의 후손, 라에르테스의 아들, 꾀 많은 오뒷세우스여,

멈추어라. 공평한 전투의 분쟁을 그만두어라.

크로노스의 아들, 멀리 보는 제우스가 절대 분노하시지 않게 하라."

아테네가 말하자, 오뒷세우스는 복종하며 내심 기뻐했다.   545

그렇게 아이기스 가진 제우스의 따님 팔라스

아테네 여신이 양 진영의 평화 맹약을 이루셨구나!

여신의 외모와 음성은 멘토르와 꼭 닮았다.

일러두기

1   인명, 신명, 지명은 대체로 『오뒷세이아』의 원전을 따라가려고 했다.
     원어와 다르게 표기한 경우 원어는 (원) 이후에 적어놓았다.
2   두 번 이상 나오는 이름은 처음 나오는 권과 행수를 표기했다.

오뒷세우스의 구원자. 6.17.

나우시토오스(Nausithoos): 포세이돈의 아들, 알키노스와 렉세노르의 아버지. 스케리아에 파야케스족의 거주지를 건설한 자. '빠른 배'라는 뜻. 6.7.

나우테우스(Nauteus): 파야케스족의 사람. '선원'이라는 뜻. 8.112.

네리코스(Nērikos): 레우카스(Leukas)의 마을. 24.378.

네리토스(Nēritos): 이타케에 수원지를 만든 자. 17.207.

네리톤(Nēriton): 이타케에 위치한 산. 9.22.

네스토르(Nestōr): 넬레우스의 아들, 퓔로스의 왕, 안틸로코스, 페이시스트라토스, 트라쉬메데스의 아버지. 1.284.

네아이라(Neaira): 헬리오스의 아내, 람페티에와 파에투사의 어머니. '첫새벽'이란 뜻. 12.133.

네옵톨레모스(Neoptolemos): 아킬레우스의 아들. 11.506

네이온(Nēion): 이타케에 위치한 산. 1.186.

넬레우스(Nēleus): 포세이돈과 튀로의 아들, 네스토르의 아버지, 퓔로스의 전왕. 3.4.

노에몬(Noēmōn): 이타케인, 프로니오스의 아들. 텔레마코스에게 배를 빌려주었다. 2.386.

니소스(Nisos): 둘리키온의 왕, 암피노모스의 아버지. 16.395.

ㄷ

다나오스인들(Danaoi): 아카이아인들, 아르고스인들과 함께,

그리스인을 부르는 일반적인 명칭.1.350.

다마스토르(Damastōr): 아겔라오스의 아버지.20.321.

데메테르(Dēmētēr): 곡물의 여신, 제우스의 동생, 페르세포네의
어머니.5.125.

데모도코스(Dēmodokos): 파야케스족의 눈먼 소리꾼.8.44.

데몹톨레모스(Dēmoptolemos): 구혼자.22.242.

데우칼리온(Deukaliōn): 크레타의 왕, 미노스의 아들,
이도메네우스의 아버지. 19.180.

데이포보스(Dēiphobos): 프리아모스의 아들. 4.276.

델로스(Dēlos): 아폴론에게 봉헌한, 에게해 퀴클라데스 군도의 섬.
6.162.

도도나(Dōdōna): (원) 도도네(Dōdōnē). 그리스 북동부
테스프로티아 지역에 위치한 제우스 신탁의 성소.14.327.

도리아족: (원) 도리에이스족(Dōrieis). 크레타섬에 거주하는 종족.
19.177

돌리오스(Dolios):(1)페넬로페의 나이 든 하인. 4.735. (2)
멜란티오스/멜란테우스와 멜란토의 아버지. 17.212.

둘리키온(Doulichion): 이타케 근처 섬(현재 레우카스). 많은
구혼자들이 이곳 출신이다.1.246.

뒤마스(Dymas): 아테네 여신이 위장한, 나우시카의 여자 친구의
아버지.6.22.

드메토르(Dmētōr): 이아소스의 아들, 퀴프로스의 왕.17.443.

디아(Dia): 크레타의 북쪽 해안에서 떨어져 있는, 에게해의 섬.
11.324

디오뉘소스(Dionysos): 제우스와 세멜레의 아들. 포도주의 신.
11.325.

디오메데스(Diomēdēs): 트로야 원정군의 영웅. 튀데우스의 아들.
3.181.

디오클레스(Dioklēs): 오르틸로코스의 아들, 페라이(Phērai)의 군주.
4.488

ㄹ

라다만튀스(Rhadamanthys): 제우스와 에우로파의 아들, 미노스의
형제. 4.564.

라모스(Lamos): 라이스트뤼고네스족의 왕 안티파테스.
'대식가'라는 뜻. 10.81.

라에르케스(Laerkēs): 퓔로스의 금세공인. 3.425.

라에르테스(Laertēs): 아르케시오스의 아들, 안티클레이아의 남편,
오뒷세우스의 아버지. 1.188.

라오다마스(Laodamas): 파야케스족의 사람. 알키노스와 아레테의
아들. 7.170.

라이스트뤼고네스족(Laistrygones): 텔레퓔로스에 거주하는 식인
거인들. 10.81.

라케다이몬(Lakedaimōn): 펠로폰네소스 남부 지역. 3.326.

라피타이족(Lapithai): 페리토오스가 통치하는 테살리아의 주민.

    21.296

람페티에(Lampetiē): 헬리오스와 네아이라의 딸. '빛나는'이라는 뜻.

    12.132.

람포스(Lampos): 새벽의 여신 에오스의 두 말 중 하나. 23.246.

레다(Lēda): 튄다레오스의 아내, 클뤼타이메스트라의 어머니.

    제우스와 함께 카스토르와 헬레네와 폴뤼데우케스를 낳았다.

    11.298.

레스보스(Lesbos): 트로야의 남쪽, 소아시아 해안에서 떨어져 있는

    섬과 도시. 3.169.

레오데스(Lēōdēs)/레이오데스(Leiōdēs): 예언 능력 가진 구혼자.

    21.144.

레오크리토스(Lēokritos): 구혼자, 에우에노르의 아들.

    텔레마코스에게 살해됨. 2.242.

레우카스(Leukas) 바위: 하데스로 가는 길에 있는 '흰 바위'. 24.11.

레우코테아(Leukothea): 이노가 여신이 된 후의 이름. '하얀

    여신'이라는 뜻. 5.333

레이트론(Rheitron): 이타케섬의 포구. 1.186.

레토(Lētō): 여신. 제우스와 함께 아폴론과 아르테미스를 낳았다.

    6.106

렉세노르(Rhēxēnōr): 나우시토오스의 아들, 알키노스의 형제,

    아레테의 아버지. '전열을 돌파하는'이란 뜻. 7.63.

렘노스(Lēmnos): 에게해 북동부에 위치한 섬.8.283

로토파고이족(Lōtophagoi): 오뒷세우스와 그의 전우들이 방문한
　　종족. '로토스를 먹는 사람들'이라는 뜻.9.84.

리뷔아(Libya): (원) 리뷔에(Libyē). 일반적으로 아프리카를
　　지칭하는 말.4.85.

ㅁ

마라톤(Marathōn): 앗티카 지방, 아테나이 근교, 에우보이아를 마주
　　보고 있는 지역. 7.80.

마론(Marōn): 에우안테스의 아들, 이스마로스의 아폴론 사제.9.197.

마스토르(Mastōr): 할리테르세스의 아버지.2.157.

마이라(Maira): 하데스에서 오뒷세우스가 만난 여걸. 프로이토스와
　　안테이아의 딸.11.326.

마이아(Maia): 제우스의 배우자, 헤르메스의 어머니.14.435.

만티오스(Mantios): 예언자, 멜람포스의 아들, 테오클뤼메노스의
　　할아버지. 15.242.

밀레이아(Maleia): 펠로폰네소스의 남동쪽 말단에 위치한 곳.3.288.

메가라(Megara): 크레온의 딸, 헤라클레스의 아내.11.269.

메가펜테스(Megapenthēs): 메넬라오스가 여자 노예와 함께 낳은
　　아들.4.11.

메넬라오스(Menelaos): 아트레우스의 아들, 라케다이몬의 왕,
　　아가멤논의 형제, 헬레네의 남편.1.285.

메노이티오스(Menoitios): 파트로클로스의 아버지. 24.77.

메돈(Medōn): 오뒷세우스 궁전의 전령. 4.677.

메르메로스(Mermeros): 일로스의 아버지. 1.259.

메사울리오스(Mesaulios): 에우마이오스의 하인. 14.449.

멘테스(Mentēs): 앙키알로스의 아들, 타포스인들의 왕, 아테네
　여신이 가장한 인물. 1.105.

멘토르(Mentōr): 알키모스의 아들, 오뒷세우스의 오랜 친구. 아테네
　여신이 가장한 인물. 2.225.

멜라네우스(Melaneus): 암피메돈의 아버지. 24.102.

멜란테우스(Melantheus)/멜란티오스(Melanthios): 돌리오스의
　아들, 염소치기. 17.212.

멜란토(Melanthō): 돌리오스의 딸, 페넬로페의 하녀. 18.321.

멜람푸스(Melampous): 예언자, 테오클뤼메노스의 증조부. 11.291.

멤논(Memnon): 티토노스와 에오스의 아들. 4.188.

멧세네(Messēnē): 펠로폰네소스 남서부 지역. 21.15.

무사(Mousa): 시가(詩歌)의 여신. 제우스의 딸. 1.1.

물리오스(Moulios): 암피노모스의 전령. 18.423.

뮈르미도네스족(Myrmidones): 테살리아 남부의 프티아 지역의
　종족, 펠레우스의 백성. 3.188

뮈케네(Mykēnē): (1) 탁월함으로 이름 높은 여걸. 그녀의
　이름이 왕국의 이름이 됨. 2.120 (2) 아가멤논이 통치하는
　펠로폰네소스의 도시. 3.305.

미노스(Minōs): 제우스와 에우로파의 아들, 크레타의 왕,

데우칼리온의 아버지. 하데스의 판관. 11.322.

미뉘아이족(Minyai): 보이오티아의 오르코메노스와, 테살리아의

이올코스 지역의 거주민. 11.284.

미마스(Mimas): 키오스섬 맞은편, 소아시아의 산맥으로 형성된 곳.

3.172.

ㅂ

보에토오스(Boethoos): 에테오네오스의 아버지. 4.31

ㅅ

사메(Samē) 또는 사모스(Samos): 이타케 근처의 섬, 오뒷세우스의

왕국의 일부. 오늘날의 케팔로니아섬. 1.246.

살모네우스(Salmōneus): 아이올로스의 아들, 튀로의 아버지. 11.236.

세이렌 자매(Seirēnes): 여자의 머리를 가진 두 마리 새. 12.39.

솔뤼모이족(Solymoi): 소아시아 뤼키아 지역의 산 주위에 거주하는

종족. 5.283.

수니온(Sounion): 앗티카 지방의 남동쪽 말단에 있는 곳. 3.278.

쉬리에(Syriē): 오르튀기아 근처의 섬, 에우마이오스의 고향. 15.403

스케리아(Scheria): 파야케스족이 거주하는 섬. 5.34

스퀴로스(Skyros): 에우보이아의 해안에서 떨어져 에게해 중앙에

위치한 섬. 11.508.

스퀼라(Skylla): (원) 스퀼레(Skyllē). 크라타이이스의 딸, 카륍디스
　바위의 맞은 편 높은 바위의 동굴에 거주하는 식인 괴물. 12.85.

스튁스(Styx): 하데스의 강. 이 강가에서 신들이 맹세함. '혐오스러운
　강'이란 뜻. 5.185.

스트라티오스(Stratios): 네스토르의 아들. 3.413.

스파르타(Sparta): (원) 스파르테(Spartē). 펠로폰네소스반도에 있는
　라케다이몬의 도시와 지역. 1.93.

시돈(Sidōn): 페니키아 지방의 해양 도시. 4.84.

시쉬포스(Sisyphos): 아이올로스의 아들, 코린토스의 왕. 11.593.

시카니에(Sikaniē): 시칠리아섬의 서부 지역. 24.306.

시칠리아인들: (원) 시켈로이(Sikeloi). 시칠리아 섬의 거주민.
　20.383.

신티에스족(Sinties): 렘노스의 거주민. 8.294.

ㅇ

아가멤논(Agamemnōn): 뮈케네의 왕, 아트레우스의 아들,
　클뤼타이메스트라의 남편, 메넬라오스의 형, 트로야 원정군의
　총수. 1.30

아겔라오스(Agelaos)/아겔레오스(Ageleōs): 구혼자, 다마스토르의
　아들. 20.321.

아나베시네오스(Anabēsineōs): 파야케스족의 사람. 8.113.

아드레스테(Adrēstē): 헬레네의 하녀. 4.123.

아레스(Arēs): 제우스와 헤라의 아들, 전쟁의 신, 아프로디테의 애인. 8.115.

아레테(Arētē): 파야케스족의 왕비, 알키노스의 아내, 나우시카의 어머니. '기도받는 여인'이란 뜻. 7.54.

아레토스(Arētos): 네스토르의 아들. 3.414.

아레투사(Arethousa): 이타케섬의 샘. 13.408.

아뤼바스(Arybas): 에우마이오스를 납치한 페니키아 여인의 아버지. 15.426.

아르고호(Argō): 영웅 이아손이 이끄는 원정단의 배. 12.70

아르고스(Argos): (1) 제우스의 애인 이오를 지키던 괴물. 1.38 (2) 펠로폰네소스 북동부의 도시나 지역을 지시하거나 일반적으로 그리스를 지시하는 말. 1.344 (3) 오뒷세우스의 개. 17.292.

아르나이오스(Arnaios): 오뒷세우스 궁전의 거지. '이로스'라는 별명으로 불림. 18.5

아르케이시오스(Arkeisios): 제우스의 아들, 라에르테스의 아버지, 오뒷세우스의 친할아버지. 11.181.

아르다기에(Artakiē): 라이스트뤼고네스족의 섬에 있는 샘. 10.107

아르테미스(Artemis): 제우스와 레토의 딸, 아폴론의 동생, 출산과 사냥의 여신. 4.122

아리아드네(Ariadnē): 미노스의 딸. 11.321.

아뮈타온(Amythaōn): 튀로와 크레테우스의 아들. 11.259.

아소포스(Asōpos): 안티오페의 아버지. 11.260.

아스테리스(Asteris): 이타케와 사메 사이에 있는 작은 섬.4.846.

아스팔리온(Asphaliōn): 메넬라오스의 시종.4.216.

아우토노에(Autonoē): 페넬로페의 하녀.18.182.

아우톨뤼코스(Autolykos): 안티클레이아의 아버지, 오뒷세우스의
　　외할아버지. '늑대 자신'이란 뜻.11.85.

아이가이(Aigai): 포세이돈의 궁전이 있는, 아카이아 지역.5.381.

아이귑티오스(Aigyptios): 이타케의 장로, 안티포스와
　　에우뤼노모스의 아버지. 2.15.

아이기스토스(Aigisthos): 튀에스테스의 아들, 클뤼타이메스트라의
　　정부(情夫), 아가멤논의 살인자.1.29.

아이손(Aison): 튀로와 크레테우스의 아들, 이아손의 아버지.11.259.

아이아스(Aias): (1) 큰 아이아스: 텔라몬의 아들. 3.109 (2) 작은
　　아이아스: 오일레우스의 아들.4.499

아이아이에(Aiaiē): 키르케의 섬.9.31.

아이아코스(Aiakos): 제우스의 아들, 펠레우스의 아버지,
　　아킬레우스의 할아버지. 11.471.

아이에테스(Aiētēs): 키르케의 남자 형제, 헬리오스의 아들.10.137.

아이올로스(Aiolos): (1) 바람들의 신.10.1. (2) 크레테우스의 아버지.
　　11.237.

아이톨리아인(Aitōlos): 그리스 중부 아이톨리아 출신의 사내.14.379.

아이톤(Aithōn): 오뒷세우스가 위장한 인물.19.184.

아이티오페스족(Aithiopes): 세상의 극단, 오케아노스 옆에

거주한다고 하는 종족. 1.22.

아카스토스(Akastos): 둘리키온의 왕. 14.336.

아카이아인들(Achaioi): 트로야 원정에 참여한 모든 그리스인들, 또는 다나오스인들, 아르고스인들과 함께 그리스인들 일반을 지칭함. 1.90.

아케론(Acherōn): 하계의 강으로 '비통의 강'이란 뜻. 10.513.

아크로네오스(Akroneōs): 파야케스족의 사람. 8.111.

악토리스(Aktoris): 페넬로페가 결혼할 때 데려온, 페넬로페의 방문을 지키는 하녀. 23.228.

아킬레우스(Achilleus): 펠레우스와 테티스의 아들, 아이아코스의 손자, 뮈르미도네스족과 트로야 원정군의 지휘관. 3.105.

아테나이(Athēnai): 앗티카 지방에 위치한, 아테네 여신과 에렉테우스의 도시. 3.278.

아테네(Athēnē): 지혜와 전쟁의 여신, 제우스의 딸, 오뒷세우스의 수호신. 1.44.

아트레우스(Atreus): 아가멤논과 메넬라오스의 아버지, 튀에스테스의 형제, 아이기스토스의 삼촌. 3.155

아틀라스(Atlas): 칼륍소의 아버지. 1.52.

아페이다스(Apheidas): 에페리토스의 아버지. 오뒷세우스가 아버지를 시험하며 가장한 인물. 24.305.

아페이레(Apeirē): 나우시카의 하녀인 에우뤼메두사의 고향. 7.8.

아폴론(Apollon): 제우스와 레토의 아들, 시와 음악의 신, 궁술의 신.

3.279.

아프로디테(Aphroditē): 사랑의 여신, 제우스의 딸, 헤파이스토스의
아내. 4.14.

안드라이몬(Andraimōn): 토아스의 아버지. 14.499.

안티노스: (원) 안티노오스(Antinoos). 에우페이테스의 아들,
에우뤼마코스와 함께 구혼자들의 대장. 1.383.

안티오페(Antiopē): 아소포스의 딸. 제우스와 함께 암피온과
제토스를 낳았다. 11.260.

안티클레이아(Antikleia): 아우톨뤼코스의 딸, 라에르테스의 아내,
오뒷세우스의 어머니. 11.85.

안티클로스(Antiklos): 트로야 목마에 매복한 용사. 4.286.

안티파테스(Antiphatēs): (1) 라이스트뤼고네스족의 왕. 10.106. (2)
멜람푸스의 아들, 암피아라오스의 할아버지. 15.242.

안티포스(Antiphos): (1) 아이귑티오스의 아들, 오뒷세우스의 전우.
2.19. (2) 이타케의 장로, 오뒷세우스의 동료. 17.68.

안틸로코스(Antilochos): 네스토르의 아들, 페이시스트라토스와
트라쉬메데스의 형제. 3.112.

알렉토르(Alektōr): 스파르타인, 메가펜테스의 장인. 4.10.

알로에우스(Alōeus): 이피메데이아의 남편. 11.305.

알뤼바스(Alybas): 이야기 속에서 오뒷세우스가 왔다고 말하는,
미지의 장소. 24.304.

알칸드레(Alkandrē): 이집트 여인, 폴뤼보스의 아내. 4.126.

알크마이온(Alkmaiōn): 암피아라오스의 아들. 15.248.

알크메네(Alkmēnē): 암피트뤼온의 아내. 제우스와 함께
혜라클레스를 낳았다. 2.120.

알키노스: (원) 알키노오스(Alkinoos). 파야케스족의 왕, 아레테의
남편, 나우시카의 아버지. '마음의 용맹함'이란 뜻. 6.12.

알키모스(Alkimos): 멘토르의 아버지. 22.234.

알킵페(Alkippe): 헬레네의 하녀. 4.124.

알페이오스(Alpheios): 펠로폰네소스 서부 지역의 강.
오르틸로코스의 아버지. 3.489.

암니소스(Amnisos): 크레타의 북부 해안에 위치한, 크놋소스의
항구도시. 19.189.

암피노모스(Amphinomos): 구혼자. 니소스의 아들. 16.351.

암피메돈(Amphimedōn): 구혼자. 22.242.

암피아라오스(Amphiaraos): 예언자, 오이클레스의 아들,
에리퓔레의 남편, 테베를 공격하는 일곱 장수 중 하나. 15.244.

암피알로스(Amphialos): 파야케스족의 사람, 폴뤼네오스의 아들,
넥톤의 손자. '바다에 둘러싸인'이란 뜻. 8.114.

암피온(Amphiōn): (1) 제우스와 안티오페의 아들, 제토스와 함께
테베의 건국자. 11.262. (2) 클로리스의 아버지, 이아소스의 아들,
오르코메노스의 왕. 11.283.

암피테에(Amphitheē): 안티클레이아의 어머니, 오뒷세우스의
외할머니. 19.416.

암피트뤼온(Amphitryōn): 알크메네의 남편, 헤라클레스의 의부(義父). 11.266.

암피트리테(Amphitritē): 오케아노스와 테튀스의 딸, 포세이돈의 아내, 바다의 여신 3.91.

암필로코스(Amphilochos): 암피아라오스의 아들. 15.248.

에니페우스(Enipeus): 테살리아 지방의 강. 튀로의 애인. 11.238.

에레트메우스(Eretmeus): 파야케스족의 사람. '노 젓는 이'라는 뜻. 8.112.

에렉테우스(Erechtheus): 아테나이의 왕이며 영웅. 7.81.

에렘보이족(Eremboi): 메넬라오스가 귀향길에 방문했던 종족의 이름. 4.84.

에리퓔레(Eriphylē): 암피아라오스의 아내. 11.326.

에뤼만토스(Erymanthos): 펠로폰네소스 북서 지역의 아르카디아 지방에 있는 산. 6.103.

에오스(Êōs): 새벽의 여신, 티토노스의 아내, 멤논의 어머니. 2.1

에우뤼노메(Eurynomē): 오뒷세우스 궁전의 여집사. 17.495.

에우뤼노모스(Eurynomos): 구혼자, 아이귑티오스의 아들. 2.21.

에우뤼다마스(Eurydamas): 구혼자. 18.297.

에우뤼디케(Eurydikē): 네스토르의 아내, 클뤼메노스의 딸. 3.452.

에우뤼마코스(Eurymachos): 폴뤼보스의 아들, 안티노스와 함께 구혼자들의 대장. 1.399.

에우뤼메돈(Eurymedōn): 기간테스족의 왕, 페리보이아의 아버지,

나우시토오스의 할아버지.7.58.

에우뤼메두사(Eurymedousa): 나우시카의 시녀.7.8.

에우뤼모스(Eurymos): 텔레모스의 아버지, 퀴클롭스족의 예언자.
 9.509.

에우뤼바테스(Eurybatēs): 오뒷세우스의 전령.19.247.

에우뤼아데스(Euryadēs): 구혼자.22.267.

에우뤼알로스(Euryalos): 파야케스족의 사람. '드넓은 바다'라는 뜻.
 8.115.

에우뤼클레이아(Eurykleia): 오뒷세우스의 늙은 유모, 페넬로페의
 하녀.1.428.

에우뤼토스(Eurytos): 궁수, 오이칼리에의 왕, 이피토스의 아버지.
 8.224.

에우뤼티온(Eurytiōn): 켄타우로스.21.295.

에우뤼퓔로스(Eurypylos): 텔레포스의 아들, 네옵프톨레모스에게
 살해된 영웅. 11.519.

에우뤼로코스(Eurylochos): 오뒷세우스의 친척, 부대장.10.205.

에우마이오스(Eumaios): 오뒷세우스의 돼지치기.14.55.

에우멜로스(Eumēlos): 페넬로페의 자매인 이프티메의 남편.4.798.

에우보이아(Euboia): 그리스 동부 해안을 마주 보는 큰 섬.3.174.

에우안테스(Euanthēs): 마론의 아버지.9.198.

에우에노르(Euēnōr): 레오크리토스의 아버지.2.242.

에우페이테스(Eupeithēs): 안티노스의 아버지.1.383.

에이도테에(Eidotheē): 바다의 신 프로테우스의 딸.4.365.

에일레이튀이아(Eileithyia): 출산의 여신.19.188.

에케네오스(Echenēos): 파야케스족의 장로.7.155.

에케토스(Echetos): 그리스 서부의 잔인한 왕.18.85.

에케프론(Echephrōn): 네스토르의 아들.3.413.

에테오네우스(Eteōneus): 메넬라오스의 시종.4.37.

에페리토스(Epēritos): 오뒷세우스가 위장한 가공의 인물.24.306.

에페이오스(Epeios): 트로야 목마의 제작자.8.493.

에페이오이족(Epeioi): 펠로폰네소스 북서부, 엘리스에 거주하는
　　종족.13.275.

에퓌라(Ephyra): (원) 에퓌레(Ephyrē). 그리스 북서부 테스프로티아
　　지방의 도시. 1.259.

에피알테스(Ephialtēs): 오토스의 형제, 포세이돈과 이피메데이아의
　　아들.11.308.

에피카스테(Epikastē): 오이디푸스의 어머니. 비극에선
　　이오카스테라 불린다. 11.271.

엘라토스(Elatos): 구혼자.22.267.

엘라트레우스(Elatreus): 파야케스족의 사람. '키잡이'라는 뜻.8.111.

엘뤼시온(Elysion): 신들이 총애하는 자들이 사후에 거주하는 낙원
　　같은 평원. 4.563.

엘리스(Ēlis): 펠로폰네소스 북서부 말단 지역.4.635.

엘페노르(Elpēnōr): 오뒷세우스의 전우. 10.552.

오귀기아(Ōgygia): (원) 오귀기에(Ōgygiē). 바다 한가운데 있는 섬,

칼륍소의 집. 그곳에서 오뒷세우스가 7년 동안 거주했다. 1.85.

오네토르(Onētōr): 프론티스의 아버지. 3.282.

오뒷세우스(Odysseus): 라에르테스와 안티클레이아의 아들,

페넬로페의 남편, 텔레마코스의 아버지. '분노한', '미워하는',

'미움받는' 자라는 뜻. 1.13.

오레스테스(Orestēs): 아가멤논과 클뤼타이메스트라의 아들. 1.30.

오르메노스(Ormenos): 크테시오스의 아버지, 에우마이오스의

할아버지. 15.414.

오르실로코스(Orsilochos): 이도메네우스의 아들. 13.260.

오르코메노스(Orchomenos): 보이오티아 지방 미뉘아이족의 도시.

11.284.

오르튀기에(Ortygiē): 신화적인 섬으로 종종 델로스섬과 동일시됨.

5.123.

오르틸로코스(Ortilochos): 알페이오스의 아들, 디오클레스의

아버지. 멧세네에서 오뒷세우스를 환대함. 3.488.

오리온(Ôriōn): 사냥꾼. 새벽의 여신 에오스의 사랑을 받았지만

아르테미스 여신에게 살해되고 나서 별자리가 됨. 5.121.

오이놉스(Oinops): 레오데스의 아버지. 21.144.

오이디푸스(Oidipous): (원) 오이디포데스(Oidipodēs). 라이오스와

에피카스테(이오카스테)의 아들. 11.271.

오이칼리에(Oichaliē): 테살리아 지방, 에우뤼토스의 도시. 8.224.

오이클레스(Oiklēs): 안티파테스의 아들, 암피아라오스의 아버지.
15.243.

오케아노스(Okeanos): 세상을 두르며 흐르는 거대한 강. 그 강을
다스리는 신. 10.139.

오퀴알로스(Ôkyalos): 파야케스족의 사람. '빠른 바다'라는 뜻.
8.111.

오토스(Ôtos): 이피메데이아와 포세이돈의 아들, 에피알테스의
형제.11.307.

올륌포스(Olympos): 테살리아 북동부에 위치한 산, 신들이
거주하는 궁전.1.27.

옵스(Ôps): 페이세노르의 아들, 에우뤼클레이아의 아버지.1.429.

옷사(Ossa): 테살리아 지방에 위치한 산.11.315.

이노(Inō): 바다 요정, 카드모스의 딸, 레우코테아로 알려진 여신.
5.333.

이도메네우스(Idomeneus): 데우칼리온의 아들, 크레타의 왕,
트로야 원정의 영웅. 3.191.

이로스(Iros): 이타케 거지 아르나이오스의 별명.18.6

이스마로스(Ismaros): 트라케의 도시, 키코네스족의 고향.9.39.

이아르다노스(Iardanos): 크레타의 강. 퀴도네스족이 거주하는 지역.
3.292.

이아소스(Iasos): (1) 오로코메노스의 통치자, 암피온의 아버지.
11.283. (2) 퀴프로스의 통치자, 드메토르의 아버지. 17.443.

이아손(Iason): 아르고호의 영웅, 원정단의 대장. 12.72.

이아시온(Iasiōn): 데메테르 여신의 연인. 5.126.

이올코스(Iōlkos): 그리스 중부 테살리아 지방의 도시, 펠리아스
　　왕의 영토. 11.256.

이카리오스(Ikarios): 페넬로페의 아버지, 튄다레오스의 형제. 1.329.

이크말리오스(Ikmailos): 이타케의 장인. 19.57.

이타케(Ithakē): 오뒷세우스의 고향. 그리스 서해안 이오니아해에
　　위치한 섬. 1.17.

이타코스(Ithakos): 이타케 도시의 길 옆에 수원지를 건설한 자.
　　17.207.

이튈로스(Itylos): 제토스와, 판다레오스의 딸의 아들. 19.522.

이프티메(Iphthimē): 이카리오스의 딸, 페넬로페의 자매. 4.797.

이피메데이아(Iphimedeia): 알로에우스의 아내, 포세이돈의 연인,
　　오토스와 에피알테스의 어머니. 11.305.

이피클로스(Iphiklos): 퓔라케의 왕. 11.290.

이피토스(Iphitos): 에우뤼토스의 아들, 오뒷세우스의 친구. 21.14.

일로스(Ilos): 에퓌라의 왕, 메르메로스의 아들. 1.259.

일리오스(Ilios): 트로야의 다른 이름. 2.18.

ㅈ

자퀸토스(Zakynthos): 이타케섬 남쪽에 위치한 섬. 오뒷세우스
　　왕국의 일부. 오늘날 잔테섬. 1.246.

제우스(Zeus): 신들의 왕, 크로노스와 레아의 아들, 헤라의 남편,

    신들과 인간들의 아버지. 1.10.

제토스(Zēthos): (1) 제우스와 안티오페의 아들, 테베의 건국자.

    11.262,

    (2) 판다레오스 딸의 남편, 이튈로스의 아버지. 19.523.

ㅋ

카드모스(Kadmos): 이노의 아버지, 테베의 건국자. 5.333.

카륍디스(Charybdis): 소용돌이 또는 그곳에 거주하는 여신. 12.104.

카스토르(Kastōr): (1) 제우스와 레다의 아들, 헬레네의 오라버니,

    폴뤼데우케스의 형제. 11.300. (2) 크레타인, 휠락스의 아들.

    14.203.

카우코네스족(Kaukones): 퓔로스 남서부 지방의 종족. 3.366.

칼륍소(Kalypsō): 오귀기아섬에 살고 있는 요정, 아틀라스의 딸.

    '숨겨진' 또는 '숨기는'이라는 뜻. 1.14.

칼키스(Chalkis): 펠로폰네소스 서부 지역 알페이오스강 근처에

    위치한 강. 15.295.

캇산드라(Kassandra): 프리아모스의 딸, 아가멤논의 전리품. 11.422.

케테이오이족(Kēteioi): 소아시아의 히타이트족. 11.520.

케팔레니아(Kephallēnia): 오뒷세우스가 통치하는 사메 섬. 20.210.

코퀴토스(Kōkytos): 하데스의 강. 스튁스강의 지류. '통곡의 강'이란

    뜻. 10.513.

퀴도네스족(Kydōnes): 크레타의 백성. 3.292.

퀴클롭스(Kyklōps): 폴뤼페모스가 속한 거인 종족. 1.69.

퀴테라(Kythēra): 펠로폰네소스의 라케다이몬의 해안에서 떨어져 있는, 아프로디테 여신에게 바쳐진 섬. 9.81.

퀴테레이아(Kythereia): 아프로티테 여신의 별칭. 여신에게 바쳐진 섬 퀴테라에서 유래함. 8.288.

퀴프로스(Kypros): 동지중해의 큰 섬. 4.83.

퀼레네(Kyllēnē): 헤르메스 신에게 바쳐진, 아르카디아 지방의 산. 24.1.

크놋소스(Knōssos): 미노스가 통치하는 크레타의 도시. 19.178.

크라타이이스(Krataiis): 스퀼라의 어머니. 12.125.

크레이온(Kreiōn): 테베의 왕, 메가라의 아버지. 11.269.

크레타: (원) 크레테(Krētē). 에게해에 위치한 섬. 3.192.

크레테우스(Krētheus): 아이올로스의 손자, 튀로의 남편, 아이손, 페레스, 아뮈타온의 아버지. 11.237.

크로노스(Kronos): 우라노스의 아들, 제우스, 하데스, 포세이돈, 헤라, 네메테르의 아버지. 1.45.

크로미오스(Chromios): 넬레우스와 클로리스의 아들, 네스토르의 형제. 11.286.

크루노이(Krounoi): 펠로폰네소스 서쪽 해안에 위치한 장소. 15.295.

크테시오스(Ktēsios): 오르메노스의 아들, 쉬리에섬의 왕, 에우마이오스의 아버지. 15.414.

크테십포스(Ktēsippos): 구혼자. 20.288.

크티메네(Ktimēnē): 안티클레이아의 가장 어린 딸, 오뒷세우스의
여동생. 15.363.

클레이토스(Kleitos): 만티오스의 아들. 15.249.

클로리스(Chlōris): 암피온의 딸, 넬레우스의 아내, 네스토르의
어머니. 11.281.

클뤼메네(Klymenē): 퓔라코스의 아내, 이피클로스의 어머니. 11.326.

클뤼메노스(Klymenos): 에우리디케의 아버지. 3.451.

클뤼타이메스트라(Klytaimēstra): 튄다레오스의 딸, 아가멤논의
아내, 아이기스토스의 애인. 3.265.

클뤼토네오스(Klytonēos): 알키노스와 아레테의 아들. '배로
유명한'이란 뜻. 8.119.

클뤼티오스(Klytios): 페이라이오스의 아버지. 15.540.

키르케(Kirke): 아이아이에섬에 거주하는 마법사 여신,
아이에테스의 여자 형제. 8.448.

키오스(Chios): 에게해, 소아시아 해안에서 떨어져 있는 큰 섬.
3.170.

키코네스족(Kikones): 트라케의 이스마로스에 거주하는 종족. 9.39.

킴메리오이족(Kimmerioi): 하데스 근처에 살고 있는 종족. 11.14.

ㅌ

타포스(Taphos): 레우카스섬과 아카르나니아섬 사이에 위치한 섬.

1.105.

타포스인들(Taphioi): 타포스 지역의 섬들에 거주하는 항해와 해적질로 유명한 자들. 1.181.

테위게토스(Tēygetos): 라케다이몬에 있는 산맥. 아르테미스 여신이 즐겨 찾는 장소. 6.102.

탄탈로스(Tantalos): 하데스에서 영원한 갈증과 배고픔의 형벌을 받은 자. 11.582.

테네도스(Tenedos): 에게해 북동부, 트로야 해안에서 떨어져 있는 섬. 3.159.

테메세(Temesē): 멘테스로 위장한 아테네 여신이 지어낸 가공의 장소. 퀴프로스를 말하는 것 같다. 1.184.

테르피스(Terpis): 페미오스의 아버지. 22.330.

테베(Thēbē): (원) 테바이(Thēbai). (1) 이집트의 부유한 도시. 백 개의 대문으로 유명함. 4.127, (2) 그리스 동부 보이오티아에 위치한 일곱 성문으로 유명한 도시. 11.263.

테세우스(Theseus): 아이게우스의 아들, 아테나이의 왕이며 대표 영웅. 11.322.

테스프로티아족(Thesprotoi): 그리스 북서부 지역 테스프로티아(Thesprotia)에 거주하는 종족. 페이돈이 통치하는 곳이다. 14.315.

테이레시아스(Teiresias): 테베의 영험한 예언자. 10.492.

테오클뤼메노스(Theoklymenos): 폴뤼페이데스의 아들.

아르고스에서 도망쳐 온 예언자. 15.256.

테티스(Thetis): 바다의 여신, 네레우스의 딸, 펠레우스의 아내,

아킬레우스의 어머니. 11.546.

텍톤(Tektōn): 폴리네오스의 아버지, 암피알로스의 할아버지. 8.114.

텔라몬(Telamon): 큰 아이아스의 아버지. 11.543.

텔레마코스(Tēlemachos): 오뒷세우스와 페넬로페의 아들. 1.113.

텔레모스(Tēlemos): 퀴클롭스족 예언자. 9.509.

텔레퓔로스(Tēlepylos): 라이스트뤼고네스족의 도시. 10.82.

텔레포스(Tēlephos): 에우뤼퓔로스의 아버지. 11.519.

토아스(Thoas): 안드라이몬의 아들, 아이톨리아인들의 통솔자.

14.499.

토오사(Thoōsa): 바다 요정, 포르퀴스의 딸. 포세이돈과 함께

폴뤼페모스를 낳았다. 1.72.

토온(Thoōn): 파야케스족의 사람. 8.113.

톤(Thōn): 이집트인, 폴뤼담나의 남편. 4.228.

뒤데우스(Tydeus): 디오메데스의 아버지. 3.167.

뒤로(Tyrō): 살모네우스의 딸, 크레테우스의 아내. 아이손,

아뮈타온, 페레스의 어머니. 포세이돈과 함께 펠리아스와

넬레우스를 낳았다. 2.119.

뒤에스테스(Thyestēs): 아트레우스의 아우, 아이기스토스의 아버지.

4.517.

뒨다레오스(Tyndareos): 레다의 남편. 클뤼타이메스트라, 카스토르,

폴뤼데우케스의 아버지.11.298.

트라쉬메데스(Thrasymēdēs): 네스토르의 아들.3.39.

트라케(Thrakē): (원) 트레이케(Thrēikē). 그리스 북부 지역.
에게해와 헬레스폰토스의 북쪽에 위치함. 아레스가 방문하는
지역.8.361.

트로야(Trōia): (원) 트로이에(Troiē). 소아시아 서쪽에 위치한 도시.
일리오스의 다른 이름.1.2.

트리나키에(Thrinakiē): 태양신 헬리오스의 섬.11.107.

티토노스(Tithōnos): 새벽의 여신 에오스의 배우자, 라오메돈의
아들, 프리아모스의 큰형.5.1.

티튀오스(Tityos): 가이아의 아들.7.323.

ㅍ

파노페우스(Panopeus): 오르코메노스와 케피소스강 사이에 위치한
포키스의 마을. 11.581.

파르낫소스(Parnassos): 코린토스만 북쪽, 델포이 위에 위치한 산.
19.394.

파로스(Pharos): 이집트 해안 근처에 있는 섬.4.355.

파에톤(Phaetōn): 새벽의 여신 에오스의 말들 중 한 필. '빛나는'이란
뜻.23.246.

파에투사(Phaethousa): 헬리오스와 네아이라의 딸. '빛나는'이란 뜻.
12.132.

파이드라(Phaidra): 미노스의 딸, 아리아드네의 자매, 테세우스의
아내.11.321.

파이디모스(Phaidimos): 시돈인들의 왕.4.618.

파이스토스(Phaistos): 크레타섬의 도시.3.295.

파야케스족/파야케스인들(Phaiakes): 알키노스와 아레테의 백성,
스케리아섬의 거주민.5.34.

파이에온(Paiēōn): 신들의 의사, 이집트인들의 시조.4.232.

파트로클로스(Patroklos): 메노이티오스의 아들, 아킬레우스의
전우.3.110.

파포스(Paphos): 아프로디테 여신의 성지가 있는, 퀴프로스의 도시.
8.362.

판다레오스(Pandareos): 아이돈의 아버지.19.518.

팔라스(Pallas): 아테네 여신의 별칭. '(창을) 휘두르다'라는 뜻.1.125.

페넬로페(Pēnelopē): (원) 페넬로페이아(Pēnelopeia). 이카리오스의
딸, 오뒷세우스의 아내, 텔레마코스의 어머니. '들오리'라는 뜻.
1.223.

페니키아: (원) 포이니케(Phoinikē). 시리아 해안에 위치한 나라.
4.83.

페니키아인들: (원) 포이니케스(Phoinikes). 항해와 무역에 뛰어난
민족.13.272.

페라이(Pherai): 테살리아 지역의 마을, 에우멜로스의 고향.4.798.

페라이(Phērai): 스파르타와 퓔로스 중간에 위치한, 디오클레스의

고향.3.488.

페레스(Pherēs): 크레테우스와 튀로의 아들.11.259.

페로(Pērō): 넬레우스와 클로리스의 딸, 네스토르의 누이.11.287.

페르세(Persē): 오케아노스의 딸, 헬리오스의 아내, 아이에테스와
키르케의 어머니. 10.138.

페르세우스(Perseus): 네스토르의 아들.3.414.

페르세포네(Persephonē): 데메테르의 딸, 하데스의 아내, 망자들의
여왕.10.491.

페리메데스(Perimēdēs): 오뒷세우스의 전우.11.23.

페리보이아(Periboia): 에우뤼메돈의 딸. 포세이돈과 함께
나오시토오스를 낳았다. 7.57.

페리클뤼메노스(Periklymenos): 넬레우스와 클로리스의 아들,
네스토르의 형제.11.286.

페미오스(Phēmios): 테르피스의 아들, 이타케의 소리꾼.1.153.

페아이(Pheai): 펠로폰네소스의 엘리스 해안가에 위치한 곳.
오늘날의 카타콜로(Katakolo).15.297.

페이돈(Pheidōn): 테스프로티아의 왕.14.316.

페이라이오스(Peiraios): 이타케인. 클뤼티오스의 아들,
텔레마코스의 동료.15.539.

페이리토오스(Peirithoos): 라피타이족의 왕, 테세우스의 친구.
11.631.

페이산드로스(Peisandros): 구혼자, 폴뤽토르의 아들.18.299.

페이세노르(Peisenōr): (1) 에우뤼클레이아의 할아버지 1.429 (2)
이타케의 전령. 2.37.

페이시스트라토스(Peisistratos): 네스토르의 아들. 텔레마코스와
함께 스파르타로 여행함. 3.36.

펠라스고이족(Pelasgoi): 크레타의 주민. 19.177.

펠레우스(Peleus): 아킬레우스의 아버지, 테티스 여신의 남편. 8.75.

펠리아스(Pelias): 포세이돈과 튀로의 아들, 이올코스의 왕. 11.254.

펠리온(Pēlion): 마그네시아 지방의 산. 11.316.

포르퀴스(Phorkys): 토오사의 아버지. 1.72.

포세이돈(Poseidōn): 바다의 신, 크로노스와 레아의 아들, 제우스의
형제, 폴뤼페모스의 아버지. 1.20.

포이보스(Phoibos): 아폴론의 별칭. 3.279.

포이아스(Phoias): 필록테테스의 아버지. 3.190.

폰테우스(Ponteus): 파야케스족의 사람. '선원'이란 뜻. 8.113.

폰토노오스(Pontonoos): 알키노스의 전령. 7.179.

폴뤼네오스(Polynēos): 파야케스족의 사람, 텍톤의 아들,
암피알로스의 아버지. '많은 배'라는 뜻. 8.114.

폴뤼담나(Polydamna): 이집트 여인, 톤의 아내. 4.228.

폴뤼데우케스(Polydeukēs): 튄다레오스와 레다의 아들, 헬레네와
카스토르의 형제. 11.300.

폴뤼보스(Polybos): (1) 에우뤼마코스의 아버지. 1.399. (2) 이집트 테베
사람. 메넬라오스와 헬레네가 방문함. 4.125. (3) 파야케스족의

장인. 8.373. (4) 구혼자. 22.243.

폴뤼카스테(Polykastē): 네스토르의 막내딸. 3.464.

폴뤼테르세스(Polytherses): 크테십포스의 아버지. 22.287.

폴뤼페모스(Polyphēmos): 퀴클롭스, 포세이돈과 토오사의 아들. 1.70.

폴뤼페몬(Polypēmōn): 아페이다스의 아버지. 24.305.

폴뤼페이데스(Polypheidēs): 만티오스의 아들, 테오클뤼메노스의
아버지. 15.249.

폴뤽토르(Polyktōr): (1) 이타케의 수원지 건설자. 17.207. (2)
페이산드로스의 아버지. 18.299.

폴리테스(Politēs): 오뒷세우스의 전우. 10.224.

퓌리플레게톤(Pyriphlegethōn): 하데스에 흐르는 강. '타오르는 불의
강'이란 뜻. 10.513.

퓌토(Pythō): 파르낫소스산에 있는 아폴론의 성지. 델포이의 옛
이름. 8.79.

퓔라케(Phylakē): 퓔라코스가 통치하는 아르카디아의 마을. 11.289.

퓔라코스(Phylakos): 퓔라케의 왕. 이피클레스라고도 알려짐. 15.231.

퓔로(Phylō): 헬레네의 하녀들 중 한 명. 4.125.

퓔로스(Pylos): 네스토르가 통치하는, 펠로폰네소스 남서부에
위치한 도시. 1.93.

프람네산(Pramneios) 포도주: 키르케가 음식과 함께 섞은 포도주.
10.234.

프로니오스(Phronios): 노에몬의 아버지. 2.386.

프로레우스(Prōireus): 파야케스족의 사람. '뱃머리 사람'이란 뜻.
8.113.

프로크리스(Prokris): 아테나이의 왕 에렉테우스의 딸.11.321.

프로테우스(Prōteus): 변신하는 바다 노인, 포세이돈의 하인,
에이도테아의 아버지. 4.349

프론티스(Phrontis): 오네토르의 아들, 메넬라오스의 키잡이.3.282.

프륌네우스(Prymneus): 파야케스족의 사람. '선미(船尾) 사내'란
뜻.8.112.

프리아모스(Priamos): 트로야의 왕, 라오메돈의 아들, 헥토르와
파리스의 아버지. 3.107.

프쉬리에(Psyriē): 키오스섬 북서쪽에 있는 섬.3.171.

프티아: (원) 프티에(Phthiē). 테살리아의 도시, 아킬레우스의 고향.
11.496.

플레이아데스(Plēiades): 황소자리에 위치한 성단.5.272.

피에리아(Pieria): 테살리아의 올림포스산 북쪽 지역.5.50.

필로멜레이데스(Philomēleidēs): 레스보스의 왕.4.343.

필로이티오스(Philoitios): 오뒷세우스의 소치기.20.185.

필록테테스(Philoktētēs): 포이아스의 아들, 명궁으로 유명한 영웅.
3.190.

ㅎ

하데스(Haides): 망자들의 왕. 그가 다스리는 하계.3.410.

할리오스(Halios): 파야케스족의 사람, 알키노스와 아레테의 아들. '선원'이라는 뜻. 8.119.

할리테르세스(Haltherses): 오뒷세우스의 늙은 동료. 2.157

헤라(Hēra): 신들의 여왕, 크로노스와 레아의 딸, 제우스의 누이이자 아내. 4.513.

헤라클레스(Hēraklēs): 제우스와 알크메네의 아들. 8.224.

헤르메스(Hermēs): 전령의 신, 제우스와 마이아의 아들. '안내자'나 '아르고스 살해자'라는 별칭이 있음. 1.38.

헤르미오네(Hermionē): 메넬라오스와 헬레네의 딸. 4.14.

헤베(Hēbē): 청춘의 여신, 제우스와 헤라의 딸, 헤라클레스의 아내. 11.603.

헤파이스토스(Hēphaistos): 대장장이 신, 헤라의 아들, 아프로디테의 남편. 4.617.

헬라스(Hellas): 그리스의 일반적인 명칭. 좁게는 아킬레우스가 통치하는 북부 테살리아 지방을 말함. 1.344.

헬레네(Helenē): 제우스와 레다의 딸, 메넬라오스의 아내. 4.12.

헬레스폰토스(Hellēspontos): 트로야 근처의 해협. 에게해와 마르마라해를 잇는 지금의 다르다넬스해협. 24.81.

헬리오스(Hēlios): 태양신. 1.8

휘페레시에(Hyperēsiē): 아가멤논 왕국의 도시. 15.254.

휘페레이아(Hypereia): 파야케스족이 과거에 살았던 땅. 6.5.

힙포다메이아(Hippodameia): 페넬로페의 하녀. 18.182.

작품에 대하여

　『오뒷세이아』는 서양 문학에서 가장 흥미로운 이야기라는 찬사를 받고 있다. BBC에서 실시한 설문조사에서도 그 명성을 확인할 수 있는데, '오늘날 우리의 세계를 형성한 100개의 이야기들' 가운데 『오뒷세이아』가 1위를 차지했다. 그 이유는 무엇일까?

　『오뒷세이아』의 서사가 서구 문명의 가치 세계를 정립하며 그 문화적 자의식을 형성하는 데 큰 영향을 미쳤기 때문이다. 특히 『오뒷세이아』에서 형상화된 오뒷세우스, 페넬로페, 텔레마코스와 같은 인물들은 오늘날까지도 많은 흥미와 감동과 교훈을 선사하고 있다.

　오뒷세우스는 전쟁과 모험에서 유혹과 위기를 극복하고

귀향해서 왕권과 가정을 위협하는 구혼자들을 응징하고, 페넬로페는 포악무도한 구혼자들을 속여 남편 오뒷세우스를 기다리며 가정을 지켜내고, 텔레마코스는 부친의 귀환을 열망하며 그 소식을 찾아서 여행을 감행한다.

그러면 호메로스의 서사시 『일리아스』와 『오뒷세이아』의 형성에 결정적인 영향을 미친 것은 무엇일까? 우선 인도유럽 어권에서 전승되던 영웅 이야기와, 기원전 2000년부터 발전한 에게해와 근동 지방의 세련된 문명을 들 수 있다. 무엇보다도 기원전 7세기경 호메로스 서사시가 형성되던 시기의 환경이 가장 중요해 보인다. 바로 이 시기에, 우리가 알고 있는 고대 그리스의 고전 양식이 제 모습을 드러내기 시작했다. 그리고 근동 지방과 이집트 등에서 문물들이 유입되어 그리스 세계에서는 금속공예, 조각, 건축, 도자기 등이 창조적으로 제작되었다. 이러한 시기에 함께 형성된 호메로스 서사시도 『길가메시 서사시』와 같은 높은 수준의, 근동 지방의 문학을 수용하여 창조된 결과물일 것이다.

『일리아스』와 『오뒷세이아』를 지었다고 하는 호메로스는 어떤 인물일까? 헤로도토스는 『역사』에서 호메로스가 400년 전에 살았다고 막연하게 증거하고 있다. 또 호메로스에 대한 전기들이 전해지지만 대부분 허구들로 보인다. 따라서 호메로스라는 인물에 대한 정확한 정보를 얻는 것은 불가능하다.

그런데 희랍어로 '눈이 먼 자'라는 뜻을 가진 '호메로스'라는 전설적인 인물에서, 가인(歌人)의 전형성을 추출할 수 있다. 이 호메로스라는 전형적인 가인은 한 궁정에서 다른 궁정으로 여행하는 가객으로서, 귀족 청중의 청탁을 받아서 그들 선조의 영웅적 업적을 노래함으로써 영광되게 하여 보상을 받았을 것이다.

기원전 8세기경 페니키아로부터 알파벳 문자가 도입되어 『일리아스』와 『오뒷세이아』의 텍스트화가 진행되고 있었다. 이러한 상황에서 '구전되는 시가'와 '텍스트화한 시가' 사이의 역동적인 상호작용을 가정할 수 있다. 공연 상황에서 가객이 노래할 때 받아쓰기를 통해서 텍스트가 형성되었거나, 공연 상황과는 별개로 시인이 수년에 걸쳐서 첨삭하는 작업을 통해서 텍스트가 형성되었을 것이다. 특히 『오뒷세이아』의 텍스트는 기원전 600년 이전의 어느 시기에 문자로 보존되었을 것이다.

『오뒷세이아』 원전은 오랜 세월 동안 여러 중요한 단계들을 지나서 오늘날 우리에게 전해지고 있다. 첫 번째 단계는 도시국가 아테나이 축제다. 기원전 520년에 참주였던 페이시스트라토스의 아들 힙파르코스가 호메로스 서사시를 아테나이에 도입했다고 전한다. 판아테나이아(Panathenaia) 축제에서 직업 가인들이 호메로스 서사시의 낭송 경연을 펼쳤다. 이 시기에 호메로스가『일리아스』와『오뒷세이아』의 시인으로 공인되었고 두 서사시의 통일된 판본이 확립되어 고전으로 인정받았다.

두 번째 단계는 헬레니즘 시대의 알렉산드리아 도서관이다. 기원전 280년경, 프톨레마이오스 왕이 당시 지중해 세계의 최대 도서관을 건립했다. 이 시기에 탄생한 '고전학'은 무엇보다도 호메로스 서사시의 연구에 집중했다. 고전학자들은 여러 종류의 호메로스 서사시 텍스트를 비교 연구하면서 체계적인 연구 방법론을 사용하여 신뢰할 만한 텍스트를 재구하려고 노력했다. 고전학자들 가운데 아리스타르쿠스는 호메로스의 문체와 어법에 대한 지식을 바탕으로 가장 신뢰할 만한 호메로스 서사시의 표준화된 텍스트를 만들어 냈다. 또한 그는『오뒷세이아』에 대한 주석서를 집필하기도 했다.

세 번째 단계는 중세 시대의 필사본들이다. 전승 과정에서 이 필사본들은 서로에게 영향을 미쳐서 오염되긴 했지만 아리스타르쿠스의 표준 텍스트의 영향을 많이 받은 것으로 보인다.『오뒷세이아』의 중요 필사본들로는 G(10세기), F(12세기?), P(1201)를 꼽을 수 있다. 이들 필사본에 대한 근현대 고전학의 분석적이고 체계적인 연구 덕분에『오뒷세이아』비판 정본 텍스트가 출판되었다. 대표적인 비판 정본은 다음과 같다. (1) Allen, T. W. (ed.), *Homeri opera*, vol. 3, 4, Oxford:

Clarendon Press, 1912. (2) van Thiel, H.(ed.), *Homeri Odyssea*. Hildesheim: G. Olms, 1991. (3) West, M. L. (ed.), *Homerus Odyssea*. Berlin/Boston: Walter de Gruyter, 2017.

『일리아스』와『오뒷세이아』는 모두 시학적인 측면에서 탁월하고 높은 정도의 통일성과 완성도를 이룬 작품이라는 평가를 받고 있다. 두 서사시를 제외한 다른 서사시들은 전해지지 않는데, 두 권이나 네 권 정도의 분량으로『일리아스』와『오뒷세이아』보다는 적은 분량이었다. 아리스토텔레스는 이들 서사시가 통일성이 부족하고, 위대한 두 서사시와 비교하면 열등하다고 평가했다.

『일리아스』와『오뒷세이아』는 모두 호메로스의 작품으로 알려져 있다. 비록『일리아스』와『오뒷세이아』가 여러 측면에서 유사한 점들이 있긴 하지만 두 서사시가 같은 작가에 의해서 지어졌다고 보기는 어렵다. 고전학자 웨스트(M. L. West)는『오뒷세이아』의 시인을 Q라고 부르기도 한다. 아무튼『오뒷세이아』의 시인은 위대한 서사시『일리아스』를 모방하고 경쟁하면서『오뒷세이아』를 지어냈다.

『오뒷세이아』의 '스토리(story)'는 다음과 같다. 오뒷세우스는 트로야 원정을 떠나서 10년째에 트로야를 정복하고 또 귀향하기까지는 10년이 걸리게 된다. 귀향하는 과정에서 그는 온갖 모험을 하고 나서 여신 칼륍소가 살고 있는 오귀기아섬에 도착해서 7년 동안 그곳에 체류한다. 그곳을 떠나서 파야케스족의 스케리아섬에 표류하지만 그곳에서 환대받고, 호송을 받아서 고향 이타케에 도착한다. 도착해서는 아들 텔레마코스와 함께 무도한 구혼자들을 응징하고 마침내 아내와 부친과 재회한다.

[스토리] 트로야 원정 → I. 모험(공상세계) → (칼립소의 오귀기아) → II. 스케리아 (점이지대) → III. 이타케(현실세계)의 위기 상황 → IV. 귀향.

그런데 『오뒷세이아』의 '플롯(plot)'은 그 스토리와는 다르게 다음과 같이 짜여 있다.

[플롯] III. 이타케의 위기 상황 → (칼립소의 오귀기아) → II. 스케리아(I. 모험) → IV. 귀향

이러한 플롯에 따라서 구분해보면 『오뒷세이아』는 크게 세 부분으로 나눌 수 있다. 즉, '텔레마키아'(1~4권), 오뒷세우스의 모험(5~12권), 오뒷세우스의 귀향(13~24권)이다.
첫 번째 부분 텔레마키아(1~4권)에서는 이타케의 위기 상황이 그려진다. 트로야를 정복한 오뒷세우스는 아직 귀향하

지 못한 상태인데, 구혼자들이 오뒷세우스의 궁전에 몰려들어 페넬로페에게 결혼을 강요하고 오뒷세우스의 재산을 먹어치우고 있다. 아직 성년이 되지 못한 텔레마코스는 구혼자들의 무도한 행위를 제지할 힘이 없다.

[1권] 신들의 회의에서 아테네 여신은 오뒷세우스의 귀향에 무심한 제우스 신을 비난한다. 제우스는 오뒷세우스가 폴뤼페모스의 외눈을 멀게 하여 그의 부친 포세이돈이 분노하고 있다고 대답한다. 현재, 포세이돈이 멀리 떠나 있으니, 오뒷세우스가 귀향할 수 있다.

아테네 여신은 이타케로 가서는 오뒷세우스의 친구로 위장하여 텔레마코스에게 환대받게 된다. 아테네 여신은 텔레마코스에게 힘과 용기를 불어넣어서 그가 이타케에 집회를 소집하여 구혼자들을 비난하고, 부친의 소식을 듣기 위해서 퓔로스의 네스토르와 스파르타의 메넬라오스를 방문하도록 한다.

[2권] 아테네 여신의 조언에 따라서 텔레마코스는 이타케인들을 소집하여 집회에서 연설한다. 구혼자들은 텔레마코스의 비난 연설과 그에게 유리한 전조에도 불구하고 그들 자신의 파멸이 다가옴을 알지 못한다. 텔레마코스는 비밀스럽게 여행을 준비하는데, 멘토르의 모습으로 위장한 아테네 여신이 도와준다. 텔레마코스는 여신과 함께 밤에 출항한다.

[3권] 퓔로스의 네스토르 왕의 궁전. 텔레마코스는 네스토르에게서 트로야 원정 후, 영웅들의 귀향에 대해 듣게 된다. 하지만 부친에 대한 소식은 듣지 못한다. 네스토르는 텔레마코스를 스파르타의 메넬라오스에게 보낸다.

[4] 스파르타의 메넬라오스의 궁전. 텔레마코스는 메넬라오스와 헬레네의 환대를 받는다. 메넬라오스는 트로야 정복 후에 겪은 모험에 대해 들려주고, 또 오뒷세우스에 대한 소식도 전한다. 그것에 따르면 오뒷세우스는 요정 칼륍소에게 억류되어 있다고 한다. 한편 텔레마코스의 출항 소식을 접한 구혼자들은 매우 놀라 당황하지만, 텔레마코스가 귀향할 때 매복하다가 그를 살해할 계획을 세운다. 페넬로페는 아들의 출항 소식을 듣고 나서 걱정과 불안에 사로 잡힌다.

1권에서 4권까지는 텔레마코스가 중심인물로 등장하기 때문에 '텔레마키아(Telemachia)'라고 불린다. 이 부분은『오뒷세이아』의 형성 과정에서 가장 나중에 추가된 부분으로 보인다. 본래 이야기는 남편의 귀향이었을 것이다. 귀향하는 남편에게는 아들이 없으니 이야기는 한 사내와 그의 아내에 대한 것이었다. 그런데 그 사내에게 아들이 추가되면서 이야기는 더 복잡해지고 더 흥미로워졌다.

『오뒷세이아』는 "한 사내에 대해 노래하소서, 무사 여신이여."(1.1)라는 서시로 시작하고 '신들의 회의'(1.26~95) 장면이 이어진다. 이 서시와 신들의 회의는 『오뒷세이아』 전체의 도덕적인 입장을 표명한다. 오뒷세우스의 전우들이 무도한 짓으로 파멸하여 귀향하지 못하고 아이기스토스가 무도한 짓을 저질러서 파멸했다는 것을 강조한다. 따라서 무도한 짓을 저지르는 구혼자들도 벌을 받게 될 것이다.

두 번째 부분(5~12권)에서 마침내 영웅 오뒷세우스가 등장한다. 이 부분은 '오뒷세우스의 모험'에 해당하는데, 5~8권과 9~12권의 두 부분으로 나뉜다. 5권에서 오뒷세우스는 요정 칼륍소의 억류에서 풀려나서 고향을 향해 출발한다.

[5권] 올륌포스의 신들의 회의. 헤르메스가 칼륍소에게 가서 오뒷세우스를 풀어주라는 제우스의 결정을 전한다. 칼륍소는 불평하며 반발하지만 결국 그 결정에 복종한다. 오뒷세우스도 칼륍소가 제안한 불멸의 삶을 거절하고 귀향을 열망하는 상태다. 오뒷세우스는 뗏목을 만들어서 오귀기아섬을 떠난다. 17일 동안이나 항해하다가, 포세이돈 신의 눈에 띄자 폭풍에 휘둘려서 표류하게 된다. 가까스로 파야케스족의 땅 스케리아섬의 바닷가에 닿지만, 잠들어버린다.

[6권] 바닷가에서 파야케스족의 공주 나우시카가 하녀들과 함께 빨래하고 나서 공놀이를 하고 있다. 그때, 잠에서 깨어

난 오뒷세우스가 나우시카 앞에서 나타나서 그녀에게 도움을 간청한다. 나우시카는 부친 알키노스 왕에게 간청하라고 조언한다.

[7권] 오뒷세우스는 파야케스족의 궁전에 도착하여 알키노스 왕과 왕비 아레테의 도움을 간청한다. 왕과 왕비에게 자신의 모험을 짧게 언급하지만 자신의 정체는 숨긴다. 알키노스 왕은 이 멋진 사내가 자신의 딸과 결혼하기를 바라지만 오뒷세우스는 모른 척한다.

[8권] 오뒷세우스는 파야케스족에게 환대를 받는다. 가인 데모도코스가 트로야 전쟁과 영웅 오뒷세우스에 대해 노래하자 오뒷세우스는 몰래 눈물을 흘린다. 분위기 전환으로 운동 시합이 개최된다. 무례한 청년들이 오뒷세우스를 도발하자 오뒷세우스는 자신의 탁월함을 보여준다. 이어서 데모도코스가 아레스와 아프로디테의 불륜에 대하여 노래한다. 그러고 나서 트로야 정복에 대한 노래를 부르자, 오뒷세우스가 눈물을 흘린다. 나그네의 징체가 궁금하다.

두 번째 부분도 첫 번째 부분과 마찬가지로 『오뒷세이아』의 시작이다. '신들의 회의'가 앞부분에 위치하는데, 오뒷세우스의 귀향이 제우스 신의 결정이라는 점이 부각된다. 이러한 신의 결정과 어울리게 오뒷세우스도 귀향을 열망하고 있다.

'오뒷세우스의 모험'(5~12권)에서 두 번째 부분(9~12권)은 오뒷세우스가 자기 정체를 드러내고, 과거를 회상하며 자신이 겪었던 모험을 들려주는 부분이다.

[9권] 오뒷세우스는 자기 정체를 드러내고 나서 모험 이야기를 시작한다. 트로야를 정복하고 나서 그는 열두 척의 배를 이끌고 트라케에 도착해서 키코네스족을 공격한다. 그리고 로토스를 먹는 자들과 퀴클롭스의 땅으로 가게 된다. 퀴클롭스의 땅에서 그는 호기심에 전우들을 이끌고 폴뤼페모스의 동굴에 들어간다.

그런데 동굴 안에 갇히게 되고 또 전우들이 폴뤼페모스에게 먹혀서 희생되고 만다. 영웅은 자신의 이름을 '아무도'라고 소개하며 폴뤼페모스에게 포도주를 건네서 그가 취하게 한 후, 그가 잠들자 불에 달군 말뚝으로 그의 외눈을 찔러서 눈이 멀게 한다. 그리고 나서 커다란 양들의 배에 매달려서 동굴에서 탈출한다. 그 섬을 떠나며 오뒷세우스는 경솔하게 자신의 이름을 밝힌다. 그래서 폴뤼페모스는 부친 포세이돈을 부르며 오뒷세우스에게 복수해달라고 기도한다.

[10권] 오뒷세우스는 바람들의 신 아이올로스에게 간다. 아이올로스의 도움으로 오뒷세우스는 귀향길에 오른다. 하지만 오뒷세우스가 잠을 자는 동안 전우들이 아이올로스의 선

물, 즉 바람들이 갇혀 있는 자루를 풀어버리자 바람들이 빠져
나와서 그 바람들에 밀려서 배가 아이올로스의 섬으로 되돌아
간다. 오뒷세우스는 다시 아이올로스에게 도움을 청하지만 아
이올로스에게 쫓겨나고 만다.

그와 그의 전우들은 라이스트뤼고네스족에게 도착하는
데, 이들은 식인 종족이다. 이곳에서 영웅은 전우들과 열한 척
의 배를 잃고 배 한 척만 남아서 키르케의 섬에 도착한다. 키르
케는 마법을 부려서 그의 전우들을 돼지로 바꾸어 버린다. 그
런데 헤르메스의 도움을 받아 마법에 걸리지 않은 오뒷세우스
는 전우들을 구해내고 또 키르케의 연인이 된다. 키르케의 조
언을 따라서 예언자 테이레시아스에게서 귀향에 대한 조언을
듣기 위해 망자들의 세계를 방문하고자 한다.

[11권] 망자들의 세계. 오뒷세우스는 망자들을 불러낸다.
테이레시아스에게서 귀향에 대한 조언을 듣는다. 오뒷세우스
의 어머니, 아가멤논과 아킬레우스의 유령들이 나타난다. 영
웅은 유령들과 대회를 나누고 또 그곳에서 벌받는 자들을 목
격한다.

[12권] 오뒷세우스와 그의 전우들은 키르케의 섬으로 복
귀한다. 키르케는 오뒷세우스에게 가야 할 항로를 일러준다.
그들은 키르케의 섬을 떠나서 스퀼라와 카륍디스를 가까스로
통과해서 헬리오스의 신성한 가축이 방목되는 섬에 도착한다.

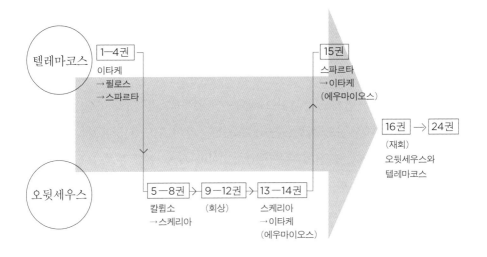

텔레마코스

1—4권
이타케
→필로스
→스파르타

15권
스파르타
→이타케
(에우마이오스)

16권 → **24권**
(재회)
오뒷세우스와
텔레마코스

오뒷세우스

5—8권 → **9—12권** → **13—14권**
칼립소   (회상)   스케리아
→스케리아   →이타케
                                (에우마이오스)

분리된 플롯

이 가축에는 절대로 손을 대선 안 된다는 경고를 받았지만 굶주림에 내몰린 전우들은 결국 가축을 도살해서 포식한다. 이에 헬리오스가 제우스에게 불평하자 제우스는 번개를 뿌려서 오뒷세우스의 배를 산산조각 낸다. 오뒷세우스는 혼자서 살아남아 여신 칼립소의 섬에 도착하여 칼립소의 보호를 받게 된다.

이 부분은 『오뒷세이아』의 플롯에서 I. 모험에 해당하는데, 그것은 가장 과거에 속하는 부분이다. 오뒷세우스는 자신이 마치 시인이 된 것처럼 모험 이야기를 들려주며 그 이야기를 이끌어나간다. 가인이 주로 영웅의 업적과 명성을 노래하는데, 여기에서는 영웅 자신이 노래하여 자신의 명성을 드높인다.

세 번째 부분(13~24권)은 '오뒷세우스의 귀향'이다. 이 부분에서 오뒷세우스는 계략을 사용하여 무도한 구혼자들을 응징한다. 첫 번째 부분(텔레마케이아)과 두 번째 부분(오뒷세우스의 모험)이 서로 분리되어 전개되었는데, 이 두 갈래로 전개된 이야기는, 16권에서 오뒷세우스와 텔레마코스가 재회함으로써 합류하게 된다. 이 세 번째 부분은 또다시 무대와 사건을 중심으로 세 부분으로 나뉜다. 첫 번째 부분(13~16권)의 무대는 바닷가와 시골 산속이다.

[13권] 파야케스족은 깊은 잠에 빠진 오뒷세우스를 이타케의 해안가에 선물과 함께 내려놓고 떠난다. 아테네 여신이 청년으로 위장하고 다가오자 오뒷세우스는 그 청년을 속이려 한다. 이에 여신은 특별한 친애를 표현한다. 여신과 영웅은 구혼자들을 벌할 계획을 세운다. 여신은 오뒷세우스를 늙은 거지로 변신시킨다.

[14권] 오뒷세우스는 돼지치기 에우마이오스의 오두막에 간다. 그곳에서 환대를 받고 거짓 이야기를 들려주며 에우마이오스를 즐겁게 한다.

[15권] 텔레마코스는 메넬라오스와 헬레네 부부와 작별을 고하고 스파르타를 떠난다. 서둘러서 이타케의 집으로 항해한다. 출항할 때 나타난 예언자 테오클뤼메노스를 데려간다. 한편 에우마이오스는 오뒷세우스에게 자신의 과거 이야기를 들려준다. 그리고 텔레마코스는 구혼자들의 매복을 피한다.

[16권] 텔레마코스가 에우마이오스의 오두막에 간다. 오뒷세우스는 아들에게 자신의 정체를 드러낸다. 부자의 재회다. 또한 구혼자들을 물리치려면 자신의 감정을 잘 다스려야 한다고 아들에게 충고한다. 한편 매복해 있던 구혼자들의 배가 복귀한다. 구혼자들은 향후 대책을 논의하지만, 결론을 내지 못한다.

두 번째 부분(17~20권)의 무대는 도시와 궁전이다.

[17권] 텔레마코스가 집에 도착하여 어머니 페넬로페와 재회한다. 에우마이오스는 오뒷세우스를 안내하여 이타케 궁전으로 향한다. 가는 도중에 염소치기 멜란테우스와 만나는데, 이 작자는 구혼자들에게 아첨하며 시중을 들고 있다. 이 불충한 자가 오뒷세우스를 모욕한다. 오뒷세우스와 에우마이오스가 이타케 궁전에 거의 닿았을 때, 오뒷세우스의 개 아르고

아테네(텔레마코스)

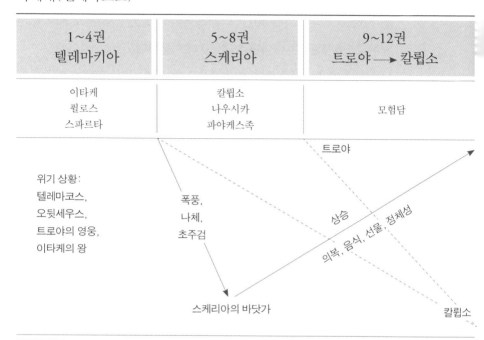

1~4권 텔레마키아	5~8권 스케리아	9~12권 트로야 ⟶ 칼립소
이타케 퓔로스 스파르타	칼립소 나우시카 파야케스족	모험담

트로야

위기 상황:
텔레마코스,
오뒷세우스,
트로야의 영웅,
이타케의 왕

폭풍,
나체,
초주검

상승

의복, 음식, 선물, 정체성

스케리아의 바닷가

칼립소

❶ 외적인 귀환

현실과 자기 자신으로의 귀환(정체성 회복)

조난자 ⟶ 오뒷세우스

아테네(오뒷세우스)

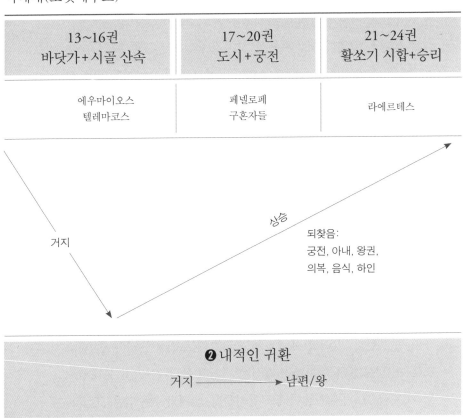

13~16권 바닷가+시골 산속	17~20권 도시+궁전	21~24권 활쏘기 시합+승리
에우마이오스 텔레마코스	페넬로페 구혼자들	라에르테스

거지

상승

되찾음:
궁전, 아내, 왕권,
의복, 음식, 하인

❷ 내적인 귀환

거지 ────→ 남편/왕

『오뒷세이아』의 전체 구성

스가 주인의 귀향을 발견하고는 죽는다. 궁전 안에서 오뒷세우스가 구혼자들에게 음식을 구걸할 때, 구혼자 안티노스는 발판을 던지며 그를 모욕한다.

[18권] 이로스라고 불리는 거지가 거지(오뒷세우스)를 모욕한다. 권투 시합에서 오뒷세우스는 이로스를 물리친다. 페넬로페가 홀에 모습을 드러내서 구혼자들에게서 선물을 받아내자 오뒷세우스가 속으로 기뻐한다. 이제는 불충한 하녀 멜란토가 오뒷세우스를 모욕한다. 또 오뒷세우스가 에우뤼마코스와 설전을 벌이다가, 에우뤼마코스가 그에게 발판을 던지지만 빗맞힌다.

[19권] 오뒷세우스가 지시한 대로 텔레마코스는 궁전의 홀 안에 있는 무기들을 모두 치워버린다. 그때, 아테네 여신이 불빛을 비추어주며 안내한다. 또다시 멜란토가 오뒷세우스를 모욕한다. 그리고 페넬로페는 나그네(오뒷세우스)와 긴 대화를 나누는데, 나그네는 자신이 과거에 오뒷세우스를 환대했고 지금 그가 귀향 중이라고 알려준다. 하지만 여주인은 그 말을 믿지 않는다.

한편 페넬로페의 지시로 에우뤼클레이아는, 나그네의 발을 씻겨주다가 그 발목에 난 상흔을 보고 나서 그 나그네가 주인(오뒷세우스)이라는 사실을 발견한다. 하지만 에우뤼클레이아는 여주인에게 그 사실을 알리지 못한다. 페넬로페는 나그네에게 자신이 꾸었던 꿈을 이야기하고, 다음 날 활쏘기 시합을 개최한다고 알려준다.

[20권] 오뒷세우스는 잠자리에서 복수심에 몸을 뒤척인다. 유리한 전조들이 나타나 복수의 성공을 예고한다. 소치기 필로이티오스가 등장하는데, 그는 오뒷세우스에게 충성하는 하인이다. 구혼자 크테십포스가 오뒷세우스에게 소다리를 투척하자 구혼자들은 병적인 웃음을 터뜨린다. 이 모습을 본 테오클뤼메노스는 구혼자들의 사망과 죽음을 예언한다.

세 번째 부분의 마지막 부분(21~24권)에서는 오뒷세우스가 활쏘기 시합에서 승리하고, 무도한 구혼자들을 응징하여 복수하고, 아내 페넬로페와 부친 라에르테스와 재회한다.

[21권] 페넬로페가 오뒷세우스의 활을 가져와서 활쏘기 시합의 개시를 선언한다. 화살을 쏘아서, 세워 놓은 도끼들의 귓구멍을 통과시키는 자와 그녀가 결혼하게 될 것이다. 구혼자들이 차례로 활을 잡아당겨 보지만, 모두 실패한다. 한편 오뒷세우스가 에우마이오스와 필로이티오스에게 자신의 정체를 드러내고 두 하인과 함께 전투 태세를 갖춘다. 또 다른 구혼자들도 활을 잡아당기지 못한다. 구혼자들의 위협에도 활을 잡은 오뒷세우스는 화살을 쏘아서 도끼들의 귓구멍 모두를 통

과시킨다.

[22권] 이제, 오뒷세우스가 안티노스를 쏘아 맞히고 자신의 정체를 드러낸다. 구혼자들이 당황하며 놀란다. 텔레마코스와 에우마이오스와 필로이티오스가 가세하며 오뒷세우스는 구혼자들을 물리친다. 그 사이, 멜란테우스가 구혼자들에게 무기들을 가져다주지만, 결국 창고에서 생포된다. 모든 구혼자들이 살해된다. 불충한 하녀들은 교수형에 처해지고, 멜란테우스는 잔인한 벌을 받는다.

[23권] 에우뤼클레이아가 페넬로페에게 오뒷세우스의 도착을 알린다. 하지만 여주인은 그 나그네가 오뒷세우스라는 사실을 믿지 않는다. 페넬로페와 마주한 오뒷세우스는 아내의 시험을 받게 된다. 하지만 부부만이 알고 있는 침대의 비밀을 증거로 아내에게 자신의 정체를 입증한다. 재회한 부부는 사랑의 정으로 하나가 된다.

[24권] 헤르메스는 살해된 구혼자들의 혼백을 하계로 인도한다. 구혼자들은 아가멤논과 아킬레우스를 만나서 대화를 나눈다. 한편 오뒷세우스는 아버지 라에르테스를 찾아 나선다. 연로한 부친과 만나서 거짓 이야기를 하며 부친을 시험하지만, 곧 자신의 정체를 밝히고 부친과 재회한다. 한편 살해된 구혼자들의 가족이 집회에서 복수를 다짐하고 공격한다. 제우스의 뜻에 따라서 아테네 여신은 구혼자들의 가족과 오뒷세우

스의 내전을 멈추고 이타케에 화평을 이루어준다.

마지막 부분(21~24권)에서는 『오뒷세이아』의 결말에 대한 논쟁이 있었다. 23권의 297행은 "한편 부부는 기뻐하며 오래된 침상이 놓인 장소에 이르렀다."인데, 일부 고대 학자들이 이 행에서 『오뒷세이아』가 끝난다고 주장했기 때문이다. 부부가 재회하여 잠자리에 드는 장면으로 『오뒷세이아』가 종결하는 것이니 상당히 낭만적인 결말이라 하겠다.

하지만 23권 297행 이후와 24권은 『오뒷세이아』의 최종 결말을 위해서는 매우 중요한 부분이다. 살해된 구혼자들이 하데스로 내려가고, 오뒷세우스가 부친 라에르테스와 재회하고, 아테네 여신이 구혼자들의 가족과 오뒷세우스 사이의 갈등을 해소하여 이타케에 화평을 이루어준다는 내용은 모두 『오뒷세이아』의 완결성을 높여주기 때문이다.

정리하면, 『오뒷세이아』는 두 번의 시작으로 두 갈래로 플롯이 전개되다가 16권에서 텔레마코스와 오뒷세우스가 재회하면서 하나의 플롯으로 합류하여 24권까지 이어진다.

『오뒷세이아』의 플롯은, 단순한 『일리아스』의 플롯과 비교하면 복잡하다.(『시학』 1459b14-15.) 그 플롯의 복잡성이란 바로 플롯의 세 가지 요소가 잘 적용되어 있다는 것을 말한다.(『시학』1459b10-13.) 이 세 가지 요소가 바로 '반전', '발견', '파토스'이다.

'반전'(페리페테이아, peripeteia)은 사태가 반대 방향으로 바뀌는 것으로 개연성이나 필연성이 동반되어야 한다. '발견'(아나그노리시스, anagnorisis)은 무지 상태에서 앎의 상태로 바뀌는 것이다. '파토스(pathos)'는 파괴적이거나 고통을 주는 행동으로 죽음, 육체적 고통, 부상 등을 말한다.(『시학』1452a22-1452b13.) 따라서 호메로스는 비극 장르가 등장하기 전에 이미 플롯의 세 가지 요소를 잘 적용하여 플롯을 구성했기 때문에 비극의 아버지라고 불리는 것이다.

『오뒷세이아』의 플롯이 복잡하다고 말하는 이유는 바로 '발견'이 도처에 자주 등장하기 때문이다. 『오뒷세이아』 8권에서 오뒷세우스는 트로야 원정에 대한 노래를 듣게 되자 과거를 기억하며 눈물을 흘리게 되는데, 알키노스 왕의 요구로 자신의 정체를 드러낸다.(1455a2-4.) 특히 13~24권에서는 '발견'의 플롯이 연속하여 전개된다.

13권에서 24권까지의 '발견' 장면들

13권   아테네 여신이 총애하는 영웅을 발견함

16권   텔레마코스가 아버지를 발견함

17권   아르고스 개가 주인을 발견함

19권   유모가 주인을 발견함(세족 장면)

21권   에우마이오스와 필로이티오스가 주인을 발견함

22권   구혼자들이 오뒷세우스를 발견함

23권   페넬로페가 남편을 발견함

24권   라에르테스가 아들을 발견함

이러한 발견들 가운데 오뒷세우스의 정체가 상흔에 의해 돼지치기에게 발견되는 경우(21권)와 유모에게 발견되는 경우(19권)의 두 가지가 있는데, 유모의 세족 장면에서 오뒷세우스의 정체가 발견되는 경우를 더 높이 평가한다. 이 경우에는 반전이 동반되기 때문이다.(1454b30.) 또한 아버지와 아들(24권)이나 남편과 아내(23권) 사이의 발견도 상황의 반전을 낳게 된다.

『오뒷세이아』의 전체 플롯은 '이중 반전(double reversal)'으로 구성되어 있다. 다시 말해서, 이중의 플롯으로 되어 있어서 선인과 악인의 운명이 반대 방향으로 끝난다는 것이다. 오뒷세우스와 그의 가족은 불행에서 행복으로, 구혼자들은 행복에서 불행으로 바뀌기 때문이다. 『시학』에서는 이리한 '이중 반전'이 두 번째로 훌륭한 반전이라는 평가를 받고 있다.(1453a30-33.)

마지막으로 플롯의 세 번째 요소인 '파토스'는 구혼자들

에게 잔인하게 척살되어 살해되고 불충한 하인들이 벌을 받는 장면에서 분명하게 나타나 있다. 이처럼 『오뒷세이아』의 플롯은 반전, 발견, 파토스의 세 가지 핵심 요소로 잘 구성되어 있음을 알 수 있다.

앞에서는 『오뒷세이아』를 세 부분으로 나누었지만, 오뒷세우스의 귀환과 아테네 여신의 등장(1권, 13권)이라는 관점에서 바라보면 『오뒷세이아』는 크게 두 부분으로도 나눌 수 있다. 첫 번째 부분(1~12권)은 오뒷세우스의 소식을 찾아가는 텔레마코스의 여행을 포함하여 오뒷세우스의 '외적인 귀환'에 해당한다.

외적인 귀환이란 오뒷세우스가 칼립소의 섬을 떠나서 현실과 자기 자신의 정체로 귀환하는 것을 말한다. 영웅은 칼립소로부터 벗어나 폭풍을 만나서 스케리아섬에 도착하는데, 이곳에서 벌거벗은 몸으로 빈사 상태로 몰락하게 된다. 하지만 나우시카의 도움으로 파야케스족의 환대를 받게 되고 의복과 음식과 선물과 호송 약속을 통해서 명예가 회복되기에 영웅의 운명은 점점 상승한다. 그리고 마침내 트로야 영웅 오뒷세우스의 정체가 드러난다.

이러한 상승 흐름과 비교하여 오뒷세우스가 들려주는 모험 이야기에서는 트로야의 정복자에서, 모든 배와 모든 전우를 잃고 칼립소에게 도착하여 억류되는 신세로 몰락하게 된다. 여기에서는 영웅의 운명의 지속적인 하강이 두드러진다.

두 번째 부분(13~24권)은 오뒷세우스의 '내적인 귀환'에 해당한다. 내적인 귀환이란 오뒷세우스가 거지 나그네에서 페넬로페의 남편이자 이타케의 왕으로서 그의 운명이 점차적으로 상승하는 과정을 말한다. 이 과정에서 오뒷세우스는 무도한 구혼자들을 응징하면서 의복, 음식, 궁전, 하인, 아내, 왕권을 되찾게 된다.

이처럼 『오뒷세이아』의 전체 구성은 영웅 오뒷세우스의 '외적 귀환'과 '내적 귀환'의 서사로 구성되어 자기 정체성을 되찾는 영웅의 귀환과 재생을 의미한다고 하겠다.

『일리아스』의 영웅 아킬레우스가 비교적 단순한 캐릭터라고 한다면, 『오뒷세이아』의 오뒷세우스는 상당히 복잡한 캐릭터이다. 트로야의 정복 후 귀향하면서 오뒷세우스는 원정 이전에 맺었던 인간관계를 새롭게 복원해야 하는 과제가 있다.

오뒷세우스는 트로야 원정을 떠났던 용사이고, 20년 동안 아내와 멀리 떨어져 있는 남편이고, 자기 아들의 성장을 보지 못했던 아버지이고, 전우들은 모두 죽고 혼자서 살아남은 지휘관이고, 여신의 성적인 노리개로 전락한 사내이고, 자신을 그리워하다 죽은 어머니의 아들이고, 하인들의 자상한 주인이고, 명견 아르고스의 주인이고, 낯선 곳에서 환대 받는 나그네이고, 자신의 정체를 숨기고 온갖 모욕과 수모를 참으며 구걸하는 거지다.

이처럼 오뒷세우스는 입체적이고 다면적인 정체성을 갖고 인간 사회의 여러 역할들을 성공적으로 수행하는 캐릭터라고 하겠다. 이러한 캐릭터에 어울리게 오뒷세우스는 '꾀 많은'(폴뤼메티스, polymētis), '임기응변에 능한'(폴뤼트로포스, polytropos), '수단이 많은'(폴뤼메카노스, polymechanos), '많이 참는'(폴뤼틀라스, polytlas) 등의 별칭을 갖고 있다.

오뒷세우스는 『일리아스』의 영웅과 마찬가지로 '명예'(티메, time)와 '명성'(클레오스, kleos)을 매우 중요시한다. 상대의 무례와 모욕에 예민하게 반응하며 분노하고 자신의 명예를 회복하기 위해서 응징하고 명성을 추구한다.

한편 오뒷세우스는 민담에서 흔하게 찾아볼 수 있는 트릭스터(trickster) 캐릭터이기도 하다. '트릭스터'는 교활한 술책과 말재주를 이용하여 다른 사람을 압도하거나 선수를 쳐서 목표를 달성하는 캐릭터를 말한다. 따라서 오뒷세우스는 일리아스적 영웅과 트릭스터, 두 가지 요소를 모두 지닌 캐릭터이다.

『오뒷세이아』에서 가장 인상적인 행위들 중 하나가 바로 오뒷세우스의 결정이다. 연인 칼륍소가 불멸의 삶을 약속하지만 오뒷세우스는 그 제안을 거절하고 귀향하는 것을 열망한다. 『일리아스』에서 아킬레우스가 불멸의 명성을 위하여 단명을 선택했다는 점을 고려하면, 오뒷세우스의 선택은 어떤 의미가 있어 보인다. 오뒷세우스의 선택은 유한한 삶을 긍정하는 것이고, 또한 신들이 거주하는 영원한 세계가 아니라 유한한 일상 세계와 인간 사회의 역사로 복귀하는 것을 결정한 것이라 하겠다.

『오뒷세이아』에서 오뒷세우스의 성격이 발전하고 있음을 알 수 있다. 다시 말해서, 모험과 귀향의 과정에서 오뒷세우스는 일리아스적인 영웅에서 새로운 유형의 영웅, 즉 오뒷세이아적인 영웅으로 발전한다. 오뒷세우스가 처음에는 명예와 명성을 지나치게 중시하는 일리아스적인 영웅에서 분노와 충동을 잘 조절하는 인물로 발전한다는 말이다.

9권에서 폴뤼페모스의 외눈을 멀게 하고 그의 동굴에서 탈출하고 나서 승리에 도취된 나머지 눈먼 폴뤼페모스에게 자신의 정체를 드러낸다. 이러한 행위는 일리아스적 영웅의 모습이라 하겠다. 하지만 이타케에 귀향하고 나서 구혼자들에게 복수하는 과정에서 오뒷세우스의 성격은 많이 달라져 있다. 특히 22권에서 오뒷세우스는 무도한 구혼자들을 응징하고 나서도 그것을 전혀 뽐내지 않고 오히려 유모가 그의 복수에 과도하게 기뻐하는 것을 제지한다.

『오뒷세이아』는 일상 세계의 복원과, 영웅의 자기 정체성의 재구(再構)를 주제로 삼고 있다. 참혹한 전쟁을 극화한『일리아스』와는 다르게 평화 시기의 덕들과 안락한 삶을 묘사한다. 이타케, 필로스, 스파르타, 스케리아의 일상생활에서 그것을 확인할 수 있다.

이와 함께『오뒷세이아』에서는 부의 획득과 보존에 많은 관심을 보여준다.『일리아스』에서도 전리품과 같은 재물은 영웅의 명성과 명예와 직결되는 것이다. 13권에서 이타케에 도착한 오뒷세우스는 파야케스족에게서 받은 선물들이 트로야에서 취했던 전리품들보다 더 많다고 강조한다. 게다가 그 선물들을 꼼꼼하게 헤아리는 오뒷세우스의 모습은『일리아스』의 아킬레우스의 모습과는 사뭇 달라 보인다.

『오뒷세이아』에서 강조된 가치들 중 하나가 '환대의 법도'이다. 환대의 법도는 주인과 손님의 상호 호혜적 원리를 말한다. 주인의 도리는 손님에게 안전, 잔치, 목욕, 의복, 잠자리, 선물, 호송을 제공하는 것이고, 손님의 도리는 주인의 생명과 재산을 존중하고 흥미로운 이야기를 해주고 외부 세계의 소식을 전달히고 환내에 대한 보답을 약속하는 것이다.

그러나 구혼자들은 주인 없는 집에서 주인의 재산을 마구 탕진하고 또한 주인의 아내에게 결혼을 강요하고 있다. 이처럼 이타케라는 공간은 구혼자들의 무도함으로 인해 환대의 법도가 무너진 세계로 그려진다. 반면 텔레마코스가 방문하는 필로스와 스파르타는 환대의 법도가 잘 지켜지고 신들에게 경

건한 태도를 가진 세계로 나타나서 무질서하고 불경한 이타케
와는 대조가 된다.

『오뒷세이아』에서 환대의 법도를 위반하는 구혼자들의
행위를 규정하는 개념으로 '아타스탈리에(athasthalie)'가 있는
데, 이 개념은 '무도함'으로 옮길 수 있다. 그것은 한계, 규칙,
규범을 경멸하며 무모한 행위를 하는 성향과, "악의적 오만"으
로 결정하고 행위한 결과를 말한다.

그래서 1권의 서시에서는 이러한 무도한 행위로 파멸
하는 사례로서 오뒷세우스의 전우들을 제시하고, '신들의 회
의'(1.29-43)에서는 아이기스토스를 제시하는데, 이러한 사례
들은 구혼자들의 파멸을 예고하는 기능을 한다. 그리하여 무
도함을 자행하는 자들은 자신에게 정해진 몫을 넘어서 고통을
당하게 되는 것이다.(1.34.)

이처럼 『오뒷세이아』에서는 인간 공동체의 정의를 중요
시한다. 인간 사회의 정의를 위해서는 두 가지 원리가 중요한
데, 그 두 가지는 바로 '염치(아이도스(aidos))'와 '공분(네메시
스(nemesis))'이다. 구혼자들은 염치없이 행동하며 환대의 법
도를 위반하다가 공분을 사서 파멸하게 되는 것이다.

인간 사회의 정의 구현을 보장해주는 존재가 바로 신들
이다. 『오뒷세이아』에서는 제우스 신과 아테네 여신이 인간의
도덕 행위를 위한 준거라고 볼 수 있다. 『일리아스』의 신들은

인간 사회의 도덕에 대한 관심이 많아 보이지 않는다. 그러나 『오뒷세이아』에서는 신들이 통합된 집단을 형성하여 인간 사회에서 권선징악의 기능을 수행하며 죄와 벌의 인과성을 보증한다.

물론 『오뒷세이아』에서 오뒷세우스의 귀향을 두고는 제우스 신과 포세이돈 신이 서로 갈등하기도 한다. 포세이돈 신은 오뒷세우스가 자기 아들의 외눈을 멀게 했다는 점에 유념하며 오뒷세우스에게 계속 분노하며 응징하려고 한다. 따라서 포세이돈의 분노는 오래된 정의 개념을 상징하는 것으로 보인다. 그런데 제우스 신과 아테네 여신이 오뒷세우스의 귀향과 복수를 지지하고, 그의 복수로 생겨난 내전의 위기를 해결하는 모습에서 정의에 대한 새로운 개념이 탄생하고 있음을 알 수 있다.

오뒷세우스가 모험 속에서 지력과 자제를 통해 위기들을 극복해 간다면, 페넬로페는 남편이 부재한 집에서 포악무도한 구혼자들에게 둘러싸여 그들을 기만하면서 결혼과 가정을 지키려고 노력한다. 이처럼 페넬로페도 오뒷세우스 못지않은 지력과 인내의 소유자임을 알 수 있다.

『일리아스』와는 다르게 『오뒷세이아』에서는 주체적인 여성들이 다양하게 등장한다. 페넬로페를 포함하여 헬레네, 나우시카, 아레테, 칼립소, 키르케 등이 그 대표적인 여성들이다.

『오뒷세이아』에서 이들 여성의 마음은 남자들이 잘 이해하기 어려운 것이다. 여성들이 어떤 의도를 갖고 행동하는지 알기 어렵다는 점이 강조되어 있다.

『오뒷세이아』에서 '결혼'은 중요한 주제로 형상화되어 있다. 오뒷세우스의 귀향은 남편이 아내에게 돌아가서 그 결혼을 재확인하는 과정이라고 볼 수 있다. 구혼자들의 응징과 더불어 아내가 남편의 정체를 발견하는 과정은 『오뒷세이아』 플롯의 또 하나의 절정이다.

그런데 '모험'에서 오뒷세우스는 여성들을 만나서 다양한 관계를 맺으며 새로이 결혼할 거라는 인상을 준다. 오뒷세우스는 키르케와 연인 관계를 맺지만, 키르케는 결혼에는 관심이 없어 보인다. 오뒷세우스에게 불멸의 삶을 약속한 칼륍소는 오뒷세우스와 결혼하기를 열망한다. 하지만 오뒷세우스는 이러한 제안을 거절한다. 또한 스케리아에서 오뒷세우스는 나우시카와 결혼할 수도 있지만, 이런 가능성은 불발된 로맨스로 그친다.

또 『오뒷세이아』에서는 다양한 유형의 부부들을 만날 수 있다. 파야케스 족의 알키노스 왕과 아레테 왕비는 권력과 위신을 잘 보여주는 부부이다. 이러한 모범적인 부부 이외에 부정적인 부부의 유형도 제시된다. 아가멤논과 클뤼타이메스트라 부부가 그 대표적 예이다. 아가멤논은 무사하게 귀향하지만, 아내 클뤼타이메스트라와 불륜 관계를 맺은 아이기스토스의 손에 살해되고 만다. 이 아가멤논의 실패한 귀향은 『오뒷세이아』 전편을 통해서 자주 소환되어 오뒷세우스의 성공한 귀향과 극명한 대조를 이루게 된다.

메넬라오스와 헬레네도 흥미로운 부부이다. 헬레네는 파리스 왕자와 함께 도망쳐서 트로야 원정의 원인이었지만, 이제는 집에 돌아와서 남편 메넬라오스와 함께 안락하지만 가끔 애상적인 여생을 보내고 있다.

또한 파야케스족의 궁정에서 데모도코스는 아프로디테와 아레스의 불륜을 노래한다. 아프로디테의 남편 헤파이스토스가 계략을 사용해 그들의 불륜을 입증하고 분노하지만, 신들 세계에서의 불륜은 신들의 웃음거리에 불과한 것이다. 이처럼 다양한 유형의 부부들이 『오뒷세이아』에 등장한다. 『오뒷세이아』의 시인은 부부가 한마음 한뜻으로 화목을 이루어 사는 것이 인간에게 얼마나 행복하고 강력한지, 오뒷세우스의 입을 빌려 우리에게 말하고 있다.(6.182-185.)

고대와 중세에는 『일리아스』가 『오뒷세이아』보다도 더 높은 평가를 받았지만, 근현대에는 『오뒷세이아』가 더 좋은 평가를 받고 있다. 『오뒷세이아』는 많은 작가들의 영감의 원천이 되었고, 지금까지도 서양 문학의 고전으로 남아 있다. 『오뒷세이아』가 특히 귀환과 재생이란 원형적 주제를 형상화했기 때문일 것이다.

로마의 위대한 서사시『아이네이스』에서 1~6권은『오뒷세이아』의 플롯에 따라서 구성되었다. 또한『오뒷세이아』는 소설의 발전에도 많은 영향을 미쳤다. 이를테면『돈키호테』와『로빈슨 크루소』와 같은 피카레스크 이야기들에서부터 니코스 카잔차키스의『오뒷세이아』와 제임스 조이스의『율리시스』에 이르기까지 그 영향력이 두드러진다.

그 영향력은 문학 분야뿐만 아니라 영화, 이를테면 스탠리 큐브릭 감독의「2001: 스페이스 오디세이」에서도 확인할 수 있다. 국문학에서도『오뒷세이아』의 영향을 확인할 수 있다. 이를테면『춘향전』이『오뒷세이아』의 영향을 받았다고 하는 주장이 있을 정도다. 또 황석영의 소설『심청』에서 심청의 유랑과 귀환은 오뒷세우스의 유랑과 귀환과 유사해 보인다.

대학원 수업에서『오뒷세이아』원전 강독 세미나를 진행하면서 번역에 착수하게 되었다. 나의 번역은 천병희 선생님의 원전 번역에 이은 두 번째 원전 번역이다. 번역 대본으로 삼은 원서는 고전학자 M. L. West가 편집한 *Homerus Odyssea*(2017)이다. 번역하면서 가장 많이 참조한 책은 저명한 고전학자들이 공동으로 집필한 주석서 세 권이다. Heubeck, A. et al., (eds.), *A Commentary on Homer's Odyssey*, 3 vols. Oxford,

1988-92.

번역 작업을 하면서 유념한 점은 세 가지이다. 첫째, 『오뒷세이아』에 나타난 구체적인 비유를 살리기 위해서 의역을 하기보다는 직역을 하려고 했다. 둘째, 원문의 어순을 살리려고 했다. 『오뒷세이아』에서 어순은 운율에 실려서 개념과 장면을 환기하는 순서로서 매우 중요한 의미가 있다. 하지만 그 어순은 우리말 어순과는 맞지 않기 때문에, 원문 그대로의 어순을 살리는 것은 불가능하다. 그래서 우리말 어순에 크게 어긋나지 않는 한에서 원문의 어순을 살리려고 노력했다. 셋째, 원문을 우리말로 풀어놓은 듯한 번역보다는 간결하고 압축적인 번역을 시도했다. 그래서 독해의 속도를 증가시켜 가독성을 높이고자 했다. 번역 작업에 관심을 보여준 여러 선생님들에게, 그리고 번역 원고를 읽어주고 좋은 제안을 해준 민음사 편집부에 감사한다.

오뒷세이아

1판 1쇄 펴냄 2022년 5월 19일
1판 2쇄 펴냄 2024년 8월 8일

지은이 호메로스
옮긴이 김기영
발행인 박근섭, 박상준
펴낸곳 ㈜민음사

출판등록 1966. 5. 19 (제16-490호)
서울특별시 강남구 도산대로 1길 62(신사동)
강남출판문화센터 5층 (우편번호 06027)
대표전화 02-515-2000
팩시밀리 02-515-2007
www.minumsa.com

978-89-374-7021-9 (94800)
978-89-374-7020-2 (세트)